O FIO DA VIDA

Kate Atkinson

O FIO DA VIDA

Tradução: Celina Portocarrero

GLOBOLIVROS

Texto fixado conforme as regras do Novo Acordo Ortográfico da Língua Portuguesa (Decreto Legislativo nº 54, de 1995).

Esta é uma obra de ficção e, exceto no caso de fatos históricos, qualquer semelhança com pessoas reais, vivas ou mortas, é mera coincidência.

Título original: *Life after life*

Editor responsável: Aida Veiga
Editor assistente: Elisa Martins
Preparação de texto: Ana Tereza Clemente
Revisão: Araci dos Reis Galvão de França e Rebeca Michelotti
Diagramação: Crayon Editorial
Design de capa: Rafael Nobre/Babilonia Cultura Editorial
Imagem de capa: Steven Allan/Getty Images

1ª edição, 2014

CIP-BRASIL. CATALOGAÇÃO NA PUBLICAÇÃO
SINDICATO NACIONAL DOS EDITORES DE LIVROS, RJ

A89k

Atkinson, Kate
O fio da vida / Kate Atkinson ; tradução Celina Portocarrero. - 1. ed. - São Paulo : Globo, 2014.
il.

Tradução de: Life after life
ISBN 978-85-250-5736-5

1. Romance inglês. I. Portocarrero, Celina. II. Título.

14-12504

CDD: 823
CDU: 821.111-3

Direitos de edição em língua portuguesa para o Brasil
adquiridos por Editora Globo S. A.
Av. Jaguaré, 1.485 — 05346-902 — São Paulo — SP
www.globolivros.com.br

Para Elissa

E se algum dia ou noite um demônio se esgueirasse em sua mais solitária solidão e dissesse a você: "Esta vida, como você a vive agora e como a viveu, será preciso vivê-la mais uma vez e inúmeras vezes mais"... Você não se jogaria no chão, rangeria os dentes e amaldiçoaria o demônio que assim falou? Ou já viveu um instante extraordinário em que a resposta seria: "Você é um deus e eu nunca ouvi algo mais divino".

NIETZSCHE, *A gaia ciência*

πάντα χωρετ καὶ οὐδὲν μένει

Todas as coisas se movem e nada permanece imóvel.

PLATÃO, *Crátilo*

E se tivéssemos a possibilidade de fazer tudo de novo e de novo, até afinal fazermos certo? Não seria maravilhoso?

EDWARD BERESFORD TODD

SUMÁRIO

Seja um homem valoroso

Novembro de 1930

Uma nuvem de fumaça de cigarros e um ar úmido e pegajoso a atingiram quando ela entrou no café. Vinha da chuva, e gotas d'água ainda tremiam como pontos delicados de orvalho nos casacos de pele de algumas mulheres. Um regimento de garçons em aventais brancos corria de um lado para o outro, atendendo às demandas dos *Münchner*[1] ociosos — café, tortas e mexericos. Ele estava numa mesa nos fundos da sala, cercado pelos habituais companheiros e bajuladores. Havia uma mulher que ela nunca vira — uma loura platinada, cabelos com permanente e maquiagem pesada —, uma atriz, pela aparência. A loura acendeu um cigarro, fazendo do gesto uma performance fálica. Todos sabiam que ele gostava de que suas mulheres fossem discretas e saudáveis, de preferência da Baviera. Todos aqueles saiotes e meias três-quartos, Deus nos acuda!

A mesa estava cheia. *Bienenstich*, *Gugelhupf*, *Käsekuchen*. Ele comia uma fatia de *Kirschtorte*. Adorava doces. Não era de admirar que estivesse tão pálido, e ela se surpreendia por ele não ser diabético. O corpo mole e repelente (lembrava a ela massa de bolo) dentro das roupas jamais era exposto ao público. Não era um homem másculo. Ele sorriu ao vê-la e fez menção de se levantar, dizendo *Guten Tag, gnädiges Fräulein*[2] e indicando a cadeira a seu lado. O baba-ovo que a ocupava deu um pulo e mudou de lugar.

[1] Habitantes da cidade de Munique, na Alemanha. (N. T.)
[2] Boa tarde, graciosa senhorita. (N. T.)

— *Unsere Englische Freundin*[3] — ele explicou à loura, que soprou devagar a fumaça do cigarro e a examinou sem qualquer interesse antes de dizer *Guten Tag*[4]. Uma berlinense.

Ela colocou a bolsa, cujo conteúdo pesava, no chão ao lado da cadeira e pediu *Schokolade*. Ele insistiu para que ela experimentasse o *Pflaumen Streusel*.

— *Es regnet* — ela disse sob pretexto de iniciar uma conversa. — Está chovendo.

— É, está chovendo — ele repetiu com forte sotaque. Riu, satisfeito com sua tentativa. Todos os outros à mesa riram. *Bravo*, alguém disse. *Sehr gutes Englisch*[5]. Ele estava de bom humor, batendo com o dorso do dedo indicador nos lábios, e tinha um sorriso divertido, como se ouvisse música em sua cabeça.

O *Streusel* estava delicioso.

— *Entschuldigung*[6] — ela murmurou, inclinando-se para alcançar a bolsa em busca de um lenço. Cantos de renda, monograma com suas iniciais, UBT, presente de aniversário de Pammy. Retirou delicadamente dos lábios as migalhas do *Streusel* e voltou a se inclinar para colocar o lenço de volta na bolsa e pegar o objeto pesado ali aninhado. O velho revólver de seu pai, da Grande Guerra, uma Webley Mark V.

Um movimento ensaiado uma centena de vezes. Um tiro. Rapidez era essencial, embora tenha havido um instante, uma bolha suspensa no tempo depois de erguer a arma e nivelá-la com o coração dele, em que tudo pareceu parar.

— *Führer* — ela disse, quebrando o encanto. — *Für Sie*[7].

Ao redor da mesa armas foram puxadas dos coldres e apontadas para ela. Uma respiração. Um tiro.

Ursula puxou o gatilho.

Caiu a escuridão.

[3] Nossa amiga inglesa. (N. T.)
[4] Boa noite. (N. T.)
[5] Muito bom inglês. (N. T.)
[6] Com licença. (N. T.)
[7] Para o senhor. (N. T.)

Neve

11 DE FEVEREIRO DE 1910

UMA LUFADA DE AR glacial, um turbilhão enregelante na pele recém-exposta. Sem aviso prévio, ela está do lado de fora, e o mundo familiar, úmido e tropical, evaporara de repente. Está exposta aos elementos. Um camarão sem casca, uma noz sem concha.

Nenhuma respiração. O mundo inteiro se resume a isto. Uma respiração. Pequenos pulmões, como asas de libélula sem conseguir inflar na atmosfera desconhecida. Nenhum ar no tubo estrangulado. O zumbido de mil abelhas na minúscula pérola enrodilhada de um ouvido.

Pânico. A menina se afogando, o pássaro caindo.

❄

— O dr. Fellowes já deveria estar aqui — gemeu Sylvie. — Por que ele ainda não está aqui? Onde ele está?

Grandes pérolas orvalhadas de suor em sua pele, um cavalo se aproximando do final de uma corrida extenuante. A lareira do quarto alimentada como a fornalha de um navio. As pesadas cortinas de brocado cerradas contra o inimigo, a noite. O morcego negro.

— O homem tá preso na neve, eu acho, patroa. Tá mesmo horrível demais lá fora. A estrada tá fechada.

Sylvie e Bridget estavam sozinhas em seu calvário. Alice, a arrumadeira, visitava a mãe doente. E Hugh, é claro, corria atrás de Isobel, sua louca irmã, *à Paris*. Sylvie não queria envolver a sra. Glover, roncando em seu quarto no sótão como um porco trufado. Sylvie imaginou-a conduzindo os procedimentos como um sargento num desfile de tropas. O bebê estava adiantado. Sylvie esperava que atrasasse como os outros. Esses eram os melhores planos.

— Ai, patroa — Bridget gritou de repente. — Ela tá toda azul, tá sim.

— Uma menina?

— O cordão tá enrolado no pescoço. Ai, Santa Maria, mãe de Deus. Ela vai ser estrangulada, a pobre coisinha.

— Sem respiração? Deixe-me vê-la. Precisamos fazer alguma coisa. O que nós podemos fazer?

— Ai, sra. Todd, ela se foi. Morta antes de ter uma chance de viver. Sinto muito, muito mesmo. Ela vai ser um anjinho no céu agora, com certeza. Ai, eu queria que o sr. Todd estivesse aqui agora. Eu sinto muito. Devo acordar a sra. Glover?

O CORAÇÃOZINHO. UM INDEFESO coraçãozinho batendo furioso. Parado de repente como um pássaro caído do céu. Um único tiro.

Caiu a escuridão.

Neve

11 DE FEVEREIRO DE 1910

— PELO AMOR DE Deus, garota, pare de correr de um lado para o outro como uma galinha degolada e traga água quente e toalhas. Você não sabe fazer nada? Cresceu no meio do mato?

— Desculpe, senhor.

Bridget fez uma mesura apologética como se o dr. Fellowes fosse um membro da corte.

— Uma menina, dr. Fellowes? Posso vê-la?

— Sim, sra. Todd, uma graciosa garotinha galante.

Sylvie achou que o dr. Fellowes estava dourando a pílula com sua aliteração. Ele não era dado a amenidades, na maioria das vezes. A saúde de seus pacientes, em especial suas entradas e saídas, pareciam destinadas a aborrecê-lo.

— Ela teria morrido com o cordão enrolado no pescoço. Cheguei à Toca da Raposa no último segundo. Foi por um fio. Literalmente.

O dr. Fellowes ergueu a tesoura cirúrgica para que Sylvie a admirasse. Era pequena e elegante e suas pontas afiadas recurvavam-se para cima nas extremidades.

— *Zip, zip* — fez ele.

Sylvie fez uma anotação mental, pequena e vaga, dada sua exaustão e as circunstâncias, de comprar uma tesoura daquele tipo, para o caso de emergência semelhante. (Improvável, era verdade.) Ou uma faca, uma boa e afiada faca para ser levada consigo todo o tempo, como a menina-ladra em *A rainha da neve*.

— Foi sorte sua eu ter chegado aqui a tempo — disse o dr. Fellowes. — Antes que a neve fechasse as estradas. Telefonei para a sra. Haddock, a parteira, mas imagino que ela esteja presa em algum lugar fora de Chalfont St Peter.

— A sra. *Haddock*? — disse Sylvie e franziu a testa.

Bridget riu alto e murmurou depressa — Desculpa, desculpa, senhor.

Sylvie pensou que tanto ela quanto Bridget estavam à beira da histeria. Nada surpreendente.

— Irlandesa ignorante — resmungou o dr. Fellowes.

— Bridget é só uma arrumadeira, e é uma criança. Estou muito grata a ela. Tudo aconteceu tão depressa.

Sylvie pensou em quanto queria estar sozinha, e que nunca conseguia isso.

— Suponho que o senhor deva ficar até o amanhecer, doutor — disse com relutância.

— É, suponho que devo — respondeu o dr. Fellowes, também relutante.

Sylvie suspirou e sugeriu que ele se servisse de uma dose de conhaque na cozinha. E talvez de um pouco de presunto e picles.

— Bridget providenciará para o senhor.

Queria se ver livre dele. Ele fizera o parto de todos os seus três (três!) filhos, e ela não gostava dele, nem um pouco. Só um marido deveria ver o que ele via. Tocando e mexendo com seus instrumentos em seus lugares mais delicados e secretos. (Mas será que preferiria ter uma parteira chamada sra. Haddock fazendo o parto de sua filha?) Médicos de mulheres deveriam ser sempre mulheres. Mas havia pouca chance de que isso acontecesse.

O dr. Fellowes continuou por ali, agitando-se e murmurando, supervisionando a recém-chegada ser lavada e embrulhada por uma Bridget de rosto afogueado. Bridget era a mais velha de sete irmãos, portanto sabia como enfaixar um recém-nascido. Tinha quatorze anos, dez menos do que Sylvie. Quando Sylvie tinha quatorze anos ainda usava saias curtas e era apaixonada por seu pônei, Tiffin. Não fazia ideia de onde vinham os bebês, e mesmo na noite de núpcias ficara perplexa. Sua mãe, Lottie, fizera algumas insinuações, mas não fora muito clara quanto a exatidões anatômicas. As relações conjugais entre um homem e sua esposa pareciam envolver, misteriosamente, cotovias planando ao raiar do dia. Lottie era uma mulher reservada. Alguns diriam narcoléptica. Seu marido, o pai de Sylvie, Llewellyn Beresford, era um famoso artista da alta sociedade, mas, de modo algum, um boêmio. Nenhuma nudez ou comportamento indecoroso eram permitidos em sua casa. Ele pintara a rainha Alexandra quando ainda era princesa. Disse que ela era muito agradável.

Moravam numa boa casa em Mayfair, enquanto Tiffin vivia numa cocheira perto do Hyde Park. Em momentos de melancolia, Sylvie costumava se animar imaginando estar de volta ao passado ensolarado, elegantemente sentada em seu silhão nas pequenas mas largas costas de Tiffin, trotando por Rotten Row numa clara manhã de primavera, com as flores brilhando nas árvores.

— Que tal um chá quente e uma bela torrada com manteiga, sra. Todd? — disse Bridget.

— Seria ótimo, Bridget.

O bebê, embrulhado como uma múmia faraônica, foi finalmente passado para Sylvie. Com carinho, ela apertou o rostinho cor de pêssego e disse "Olá, pequenina", e o dr. Fellowes virou-se de costas, para não ser testemunha de tão melosas demonstrações de afeto. Se dependesse dele, todas as crianças seriam criadas numa nova Esparta.

— Talvez um pequeno lanche com frios não seja má ideia — disse ele. — Haverá, por acaso, um pouco dos excelentes picles da sra. Glover?

Quatro estações dão a medida do ano

11 DE FEVEREIRO DE 1910

Sylvie foi acordada por um ofuscante raio de sol atravessando as cortinas como uma reluzente espada de prata. Deixou-se ficar, lânguida, entre rendas e lãs quando a sra. Glover entrou no quarto, carregando com orgulho uma enorme bandeja de café da manhã. Só uma ocasião de considerável importância parecia ser capaz de levar a sra. Glover para tão longe de sua toca. Uma solitária campânula branca pendia na jarrinha da travessa.

— Ah, uma campânula branca! — disse Sylvie. — A primeira flor a erguer da terra sua pobre cabecinha. Como é corajosa!

A sra. Glover, que não acreditava que as flores fossem capazes de ter coragem, ou qualquer outro traço de caráter, louvável ou não, era uma viúva que estava com eles na Toca da Raposa há apenas algumas semanas. Antes de sua vinda, tinha havido uma mulher chamada Mary, que era um tanto desleixada e deixava queimar os assados. A sra. Glover tinha a tendência, por assim dizer, a não cozinhar por muito tempo a comida. No próspero lar da infância de Sylvie, a cozinheira era chamada de "Cozinheira", mas a sra. Glover preferia "sra. Glover". Isso a tornava insubstituível. Sylvie ainda teimava em pensar nela como Cozinheira.

— Obrigada, Cozinheira.

A sra. Glover piscou devagar, como um lagarto.

— Sra. Glover — corrigiu-se Sylvie.

A sra. Glover pousou a bandeja na cama e abriu as cortinas. A luz era extraordinária, o morcego negro havia desaparecido.

— Tão brilhante — disse Sylvie, protegendo os olhos.

— Tanta neve — disse a sra. Glover, sacudindo a cabeça no que poderia ser sinal de preocupação ou aversão. Nem sempre era fácil adivinhar o que a sra. Glover estava pensando.

— Onde está o dr. Fellowes? — Sylvie perguntou.

— Houve uma emergência. Um fazendeiro foi pisoteado por um touro.

— Que horror!

— Alguns homens vieram da aldeia e tentaram desatolar o carro dele, mas, no fim, o meu George chegou e lhe deu uma carona.

— Ah! — disse Sylvie, como se de repente compreendesse algo que a confundira.

— E chamam aquilo de cavalo-vapor! — resfolegou a sra. Glover, ela própria parecendo um touro. — É no que dá confiar nessas máquinas ultramodernas.

— Hum — fez Sylvie, relutando em argumentar com pontos de vista tão arraigados. Estava surpresa porque o dr. Fellowes havia saído sem examiná-la, ou ao bebê.

— Ele veio vê-la. A senhora estava dormindo — disse a sra. Glover.

Sylvie às vezes desconfiava de que a sra. Glover lia mentes. Esse era um pensamento absolutamente apavorante.

— Ele primeiro tomou o café da manhã — disse a sra. Glover, revelando no mesmo suspiro sua aprovação e desaprovação. — Pode-se dizer que o homem tem bom apetite.

— Eu poderia comer um cavalo — riu Sylvie.

Não poderia, claro. Tiffin passou rápido por seus pensamentos. Ergueu os talheres de prata, pesados como armas, pronta para atacar os condimentados rins da sra. Glover.

— Deliciosos — exclamou (estavam mesmo?), mas a sra. Glover já se ocupava em inspecionar o bebê no berço. ("Gorda como um leitão.") Sylvie se perguntou em vão se a sra. Haddock ainda estaria presa em algum lugar perto de Chalfont St Peter.

— Eu soube que o bebê quase morreu — disse a sra. Glover.

— Bem... — Sylvie respondeu.

Uma linha tão tênue entre viver e morrer. Seu próprio pai, o retratista da alta sociedade, escorregara uma noite num tapete Isfahan num patamar do primeiro andar, depois de alguns bons conhaques. Na manhã seguinte, foi encontrado morto ao pé da escada. Ninguém o ouvira cair ou gritar. Acabara de começar um retrato do conde de Balfour. Nunca o terminou. Obviamente.

Depois, foi descoberto que ele tinha sido mais perdulário com seu dinheiro do que mãe e filha haviam percebido. Era um jogador secreto, fazia apostas por toda a cidade. Não fizera quaisquer provisões para uma morte inesperada, e em pouco tempo os credores formigavam pela bela casa em Mayfair. Que se revelou um castelo de cartas. Tiffin precisou desaparecer. Partiu o coração de Sylvie, uma dor maior que qualquer outra que sentira pelo pai.

— Pensei que seu único vício fossem as mulheres — disse a mãe, temporariamente empoleirada numa caixa de embalagem, como se posasse para uma *pietà*.

Mergulharam numa pobreza distinta e bem-educada. A mãe de Sylvie tornou-se pálida e desinteressante, as cotovias não mais planavam enquanto ela definhava, consumida pela tuberculose. Sylvie, aos dezessete anos, foi salva de se tornar modelo-vivo por um homem que conheceu no balcão dos correios. Hugh. Uma estrela em ascensão no próspero mundo bancário. A personificação da respeitabilidade burguesa. O que mais poderia almejar uma moça bonita mas sem um tostão?

Lottie morreu com menos estardalhaço do que o esperado, e Hugh e Sylvie se casaram discretamente no décimo oitavo aniversário de Sylvie. (— Pronto — disse Hugh —, agora você nunca se esquecerá do nosso aniversário de casamento.) Passaram a lua de mel na França, uma encantadora *quinzaine* em Deauville, antes de se instalarem em uma bem-aventurada propriedade semirrural perto de Beaconsfield, numa casa cujo estilo lembrava Lutyens. Ali, havia tudo o que se poderia pedir — uma boa cozinha, uma sala de visitas com portas-balcão dando para o gramado, uma linda sala de estar e vários quartos à espera de serem ocupados por crianças. Havia até um pequeno cômodo nos fundos da casa para que Hugh usasse como gabinete.

— Ah, meu refúgio de resmungos — ele brincou.

Era cercada, a uma discreta distância, por casas similares. Nos fundos, havia um prado, um bosque e arbustos de jacinto selvagem por entre os quais corria um riacho. A estação ferroviária, não mais do que uma parada, permitiria a Hugh estar em sua mesa no banco em menos de uma hora.

— A caverna do cavaleiro — brincou Hugh enquanto, galante, atravessava a soleira com Sylvie no colo.

Era uma residência relativamente modesta (nada comparável a Mayfair), mas ainda assim um pouco acima de seus recursos, uma imprudência financeira que surpreendeu a ambos.

— Deveríamos dar um nome à casa — disse Hugh. — Os Loureiros, os Pinheiros, os Olmos.

— Mas não temos nenhum desses no jardim — observou Sylvie.

Estavam em pé defronte à porta-balcão da casa recém-comprada, olhando para uma faixa de grama alta demais.

— Precisamos de um jardineiro — disse Hugh.

A casa fazia eco de tão vazia. Ainda não haviam começado a preenchê-la com tapetes Voysey, tecidos Morris e todas as outras comodidades estéticas de uma casa do século xx. Sylvie teria gostado bem mais de viver na Liberty's do que em seu lar conjugal ainda sem nome.

— Verdes Acres, Bela Vista, Campo de Sol? — sugeriu Hugh, pondo o braço em volta da noiva.

— Não.

O proprietário anterior da casa sem nome vendera tudo e fora viver na Itália.

— Imagine só — disse Sylvie. Ela estivera na Itália quando pequena, um grande passeio com o pai enquanto a mãe ia a Eastbourne cuidar dos pulmões.

— Cheio de italianos — desdenhou Hugh.

— Bastante. E é esse o atrativo — retrucou Sylvie, desprendendo-se do braço dele.

— Os Frontões, a Propriedade?

— Pare! — disse Sylvie.

Uma raposa surgiu entre os arbustos e atravessou o gramado.

— Veja! — exclamou Sylvie. — Como parece dócil, deve ter crescido acostumada à casa vazia.

— Esperemos que os caçadores locais não estejam em seu encalço — falou Hugh. — É um animal esquelético.

— É uma fêmea. E está amamentando, dá para ver as tetas.

Hugh pestanejou diante de terminologia tão rude saindo dos lábios de sua noiva até bem pouco tempo virginal. (Presumia-se. Esperava-se.)

— Veja — sussurrou Sylvie.

Dois filhotes pularam da grama e caíram um sobre o outro, brincando.

— Ah! São criaturinhas tão lindas!

— Há quem os considere pragas.

— Talvez eles *nos* vejam como pragas — disse Sylvie. — Toca da Raposa, é como deveríamos chamar a casa. Ninguém mais tem uma casa com esse nome, e isso não deveria ser um bom motivo?

— É mesmo? — disse Hugh, em dúvida. — É um pouco extravagante, não? Soa como um conto infantil. *A casa na toca da raposa*.

— Um pouco de extravagância nunca fez mal a ninguém.

— Pensando apenas literalmente — disse Hugh —, uma casa pode *ficar* numa toca? Já não *é* uma?

Então, isso é o casamento, Sylvie pensou.

Duas crianças pequenas espiavam, cautelosas, da entrada.

— Aqui estão vocês — disse Sylvie, sorrindo. — Maurice, Pamela, entrem e venham dizer olá para sua nova irmã.

Desconfiadas, elas se aproximaram do berço e de seu conteúdo, como se não tivessem certeza do que poderia haver ali dentro. Sylvie se lembrou de ter sentido algo semelhante ao olhar para o corpo do pai em seu elaborado caixão de carvalho e bronze (caridosamente pago por seus confrades da Royal Academy). Ou, talvez, a causa de tanta cautela fosse a sra. Glover.

— Outra menina — disse Maurice, desanimado.

Tinha cinco anos, dois mais que Pamela, e era o homem da casa enquanto Hugh não estivesse.

— A negócios — informara Sylvie às pessoas, embora ele tivesse cruzado o Canal às pressas para salvar sua desmiolada irmã caçula das garras do homem casado com quem ela fugira para Paris.

Maurice cutucou o rosto do bebê e ele acordou e gritou em sinal de alarme. A sra. Glover puxou a orelha de Maurice. Sylvie estremeceu, mas Maurice aceitou estoicamente a dor. Sylvie pensou que deveria ter uma conversa com a sra. Glover quando se sentisse mais forte.

— Como vai chamá-la? — perguntou a sra. Glover.

— Ursula — disse Sylvie. Vou chamá-la Ursula. Significa pequena ursa.

A sra. Glover balançou a cabeça, sem se comprometer. A burguesia tinha leis próprias. Seu robusto filho era simplesmente George. "Trabalhador do solo, do grego", segundo o vigário que o batizara, e George era mesmo lavrador na vizinha propriedade rural de Ettringham Hall, como se o simples fato de receber aquele nome lhe tivesse forjado o destino. Não que a sra. Glover fosse muito dada a pensar no destino. Ou nos gregos, aliás.

— Precisamos nos vestir — disse a sra. Glover. — Haverá uma bela torta de carne para o almoço. E um pudim egípcio de acompanhamento.

Sylvie não fazia a menor ideia do que fosse um pudim egípcio. Imaginou pirâmides.

— Todos nós precisamos manter nossas forças — pontuou a sra. Glover.

— É verdade — disse Sylvie. — É provável que eu deva amamentar Ursula mais uma vez exatamente pela mesma razão!

Irritou-se com seu próprio invisível ponto de exclamação. Por razões que não compreendia muito bem, Sylvie se via com frequência impelida a adotar um tom excessivamente alegre com a sra. Glover, como se tentasse restaurar algum tipo de equilíbrio natural dos humores do mundo.

A sra. Glover não conseguiu reprimir um leve sobressalto à visão dos seios pálidos e de veias azuladas brotando do vaporoso penhoar de rendas. Apressou-se a enxotar as crianças para fora do quarto, seguindo-as.

— Mingau — anunciou-lhes, soturna.

❄

— DEUS, COM CERTEZA, quis esse bebê de volta — disse Bridget ao chegar, mais tarde naquela manhã, com uma xícara de caldo de carne fumegante.

— Nós fomos testadas — respondeu Sylvie — e consideradas indesejáveis.

— Desta vez — disse Bridget.

Maio de 1910

— Um telegrama — disse Hugh, chegando sem aviso ao quarto das crianças e arrancando Sylvie do agradável cochilo em que mergulhara ao amamentar Ursula.

Ela se cobriu depressa e perguntou — Um telegrama? Alguém morreu? — porque a expressão de Hugh insinuava uma catástrofe.

— É de Wiesbaden.

— Ah! — reagiu Sylvie. — Então, Izzie teve o bebê.

— Se ao menos o canalha não fosse casado — disse Hugh. — Poderia ter feito de minha irmã uma mulher honesta.

— Uma mulher honesta? — refletiu Sylvie. — Isso existe? (Teria dito aquilo em voz alta?) E, de qualquer maneira, ela é tão *moça* para se casar.

Hugh franziu a testa. Aquilo o tornava mais bonito.

— Só dois anos mais moça que você, quando se casou comigo — respondeu.

— Embora, de certa forma, tão mais velha — murmurou Sylvie. — Está tudo bem? O bebê está bem?

O fato era que Izzie já estava perceptivelmente *enceinte*[8] quando Hugh a encontrou e a arrastou para o trem de volta de Paris. Adelaide, sua mãe, disse que teria preferido que Izzie tivesse sido raptada por mercadores de

[8] Grávida. (N. T.)

escravas brancas do que ter se atirado nos braços da devassidão com tanto entusiasmo. Sylvie achou a ideia da escrava branca um tanto atraente — imaginou-se sendo levada por um xeique do deserto num cavalo árabe e depois deitada num divã com almofadas, em trajes de seda e véus, comendo doces e saboreando sorvetes ao som borbulhante de regatos e fontes. (Acreditava que não fosse bem dessa maneira.) Um harém de mulheres parecia a Sylvie uma ideia excelente — compartilhar o fardo dos deveres de uma esposa e assim por diante.

Adelaide, heroicamente vitoriana em suas atitudes, fechara a porta, literalmente, à visão do florescente ventre da filha caçula e a despachara de volta pelo Canal, para esperar sua vergonha no exterior. O bebê seria adotado o mais depressa possível.

— Um respeitável casal alemão, incapaz de ter seus próprios filhos — disse Adelaide.

Sylvie tentou se imaginar entregando um filho. (— E nunca mais ouviremos falar dele? — perguntou, intrigada. — Espero realmente que não — respondeu Adelaide.) Izzie seria agora despachada para uma escola de aperfeiçoamento para moças na Suíça, ainda que já parecesse estar aperfeiçoada, de muitas maneiras.

— Um menino — disse Hugh, agitando o telegrama como uma bandeira. — Robusto e *et cetera*.

A PRIMEIRA PRIMAVERA DE Ursula desabrochara. Deitada em seu carrinho sob a faia, ela observara os desenhos feitos pela luz bruxuleante através das tenras folhas verdes enquanto a brisa, delicada, balançava os galhos. Os galhos eram braços e as folhas eram como mãos. A árvore dançava para ela.

— *Dorme nenê* — Sylvie cantarolava para ela — *lá no galho da árvore.*

— *Eu tinha uma nogueirinha* — balbuciava Pamela — *e não brotava nada, só uma noz de prata e uma pera dourada.*

Uma pequena lebre pendia da capota do carrinho, girando, o sol faiscando em sua pele de prata. A lebre estava sentada numa cestinha e já enfeitara a ponta do chocalho da menina Sylvie, chocalho que, como a infância de Sylvie, havia muito estava desaparecido.

Galhos nus, botões, folhas — o mundo como ela o conhecia veio e se foi diante dos olhos de Ursula. Observava pela primeira vez a mudança de estações. Nascera com o inverno já em seus ossos, mas então surgiu a intensa promessa da primavera, o desabrochar dos botões, o calor indolente do verão, o mofo e os cogumelos do outono. Pela limitada moldura da capota do carrinho, ela viu tudo isso. Sem mencionar os aleatórios embelezamentos que as estações traziam — sol, nuvens, pássaros, uma bola de críquete extraviada num arco silencioso sobre a cabeça, um ou dois arco-íris, chuva mais frequente do que gostaria. (Havia, às vezes, atrasos no resgate das forças da natureza.)

Houve até, certa vez, estrelas e lua crescente — deslumbrantes e aterrorizantes em igual medida — quando foi esquecida numa tarde de outono. Bridget foi castigada. O carrinho era colocado ao ar livre, independentemente do clima, pois Sylvie herdara a obsessão por ar puro da própria mãe, Lottie, que na juventude estivera por algum tempo num sanatório suíço, onde passava os dias embrulhada num cobertor, sentada numa varanda externa, fitando passivamente os picos alpinos nevados.

A faia abriu suas folhas, turbilhões de lâminas de bronze enchiam o céu acima de sua cabeça. Num dia de vento tempestuoso em novembro, surgiu uma figura ameaçadora, espionando o carrinho de bebê. Maurice fazia caretas para Ursula e entoava "Buu, buu, buu" antes de cutucar a manta com uma vareta. "Bebê idiota", ele disse antes de começar a enterrá-la sob uma pilha macia de folhas. Ela começou a adormecer debaixo daquela nova cobertura folhosa, mas uma mão golpeou de repente a cabeça de Maurice, e ele gritou "Ai!" e desapareceu. A lebre de prata girou em piruetas, duas grandes mãos arrancaram-na do carrinho e Hugh disse "Aqui está ela", como se estivesse perdida.

— Como um ouriço hibernando — ele disse a Sylvie.

— Coitadinha — ela riu.

O INVERNO VOLTOU. RECONHECEU-O daquela primeira vez.

Junho de 1914

Ursula entrou em seu quinto verão sem outros contratempos. Sua mãe estava aliviada porque a menina, apesar do (ou talvez devido ao) assustador começo de vida, se transformara, graças ao enérgico regime de Sylvie (ou talvez apesar dele), numa criança aparentemente forte. Ursula não pensava demais, como Pamela às vezes fazia, nem pensava muito pouco, como era o caso de Maurice.

Um soldadinho, pensava Sylvie quando observava Ursula trotando pela praia atrás de Maurice e Pamela. Como todos pareciam pequenos — *eram* pequenos, ela sabia —, Sylvie às vezes era surpreendida pela extensão de seus sentimentos pelos filhos. O menor, o mais novo de todos — Edward —, estava confinado a uma cestinha de vime a seu lado na areia e ainda não havia aprendido a criar confusão.

Tinham alugado uma casa na Cornualha por um mês. Hugh ficou na primeira semana e Bridget ficaria todo o tempo. Bridget e Sylvie dividiam o preparo das refeições (um tanto mal), pois Sylvie liberara a sra. Glover naquele mês a fim de que ela partisse e ficasse em Salford com uma das irmãs que havia perdido um filho com difteria. Sylvie suspirou de alívio ao ficar na plataforma e observar as costas largas da sra. Glover desaparecerem dentro do comboio.

— Você não precisava ter ido à estação — disse Hugh.

— Fui pelo prazer de vê-la partir — respondeu Sylvie.

Havia sol quente, turbulentas brisas marinhas e uma estranha cama dura na qual Sylvie, imperturbável, passava toda a noite. Compravam tortas de carne, batatas fritas e pastéis de maçã, que comiam sentados num tapete sobre a areia, as costas apoiadas nas pedras. O aluguel de uma barraca de praia resolveu o sempre complicado problema de amamentar um bebê em público.

Às vezes, Bridget e Sylvie tiravam as botas e, corajosas, molhavam os dedos dos pés na água, outras vezes sentavam-se na areia debaixo de enormes barracas e liam seus livros. Sylvie estava lendo Conrad, enquanto Bridget tinha um exemplar de *Jane Eyre* que Sylvie lhe dera, já que ela não pensara em levar um de seus habituais e excitantes romances góticos. Bridget revelou-se uma leitora animada, muitas vezes ofegante de horror ou transtornada de aversão e, no final, de deleite. Na comparação, o livro fazia *O agente secreto* parecer um tanto insosso.

Além disso, Bridget era uma criatura do interior e passava muito tempo querendo saber se a maré estava subindo ou descendo, parecendo incapaz de compreender sua previsibilidade.

— Muda um pouco, todos os dias — explicava Sylvie com paciência.

— Mas, bolas, por quê? — perguntava uma Bridget perplexa.

— Bem... — Sylvie não fazia a menor ideia. — Por que não? — concluiu, definitiva.

As crianças voltavam da pescaria com suas redes nas piscinas naturais na outra extremidade da praia. Pamela e Ursula pararam no meio do caminho e começaram a chapinhar à beira d'água, mas Maurice continuou, correndo em direção a Sylvie antes de se jogar perto dela com uma chuva de areia. Ele segurava um pequeno caranguejo pela pinça, e Bridget gritou alarmada com aquela visão.

— Sobrou torta de carne? — ele perguntou.

— Modos, Maurice — ralhou Sylvie.

Ele iria para o internato depois do verão. Ela estava bem aliviada.

— Venha, vamos pular ondas — disse Pamela.

Pamela era mandona, mas de uma forma gentil, e Ursula ficava quase sempre feliz por acatar seus planos e, mesmo se não ficasse, acabava obedecendo. Um aro passou voando por elas pela areia, como se soprado pela areia, e Ursula quis correr atrás dele e entregá-lo ao dono, mas Pamela disse — Não, venha, vamos pular na água —, então elas deixaram as redes na areia e correram para o mar. Era um mistério que, por mais quente que estivesse o sol, a água estivesse sempre gelada. Elas gritaram e berraram como sempre, antes de se dar as mãos e esperar que as ondas viessem. Quando vieram, eram desapontadoramente pequenas, não mais que uma marola com um babado de renda. Então, as duas foram mais adiante.

As ondas não chegavam a ser ondas, apenas a subida e descida do nível da água que as erguia e depois continuava além delas. Ursula agarrava com força a mão de Pamela sempre que a marola se aproximava. A água já chegava à sua cintura. Pamela continuou a entrar no mar, uma figura de proa num barco, singrando as ondas que estouravam. A água chegava às axilas de Ursula, e ela começou a gritar e puxar a mão de Pamela, tentando impedi-la de ir mais longe. Pamela virou-se para ela e disse — Cuidado, você vai fazer nós duas cairmos —, e por isso não viu a enorme onda crescendo atrás dela. Numa fração de segundos, a onda arrebentou em cima das duas, revirando-as com tanta facilidade como se fossem folhas.

Ursula se sentiu sendo puxada para baixo, cada vez mais fundo, como se estivesse em alto-mar, não ao alcance da visão da costa. Suas perninhas se agitavam abaixo dela, tentando buscar apoio na areia. Se ao menos conseguisse ficar em pé e lutar com as ondas, mas não havia mais areia alguma em que botar os pés, e ela começou a engasgar com a água, debatendo-se em pânico. Viria alguém, não é? Bridget ou Sylvie, e a salvaria. Ou Pamela — onde ela estava?

Ninguém veio. E só havia água. Água e mais água. Seu coraçãozinho impotente batia furiosamente como um pássaro preso em seu peito. Mil abelhas zumbiram na concha perolada de sua orelha. Impossível respirar. Uma criança se afogando, um pássaro abatido do céu.

Caiu a escuridão.

Neve

11 DE FEVEREIRO DE 1910

Bridget removeu a bandeja do café da manhã e Sylvie disse: — Ah, deixe a campanulazinha. Coloque-a aqui na mesa de cabeceira.

Quis ficar também com o bebê. A lareira ardia, e a brilhante claridade da neve vinda da janela parecia ao mesmo tempo alegre e estranhamente auspiciosa. A neve redemoinhava de encontro à casa, comprimindo-a, encobrindo-a. Estavam enclausurados. Imaginou Hugh, como um herói, abrindo túneis na neve para chegar à casa. Ele já estava fora havia três dias, cuidando da irmã, Isobel. No dia anterior (parecia tanto tempo!) chegara um telegrama de Paris dizendo A PRESA SE ESCONDEU PONTO ESTOU NO RASTRO PONTO, embora Hugh não fosse realmente um caçador. Precisava mandar seu próprio telegrama. O que deveria dizer? ÉRAMOS QUATRO PONTO VOCÊ NÃO ESTÁ MAS AINDA SOMOS QUATRO (Bridget e a sra. Glover não contavam nos cálculos de Sylvie). Ou poderia dizer algo mais prosaico: BEBÊ CHEGOU PONTO TODOS BEM PONTO. Estavam? Todos bem? O bebê quase morrera. Ficara sem ar. E se não estivesse bem? Tinham vencido a morte naquela noite. Sylvie se perguntou quando a morte reivindicaria vingança.

Sylvie adormeceu afinal e sonhou que se mudara para uma casa nova e procurava os filhos, percorrendo os quartos desconhecidos, gritando seus nomes, mas sabia que haviam desaparecido para sempre e jamais seriam encontrados. Acordou num sobressalto e ficou aliviada por ver que pelo menos o bebê ainda estava a seu lado no grande campo nevado da cama. O bebê. Ursula. Sylvie já tinha o nome pronto se fosse um menino. Edward. Os nomes das crianças eram sua prerrogativa, Hugh parecia indiferente a como eram chamados, embora Sylvie acreditasse que ele tinha seus limites. Scheherazade, talvez. Ou Guinevere.

Ursula abriu os olhos leitosos e pareceu fixar o olhar na campânula sonolenta. *Dorme nenê*, cantarolou Sylvie. Como a casa estava calma! Como aquilo podia ser ilusório. Podia-se perder tudo num piscar de olhos, num passo em falso.

— É preciso evitar pensamentos negativos a todo custo — ela disse a Ursula.

Guerra

Junho de 1914

O sr. Winton — Archibald — armara seu cavalete na areia e tentava representar uma paisagem oceânica em aguadas manchas marinhas de azul e verde — azul cobalto e da Prússia, verde-azulado e esverdeado. Pincelou uma dupla de gaivotas um tanto vagas no céu, céu que era praticamente indistinguível das ondas logo abaixo. Imaginou-se mostrando o quadro ao voltar para casa, dizendo: — Ao estilo dos impressionistas, vocês sabem.

O sr. Winton, um solteirão, era por profissão um operário especializado numa fábrica em Birmingham que produzia alfinetes, mas era por natureza um romântico. Membro de um clube de ciclismo, tentava pedalar todos os domingos até o mais longe possível da poluição de Birmingham. Passava as férias anuais no litoral, a fim de respirar um ar acolhedor e, por uma semana, pensar em si mesmo como artista.

Acreditava que poderia colocar algumas figuras em sua pintura, daria um pouco de vida e "movimento" a ela, algo que seu professor da escola noturna (frequentava aulas de arte) o encorajara a introduzir em seu trabalho. Aquelas duas meninazinhas à beira d'água serviriam. Seus chapéus de sol significavam que não precisaria capturar seus traços, uma habilidade que ainda não dominava.

— Venha, vamos pular ondas — disse Pamela.

— Ai — disse Ursula, recuando.

Pamela pegou sua mão e arrastou-a para a água.

— Não seja boba.

Quanto mais perto chegava da água, mais Ursula entrava em pânico, até ser engolida pelo medo, mas Pamela ria e patinhava mar adentro, e tudo o que ela podia fazer era ir junto. Tentou pensar em alguma coisa que faria Pamela voltar para a praia — um mapa do tesouro, um homem com um cachorrinho —, mas era tarde demais. Uma onda imensa subiu, curvando-se sobre suas cabeças, e caiu arrebentando em cima delas, mandando-as para o fundo, para o fundo do mundo das águas.

Sylvie ficou perplexa ao levantar os olhos do livro e ver um homem, um estranho, andando em sua direção com suas meninas presas uma debaixo de cada braço, como se carregasse gansos ou galinhas. As meninas estavam ensopadas e chorosas.

— Foram um pouco longe demais — disse o homem. — Mas vão ficar bem.

Ofereceram ao salvador, um certo sr. Winton, um operário sênior, chá e bolos num hotel à beira-mar.

— É o mínimo que podemos fazer — disse Sylvie. — O senhor arruinou suas botas.

— Não tem importância — disse, modesto, o sr. Winton.

— Ah, não, com certeza tem *muita* importância — disse Sylvie.

— Feliz por estar de volta? — exultou Hugh, recebendo-os na plataforma da estação.

— Você está feliz por nos ter de volta? — retrucou Sylvie, um tanto combativa.

— Há uma surpresa para vocês em casa — disse Hugh.

Sylvie não gostava de surpresas, todos sabiam.

— Adivinhem — exclamou Hugh.

Imaginaram um novo cãozinho, o que nem de longe se parecia com o motor Petter que Hugh instalara no porão. Desceram todos juntos os degraus de pedra da escadaria e se depararam com sua presença oleosa e pulsante, com suas fileiras de acumuladores de vidro.

— Faça-se a luz! — exclamou Hugh.

Levaria um longo tempo antes que qualquer um deles fosse capaz de ligar um interruptor de luz sem esperar uma explosão. Acender as lâmpadas era tudo o que aquilo fazia, claro. Bridget teve esperanças de que um aspirador de pó substituísse sua vassoura "feiticeira", mas não havia voltagem suficiente.

— Graças aos céus — disse Sylvie.

Julho de 1914

Pela porta-balcão aberta, Sylvie observava Maurice montar uma rede de tênis improvisada, o que parecia significar, em grande parte, bater com um martelo em tudo o que estivesse à vista. Meninos pequenos eram um mistério para Sylvie. A satisfação que extraíam de atirar paus ou pedras por horas a fio, a obsessiva coleção de objetos inanimados, a brutal destruição do mundo frágil à volta deles, tudo parecia em desacordo com os homens que se esperava que viessem a ser.

Conversas animadas no vestíbulo anunciaram a chegada jovial de Margaret e Lily, ex-colegas de escola e agora com relações sociais esporádicas, que levavam presentes alegremente enfeitados de rendas para o novo bebê, Edward. Margaret era artista, solteira convicta, talvez amante de alguém, uma escandalosa possibilidade que Sylvie não mencionara a Hugh. Lily era uma Fabian, sufragista da alta sociedade que nada arriscava por suas crenças. Sylvie imaginou mulheres sendo contidas enquanto tubos eram enfiados em suas gargantas e, num gesto reconfortante, levou a mão ao próprio pescoço, lindo e alvo. O marido de Lily, Cavendish (nome de um hotel, não de um homem, com certeza), encurralara Sylvie uma vez, pressionando-a de encontro a uma pilastra com seu corpo caprino e cheirando a charuto, sugerindo algo tão ultrajante que até mesmo a lembrança a deixava indignada.

— Ah, o ar puro — exclamou Lily quando Sylvie as conduziu ao jardim. — É tão *rural* isto aqui.

Elas arrulharam como pombas — ou pombos, aquela espécie inferior — sobre o carrinho, admirando o bebê quase tanto quanto aplaudiram o corpo esbelto de Sylvie.

— Vou pedir o chá — disse Sylvie, já cansada.

❄

Tinham um cachorro. Um mastim francês grande e malhado, chamado Bosun.

— O nome do cão de Byron — disse Sylvie.

Ursula não fazia ideia de quem fosse o misterioso Byron, mas ele não demonstrou qualquer interesse em recuperar seu cachorro. Bosun tinha uma pele fofa, peluda e macia, que rolava debaixo dos dedos de Ursula, e seu hálito cheirava à carne de pescoço, que a sra. Glover, para sua repulsa, precisava cozinhar. Era um bom cachorro, dizia Hugh, um cão responsável, do tipo que tirava pessoas de prédios em chamas e as salvava de afogamentos.

Pamela gostava de vestir Bosun com um xale e um chapéu velho e fingir que era seu bebê, embora eles tivessem agora um bebê de verdade — um menino, Edward. Todos o chamavam de Teddy. Sua mãe parecia ter sido surpreendida pelo novo bebê.

— Não sei de onde ele veio.

Sylvie tinha um riso que parecia um soluço. Estava tomando chá no gramado com duas colegas de colégio "em seus dias de Londres", que tinham ido visitar o recém-chegado. As três usavam adoráveis vestidos leves e grandes chapéus de palha, e estavam sentadas em cadeiras de vime, tomando chá e comendo o bolo de cerejas da sra. Glover. Ursula e Bosun sentavam-se na grama a uma distância conveniente, à espera de migalhas.

Maurice tinha armado uma rede e tentava, sem muito entusiasmo, ensinar Pamela a jogar tênis. Ursula estava ocupada fazendo uma grinalda de margaridas para Bosun. Tinha dedos gorduchos e desajeitados. Sylvie tinha os dedos longos e habilidosos de artista ou pianista. Tocava piano na sala de estar (Chopin). Às vezes, cantavam depois do lanche, mas Ursula jamais conseguia cantar sua parte na hora certa. (— Que bobona! — Maurice dizia. — A prática leva à perfeição — dizia Sylvie.) Quando se abria a tampa do piano havia um cheiro que lembrava o interior de velhas malas. Lembrava a Ursula sua avó, Adelaide, que passava os dias envolvida em preto, bebericando vinho da Madeira. O recém-chegado estava escondido no enorme carrinho de bebê debaixo da grande faia. Todos eles tinham sido ocupantes daquela magnificência, mas nenhum conseguia se lembrar dela. Uma pequena lebre de prata pendia da capota, e o bebê estava aconchegado sob uma manta "bordada pelas freiras", embora ninguém explicasse quem eram aquelas freiras e por que passavam os dias bordando patinhos amarelos.

— Edward — disse uma das amigas de Sylvie. — Teddy?

— Ursula e Teddy. Meus dois ursinhos — disse Sylvie, e deu sua risadinha de soluço.

Ursula não tinha muita certeza quanto a ser um urso. Teria preferido ser um cachorro. Deitou-se de costas e olhou para o céu. Bosun gemeu alto e se esticou a seu lado. Andorinhas afoitas cortavam o azul. Podia ouvir o delicado tilintar de xícaras sobre pires, os rangidos e estalidos de um cortador de grama sendo empurrado pelo Velho Tom no jardim vizinho dos Cole, e podia sentir o cheiro do perfume ardido e adocicado dos cravos-da-índia na sebe e do inebriante verde da grama recém-cortada.

— Ah — disse uma das amigas londrinas de Sylvie, esticando as pernas e revelando graciosos tornozelos em meias brancas. — Um verão longo e quente. Não é delicioso?

A paz foi quebrada por um Maurice irritado, jogando sua raquete na grama, onde ela caiu com um baque e um guincho.

— Não posso ensiná-la... ela é uma menina! — gritou, e foi para o bosque, onde começou a golpear coisas com uma vara, embora em sua cabeça ele estivesse na selva com um facão.

Maurice iria para o colégio interno depois do verão. Era o mesmo colégio em que Hugh havia estudado e, antes *dele*, seu pai também. (— E assim por diante, provavelmente até a Conquista — dizia Sylvie.) Hugh dizia que aquilo seria para o desenvolvimento de Maurice, mas ele já parecia bem desenvolvido para Ursula. Hugh disse que, quando foi para o colégio pela primeira vez, chorava todas as noites até dormir, e ainda assim parecia felicíssimo por submeter Maurice à mesma tortura. Maurice encheu o peito e declarou que *ele* não iria chorar.

(— E quanto a nós? — perguntou uma Pamela preocupada. — Também teremos de ir para o colégio?

— Não, a não ser que sejam muito desobedientes — respondeu Hugh, rindo.)

Uma Pamela de bochechas vermelhas cerrou os punhos e, plantando-os nos quadris, rosnou "Você é um porco!" para Maurice, que, indiferente, batia em retirada. Fez "porco" soar como uma palavra muito pior do que era. Porcos eram bem simpáticos.

— Pammy! — disse Sylvie com brandura. — Você está falando como uma mulherzinha da rua.

Ursula se aproximou um pouco mais da fonte de bolo.

— Ah, venha cá — disse-lhe uma das mulheres, — deixe-me olhar para você.

Ursula tentou escapar, mas foi firmemente mantida no lugar por Sylvie.

— Ela é bem bonitinha, não é? — disse a amiga de Sylvie. — É parecida com você, Sylvie.

— Mulherzinha é uma mulher pequena? — Ursula perguntou à mãe, e as amigas de Sylvie riram, adoráveis risadas borbulhantes.

— Que coisinha mais engraçada — disse uma delas.

— É, ela é uma verdadeira piada — concordou Sylvie.

❄

— É, ELA É uma verdadeira piada — concordou Sylvie.

— Crianças! — exclamou Margaret. — São engraçadas, não são?

São muito mais do que isso, pensou Sylvie, mas como explicar a magnitude da maternidade a alguém que não tem filhos? Sylvie sentia-se definitivamente matronal diante das companheiras, amigas de seus breves tempos de menina encurtados pelo conforto do casamento. Bridget apareceu com a bandeja e começou a retirar as coisas do lanche. Pela manhã, Bridget usava um vestido listrado para o trabalho doméstico, mas à tarde trocava-o por um vestido preto com gola e punhos brancos e, combinando, avental e touca também brancos. Tinha sido promovida a arrumadeira. Alice saíra para se casar, e Sylvie contratara uma garota da aldeia, Marjorie, de treze anos e olhos esbugalhados, para ajudar com o trabalho pesado.

(— Não poderíamos ficar só com as duas? — perguntou Hugh com brandura. — Bridget e a sra. G.? Não é como se estivessem cuidando de uma mansão.

— Não, não podemos — disse Sylvie, e foi o fim da conversa.)

A touca branca era grande demais para Bridget e escorregava todo o tempo sobre seus olhos, como uma venda. Na volta pelo gramado, ela foi de repente vendada pela touca e tropeçou, um tombo teatral evitado bem a tempo, cujas únicas vítimas foram o açucareiro de prata e a pinça que saíram voando pelos ares, cubos de açúcar se espalhando como dados cegos pelo verde da relva. Maurice riu exageradamente da desgraça de Bridget, e Sylvie disse: — Maurice, pare de bancar o bobo.

Sylvie observou Bosun e Ursula pegarem os cubos de açúcar dispersos, Bosun com sua grande língua rosada, Ursula, excêntrica, com a complicada pinça. Bosun engolia os dele depressa, sem mastigar. Ursula chupava os dela devagar, um a um. Ela desconfiava que Ursula estivesse destinada a ser a estranha no ninho. Ela própria filha única, via-se com frequência perturbada pela complexidade das relações fraternas entre seus próprios filhos.

— Você deveria ir a Londres — disse de repente Margaret. — Fique comigo alguns dias. Poderíamos nos divertir tanto!

— Mas as crianças — disse Sylvie. — O bebê. Não posso deixá-los.

— Por que não? — exclamou Lily. — Sua babá pode cuidar de tudo por alguns dias.

— Mas eu não tenho babá — disse Sylvie.

Lily passou os olhos pelo jardim, como se procurasse uma babá à espreita entre as hortênsias.

— Nem quero ter — acrescentou Sylvie. (Ou queria?) A maternidade era sua responsabilidade, seu destino. Era, acima de qualquer outra coisa (e que outra coisa poderia haver?), sua vida. O futuro da Inglaterra estava preso ao seio de Sylvie. Substituí-la não era uma tarefa casual, como se sua ausência significasse pouco mais que sua presença. — E eu estou amamentando o bebê — continuou.

As duas mulheres pareceram perplexas. Lily levou sem perceber uma das mãos ao próprio seio, como para protegê-lo de um ataque.

— Foi como Deus planejou — disse Sylvie, mesmo que não acreditasse em Deus desde a perda de Tiffin.

Hugh a salvou, caminhando pelo gramado como um homem com um objetivo. Ele riu e perguntou — O que temos por aqui? —, erguendo Ursula e jogando-a despreocupadamente para o ar, só parando quando ela quase se chocou com um cubo de açúcar. Sorriu para Sylvie e disse — Suas amigas —, como se ela pudesse ter se esquecido de quem eram.

— Tarde de sexta-feira! — disse Hugh, colocando Ursula na grama. — As tarefas do trabalhador estão feitas, e acredito que o sol esteja oficialmente sobre o vergame. As encantadoras senhoras gostariam de passar para algo mais forte que o chá? Um coquetel com gim, talvez? Hugh tinha quatro irmãs mais moças e ficava à vontade entre mulheres. Era o suficiente para encantá-las. Sylvie sabia que sua intenção era entretê-las, e não cortejá-las, mas às vezes se preocupava com a popularidade dele e se perguntava até onde essa popularidade poderia levá-lo. Ou, de fato, já o teria levado.

Uma trégua foi intermediada entre Maurice e Pamela. Sylvie pediu a Bridget que levasse uma mesa para a pequena mas útil varanda a fim de que as crianças tomassem o lanche ao ar livre — ovas de arenque sobre torradas e alguma coisa cor-de-rosa mal equilibrada que tremia sem controle. Aquela visão fez Sylvie se sentir levemente nauseada.

— Comida de criança — disse Hugh com prazer, observando os filhos se alimentar.

— A Áustria declarou guerra à Sérvia — comentou Hugh a pretexto de conversar, e Margaret disse: — Que disparate! Passei um fim de semana maravilhoso em Viena no ano passado. No Imperial, vocês conhecem?

— Não pessoalmente — respondeu Hugh.

Sylvie conhecia, mas nada disse.

A TARDE SE TRANSFORMOU em algo diáfano. Sylvie, flutuando suavemente numa nuvem de bebida, lembrou-se de repente da morte do pai induzida pelo conhaque e disse: — Hora de dormir, crianças — e observou Bridget empurrar desajeitadamente o carrinho pesado pela grama. Sylvie suspirou, e Hugh ajudou-a a se levantar da cadeira, beijando-lhe o rosto quando ficou em pé.

SYLVIE MANTEVE ABERTA A pequena claraboia no abafado quarto do bebê. Chamavam-no de "berçário", mas não passava de uma caixa escondida num canto do alpendre, abafada no verão e gelada no inverno, e por isso absolutamente inadequada para uma criança pequena. Como Hugh, Sylvie acreditava que as crianças deviam ser endurecidas desde cedo, o que as ajudaria a suportar os golpes da vida. (A perda de uma bela casa em Mayfair, um pônei adorado, a fé numa deidade onisciente.) Sentou-se na poltrona de amamentar, forrada de veludo com botões, e deu o seio a Edward. "Teddy", murmurou com ternura enquanto ele engolia e ofegava saciado em direção ao sono. Sylvie gostava mais de todos eles enquanto eram bebês, quando eram brilhantes e novos, como as almofadas rosadas na pata de um gatinho. Mas esse era especial. Beijou a penugem da cabeça do filho.

As palavras flutuavam no ar suave. "Todas as coisas boas chegam ao fim", ela ouviu Hugh dizer ao escoltar Lily e Margaret até o interior da casa, para o jantar.

— Acredito que a sra. Glover, com inclinações poéticas, assou uma arraia. Mas, antes, talvez vocês queiram ver meu motor Petter.

As mulheres chilrearam como as colegiais tolas que ainda eram.

URSULA ACORDOU COM EXCITADOS gritos e palmas.

— Eletricidade! — ela ouviu exclamar uma das amigas de Sylvie. — Que maravilha!

Ela dividia com Pamela um quarto no sótão. Tinham caminhas gêmeas com um tapete de retalhos e uma mesa de cabeceira entre elas. Pamela dormia com os braços acima da cabeça e às vezes gritava como se picada por um alfinete (uma travessura horrível da qual Maurice se orgulhava). Do outro lado da parede do quarto ficava a sra. Glover, que resfolegava como um trem, e do outro Bridget, que atravessava a noite em silêncio. Bosun dormia do lado de fora da porta, e estava sempre em guarda, mesmo quando adormecia. Às vezes, gemia baixinho, mas não era possível dizer se de prazer ou de dor. O sótão era um lugar apinhado e irrequieto.

Mais tarde, Ursula acordou outra vez com as visitas se despedindo. (— Esta menina tem o sono absurdamente leve — dizia a sra. Glover, como se aquilo fosse uma falha de caráter que deveria ser corrigida.) Pulou da cama e foi até a janela. Se subisse numa cadeira e olhasse para fora, algo que eram expressamente proibidas de fazer, poderia ver Sylvie e as amigas no gramado lá embaixo, os vestidos esvoaçando como mariposas no crescente cair da noite. Hugh, em pé junto ao portão dos fundos, aguardava para escoltá-las ao longo da alameda, a caminho da estação.

Às vezes, Bridget levava as crianças a pé até a estação, para encontrar o pai à saída do trem quando ele ia do trabalho para casa. Maurice dizia que seria maquinista quando crescesse, ou poderia ser um explorador antártico como sir Ernest Shackleton, que estava prestes a zarpar em sua grande expedição. Ou talvez fosse apenas banqueiro, como o pai.

Hugh trabalhava em Londres, lugar que visitavam pouco para passar tardes empertigadas na sala de visitas da avó em Hampstead. Maurice era briguento e Pamela "testava" os nervos de Sylvie a ponto de ela estar sempre de mau humor no trem de volta para casa.

Quando todos saíram, as vozes se diluindo na distância, Sylvie caminhou de volta pela grama em direção à casa, agora uma sombra escura à medida que o morcego negro abria as asas. Invisível para Sylvie, uma raposa trotou resoluta atrás dela, antes de mudar de rumo e desaparecer entre os arbustos.

— Você ouviu alguma coisa? — perguntou Sylvie, reclinada sobre os travesseiros, lendo um Forster antigo. — Talvez o bebê?

Hugh inclinou a cabeça para um lado. Por um instante, isso fez Sylvie pensar em Bosun.

— Não — disse ele.

O bebê costumava dormir a noite inteira. Era um anjinho. Mas não no céu. Ainda bem.

— O melhor de todos — disse Hugh.

— É, acho que deveríamos ficar com este.

— Ele não se parece comigo — disse Hugh.

— Não — ela concordou, amável. — Nem um pouco.

Hugh riu e, beijando-a com carinho, disse: — Boa noite, vou apagar minha lâmpada.

— Acho que vou ler um pouco mais.

❄

NUMA TARDE DE CALOR, alguns dias depois, foram observar a safra ser colhida. Sylvie e Bridget andavam pelos campos com as meninas, Sylvie carregando o bebê num *sling* confeccionado por Bridget, a partir de seu xale, e amarrado em volta do tronco de Sylvie.

— Como uma camponesa hibérnica — disse Hugh, divertido.

Era sábado e, livre dos melancólicos confins bancários, ele estava deitado na espreguiçadeira de vime na varanda dos fundos da casa, embalando o *Almanaque de críquete de Wisden* como um hinário.

Maurice desaparecera depois do café da manhã. Era um menino de nove anos com liberdade para ir aonde quisesse e com quem quisesse, embora tendesse a ter a companhia exclusiva de outros meninos de nove anos. Sylvie não tinha ideia do que faziam, mas no fim do dia ele voltava imundo da cabeça aos pés e com algum troféu nada apetitoso, uma jarra de sapos ou minhocas, um pássaro morto ou o crânio descorado de alguma pequena criatura.

O sol há muito começara sua escalada passo a passo céu acima quando afinal elas se instalaram, desconfortavelmente carregadas com o bebê, as cestas de piquenique, os chapéus e as barracas de sol. Bosun trotava ao lado delas como um pequeno pônei.

— Céus! Nós trouxemos tanta coisa que parecemos refugiados — disse Sylvie. — Os judeus saindo de Israel, talvez.

— Judeus? — exclamou Bridget, contorcendo o rosto feioso numa careta de repugnância.

Teddy dormiu durante todo o percurso em seu *sling* improvisado, enquanto elas escalavam degraus de pedra e tropeçavam em sulcos de lama endurecidos pelo sol. Bridget rasgou o vestido num prego e disse ter bolhas nos pés. Sylvie pensou em tirarem os espartilhos e os deixarem pelo caminho, e imaginou a perplexidade de alguém que se deparasse com eles depois. Teve uma lembrança repentina, inesperada na ofuscante luz do dia num pasto de vacas, de Hugh desamarrando seu espartilho durante a lua de mel no hotel em Deauville enquanto sons entravam pela janela aberta — gaivotas gritando pelos ares e um casal discutindo num francês áspero e rápido. No navio de volta de Cherbourg, Sylvie já carregava o homúnculo que se tornaria Maurice, embora na ocasião estivesse abençoadamente inconsciente do fato.

— Patroa? — disse Bridget, interrompendo o devaneio. — Sra. Todd? Eles não são *vacas*.

❄

Pararam para admirar os cavalos de George Glover puxando arados, enormes animais de tiro chamados Sansão e Nelson, que bufaram e sacudiram as cabeças quando perceberam o grupo. Deixaram Ursula nervosa, mas Sylvie ofereceu uma maçã a cada um, e eles, com os grandes lábios de veludo rosado, pegaram com delicadeza a fruta na palma de sua mão. Sylvie disse que eram tordilhos cinzentos e muito mais bonitos do que as pessoas, e Pamela perguntou: — Até crianças? — Sylvie respondeu: — É, principalmente crianças —, e riu. Encontraram o próprio George ajudando na colheita. Quando as viu, ele atravessou o campo a passadas largas, para cumprimentá-las.

— Patroa — ele disse a Sylvie, tirando o chapéu e secando o suor da testa com um grande lenço vermelho de bolas brancas. Havia pequenos pedaços de palha presos em seus braços. Como a palha, os pelos de seus braços estavam dourados de sol. — Está calor — disse ele, sem necessidade, e olhou para Sylvie por baixo do longo tufo de cabelos que sempre caía sobre seus belos olhos. Sylvie pareceu enrubescer.

Além de seu próprio lanche — sanduíches de patê de arenque, sanduíches de creme de limão, refrigerantes e bolo de sementes —, tinham levado os restos da torta de carne de porco da véspera que a sra. Glover mandara para George, com um potinho de seu famoso picles. O bolo de sementes já estava estragado, porque Bridget se esquecera de colocá-lo de volta na fôrma, e ele fora deixado quente e descoberto na cozinha por toda a noite.

— Eu não me surpreenderia se as formigas tivessem posto ovos nele — disse a sra. Glover.

Quando chegou a hora de comê-lo, Ursula precisou catar as sementes, que eram infinitas, inspecionando uma a uma para ter certeza de que não era um ovo de formiga.

Os trabalhadores do campo pararam para o almoço, basicamente pão, queijo e cerveja. Bridget ficou vermelha e deu risinhos ao entregar a torta de carne de porco a George. Pamela disse a Ursula que Maurice havia contado que Bridget tinha um fraco por George, embora parecesse a ambas que Maurice não era fonte de informação confiável em assuntos do coração. Comeram o piquenique sentados junto ao restolho, George escarrapachado sem cerimônia enquanto dava mordidas cavalares na torta de porco, Bridget observando-o com admiração como se ele fosse um deus grego e Sylvie se ocupando do bebê.

Sylvie saiu andando em busca de um lugar discreto para alimentar Teddy. Moças criadas em belas casas em Mayfair não costumam se esconder atrás de sebes para amamentar crianças. Mas as camponesas hibérnicas, com certeza. Pensou com carinho na cabana de praia na Cornualha. Quando encontrou um refúgio adequado num nicho de uma sebe, Teddy berrava a plenos pulmões, com os pequenos punhos de pugilista em riste contra a injustiça do mundo. Assim que ele se instalou no seio, ela ergueu o olhar e avistou George Glover saindo do meio das árvores na outra extremidade do campo. Ao vê-la, ele parou, encarando-a como uma corça perplexa. Por um segundo, não se moveu, mas então tirou o chapéu e disse: — Ainda calor, patroa.

— Sem dúvida — concordou Sylvie rapidamente, e observou George Glover se apressar em direção ao portão de cinco barras que interrompia a cerca viva no meio do campo e pulá-lo com a facilidade de um grande caçador sobre um obstáculo.

De uma distância segura, observaram a imensa colheitadeira engolindo o trigo com estrondo.

— Hipnótico, não é? — disse Bridget. Aprendera há pouco tempo a palavra.

Sylvie consultou seu lindo relógio de ouro de bolso, artigo muito cobiçado por Pamela, e disse: — Céus, vejam as horas! —, embora nenhum deles o tenha feito. — Precisamos voltar.

Bem quando estavam saindo, George Glover gritou: — Ei, esperem! —, e disparou pelo campo. Carregava alguma coisa no chapéu. Dois coelhinhos.

— Oh! — disse Pamela, chorando de emoção.

— Filhotes — disse George Glover. — Emboladinhos no meio do campo. A mãe se foi. Peguem, por que não? Um para cada uma.

No caminho para casa, Pamela carregava os dois bebês coelhos em seu avental, segurando-os com orgulho à frente do corpo, como Bridget com sua bandeja de chá.

— Vejam só vocês — disse Hugh quando entraram cansadas pelo portão do jardim. — Douradas e beijadas pelo sol. Parecem mesmo camponesas.

— Mais vermelhas que douradas, receio — disse Sylvie, contrita.

O jardineiro estava trabalhando. Era chamado Velho Tom (Como um gato — dizia Sylvie. — Você acha que alguma vez o chamaram de Jovem Tom?). Trabalhava seis dias por semana, dividindo o tempo entre eles e outra casa na vizinhança. Aqueles vizinhos, os Cole, dirigiam-se a ele como "sr. Ridgely". Ele não dava a perceber como preferia. Os Cole viviam numa casa muito parecida com a dos Todd, e o sr. Cole, como Hugh, era banqueiro.

— Judeu — disse Sylvie no mesmo tom que teria usado para "católico", intrigada e ao mesmo tempo confusa com aquele exotismo.

— Não acho que pratiquem — disse Hugh.

Pratiquem o quê?, perguntou-se Ursula. Pamela precisava praticar suas escalas no piano todas as tardes antes do lanche, um *toing-toing* não muito agradável de ouvir. Segundo seu filho mais velho, Simon, o sr. Cole nascera com um sobrenome bem diferente, alguma coisa complicada demais para a língua dos ingleses. O filho do meio, Daniel, era amigo de Maurice, pois, embora os adultos não fossem amigos, as crianças se davam umas com as outras. Simon, "um cê-dê-efe" (palavras de Maurice), ajudava Maurice às segundas-feiras com os deveres de matemática. Sylvie não tinha certeza de como recompensá-lo por aquela desagradável tarefa, aparentemente perplexa com sua condição judaica.

— Será que eu lhe daria algo que poderia ofendê-los? — especulava. — Se eu der dinheiro, podem achar que estou me referindo à sua famosa reputação de avareza. Se der doces, podem não se encaixar em suas restrições alimentares.

— Eles não praticam — repetia Hugh. — Não *observam* os ritos.

— Benjamin é muito observador — disse Pamela. — Ele encontrou um ninho de melro ontem.

Ela lançou um olhar de fúria a Maurice ao falar. Ele chegara perto deles, maravilhados diante dos lindos ovos azuis com pintas marrons, os agarrara e os espatifara numa pedra. Achou o máximo. Pamela jogou nele uma pequena (bem, bastante pequena) pedra que o atingiu na cabeça.

— Pronto — disse ela. — Que tal é ter a *sua* casca quebrada?

Agora, ele tinha um corte feio e um hematoma na têmpora.

— Caí — foi sua rápida resposta quando Sylvie o interrogou sobre como arrumara o machucado. Ele teria, por natureza, acusado Pamela, mas o pecado inicial viria à luz, e Sylvie lhe teria dado um belo castigo por quebrar os ovos. Ela o pegara uma vez roubando ovos e lhe estapeara as orelhas. Sylvie afirmava que eles deveriam "reverenciar" a natureza, e não destruí-la, mas a reverência não fazia parte da própria natureza de Maurice, infelizmente.

— Ele está aprendendo violino, não está, o Simon? — perguntou Sylvie. — Os judeus são em geral muito musicais, não são? Talvez eu pudesse lhe dar umas partituras, algo assim.

Aquela discussão quanto aos perigos de ofender o judaísmo acontecera à mesa do café da manhã. Hugh sempre parecia vagamente surpreso ao ver seus filhos à mesma mesa que ele. Não tomara café da manhã com os pais até completar doze anos e ser considerado apto a deixar o quarto das crianças. Era o robusto pupilo de uma eficiente babá, um lar dentro de um lar em Hampstead. A pequena Sylvie jantara tarde, no *Canard à la presse*, precariamente empoleirada sobre almofadas, embalada por velas bruxuleantes e prataria tilintante, enquanto a conversa dos pais flutuava sobre sua cabeça. Não fora, suspeitava agora, uma infância muito regular.

O Velho Tom escavava uma vala dupla, dizia ele, para um novo canteiro de aspargos. Hugh abandonara *Wisden* havia muito e colhia framboesas para encher uma grande tigela branca esmaltada que tanto Pamela quanto Ursula reconheceram como aquela em que Maurice até bem pouco tempo criava girinos, embora nenhuma das duas mencionasse o fato. Servindo-se de um copo de cerveja, Hugh disse: — Trabalhinho que dá sede, a agricultura —, e todos riram. Menos o Velho Tom.

A sra. Glover apareceu para pedir ao Velho Tom que arrancasse algumas batatas para acompanhar seus escalopes. Bufou e resfolegou ao ver os coelhos.

— Não dão nem para um guisado.

Pamela gritou e precisou ser acalmada com um gole da cerveja de Hugh.

Pamela e Ursula fizeram um ninho, num canto escondido do jardim, com grama e algodão, decorado com pétalas de rosa caídas, e nele, com cuidado, colocaram os bebês coelhos. Pamela entoou uma canção de ninar para eles, ela era bem afinada, mas eles dormiam desde que George Glover os entregara a ela.

— Acho que são pequenos demais — disse Sylvie.

Pequenos demais para quê?, perguntou-se Ursula. Mas Sylvie não disse.

Sentaram-se na relva e comeram as framboesas com creme e açúcar. Hugh olhou para o céu muito azul e disse: — Vocês ouviram o trovão? Vai cair uma tremenda tempestade, posso senti-la chegando. Não é mesmo, Velho Tom? —, ele ergueu a voz para que Velho Tom, lá longe no canteiro de legumes, o ouvisse. Hugh achava que, como jardineiro, Velho Tom devia saber tudo sobre o clima. Velho Tom nada disse e continuou a cavar.

— É surdo — disse Hugh.

— Não, não é — disse Sylvie, criando um tom de rosa amadeirado ao amassar as framboesas, belas como sangue, sobre o creme espesso, e de repente pensou em George Glover. Um filho da terra. As mãos fortes e quadradas, os belos tordilhos cinzentos, como grandes cavalos de balanço, e o jeito como se refestelara na encosta saboreando o almoço, posando como o Adão de Michelangelo na Capela Sistina, mas esticando a mão para outra fatia de torta de carne de porco em vez da mão de seu Criador. (Quando Sylvie acompanhou Llewellyn, seu pai, à Itália, ficara perplexa com a quantidade de carne masculina disponível para ser vista como arte.) Imaginou-se alimentando George Glover com maçãs em sua mão e riu.

— O que foi? — perguntou Hugh, e Sylvie respondeu: — Que belo garoto é George Glover.

— Deveria ser adotado, então — disse Hugh.

Na cama, naquela noite, Sylvie abandonou Forster por atividades menos cerebrais, e entrelaçou membros superaquecidos no leito conjugal, estando mais para corça palpitante do que para cotovia planadora. Viu-se pensando não no corpo macio e magro de Hugh, mas nos grandes membros bronzeados e centáureos de George Glover.

— Você está muito... — disse um Hugh exausto, fitando a cornija do quarto enquanto buscava uma palavra apropriada. — Animada — concluiu, afinal.

— Deve ser todo aquele ar puro — disse Sylvie.

Dourada e beijada pelo sol, ela pensou enquanto deslizava confortavelmente para o sono, e então Shakespeare lhe veio de surpresa à mente. *Dourados mancebos e moças, sem exceção / qual limpadores de chaminé, ao pó retornarão*[9], e ela de repente sentiu medo.

— Aí está a tempestade, afinal — disse Hugh. — Devo apagar as luzes?

Sylvie e Hugh foram arrancados de seu sono na manhã de domingo por uma Pamela aos gritos. Ela e Ursula haviam acordado cedo de tanta excitação e corrido lá fora para descobrir que os coelhos haviam desaparecido, sobrando apenas o pompom fofo de um rabinho branco, manchado de vermelho.

— Raposas — disse a sra. Glover, com alguma satisfação. — O que esperavam?

[9] *Cimbelino*, ato IV cena 2. (N. T.)

Janeiro de 1915

— Ouviram as últimas notícias? — perguntou Bridget.

Sylvie suspirou e soltou a carta de Hugh, as páginas tão quebradiças quanto folhas mortas. Apenas alguns meses haviam transcorrido desde que ele partira para o front, e ela mal conseguia se lembrar de continuar casada com ele. Hugh era capitão no regimento Ox & Bucks. No verão anterior, era um banqueiro. Parecia absurdo.

Suas cartas eram alegres e evasivas (*os homens são maravilhosos, têm muita personalidade*). Ele costumava se referir àqueles homens pelo nome (Bert, Alfred, Wilfred), mas, desde a batalha de Ypres, haviam se tornado apenas "os homens", e Sylvie se perguntou se Bert, Alfred e Wilfred estavam mortos. Hugh nunca usava as palavras morte ou morrendo, como se estivessem todos numa excursão, num piquenique. (*Uma quantidade enorme de chuva nesta semana. Lama por toda parte. Espero que vocês estejam desfrutando um clima melhor do que o nosso!*)

— Para a guerra? Você está indo para a guerra? — ela gritou com ele, quando se alistou, e surpreendeu-se por nunca antes ter gritado com ele. Talvez devesse.

Se haveria guerra, Hugh lhe explicou, ele não queria olhar para trás e saber que a tinha perdido, que outros se tinham adiantado em defesa da honra da pátria e ele não.

— Pode ser a única aventura que terei na vida.

— Aventura? — ela repetiu, incrédula. — E quanto a seus filhos, e quanto à sua *esposa*?

— Mas é por vocês que estou fazendo isso — argumentou ele, parecendo ferido em sua sensibilidade, um Teseu incompreendido. Sylvie antipatizou profundamente com ele naquele momento.

— Para proteger a família e o lar — ele insistiu. — Para defender tudo aquilo em que acredito.

— Mas, mesmo assim, eu ouvi a palavra *aventura* — disse Sylvie, dando-lhe as costas.

Apesar de tudo, é claro, ela fora até Londres para vê-lo partir. Foram acotovelados por uma enorme multidão que agitava bandeiras e celebrava como se uma grande vitória já tivesse sido alcançada. Sylvie surpreendeu-se com o inflamado patriotismo das mulheres na plataforma, e pensou que a guerra talvez devesse transformar todas as mulheres em pacifistas.

Hugh a mantivera abraçada a ele, como se fossem recém-enamorados, e só pulou no trem no último segundo. Foi no mesmo instante engolido por um enxame de homens uniformizados. *Seu regimento*, ela pensou. Que estranho! Como a multidão, ele parecera imensamente, estupidamente alegre.

Quando o trem começou a se arrastar devagar para fora da estação, a multidão exaltada rugiu em aprovação, agitando bandeiras em desvario e jogando para o ar boinas e chapéus. Sylvie só conseguia olhar fixa e cegamente para as janelas do comboio à medida que passavam, primeiro devagar e depois cada vez mais depressa até não serem mais do que um borrão. Não via sinal de Hugh, nem, imaginava, ele podia vê-la. Ficou na plataforma até que todos tivessem saído, encarando o ponto no horizonte em que o trem havia desaparecido.

Sylvie abandonou a carta e, em vez dela, apanhou suas agulhas de tricô.

— *Ouviram* as notícias? — insistiu Bridget.

Ela estava colocando os talheres na mesa de chá. Sylvie franziu o nariz para as agulhas e se perguntou se queria ouvir quaisquer notícias que tinham Bridget como fonte. Deu um ponto na manga raglã que tricotava para Maurice. Todas as mulheres da casa passavam agora um tempo absurdo tricotando — cachecóis e luvas, meias e gorros, coletes e suéteres — para manter seus homens aquecidos.

A sra. Glover sentava-se perto do fogão à noite e tricotava luvas imensas, grandes o bastante para caber nos cascos dos cavalos de tiro de George. Não eram para Sansão e Nelson, é claro, mas para o próprio George, um dos primeiros a se alistar, dizia a cada oportunidade a sra. Glover cheia de orgulho, fazendo Sylvie se sentir um tanto irritada. Até Marjorie, a copeira, fora contagiada pela mania do tricô, e trabalhava depois do almoço em algo que parecia um pano de prato, embora chamar aquilo de tricotar fosse generosidade. "Mais buracos do que lã", foi o veredicto da sra. Glover, antes de lhe dar um tapa no ouvido e mandá-la voltar ao trabalho.

Bridget começara a fazer meias retas — não conseguia, de jeito nenhum, fazer a volta do calcanhar — para seu novo amor. Tinha "entregado seu coração" a um cavalariço de Ettringham Hall, chamado Sam Wellington. — Ah, ele é mesmo um sapato velho —, ela dizia e ria até não poder mais, várias vezes por dia, como se a dissesse pela primeira vez. Bridget mandava para Sam Wellington cartões sentimentais em que anjos pairavam no ar sobre mulheres que choravam sentadas em cima de mesas cobertas por mantas de chenile em salões domésticos. Sylvie sugerira a Bridget que talvez pudesse mandar uma correspondência mais alegre para um homem na guerra.

Bridget mantinha uma fotografia, um retrato feito em estúdio, em sua bastante mal equipada penteadeira. Ela ocupava o lugar de honra junto ao velho conjunto de escova e pente esmaltados que Sylvie lhe dera quando Hugh a presenteou com um estojo de toucador de prata em seu aniversário. Imagem semelhante e obrigatória adornava a mesa de cabeceira da sra. Glover. Aprisionado num uniforme, e pouco à vontade diante de um cenário de estúdio que lembrava a Sylvie a Costa Amalfitana, George Glover não se parecia mais com o Adão da Sistina. Sylvie pensou em todos os homens alistados que já se haviam submetido ao mesmo ritual, uma recordação para mães e namoradas, a única fotografia que jamais seria feita de alguns deles. — Ele poderia ser morto — disse Bridget de seu querido —, e eu poderia me esquecer de como ele era. Sylvie tinha inúmeras fotografias de Hugh. Ele levava uma vida bem documentada.

Todas as crianças, menos Pamela, estavam no andar de cima. Teddy dormia no berço, ou talvez estivesse acordado no berço, e, fosse qual fosse o estado em que estava, não reclamava. Sylvie não sabia o que e nem mesmo estava interessada no que Maurice e Ursula faziam, pois aquilo queria dizer que a tranquilidade reinava na sala do café da manhã, exceto pelas batidas suspeitas e ocasionais no teto e pelo ruído metálico de panelas pesadas na cozinha onde a sra. Glover expressava seus sentimentos a respeito de algo conhecido — a guerra ou a incompetência de Marjorie, ou ambas.

Desde que os combates tiveram início no continente, faziam as refeições na sala do café da manhã, abandonando a mesa de jantar Regency Revival, por ser extravagante demais para a austeridade dos tempos de guerra, e adotando a mesinha da sala de estar. (— Não usar a sala de jantar não vai ganhar a guerra — disse a sra. Glover.)

Sylvie fez um gesto para Pamela, que, obediente, acatou a ordem silenciosa da mãe e contornou a mesa atrás de Bridget, arrumando o talher do jeito certo. Bridget não conseguia distinguir a direita da esquerda ou a parte de cima da de baixo.

A ajuda de Pamela à força expedicionária assumira a forma de uma produção em massa de echarpes em cores insípidas, de extraordinários e impraticáveis comprimentos. Sylvie ficou agradavelmente surpresa com a aptidão de sua filha mais velha para a monotonia. Aquilo lhe daria uma boa vantagem na vida futura. Sylvie perdeu um ponto e soltou baixinho um palavrão que deixou perplexas Pamela e Bridget.

— Que notícias? — perguntou afinal, relutante.

— Bombas foram jogadas em Norfolk — disse Bridget, orgulhosa de sua informação.

— Bombas? — repetiu Sylvie, levantando os olhos do tricô. — Em *Norfolk*?

— Um ataque surpresa de um Zeppelin — disse Bridget com autoridade. — São os "boches". Eles não se importam com quem matam. Eles são cruéis, são mesmo. Eles comem bebês belgas.

— Bem... — disse Sylvie, enganchando o ponto solto — isso pode ser um pouco de exagero.

Pamela hesitou, garfo de sobremesa numa das mãos, colher na outra, como se estivesse prestes a tentar atacar um dos pesadíssimos pudins da sra. Glover.

— Comem? — repetiu em tom de horror. — Bebês?

— Não! — cortou Sylvie. — Não seja tola.

A sra. Glover berrou por Bridget das profundezas da cozinha, e Bridget voou ao seu chamado. Sylvie podia ouvir Bridget gritando, do alto da escada, para as outras crianças: — O lanche tá na mesa!

Pamela suspirou como alguém que já vivera uma vida inteira e sentou-se à mesa. Olhou fixo para a toalha e disse: — Eu estou com saudades do papai.

— Eu também, querida — disse Sylvie. — Eu também. Agora não seja bobinha e vá dizer aos outros que lavem as mãos.

No Natal, Sylvie preparara uma grande caixa de presentes para Hugh: as inevitáveis meias e luvas, uma das infindáveis echarpes de Pamela e, como antídoto, um cachecol de caxemira de duas camadas tricotado por Sylvie e batizado com seu perfume favorito, La Rose Jacqueminot, para lembrá-lo de casa. Imaginou Hugh no campo de batalha usando o cachecol junto à pele, um galante cavaleiro em duelo exibindo os favores de uma dama. Aquele devaneio de cavalaria era um consolo em si mesmo, preferível aos relances de algo mais sombrio. Tinham passado um fim de semana gelado em Broadstairs, embrulhados em perneiras, coletes e balaclavas, e ouvindo o estrondo dos grandes canhões sobre a água.

A caixa de Natal continha também um bolo de ameixa assado pela sra. Glover, uma lata de creme de hortelã um tanto disforme feito por Pamela, cigarros, uma garrafa de bom uísque maltado e um livro de poesia — uma antologia de poemas ingleses, a maioria pastorais e não muito pesados —, bem como pequenos presentes caseiros feitos por Maurice (um avião de madeira) e um desenho de Ursula com céu azul, gramado verde e uma pequena figura distorcida de um cão. "Bosun", escreveu Sylvie prestativamente ao alto. Não fazia ideia se Hugh havia ou não recebido a caixa.

O Natal foi tedioso. Izzie apareceu e falou muito sobre nada (ou seja, sobre ela mesma) antes de anunciar que havia ingressado no Destacamento de Ajuda Voluntária e partiria para a França logo depois das festas.

— Mas, Izzie — disse Sylvie —, você não sabe cuidar de ninguém, nem cozinhar, datilografar ou fazer alguma coisa útil.

As palavras saíram mais duras do que ela pretendia, mas Izzie era mesmo uma bobalhona. ("Lambisgoia", era o veredicto da sra. Glover.)

— Então, é o fim — disse Bridget quando soube do pedido de donativos de Izzie —, perderemos a guerra até a Quaresma.

Izzie nunca mencionou o bebê. Tinha sido adotado na Alemanha, e Sylvie supunha que fosse agora um cidadão alemão. Era estranho o fato de ele ser apenas um pouco menor do que Ursula, mas, oficialmente, ser o inimigo.

E então, no Ano-Novo, uma a uma, todas as crianças caíram doentes com catapora. Izzie já estava no próximo trem para Londres assim que a primeira bolha estourou no rosto de Pamela. — Demais para Florence Nightingale — disse Sylvie a Bridget, irritada.

Ursula, apesar de seus dedos desajeitados e gorduchos, juntara-se agora ao frenesi tricotador da casa. No Natal, ganhou uma boneca francesa de tricotar, de madeira, chamada *la reine Solange*, que Sylvie explicou querer dizer "rainha Solange", embora tivesse "dúvidas" de que jamais tivesse havido uma rainha Solange na história. A rainha Solange era pintada nas cores da realeza e usava uma elaborada coroa amarela, cujas pontas seguravam a lã. Ursula foi uma súdita dedicada e devotou todo o seu tempo livre, do qual tinha oceanos à disposição, criando longas serpentinas de lã sem qualquer finalidade, além de serem emaranhadas em suportes para copos e em assimétricos abafadores de chá. (— Onde estão os furos para o bico e a alça? — intrigou-se Bridget.)

— Lindo, querida — disse Sylvie, examinando um dos pequenos suportes que ia aos poucos se esticando em suas mãos, como algo despertando de um longo sono. — A prática leva à perfeição, lembre-se.

— O lanche tá na mesa!

Ursula ignorou o chamado. Era uma escrava de sua majestade, sentada na cama, o rosto franzido em concentração enquanto enganchava a linha em volta da coroa da rainha Solange. Era um velho fio de lã penteada, marrom, mas a necessidade ensinava — dizia Sylvie.

Maurice deveria estar de volta à escola, mas sua catapora foi a pior de todas e seu rosto ainda estava coberto por pequenas cicatrizes, como se um pássaro o tivesse bicado. — Mais alguns dias em casa, rapazinho — disse o dr. Fellowes. Mas, aos olhos de Ursula, Maurice parecia vender saúde.

Ele dava voltas pelo quarto, inquieto e cheio de tédio, como um leão enjaulado. Encontrou um dos chinelos de Pamela debaixo da cama e chutou-o para todos os lados como uma bola de futebol. Pegou, então, uma boneca de porcelana, uma dama com saia de crinolina que Pamela adorava, e atirou-a tão alto no ar que o bibelô ricocheteou no lustre de vidro opalino com um alarmante *tiiing*. Ursula deixou cair o tricô, as mãos aterrorizadas voaram para a boca. A dama de crinolina encontrou um pouso suave no acolchoado edredom de cetim de Pamela, mas não antes que Maurice tivesse se apoderado da abandonada boneca de tricô e começasse a correr com ela, como se fosse um avião. Ursula viu a pobre rainha Solange dar voltas pelo quarto, a cauda de lã que se projetava de suas entranhas ondulando atrás dela como uma bandeirola. E, então, Maurice fez algo realmente cruel. Abriu a janela do sótão, deixando entrar uma lufada de ar gelado e desagradável, e fez a pequena boneca de madeira sair voando na noite hostil.

No mesmo instante, Ursula arrastou uma cadeira até a janela, subiu e espiou para fora. Iluminada pela faixa de luz lançada através da janela, lá estava a rainha Solange, encalhada na ardósia, no vale entre os dois telhados do sótão.

Maurice, agora um pele-vermelha, pulava de uma cama para outra, emitindo gritos de guerra. — O lanche tá na mesa! — berrou Bridget com mais urgência no pé da escada. Ursula ignorou ambos, com seu coração de heroína batendo forte enquanto escalava a janela — tarefa nada fácil, embora estivesse determinada a salvar sua soberana. As placas de ardósia estavam escorregadias de gelo, e Ursula mal tinha posto o pezinho calçado com o chinelo na rampa além da janela quando escorregou. Deixou escapar um gritinho, estendeu a mão para a boneca de tricô quando passou por ela, os pés em primeiro lugar, numa pista de tobogã sem tobogã. Não havia parapeito para amortecer sua descida, nada que a impedisse de ser impelida para as asas negras da noite. Uma espécie de urgência, quase um êxtase, enquanto era lançada para o ar interminável e depois nada.

Caiu a escuridão.

Neve

11 DE FEVEREIRO DE 1910

Os PICLES TINHAM A escabrosa cor da icterícia. O dr. Fellowes comia à mesa da cozinha, à luz de um incômodo lampião a querosene. Espalhou os picles sobre o pão com manteiga e cobriu-o com uma grossa fatia de presunto gordo. Pensou na manta de toucinho descansando no frescor de sua própria despensa. Ele mesmo escolhera o porco, mostrando-o ao fazendeiro, vendo não uma criatura viva, mas uma aula de anatomia — um conjunto de costeletas de lombo e jarrete, bochecha, barriga e enormes pernis para assar. Carne. Pensou no bebê que salvara das garras da morte com um corte de sua tesoura cirúrgica.

— O milagre da vida — comentou sem paixão com a agitada empregadinha irlandesa. (— Bridget, senhor.) — Passarei o resto da noite aqui — acrescentou. — Por causa da neve.

Podia pensar em muitos lugares onde preferiria estar que não a Toca da Raposa. Por que tinha aquele nome? Por que alguém celebraria a habitação de um animal tão traiçoeiro? O dr. Fellowes participara de caçadas, elegante em seu traje vermelho, quando jovem. Perguntou-se se a mocinha surgiria em seu quarto pela manhã, com uma bandeja de chá e torradas. Imaginou-a derramando água quente do jarro na bacia e ensaboando-o defronte à lareira do quarto como sua mãe fazia, décadas antes. O dr. Fellowes era obstinadamente fiel à esposa, mas seus pensamentos vagavam por toda parte.

Bridget subiu as escadas à sua frente com uma vela. A vela flamejava e cintilava furiosamente enquanto ele seguia a empregada magricela até um gelado quarto de hóspedes. Ela acendeu uma vela em cima do armário e desapareceu na goela escura do corredor com um apressado "Boa noite, senhor".

Ele se deitou na cama fria, os picles se fazendo desagradavelmente presentes. Desejou estar em casa, junto ao corpo amplo e quente da sra. Fellowes, mulher a quem a natureza negara elegância e que sempre exalava um vago perfume de cebola frita. Não necessariamente desagradável.

Guerra

20 DE JANEIRO DE 1915

— CÊS VÃO SE mexer? — perguntou Bridget, irritada. Estava em pé na soleira da porta, impaciente, segurando Teddy. — Quantas vezes vou ter de dizer *O lanche tá na mesa*?

Teddy se contorcia na estreita prisão de seus braços. Maurice não lhe deu atenção, profundamente envolvido como estava nos meandros de uma dança de guerra pele-vermelha.

— Desce dessa janela, Ursula, pelo amor de Deus. E por que ela tá aberta? Tá congelando, cê vai se matar.

Ursula estava a ponto de se atirar pela janela na esteira da rainha Solange, decidida a libertá-la da terra de ninguém do telhado, quando alguma coisa a fez hesitar. Uma pequena dúvida, um pé vacilante e o pensamento de que o telhado era muito alto e a noite muito grande. E, então, Pamela apareceu e disse: — Mamãe mandou vocês lavarem as mãos para o lanche —, seguida de perto por Bridget martelando as escadas com seu refrão imutável, *O lanche tá na mesa!*, e qualquer esperança de salvamento real foi perdida.

— E quanto a você, Maurice — continuou Bridget —, você é pouco mais que um selvagem.

— Eu *sou* um selvagem — disse ele. — Eu sou um apache.

— Você poderia ser o rei dos Hotentotes no que me diz respeito, mas O LANCHE AINDA TÁ NA MESA.

Maurice deu um último e desafiador grito de guerra antes de descer as escadas fazendo a maior barulheira, e Pamela usou uma velha rede amarrada numa bengala para puxar a rainha Solange de volta das profundezas geladas do telhado.

O LANCHE ERA UMA canja. Teddy ganhou um ovo quente. Sylvie suspirou. Muitas refeições envolviam algum tipo de receita com galinhas, agora que criavam as suas. Tinham um galinheiro e uma cerca de arame no que, antes da guerra, deveria ter sido um canteiro de aspargos. O Velho Tom os deixara, embora Sylvie tivesse ouvido que o "sr. Ridgely" ainda trabalhava para seus vizinhos, os Cole. Talvez, afinal de contas, ele não gostasse de ser chamado de "Velho Tom".

— Esta não é uma de nossas galinhas, é? — perguntou Ursula.

— Não, querida — disse Sylvie. — Não é.

A galinha estava dura e engordurada. A comida da sra. Glover nunca mais fora a mesma desde que George fora ferido num ataque. Ele ainda estava num hospital de campanha na França, e, quando Sylvie perguntou qual a gravidade do ferimento, ela disse que não sabia. — Que coisa horrível! — observou Sylvie, e pensou que se tivesse um filho ferido, longe de casa, teria de ir à sua procura. Tratar e curar seu menino. Talvez não Maurice, mas Teddy, sem dúvida. O pensamento de Teddy jazendo ferido e indefeso fez seus olhos se encher de lágrimas.

— Você está bem, mamãe? — perguntou Pamela.

— Com certeza — disse Sylvie, tirando o ossinho da sorte e oferecendo-o a Ursula, que disse não saber fazer pedidos.

— Em geral, pedimos que os nossos sonhos se realizem — disse Sylvie.

— Mas não os meus sonhos! — disse Ursula, uma expressão de alarme no rosto.

— MAS NÃO OS meus sonhos! — disse Ursula, pensando no gigantesco cortador de grama que a perseguira por toda a noite e na tribo de peles-vermelhas que a amarraram em estacas e a cercaram de arcos e flechas.

— Esta *é* uma de nossas galinhas, não é? — disse Maurice.

Ursula gostava das galinhas, gostava da palha quente e das penas do galinheiro, gostava de botar a mão debaixo dos sólidos corpos quentes e encontrar um ovo ainda mais quente.

— É Henrietta, não é? — insistiu Maurice.

— Ela estava velha. Pronta para a panela — disse a sra. Glover.

Ursula inspecionou o prato. Tinha uma afeição especial por Henrietta. A fatia branca e dura de carne não lhe deu pistas.

— Henrietta? — gritou Pamela, alarmada.

— Você a matou? — Maurice perguntou a Sylvie, impaciente. — Tinha muito sangue?

Já tinham perdido diversas galinhas para as raposas. Sylvie disse estar surpresa com quanto as galinhas eram idiotas.

— Não mais idiotas do que as pessoas, retrucou a sra. Glover.

As raposas já tinham levado também o coelhinho de Pamela, no último verão. George Glover salvara dois, e Pamela insistira em fazer um ninho para o dela no jardim, mas Ursula se rebelara e trouxera o seu para dentro e o colocara na casa de bonecas onde ele derrubara tudo e deixara fezes como pequenas balas de alcaçuz. Quando Bridget descobriu, levou-o para uma casinhola do lado de fora e ele nunca mais foi visto.

De sobremesa, havia um rocambole recheado com geleia e creme, geleia das framboesas do verão. O verão era agora um sonho, comentou Sylvie.

— Bebê morto — disse Maurice, naqueles horríveis modos bruscos que o internato só servira para incrementar. Enfiou o rocambole na boca e disse: — É assim que chamamos rocambole de geleia na escola.

— Modos, Maurice! — Sylvie avisou. — E, por favor, não seja tão insuportável.

— Bebê morto? — perguntou Ursula, soltando a colher e olhando horrorizada para o prato à sua frente.

— Os alemães os comem — disse Pamela, soturna.

— Rocamboles? — surpreendeu-se Ursula. — Todo mundo come rocambole, até o inimigo, não é?

— Não, *bebês* — disse Pamela. — Mas só os belgas.

Sylvie olhou para o rocambole, a camada de geleia vermelha, como sangue, e estremeceu. Naquela manhã, assistira à sra. Glover quebrar o pescoço da pobre e velha Henrietta em cima de um cabo de vassoura, a ave executada com a indiferença de um carrasco. A necessidade ensina, imagino que Sylvie tenha pensado nisso.

— Estamos em guerra — disse a sra. Glover. — Não é hora para fricotes.

Pamela não deixaria o assunto morrer.

— *Era* ela, mamãe? — insistiu baixinho. — Era Henrietta?

— Não, querida — disse Sylvie. — Palavra de honra, não era Henrietta.

Uma batida urgente na porta dos fundos impediu maiores discussões. Todos ficaram imóveis, olhando uns para os outros, como se tivessem sido pegos no meio de um crime. Ursula não sabia bem a razão.

— Que não sejam más notícias! — exclamou Sylvie.

Segundos depois, veio da cozinha um grito terrível. Sam Wellington, o sapato velho, estava morto.

— Essa guerra horrível — murmurou Sylvie.

❄

Pamela deu a Ursula os restos de um de seus novelos de lã de carneiro de cor insípida e Ursula prometeu que a rainha Solange daria à luz um pequeno suporte para o copo d'água de Pamela, em gratidão pelo seu salvamento.

Quando foram para a cama naquela noite, as duas colocaram a dama com saia de crinolina e a rainha Solange lado a lado na mesinha de cabeceira, valentes sobreviventes de uma batalha contra o inimigo.

Armistício

Junho de 1918

Era aniversário de Teddy. Ele nasceu sob o signo de Câncer. — Um signo enigmático — disse Sylvie, mesmo que considerasse aquelas coisas "uma bobagem".

— Tem quarto pros quatro — dizia Bridget, no que talvez fosse uma espécie de piada.

Sylvie e a sra. Glover preparavam uma festinha, "uma surpresa". Sylvie gostava de todos os filhos, talvez de Maurice nem tanto, mas era absolutamente louca por Teddy.

Teddy nem sequer sabia que era seu aniversário, porque naqueles dias tinham recebido ordens severas de não mencionar o fato. Ursula não podia acreditar em como era difícil guardar um segredo. Sylvie era perita. Disse-lhes para tirar "o aniversariante" de casa enquanto aprontava tudo. Pamela se queixou de que *ela* nunca tinha tido uma festa surpresa, e Sylvie disse — É claro que teve, você só não se lembra. Era verdade? Pamela fez uma careta diante da impossibilidade de saber. Ursula não fazia ideia se alguma vez tinha tido uma festa surpresa ou mesmo uma festa que não fosse surpresa. O passado era uma confusão em sua cabeça, não a linha reta que era para Pamela.

Bridget disse: — Venham, vamos dar uma volta.

E Sylvie completou: — É, levem um pouco de geleia para a sra. Dodds, está bem?

Sylvie, mangas arregaçadas, lenço no cabelo, passara a véspera inteira ajudando a sra. Glover a fazer geleia, fervendo em panelas de cobre as framboesas do jardim com o açúcar que tinham economizado da ração.

— É como trabalhar numa fábrica de munições — disse Sylvie, enquanto enchia um vidro atrás do outro com a geleia fervente.

— Nem de longe — murmurou a sra. Glover consigo mesma.

O jardim produzira uma safra abundante, Sylvie lera livros sobre como cultivar frutas e declarara que agora podia ser o jardineiro. A sra. Glover, sombria, disse que frutinhas eram coisa fácil, ela que esperasse até tentar plantar couves-flores. Para o trabalho pesado no jardim, Sylvie contratou Clarence Dodds, antigo companheiro de Sam Wellington, o sapato velho. Antes da guerra, Clarence tinha sido ajudante de jardineiro em Ettringham Hall. Fora afastado do exército por invalidez e agora usava uma máscara de lata em metade do rosto e dizia querer trabalhar num armazém. Ursula encontrou-o pela primeira vez quando ele preparava um canteiro para cenouras e deu um gritinho indelicado ao ver seu rosto. A máscara tinha um olho muito aberto pintado de azul, para combinar com o real. — O suficiente para assustar os cavalos, não é? —, ele disse e sorriu. Ela desejou que ele não tivesse sorrido, porque a boca não estava coberta pela máscara. Os lábios eram enrugados e estranhos, como se fossem uma espécie de acréscimo, costurados ali depois de ele ter nascido.

— Sou um dos sortudos — ele lhe disse. — Fogo de artilharia é o diabo.

Para Ursula, aquilo não pareceu muita sorte.

As cenouras mal apontavam as cabeças emplumadas acima do solo quando Bridget começou a sair com Clarence. Quando Sylvie fez a primeira colheita de batatas, Bridget e Clarence ficaram noivos, e, como Clarence não tinha como comprar um anel, Sylvie deu a Bridget um anel cigano, que disse ter "desde sempre" e nunca ter usado.

— É só uma bugiganga — afirmou —, não vale muita coisa.

Embora Hugh o tivesse comprado na New Bond Street quando Pamela nasceu, e não tivesse economizado no preço.

A fotografia de Sam Wellington foi banida para um velho baú de madeira no sótão.

— Não posso ficar com ela — disse Bridget aflita à sra. Glover —, mas também não posso jogar fora, não é?

— Você poderia queimá-la — sugeriu a sra. Glover, mas a ideia deu arrepios a Bridget. — Parece magia negra.

Partiram para a casa da sra. Dodds, carregados de geleia, bem como de um magnífico buquê de ervilhas-de-cheiro marrons que Sylvie muito se orgulhava de ter cultivado. — A variedade é "Senador", caso a sra. Dodds esteja interessada — ela disse a Bridget.

— Não estará — disse Bridget.

Maurice não estava com elas, é claro. Tinha saído de bicicleta depois do café da manhã, com um lanche para o almoço na mochila, e desaparecera com os amigos no restante do dia. Ursula e Pamela tinham muito pouco interesse na vida de Maurice, e ele absolutamente nenhum pela delas. Teddy era um tipo bem diferente de irmão, leal e afetuoso como um cão e, como tal, adulado.

A mãe de Clarence ainda trabalhava em Ettringham Hall, — em regime semifeudal —, segundo Sylvie, e tinha um chalé nas terras da propriedade, uma coisa antiga e modesta que cheirava a água parada e a reboco velho. A umidade inchava a pintura do teto que descascava como pele solta.

Bosun morrera de cinomose no ano anterior e fora enterrado debaixo de uma roseira Bourbon que Sylvie encomendara especialmente para marcar a sepultura.

— As rosas são chamadas "Louise Odier" — disse ela. — Caso se interessem.

Desde então, tinham outro cachorro, uma cadelinha preta esquiva e sorrateira, chamada Trixie, que poderia muito bem ter sido chamada de Problema, porque Sylvie estava sempre rindo e dizendo: — Ai, ai, ai, lá vem problema. — Pamela tinha visto a sra. Glover dar em Trixie um chute certeiro com seu pé grande calçado de bota, e Sylvie precisou "ter uma conversa" com ela. Bridget não deixaria Trixie ir à casa da sra. Dodds — disse que jamais saberia o resultado.

— Ela não acredita em cães — disse Bridget.

— Cachorros não são exatamente uma questão de fé — disse Sylvie.

Clarence foi ao seu encontro no portão de entrada da propriedade. A casa principal, a mansão propriamente dita, ficava a quilômetros de distância, no fim de uma longa alameda de elmos. Os Daunt viviam ali havia séculos e apareciam ocasionalmente para organizar festas e bazares e abrilhantar fugazmente a comemoração anual de Natal no salão de festas da aldeia. Tinham sua própria capela, portanto nunca eram vistos na igreja, embora agora nunca fossem mesmo vistos, porque haviam perdido três filhos, um depois do outro, para a guerra, e tinham mais ou menos se retirado do mundo.

Era impossível não ficar olhando para o rosto de lata de Clarence (— cobre galvanizado —, ele as corrigia). Viviam apavoradas com a ideia de que ele fosse tirar a máscara. Será que ele a tirava para ir para a cama à noite? Se Bridget se casasse com ele, veria o horror por trás dela?

— Não é tanto o que há ali — ouviram Bridget dizer à sra. Glover —, e sim o que *não* há.

A sra. Dodds (Bridget a chamava de "Velha Mamãe Dodds", como numa canção de ninar) fez chá para os adultos, chá que Bridget descreveu depois como "fraco como água de cordeiro". Bridget gostava do chá "forte o bastante para que a colher fique em pé". Nem Pamela nem Ursula conseguiram descobrir o que poderia ser água de cordeiro, mas o som era bonitinho. A sra. Dodds lhes deu leite cremoso, servido numa grande jarra esmaltada e ainda morno, vindo da leiteria da propriedade. Ursula ficou enjoada. — Madame Generosa —, murmurou a sra. Dodds para Clarence quando lhe entregaram a geleia e as ervilhas-de-cheiro, e ele disse — Mamãe! —, em tom de censura. A sra. Dodds passou as flores para Bridget, que ficou segurando as ervilhas-de-cheiro como uma noiva até que a sra. Dodds lhe disse: — Coloque-as na água, garota idiota.

— Bolo? — disse a mãe de Clarence e cortou fatias finas de pão de gengibre, que parecia tão úmido quando seu chalé. — É bom ver crianças — continuou a sra. Dodds, olhando para Teddy como se fosse um animal raro. Teddy era um garotinho forte e não se fez de rogado com o leite e o bolo. Tinha um bigode de leite, e Pamela limpou-o com o lenço. Ursula desconfiou que a sra. Dodds não achava realmente que era bom ver crianças, e suspeitou que no assunto crianças ela concordava com a sra. Glover. A não ser Teddy, é claro. Todos gostavam de Teddy. Até Maurice. Às vezes.

A sra. Dodds examinou o anel cigano agora enfeitando a mão de Bridget e puxou o dedo de Bridget para perto dela como se puxasse um ossinho da sorte. — Rubis e diamantes — comentou. — Muito chique.

— Pedrinhas pequenas — disse Bridget, na defensiva. — É só uma bugiganga.

As meninas ajudaram Bridget a lavar a louça do lanche e deixaram Teddy se defender sozinho da sra. Dodds. Lavaram tudo numa grande pia de pedra na copa, que tinha uma bomba em vez de torneira. Bridget contou que quando era menina "em County Kilkenny" era obrigada a andar até um poço para conseguir água. Arrumou as ervilhas-de-cheiro lindamente, num velho vidro de geleia Dundee, e deixou-o no escorredor de madeira. Depois de secarem a louça com um dos finos e surrados panos de prato da sra. Dodds (úmidos, é claro), Clarence perguntou-lhes se gostariam de ir até Ettringham Hall para ver o jardim murado.

— Você deveria parar de ir lá, filho — disse-lhe a sra. Dodds, — aquilo só serve para perturbar você.

Entraram por uma velha porta de madeira num muro. A porta estava emperrada, e Bridget deu um gritinho quando Clarence a empurrou com o ombro e a abriu. Ursula esperava algo maravilhoso — fontes cintilantes, plataformas, estátuas, alamedas, caramanchões e canteiros até perder de vista — mas aquilo não era mais que mato crescido, sarças e cardos se espalhando por toda parte.

— É, é uma selva — disse Clarence. — Costumava ser uma horta, doze jardineiros trabalhavam na propriedade antes da guerra.

Somente as roseiras escalando os muros ainda floresciam, e as árvores frutíferas no pomar estavam carregadas de frutas. Ameixas apodreciam nos galhos. Vespas excitadas disparavam para todos os lados.

— Não fizeram a colheita este ano — disse Clarence. — Três rapazes aqui da propriedade foram mortos nessa guerra dos infernos. Imagino que não estejam muito interessados em torta de ameixa.

— Psiu! — disse Bridget. — Vê como fala.

Havia uma estufa envidraçada praticamente sem vidros, e lá dentro se podiam ver pereiras e damasqueiros murchos. — Malditos! — esbravejou Clarence, e Bridget fez outro *Psiu!* e disse — Não na frente das crianças —, exatamente como Sylvie diria.

— Tudo acabado — disse Clarence, ignorando-a. — Dá vontade de chorar.

— Você poderia ter seu emprego de volta aqui na propriedade — disse Bridget. — Tenho certeza de que eles ficariam contentes. Não é como se você não pudesse trabalhar direito com...

Ela hesitou e fez um gesto vago na direção do rosto de Clarence.

— Eu não quero meu emprego de volta — ele retrucou, ríspido. — Meus dias de criado de algum nobre rico se acabaram. Sinto falta do jardim, não da vida. O jardim era o suprassumo da beleza.

— Poderíamos ter nosso próprio jardinzinho — disse Bridget. — Ou um lote de terra.

Bridget parecia passar um tempo enorme tentando alegrar Clarence. Ursula imaginou que ela estivesse ensaiando para o casamento.

— É, por que não fazemos isso? — respondeu Clarence, num tom de quem achava a ideia apavorante. Pegou uma maçã pequena e azeda que havia caído e atirou-a com força, como um jogador de críquete. A fruta aterrissou na estufa e espatifou uma das poucas vidraças remanescentes.

— Malditos! — disse ele, e Bridget lhe deu um tapa e sibilou — Crianças.

(— O suprassumo da beleza — Pamela repetiu encantada à noite, enquanto, antes de dormir, esfregavam o rosto com a pesada barra de sabão carbólico. — Clarence é um poeta!)

No caminho de volta para casa, Ursula ainda podia sentir o perfume das ervilhas-de-cheiro deixadas para trás, na cozinha da sra. Dodds. Parecia um terrível desperdício deixá-las lá, onde não seriam apreciadas. Àquela altura, Ursula se esquecera por completo da festa de aniversário e ficou quase tão surpresa quanto Teddy quando chegaram em casa e encontraram a entrada decorada com flâmulas e bandeirolas e uma Sylvie radiante segurando um presente embrulhado que, sem sombra de dúvida, era um avião de brinquedo.

— Surpresa! — ela exclamou.

11 DE NOVEMBRO DE 1918

— QUE PERÍODO MELANCÓLICO do ano! — comentou Sylvie com ninguém em particular.

As folhas ainda formavam uma grossa camada sobre a grama. O verão era outra vez um sonho. Todos os verões, começava a parecer a Ursula, eram um sonho. As últimas folhas caíam e a grande faia era quase um esqueleto. O armistício parecia ter desanimado Sylvie ainda mais do que a guerra. (— Todos aqueles pobres rapazes, desaparecidos para sempre. A paz não vai trazê-los de volta.) Era feriado na escola por causa da grande vitória, e, na manhã chuvosa, tinham sido mandados brincar ao ar livre. Tinham novos vizinhos, o Major e a sra. Shawcross, e passaram boa parte da manhã úmida espiando por buracos na cerca de azevinho tentando dar uma olhada nas filhas dos Shawcross. Não havia outras meninas da idade delas na vizinhança. Os Cole só tinham meninos. Não eram grosseiros como Maurice, tinham bons modos e nunca foram malvados com Ursula e Pamela.

— Acho que elas estão brincando de esconde-esconde — informou Pamela, quando voltou da frente da casa dos Shawcross. Ursula tentou espiar pela sebe e arranhou o rosto no azevinho malvado.

— Acho que elas são da nossa idade — disse Pamela. — Tem até uma pequenina para você, Teddy.

Teddy ergueu as sobrancelhas e fez — Oh! — Teddy gostava de meninas. Meninas gostavam de Teddy.

— Ei, esperem, tem mais uma — disse Pamela. — Elas estão se multiplicando.

— Maior ou menor? — perguntou Ursula.

— Menor, outra menina. É mais um bebê. Sendo carregada por uma mais velha.

Ursula estava ficando confusa com a matemática de tantas meninas.

— Cinco! — exclamou Pamela sem fôlego, aparentemente chegando a um total final. — Cinco meninas.

Àquela altura, Trixie tinha conseguido se enfiar por baixo da sebe, e eles ouviram os gritos excitados que acompanharam seu surgimento do outro lado do azevinho.

— Ouçam — disse Pamela, levantando a voz —, podemos ter nossa cadela de volta?

O ALMOÇO FOI TORTA de salsicha e pão de ló com geleia e merengue.

— Por onde vocês andaram? — perguntou Sylvie. — Ursula, seu cabelo está cheio de gravetos. Você parece uma pagã.

— Azevinho — explicou Pamela. — Estivemos no vizinho. Conhecemos as meninas Shawcross. Cinco delas.

— Eu sei — Sylvie contou-as nos dedos. — Winnie, Gertie, Millie, Nancy e...

— Beatrice — ajudou Pamela.

— Vocês foram convidadas? — perguntou a sra. Glover, uma defensora das boas maneiras.

— Achamos um buraco na sebe — explicou Pamela.

— É por onde aquelas raposas danadas estão passando — resmungou a sra. Glover, — elas estão vindo do bosque.

Sylvie desaprovou a linguagem da sra. Glover, mas nada disse, porque, oficialmente, estavam em clima de festa. Sylvie, Bridget e a sra. Glover estavam "brindando à paz" com cálices de xerez. Nem Sylvie nem a sra. Glover pareciam ter muita vontade de comemorar. Tanto Hugh quanto Izzie continuavam no front, e Sylvie disse que não acreditaria que Hugh estivesse a salvo até que ele entrasse pela porta. Izzie dirigira uma ambulância durante toda a guerra, mas nenhuma delas conseguia imaginar aquilo. George Glover estava sendo "reabilitado" em alguma clínica em Cotswolds. A sra. Glover viajara para visitá-lo, mas relutava em comentar o que vira, além de dizer que George não era mais George.

— Acho que nenhum deles é mais o mesmo — disse Sylvie.

Ursula tentou imaginar não ser Ursula, mas foi derrotada pela impossibilidade da tarefa.

Duas moças da Força Terrestre Feminina haviam substituído George na fazenda. Eram cavalariças de Northamptonshire, e Sylvie disse que se soubesse que iam deixar mulheres trabalhar com Sansão e Nelson, teria ela mesma se candidatado ao emprego. As moças foram tomar chá em diversas ocasiões, sentando-se na cozinha com suas perneiras enlameadas, para desgosto da sra. Glover.

❄

Bridget estava de chapéu, pronta para sair, quando Clarence apareceu envergonhado na porta dos fundos, murmurando um cumprimento para Sylvie e a sra. Glover. O "casal feliz", como a sra. Glover se referia a ambos sem qualquer tom de congratulação, ia tomar o trem para Londres a fim de participar das comemorações da vitória. Bridget não cabia em si de tão animada.

— Tem certeza de que não quer vir conosco, sra. Glover? Aposto que haverá muita dança.

A sra. Glover girou os olhos como uma vaca contrariada. Estava "evitando aglomerações" devido à epidemia de gripe. Tinha um sobrinho que havia caído morto na rua, perfeitamente saudável no café da manhã e "morto ao meio-dia". Sylvie disse que não deveriam ter medo da gripe. — A vida precisa continuar! — afirmou.

Depois que Bridget e Clarence saíram para a estação, a sra. Glover e Sylvie sentaram-se à mesa da cozinha e beberam outro xerez.

— Muita dança, ora essa! — exclamou a sra. Glover.

Quando Teddy apareceu, Trixie ansiosa atrás dele, e anunciou que estava morrendo de fome e perguntou se "elas haviam esquecido o almoço", o merengue em cima do pão de ló tinha desabado e estava todo queimado. Era a última vítima da guerra.

TENTARAM, E NÃO CONSEGUIRAM, ficar acordadas para a volta de Bridget, caindo no sono em cima do livro que liam na cama. Pamela estava sob o feitiço de *Atrás do vento norte*, enquanto Ursula abria caminho por entre *O vento nos salgueiros*. Estava particularmente apaixonada pela Toupeira. Era misteriosamente lenta para ler e escrever (— A prática leva à perfeição, querida), e preferia quando Pamela lia alto para ela. Ambas gostavam de contos de fadas e tinham todos os livros de Andrew Lang, todas as doze cores, comprados por Hugh em aniversários e natais. — O suprassumo da beleza — dizia Pamela.

A volta barulhenta de Bridget despertou Ursula, e ela acordou Pamela e, então, as duas desceram as escadas na ponta dos pés até o térreo, onde uma alegre Bridget e um mais sóbrio Clarence regalaram-nas com histórias das comemorações, do "mar de gente" e da multidão feliz enrouquecida de tanto gritar pelo rei (— Queremos o rei, queremos o rei — demonstrou Bridget, entusiasmada) até que ele apareceu na varanda do palácio de Buckingham.

— E os sinos — acrescentou Clarence —, nunca vi nada como aquilo. Todos os sinos de Londres celebrando a paz.

— O suprassumo da beleza — disse Pamela.

Bridget perdera o chapéu em algum lugar no meio do povo, assim como diversos grampos de cabelo e o botão do alto da blusa.

— Fui levantada do chão pela multidão — explicou, feliz.

— Céus, que algazarra! — exclamou Sylvie, aparecendo na cozinha, sonolenta e adorável em seu xale rendado, o cabelo numa grande trança semidesfeita caindo pelas costas. Clarence enrubesceu e olhou para as botas. Sylvie preparou chocolate para todos e ouviu Bridget com indulgência, até que nem mesmo a novidade de estarem fora da cama à meia-noite conseguiu mantê-los acordados.

— De volta ao normal amanhã — disse Clarence, dando um ousado beijo no rosto de Bridget antes de retornar para a mãe.

Aquele foi, em tudo, um dia fora do comum.

— Você acha que a sra. Glover ficará zangada conosco porque não a acordamos? — Sylvie cochichou para Pamela ao subirem as escadas.

— Furiosa — disse Pamela, e as duas riram como conspiradoras, como mulheres.

Ao pegar de novo no sono, Ursula sonhou com Clarence e Bridget. Andavam por um jardim malcuidado, procurando o chapéu de Bridget. Clarence chorava, lágrimas de verdade rolavam no lado bom do rosto enquanto na máscara havia lágrimas pintadas, como gotas de chuva artificiais no desenho de uma vidraça.

Quando Ursula acordou na manhã seguinte, queimava de febre, todo o corpo doía e "fervia como uma lagosta", segundo a sra. Glover, consultada por Sylvie em busca de uma segunda opinião. Bridget também foi posta de cama.

— Nenhuma surpresa — afirmou a sra. Glover, cruzando os braços em desaprovação sob seu peito amplo embora nada convidativo. Ursula desejou nunca precisar ser acalentada pela sra. Glover.

A respiração de Ursula soava sibilante e áspera, o ar engrossando em seu peito. O mundo crescia e encolhia como o mar numa concha gigante. Tudo parecia indistinto, de um jeito bem divertido. Trixie deitou-se na cama a seus pés enquanto Pamela lia para ela *O livro vermelho das fadas*, mas as palavras vinham e voltavam sem sentido. O rosto de Pamela pairava, nítido e fora de foco. Sylvie chegou e tentou lhe dar caldo de carne, mas sua garganta parecia pequena demais, e ela cuspiu tudo fora, em cima dos lençóis.

Houve som de pneus no cascalho, e Sylvie disse a Pamela — Deve ser o dr. Fellowes —, e se levantou depressa, acrescentando — Fique com Ursula, Pammy, mas não deixe Teddy entrar aqui, está bem?

❄

A casa estava mais silenciosa do que o normal. Como Sylvie não voltava, Pamela disse: — Vou descer e procurar mamãe. Não vou demorar.

Ursula ouviu murmúrios e gritos vindos de algum lugar da casa, mas nada significavam para ela.

Dormia um estranho sono inquieto quando o dr. Fellowes apareceu de repente ao lado da cama. Sylvie se sentou do outro lado e segurou a mão de Ursula, dizendo: — A pele dela está lilás. Como a de Bridget.

Pele lilás parecia bem bonito, como *O livro lilás das fadas*. A voz de Sylvie soou engraçada, sufocada e em pânico como quando viu o rapaz do telegrama se aproximando de casa, mas acabou sendo apenas um telegrama de Izzie desejando feliz aniversário a Teddy. (— Inconsequente! — disse Sylvie.)

Ursula não conseguia respirar e mesmo assim podia sentir o perfume da mãe e ouvir sua voz murmurando delicadamente em seu ouvido como um zumbido de abelha num dia de verão. Estava cansada demais para abrir os olhos. Ouviu a saia de Sylvie farfalhar quando ela se afastou da cama, seguida pelo som da janela se abrindo.

— Estou tentando lhe dar um pouco de ar — explicou Sylvie, voltando para o lado de Ursula e segurando-a contra a blusa crespa de algodão listrado com seu discreto perfume de goma e rosas. A fragrância amadeirada de fumaça que saía da fogueira entrou pela janela e encheu o pequeno quarto do sótão.

Ela ouviu o bater de cascos seguido do chacoalhar do carvão quando o carvoeiro esvaziou seus sacos no depósito de carvão. A vida continuava. O suprassumo da beleza.

Respirar uma vez era tudo do que precisava, mas não aconteceria.

A escuridão caiu depressa, a princípio inimiga, mas depois amiga.

Neve

11 DE FEVEREIRO DE 1910

UMA MULHER GRANDE COM antebraços de foguista acordou o dr. Fellowes batendo uma xícara e um pires na mesa de cabeceira perto da cama e puxando as cortinas, ainda que estivesse escuro lá fora. Ele levou alguns instantes para se lembrar de que estava no enregelante quarto de hóspedes na Toca da Raposa e que a mulher um tanto intimidante trazendo xícara e pires era a cozinheira dos Todd. O dr. Fellowes revirou o empoeirado arquivo de seu cérebro em busca de um nome do qual sabia ter se lembrado com facilidade poucas horas antes.

— É sra. Glover — ela falou, como se lesse sua mente.

— Isso mesmo. Aquela dos picles excelentes.

Sua cabeça parecia cheia de palha. Ele teve a desagradável lembrança de que, debaixo dos frugais cobertores, usava apenas roupa íntima. A lareira do quarto, percebeu, estava fria e vazia.

— Precisam do senhor — disse a sra. Glover. — Houve um acidente.

— Um acidente? — ecoou o dr. Fellowes. — Aconteceu alguma coisa com o bebê?

— Um fazendeiro foi pisoteado por um touro.

Armistício

12 DE NOVEMBRO DE 1918

URSULA ACORDOU NUM SOBRESSALTO. Estava escuro no quarto, mas ela podia ouvir barulhos em algum lugar lá embaixo. Uma porta se fechando, risinhos, pés se arrastando. Reconheceu o cacarejar agudo que era a risada inconfundível de Bridget e o tom grave e rouco de um homem. Bridget e Clarence voltavam de Londres.

O primeiro impulso de Ursula foi pular da cama e sacudir Pamela para que descessem e interrogassem Bridget a respeito das danças, mas alguma coisa a impediu. Ainda deitada e atenta no escuro, uma onda de alguma coisa horrível a invadiu, um grande pavor, como se algo realmente traiçoeiro estivesse prestes a acontecer. A mesma sensação que tivera quando seguira Pamela mar adentro quando estavam em férias na Cornualha, pouco antes da guerra. Tinham sido salvas por um estranho. Depois daquilo, Sylvie cuidou para que todos fossem à piscina na cidade e tivessem aulas com um ex-major da guerra dos Bôeres, que latia ordens para eles até que estivessem apavorados demais para afundar. Sylvie contou mais de uma vez aquela história como se fosse uma aventura hilariante ("O heroico senhor Winton!"), quando Ursula ainda se lembrava claramente do terror.

Pamela murmurou alguma coisa no sono e Ursula fez — Psiu! — Pamela não deveria acordar. As duas não deveriam descer. Não deveriam ver Bridget. Ursula não sabia a razão daquilo, de onde vinha aquela medonha sensação de pavor, mas puxou os cobertores sobre a cabeça para se esconder do que quer que estivesse lá fora. Desejou que estivesse lá fora e não dentro dela. Pensou que conseguiria fingir dormir, mas em poucos minutos a coisa real chegou.

❄

PELA MANHÃ, COMERAM NA cozinha porque Bridget estava de cama, se sentindo mal.

— Nenhuma surpresa — disse a sra. Glover sem qualquer simpatia, distribuindo mingau. — Nem quero pensar a que horas ela chegou cambaleando.

Sylvie voltou do andar de cima com uma bandeja que não tinha sido tocada.

— Realmente não acho que Bridget esteja bem, sra. Glover — comentou.

— Bebida demais — zombou a sra. Glover, quebrando ovos como se os estivesse castigando.

Ursula tossiu e Sylvie a encarou atenta.

— Acho que devemos chamar o dr. Fellowes — disse Sylvie à sra. Glover.

— Para Bridget? — perguntou a sra. Glover. — A garota é saudável como um cavalo. O dr. Fellowes vai lhe dar muito pouca atenção quando sentir cheiro de bebida nela.

— *Sra. Glover* — disse Sylvie no tom que usava quando estava falando muito sério a respeito de alguma coisa e queria ter certeza de que as pessoas a ouviam. (*Não deixem pegadas de lama na casa, nunca sejam indelicados com outras crianças, não importa quanto elas provoquem.*) — Eu realmente acho que Bridget está doente.

A sra. Glover, de repente, pareceu entender.

— Pode cuidar das crianças? — disse Sylvie. — Vou telefonar para o dr. Fellowes e depois vou subir para ver Bridget.

— As crianças não vão para a escola? — perguntou a sra. Glover.

— Vão, é claro que vão — respondeu Sylvie. — Talvez não. Não... sim... vão. Será que devem?

Hesitou, indecisa e impaciente, à porta da cozinha, enquanto a sra. Glover esperava com surpreendente paciência que ela chegasse a uma conclusão.

— Penso em mantê-las em casa, hoje — disse Sylvie, enfim. — Salas de aula abarrotadas e tudo mais... — respirou fundo e olhou para o teto. — Mas prendê-las aqui, logo agora.

Pamela ergueu as sobrancelhas para Ursula, que ergueu as dela de volta, embora não tivesse certeza do que tentavam comunicar uma à outra. Principalmente horror, ela supôs, de serem deixadas aos cuidados da sra. Glover. Tinham de se sentar à mesa da cozinha para que a sra. Glover pudesse "ficar de olho nelas", e então, apesar dos violentos protestos, ela os fazia pegar os livros da escola e estudar — tabuadas para Pamela, letras para Teddy (*P para pássaro, C para chuva*), e Ursula era posta a aperfeiçoar sua "atroz" caligrafia. Ursula achava absurdamente injusto que alguém que só escrevia listas de compras com mão pesada (*sebo, polidor de fogão, costeletas de carneiro e magnésia Dinneford*) pudesse querer julgar sua própria e trabalhosa letra.

Enquanto isso, a sra. Glover estava mais do que ocupada em apertar a língua de um bezerro, remover a cartilagem e o osso e enrolá-la antes de passá-la pelo espremedor de língua, uma atividade muito mais fascinante de ser observada do que escrever *Um pequeno jabuti xereta viu dez cegonhas felizes* ou *Juiz publica hoje breve nota de faxina na quermesse*.

— Eu odiaria estar em qualquer escola em que ela desse aulas — murmurou Pamela, lutando com as equações.

Foram todos distraídos pela chegada do rapaz do açougue, tocando alto a campainha da bicicleta para anunciar sua chegada. Era um garoto de quatorze anos chamado Fred Smith, que tanto as meninas quanto Maurice admiravam tremendamente. As meninas marcavam seu fervor chamando-o de Freddy enquanto Maurice o chamava de Smithy, em sinal de camaradagem. Pamela declarara uma vez que Maurice tinha um fraco por Fred e a sra. Glover, que por acaso ouviu, bateu nas pernas de Pamela, ao passar, com um batedor de ovos. Pamela ficou muito surpresa e não conseguiu entender por que havia sido punida. O próprio Fred Smith tratava as meninas com respeito, como "senhorita" e Maurice como "patrão Todd", embora não se interessasse por nenhum deles. Para a sra. Glover, ele era o "jovem Fred", e para Sylvie, "o rapaz do açougue", às vezes "aquele simpático rapaz do açougue", para diferenciá-lo do antigo rapaz do açougue, Leonard Ash, um "moleque sorrateiro", segundo a sra. Glover, que o pegara roubando ovos do galinheiro. Leonard Ash morrera na batalha de Somme, depois de mentir a idade ao se alistar, e a sra. Glover disse que ele teve o que merecia, o que pareceu uma espécie brutal de justiça.

Fred entregou à sra. Glover um embrulho de papel branco e disse — Seus miúdos. — E depois depositou o corpo longo e macio de uma lebre sobre o escorredor de madeira.

— Pendure por cinco dias. É uma beleza, sra. Glover.

E até a sra. Glover, nada inclinada a elogios na melhor das hipóteses, reconheceu a superioridade da lebre abrindo uma lata de bolo e permitindo que Fred escolhesse o maior pedaço entre os que havia lá dentro, em geral do tamanho de moluscos.

A sra. Glover, agora com a língua em segurança na prensa, começou no mesmo instante a esfolar a lebre, um processo angustiante embora hipnótico de presenciar, e só quando a pobre criatura estava despojada do pelo, e exposta, nua e brilhante, perceberam a ausência de Teddy.

— Vá buscá-lo — disse a sra. Glover a Ursula. — E vocês todos poderão ganhar um copo de leite e um pedaço de bolo, embora Deus saiba que vocês nada fizeram para merecê-los.

Teddy adorava brincar de esconde-esconde. Quando não respondeu ao chamado de seu nome, Ursula olhou em seus lugares secretos, atrás das cortinas da sala de estar, debaixo da mesa da sala de jantar, e, ao não conseguir encontrar sinal dele, decidiu-se a subir até os quartos.

Um toque alto na campainha da porta da frente ecoou pelos degraus em seu encalço. Da curva da escada, ela viu Sylvie aparecer no vestíbulo e abrir a porta para o dr. Fellowes. Ursula supôs que a mãe deveria ter descido pela escada dos fundos em vez de aparecer como por mágica. O dr. Fellowes e Sylvie começaram uma conversa intensa e sussurrada, certamente sobre Bridget, mas Ursula não conseguia entender as palavras.

Não estava no quarto de Sylvie (havia muito tempo tinham deixado de pensar nele como um quarto que pertencia aos pais). Não estava no quarto de Maurice, de dimensões tão generosas para alguém que passava mais da metade da vida morando na escola. Não estava no quarto de hóspedes, ou no segundo quarto de hóspedes, nem no próprio quarto pequeno e escuro de Teddy, que estava quase inteiramente tomado pelo trem e seus apetrechos. Não estava no banheiro ou no armário de roupas de cama. Nem havia qualquer sinal de Teddy debaixo das camas ou nos guarda-roupas ou nos muitos armários, nem — seu truque preferido — duro como um defunto debaixo do grande edredom de Sylvie.

— Tem bolo lá embaixo, Teddy —, ela oferecia aos quartos vazios. A promessa de bolo, verdadeira ou não, era em geral suficiente para arrancar Teddy do esconderijo.

Ursula escalou a sombria e estreita escada de madeira que levava aos quartos no sótão e, mal havia posto o pé no primeiro degrau, sentiu um repentino beliscão de medo em suas entranhas. Não fazia ideia de onde vinha, ou por quê.

— Teddy! Teddy, onde você está?

Ursula tentou levantar a voz, mas as palavras saíram num sussurro.

Não estava no quarto que ela dividia com Pamela, não estava no velho quarto da sra. Glover. Não estava no quarto das caixas, antes um berçário e agora um lugar de baús, malas e embalagens de roupas e brinquedos velhos. Só o quarto de Bridget permanecia inexplorado.

A porta estava entreaberta e Ursula precisou obrigar seus pés a andarem até lá. Algo terrível havia depois daquela porta aberta. Não queria ver, mas sabia que precisava.

— Teddy! — exclamou, surpresa e aliviada ao vê-lo.

Teddy estava sentado na cama de Bridget, o avião do aniversário no colo.

— Procurei você por toda parte — disse Ursula.

Trixie estava deitada no chão perto da cama e se levantou depressa ao vê-la.

— Achei que ele poderia fazer Bridget se sentir melhor — explicou Teddy, acariciando o avião. Teddy tinha grande fé no poder curativo de trens e aviões de brinquedo. (Seria, garantiu-lhes, um piloto quando crescesse.) — Acho que Bridget está dormindo, mas seus olhos estão abertos — ele disse.

Estavam. Esbugalhados, fitando o teto sem ver. Havia um filme azul aguado naqueles olhos perturbadores e a pele tinha um estranho tom lilás. Violeta-

-cobalto no estojo de aquarela Winsor & Newton de Ursula. Podia ver a ponta da língua de Bridget aparecendo entre os lábios e teve uma momentânea visão da sra. Glover empurrando a língua do bezerro para dentro da prensa.

Ursula nunca tinha visto um cadáver, mas sabia, sem sombra de dúvida, que Bridget se transformara em um.

— Saia da cama, Teddy — disse com cuidado, como se o irmão fosse uma criatura selvagem prestes a fugir.

Começou a tremer. Não era só porque Bridget estava morta, embora isso fosse ruim demais, mas havia ali algo mais perigoso. As paredes sem enfeites, a colcha fina na cama de ferro, o conjunto de pente e escova esmaltado na penteadeira, o tapete de pano no chão, tudo ficou de repente imensamente ameaçador como se não fossem realmente os objetos que pareciam ser. Ursula ouviu Sylvie e o dr. Fellowes na escada. O tom de Sylvie era de urgência, o do dr. Fellowes menos preocupado.

Sylvie entrou e gaguejou — Oh, céus —, quando os viu no quarto de Bridget. Arrancou Teddy da cama e depois puxou Ursula pelo braço até o corredor. Trixie, excitada e agitando violentamente a cauda, pulou atrás deles.

— Vá para o seu quarto — ordenou Sylvie. — Não, vá para o quarto de Teddy. Não, vá para o meu quarto. Vá, *agora*! — disse, soando frenética, e de modo algum era a Sylvie que conheciam.

Sylvie voltou para o quarto de Bridget e fechou a porta com decisão. Podiam ouvir apenas os murmúrios trocados entre Sylvie e o dr. Fellowes e, por fim, Ursula disse para Teddy — Vamos — e pegou-o pela mão. Ele se permitiu ser levado com docilidade pelas escadas até o quarto de Sylvie.

— Você disse bolo? — perguntou.

— A PELE DE Teddy está da mesma cor que a de Bridget — disse Sylvie. Seu estômago se contorceu de terror. Sabia o que via. Ursula só estava pálida, embora as pálpebras fechadas estivessem escuras e a pele tivesse um brilho estranho, doentio.

— Cianose heliotrópica — disse o dr. Fellowes, tomando o pulso de Teddy. — E está vendo aquelas manchas marrons nas bochechas? Receio que seja a variedade mais virulenta.

— Pare, por favor pare! — sibilou Sylvie. — Não me dê aulas como a um aluno de medicina. Eu sou a *mãe* deles.

Como ela odiou o dr. Fellowes naquele momento. Bridget jazia em sua cama lá em cima, ainda quente, mas tão morta quanto uma estátua num túmulo.

— A gripe — continuou o dr. Fellowes, implacável. — Sua criada esteve no meio da multidão ontem em Londres: condições perfeitas para que a infecção se alastre. Pode levá-los num piscar de olhos.

— Mas não este aqui — disse Sylvie, feroz, apertando a mão de Teddy. — Não o meu filho. Não os meus filhos — emendou, aproximando-se para acariciar a testa ardente de Ursula.

Pamela hesitou à porta e Sylvie a expulsou. Pamela começou a chorar, mas Sylvie não tinha tempo para lágrimas. Não agora, não diante da morte.

— Deve haver algo que eu possa fazer — ela disse ao dr. Fellowes.

— Pode rezar.

— Rezar?

Sylvie não acreditava em Deus. Considerava a deidade bíblica uma figura absurda e vingativa (Tiffin e o resto), não mais real do que Zeus ou o grande deus Pan. Ia, no entanto, à igreja aos domingos, obediente, e evitava alarmar Hugh com seus pensamentos heréticos. A necessidade ensina, e assim por diante. Rezava agora, com desesperada convicção, mas sem fé, e suspeitava que, de qualquer maneira, não faria diferença.

Quando uma espécie de espuma de sangue clara, como seiva, borbulhou das narinas de Teddy, Sylvie emitiu um som como o de um animal ferido. A sra. Glover e Pamela ouviram do outro lado da porta e, num raro momento de união, deram-se as mãos. Sylvie arrancou Teddy da cama e o apertou de encontro ao peito, e uivou de dor.

Santo Deus, pensou o dr. Fellowes, a mulher chorava como uma selvagem.

Suavam juntos no emaranhado dos lençóis de linho na cama de Sylvie. Teddy estava de braços abertos sobre os travesseiros. Ursula queria abraçá-lo, mas ele estava quente demais. Então, em vez disso, segurou um dos tornozelos dele, como se tentasse fazê-lo parar de fugir. Os pulmões de Ursula pareciam estar cheios de creme, e ela o imaginava grosso, amarelo e doce.

Teddy se foi ao cair da noite. Ursula soube no momento em que ele morreu, sentiu a morte dentro dela. Só ouviu um terrível gemido de Sylvie, e então alguém tirou Teddy da cama. Ainda que ele fosse apenas um garotinho, foi como se algo pesado tivesse saído do seu lado, e Ursula estava sozinha na cama. Podia ouvir os soluços sufocados de Sylvie, um barulho medonho, como se alguém tivesse arrancado um de seus membros. Cada respiração apertava o recheio cremoso em seus pulmões. O mundo desaparecia, e ela começou a ter um excitante sentimento de antecipação, como se fosse Natal ou o seu aniversário, e então o negro morcego noturno se aproximou e cobriu-a com suas asas. Um último suspiro e depois mais nada. Estendeu a mão para Teddy, esquecida de que ele não estava mais lá.

Caiu a escuridão.

Neve

11 DE FEVEREIRO DE 1910

Sylvie acendeu uma vela. Escuridão de inverno, cinco horas da manhã no carrilhãozinho portátil de ouro sobre a lareira do quarto. O relógio, inglês, (— Melhor que os franceses —, ensinara-lhe a mãe), fora um dos presentes de núpcias de seus pais. Quando os credores apareceram depois da morte do retratista da alta sociedade, a viúva escondeu o relógio debaixo da saia, lamentando o desaparecimento das anáguas de crinolina. Lottie pareceu badalar no quarto de hora, desconcertando os credores. Felizmente, não estavam na sala quando ela deu as horas.

O recém-nascido dormia no berço. Palavras de Coleridge vieram de repente à mente de Sylvie: *Querido bebê, que dormes no berço a meu lado*. Que poema era aquele?

O fogo se apagara na lareira, deixando apenas uma mínima chama ainda dançando nas brasas. O bebê começou a emitir miados, e Sylvie saiu da cama com cuidado. O parto era uma coisa brutal. Se ela tivesse sido responsável pelo destino da raça humana, teria criado coisas bem diferentes. (Talvez um raio dourado de luz no ouvido para a concepção e uma escotilha bem ajustada em algum lugar discreto para a saída nove meses depois.) Deixou o calor do leito e apanhou Ursula do berço. E então, de repente, quebrando o silêncio abafado pela neve, acreditou ouvir o leve relinchar de um cavalo e, àquele som, sentiu na alma o alvoroço de um prazer eletrizante. Levou Ursula até a janela e afastou uma das pesadas cortinas, o suficiente para espiar lá fora. A neve eliminara tudo o que havia de familiar, o mundo lá fora estava envolto em branco. E lá embaixo havia a fantástica visão de George Glover montando sem sela um de seus grandes cavalos de tiro (Nelson, se ela não se enganava), subindo a alameda invernal. Seu aspecto era magnífico, como um herói antigo. Sylvie fechou as cortinas e concluiu ser provável que as atribulações da noite lhe tivessem afetado o cérebro e a fizessem alucinar.

Levou Ursula de volta à cama e o bebê buscou seu seio. Sylvie acreditava que deveria amamentar seus próprios filhos. A ideia de mamadeiras de vidro e bicos de borracha parecia um tanto antinatural, mas isso não queria dizer que não se sentisse como uma vaca sendo ordenhada. O bebê estava lento e hesitante, confuso com a novidade. Quanto tempo até o café da manhã?, perguntou-se Sylvie.

Armistício

11 DE NOVEMBRO DE 1918

QUERIDA BRIDGET, FECHEI E *tranquei as portas. Há uma gangue de ladrões* — seria "ladrões" ou "ladrãos"? Ursula mordeu a ponta do lápis até rachá-lo. Indecisa, riscou "ladrões" e escreveu "assaltantes". *Há uma gangue de assaltantes na aldeia. Você poderia, por favor, ficar com a mãe de Clarence?* Por via das dúvidas, acrescentou *e também estou com dor de cabeça, portanto não bata à porta*. Assinou *sra. Todd*. Ursula esperou que não houvesse ninguém na cozinha, e então saiu e prendeu o bilhete na parte de trás da porta.

— O que você está fazendo? — perguntou a sra. Glover quando ela entrou.

Ursula deu um pulo, porque a sra. Glover se movia tão silenciosa como um gato.

— Nada — respondeu Ursula. — Estou vendo se Bridget estava voltando.

— Céus! — disse a sra. Glover. — Ela voltará no último trem, ainda é muito cedo. Agora vá mudar de roupa, já passou de sua hora de ir para a cama. Isso aqui virou Liberty Hall.

Ursula não sabia o que significava Liberty Hall, mas lhe pareceu um bom lugar para viver.

NA MANHÃ SEGUINTE, NÃO havia Bridget na casa. Nem, o que era mais surpreendente, qualquer sinal de Pamela. Ursula se sentiu tomada por um alívio tão inexplicável quanto o pânico que a levara a escrever o bilhete na noite anterior.

— Havia um bilhete tolo na porta ontem à noite, uma travessura — disse Sylvie. — Bridget ficou trancada do lado de fora. Veja você, a letra é igualzinha à sua, Ursula, imagino que você não possa explicar isso, não é?

— Não, não posso — respondeu Ursula, decidida.

— Mandei Pamela à casa da sra. Dodds para trazer Bridget para casa — disse Sylvie.

— Mandou *Pamela*? — Ursula repetiu, com horror.

— Sim, mandei Pamela.

— Pamela está com *Bridget*?

— Está — disse Sylvie. —O que há com você?

Ursula saiu correndo da casa. Podia ouvir os gritos de Sylvie, mas não parou. Jamais correra tão depressa em todos os seus oito anos, nem quando Maurice a perseguiu para lhe torcer o braço. Subiu correndo a alameda em direção ao chalé da sra. Dodds, chapinhando tanto na lama que, quando Pamela e Bridget surgiram diante dela, estava imunda da cabeça aos pés.

— Mas *o que* aconteceu? — Pamela perguntou, ansiosa. — É o papai?

Bridget fez o sinal da cruz. Ursula jogou os braços em volta de Pamela e caiu em prantos.

— Seja o que for, *me diga* — insistiu Pamela, agora em pânico.

— Não sei — soluçou Ursula. — Só fiquei muito preocupada com você.

— Que bobinha! — disse Pamela com carinho, abraçando-a.

— Estou com um pouco de dor de cabeça — disse Bridget. — Vamos voltar para casa.

LOGO CAIU MAIS UMA vez a escuridão.

Neve

11 DE FEVEREIRO DE 1910

— Um milagre, diz o tal dr. Fellowes — disse Bridget à sra. Glover enquanto brindavam à chegada do novo bebê com o chá da manhã.

Até onde sabia a sra. Glover, milagres pertenciam às páginas da Bíblia, não à carnificina do nascimento.

— Talvez ela pare em três — comentou.

— Mas por que ela deveria se preocupar com isso, quando tem esses bebês tão encantadores e saudáveis e há dinheiro suficiente na casa para tudo o que querem?

A sra. Glover, ignorando o argumento, levantou-se da mesa e disse: — Preciso cuidar do café da manhã da sra. Todd.

Apanhou na despensa uma tigela de rins de molho no leite e começou a remover a membrana branca e gordurosa, como uma película. Bridget olhou para o leite, marmorizado em branco e vermelho, e se sentiu estranhamente enjoada. O dr. Fellowes já tomara seu café da manhã — bacon, chouriço, pão frito e ovos — e saíra. Alguns homens da aldeia apareceram e tentaram desatolar o carro, e, quando não conseguiram, alguém correu em busca de George, e ele chegou montado num de seus grandes cavalos de tiro. São Jorge veio rapidamente à mente da sra. Glover, e do mesmo modo desapareceu por ser por demais excêntrico. Com não pouca dificuldade, o dr. Fellowes foi içado atrás do filho da sra. Glover, e os dois se foram, arando a neve, não a terra.

Um fazendeiro fora pisoteado por um touro, mas ainda estava vivo. O próprio pai da sra. Glover, que ordenhava vacas, havia sido morto por uma. A sra. Glover, jovem e ainda não comprometida com o sr. Glover, encontrara o pai morto no estábulo. Ainda podia ver o sangue na palha e o olhar surpreso na cara da vaca, a favorita de seu pai, Maisie.

Bridget aquecia as mãos na chaleira, e a sra. Glover disse: — É melhor eu cuidar dos meus rins. Vá buscar uma flor para a bandeja de café da manhã da sra. Todd.

— Uma flor? — perguntou Bridget intrigada, olhando pela janela para a neve. — Com esse tempo?

Armistício

11 DE NOVEMBRO DE 1918

— Oh, Clarence — disse Sylvie, abrindo a porta dos fundos. — Receio que Bridget tenha tido um pequeno acidente. Ela deu um passo em falso e tropeçou. Só um tornozelo torcido, imagino, mas não acredito que possa ir a Londres para as comemorações.

Bridget bebericava um conhaque, sentada na cadeira da sra. Glover, uma grande Windsor de espaldar alto, junto ao fogão. Seu tornozelo estava apoiado num banquinho, e ela estava gostando do drama que vivia.

— Eu tava chegando na porta da cozinha, era onde eu tava. Tinha ido pendurar a roupa lavada, embora não sei por que me dei ao trabalho, porque começou a chover de novo, quando senti mãos me empurrando por trás. E aí lá tava eu, estatelada no chão, cheia de dor. Mãos pequenas — ela acrescentou. — Como as mãos de uma criancinha fantasma.

— Ora, por favor — disse Sylvie. — Não há fantasmas nesta casa, crianças ou não. Você viu alguma coisa, Ursula? Você estava no jardim, não estava?

— Ah, essa garota tola só tropeçou — disse a sra. Glover. — A senhora sabe como ela é desastrada. Bem, de qualquer maneira — continuou ela com alguma satisfação —, isso põe fim às suas danças em Londres.

— Isso não — disse Bridget, decidida. — Não vou perder esse dia de jeito nenhum. Venha cá, Clarence. Me dê o seu braço. Eu consigo *mancar*.

Escuridão, e assim por diante.

Neve

11 DE FEVEREIRO DE 1910

— Ursula — antes que perguntem —, disse a sra. Glover, despejando colheradas de mingau em tigelas diante de Maurice e Pamela, sentados à grande mesa de madeira da cozinha.

— Ursula — Bridget repetiu, aprovando. — É um bom nome. Ela gostou da campânula?

Armistício

11 DE NOVEMBRO DE 1918

Tudo, de alguma maneira, era familiar.

— Chama-se *déjà-vu* — disse Sylvie. — É um truque da mente. A mente é um mistério insondável.

Ursula tinha certeza de se lembrar de que estava deitada no carrinho de bebê debaixo da árvore.

— Não — disse Sylvie —, ninguém pode se lembrar de quando era tão pequena.

Mas Ursula se lembrava das folhas, como grandes mãos verdes, acenando na brisa, e da lebre de prata que pendia da capota do carrinho, girando e se retorcendo diante de seu rosto. Sylvie suspirou.

— Você realmente tem uma imaginação muito fértil, Ursula.

Ursula não sabia se aquilo era ou não um elogio, mas com certeza era verdade que, com frequência, ficava confusa entre o que era real e o que não era. E com o terrível pavor — apavorante terror — que carregava dentro dela. Uma sombria paisagem interna.

— Não se detenha nessas coisas —, Sylvie disse com brusquidão quando Ursula tentou explicar. — Tenha pensamentos ensolarados.

E às vezes, também, sabia o que alguém ia dizer antes que dissessem ou que um incidente banal estava prestes a acontecer — se um prato seria deixado cair ou uma maçã seria jogada numa estufa, como se essas coisas já tivessem acontecido várias vezes. Palavras e frases se repetiam, estranhos pareciam velhos conhecidos.

— Todo mundo se sente estranho de vez em quando — dizia Sylvie. — Lembre-se, querida... pensamentos ensolarados.

Bridget deu ouvidos mais benevolentes, declarando que Ursula "tinha o terceiro olho". Havia portais entre este mundo e o seguinte, ela disse, mas só algumas pessoas conseguiam passar por eles. Ursula não achava que quisesse ser uma dessas pessoas.

Na manhã do último Natal, Sylvie dera a Ursula uma caixa, lindamente embrulhada com laços de fita, cujo conteúdo era absolutamente invisível, dizendo — Feliz Natal, querida —, e Ursula respondeu — Ah, que bom, móveis para a sala de jantar da casa de bonecas. — No mesmo instante, foi repreendida por ter espiado os presentes.

— Mas eu nunca... — insistiu ela obstinadamente com Bridget mais tarde na cozinha, onde Bridget tentava prender pequenas coroas de papel branco nas pernas sem pés do ganso de Natal. (O ganso fez Ursula lembrar de um homem da aldeia, na verdade um rapaz, que perdera os dois pés numa explosão em Cambrai.) — Eu não olhei, eu só *sabia*.

— Ah, eu sei — disse Bridget. — Não há dúvida, você tem sexto sentido.

A sra. Glover, lutando com o pudim de ameixas, pigarreou sua desaprovação. Considerava que cinco sentidos já eram demais, imagine acrescentar mais um.

Foram mandados passar a manhã no jardim.

— Tudo pelas comemorações da vitória! — disse Pamela enquanto se protegiam da garoa debaixo da faia.

Só Trixie estava se divertindo. Ela amava o jardim, sobretudo por causa da quantidade de coelhos que, apesar de toda a atenção das raposas, continuavam a aproveitar as benesses da horta. George Glover dera dois filhotes a Ursula e Pamela antes da guerra. Ursula convencera Pamela de que deveriam guardá-los dentro de casa, e elas os esconderam no guarda-roupa do quarto e os alimentaram com um conta-gotas que encontraram no armário de remédios, até que um dia os bichinhos saíram pulando e assustaram Bridget a ponto de deixá-la fora de si.

— Um *fait accompli*[10] — disse Sylvie quando se viu diante dos coelhos. — Mas vocês não podem ficar com eles dentro de casa. Vou pedir ao Velho Tom para construir uma gaiola.

Os coelhos tinham escapado havia muito tempo, é claro, e, felizes, se tinham multiplicado. O Velho Tom espalhara veneno e armadilhas, com pouco sucesso. (— Céus! — exclamou Sylvie uma manhã ao olhar para fora e ver os coelhos se fartando no gramado. — Aquilo está parecendo a Austrália!) Maurice, que estava aprendendo a atirar no curso preparatório de cadetes, gastara as férias do verão anterior atirando neles da janela de seu quarto com a abandonada Westley Richards, a velha espingarda de caça de Hugh. Pamela ficou tão furiosa que colocou na cama do irmão um pouco de pó de mico guardado por ele mesmo (Maurice vivia em lojas de artigos de pregar peças). Ursula foi acusada na mesma hora e Pamela foi obrigada a confessar, ainda que Ursula estivesse bem disposta a levar a culpa. Eis o tipo de pessoa que Pamela era — sempre muito determinada a ser justa.

Ouviram vozes no jardim ao lado — tinham novos vizinhos ainda desconhecidos, os Shawcross — e Pamela disse — Venha, vamos espiar e ver se conseguimos dar uma olhada. Fico só imaginando como se chamam.

Winnie, Gertie, Millie, Nancy e a bebê Bea, falou mentalmente Ursula, mas não disse nada de fato. Estava ficando tão boa em guardar segredos quanto Sylvie.

Bridget segurou o alfinete do chapéu entre os dentes e levantou os braços para arrumá-lo. Costurara nele um novo ramo de violetas de papel, especialmente para a vitória. Estava em pé no alto da escada, cantando "K-K-Katy". Pensava em Clarence. Quando se casassem ("na primavera", ele disse, embora fosse "antes do Natal" há não tanto tempo assim), ela deixaria a Toca da Raposa. Teria sua própria casinha, seus próprios bebês.

[10] Fato consumado. (N. T.)

Escadas eram lugares muito perigosos, segundo Sylvie. Pessoas morriam nelas. Sylvie sempre lhes disse para não brincarem no alto das escadas. Ursula deslizou pela passadeira. Respirou fundo em silêncio e, então, com as duas mãos estendidas, como se tentasse parar um trem, atirou-se nas pequenas costas de Bridget. Bridget girou a cabeça, e sua boca e seus olhos estavam esbugalhados de horror à visão de Ursula. Bridget saiu voando, rolando pelos degraus numa grande confusão de braços e pernas. Ursula por pouco não conseguiu se impedir de ir atrás dela.

A prática leva à perfeição.

— Receio que o braço esteja quebrado — disse o dr. Fellowes. — Você levou um belo tombo naquela escada.

— Ela sempre foi uma garota desastrada — disse a sra. Glover.

— *Alguém* me empurrou — disse Bridget. Um grande hematoma brotava em sua testa, ela segurava o chapéu, as violetas esmagadas.

— Alguém? — ecoou Sylvie. — Quem? Quem empurrou você escada abaixo, Bridget?

Seu olhar percorreu os rostos na cozinha. — Teddy?

Teddy pôs as mãos sobre a boca como se tentasse impedir que as palavras fugissem. Sylvie virou-se para Pamela. — Pamela?

— Eu? — disse Pamela, piedosamente levando as ultrajadas mãos ao coração, como uma mártir.

Sylvie olhou para Bridget, que fez uma leve inclinação de cabeça na direção de Ursula.

— Ursula? — Sylvie franziu o rosto. Ursula olhou fixo para o vazio, uma objetora de consciência prestes a ser fuzilada. — Ursula! — Sylvie repetiu, severa. — Você sabe alguma coisa a respeito disso?

Ursula fizera uma coisa má, empurrara Bridget escada abaixo. Bridget poderia ter morrido, e ela poderia ser agora uma assassina. Tudo o que sabia era que *precisou* fazer aquilo. A grande sensação de ameaça a dominara, e ela precisara fazer aquilo.

Saiu correndo da sala e se escondeu num dos esconderijos secretos de Teddy, o armário embaixo da escada. Depois de algum tempo, a porta se abriu e Teddy rastejou para dentro do cubículo e se sentou no chão a seu lado.

— Não acho que você tenha empurrado Bridget — ele disse, e enfiou sua mãozinha quente entre as dela.

— Obrigada. Mas fui eu.

— Ainda gosto de você.

Poderia nunca ter saído daquele armário, mas a campainha da porta da frente soou e houve uma repentina e grande comoção no vestíbulo. Teddy abriu a porta para ver o que estava acontecendo. Recuou e relatou: — Mamãe está beijando um homem. Ela está chorando. Ele também está chorando.

Ursula colocou a cabeça para fora do armário para testemunhar aquele fenômeno. Virou-se aturdida para Teddy: — Acho que pode ser o papai —, ela disse.

Paz

Fevereiro de 1947

Ursula atravessou a rua com cuidado. A superfície era traiçoeira — rugosa e vincada por arestas e frestas de gelo. As calçadas eram ainda mais perigosas, não mais que as feias e empedradas cordilheiras de neve, ou, pior, pistas de tobogã percorridas pelas crianças do bairro que não tinham coisa melhor a fazer além de se divertir, porque as escolas estavam fechadas. Ai, Deus, pensou Ursula, como fiquei tacanha. A maldita guerra. A maldita paz.

Quando enfiou a chave na fechadura da porta da rua, estava exausta. Uma saída para comprar nunca parecera um desafio tão grande, mesmo nos piores dias da Blitz. A pele de seu rosto tinha sido impiedosamente chicoteada pelo vento cortante e seus dedos dos pés estavam dormentes de frio. A temperatura não chegava acima de zero havia semanas, um inverno ainda mais frio que o de 1941. Ursula se imaginou em alguma data futura tentando se lembrar daquele ar enregelante e soube que nunca seria capaz de evocá-lo. Era tão *físico*, parecia que os ossos iam quebrar, a pele rachar. Na véspera, vira dois homens tentando abrir um bueiro na rua com o que parecia ser um lança-chamas. Talvez não houvesse um futuro de degelo e calor, talvez aquilo fosse o começo de uma nova Era Glacial. Primeiro fogo, e depois gelo.

Era também, pensou, como se a guerra a tivesse privado de qualquer preocupação com moda. Vestia, na ordem, de dentro para fora, uma camiseta de mangas curtas, uma camiseta de mangas compridas, um pulôver de mangas compridas, um cardigã e, esticado em cima de tudo, seu gasto casaco de inverno, comprado na Peter Robinson dois anos antes da guerra. Sem falar, é claro, da costumeira e desinteressante roupa de baixo, uma saia grossa de *tweed*, meias de lã cinza, duas luvas em cada mão, um cachecol, um chapéu e as velhas botas forradas de pelo de sua mãe. Coitado do homem que, de repente, tivesse ímpetos de violentá-la.

— Uma oportunidade igual a essa seria bem-vinda, hein? — disse Enid Barker, uma das secretárias, junto ao conforto e ao consolo da chaleira. Enid fizera um teste para o papel de uma corajosa jovem londrina em algum momento de 1940 e desde então representava a personagem com entusiasmo. Ursula repreendeu-se pelos pensamentos hostis. Enid era boa pessoa. Era mais que habilidosa em datilografar tabelas, algo em que Ursula nunca conseguira ser boa na escola de secretariado. Fizera um curso de datilografia e taquigrafia, anos atrás — tudo de antes da guerra parecia agora história antiga (dela mesma). Saíra-se surpreendentemente bem. O sr. Carver, o homem que dirigia a escola de secretariado, sugerira que sua taquigrafia era boa o bastante para que ela trabalhasse como escrivã na Corte Criminal de Old Bailey. Teria sido uma vida bem diferente, talvez uma vida melhor. É claro, não havia como saber essas coisas.

Arrastou-se pelos degraus sombrios até seu apartamento. Vivia sozinha, agora. Millie se casara com um oficial americano da Força Aérea dos Estados Unidos e se mudara para o estado de Nova York (— Eu, uma noiva da guerra? Quem diria?). Uma fina camada de fuligem e do que parecia ser gordura revestia as paredes da escada. Era um prédio velho, no Soho, logo onde! (— A necessidade ensina —, ela ouvia a voz da mãe.) A mulher que vivia no andar de cima recebia visitas de muitos cavalheiros, e Ursula se acostumara com camas que rangiam e ruídos estranhos vindos do teto. Mas ela era agradável, sempre disposta a uma saudação alegre, e nunca deixava de cumprir seu turno de varrer a escada.

O prédio, por sua sujeira, já fazia lembrar um cenário de Dickens desde o começo, e agora estava ainda mais negligenciado e mal-amado. Mas, nessa época, Londres inteira parecia miserável. Soturna e suja. Lembrava-se da srta. Woolf dizendo que não acreditava que "a pobre e velha Londres" voltaria a ser limpa algum dia. (— Tudo está tão terrivelmente *desgastado*.) Talvez ela tivesse razão. — Ninguém acreditaria que nós *ganhamos* a guerra — disse Jimmy quando foi visitá-la, todo engomadinho em suas roupas americanas, brilhantes e luminosamente promissoras. Perdoou de boa vontade o entusiasmo do irmão caçula com seu novo mundo, porque ele vivera uma guerra árdua. Não tinha sido assim para todos? "Uma guerra longa e árdua", prometera Churchill. Como tinha razão!

Era um alojamento temporário. Tinha dinheiro para coisa melhor, mas a verdade é que não se importava. Um cômodo apenas, uma janela sobre a pia, um aquecedor a gás, um banheiro compartilhado no corredor. Ursula ainda sentia falta do velho apartamento em Kensington que dividira com Millie.

Foram expulsas pelo grande bombardeio de maio de 1941. Ursula pensara em Bessie Smith cantando "como uma raposa sem toca", mas se mudara de volta para lá poucas semanas depois, para viver sem telhado. Era bem frio, apesar de ela acampar bem. Aprendera com a Bund Deutscher Mädel,[11] embora não fosse o tipo de coisa que se divulgasse naqueles dias sombrios.

Havia uma bela surpresa à sua espera. Um presente de Pammy — um caixote de madeira cheio de batatas, alhos-porós, cebolas, um enorme repolho Savoy verde-esmeralda (o suprassumo da beleza) e, por cima, meia dúzia de ovos, aninhados em algodão dentro de um velho chapéu de feltro de Hugh. Belos ovos, marrons e mosqueados, como valiosas pedras preciosas brutas, minúsculas plumas presas aqui e ali. *Da Toca da Raposa, com amor*, dizia a etiqueta presa ao caixote. Era como receber uma encomenda da Cruz Vermelha. Como poderia aquilo ter chegado ali? Não havia trens circulando, e Pamela provavelmente estava atolada na neve. Ainda mais intrigante era como sua irmã conseguira desenterrar aquela colheita invernal quando a *Terra estava dura como ferro.*

Ao abrir a porta, encontrou um pedaço de papel no chão. Precisou colocar os óculos para ler. Era um bilhete de Bea Shawcross. *Estive aqui, mas você não estava. Passarei outra vez. Beijos, Bea.* Ursula lamentou ter perdido a visita de Bea, teria sido um jeito melhor de passar a tarde de sábado do que ficar perambulando pelo distópico West End. Bastou a visão de um repolho

[11] Liga das Moças Alemãs. (N. T.)

para que se sentisse profundamente animada. Mas, então, o repolho — de forma inesperada, como sempre acontecia nesses momentos — desenterrou uma indesejável lembrança do pequeno pacote no porão de Argyll Road, e ela mergulhou de volta na escuridão. Tinha tantos altos e baixos naqueles dias. Francamente, repreendeu-se, ânimo, por favor!

Fazia ainda mais frio dentro do apartamento. Tinha frieiras, medonhas coisas dolorosas. Até as orelhas estavam geladas. Gostaria de ter alguns protetores de orelha, ou uma balaclava, como as de lã cinza que Teddy e Jimmy usavam para ir à escola. Havia um verso em "As vésperas de Santa Agnes", como era mesmo? Alguma coisa sobre efígies de pedra na igreja *em gélidos capuzes e malhas*. Costumava sentir frio sempre que o recitava. Ursula aprendera o poema na escola, uma proeza da memória provavelmente impossível agora, e, afinal de contas, de que teria adiantado isso, se não conseguia sequer se lembrar de um verso inteiro? Sentiu, de repente, saudades do casaco de pele de Sylvie, um vison desprezado, como um grande e amigável animal, que no momento pertencia a Pamela. Sylvie escolhera morrer no Dia da Vitória. Enquanto outras mulheres arrecadavam comida para festas e dançavam nas ruas da Grã-Bretanha, Sylvie se deitou na cama que tinha sido de Teddy e engoliu um vidro de pílulas para dormir. Nenhum bilhete, mas sua intenção e motivação ficaram muito claras para a família que deixou para trás. Houve um medonho velório para ela na Toca da Raposa. Pamela disse que aquela era a saída dos covardes, mas Ursula não tinha tanta certeza disso. Achou que aquilo demonstrava uma admirável clareza de propósitos. Sylvie era outra vítima da guerra, outra estatística.

— Você sabe — disse Pamela —, eu costumava discutir com ela porque ela dizia que a ciência havia transformado o mundo num lugar pior, que tudo se devia ao fato de os homens inventarem novas maneiras de matar as pessoas. Mas, agora, me pergunto se ela não tinha razão.

E isso foi antes de Hiroshima, é claro.

Ursula ligou o aquecedor a gás, um pequeno Radiant um tanto patético, que parecia datar da virada do século, e inseriu as moedas. O barulho foi como se os centavos e xelins estivessem desaparecendo. Ursula se perguntou por que não fundiam armamentos. Revólveres em arados, e assim por diante.

Desempacotou a caixa de Pammy, expondo tudo sobre o pequeno escorredor de madeira, como a natureza-morta de um pobre. As hortaliças estavam sujas, mas não havia muita esperança de lavar a terra enquanto os canos estivessem gelados, mesmo na pequena Ascot, embora de qualquer forma a pressão do gás fosse tão fraca que mal poderia aquecer a água. *Água como uma pedra.* No fundo do caixote, encontrou meia garrafa de uísque. Querida Pammy, sempre solícita.

Tirou um pouco d'água do balde que tinha enchido na bomba da rua e colocou uma panela com água no bico de gás, achando que poderia aquecer um dos ovos, embora fosse demorar horrores, porque só havia um minúsculo babadinho azul ao redor do queimador. Havia avisos para tomar cuidado com a pressão do gás — caso o gás voltasse quando o piloto estivesse apagado. Seria tão ruim assim morrer asfixiada com gás?, Ursula se perguntou. *Asfixiada com gás.* Pensou em Auschwitz. Treblinka. Jimmy servira como Comando e no fim da guerra fora incorporado, um tanto por acaso, segundo ele (embora tudo com Jimmy fosse sempre um pouco por acaso), ao regimento antitanque que libertou Bergen-Belsen. Ursula insistiu para que ele lhe contasse o que tinha visto por lá. Ele relutou e talvez tenha ocultado o pior, mas era preciso saber. É preciso dar um testemunho. (Ela ouviu a voz da srta. Woolf em sua cabeça, *Precisamos nos lembrar desta gente quando estivermos a salvo no futuro.*) A contagem dos mortos tinha sido sua tarefa durante a guerra, a interminável sucessão de algarismos que representavam os mortos em ataques-relâmpago ou bombardeios e passavam pela sua mesa de trabalho a fim de serem contabilizados e registrados. Pareciam avassaladores, mas os valores maiores — os seis milhões de mortos, os cinquenta milhões de mortos, as incalculáveis infinidades de almas — pertenciam a uma esfera além da compreensão.

Ursula tinha armazenado água na véspera. Eles — quem *eram* "eles"?, depois de seis anos de guerra, todos tinham se acostumado a seguir as ordens "deles", que bando de obedientes eram os ingleses — haviam instalado uma bomba d'água na rua ao lado, e Ursula encheu uma chaleira e um balde. A mulher à sua frente na fila estava tremendamente elegante num invejável casacão de zibelina cinza-prata comprido até o chão e, mesmo assim, lá estava ela esperando pacientemente com seus baldes no frio cortante. Parecia fora de lugar no Soho, mas quem saberia qual a sua história?

As mulheres no poço. Ursula achou que se lembrava de Jesus ter tido uma conversa especialmente conflituosa com a mulher no poço. Uma mulher samaritana — sem nome, é claro. Ela tivera cinco maridos, Ursula recordou, e vivia com um homem que não era seu marido, mas a Bíblia no Evangelho de João nunca disse o que acontecera àqueles cinco. Talvez ela tivesse envenenado o poço.

Ursula se lembrou de Bridget lhes contando que, quando era uma menina na Irlanda, precisava andar todos os dias até um poço para buscar água. Tanto progresso para nada. Com que rapidez podia a civilização se desintegrar em seus elementos mais feios. Vejam os alemães, o mais culto e bem-educado entre os povos, e no entanto... Auschwitz, Treblinka, Bergen-Belsen. Dadas as mesmas circunstâncias poderiam muito bem ter sido os ingleses, mas isso era algo que não se podia dizer. A srta. Woolf acreditava nisso, ela disse...

— Veja só — disse a mulher de zibelina, interrompendo seus pensamentos. — Você compreende por que a minha água está congelada e esta aqui não está?

Sua pronúncia era refinada.

— Não — respondeu Ursula. — Não compreendo nada.

A mulher riu e disse — Ah, eu sinto a mesma coisa, acredite —, e Ursula achou que talvez ela fosse alguém que gostaria de ter como amiga, mas então uma mulher atrás dela disse — Mexa-se, meu bem —, e a mulher coberta de peles ergueu os baldes, tão forte quanto uma trabalhadora rural, e disse — Preciso ir, adeusinho.

Ligou o rádio. A transmissão do Terceiro Programa estava suspensa. Era a guerra contra o clima. Tinha-se sorte quando se possuia um lar, ou luz, porque ocorriam muitos cortes de eletricidade. E ela precisava de barulho, do som de uma vida familiar. Jimmy lhe dera seu velho gramofone antes de ir, o dela se perdera em Kensington, infelizmente com a maioria de seus discos. Conseguira salvar uns poucos, inteiros por milagre, e colocou um deles na bandeja giratória. "Eu preferiria estar morto e enterrado em meu túmulo." Ursula riu. — Alegre, não? — disse em voz alta. Ouviu os arranhões e os chiados do velho disco. Era assim que se sentia?

Olhou para o relógio, o carrilhãozinho portátil de ouro de Sylvie. Levara-o para casa depois do funeral. Só cinco horas. Ai, deuses, como os dias se arrastavam. Deprimida, desligou o rádio. De que adiantava?

Passara a tarde esquadrinhando a Oxford Street e a Regent Street em busca do que fazer — na verdade, era só para sair de sua cela monástica do conjugado. Todas as lojas eram escuras e sombrias. Lampiões a querosene na Swan & Edgar, velas na Selfridge — os rostos desfigurados e espectrais das pessoas como se saídos de um quadro de Goya. Não havia o que comprar, ou nada que quisesse, e qualquer coisa que quisesse, como um adorável par de botas forradas de pele e de aparência confortável, custava escandalosamente caro (15 guinéus!). Tão deprimente. — Pior do que a guerra — disse a srta. Fawcett no trabalho. Ela ia deixar o trabalho para se casar, tinham todos se cotizado para o presente de núpcias, um vaso muito pouco inspirador, mas Ursula queria lhe dar algo mais pessoal, mais especial, só não sabia bem o quê, e esperara que as lojas de departamentos no West End pudessem ter a coisa certa. Não tinham.

Foi até a Lyons tomar uma pálida xícara de chá — como água de cordeiro, teria dito Bridget. E comer um bolinho sem graça. Contou apenas duas passas secas e duras e uma sombra de margarina, e tentou imaginar que estava comendo algo maravilhoso — uma luxuriante *Cremeschnitte* ou uma fatia de *Dobostorte*. Supôs que os alemães não estivessem muito ocupados com doces naquele momento.

Sem querer, murmurou alto *Schwarzwälder Kirschtorte* (um nome extraordinário, um bolo extraordinário) e atraiu a indesejada atenção da mesa ao lado, uma mulher lutando estoicamente com um grande bolo gelado. — Refugiada, meu bem? — ela perguntou, surpreendendo Ursula com seu tom de simpatia.

— Algo assim — disse Ursula.

Enquanto esperava o ovo esquentar — a água ainda apenas morna —, vasculhou os livros, nunca desempacotados desde Kensington. Encontrou o Dante que Izzie lhe dera, lindamente encadernado em couro vermelho, mas com as páginas todas mofadas, um exemplar de Donne (seu favorito), *A terra desolada* (uma rara primeira edição surrupiada de Izzie), uma *Seleção de Shakespeare*, seus amados poetas metafísicos e, finalmente, no fundo da caixa, seu maltratado exemplar escolar de Keats, com uma inscrição que dizia *Para Ursula Todd, pelo bom trabalho*. Aquilo também daria um bom epitáfio, ela pensou. Folheou as páginas abandonadas até encontrar "As vésperas de Santa Agnes".

Ah, o frio lancinante!
A coruja, em suas penas, tiritava;
Na relva glacial tremia a lebre claudicante,
E o rebanho, no curral de lãs, silenciava.

Leu em voz alta, e as palavras a fizeram estremecer. Deveria ler alguma coisa que aquecesse, Keats e suas abelhas — *Transbordara o verão seus víscidos alvéolos*. Keats deveria ter morrido em solo inglês. Adormecido num jardim inglês numa tarde de verão. Como Hugh.

Comeu o ovo enquanto lia um exemplar do *Times* do dia anterior, que lhe fora entregue pelo sr. Hobbs na sala de correspondência quando ele terminara de ler, um pequeno ritual diário que haviam criado. As novas dimensões reduzidas do jornal faziam-no parecer um tanto ridículo, como se as próprias notícias fossem menos importantes. Embora fossem, não?

❄

A NEVE CAÍA DO lado de fora da janela, como flocos cinzentos de sabão e cinzas. Pensou nos parentes dos Cole na Polônia — elevando-se sobre Auschwitz como uma nuvem vulcânica, rodeando a Terra e apagando o sol. Mesmo agora, depois de tudo o que as pessoas souberam a respeito dos campos e tudo mais, o antissemitismo ainda era frequente. "Judeuzinho", ouvira alguém ser chamado na véspera, e, quando a srta. Andrews se esquivou de colaborar com o presente de casamento da srta. Fawcett, Enid Barker fez piada e disse — Mas que judia! —, como se fosse o mais leve dos insultos.

O escritório era um lugar tedioso, um tanto irritante, naqueles dias — era cansaço, talvez, devido ao frio e à falta de comida boa e nutritiva. E o trabalho era tedioso, uma infindável compilação e permutação de estatísticas a serem arquivadas em algum lugar — para serem esquadrinhadas pelos historiadores do futuro, supunha. Ainda estavam "limpando e pondo a casa em ordem", como teria dito Maurice, como se as vítimas da guerra fossem lixo a ser jogado fora e esquecido. A Defesa Civil havia sido instalada fazia mais de um ano e meio, mas ela ainda não se livrara das minúcias da burocracia. Os moinhos de Deus (ou o governo) moem muito devagar e muito fino.

O ovo estava delicioso, com gosto de ter sido posto naquela mesma manhã. Encontrou um velho postal (comprado numa viagem de um dia com Crighton) que nunca havia mandado, uma foto do Pavilhão Brighton, rabiscou um agradecimento a Pammy — *Maravilhoso! Como um pacote da Cruz Vermelha!* — e apoiou-o sobre a lareira, perto do relógio de Sylvie. Perto também da foto de Teddy. Ele e sua tripulação em Halifax numa tarde ensolarada. Todos descansavam numa série de cadeiras velhas. Para sempre jovens. O cão, Sortudo, orgulhoso como uma pequena figura de proa, em pé no colo de Teddy. Como seria bom ainda ter Sortudo.

Guardava a *Distinguished Flying Cross*, a condecoração por bravura de Teddy, apoiada no vidro do porta-retrato. Ursula também recebera uma medalha, mas nada significava para ela.

Mandaria o postal pelo correio da tarde, no dia seguinte. Levaria séculos para chegar à Toca da Raposa, pensou.

Cinco da tarde. Levou a louça até a pia, para se juntar a outros pratos por lavar. Os flocos cinzentos eram agora uma tempestade de neve no céu escuro, e ela puxou a frágil cortina de algodão para tentar fazê-la desaparecer. O tecido enganchou desesperadamente no trilho, e ela desistiu antes que derrubasse a coisa toda. A janela estava velha e mal encaixada, e deixava passar uma corrente de ar cortante.

A eletricidade caiu, e ela vasculhou o console da lareira em busca de vela. Poderia ficar pior? Ursula levou a vela e a garrafa de uísque para a cama, e entrou debaixo das cobertas ainda de casaco. Estava tão cansada.

A chama no pequeno aquecedor Radiant tremeu de forma alarmante. Seria muito ruim? *Acabar à meia-noite sem dor.* Havia maneiras piores. Auschwitz, Treblinka. Halifax, de Teddy, caindo em chamas. A única maneira de fazer parar as lágrimas era continuar a beber o uísque. Querida Pammy. A chama no Radiant piscou e morreu. A luz-piloto também. Perguntou-se quando voltaria o gás. Se o cheiro a acordaria, se ela se levantaria para reacendê-lo. Não esperava morrer como uma raposa congelada em seu covil. Pammy veria o postal, saberia que ela agradecera. Ursula fechou os olhos. Sentia-se como se estivesse acordada há cem anos ou mais.

Estava mesmo muito, muito cansada.

A escuridão começou a cair.

Neve

11 DE FEVEREIRO DE 1910

Quente, cremoso e novo, o cheiro era um canto de sereia para Queenie, a gata. Queenie, estritamente falando, pertencia à sra. Glover, embora, em seus modos arredios, não tivesse qualquer consciência de pertencer a alguém. Uma enorme gata malhada, chegara à soleira da porta com a sra. Glover, carregada numa bolsa de tapeçaria, e se instalara em sua própria poltrona Windsor, uma versão menor da que ocupava a sra. Glover, junto ao fogão. Ter sua própria cadeira não a impedia de deixar seu pelo em qualquer outro assento disponível da casa, incluindo as camas. Hugh, não muito apreciador de gatos, queixava-se continuamente da maneira misteriosa com que o "bicho sarnento" conseguia deixar pelos em seus ternos.

Mais malévola do que a maioria dos gatos, ela dava um jeito de furar as pessoas, como uma lebre feroz, se alguém se aproximasse dela. Bridget, também não muito amiga de gatos, declarou que aquela estava possuída por um demônio. De onde vinha aquele cheiro novo e delicioso? Queenie subiu em silêncio as escadas e entrou no grande quarto. O cômodo estava aquecido pelas brasas de uma lareira acesa. Era um bom quarto, tinha um cobertor grosso e macio na cama e os ritmos suaves de corpos adormecidos. E lá... havia uma caminha perfeita, do tamanho de um gato, já aquecida por uma almofadinha perfeita, do tamanho de um gato. Queenie se acomodou numa posição ainda mais confortável, um ronronar baixo e profundo saiu de sua garganta.

Agulhas afiadas na pele macia picaram-na de volta à consciência. A dor era algo novo e indesejável. Mas, de repente, ela foi coberta, a boca cheia de alguma coisa, tampando-a, sufocando-a. Quanto mais tentava respirar, menos conseguia. Estava imobilizada, indefesa, sem ar. Caindo, caindo, um pássaro atingido. Queenie já ronronava num estado de agradável letargia quando foi acordada por um grito e se viu sendo agarrada e atirada do outro lado do quarto. Rosnando e bufando, saiu porta afora, intuindo que aquela era uma guerra que perderia.

Nada. Flácido e inerte, o pequeno tórax sem movimento. O coração de Sylvie batia no peito como se houvesse um punho dentro dela, abrindo caminho aos socos. Que perigo! Como uma emoção terrível, uma onda que a inundava. Instintivamente, pôs a boca sobre o rosto do bebê, cobrindo a pequena boca e o narizinho. Soprou de leve. Outra vez. E outra vez. E o bebê voltou à vida. Foi simples assim. (— Estou certo de que foi uma coincidência — disse o dr. Fellowes, ao ouvir aquele milagre médico. — Parece muito pouco provável que se possa reviver alguém usando esse método.)

Bridget voltou à cozinha vinda de cima, aonde fora levar caldo de carne, e relatou fielmente à sra. Glover — A sra. Todd manda dizer à Cozinheira, é a senhora, sra. Glover, para se livrar do gato. Seria melhor se o matasse.

— Matar? — disse a sra. Glover, ofendida.

A gata, agora reinstalada em seu lugar habitual junto ao fogão, ergueu a cabeça e, cheia de maldade, encarou Bridget.

— Só estou repetindo o que ela disse.

— Só sobre o meu cadáver — exclamou a sra. Glover.

A sra. Haddock bebericava um copo de rum quente, de um modo que esperava fosse próprio de uma dama. Era o terceiro, e ela começava a brilhar de dentro para fora. Estava a caminho de ajudar um bebê a nascer quando a neve a obrigou a buscar refúgio no reservado do Leão Azul, fora de Chalfont St Peter. Não era o tipo de lugar em que jamais pensaria em entrar, salvo em caso de necessidade, mas havia uma lareira crepitante no reservado, e a companhia se revelava surpreendentemente agradável. Adornos de arreios em latão e jarras de cobre refulgiam e cintilavam. Visível do reservado, do outro lado do balcão, ficava o bar público, onde a bebida parecia fluir com total liberdade. Era um lugar definitivamente agitado. Uma cantoria se fazia ouvir por lá, e a sra. Haddock se surpreendeu ao descobrir que seu pé marcava o compasso.

— Vocês deviam ver a neve — disse o proprietário, inclinando-se sobre a grande profundidade polida do balcão de bronze. — Podemos ficar todos presos aqui por dias.

— Dias?

— Você também deveria tomar mais uma dose de rum. Não vai chegar depressa a lugar nenhum hoje à noite.

Como uma raposa encurralada

Setembro de 1923

— Então, você não vai mais ao dr. Kellet? — perguntou Izzie, abrindo com um estalo sua cigarreira esmaltada e revelando uma bela fileira de cigarros Black Russian. — Um fuminho? — ofereceu, segurando o estojo.

Izzie se dirigia a todos como se tivessem a idade dela. Aquilo era ao mesmo tempo sedutor e letárgico.

— Eu tenho treze anos — disse Ursula. O que, até onde percebia, respondia às duas perguntas.

— Treze é bem adulto hoje em dia. E a vida pode ser muito curta, você sabe — acrescentou Izzie, apanhando uma longa piteira de ébano e marfim. Relanceou vagamente o olhar pelo restaurante em busca de um garçom que lhe desse fogo. — Eu bem sinto falta daquelas suas visitinhas a Londres e de acompanhá-la a Harley Street e depois ao Savoy para o chá. Um prazer para nós duas.

— Não vou ao dr. Kellet há mais de um ano — disse Ursula. — Fui considerada curada.

— Maravilha. Eu sou considerada incurável *par la famille*[12]. Você é, claro, uma *jeune fille bien élevée*[13] e jamais saberá como é ser o bode expiatório do pecado de todos os outros.

[12] Pela família. (N. T.)
[13] Mocinha bem-comportada. (N. T.)

— Ah, não sei não. Acho que faço uma ideia.

Era sábado, hora do almoço, e estavam no Simpson's. — Damas ociosas — disse Izzie, sobre grandes fatias de carne sangrenta sendo trinchadas no osso diante de seus olhos. A mãe de Millie, a sra. Shawcross, era vegetariana, e Ursula imaginou seu horror à visão do enorme pernil de boi. Hugh chamava a sra. Shawcross (Roberta) de "cigana", a sra. Glover chamava-a de louca.

Izzie inclinou-se na direção do jovem garçom que acorrera para lhe acender o cigarro. — Obrigada, querido — murmurou, fitando-o diretamente nos olhos de um jeito que o deixou de repente tão vermelho quanto a fatia de carne em seu prato.

— *Le rosbife* — ela disse a Ursula, despedindo o garçom com um aceno indiferente da mão. Estava sempre pontilhando a conversa com palavras francesas (— Passei algum tempo em Paris quando era mais jovem. E, é claro, a guerra...) — Você fala francês?

— Bem, estudamos na escola — respondeu Ursula. — Mas isso não quer dizer que eu fale.

— Você é muito engraçadinha, não é?

Izzie aspirou profundamente a piteira e depois franziu o (espantosamente) vermelho arco de cupido de seus lábios como se estivesse prestes a tocar uma trombeta antes de exalar um jorro de fumaça. Diversos homens sentados por perto se viraram para fitá-la, fascinados. Ela piscou para Ursula.

— Aposto que as primeiras palavras em francês que você aprendeu foram *déjà-vu*. Coitadinha. Talvez você tenha caído de cabeça quando era bebê. Acho que eu caí. Ora, vamos nos empanturrar, estou morta de fome, você não? Eu deveria estar de dieta, mas ninguém aguenta isso por muito tempo — disse Izzie, cortando a carne com entusiasmo.

Era um avanço. Quando encontrou Ursula na plataforma em Marylebone, Izzie estava verde e disse se sentir "um bocado enjoada" por conta de ostras e rum ("nunca são uma boa combinação"), depois de uma noite "indecorosa" numa boate em Jermyn Street. Agora, com as ostras aparentemente esquecidas, comia como se estivesse faminta, ainda que afirmasse, como sempre, estar "cuidando da silhueta". Afirmava também estar "dura como um pau", mas era absurdamente extravagante com seu dinheiro. — De que serve a vida se a gente não tiver um pouco de diversão — dizia. (— A vida dela é pura diversão, até onde consigo ver — resmungava Hugh.)

A diversão — e seus concomitantes prazeres — era necessária, alegava Izzie, para adoçar o fato de que agora "se juntara à categoria de trabalhadores" e precisava "ficar martelando" uma máquina de escrever para ganhar seu sustento.

— Céus, dava para pensar que ela estava cortando carvão — disse Sylvie irritada, depois de um raro e um tanto combativo almoço de família na Toca da Raposa. Depois que Izzie se foi, Sylvie socou as travessas Worcester de frutas que ajudava Bridget a limpar e disse — Tudo o que ela está fazendo é produzir asneiras, coisa que ela faz desde que aprendeu a falar.

— Herança — murmurou Hugh, resgatando a porcelana.

Izzie conseguira um emprego (— Só Deus sabe como — disse Hugh) para escrever uma coluna semanal num jornal — *Aventuras de uma solteirona moderna*, era o título da coluna — sobre como ser "sozinha".

— Todos sabem que não existem mais homens suficientes com quem sair — disse ela, atacando um pãozinho na mesa de jantar Regency Revival da Toca da Raposa. (— *Você* não parece ter problemas para encontrá-los — murmurou Hugh.) — Os coitadinhos estão todos mortos — continuou Izzie, ignorando-o. A manteiga foi amontoada sobre o pão, sem qualquer consideração pelo árduo trabalho da vaca. — Não há o que se possa fazer em relação a isso, somos obrigados a ir em frente da melhor maneira que pudermos, sem eles. A mulher moderna precisa cuidar de si mesma sem a perspectiva da ajuda da família ou do lar. Precisa aprender a ser independente, emocional, financeira e, o mais importante, *espiritualmente*. (— Tolice — outra vez Hugh.) — Os homens não são os únicos que precisaram se sacrificar na Grande Guerra. (— Eles estão mortos, você não está, essa é a diferença. — Isso foi Sylvie. Gelada.)

— É claro — disse Izzie, consciente da sra. Glover a seu lado com uma terrina de Brown Windsor —, as mulheres das classes inferiores sempre souberam o que é trabalhar.

A sra. Glover lhe deu um olhar malévolo e apertou com mais força a concha de sopa. (— Brown Windsor, que delícia, sra. Glover. O que a senhora colocou aqui para que tenha esse gosto? É mesmo? Que *interessante*!) —

Estamos nos movendo na direção de uma sociedade sem classes, é claro — uma observação dirigida a Hugh, mas que mereceu um suspiro de zombaria de uma irritada sra. Glover.

— Então, esta semana você é bolchevique? — perguntou Hugh.

— Somos todos bolcheviques agora — exclamou Izzie, exultante.

— E à minha mesa! — respondeu Hugh. E riu.

— Ela é tão idiota — disse Sylvie quando Izzie foi, afinal, para a estação. — E quanta maquiagem! Parecia que estava no palco. É claro, na cabeça dela, ela está sempre no palco. Ela *é* seu próprio teatro.

— E o cabelo! — lamentou Hugh.

Não é preciso dizer que Izzie fizera permanente no cabelo antes de qualquer outra pessoa que conhecessem. Hugh proibira terminantemente que as mulheres de sua família cortassem os cabelos. Mal ele havia promulgado esse édito paterno, a nada rebelde Pamela foi à cidade com Winnie Shawcross, e voltaram ambas tosadas e tosquiadas. (— Só porque fica mais fácil para os esportes — foi a explicação racional de Pamela.) Pamela guardara as pesadas tranças, difícil dizer se como relíquias ou troféus.

— Motim da categoria, é? — disse Hugh.

Como nenhum deles fez o tipo argumentativo, esse foi o fim da conversa. As tranças agora moravam no fundo da gaveta de roupas íntimas de Pamela.

— Nunca se sabe, podem ser úteis para alguma coisa — ela explicou. Ninguém na família foi capaz de imaginar que coisa seria aquela.

Os sentimentos de Sylvie para com Izzie tinham raízes mais profundas do que cabelo ou maquiagem. Ela jamais perdoara Izzie pelo bebê. Ele deveria ter treze anos agora, a mesma idade de Ursula.

— Um pequeno Fritz ou Hans — dizia. — O sangue dos meus próprios filhos correndo em suas veias. Mas, é claro, a única coisa que interessa Izzie é Izzie.

— Mesmo assim, ela não pode ser superficial de todo — disse Hugh. — Imagino que tenha visto coisas horríveis na guerra.

Como se ele não tivesse.

Sylvie sacudiu a cabeça. Poderia ter sido um halo de mosquitos em volta de seus lindos cabelos. Estava morta de inveja da guerra de Izzie, inclusive dos horrores.

— Continua sendo uma idiota — ela disse. Hugh deu risada e confirmou: — É, continua.

A coluna de Izzie parecia, na maioria das vezes, não passar de um diário de sua própria agitada vida pessoal acrescido de um excêntrico comentário social. Na semana anterior, tinha sido "Até onde podem ir?", e versava sobre "a subida das bainhas das mulheres emancipadas", mas consistia basicamente em dicas de Izzie para conseguir os necessários tornozelos bem torneados. *Fique em pé, na ponta dos pés, sobre o primeiro degrau de uma escadaria e deixe seus calcanhares tombarem sobre o chão.* Pamela praticou a semana inteira na escada do sótão e declarou não haver melhora alguma.

Muito a contragosto, Hugh considerava necessário comprar o jornal de Izzie todas as sextas-feiras e lê-lo no trem de volta para casa, "só para ficar sabendo o que ela dizia" (e depois largar o ofensivo item sobre a mesa do vestíbulo, de onde Pamela podia resgatá-lo). Hugh alimentava o pavor específico de que Izzie escrevesse a respeito *dele,* e seu único consolo era que escrevia sob o pseudônimo de Delphine Fox, o que era "o nome mais idiota" que Sylvie já ouvira.

— Bem — disse Hugh —, Delphine é seu nome do meio, o nome da madrinha dela. E Todd é uma palavra antiga, sinônimo de fox, raposa, então suponho que haja alguma lógica nisso. Não que eu a esteja defendendo.

— Mas é o meu *nome*, está na minha certidão de nascimento — disse Izzie, parecendo magoada ao ser atacada por cima da jarra de aperitivo. — E vem de Delphi, você sabe, o oráculo, e assim por diante. Bastante adequado, eu diria. (— Ela agora é um oráculo? — perguntou Sylvie. — Se ela é um oráculo, eu sou a alta sacerdotisa de Tutancâmon.)

Izzie, na pessoa de Delphine, já havia, em mais de uma ocasião, mencionado "meus dois sobrinhos" ("Malandros incríveis, os dois!"), mas não citara nomes. — Até agora — disse Hugh sombrio.

Ela escrevera algumas "histórias divertidas" a respeito daqueles sobrinhos claramente ficcionais. Maurice tinha dezoito anos (os "camaradinhas robustos" de Izzie tinham nove e onze), já deixara longe o colégio interno e, em muitos anos, não passara mais do que dez minutos na companhia de Izzie. Quanto a Teddy, sua tendência era evitar situações que pudessem render histórias.

— Quem *são* estes meninos? — questionou Sylvie olhando a surpreendente e extravagante interpretação de linguado *à Veronique* da sra. Glover. O jornal dobrado estava a seu lado sobre a mesa, e ela apontou o dedo indicador para a coluna de Izzie, como se estivesse impregnada de germes. — São por acaso de alguma maneira inspirados em Maurice e Teddy?

— E quanto a Jimmy? — disse Teddy a Izzie. — Por que você não escreve sobre *ele*?

Jimmy, empertigado num macacão azul-celeste de tricô, botava colheradas de purê de batatas na boca e não parecia se incomodar muito por escreverem a seu respeito fora da grande literatura. Era um filho da paz, a guerra que acabava com todas as guerras tinha sido, afinal, travada por Jimmy. Outra vez, Sylvie alegou ter sido pega de surpresa pela mais nova adição à família (— Quatro parecia a conta certa.) Antes, Sylvie não fazia ideia de como se começava a ter filhos, agora parecia não ter certeza de como se fazia para parar. (— Jimmy foi um tanto inesperado — comentou Sylvie. — Acho que eu não *esperei* muito — disse Hugh, e ambos riram, e Sylvie disse — Francamente, Hugh.)

A chegada de Jimmy teve o efeito de fazer Ursula sentir como se estivesse sendo empurrada para mais longe do coração da família, como um objeto na beirada de uma mesa superlotada. Fora do lugar, ela ouvira Sylvie dizer a Hugh: *Ursula é meio estranha no ninho.* Mas como alguém pode ser uma estranha no ninho em seu próprio lar? — Você é minha mãe de verdade, não é? — perguntou a Sylvie, que riu e disse: — Sem dúvida, querida.

— A diferente — ela disse ao dr. Kellet.

— Sempre há alguém — ele disse.

— NÃO ESCREVA SOBRE meus filhos, Isobel — Sylvie disse a Izzie, inflamada.

— Eles são *imaginários*, por favor, Sylvie.

— Nunca escreva sobre meus filhos imaginários.

Ergueu a toalha da mesa e espiou o chão. — O que você está *fazendo* com os pés? — perguntou impaciente a Pamela, sentada à sua frente.

— Estou fazendo círculos com meus tornozelos — respondeu Pamela, sem se preocupar com a irritação de Sylvie. Pamela andava um tanto audaciosa naquela época, mas também bastante lógica, uma combinação que parecia destinada a aborrecer Sylvie. (— Você é igualzinha ao seu pai —, ela havia dito a Pamela naquela mesma manhã por conta de alguma insignificante divergência de opiniões. — Mas por que isso seria ruim? — perguntou Pamela.)

Pamela limpou a batata grudenta das bochechas rosadas de Jimmy e disse — Sentido horário, depois sentido anti-horário. É a maneira de obter um tornozelo bem torneado, segundo a tia Izzie.

— Izzie não é uma pessoa cujos conselhos sejam seguidos por alguém de bom-senso. (— Como é? — reagiu Izzie.) — Além disso, você é muito criança para ter tornozelos bem torneados.

— Bem — disse Pamela —, tenho quase a mesma idade que você tinha quando se casou com papai.

— Ah, esplêndido! — exclamou Hugh, aliviado com a visão da sra. Glover esperando à soleira da porta para fazer uma entrada triunfal com seu *Riz impératrice*.

— O fantasma de Escoffier[14] está em seus calcanhares hoje, sra. Glover.

A sra. Glover não conseguiu evitar um olhar para trás.

— Ah, esplêndido! — exclamou Izzie. Um pudim de pão e frutas. Podemos confiar no Simpson's para uma comidinha de criança. Nós tínhamos um quarto de crianças, você sabe, que ocupava todo o andar superior da casa.

— Em Hampstead? Na casa da vovó?

— A própria. Eu era a caçula. Como Jimmy.

Izzie murchou um pouco, como se recordasse alguma tristeza há muito esquecida. A pluma de avestruz em seu chapéu estremeceu de compaixão. Ela reviveu com a visão da molheira de prata cheia de creme.

— Então, você não tem mais aquelas sensações estranhas? O *déjà-vu* e essas coisas?

— Eu? — disse Ursula. — Não. Às vezes. Não muito. Eu acho. Antes era assim, você sabe. Agora acabou. Mais ou menos.

[14] Auguste Escoffier (1846-1935), chefe de cozinha famoso por ter revolucionado os métodos tradicionais da culinária francesa. (N. T.)

Tinham acabado? Não tinha certeza. Suas lembranças pareciam um jorro de ecos. Ecos podiam jorrar? Talvez não. Tentara (e não conseguira) aprender a ser precisa na linguagem, sob a orientação do dr. Kellet. Sentia falta daquela hora aconchegante (*tête-à-tête*, ele a chamava. Mais francês.) nas tardes de quinta-feira. Tinha dez anos quando fora vê-lo pela primeira vez e gostara de ser liberada da Toca da Raposa na companhia de alguém que dava sua atenção total a ela e somente a ela. Sylvie, ou na maioria das vezes Bridget, punha Ursula no trem, e ela era recebida na outra parada por Izzie, embora tanto Sylvie quanto Hugh duvidassem que Izzie fosse confiável o bastante para se responsabilizar por uma criança. (— A conveniência — disse Izzie a Hugh —, em geral, supera a ética, tenho percebido. Pessoalmente, se eu tivesse um filho de dez anos, não acredito que me sentiria muito à vontade permitindo que viajasse sozinho. — Você *tem* um filho de dez anos — observou Hugh. O pequeno Fritz. — Não poderíamos tentar encontrá-lo? — perguntou Sylvie. — Agulha num palheiro — disse Hugh. — Os hunos são legião.)

— Senti tanta falta de você — disse Izzie —, e essa é a razão de eu ter pedido que viesse passar o dia comigo. Para ser sincera, fiquei surpresa com o consentimento de Sylvie. Sempre houve certa, digamos, *froideur*[15] entre mim e sua mãe. Eu, é claro, sou considerada louca, má e perigosa. De qualquer maneira, achei que deveria tentar tirar você do rebanho. Você me faz lembrar de mim mesma. (E aquilo era bom?, perguntou-se Ursula.)

— Poderíamos ser amigas íntimas, o que acha? Pamela é meio chatinha — continuou Izzie. — Sempre praticando tênis e ciclismo, por isso não me espanta que tenha tornozelos tão grossos. *Très sportive*[16], certamente, mas mesmo assim... e ainda gosta de ciência! Não é nada divertido. E os meninos são, bem... meninos, mas você é interessante, Ursula. Todas aquelas coisas estranhas em sua cabeça sobre prever o futuro. Quase uma pequena vidente. Talvez devêssemos instalar você numa tenda cigana, arranjar uma bola de

[15] Frieza. (N. T.)
[16] Muito esportiva. (N. T.)

cristal e cartas de tarô. *O marujo fenício afogado* e tudo mais. Você não consegue ver nada em meu futuro, consegue?

— Não.

— Reencarnação — disseram-lhe o dr. Kellet. — Já ouviu falar nisso?

Ursula, dez anos de idade, sacudiu a cabeça. Ouvira muito pouco. O dr. Kellet tinha um simpático conjunto de salas em Harley Street. Aquela na qual recebeu Ursula era revestida de carvalho antigo até meia altura, com um tapete grosso estampado de vermelho e azul e duas grandes poltronas de couro em cada lado de uma lareira de carvão bem suprida. Dr. Kellet usava um terno de três peças de *tweed* Harris arrematado por uma comprida corrente de relógio de ouro. Cheirava a cravo e fumo de cachimbo, e havia nele alguma coisa cintilante, como se fosse lhe oferecer bolinhos ou ler uma história especialmente boa, mas em vez disso sorriu para Ursula e disse — Então, ouvi dizer que você tentou matar sua empregada. (Ah, é por isso que estou aqui, pensou Ursula.)

Ele ofereceu chá, que preparou numa coisa chamada samovar, no canto da sala. — Embora eu não seja russo, longe disso, sou de Maidstone, visitei São Petersburgo antes da Revolução.

Como Izzie, ele a tratava como adulto, ou pelo menos assim parecia ser, mas ali acabava qualquer semelhança. O chá era preto e amargo e só bebível com a ajuda de muitos torrões de açúcar e do conteúdo da lata de biscoitos *Marie,* de Huntley & Palmer, que havia numa mesinha entre os dois.

Estagiou em Viena ("onde mais?"), mas trilhou, dizia, seu próprio caminho. Não era discípulo de ninguém, afirmava, embora tivesse "bebido na fonte de todos os professores". — Deve-se seguir o próprio faro — explicou. — Abrir a cotoveladas nossa passagem em meio ao caos de nossos pensamentos. Reunificar o eu dividido.

Ursula não fazia ideia do que ele estava falando.

— A empregada? Você a empurrou escada abaixo?

Parecia uma pergunta muito direta para alguém que falava de faro e cotoveladas.

— Foi um acidente.

Ela não pensava em Bridget como "a empregada", pensava nela como Bridget. E aquilo acontecera havia séculos.

— Sua mãe está preocupada com você.

— Só quero que você seja feliz, querida — disse Sylvie depois de marcar a consulta com o dr. Kellet.

— Eu não sou feliz? — perguntou Ursula, atônita.

— O que você acha?

Ursula não sabia. Não tinha certeza de ter um padrão para medir felicidade ou infelicidade. Tinha obscuras lembranças de euforia, ou de mergulhar na escuridão, que pertenciam àquele mundo de sombras e sonhos sempre presente, mas quase impossível de capturar.

— Como se fosse outro mundo? — perguntou o dr. Kellet.

— É. Mas é este mundo também.

(— Eu sei que ela diz coisas muito estranhas, mas um *psiquiatra*? — disse Hugh a Sylvie. Ele franziu a testa. — Ela só é fraca. Ela não é *defeituosa*.

— Claro que não. Precisa somente de ajustes.)

— PRONTO, AGORA VOCÊ está ajustada! Que maravilha! — disse Izzie. — Era um camaradinha estranho aquele doutor de cabeça, não era? Devemos experimentar a tábua de queijos, o Stilton está tão maduro que parece a ponto de sair andando por conta própria, ou devemos nos mandar e ir para a minha casa?

— Estou empanturrada — disse Ursula.

— Eu também. Nos mandamos, então. A conta é minha?

— Eu não tenho dinheiro. Tenho treze anos — Ursula lembrou a ela.

Saíram do restaurante e, para surpresa de Ursula, Izzie caminhou alguns metros pela Strand e pulou para o banco do motorista de um reluzente conversível, estacionado, um tanto descuidadamente, em frente ao Coal Hole.

— Você tem um carro! — Ursula exclamou.

— Bom, não é? Não *exatamente* comprado e pago. Pule para dentro. Um Sunbeam, modelo esportivo. Melhor do que dirigir uma ambulância. Maravilhoso neste clima. Vamos pegar o caminho pitoresco, pelo Embankment?

— Sim, por favor.

— Ah, o Tâmisa! — disse Izzie ao avistarem o rio. — As ninfas, infelizmente, partiram todas.

Era uma linda tarde do fim de setembro, revigorante como uma maçã.

— Londres é gloriosa, não é? — comentou Izzie. Ela dirigia como se estivesse no circuito de Brooklands. Era ao mesmo tempo aterrador e hilariante. Ursula conjeturou que, se Izzie conseguira dirigir durante toda a guerra sem se machucar, era provável que as duas conseguissem atravessar todo o Victoria Embankment sem qualquer acidente.

Ao se aproximarem da ponte de Westminster, precisaram desacelerar devido à multidão de pessoas cuja passagem fora interrompida por uma enorme e silenciosa manifestação de homens desempregados. *Lutei no exterior*, dizia uma tabuleta suspensa. Outra afirmava *Com fome e querendo trabalho*.

— São tão resignados! — disse Izzie com desdém. — Nunca haverá uma revolução neste país. Pelo menos não outra. Cortamos uma vez a cabeça de um rei e ficamos tão culpados por isso que, desde então, estamos tentando nos desculpar.

Um homem de aspecto maltrapilho chegou perto do carro e gritou para Izzie alguma coisa incompreensível, embora a intenção fosse clara.

— *Qu'ils mangent de la brioche*[17] — Izzie murmurou. — Você sabe que ela nunca disse isso, não sabe? Maria Antonieta? Ela é uma personagem muito difamada pela história. Você nunca deve acreditar em tudo o que dizem de uma pessoa. Falando de modo geral, a maior parte será mentira. Meias-verdades na melhor das hipóteses.

Era difícil decidir se Izzie era monarquista ou republicana.

— Melhor não aderir demais a nenhum dos lados — dizia.

O Big Ben batia solenes três horas quando o Sunbeam forçou caminho pela turba.

— *Si lunga tratta di gente, ch'io non avrei mai creduto che morte tanta n'avesse disfatta.*[18] Você já leu Dante? Deveria. Ele é muito bom.

Como Izzie sabia tanta coisa?

[17] Que comam brioches. (N. T.)

[18] Tão longa fila de pessoas, que eu jamais teria acreditado que tantas a morte houvesse destruído. Trecho do Canto III de *Inferno*, de Dante Alighieri. (N. T.)

— Ah — ela respondeu, aérea. — Escola de aperfeiçoamento para moças. E passei algum tempo na Itália depois da guerra. Tive um amante, é claro. Um conde falido, é mais ou menos *de rigueur*[19] quando se está por lá. Você está chocada?

— Não.

Estava. Ursula não estava surpresa por haver uma *froideur* entre sua mãe e Izzie.

— A REENCARNAÇÃO ESTÁ no coração da filosofia budista — diria o dr. Kellet, sugando seu cachimbo de sepiolita. Todas as conversas com o dr. Kellet eram pontuadas por aquele objeto, fosse em gestos — muita ênfase dada apontando com a boquilha e com o fornilho em formato de cabeça turca (fascinante por si só) —, fosse pelo ritual de esvaziar, encher, apertar, acender e assim por diante.

— Você já ouviu falar em budismo?

Não ouvira.

— Quantos anos você tem?

— Dez.

— Ainda muito nova. Talvez você esteja se lembrando de outra vida. É claro, os discípulos de Buda não acreditam que se continue a voltar como a *mesma* pessoa nas *mesmas* circunstâncias, como você sente que faz. Você se move, para cima ou para baixo, de lado às vezes, presumo. Nirvana é a meta. Não ser, por assim dizer.

Aos dez, parecia a Ursula que talvez *ser* deveria ser a meta.

— A maioria das antigas religiões — continuou ele — aderia a uma ideia de circularidade. A serpente com sua cauda na boca, e assim por diante.

— Eu fui crismada — ela informou, tentando ser útil. — Igreja da Inglaterra.

O dr. Kellet chegara a Sylvie recomendado pela sra. Shawcross, via major Shawcross, seu vizinho da casa ao lado. Kellet fizera um trabalho muito bom, segundo o major, com homens que "precisavam de ajuda" depois da volta da guerra (havia uma alusão ao próprio major ter "precisado de ajuda").

[19] Obrigatório. (N. T.)

O caminho de Ursula cruzava ocasionalmente com alguns desses outros pacientes. Houve uma vez um rapaz desanimado que olhava fixo para o tapete na sala de espera falando baixinho consigo mesmo, outro que batia sem parar o pé, marcando o ritmo de alguma coisa que só ele ouvia.

A recepcionista do dr. Kellet, sra. Duckworth, que era uma viúva de guerra e tinha sido enfermeira durante a guerra, era sempre muito gentil com Ursula, oferecendo-lhe balas de hortelã e perguntando como ia a família. Um dia, um homem entrou tropeçando na sala de espera, embora a campainha da porta lá de baixo não tivesse soado. Parecia perturbado e um pouco selvagem, mas só ficou parado, imóvel, no meio da sala, encarando Ursula como se nunca tivesse visto uma criança, até que a sra. Duckworth o levasse para uma cadeira, se sentasse perto dele, passasse o braço em volta dele e dissesse "Ora, vamos, Billy, o que é isso?", como teria feito uma boa mãe, e Billy encostasse a cabeça em seu colo e começasse a soluçar.

Se Teddy chorava quando era menor, Ursula jamais conseguia aguentar. Era como se um abismo se abrisse dentro dela, alguma coisa profunda, apavorante e cheia de dor. Tudo o que ela queria era garantir que ele nunca mais precisasse chorar. O homem na sala de espera do dr. Kellet provocou nela o mesmo efeito. (— É como as mães se sentem todos os dias — disse Sylvie.)

O dr. Kellet saiu de sua sala naquele momento e disse — Venha Ursula, atenderei Billy mais tarde —, mas quando Ursula terminou a consulta, Billy não estava mais na sala de espera. — Pobre homem — disse a sra. Duckworth com tristeza.

A guerra, o dr. Kellet disse a Ursula, fez com que muitas pessoas buscassem significado em novos lugares. — Teosofia, rosacrucianismo, antroposofia, espiritualismo. Todo mundo precisa encontrar um sentido para sua perda. — O próprio dr. Kellet sacrificara um filho, Guy, um capitão da Royal West Surreys, perdido em Arras.

— É preciso se agarrar à ideia de sacrifício, Ursula. Pode ser um chamado superior.

Ele lhe mostrou uma fotografia, não um retrato de uniforme, só um instantâneo, de um rapaz numa roupa branca de jogador de críquete, posando orgulhoso atrás de seu bastão.

— Ele poderia ter jogado pelo condado — disse o dr. Kellet com tristeza. — Gosto de pensar nele, em todos eles, jogando uma partida eterna no paraíso. Numa tarde perfeita em junho, sempre pouco antes do intervalo para o chá.

Parecia vergonhoso que todos os rapazes nunca mais tomassem chá. Bosun estava no paraíso, com Sam Wellington, a bota velha, e Clarence Dodds, que morrera com estarrecedora rapidez de febre espanhola, no dia seguinte ao Armistício. Ursula não conseguia imaginar nenhum deles jogando críquete.

— Eu não acredito em Deus, é claro — disse o dr. Kellet. — Mas acredito no paraíso. É preciso — acrescentou, um tanto pesaroso.

Ursula se perguntou como tudo aquilo poderia consertá-la.

— Sob um ponto de vista mais científico — ele explicou —, talvez a parte de seu cérebro responsável pela memória tenha uma pequena imperfeição, um problema neurológico que a leve a pensar que está repetindo experiências. Como se alguma coisa tivesse ficado presa ali.

Ela não estava realmente morrendo e renascendo, afirmou ele, só *pensava* que estava. Ursula não conseguia ver a diferença. *Estava* presa? E se estivesse, onde era?

— Mas não queremos que isso resulte em você matar os pobres empregados, queremos?

— Mas isso aconteceu há muito tempo — disse Ursula. — Não é como se eu tivesse tentado matar alguém depois.

— No fundo do buraco — disse Sylvie depois de seu primeiro encontro com o dr. Kellet, a única vez em que foi às salas da Harley Street com Ursula, embora já tivesse falado com ele *sem* a menina. Ursula gostaria muito de saber o que havia sido dito a seu respeito. — E ela é muito infeliz, o tempo todo — continuou Sylvie. — Posso entender que um adulto se sinta assim...

— Pode? — perguntou o dr. Kellet, inclinando-se para a frente, o cachimbo indicando interesse. — *Sente-se* assim?

— Eu não sou o problema — disse Sylvie com seu mais gracioso sorriso.

Eu sou um problema?, pensou Ursula. E, de qualquer maneira, não estava *matando* Bridget, a estava *salvando*. E se não a estivesse salvando, talvez a estivesse sacrificando. O dr. Kellet não tinha dito que o sacrifício era um chamado superior?

— Se eu fosse você, eu me ateria às tradicionais linhas de conduta morais — disse ele. — O destino não está em suas mãos. Isso poderia ser um peso muito grande para uma meninazinha.

Ele se levantou da cadeira e pôs mais uma pá de carvão na lareira.

— Há alguns filósofos budistas (um ramo conhecido como Zen) que dizem que às vezes uma coisa ruim acontece para impedir que algo pior aconteça — disse o dr. Kellet. — Mas, é claro, há algumas situações em que é impossível imaginar algo pior.

Ursula supôs que ele estivesse pensando em Guy, *perdido em Arras*, e privado de seu chá e sanduíches de pepino por toda a eternidade.

— Experimente isto — disse Izzie, esguichando um vaporizador de perfume na direção de Ursula. — Chanel número 5. É o máximo. *Ela* é o máximo. *Seus estranhos perfumes sintéticos*.

Riu como se tivesse dito uma grande piada e pulverizou outra nuvem invisível no banheiro. Era bem diferente dos cheiros florais com que Sylvie se ungia.

Tinham chegado, afinal, ao apartamento de Izzie em Basil Street (um *endroit*[20] um tanto insípido, mas perto da Harrods). O banheiro de Izzie era de mármore preto e rosa (— Eu mesma o desenhei; delicioso, não é?) e cheio de linhas retas e cantos vivos. Ursula odiou pensar no que aconteceria se alguém escorregasse e caísse ali.

Tudo no apartamento parecia novo e brilhante. Nem de longe lembrava a Toca da Raposa, onde o ritmo lento do relógio do avô no vestíbulo marcava o tempo e a pátina dos anos brilhava nos pisos de madeira. Os bibelôs Meissen com dedinhos faltando e pés lascados, os cães Staffordshire de orelhas acidentalmente decepadas em nada se pareciam com os aparadores de livros de baquelita e os cinzeiros de ônix dos cômodos de Izzie. Em Basil Street, tudo era tão novo que parecia pertencer a uma loja. Até os livros eram novos, romances e volumes de ensaios e poesia de escritores de quem Ursula nunca ouvira falar.

[20] Lugar. (N. T.)

— É preciso acompanhar os tempos — disse Izzie.

Ursula se olhou no espelho do banheiro. Izzie se pôs em pé atrás dela, como Mefistófeles a seu Fausto, e disse — Céus, você está ficando bem bonita! —, antes de arrumar seu cabelo em diversos estilos. — Você precisa cortá-lo — ela disse —, deve ir ao meu *coiffeur*. Ele é realmente muito bom. Você está correndo o risco de parecer uma fazendeira, quando eu acho que você vai se revelar deliciosamente pervertida.

Izzie dançava pelo quarto cantando *Eu queria saber dançar como minha irmã Kate*.

— Você sabe dançar? Veja, é fácil.

Não era, e as duas desabaram às gargalhadas sobre o edredom de cetim da cama.

— Tô mi divirtino, ocê num tá? — disse Izzie, numa atroz imitação do sotaque *cockney*.

O quarto era uma enorme bagunça, roupas por todo lado, anáguas de cetim, vestidos de noite de *crêpe de Chine*, meias de seda, pés de sapatos sem par abandonados no carpete, uma névoa de pó de arroz Coty recobrindo tudo.

— Pode experimentar coisas, se quiser — disse Izzie, despreocupada. — Embora você seja bem pequena, comparada a mim. *Jolie et petite*[21].

Ursula declinou, temendo o feitiço. Era o tipo de roupa que podia transformar alguém em outra pessoa.

— O que vamos fazer? — disse Izzie, de repente entediada. Podemos jogar cartas? Besigue?

Dançou até a sala de estar e, tropeçando, chegou a um grande e reluzente objeto cromado que parecia pertencer à ponte de um transatlântico e se revelou um armário de bebidas. — Um drinque? — e olhou para Ursula, em dúvida. — Não, não me diga, você só tem treze anos — suspirou, acendeu um cigarro e olhou para o relógio. — É tarde demais para irmos a uma matinê e cedo demais para um espetáculo noturno. *London calling!* Está no Duke of York, parece ser bem divertido. Devíamos ir, você pode pegar outro trem para casa, mais tarde.

[21] Bonita e pequena. (N. T.)

Ursula passou os dedos pelas teclas da máquina de escrever Royal que repousava numa mesa junto à janela.

— Meu trabalho — disse Izzie. — Talvez eu deva colocar você em minha coluna desta semana.

— É mesmo? O que você diria?

— Não sei, criar alguma coisa, espero — ela respondeu. — É o que os escritores fazem.

Tirou um disco da gaveta do gramofone e colocou-o sobre a plataforma giratória. — Ouça isto — disse. — Você nunca ouviu nada igual.

Era verdade, não ouvira. Começava com um piano, mas nada parecido com Chopin ou Liszt que Sylvie tocava tão bem (e Pamela de um jeito tão prosaico).

— Chamam isso de *honky-tonk*, eu acho — disse Izzie.

Uma mulher começou a cantar, de modo rude e bem americano. Sua voz parecia a de alguém que tinha passado a vida numa cela de prisão.

— Ida Cox — disse Izzie. — É negra. Não é extraordinária?

Era.

— Canta sobre como é terrível ser mulher — disse Izzie, acendendo outro cigarro e tragando com força. — Se, pelo menos, pudéssemos encontrar alguém realmente podre de rico para casar. *Uma boa renda é a melhor receita para a felicidade de que já ouvi falar.* Você sabe quem disse isso? Não? Pois deveria.

Izzie ficou, de repente, irritada, um animal não de todo domesticado. O telefone tocou e ela exclamou "Salva pelo gongo", e começou uma conversa febril e animada com o interlocutor invisível e inaudível. Terminou a ligação dizendo — Seria ótimo, meu bem, encontro você em meia hora. E para Ursula — Eu ofereceria uma carona, mas estou indo para o Claridge's, e isso fica há *quilômetros* de Marylebone. Depois disso, preciso ir a uma festa em Lowndes Square, então é possível que não possa ir vê-la na estação. Você pode ir de metrô até Marylebone, não pode? Sabe como? A linha Piccadilly até o Piccadilly Circus, depois pegue a Bakerloo até Marylebone. Vamos, vou sair com você.

Quando chegaram à rua, Izzie respirou fundo como se tivesse sido libertada de um indesejável confinamento. — Ah, o crepúsculo — exclamou. — A hora violeta. Linda, não é? — Beijou Ursula no rosto e disse — Foi maravilhoso ver você, precisamos fazer isso de novo. Você fica bem, daqui em diante? *Tout droit*[22] até Sloane Street, vire à direita e acabou-se o que era doce, chegou à estação de metrô de Knightsbridge. Adeusinho, então.

— *Amor fati* — disse o dr. Kellet. — Já ouviu falar disso?

Soou como se ele tivesse dito "a maior parte". Ursula ficou perplexa; é claro que ela sabia o que era a maior parte.

— Nietzsche (um filósofo) — informou ele — gostava disso. Uma simples aceitação do que nos é dado, independentemente de ser ruim ou bom.

— *Werde, der du bist*, como ele teria dito — continuou o dr. Kellet, batendo as cinzas do cachimbo na lareira de onde, Ursula imaginou, alguém as varreria. — Você sabe o que significa?

Ursula se perguntou quantas meninas de dez anos o dr. Kellet teria realmente conhecido na vida.

— Significa "torna-te quem és" — explicou ele, acrescentando mais fumo ao fornilho. (O ser antes do não ser, supôs Ursula.) — Nietzsche tirou isso de Píndaro.

— Você fala grego? — (Ele não fazia mais a menor ideia de quem ela era.) — Significa "torna-te o que és, tendo aprendido como és".

Ursula achou que ele tivesse dito "de Pindar", que era o nome do lugar para onde tinha ido a velha babá de Hugh, que vivia com a irmã num velho prédio em cima de uma loja. Hugh levara Ursula e Teddy até lá em seu esplêndido Bentley, numa tarde de domingo. A babá Mills era meio apavorante (embora, aparentemente, não para Hugh) e passou muito tempo interrogando Ursula sobre seus modos e inspecionando as orelhas de Teddy em busca de sujeira. A irmã era mais simpática e encheu-os de suco de sabugueiro e fatias de pão de leite com geleia de amora.

— Como vai Isobel? — perguntou a babá Mills, a boca franzida como uma ameixa.

— Izzie é Izzie — foi a resposta de Hugh, que, se repetíssemos bem rápido como Teddy fez depois, soava como um pequeno enxame de abelhas.

[22] Em frente. (N. T.)

Izzie, ao que parecia, tornara-se ela mesma havia muito tempo. Era improvável que Nietzsche tivesse tirado alguma coisa de Pindar, menos ainda suas crenças.

— Divertiu-se com Izzie? — Hugh perguntou quando a apanhou na estação. Havia algo de reconfortante no aspecto de Hugh com seu chapéu cinza e um comprido sobretudo azul-marinho. Ele a inspecionou em busca de qualquer sinal visível de mudança. Ela achou melhor não contar a ele sobre ter andado sozinha de metrô. Tinha sido uma aventura aterrorizante, uma noite escura na floresta, mas à qual, como qualquer boa heroína, ela sobrevivera.

Ursula encolheu os ombros.

— Fomos almoçar no Simpson's.

— Huumm — disse Hugh, como se tentasse decifrar o significado da frase.

— Ouvimos uma negra cantando.

— No Simpson's? — surpreendeu-se Hugh.

— No gramofone da Izzie.

— Huumm — outra vez.

Ele abriu a porta do carro para Ursula, e ela se instalou no adorável banco de couro do Bentley, quase tão reconfortante quanto o próprio Hugh. Sylvie considerava o carro "arruinadoramente" extravagante. *Era* escandalosamente dispendioso. A guerra tornara Sylvie econômica: restos de sabão eram recolhidos e dissolvidos para lavar roupas, lençóis eram virados do avesso, chapéus eram reformados.

— Viveríamos só de ovos e galinhas, se dependesse dela — ria Hugh. Ele, em compensação, se tornara menos prudente desde a guerra, "o que talvez não fosse o melhor atributo para um banqueiro desenvolver", considerava Sylvie. — *Carpe diem* — dizia Hugh, e Sylvie respondia — Você nunca foi de se aproveitar.

— Izzie tem um carro agora — contou Ursula.

— É mesmo? — reagiu Hugh. — Tenho certeza de que não é tão fantástico quanto esta fera.

Ele deu palmadinhas carinhosas no painel do Bentley. Enquanto saíam da estação, ele disse baixinho — Não se pode confiar nela.

— Quem? (Mamãe? A fera?)

— Izzie.

— Não. Você deve ter razão — Ursula concordou.

— O que você achou dela?

— Ah, você sabe. Incurável. Izzie é Izzie, afinal de contas.

Ao chegarem em casa, encontraram Teddy e Jimmy jogando uma comportada partida de dominó na mesa da sala do café da manhã enquanto Pamela estava no vizinho, com Gertie Shawcross. Winnie era um pouco mais velha que Pamela e Gertie um pouco mais moça, e Pamela dividia seu tempo igualmente entre ambas, mas raramente estava com as duas ao mesmo tempo. Ursula, dedicada a Millie, achava aquilo um arranjo estranho. Teddy adorava as meninas Shawcross, mas seu coração estava nas mãozinhas de Nancy. De Sylvie não havia sinal.

— Não sei — disse Bridget, um tanto indiferente, quando Hugh perguntou.

A sra. Glover lhes deixara um guisado de carneiro um tanto sem graça, mantido aquecido na estufa do fogão. A sra. Glover não vivia mais com eles na Toca da Raposa. Alugara uma casinha na aldeia, de modo a poder cuidar de George tão bem quanto deles. George quase nunca saía de casa. Bridget se referia a ele como "pobre alma", e era difícil não concordar com aquela descrição. Se o tempo estivesse bom (ou mesmo não estando especialmente bom), ele se sentava numa grande e feia cadeira de praia à porta da frente e olhava o mundo passar. Sua bela cabeça (Que já fora leonina, dizia Sylvie com tristeza) pendia sobre o peito e um longo fio de baba escorria de sua boca. — Pobre diabo — disse Hugh. — Melhor seria se tivesse sido morto.

Às vezes, um deles ia junto quando Sylvie — ou uma mais relutante Bridget — o visitava durante o dia. Parecia estranho que fossem visitá-lo em casa enquanto sua própria mãe ficava na casa dos Todd cuidando deles. Sylvie arrumava o cobertor sobre suas pernas, lhe dava um copo de cerveja, e depois limpava sua boca da mesma maneira que fazia com Jimmy.

Havia outros veteranos de guerra na vizinhança, identificáveis graças a seus membros ou à falta deles. Todos aqueles braços e pernas perdidos nos campos de Flanders... Ursula os imaginava criando raízes na lama, brotos em direção ao céu e voltando a crescer para se transformarem em homens. Um exército de homens marchando de volta para se vingar. (— Ursula tem pensamentos mórbidos — ouviu Sylvie dizer a Hugh. Ursula se tornara uma grande abelhuda, era a única maneira de descobrir o que os outros realmente pensavam. Não ouviu a resposta de Hugh porque Bridget entrou no quarto fazendo barulho, furiosa porque a gata — Hattie, uma das crias de Queenie, tinha o mesmo caráter que a mãe — roubara o salmão aferventado que deveria ser o almoço.)

Havia aqueles também que, como os homens na sala de espera do dr. Kellet, tinham ferimentos menos visíveis. Havia na aldeia um ex-soldado chamado Charles Chorley que tinha servido com os Buff e atravessado toda a guerra sem um arranhão, e um dia, na primavera de 1921, apunhalou a mulher e os três filhos enquanto dormiam em suas camas e depois atirou na própria cabeça com uma Mauser que havia tirado de um soldado alemão que matara em Bapaume. (— Uma sujeira horrorosa — relatou o dr. Fellowes. — Esses camaradas deveriam pensar nas pessoas que vão precisar limpar tudo depois.)

Bridget, é claro, tinha sua "cruz para carregar", ao perder Clarence. Como Izzie, Bridget se conformara com a condição de solteirona, embora a vivesse de maneira menos leviana. Compareceram todos ao funeral de Clarence, até Hugh. A sra. Dodds manteve sua habitual atitude controlada e vacilou quando Sylvie colocou uma mão consoladora em seu braço, mas depois que se afastaram da cova aberta (não era o suprassumo da beleza, de jeito nenhum) a sra. Dodds disse a Ursula — Parte dele morreu durante a guerra. Agora foi só o resto dele que se acabou. E levou um dedo ao canto do olho, batendo num vestígio de umidade — lágrima seria uma descrição generosa demais. Ursula não sabia por que tinha sido escolhida para aquela confidência, talvez por ser quem estivesse mais perto. Sem dúvida, nenhuma resposta era esperada ou foi recebida.

— Uma ironia, pode-se dizer — comentou Sylvie —, que Clarence tenha sobrevivido à guerra para morrer de uma doença. (— O que eu faria se um de vocês tivesse contraído a gripe? — dizia ela com frequência.)

Ursula e Pamela tinham passado um tempo considerável discutindo se Clarence tinha sido enterrado com a máscara ou sem ela. (E, se fosse sem, onde ela estaria agora?) Não achavam que aquilo fosse o tipo de coisa que poderiam perguntar a Bridget, que disse com amargura que a velha sra. Dodds tinha afinal conseguido ficar com o filho só para ela e impedido que outra mulher o tirasse dela. (— Um pouco cruel, talvez — murmurou Hugh.) A foto de Clarence, cópia de uma tirada pela mãe, antes que Bridget o conhecesse, antes que ele marchasse para seu destino, juntou-se à de Sam Wellington no baú.

— As intermináveis fileiras de mortos — disse Sylvie, indignada. — Todos querem esquecê-los.

— Eu com certeza esqueço — disse Hugh.

Sylvie voltou a tempo para o bolo de maçã da sra. Glover. Suas próprias maçãs: um pequeno pomar plantado por Sylvie no fim da guerra começava a dar frutos. Quando Hugh cogitava onde ela poderia ter estado, ela disse algo indistinto sobre Gerrards Cross. Sentou-se à mesa de jantar e disse — Não estou com muita fome.

Hugh captou o olhar dela e, acenando com a cabeça na direção de Ursula, disse — Izzie.

Bela comunicação taquigráfica. Ursula esperava uma inquisição, mas tudo o que Sylvie disse foi — Senhor, eu quase me esqueci de que você tinha ido a Londres. Voltou inteira, fico feliz em ver.

— Imaculada — disse Ursula, radiante. — Você sabe, aliás, quem foi que disse *Uma boa renda é a melhor receita de felicidade de que já ouvi falar*?

A cultura de Sylvie, como a de Izzie, era aleatória embora abrangente, "sinal de que o conhecimento fora adquirido mais através de romances do que de estudos", segundo Sylvie.

— Austen — disse Sylvie sem pestanejar. — *Mansfield Park*. Ela põe as palavras na boca de Mary Crawford, por quem revela desdém, é claro, mas eu espero que a querida tia Jane acreditasse mesmo nessas palavras. Por quê?

Ursula deu de ombros. — Nada.

— *Até chegar a Mansfield, nunca imaginei que um pároco rural almejasse arbustos, ou algo parecido*. Maravilhoso. Sempre acho que a palavra arbustos designa um determinado tipo de pessoa.

— Nós temos arbustos — disse Hugh, mas Sylvie o ignorou e continuou a falar com Ursula.

— Você realmente deveria ler Jane Austen. Está na idade certa agora.

Sylvie parecia bem alegre, um humor de alguma maneira contrastante com o carneiro ainda sobre a mesa em seu insípido pote marrom, pequenas lagoas de gordura branca congelando na superfície.

— Realmente — disse Sylvie, num ímpeto, de repente gelada como o clima. — Os padrões desmoronam por toda parte, até em nossa própria casa.

Hugh ergueu as sobrancelhas e, antes que Sylvie tivesse chance de chamar Bridget, levantou-se da mesa e levou ele mesmo o pote de guisado para a cozinha. Sua pequena criada faz-tudo, Marjorie, não mais tão pequena, desertara havia pouco tempo, e Bridget e a sra. Glover arcaram com o ônus de cuidar deles.

(— Não é como se fôssemos muito exigentes — disse Sylvie irritada quando Bridget mencionou não ter tido um aumento de salário desde o fim da guerra. — Ela deveria ser grata.)

Na cama, naquela noite — Ursula e Pamela ainda dividiam as exíguas dimensões do quarto do sótão ("como prisioneiras numa cela", segundo Teddy) —, Pamela perguntou — Por que ela não me convida junto com você, ou até em vez de você? — (Isso, vindo de Pamela, era dito com genuína curiosidade, e não com malícia.)

— Ela me acha interessante.

Pamela riu e disse — Ela acha a sopa Brown Windsor da sra. Glover *interessante*.

— Eu sei. Não estou lisonjeada.

— É porque você é bonita e esperta — disse Pamela — enquanto eu sou só esperta.

— Isso não é verdade e você sabe disso — disse Ursula, ardente defensora de Pamela.

— Não me importo.

— Ela disse que vai me colocar no jornal na semana que vem, mas não acredito que vá.

Ursula, em seu relatório a Pamela das aventuras do dia em Londres, omitiu uma cena que presenciara, e passara despercebida a Izzie, preocupada em dar meia-volta com o carro no meio da rua, em frente ao Coal Hole. Uma mulher de casaco de vison saíra do Savoy de braço dado com um homem bastante elegante. A mulher ria, despreocupada, de algo que o homem acabara de dizer, mas então ela soltou o braço dele para procurar a carteira dentro da bolsa a fim de colocar um punhado de moedas na bandeja de um ex-soldado que estava sentado na calçada. O homem não tinha pernas e estava empoleirado numa espécie de carrinho de madeira improvisado. Ursula tinha visto outro homem sem os membros numa engenhoca semelhante, do lado de fora da estação de Marylebone. Na verdade, quanto mais olhara em volta nas ruas de Londres, mais amputados vira.

Um porteiro do hotel saiu voando pela Savoy Court e avançou para o homem sem pernas, que logo fugiu em disparada pela calçada usando as mãos como remos. A mulher que lhe dera dinheiro repreendeu o porteiro — Ursula decifrou seu rosto belo e impaciente —, mas então o homem elegante pegou-a com gentileza pelo cotovelo e levou-a pela rua até a Strand. A coisa notável naquela cena não era o conteúdo, e sim os personagens. Ursula nunca vira o homem elegante, mas a mulher agitada era — inconfundivelmente — Sylvie. Se não tivesse reconhecido Sylvie, teria reconhecido o casaco de pele, presente de Hugh pelo vigésimo aniversário de casamento dos dois. Ela parecia muito longe de Gerrards Cross.

— Bem — disse Izzie, quando o carro estava enfim de frente para o lado certo —, esta foi uma manobra complicada.

❄

NA SEMANA SEGUINTE, URSULA estava ausente da coluna de Izzie, mesmo de forma ficcional. Em vez disso, ela havia escrito a respeito da liberdade que a mulher solteira pode obter com a propriedade de "um carrinho". "As alegrias do caminho livre superam em muito estar confinada num ônibus imundo ou ser seguida por um estranho numa rua escura. Ao volante de um Sunbeam, ninguém precisa lançar olhares nervosos para trás."

— Ai, isso é apavorante — disse Pamela. — Você acha que ela foi? Seguida numa rua por um estranho?

— Milhares de vezes, presumo.

Ursula não foi chamada de novo para ser "amiga íntima" de Izzie, e ninguém soube mais dela até que surgiu à porta de entrada na véspera de Natal (convidada, mas não esperada) e declarou estar "meio enrascada", condição que a levou a ser encerrada no gabinete com Hugh, para de lá emergir uma hora depois parecendo quase disciplinada. Não trouxera presentes e fumara durante todo o jantar de Natal, beliscando a comida sem qualquer interesse.

— Renda anual de vinte libras — disse Hugh quando Bridget levou à mesa o pudim embebido em conhaque —, despesa anual de vinte libras e seis pence. Resultado: miséria.

— Ah, cala a boca! — disse Izzie e saiu bruscamente antes que Teddy pudesse atacar o pudim.

— Dickens — Sylvie disse a Ursula.

— *J'étais un peu dérangée*[23] — disse Izzie a Ursula, um tanto contrita, na manhã seguinte, a pretexto de explicação.

— Sou uma boba, realmente — disse Izzie. — Me atrapalhei toda.

No Ano-Novo, o Sunbeam desapareceu e o endereço da Basil Street foi trocado por um menos salubre em Swiss Cottage (um *endroit* ainda mais insípido), mas ainda assim Izzie permaneceu inegavelmente Izzie.

[23] Eu estava um pouco perturbada. (N. T.)

Dezembro de 1923

Jimmy estava resfriado, portanto Pammy disse que ficaria em casa com ele e faria enfeites de tampas prateadas de garrafas de leite enquanto Ursula e Teddy percorriam a alameda em busca de azevinho. O azevinho era abundante no bosque, mas o bosque ficava mais longe e o clima era tão miserável que queriam ficar lá fora o menor tempo possível. A sra. Glover, Bridget e Sylvie estavam confinadas à cozinha, enredadas no drama vespertino da comida natalina.

— Não peguem galhos sem frutos — instruiu Pamela quando saíram de casa. — E não se esqueçam de procurar também um pouco de visco.

Foram preparados, com tesouras de podar e um par de luvas de jardinagem de Sylvie, de couro, tendo aprendido a dolorosa lição de prévias expedições de suprimentos para o Natal. Tinham os olhos postos na grande árvore de azevinho do pasto no final da alameda, já que foram privados da acessível sebe de azevinho do jardim, substituída depois da guerra por um alfeneiro mais dócil. Toda a região estava mais domesticada e mais residencial. Sylvie disse que não demoraria muito para que a aldeia se expandisse a ponto de ficarem cercados de casas.

— As pessoas precisam viver em algum lugar — disse Hugh, de modo lógico.

— Mas não aqui — disse Sylvie.

O tempo estava desagradável, ventava e chuviscava, e Ursula teria preferido muito mais ficar junto à lareira na sala de café da manhã com a festiva promessa das tortas de frutas cristalizadas da sra. Glover perfumando toda a casa. Até mesmo Teddy, em geral capaz de ver o lado bom das coisas, se arrastava desconsolado ao lado dela, curvado pelo clima, um pequeno e valente Cavaleiro Templário em sua balaclava cinzenta de tricô. — Isto é abominável — ele disse. Só Trixie apreciava o passeio, fuçando as cercas vivas e investigando a vala, como se tivesse sido enviada em missão de desenterrar tesouros. Era uma cadela barulhenta, muito dada a latir por razões aparentes apenas para ela mesma, portanto quando, bem à frente deles, ela começou a ganir delirantemente, os dois não lhe deram muita atenção.

Trixie estava um pouco mais calma quando chegaram até ela. Montava guarda junto à sua presa, e Teddy disse — Alguma coisa morta, presumo.

Trixie era particularmente hábil em desenterrar pássaros meio apodrecidos e cadáveres dissecados de mamíferos maiores. — Um rato ou uma ratazana, é provável — disse Teddy. E, então, soltou um eloquente "Oh!", quando viu a verdadeira natureza do troféu na vala.

— Eu vou ficar aqui — Ursula disse a Teddy —, e você vai correndo até a casa e traz alguém.

Mas, ao ver seu corpinho vulnerável partindo e correndo sozinho pela alameda deserta, a escuridão dos primeiros dias de inverno já se fechando em volta dele, gritou para que a esperasse. Quem sabia que terror havia à espera? Para Teddy, para todos eles.

HOUVE CONFUSÃO QUANTO AO que fazer com o corpo durante o feriado, e foi afinal decidido mantê-lo na câmara frigorífica em Ettringham Hall até depois do Natal.

O dr. Fellowes, que chegara com um oficial de polícia, disse que a criança havia morrido de causas não naturais. Uma menina, oito ou nove anos de idade; seus dentes incisivos permanentes já haviam nascido, embora tivessem sido nocauteados antes da morte. Não havia registros de meninas desaparecidas, informou o policial, não na região. Especularam que poderia ser uma cigana, embora Ursula considerasse que ciganos *pegavam* crianças, mais do que as deixavam para trás.

Era quase Ano-Novo quando uma relutante lady Daunt se dispôs a entregá-la. Quando a removeram da câmara frigorífica, encontraram-na enfeitada como uma relíquia — flores e pequenos adornos pelo corpo, a pele banhada e o cabelo escovado e com laços de fita. Além dos três filhos sacrificados à Grande Guerra, os Daunt haviam tido também uma menina, morta na infância, e sua custódia do pequeno cadáver fez lady Daunt reviver a antiga dor, e ela perdeu a razão por algum tempo. Queria enterrar a menina nas terras de Ettringham Hall, mas houve um murmúrio de rebelião dos aldeões que insistiam para que fosse enterrada no cemitério da igreja. — Não escondida como um bichinho de estimação de lady Daunt — alguém disse. Uma estranha espécie de bichinho, pensou Ursula.

Nem sua identidade nem a do assassino foram jamais descobertas. Os policiais interrogaram todos na vizinhança. Chegaram à Toca da Raposa num final de tarde, e Pamela e Ursula quase se penduraram nas balaustradas na tentativa de ouvir o que estava sendo dito. De suas escutas, ouviram que ninguém na aldeia era suspeito e que "coisas terríveis" tinham sido feitas à criança. Afinal, ela foi enterrada no último dia do ano velho, mas não antes que o vigário a batizasse, pois o sentimento geral era de que, embora a menina estivesse destinada a permanecer um enigma, não deveria ser enterrada sem nome. Ninguém parecia saber como haviam chegado a "Angela", mas pareceu apropriado. Praticamente toda a aldeia compareceu ao funeral, e muitos choraram com mais emoção por Angela do que jamais fizeram por sua própria carne e sangue. Havia mais tristeza do que medo, e Pamela e Ursula discutiram muitas vezes a razão pela qual, exatamente, todas as pessoas que conheciam foram consideradas inocentes.

Lady Daunt não foi a única a ser estranhamente afetada pelo assassinato. Sylvie ficou especialmente perturbada, mais de raiva, ao que parecia, do que de tristeza. — Não é — ela explodiu— por ela ter sido morta, embora saibam os céus que só isso já é terrível, é porque *ninguém sentiu falta dela*.

Teddy teve pesadelos semanas a fio, esgueirando-se para a cama de Ursula na calada da noite. Os dois seriam para sempre aqueles que a haviam encontrado, aqueles que viram os pezinhos sem sapatos, sem meias — machucados e sujos, surgindo por entre os galhos mortos de um olmo, o corpo envolvido por uma fria manta de folhas.

11 DE FEVEREIRO DE 1926

— Lindos dezesseis — disse Hugh, beijando-a com carinho. — Feliz aniversário, ursinha. O futuro está todo à sua frente.

Ursula ainda tinha a sensação de que parte de seu futuro estava também atrás dela, mas aprendera a não verbalizar essas coisas.

Deveriam ter ido a Londres para o chá da tarde no Berkeley (era um meio-termo), mas Pamela torcera havia pouco tempo o tornozelo numa partida de hóquei e Sylvie se recuperava de um ataque de pleurisia que a fizera passar uma noite no hospital rural (— Desconfio que tenho os pulmões de minha mãe — observação que Teddy achava engraçada sempre que se lembrava.). E Jimmy acabara de sair de uma crise da amigdalite à qual era predisposto.

— Caindo como moscas — disse a sra. Glover, batendo manteiga com açúcar para o bolo. — Pergunto-me quem será o próximo.

— Quem precisa ir a um hotel para um chá decente, afinal? — exclamou Bridget. — O daqui é tão bom quanto.

— Melhor — disse a sra. Glover.

Embora, é claro, nem Bridget nem a sra. Glover tivessem sido convidadas para o Berkeley, e de fato Bridget jamais estivera num hotel em Londres ou num hotel em qualquer outro lugar. A exceção foi ter ido ao Shelbourne admirar a recepção, antes de pegar a barca em Dún Laoghaire para ir à Inglaterra, "séculos antes". A sra. Glover se declarara "bem familiarizada" com o Midland, em Manchester, ao qual um de seus sobrinhos (dos quais parecia ter um suprimento infindável) a levara com a irmã para jantar "em mais de uma ocasião".

Por coincidência, Maurice estava em casa naquele fim de semana, embora tivesse esquecido (— Se é que jamais soube — disse Pamela) que era o aniversário de Ursula. Ele cursava o último ano em Balliol, onde estudava direito, e estava "mais pedante do que nunca", segundo Pamela. Os pais também não pareciam especialmente ligados a ele.

— Ele *é* meu, não é? — Ursula ouvira Hugh dizer a Sylvie. — Você não teve um namorico em Deauville com aquele sujeito terrivelmente chato de Halifax, o dono do moinho?

— Que memória você tem! — riu Sylvie.

Pamela roubara tempo dos estudos para fazer um lindo cartão, uma *découpage* de flores recortadas das revistas de Bridget, bem como assar uma fornada de seus famosos (na Toca da Raposa, pelo menos) biscoitos "minúsculos". Pamela estava estudando para o exame de admissão em Girton.

— Uma aluna de Girton — disse ela — imagine só!

Enquanto Pamela se preparava para deixar a sexta série da escola que ambas frequentaram, Ursula estava prestes a ingressar. Era boa nos clássicos. Sylvie disse que não conseguia ver o objetivo de latim e grego (nunca os estudara e não parecia sentir falta). Ursula era um tanto atraída por palavras que agora eram apenas sussurros das necrópoles de antigos impérios. (Se você quer dizer "morto", então diga "morto", exclamava a sra. Glover, irritada.)

Millie Shawcross tinha sido convidada para o chá e chegara cedo, com sua habitual personalidade alegrinha. Seu presente foi um conjunto de adoráveis fitas de veludo para o cabelo, comprado com seu próprio dinheiro no armarinho da cidade. (— Agora você nunca mais poderá cortar o cabelo — disse Hugh a Ursula, com alguma satisfação.)

Maurice levara dois amigos para passarem o fim de semana, Gilbert e um americano, Howard (— Me chamem de Howie, todo mundo me chama assim), que teriam de dividir a cama do quarto de hóspedes, fato que parecia deixar Sylvie pouco à vontade. — Vocês podem deitar cabeça com pé — disse, bruscamente. — Ou um de vocês pode dormir num catre com a

Grande Estrada de Ferro do Oeste — nome do trem elétrico de brinquedo de Teddy que ocupava todo o antigo quarto da sra. Glover no sótão. Jimmy tinha permissão para compartilhar aquele prazer. — Seu braço direito, né? — disse Howie a Teddy, despenteando os cabelos de Jimmy com tanta animação que Jimmy perdeu o equilíbrio. O fato de Howie ser americano lhe dava uma espécie de encanto todo especial, embora fosse Gilbert quem tinha a aparência melancólica e um tanto exótica de astro de cinema. Seu nome — Gilbert Armstrong — e seu pai (um juiz do Supremo Tribunal), e ainda sua formação (Stowe), indicavam impecáveis credenciais inglesas, mas sua mãe descendia de uma antiga família da aristocracia espanhola ("Ciganos", concluiu a sra. Glover, que era praticamente como ela considerava todos os estrangeiros.)

— Uau — Millie sussurrou para Ursula —, os deuses caminham entre nós.

Cruzou as mãos sobre o coração e agitou-as como se fossem asas.

— Exceto Maurice — disse Ursula. — Ele teria sido chutado do Olimpo por dar nos nervos de todo mundo.

— A presunção dos deuses — disse Millie —, que título ótimo para um romance.

Millie, desnecessário dizer, queria ser escritora. Ou artista, ou cantora, ou bailarina, ou atriz. Qualquer coisa em que pudesse ser o centro das atenções.

— Sobre o que as menininhas estão tagarelando? — perguntou Maurice. Maurice era muito sensível, alguns diriam supersensível, a críticas.

— Você — disse Ursula.

As moças achavam Maurice atraente, fato que sempre surpreendia as mulheres de sua própria família. Seus cabelos claros pareciam ter sido encrespados e o físico era modelado pelo remo, mas era difícil não perceber sua falta de charme. Gilbert, no entanto, estava naquele instante beijando a mão de Sylvie (— Ai — disse Millie —, será que ainda *pode* melhorar?). Maurice apresentara Sylvie como "Minha velha genitora", e Gilbert disse — A senhora é jovem demais para ser mãe de alguém.

— Eu sei — respondeu Sylvie.

("Um sujeito um tanto matreiro", foi o veredicto de Hugh. "Um don Juan", pontificou a sra. Glover.)

Os três rapazes pareciam encher a Toca da Raposa como se a casa tivesse encolhido de repente, e tanto Hugh quanto Sylvie ficaram aliviados quando Maurice sugeriu que saíssem para "uma volta pelos campos".

— Boa ideia — disse Sylvie —, gastem um pouco desse excesso de energia.

Os três correram para o jardim com ares olímpicos (mais esportivos do que sagrados) e começaram a chutar com vontade uma bola que Maurice encontrara no armário do vestíbulo. (— Minha, na verdade — observou Teddy para ninguém em especial.)

— Eles vão destruir o gramado — disse Hugh, observando-os uivar como arruaceiros enquanto esmigalhavam a grama com suas botinas enlameadas.

— Vejam — exclamou Izzie quando chegou e avistou pela janela aquele atlético trio —, eles são muito lindos, não são? Posso ficar com um?

Izzie, embrulhada da cabeça aos dedos do pé em pele de raposa, disse — Eu trouxe presentes. Comentário desnecessário, já que estava carregada com todo tipo de pacotes de tamanhos diversos e embrulhados em papéis caros "para minha sobrinha predileta". Ursula lançou um olhar para Pamela e encolheu os ombros com ar pesaroso. Pamela revirou os olhos.

Ursula não via Izzie havia meses, desde uma rapidíssima ida de carro com Hugh ao Swiss Cottage para deixar um caixote cheio de legumes da abundante safra de final de verão da horta da Toca da Raposa. (— Uma abóbora? — disse Izzie, inspecionando o conteúdo da caixa. — Que droga acham que eu vou fazer com isto?)

Antes, ela fizera uma visita num longo fim de semana, mas quase havia ignorado todos eles, exceto Teddy, a quem levara para longas caminhadas e interrogara sem trégua. — Acho que ela o separou do rebanho — disse Ursula a Pamela. — Por quê? — perguntou Pamela. — Assim ela pode devorá-lo.

Quando questionado (rigorosamente, por Sylvie), Teddy não fazia ideia de por que recebera atenção especial. — Ela só me perguntou o que eu fazia, como era a escola, quais eram meus passatempos, do que eu gostava de comer. Meus amigos. Coisas assim.

— Talvez ela queira adotá-lo — Hugh disse a Sylvie. — Ou vendê-lo. Estou certo de que Teddy valeria um bom preço.

E Sylvie, furiosa: — Não diga coisas desse tipo nem de brincadeira.

Mas, então, Teddy foi deixado de lado por Izzie tão depressa quanto fora escolhido por ela, e não se pensou mais naquilo.

O primeiro presente de Ursula a ser desembrulhado foi um disco de Bessie Smith que Izzie colocou na mesma hora no gramofone, lar habitual de Elgar e do favorito de Hugh, *The Mikado*.

— St Louis Blues — disse Izzie, ensinando. — Ouçam essa corneta! Ursula adora essa música.

(— É mesmo? — Hugh perguntou a Ursula.

— Nem conheço.)

Depois, surgiu uma linda edição encadernada em couro vermelho de uma tradução de Dante. Seguiu-se um robe curto de cetim e rendas da Liberty's — Como você sabe, uma loja pela qual sua mãe é extremamente apaixonada. — Aquilo foi declarado "adulto demais" por Sylvie, — Ursula usa flanela. — Depois, um vidro de Shalimar (— o novo da Guerlain, divino) que recebeu similar veredicto de Sylvie.

— Assim fala a noiva menina — disse Izzie.

— Eu tinha dezoito, não dezesseis — retrucou uma Sylvie de lábios cerrados. — Um dia, precisamos falar do que *você* aprontou aos dezesseis, Isobel.

— O quê? — perguntou Pamela, ansiosa.

— *Il n'avait pas d'importance*[24] — disse Izzie com indiferença.

E por fim daquela cornucópia, uma garrafa de champanhe. (— E isso é definitivamente adulto demais!)

— Melhor colocar isto para gelar — disse Izzie, entregando-o a Bridget.

Um Hugh perplexo encarava Izzie. — Você roubou tudo isso? — perguntou ele.

— Ei, música negra — disse Howie quando os três rapazes entraram, amontoando-se na sala de estar e cheirando vagamente a fogueira e algo mais, menos definível (— Essência de garanhão — murmurou Izzie, cheirando o ar). Bessie Smith estava agora na terceira rodada e Hugh disse: — Isso começa a subir à cabeça depois de algum tempo.

[24] Não era importante. (N. T.)

Howie mexeu-se numa espécie de dança estranha ao som da música, vagamente selvagem, e então cochichou alguma coisa ao ouvido de Gilbert. Gilbert riu de um jeito um tanto rude para alguém de sangue azul, ainda que estrangeiro, e Sylvie bateu palmas e disse: — Meninos, que tal alguns canapés de camarão? —, e conduziu-os à sala de jantar, quando percebeu, tarde demais, as pegadas sujas que deixavam pela casa.

— Eles não lutaram na guerra — disse Hugh, como se isso explicasse o rastro enlameado.

— E isso é bom — retrucou Sylvie com firmeza. — Não importa quão insatisfatórios se tenham tornado.

— Agora — disse Izzie, quando o bolo foi cortado e repartido —, tenho um último presente...

— Pelo amor de Deus, Izzie! — interrompeu Hugh, incapaz de conter por mais tempo sua exasperação. — Quem está pagando por tudo isso? Você não tem dinheiro, suas dívidas se empilham até o teto. Você prometeu aprender a economizar.

— *Por favor* — disse Sylvie. Qualquer discussão a respeito de dinheiro (mesmo o de Izzie) na frente de estranhos a enchia de um horror reticente. Uma súbita nuvem escura passou sobre seu coração. Era Tiffin, ela sabia.

— *Eu* estou pagando — falou Izzie, com grandiosidade. — E não é um presente para Ursula. É para Teddy.

— Eu? — exclamou Teddy, alarmado com a berlinda. Estava pensando em como aquele bolo era ótimo e se perguntando quais as chances de um segundo pedaço, e não tinha vontade alguma de ser empurrado para a ribalta.

— É, você, menino querido — disse Izzie. Teddy visivelmente se encolheu para longe de Izzie e do presente que ela colocou na mesa à sua frente.

— Vamos — Izzie encorajou-o —, desembrulhe. Não vai explodir. (Mas explodiria.) Cauteloso, Teddy removeu o papel caro. Desembrulhado, o presente se revelou exatamente o que parecia ser quando embrulhado — um livro. Ursula, sentada do lado oposto, tentou decifrar o título de cabeça para baixo. *As aventuras de...*

— *As aventuras de Augusto* — Teddy leu alto —, por Delphie Fox. (— Delphie? — indagou Hugh.)

— Por que com você tudo é "aventura"? — perguntou Sylvie a Izzie, com irritação.

— Porque a vida é uma aventura, claro.

— Eu diria que é mais uma prova de resistência — disse Sylvie. — Ou uma corrida de obstáculos.

— Ah, querida — exclamou Hugh, de repente solícito —, não é tão ruim, não é mesmo?

— Seja como for — disse Izzie —, voltemos ao presente de Teddy.

A cartolina grossa da capa era verde, as letras e os traços dos desenhos eram dourados — ilustrações de um menino, mais ou menos da idade de Teddy, usando um boné de estudante. Tinha com ele uma atiradeira e um cachorrinho, um west land terrier de pelo emaranhado. O menino estava despenteado e tinha no rosto uma expressão selvagem.

— Este é Augusto — disse Izzie a Teddy. — O que você acha? Tomei por base você.

— Eu? — exclamou Teddy, horrorizado. — Mas eu não sou assim. Nem o cachorro está certo.

UM ASSOMBRO.

— Dou a alguém uma carona para a cidade? — perguntou Izzie, informal.

— Você arrumou outro carro? — gemeu Hugh.

— Estacionei no final da rua — disse Izzie com doçura —, para não aborrecer você.

Trotaram todos pela rua para inspecionar o carro. Pamela, ainda de muletas, mancava por último, atrasada. — Os pobres e os aleijados, os mancos e os cegos —, disse a Millie, e Millie riu e disse: — Para uma cientista, você conhece bem a Bíblia.

— Melhor conhecer o inimigo — disse Pamela.

Fazia frio e nenhum deles pensara em vestir os casacos. — Mas está bastante ameno para esta época do ano — disse Sylvie. — Não é como quando você nasceu. Céus, eu nunca tinha visto uma neve como aquela.

— Eu sei — disse Ursula. A neve do dia em que ela nasceu era uma lenda na família. Ouvira a história tantas vezes que acreditava poder se lembrar.

— É só um Austin — explicou Izzie. — Um sedã conversível, se bem que de quatro portas, mas de modo algum tão caro quanto um *Bentley*. Céus, é definitivamente um carro para a ralé, comparado ao *seu* capricho, Hugh.

— A crédito, sem dúvida — disse Hugh.

— De jeito nenhum, totalmente pago, *em espécie*. Eu tenho um *editor*, eu tenho *dinheiro*, Hugh. Você não precisa mais se preocupar comigo.

Enquanto todos admiravam (ou não, no caso de Hugh e Sylvie) o automóvel vermelho-cereja brilhante, Millie disse: — Preciso ir, tenho uma apresentação de dança hoje à noite. Muito obrigada pelo lanche adorável, sra. Todd.

— Vamos, vou acompanhá-la — disse Ursula.

Na volta para casa, pelo velho atalho no final dos jardins, Ursula teve um encontro inesperado — aquilo foi um assombro, não o Austin conversível —, quando quase tropeçou em Howie, em suas mãos e joelhos, enraizados na moita de arbustos.

— Estava procurando a bola — ele explicou, se desculpando. — Era de seu irmão menor. Acho que a perdemos nos... — ele se sentou nos calcanhares e olhou em volta, impotente diante das bérberis e dos barbascos. — Nos arbustos — acudiu Ursula. — Nós os almejamos.

— Hã? — fez ele, pondo-se em pé num movimento perfeito e, de repente, ficando mais alto do que ela. Parecia um boxeador. Havia um hematoma embaixo de seu olho. Fred Smith, que já tinha sido o rapaz do açougue, mas agora trabalhava na ferrovia, era boxeador. Maurice levara dois colegas para torcer por Fred numa luta de amadores no East End. Tudo parecia ter terminado em briga de bêbados. Howie exalava rum da Jamaica — o cheiro de Hugh — e havia nele algo brilhante e novo, como uma moeda recém-cunhada.

— Você a encontrou? — ela perguntou. — A bola?

A voz soou esganiçada em seus próprios ouvidos. Tinha achado Gilbert o mais bonito dos dois, mas diante da simples força dos membros bem proporcionados de Howie, como a de um grande animal, sentiu-se uma idiota.

— Quantos anos você tem? — ele perguntou.

— Dezesseis — ela disse. — É meu aniversário. Você comeu o bolo.

Estava claro que ela não era a única idiota.

— Hu-ii! — exclamou ele, numa espécie ambígua de palavra (bem semelhante ao seu próprio nome, ela percebeu), embora parecesse assinalar perplexidade, como se chegar aos dezesseis fosse um feito. — Você está tremendo — ele disse.

— Está gelado aqui fora.

— Eu posso esquentar você — ele disse, e então — o assombro — a pegou pelos ombros e puxou-a para perto dele e — um gesto que lhe exigiu curvar-se bastante — avançou seus grandes lábios na direção dos dela. "Beijo" parecia uma palavra por demais refinada para o que Howie estava fazendo. Ele empurrou sua enorme língua, como a de um boi, contra o portão levadiço de seus dentes, e ela ficou perplexa ao se dar conta de que ele esperava que ela abrisse a boca e deixasse a língua entrar. Ficaria em estado de choque. A prensa de língua da sra. Glover na cozinha lhe veio absurdamente à lembrança.

Ursula ainda se decidia quanto ao que fazer, com o rum da Jamaica e a falta de oxigênio deixando-a tonta, quando ouviram Maurice gritar, bem perto: "Howie! Saindo sem você, camarada!". A boca de Ursula foi liberada, e, sem dizer uma palavra a ela, Howie gritou: "Chegando!", tão alto que suas orelhas doeram. Então, ele a soltou e partiu, esmagando os arbustos, deixando Ursula sem ar.

Ela voltou para a casa em transe. Todos ainda estavam na rua, ainda que parecesse como se horas se tivessem passado, mas ela supôs que fossem apenas alguns minutos, como nas melhores histórias de fadas. Na mesa de jantar, as sobras do bolo estavam sendo delicadamente lambidas por Hattie. *As aventuras de Augusto*, em cima da mesa, tinham uma mancha de gelo na capa.

O coração de Ursula ainda batia forte com o choque dos avanços de Howie. Ser beijada no dia do aniversário de dezesseis anos, e daquele jeito tão inesperado, parecia um feito considerável. Estava cruzando a curva que levava à condição de mulher. Se fosse Benjamin Cole, então, teria sido perfeito.

Teddy, "o garoto", apareceu, muito furioso, e disse: — Eles perderam a minha bola.

— Eu sei — disse Ursula.

Ele abriu o livro na folha de rosto, onde, numa caligrafia exuberante, Izzie escrevera: *Para meu sobrinho Teddy. Meu próprio Augusto querido.*

— Quanta besteira! — exclamou Teddy com uma careta.

Ursula pegou uma taça de champanhe meio cheia, cuja borda tinha uma marca de batom vermelho, e derramou a metade num copo de geleia que ofereceu a Teddy.

— Saúde — ela disse.

Eles brindaram e beberam até a última gota.

— Feliz aniversário — disse Teddy.

Maio de 1926

No começo do mês, Pamela, livre das muletas e de volta aos jogos de tênis, soube que não tinha passado na prova para Cambridge.

— Entrei em pânico — disse —, vi perguntas que não sabia responder, fiquei em pedaços e fui reprovada. Eu deveria ter estudado mais ou, se pelo menos tivesse mantido a calma e raciocinado direito, teria conseguido me sair melhor.

— Há outras universidades, se você faz tanta questão de ser uma intelectual — disse Sylvie. Embora nunca tivesse admitido e dito em voz alta, Sylvie achava a vida acadêmica inútil para moças. — Afinal, a maior vocação da mulher é ser mãe e esposa.

— Você prefere me ver escrava de um fogão quente do que de um bico de Bunsen?

— O que a ciência já fez para o mundo, além de criar melhores maneiras de matar as pessoas? — disse Sylvie.

— Bem, isso é uma grande vergonha para Cambridge — disse Hugh. — Maurice vai receber menção honrosa, e ele é um absoluto bobalhão.

Para compensar o desapontamento de Pamela, ele lhe comprou uma bicicleta Raleigh, e Teddy perguntou o que ganharia se *ele* fosse reprovado num teste. Hugh riu e disse: — Cuidado, isso é conversa de Augusto.

— Ai, por favor, não! — disse Teddy, mortificado a qualquer menção ao livro. *As aventuras de Augusto* tinham, para embaraço de todos, mas principalmente de Teddy, se revelado um sucesso estrondoso, "evaporado das prateleiras", e já contava com três edições até então, segundo Izzie. Ela recebera um "cheque bem gordinho de direitos autorais" e se mudara para um apartamento em Ovington Square. Dera também uma entrevista a um jornal, na qual mencionara seu "protótipo", seu "encantador e maroto sobrinho".

— Mas não disse o meu *nome* — ponderou Teddy, agarrando-se à esperança. Ele ganhara de Izzie um presente de consolação na forma de um novo cachorro. Trixie morrera poucas semanas antes, e Teddy estava de luto desde então. O novo cão era um westie, como o cachorro de Augusto — uma raça que nenhum deles escolheria. Já tinha sido batizado por Izzie — Jock, naturalmente, o nome gravado em sua dispendiosa coleira.

Sylvie sugeriu mudarem o nome para Pilot (o cachorro de Charlotte Brontë, explicou a Ursula.)

(— Um dia — Ursula disse a Pamela —, minha comunicação com nossa mãe consistirá inteiramente de nomes dos grandes escritores do passado. — E Pamela respondeu: — Acho que provavelmente já é.)

O cãozinho já atendia como Jock e pareceu errado confundi-lo, portanto Jock ele permaneceu, e com o tempo todos aprenderam a amá-lo mais que qualquer um de seus cachorros, apesar de sua desagradável origem.

Maurice voltou numa manhã de sábado, dessa vez só com Howie a reboque e sem sinal de Gilbert, que tinha sido afastado por "uma indiscrição". Quando Pamela perguntou "Qual indiscrição?", Sylvie disse que a definição de uma indiscrição é que não se fala a respeito depois de acontecida.

Ursula tinha pensado em Howie com bastante frequência desde seu último encontro. Não tanto no Howie físico — as sacolas de Oxford, a camisa de colarinho mole, o cabelo com brilhantina —, mas no fato de que ele havia sido atencioso o bastante para tentar encontrar a bola perdida de Teddy. Ser gentil modificava a extraordinária e alarmante *desigualdade* dele, que era tripla — grande, homem e americano. Apesar dos sentimentos ambivalentes, foi impossível não sentir uma ligeira emoção quando o viu saltar sem esforço de seu carro conversível, estacionado em frente à porta da Toca da Raposa.

— Ei! — ele disse ao avistá-la, e ela se deu conta de que seu galã imaginário nem sequer sabia seu nome.

Uma jarra de café e uma travessa de bolinhos foram apressadamente produzidos por Sylvie e Bridget.

— Não vamos ficar — Maurice disse a Sylvie, que respondeu: — Ainda bem, não tenho comida suficiente para alimentar dois rapazes avantajados.

— Estamos indo a Londres, para ajudar na greve — disse Maurice.

Hugh expressou surpresa. Não percebera, afirmou, que as ideias políticas de Maurice o punham do lado dos trabalhadores, e Maurice também expressou surpresa porque seu pai nem mesmo imaginou que essa fosse a situação. Iriam dirigir ônibus e trens, e fazer o que fosse preciso "para manter o país em funcionamento".

— Eu não sabia que você sabia dirigir um trem, Maurice — disse Teddy, de repente achando o irmão interessante.

— Trabalhar como fogueiro, então — disse Maurice irritado —, não pode ser tão difícil.

— Eles não são chamados fogueiros, mas foguistas — disse Pamela —, e é um trabalho muito especializado. Pergunte ao seu amigo Smithy.

Observação que, por alguma razão, fez Maurice ficar ainda mais indignado.

— Vocês estão tentando escorar uma civilização que está em seus estertores — disse Hugh, tão indiferente quanto se fizesse uma observação sobre o clima. — Realmente não vale a pena.

Ursula deixou a sala àquela altura. Se havia algo que ela achava mais tedioso do que pensar em política era *falar* de política.

E então, surpreendentemente, aconteceu outra vez. Quando subia aos pulos a escada dos fundos a caminho do quarto do sótão para buscar alguma coisa, alguma coisa inocente — um livro, um lenço, algo que depois não seria capaz de lembrar o que era — foi quase jogada longe por Howie que descia. — Eu estava procurando um banheiro — disse ele.

— Só temos um — disse Ursula —, e não é lá em...

Mas antes que a frase fosse terminada, ela se viu desajeitadamente presa ao esquecido papel de parede floral da escada dos fundos, estampa que ali estava desde que a casa fora construída.

— Menina bonita — ele disse. Seu hálito cheirava a menta.

E lá estava ela novamente submetida ao empurra-empurra do descomunal Howie. Dessa vez, não era sua língua tentando abrir caminho esmagando sua boca, mas algo indizivelmente mais íntimo.

Tentou dizer alguma coisa, e, antes que qualquer som saísse, a mão dele lhe cobriu a boca, na verdade a metade do rosto, ele arreganhou os dentes e fez *Psss!*, como se fossem conspiradores num jogo. Com a outra mão, ele mexia em suas roupas, e ela gritou em protesto. E, então, ele já estava investindo contra ela, do jeito como os novilhos no pasto de baixo investiam contra o portão. Tentou lutar, mas ele era duas, três vezes maior do que ela, e era como se ela fosse um camundongo entre os dentes de Hattie. Tentou ver o que ele estava fazendo, mas ele a apertava tanto que tudo o que conseguia ver era o grande queixo quadrado e pequenos fios de barba, imperceptíveis à distância. Ursula já vira os irmãos nus, sabia o que tinham entre as pernas — moluscos enrugados, um pequeno tubo —, e aquilo parecia ter pouco a ver com aquela coisa dolorosa e forte como um êmbolo que agora se enfiava dentro dela como uma arma de guerra. Seu próprio corpo violado. A curva que levava à condição de mulher não mais parecia triunfal, mas meramente brutal e absolutamente indiferente.

Então, Howie soltou um grande rugido, mais inumano que oxfordiano, e já se desenganchava dela e forçava um sorriso. — Garotas inglesas — ele disse, sacudindo a cabeça e rindo. Balançou o dedo para ela, quase desaprovador, como se ela tivesse planejado a coisa nojenta que acabava de acontecer e continuou: — Vocês são uma coisa mesmo! — Riu de novo e desceu as escadas aos pulos, três degraus de cada vez, como se a descida tivesse sido interrompida por aquele estranho encontro.

Ursula foi deixada encarando o papel de parede florido. Nunca antes havia percebido que as flores eram glicínias, as mesmas flores que cresciam no arco sobre a varanda dos fundos. Aquilo devia ser o que em literatura era mencionado como "defloramento", pensou. Uma palavra que sempre lhe parecera bem bonita.

Quando desceu, meia hora depois, uma meia hora de pensamentos e emoções consideravelmente mais intensa do que o normal para uma manhã de sábado, Sylvie e Hugh estavam à porta, acenando um bem-comportado adeus para a traseira do carro de Howie, que desaparecia.

— Graças aos céus por não ficarem — disse Sylvie. — Acho que eu não conseguiria suportar a fanfarronice de Maurice.

— Imbecis — disse Hugh, de modo animado. — Tudo bem? — perguntou, avistando Ursula no vestíbulo.

— Tudo — ela disse. Qualquer outra resposta teria sido terrível demais.

Ursula achou mais fácil do que imaginara silenciar a respeito do ocorrido. Afinal, Sylvie não dissera que a definição de uma indiscrição era que não se falava a respeito dela depois de ocorrida? Ursula imaginou um armário em sua cabeça, um armário de canto, simples, de pinho. Howie e a escada dos fundos foram colocados numa prateleira alta desse armário, e a chave foi firmemente girada na fechadura.

Uma garota não deveria se deixar ser apanhada naquela escada dos fundos — ou na moita de arbustos — como a heroína de um romance gótico, do tipo que Bridget tanto gostava. Mas quem suspeitaria que a realidade seria tão sórdida e sangrenta? Ele devia ter intuído alguma coisa dentro dela, alguma coisa impura, da qual nem ela tinha conhecimento. Antes de trancar tudo, ela repassara inúmeras vezes o incidente, tentando ver de que maneira poderia ser culpada. Devia haver algo escrito em sua pele, em seu rosto, que algumas pessoas eram capazes de ler e outras não. Izzie tinha visto. Há algo pervertido a caminho. E esse algo era ela mesma.

O verão foi em frente. Pamela conseguiu um lugar na Universidade de Leeds para estudar química e disse estar contente porque as pessoas eram "mais honestas" nas províncias e não tão esnobes. Jogava muito tênis com Gertie e participava de campeonatos de duplas mistas com Daniel Cole e seu irmão Simon. Com frequência, deixava Ursula pegar sua bicicleta emprestada a fim de dar longos passeios com Millie, as duas aos gritos ao descerem ladeiras sem freios. Às vezes, Ursula dava caminhadas ociosas pelas alamedas com Jimmy e Teddy, e Jock corria em volta deles. Nem Teddy nem Jimmy pareciam ter de manter suas vidas secretas para as irmãs, como fizera Maurice.

Pamela e Ursula levavam Teddy e Jimmy a Londres em passeios de um dia, ao Museu de História Natural, ao Museu Britânico, aos Jardins de Kew, mas nunca diziam a Izzie que estavam na cidade. Ela se mudara outra vez, para uma grande casa em Holland Park ("um *endroit* bem mais artístico"). Um dia, quando andavam por Piccadilly, viram uma pilha de *As aventuras de Augusto* na vitrine de uma livraria, acompanhada de "uma foto da autora — srta. Delphie Fox, por sr. Cecil Beaton", na qual Izzie parecia uma artista de cinema ou uma bela socialite. — Ai, caramba! — disse Teddy, e Pamela, mesmo estando *in loco parentis*[25], não corrigiu seu linguajar.

HOUVE MAIS UMA FESTA na propriedade de Ettringham Hall. Os Daunt tinham morrido, depois de mil anos, lady Daunt jamais se recuperou do assassinato da pequena Angela e Ettringham Hall pertencia agora a um homem um tanto misterioso, sr. Lambert, que alguns diziam ser belga, outros escocês, mas ninguém conversara com ele tempo suficiente para descobrir sua origem. Havia boatos de que fizera fortuna durante a guerra, mas todos o descreviam como tímido e de difícil abordagem. Havia bailes também no salão de danças da aldeia às sextas-feiras à noite, e numa delas Fred Smith apareceu, limpo e livre de sua fuligem diária, e tirou para dançar, pela ordem, Pamela, Ursula e as três irmãs Shawcross mais velhas. Havia um gramofone, não uma banda, e se dançavam apenas músicas antigas, nenhum Charleston ou Black Bottom, e foi agradável ser conduzida em segurança pelo salão, com surpreendente habilidade, por Fred Smith. Ursula pensou que seria bem agradável ter alguém como Fred como namorado, embora fosse óbvio que Sylvie jamais toleraria algo parecido. (— *Um ferroviário?*)

Mal ela pensou em Fred daquela maneira, a porta do armário se escancarou e toda a terrível cena na escada dos fundos ficou à mostra.

— Calma! — disse Fred Smith. — Está branca como um fantasma, srta. Todd.

Ursula precisou culpar o calor e insistir em tomar um pouco de ar fresco sozinha. Estava mesmo se sentindo um tanto enjoada nos últimos tempos. Sylvie atribuía a um resfriado de verão.

[25] No lugar dos pais. (N. T.)

Maurice ganhara seu esperado primeiro lugar (— Como? — admirou-se Pamela) e foi para casa por algumas semanas, para descansar antes de assumir um cargo no Lincoln's Inn, para estagiar como advogado. Howie, aparentemente, voltara para "sua gente" na casa de verão em Long Island Sound. Maurice parecia um pouco aborrecido por não ter sido convidado a se reunir a eles.

— O que aconteceu com você? — Maurice perguntou a Ursula uma tarde, deitado numa espreguiçadeira no gramado lendo *Punch*, enfiando de uma só vez na boca uma fatia quase inteira do bolo de geleia da sra. Glover.

— O que você quer dizer com o que aconteceu comigo?

— Você virou uma novilha?

— Uma novilha?

Era verdade que estava estourando suas roupas de verão de um jeito bem alarmante, até suas mãos e seus pés pareciam rechonchudos.

— Gordurinhas da idade, querida — afirmou Sylvie —, até eu tive isso. Menos bolos e mais tênis, é o remédio.

— Você está péssima — comentou Pamela —, o que há de errado com você?

— Não faço a menor ideia — disse Ursula.

E, então, algo realmente medonho começou a surgir em sua mente, tão horrível, tão vergonhoso, tão *irreparável*, que ela sentiu alguma coisa pegando fogo e queimando dentro dela àquele simples pensamento. Saiu em busca do exemplar de Sylvie de *Ensinamentos para jovens e meninas sobre reprodução*, da dra. Beatrice Webb, que, em teoria, Sylvie mantinha trancado a chave num baú em seu quarto, mas o baú nunca era trancado porque Sylvie havia muito tempo perdera a chave. A reprodução parecia ser a última preocupação da autora. Ela aconselhava a distrair mocinhas dando-lhes montes de "receitas caseiras de pães, bolos, mingaus, pudins e jatos regulares de água fria nas partes". Dali não viria qualquer ajuda. Ursula estremeceu à lembrança das "partes" de Howie e como se tinham reunido às dela em abominável conjunção. Era aquilo que Sylvie e Hugh faziam? Ela não conseguia imaginar a mãe tolerando aquela coisa.

Deu uma olhada na enciclopédia médica da sra. Shawcross. A família estava em férias em Norfolk, mas a empregada não achou estranho quando Ursula apareceu na porta dos fundos dizendo que tinha ido procurar um livro.

A enciclopédia explicava os mecanismos do "ato sexual", algo que parecia só acontecer nos "adoráveis recessos do leito conjugal", e não na escada dos fundos quando você subia para buscar um lenço, um livro. A enciclopédia também detalhava as consequências de não conseguir chegar àquele lenço, àquele livro — a ausência de menstruação, o enjoo, o ganho de peso. Aparentemente, duravam nove meses. E agora já chegavam a meados de julho. Em pouco tempo, ela estaria se espremendo no uniforme azul-marinho e pegando com Millie o ônibus para a escola todas as manhãs. Ursula começou a dar longas caminhadas solitárias. Não havia Millie com quem se abrir (e, de qualquer maneira, teria com quem?), e Pamela tinha ido a Devon com seu grupo de bandeirantes. Ursula nunca se juntara à federação, e agora lamentava — elas poderiam lhe ter ensinado recursos para lidar com Howie. Uma bandeirante teria encontrado aquele lenço, aquele livro, sem ser atrapalhada no caminho.

— Algum problema, querida? — perguntou Sylvie enquanto cerziam meias juntas. Os filhos de Sylvie só eram objeto de atenção quando isolados. Juntos, eram um rebanho difícil de controlar; sozinhos, tinham personalidades.

Ursula imaginou o que poderia dizer. *Lembra-se de Howie, o amigo de Maurice? Parece que serei mãe de um filho dele.* Deu um rápido olhar para Sylvie, serena em sua costura e prendendo um pequeno remendo de lã no buraco do dedão de uma das meias de Teddy. Não parecia uma mulher que tivesse tido suas partes violadas. (Uma "vagina", aparentemente, segundo a enciclopédia da sra. Shawcross — não uma palavra que jamais tivesse sido pronunciada no lar dos Todd.)

— Não, nenhum — disse Ursula. — Estou bem. Perfeitamente bem.

Naquela tarde, andou até a estação e se sentou num banco na plataforma e considerou a ideia de se jogar debaixo do expresso quando passasse zunindo, mas o primeiro trem a chegar ia para Londres, bufando devagar até parar diante dela de uma maneira que pareceu tão familiar que lhe deu vontade de chorar. Avistou Fred Smith pulando da cabine do maquinista, de macacão gorduroso e rosto sujo de pó de carvão. Ao vê-la, ele se aproximou e disse: — Veja, que coincidência, vai pegar o nosso trem?

— Não comprei passagem — respondeu Ursula.

— Tudo bem — disse ele. — Um gesto e uma piscadela para o inspetor de passagens e ele saberá que é minha amiga e tudo bem.

Ela era amiga de Fred Smith? Era reconfortante pensar que sim. É claro, se ele soubesse de seu estado não seria mais seu amigo. Ninguém seria.

— Sim, tudo bem, obrigada — respondeu. Não ter um bilhete parecia um problema tão *pequeno*.

Observou Fred pular de volta para a cabine de sua locomotiva. O chefe da estação andava pela plataforma, batendo as portas dos vagões com uma determinação que sugeria que nunca voltariam a se abrir. O vapor jorrou pela chaminé e Fred Smith esticou a cabeça para fora da cabine e gritou: — Ande depressa, srta. Todd, ou vai ser deixada para trás — e ela, obediente, subiu a bordo.

O apito do chefe da estação trinou, primeiro um chamado curto, depois um longo, e o trem se arrastou para fora da plataforma. Ursula se sentou na pelúcia morna dos assentos e contemplou o futuro. Supôs que poderia se perder entre as outras mulheres decaídas, chorando sua desgraça pelas ruas de Londres. Enroscar-se num banco de praça e morrer congelada da noite para o dia, mas, como era alto verão, um congelamento era improvável. Ou entrar no Tâmisa e deslizar com suavidade ao longo da corrente, passar por Wapping, Rotherhithe e Greenwich, depois por Tilbury, e sair no mar. Como se surpreenderia a sua família se seu corpo afogado fosse içado das profundezas. Imaginou Sylvie franzindo a testa sobre suas costuras: *Mas ela saiu só para dar uma volta — disse que ia colher framboesas silvestres na alameda.* Ursula pensou, culpada, na bacia de porcelana branca que abandonara na cerca viva, pretendendo apanhá-la ao voltar. Estava cheia até a metade com as frutinhas amargas, e seus dedos ainda estavam manchados de vermelho.

Passou a tarde andando pelos grandes parques de Londres, atravessou o St James e o Green Park, passou pelo Palace, pelo Hyde Park e pelos Kensington Gardens. Era impressionante a distância que se podia percorrer em Londres e mal tocar uma calçada ou atravessar uma rua. Não levava dinheiro, é claro — um erro ridículo, percebia agora —, e não pôde comprar nem mesmo uma xícara de chá em Kensington. Não havia Fred Smith ali, para dizer "tudo bem". Estava com calor, cansada e empoeirada, e se sentia tão ressecada quanto a grama do Hyde Park.

Podia-se beber água no Serpentine? A primeira mulher de Shelley se afogara ali, mas Ursula achou que num dia como aquele — hordas de pessoas aproveitando os raios do sol — seria quase impossível evitar outro sr. Winton pulando no rio e salvando-a. Sabia para onde ia, é claro. Era, de certa forma, inevitável.

— Santo Deus, o que houve com você? — exclamou Izzie, escancarando dramaticamente a porta da frente, como se estivesse à espera de alguém mais interessante. — Você parece uma assombração.

— Andei a tarde toda — disse Ursula. — Não tenho dinheiro — acrescentou. — E acho que vou ter um bebê.

— Então é melhor entrar — disse Izzie.

E ali estava ela, sentada numa cadeira desconfortável numa grande casa em Belgravia, no que deveria ter sido uma sala de jantar. Agora, desprovida de qualquer finalidade além da espera, era indescritível. A natureza-morta holandesa acima da lareira e a jarra de crisântemos parecendo empoeirados sobre uma mesa Pembroke não davam qualquer pista do que poderia acontecer nos outros cômodos da casa. Era difícil ligar aquilo ao odioso encontro com Howie na escada dos fundos. Quem teria imaginado ser tão fácil deslizar de uma vida para outra? Ursula se perguntou o que teria feito o dr. Kellet diante de seu infortúnio.

Depois de sua inesperada chegada em Melbury Road, Izzie a tinha posto na cama em seu quarto de hóspedes e Ursula ficara soluçando debaixo das brilhantes cobertas de cetim, tentando não ouvir as implausíveis mentiras de Izzie no telefone do corredor. — *Eu sei! Ela simplesmente apareceu na minha porta, a ovelhinha... queria me ver... fazer uma visita, museus e coisas assim, o teatro, nada perigoso... vamos, não banque o malvado, Hugh...* Era bom que Izzie não tivesse falado com Sylvie, teria recebido pouca atenção dela. O resultado foi Ursula ter sido autorizada a ficar por alguns dias, para *museus e coisas assim*.

Telefonema terminado, Izzie entrou no quarto carregando uma bandeja.

— *Brandy* — explicou. — E torradas com manteiga. Tudo o que consegui produzir em pouco tempo, sinto muito. Você é tão idiota — suspirou. — Há maneiras, você sabe, coisas que se pode fazer, prevenir melhor do que remediar, e assim por diante.

Ursula não fazia ideia do que Izzie estava falando.

— E você pode se livrar disso — continuou Izzie. — Estamos de acordo quanto a isso, não estamos?

Uma pergunta que resultou num sincero "sim" de Ursula.

Uma mulher em uniforme de enfermeira abriu a porta da sala de espera em Belgravia e olhou para dentro. Seu uniforme era tão engomado que teria ficado em pé sem ela dentro.

— Por aqui — falou, ríspida, sem se dirigir a Ursula pelo nome.

Ursula seguiu-a tão dócil quanto uma ovelha para o matadouro.

Izzie, mais eficiente do que solidária, a levara até lá de carro (— Boa sorte.) com a promessa de que voltaria "mais tarde". Ursula não tinha ideia do que aconteceria no intervalo entre o "Boa sorte" e o "mais tarde" de Izzie, mas deduzia que seria desagradável. Um xarope nauseante ou talvez uma tigela em formato de rim cheia de grandes pílulas. E um bom sermão sobre sua moral e seu caráter. Não se importava, contanto que no final o relógio pudesse ser revertido. Que tamanho teria a criança, perguntou-se. Sua rápida pesquisa na enciclopédia dos Shawcross lhe dera poucas pistas. Imaginava que o bebê sairia com algum grau de dificuldade e seria enrolado num xale antes de ser colocado numa cestinha e bem cuidado até que estivesse pronto para ser dado a um gentil casal que sonhava em ter um filho tanto quanto Ursula não sonhava em ter um. E ela poderia pegar o trem de volta para casa, andar pela alameda da igreja e recuperar a bacia de porcelana branca com sua colheita de framboesas antes de entrar na Toca da Raposa como se nada tivesse acontecido além de *museus e coisas assim*.

❄

Era uma sala como qualquer outra. Havia cortinas, com festões e borlas, nas janelas altas. As cortinas pareciam ter sido deixadas ali pela vida pregressa da casa, como a lareira em mármore que agora abrigava um aquecedor a gás, e, no console, um relógio simples com grandes números. O linóleo verde no chão e a mesa cirúrgica no meio da sala eram igualmente incongruentes. A sala cheirava como o laboratório de ciências da escola. Ursula se perguntou o que seria a crua exposição de brilhantes instrumentos de metal dispostos sobre uma toalha de linho num carrinho. Parecia ter mais a ver com açougues do que com bebês. Não havia sinal de berço. Seu coração começou a se agitar.

Um homem, mais velho do que Hugh, num jaleco de médico, branco e comprido, entrou correndo na sala como se estivesse a caminho de algum outro lugar e mandou que Ursula subisse na mesa de cirurgia, e pusesse os pés "nos estribos". — Estribos? — Ursula repetiu. Não havia cavalos por ali. O pedido foi desconcertante até que a enfermeira engomada a empurrou para baixo e levantou seus pés.

— Eu vou ser operada? — Ursula protestou. — Mas eu não estou doente.

A enfermeira colocou uma máscara sobre seu rosto.

— Conte de dez a um! — ordenou.

— Por quê? — Ursula tentou perguntar, mas as palavras mal se tinham formado em seu cérebro quando a sala e tudo mais desapareceram.

A próxima coisa que soube era que estava no banco do passageiro do Austin de Izzie, olhando atordoada pelo para-brisa.

— Você vai estar nova em folha logo, logo — disse Izzie. — Não se preocupe, eles doparam você. Vai se sentir esquisita por algum tempo.

Como Izzie sabia tanto a respeito daquela coisa apavorante?

De volta a Melbury Road, Izzie ajudou-a a ir para a cama, e ela dormiu profundamente entre os brilhantes lençóis de cetim do quarto de hóspedes. Estava escuro lá fora quando Izzie entrou com uma bandeja.

— Sopa de rabada — explicou, animada. — Tirei de uma lata.

Izzie cheirava a bebida, alguma coisa doce e enjoativa, e, debaixo da maquiagem e de seu comportamento esfuziante, parecia exausta. Ursula pensou que deveria ser um tremendo fardo para ela. Fez um esforço para se sentar. O cheiro de bebida e de rabada foi demais, e ela vomitou bem em cima do cetim brilhante.

— Ai, meu Deus — exclamou Izzie, cobrindo a boca com a mão. — Eu realmente não fui feita para esse tipo de coisa.

— O que aconteceu com o bebê? — Ursula perguntou.

— O quê?

— O que aconteceu com o bebê? — Ursula repetiu. — Foi dado para alguém gentil?

Acordou no meio da noite e vomitou de novo, e voltou a dormir sem limpar a cama ou chamar Izzie. Quando acordou pela manhã, estava muito quente. Quente demais. Seu coração batia forte no peito e era difícil respirar. Tentou sair da cama, mas a cabeça girava e as pernas não a sustentaram. Depois disso, tudo foi um borrão. Izzie deve ter chamado Hugh, porque, quando abriu os olhos, ele sorria para ela, tranquilizador. Estava sentado na cama, ainda com o sobretudo. Ela vomitou em cima dele.

— Vamos levar você para um hospital — ele disse, sem se perturbar com a sujeira. — Você está com algum tipo de infecção.

Em algum lugar atrás dele, Izzie fazia um protesto feroz.

— Eu vou ser processada — ela sibilou para Hugh, e Hugh disse: — É bom, espero que ponham você na cadeia e joguem a chave fora.

Ele pegou Ursula no colo e disse: — Acho que é mais rápido pegar o Bentley.

Ursula se sentia sem peso, como se fosse flutuar. A próxima coisa que soube foi estar numa cavernosa ala de hospital e que Sylvie estava lá, o rosto tenso e horrível. — Como você foi capaz? — falou a mãe. Alegrou-se quando a noite chegou e Sylvie foi substituída por Hugh.

Era Hugh quem estava com ela quando chegou o morcego negro. A mão da noite foi estendida para ela, e Ursula se levantou para ir ao seu encontro. Estava aliviada, quase alegre, podia sentir o chamado do mundo brilhante e luminoso do além, o lugar em que todos os mistérios seriam revelados. A escuridão a envolveu, uma amiga aveludada. Havia neve no ar, fina como talco, gelada como o vento leste numa pele de bebê — mas, então, Ursula caiu de volta na cama do hospital, e sua mão foi rejeitada.

Havia um plano inclinado de luz brilhante no verde-claro da colcha do hospital. Hugh dormia, seu rosto estava relaxado e cansado. Sentava-se numa posição desconfortável numa cadeira perto da cama. Uma perna da calça estava um pouco erguida e Ursula podia ver uma meia de algodão cinzenta e enrugada e a pele macia da canela do pai. Um dia, ele foi como Teddy, pensou, e, um dia, Teddy será como ele. O menino dentro do homem, o homem dentro do menino. Aquilo lhe deu vontade de chorar. Hugh abriu os olhos e, ao vê-la, deu um sorriso fraco e disse: — Olá, ursinha. Bem-vinda de volta.

Agosto de 1926

A caneta deve ser segurada com leveza e de modo a permitir que os símbolos taquigráficos sejam escritos com facilidade. O pulso não deve se apoiar no bloco de notas ou na escrivaninha.

O resto do verão foi péssimo. Ela se sentava embaixo das macieiras no pomar e tentava ler um manual de instruções de taquigrafia de Pitman. Ficara decidido que faria um curso de datilografia e estenografia em vez de voltar à escola. — Não posso voltar — afirmou. Simplesmente não posso.

Não havia como escapar da frieza de Sylvie todas as vezes que entrava num cômodo e se deparava com Ursula. Tanto Bridget quanto a sra. Glover ficaram perplexas com o fato de a "doença grave" contraída por Ursula em Londres, quando ficou na casa da tia, ter tornado Sylvie tão distante da filha, quando esperavam o oposto. Izzie, é claro, havia sido barrada para sempre. *Persona non grata in perpetuam*. Ninguém sabia a verdade sobre o que acontecera, exceto Pamela, que arrancara de Ursula toda a história, tintim por tintim.

— Ele *abusou* de você — enfureceu-se ela. — Como você pode achar que foi culpa sua?

— Mas as consequências... — Ursula murmurou.

Sylvie a culpava por tudo, é claro. — Você jogou no lixo a sua virtude, o seu caráter, a boa impressão de todos sobre você.

— Ninguém sabe.

— *Eu* sei.

— Você fala como alguém num dos romances de Bridget — disse Hugh a Sylvie. Teria Hugh lido algum dos romances de Bridget? Parecia improvável. — Na verdade — continuou Hugh —, você fala como minha própria mãe. (— Parece terrível agora — ponderou Pamela —, mas isso também vai passar.)

Até mesmo Millie foi enganada por suas mentiras.

— Envenenamento do sangue! — exclamou ela. — Que coisa dramática! O hospital era pavoroso? Nancy disse que Teddy contou a ela que você quase morreu. Tenho certeza de que nunca vai me acontecer algo assim tão emocionante.

Que mundo de diferença havia entre morrer e quase morrer. A vida inteira, na verdade. Ursula achava que não tinha utilidade alguma para a vida para a qual havia sido salva.

— Eu gostaria de voltar ao dr. Kellet — disse a Sylvie.

— Ele está aposentado, imagino — respondeu Sylvie, indiferente.

Ursula ainda usava o cabelo comprido, em grande parte para agradar Hugh, mas um dia foi a Beaconsfield com Millie e mandou cortá-lo curto. Foi um ato de penitência que a fez se sentir uma mártir ou uma freira. Acreditou que viveria todo o resto de sua vida em algum lugar entre ambas.

Hugh pareceu mais surpreso do que triste. Ela achou que um corte de cabelo era um disfarce tênue, se comparado a Belgravia.

— Valha-me Deus! — ele reagiu, quando ela se sentou à mesa do jantar para nada apetitosas costeletas de vitela *à la russe*. (— Tem cara de jantar de cachorro — disse Jimmy, embora ele, um menino de excelente apetite, fosse capaz de ficar bem feliz comendo o jantar de Jock.)

— Você parece uma pessoa completamente diferente — disse Hugh.

— Isso só pode ser bom, não é? — disse Ursula.

— Eu gostava da velha Ursula — falou Teddy.

— Parece que você é o único — Ursula murmurou.

Sylvie emitiu um som que não chegou a ser uma palavra, e Hugh disse a Ursula: — Ora, vamos, acho que você está...

Mas ela nunca soube o que Hugh achava dela, porque a batida forte na aldrava da porta da frente anunciou um major Shawcross bastante ansioso, perguntando se Nancy estava com eles. — Desculpem-me por interromper seu jantar — ele disse, hesitando na entrada da sala de jantar.

— Ela não está aqui — disse Hugh, embora a ausência de Nancy fosse óbvia.

O major Shawcross franziu a testa diante das costeletas em seus pratos. — Ela saiu para pegar folhas na alameda — explicou. — Para seu livro de recortes. Você sabe como ela é.

A explicação se destinava a Teddy, alma gêmea de Nancy. Ela amava a natureza, sempre colecionando gravetos e pinhas, conchas, pedras e ossos, como os totens de uma antiga religião. "Uma filha da natureza", dizia dela a sra. Shawcross (— Como se isso fosse uma coisa boa — comentou Sylvie.)

— Ela queria folhas de carvalho — disse o major Shawcross. — Nós não temos carvalhos no jardim.

Houve uma rápida discussão a respeito da extinção do carvalho inglês, seguida por um silêncio pensativo. O major Shawcross limpou a garganta.

— Ela saiu há cerca de uma hora, segundo Roberta. Percorri toda a alameda, de cima a baixo, gritando seu nome. Não consigo imaginar onde ela possa estar. Winnie e Millie também estão à procura dela.

O major Shawcross começava a parecer fatigado. Sylvie serviu um copo de água e ofereceu a ele. — Sente-se — convidou. Ele não se sentou. É claro, pensou Ursula, ele estava pensando em Angela.

— Espero que ela tenha encontrado alguma coisa interessante — disse Hugh —, um ninho de passarinho ou uma gata com filhotes. O senhor sabe como ela é.

Estavam todos de acordo quanto a saber como era Nancy. O major Shawcross pegou uma colher da mesa de jantar e fitou-a com ar ausente. — Ela perdeu o jantar.

— Vou ajudá-lo a procurar por ela — disse Teddy, pulando da mesa. Ele também sabia como era Nancy, sabia que ela nunca perderia o jantar.

— Eu também — disse Hugh, dando uma encorajadora palmadinha nas costas do major Shawcross, deixando as costeletas de vitela de lado.

— Posso ir? — perguntou Ursula.

— Não — respondeu Sylvie. — E Jimmy também não. Fiquem aqui, procuraremos nos jardins.

Sem câmara frigorífica dessa vez. Um necrotério no hospital para Nancy. Ainda quente e macia quando a encontraram, jogada num velho cocho de gado.

— Profanada — disse Hugh a Sylvie enquanto Ursula se escondia como uma espiã atrás da porta da sala do café da manhã. — Duas meninas em três anos, não pode ser coincidência, pode? Estrangulada como Angela foi antes dela.

— Um monstro vive entre nós — disse Sylvie.

Foi o major Shawcross quem a encontrou.

— Graças a Deus não foi o coitado do Teddy desta vez — comentou Hugh. — Ele não teria suportado.

Teddy não conseguiu suportar, de qualquer maneira. Mal falou por semanas a fio. Sua alma tinha sido esfaqueada, ele disse, quando conseguiu falar.

— Feridas cicatrizam — disse Sylvie. — Mesmo as piores.

— Você acredita que isso seja verdade? — perguntou Ursula, pensando no papel de parede de glicínias e na sala de espera em Belgravia, e Sylvie respondeu: — Nem sempre —, sem ao menos se preocupar em mentir.

Ouviram a sra. Shawcross gritar durante toda a primeira noite. Depois, seu rosto nunca mais pareceu ser o mesmo, e o dr. Fellowes informou que ela tivera um "pequeno derrame".

— Coitada, pobre mulher — comentou Hugh.

— Ela nunca sabe onde estão aquelas meninas — disse Sylvie. — Deixa-as largadas por aí. Agora, está pagando o preço de sua negligência.

— Ah, Sylvie — disse Hugh com tristeza. — Onde está o seu coração?

Pamela partiu para Leeds. Hugh levou-a até lá no Bentley. O baú com sua bagagem era grande demais para a mala do carro e precisou ser despachado de trem.

— Grande o bastante para esconder um cadáver — disse Pamela. Ela ficaria num pensionato para moças e já tinha sido informada de que deveria dividir o quarto com uma garota chamada Barbara, de Macclesfield.

— Será como estar em casa — observou Teddy, encorajador —, mas Ursula será outra pessoa.

— *Nada* faz de lá parecido com a nossa casa — retrucou Pamela. Agarrou-se a Ursula um pouco demais antes de entrar no carro e se sentar ao lado de Hugh.

— Não vejo a hora de ir — Pamela disse a Ursula na cama, em sua última noite —, mas me sinto mal por deixar você.

Quando ela não voltou à escola para o período letivo do outono, ninguém questionou a decisão de Ursula. Millie estava angustiada demais com a morte de Nancy para se importar com alguma coisa.

Ursula pegava o trem para High Wycombe todas as manhãs para cursar uma escola particular de secretariado. "Escola" era um termo extravagante para duas salas, uma copa fria e um cubículo ainda mais frio, contendo um lavabo mais frio ainda, em cima de uma mercearia na rua principal. A escola era dirigida por um homem chamado sr. Carver, cujas paixões na vida eram o esperanto e a taquigrafia de Pitman, a última mais útil do que o primeiro. Ursula gostava de taquigrafia, era como um código secreto, com um vocabulário totalmente novo — ganchos aspirados e ignorados, consoantes compostas, contrações especiais, reduzindo à metade e duplicando — a linguagem nem dos mortos, nem dos vivos, mas dos estranhamente inertes. Havia algo relaxante em ouvir a entonação monótona do sr. Carver nas listas de palavras — *repetido, repetição, reiteração, reiterado, reiterando, príncipe, principesco, príncipes, princesa, princesas...*

As outras moças do curso eram todas muito agradáveis e amistosas — garotas animadas e práticas que sempre se lembravam de seus blocos de taquigrafia e réguas, e nunca tinham menos do que duas cores diferentes de tinta em suas bolsas. Na hora do almoço, quando o tempo estava ruim, não saíam e, sobre as bancadas de máquinas de escrever, compartilhavam almoços levados de casa e meias para cerzir. Tinham passado o verão cavalgando, nadando e acampando, e Ursula se perguntava se seriam capazes de dizer, só de olhar para ela, como o seu verão tinha sido diferente. "Belgravia" se tornara sua abreviação para o que acontecera.

(— Um aborto — dissera Pamela.— Um aborto ilegal.

Pamela nunca foi alguém que evitasse um vocabulário contundente. Ursula gostaria que fosse.)

Invejava a normalidade da vida delas. (Como Izzie desdenharia aquele pensamento.) A possibilidade de uma vida normal parecia a Ursula perdida para sempre.

E se ela tivesse se atirado debaixo do trem expresso ou tivesse morrido depois de Belgravia, ou se tivesse apenas aberto a janela de seu quarto e se jogado de lá, de cabeça? Teria sido realmente capaz de voltar atrás e começar de novo? Ou será que, como todos lhes disseram e como deveria acreditar, tudo só existia em sua cabeça? E se fosse assim — não existiria tudo também em sua cabeça real? E se não existisse uma realidade demonstrável? E se nada houvesse além da mente? Os filósofos "se engalfinharam" por causa desse problema muito tempo atrás, tinha dito o dr. Kellet, um tanto cansado, e essa havia sido uma das primeiras questões estudadas por eles. Então, não valia a pena ela se amofinar com aquilo. Mas não era verdade que, por sua própria natureza, todos voltavam a se debater mais uma vez com aquele dilema?

(— Esqueça a taquigrafia —, Pamela escreveu de Leeds, — você deveria estudar filosofia na universidade, você tem o tipo certo de cabeça para isso. Como um cachorrinho com um osso terrivelmente entediante.)

Com o tempo, chegou a procurar o dr. Kellet e encontrou suas salas ocupadas por uma mulher de cabelos e óculos cor de aço que lhe informou que o dr. Kellet estava realmente aposentado. Será que gostaria de marcar uma consulta com ela mesma? Não, Ursula respondeu, não queria. Era a primeira vez que ia a Londres desde Belgravia e teve um ataque de pânico na linha Bakerloo, ao voltar de Harley Street, e precisou sair correndo da estação de Marylebone, sem ar. Um vendedor de jornais perguntou: — Está se sentindo bem, moça? — E ela disse: — Estou sim, tudo bem, obrigada.

O sr. Carver gostava de tocar de leve nos ombros das meninas ("minhas meninas"), acariciando o angorá de um casaquinho ou a lã de cordeiro de um suéter, como se elas fossem bichinhos de estimação.

Na parte da manhã, exercitavam suas habilidades de datilografia nas grandes Underwoods. Às vezes, o sr. Carver as fazia trabalhar de olhos vendados, porque aquela era, segundo ele, a única maneira de impedi-las de olhar para as teclas e reduzir a velocidade. Usar a venda fazia Ursula se sentir como um soldado prestes a ser fuzilado por deserção. Nessas ocasiões, ela muitas vezes o ouvia fazer barulhos estranhos, soltar sibilos e grunhidos abafados, mas não queria espiar pela venda para ver o que ele estaria fazendo.

Na parte da tarde, praticavam taquigrafia — soporíferos exercícios de ditado que envolviam todo tipo de cartas comerciais. *Prezado senhor, levei ontem sua carta à reunião da Junta Administrativa, mas depois de alguma discussão foram obrigados a adiar uma vez mais a decisão relativa ao tema até a próxima reunião de diretoria, a se realizar na última terça-feira...* O conteúdo daquelas cartas era maçante ao extremo, e fazia um estranho contraste com o furioso fluxo de tinta em seus mata-borrões enquanto elas lutavam para não se atrasar.

Uma tarde, enquanto ditava, *Receamos não haver perspectivas de sucesso para aqueles que apresentaram objeções à nomeação*, o sr. Carver passou por trás de Ursula e gentilmente tocou em sua nuca, não mais protegida por cabelos compridos. Um tremor ondulou por seu corpo. Olhou para as teclas da Underwood na mesa à sua frente. Haveria nela alguma coisa que atraía aquele tipo de atenção? Não era uma boa pessoa?

Junho de 1932

Pamela escolheu um brocado branco para ela e cetim amarelo para as damas de honra. O amarelo tinha um tom ácido e fazia todas as damas de honra parecerem levemente ictéricas. Eram quatro — Ursula, Winnie Shawcross (escolhida em vez de Gertie) e as duas irmãs mais novas de Harold. Harold vinha de uma família grande e barulhenta de Old Kent Road, que Sylvie considerava "inferior". O fato de Harold ser médico não parecia aprimorar suas credenciais (Sylvie era curiosamente avessa à profissão médica).

— Eu achava a sua própria família um tanto *déclassée*[26], não é mesmo? — Hugh disse a Sylvie.

Hugh gostava do futuro genro, achava-o "diferente". Também gostava da mãe de Harold, Olive. — Ela diz o que pensa — afirmou ele a Sylvie. — E pensa o que diz. Ao contrário de algumas pessoas.

— Parecia bonito no mostruário — disse Pamela em dúvida, na terceira e última prova de Ursula no ateliê de uma costureira de Neasden, entre tantos lugares. O vestido de corte enviesado estava apertado na barriga de Ursula.

— Você engordou desde a última prova— disse a costureira.

— Engordei?

— Engordou, sim — afirmou Pamela.

[26] De nível social inferior. (N. T.)

Ursula pensou na última vez que havia engordado. Belgravia. Certamente, não era o motivo agora. Estava em pé em cima de uma cadeira, a costureira movendo-se em círculo ao seu redor, uma almofada de alfinetes presa ao pulso.

— Mas você continua bonita — Pamela acrescentou.

— Eu passo o dia inteiro sentada no trabalho — disse Ursula. — Deveria andar mais, imagino.

Era fácil ser preguiçosa. Morava sozinha, mas ninguém sabia. Hilda, a garota com quem imaginavam que dividia o apartamento — um último andar em Bayswater — se mudara, embora ainda pagasse o aluguel, graças aos céus. Hilda vivia em Ealing, num "pequeno palácio de prazer", com um homem chamado Ernest, cuja esposa não lhe daria o divórcio, e precisava fingir para os pais que ainda estava em Bayswater, levando a vida de uma mulher solteira e virtuosa. Ursula achava que era apenas uma questão de tempo até que os pais de Hilda aparecessem de repente à sua porta e ela precisasse inventar uma mentira, ou várias, para lhes explicar a ausência da filha. Hugh e Sylvie ficariam horrorizados se imaginassem que Ursula estava morando sozinha em Londres.

— Bayswater? — exclamou Sylvie em tom de dúvida quando Ursula anunciou que iria se mudar da Toca da Raposa. — Isso é mesmo necessário?

Hugh e Sylvie examinaram o apartamento, e também examinaram Hilda, que se saíra bem na sindicância de Sylvie. Ainda assim, Sylvie considerara que tanto o apartamento quanto Hilda deixavam um pouco a desejar.

"Ernest de Ealing", como Ursula sempre pensou nele, era quem pagava o aluguel ("mulher teúda e manteúda", ria Hilda), mas Hilda aparecia a cada duas semanas para pegar a correspondência e deixar o dinheiro do aluguel.

— Posso encontrar outra pessoa para dividir o apartamento — ofereceu Ursula, embora detestasse a ideia.

— Vamos esperar um pouco — disse Hilda —, ver se tudo dá certo para mim. Essa é a maravilha de viver em pecado, a qualquer momento podemos nos levantar e cair fora.

— Ernest (de Ealing) também pode.

— Eu tenho vinte e um anos, ele tem quarenta e dois, e não está pensando em cair fora, confie em mim.

A mudança de Hilda tinha sido um alívio. Ursula podia ficar à vontade a noite toda, de roupa de dormir, cabelo enrolado, comendo laranjas e chocolate e ouvindo rádio. Não que Hilda fosse se opor a qualquer dessas coisas, teria até apreciado, mas Sylvie havia instilado o decoro na presença de terceiros desde bem cedo, e era algo difícil de se livrar.

Depois de algumas semanas morando sozinha, ocorreu-lhe a ideia de que tinha pouquíssimos amigos e de que nunca parecia se preocupar muito em manter contato com os que tinha. Millie se tornara atriz, e estava quase todo o tempo fora com uma companhia teatral. Mandava curiosos cartões-postais de lugares que talvez nunca visitaria não fosse o teatro — Stafford, Gateshead, Grantham — e desenhava caricaturas engraçadas de si mesma em vários papéis ("Eu de Julieta, uma piada!"). Sua amizade não sobrevivera à morte de Nancy. A família Shawcross se recolhera em seu luto, e, quando Millie recomeçou afinal a viver a própria vida, descobriu que Ursula tinha deixado de viver a dela. Ursula desejou muitas vezes poder explicar Belgravia para Millie, mas não quis arriscar o que sobrara de sua frágil ligação.

Trabalhava para uma grande empresa de importação, e às vezes, ao ouvir as moças no escritório conversando sobre o que faziam e com quem, Ursula se descobria cogitando como elas podiam conhecer todas aquelas pessoas, aqueles Gordons, Charlies, Dicks, Mildreds, Eileens e Veras — um rebanho alegre e inquieto com quem frequentavam teatro de variedades e cinemas, iam patinar, nadavam em balneários e piscinas e faziam passeios de carro a Epping Forest e Eastbourne. Ursula não fazia nenhuma daquelas coisas.

Ursula ansiava pela solidão, mas odiava se sentir solitária, um enigma que não conseguia sequer começar a resolver. No trabalho, era vista como alguém distante, como se fosse mais velha ou superior a elas em todos os sentidos, ainda que não fosse. Às vezes, uma ou outra conhecida do escritório dizia: — Quer sair conosco depois do expediente? — Era uma proposta gentil e soava como caridade, o que talvez fosse. Nunca aceitou os convites. Suspeitava, não, sabia, que falavam dela pelas costas, nada desagradável, apenas pura curiosidade. Imaginavam que devia haver algo mais a respeito dela. *Uma incógnita*. E *águas tranquilas, águas profundas*. Ficariam desapontados se soubessem que *não havia* algo mais, que até os clichês eram mais interessantes do que a vida que levava. Sem profundidade, sem trevas (no passado, talvez, mas não no presente). A menos que levassem em conta a bebida. O que supunha que levariam.

O trabalho era maçante — intermináveis faturas de embarque, formulários aduaneiros e balancetes. As mercadorias em si — rum, cacau, açúcar — e os exóticos lugares de onde vinham pareciam em desacordo com o tédio cotidiano do escritório. Acreditava ser uma pequena engrenagem na grande roda do império. — Nada de errado em ser uma peça —, dizia Maurice, agora uma grande roda no *Ministério do Interior*. — O mundo precisa de engrenagens. — Não queria ser uma engrenagem, mas Belgravia parecia ter destruído qualquer esperança de algo maior.

Ursula sabia quando tinha começado a beber. Nada dramático, só algo prosaico e doméstico como um *boeuf bourguignon* que planejara para Pamela, quando a irmã foi passar o fim de semana em sua casa, havia alguns meses. Ela ainda trabalhava no laboratório em Glasgow e queria fazer umas compras para o casamento. Harold também ainda não se mudara, deveria assumir em algumas semanas seu cargo no Royal London.

— Teremos um belo fim de semana, só nós duas — afirmou Pamela.

— Hilda viajou — Ursula mentiu com facilidade. — Foi a Hasting passar o fim de semana com a mãe.

Não havia razão alguma para não contar a Pamela a verdade sobre seu arranjo com Hilda. Pamela sempre fora a única pessoa com quem podia ser honesta, e mesmo assim alguma coisa a detinha.

— Ótimo — disse Pamela. Vou arrastar o colchão de Hilda para o seu quarto e será como nos velhos tempos.

— Você está ansiosa para se casar? — perguntou Ursula quando estavam deitadas. Não era nem um pouco como nos velhos tempos.

— É claro que estou, por que eu faria isso se não estivesse? Eu gosto da ideia de casamento. Há nela algo de macio, arredondado e sólido.

— Como um seixo? — perguntou Ursula.

— Uma sinfonia. Mais para um dueto, imagino.

— Não é de seu feitio essa coisa poética.

— Gosto do que os nossos pais têm — afirmou Pamela, com simplicidade.

— É mesmo?

Havia algum tempo, Pamela não convivia muito com Hugh e Sylvie. Talvez não soubesse o que tinham ultimamente. Dissonância, mais do que harmonia.

— Você já conheceu alguém? — perguntou Pamela, cautelosa.

— Não. Ninguém.

— Ainda não — disse Pamela em seu tom mais encorajador.

O BOEUF BOURGUIGNON, É claro, precisara de um borgonha e, na hora do almoço, Ursula entrou na loja de vinhos pela qual passava todos os dias a caminho do escritório em City. Era um lugar antigo, a madeira do interior dava a impressão de ter sido embebida em vinho ao longo dos séculos e as garrafas escuras com belas etiquetas pareciam guardar a promessa de algo que ia além do conteúdo. O vendedor apanhou uma garrafa para ela, algumas pessoas usavam vinho de qualidade inferior para cozinhar, disse ele, mas o único uso que se pode ter para um vinho de baixa qualidade é vinagre. Ele próprio era ácido e um tanto opressivo. Dedicou à garrafa a ternura e o cuidado devidos a um bebê, embrulhando-a amorosamente em papel de seda e entregando-a a Ursula para que a acalentasse em sua cesta de compras, onde passou toda a tarde escondida, para o caso de alguém no escritório suspeitar de alguma luxúria secreta.

O borgonha foi comprado antes da carne, e naquela noite Ursula pensou que poderia abrir o vinho e tomar um copo, considerando que tinha sido tão louvado pelo dono da loja. É claro que havia tomado bebidas alcoólicas antes, afinal não era abstêmia, mas nunca bebera sozinha. Nunca tinha aberto uma cara garrafa de borgonha e enchido um copo só para ela (de camisola e rolinhos no cabelo, com uma aconchegante lareira a gás). Foi como entrar numa banheira de água quente numa noite gelada, o vinho suave e intenso era, de repente, incrivelmente reconfortante. Aquele era o *copo cheio do calor do sul* de Keats, não era? Seu desânimo habitual pareceu evaporar um pouco, então ela bebeu outro copo. Quando ficou em pé, sentiu-se um tanto zonza e riu dela mesma. — Pinguça! — disse para o vazio, e se pegou pensando em ter um cachorro. Seria alguém com quem conversar. Um cachorro como Jock a cumprimentaria todos os dias com ânimo e otimismo e quem sabe sua alegria a contaminasse. Jock não vivia mais, teve um ataque cardíaco, dissera o veterinário. — E ele tinha um coraçãozinho tão forte — disse Teddy, com seu próprio coração partido. Foi substituído por um whippet de olhos tristes que parecia muito delicado para a vida agitada e acrobática de um cão.

Ursula lavou o copo e pôs a rolha de volta na garrafa, deixando mais do que o suficiente para a carne do dia seguinte antes de cambalear até a cama. Adormeceu depressa e não acordou até o despertador tocar, o que foi bem diferente da agitação costumeira. *Beba, e deixe o mundo invisível.* Ao acordar, percebeu que não deveria ser capaz de cuidar de um cachorro. No dia seguinte, no trabalho, o tédio de preencher livros-razão durante toda a tarde foi minorado pelo pensamento da meia garrafa à sua espera no balcão da cozinha. Afinal, sempre poderia comprar outra garrafa para a carne.

— Ficou muito bom, hein? — disse o dono da loja quando ela voltou dois dias depois.

— Não, não — ela riu. — Ainda não cozinhei. Ocorreu-me que deveria ter alguma coisa da mesma qualidade para acompanhar o prato.

Percebeu que não poderia voltar ali, àquela loja encantadora, havia um limite para quantos *boeufs bourguignons* alguém podia fazer. Para Pamela, Ursula preparou um abstêmio bolo de carne, seguido de maçãs assadas e creme.

— Trouxe um presente da Escócia para você — disse Pamela, e entregou-lhe uma garrafa de uísque.

❄

UMA VEZ BEBIDO o malte escocês, ela encontrou outro comerciante de vinhos, que tratava seus produtos com menos veneração.

— Para um *boeuf bourguignon* — comentou, embora ele não demonstrasse qualquer interesse em sua finalidade. — Vou levar dois. Vou cozinhar para um monte de gente.

Comprou algumas garrafas de Guinness no bar da esquina.

— Para o meu irmão — explicou. — Ele chegou de repente.

Teddy não tinha dezoito anos, e ela duvidava que bebesse. Alguns dias depois, a mesma coisa.

— Seu irmão chegou de novo, moça? — perguntou o balconista. Ele piscou para ela e ela corou.

Um restaurante italiano no Soho pelo qual "estava passando" vendeu-lhe de bom grado algumas garrafas de Chianti, sem perguntas.

Xerez do tonel. Podia levar uma garrafa à cooperativa no final da rua e eles o encheriam diretamente do barril (— Para a minha mãe). Rum, de bares bem distantes do apartamento (— Para meu pai). Era como um cientista fazendo experiências com os diversos tipos de bebida alcoólica, mas sabia do que mais gostava, daquela primeira garrafa de Hippocrene tinto, o vinho vermelho-sangue. Engendrou um plano para que lhe entregassem uma caixa (— Para uma festa de família).

Tornara-se uma bebedora secreta. Era um ato privado, íntimo e solitário. O simples pensamento de uma dose fazia seu coração bater mais forte, tanto de medo quanto de antegozo. Infelizmente, entre as restritivas leis de licenciamento e o horror da humilhação, uma jovem de Bayswater podia encontrar uma dificuldade considerável para alimentar seus hábitos. Era mais fácil para os ricos, Izzie tinha uma conta em algum lugar, provavelmente na Harrods, que simplesmente entregava tudo em casa.

Molhara a ponta dos pés nas águas do rio Lete e a próxima coisa que percebeu era que estava se afogando, da sobriedade passou a ser uma bêbada em questão de semanas. Era ao mesmo tempo uma vergonha e uma maneira de apagar a vergonha. Todas as manhãs, acordava e pensava: hoje à noite não, eu não vou beber hoje à noite, e todas as tardes a vontade ia aumentando à medida que se imaginava entrando em casa no fim do dia e sendo recebida pelo esquecimento. Havia lido relatos sensacionalistas a respeito dos antros de ópio de Limehouse e se perguntava se eram verdadeiros. Ópio soava melhor que borgonha para superar a dor da existência. Izzie poderia lhe dar a localização de um antro de ópio chinês, já "chutara o balde", como contou despreocupada, mas aquele não era realmente o tipo de coisa que Ursula se achava capaz de perguntar. Poderia não levar ao nirvana (revelava-se uma boa aluna do dr. Kellet, afinal), poderia levar a uma nova Belgravia.

Izzie era autorizada, às vezes, a voltar para o rebanho da família (— Só em casamentos e funerais — disse Sylvie. — Batizados, não.) Fora convidada para o casamento de Pamela, mas, para profundo alívio de Sylvie, mandara desculpas. "Fim de semana em Berlim", explicou. Conhecia alguém que tinha um avião (*instigante*) e a levaria até lá. Ursula visitava Izzie de vez em quando. Tinham em comum os horrores de Belgravia, lembrança que as uniria para todo o sempre, embora nunca a mencionassem. Em vez dela, houve um presente de casamento, uma caixa de garfos de prata para bolo, um presente que divertiu Pamela.

— Que prosaico! — comentou com Ursula. — Ela nunca deixa de surpreender.

— Quase pronto — disse a costureira de Neasden com a boca cheia de alfinetes.

— Acho que eu estou ficando meio rechonchuda — disse Ursula, vendo no espelho o cetim amarelo se esticar para acomodar sua barriga. — Talvez eu devesse frequentar a Liga da Saúde e da Beleza da Mulher.

Sóbria como uma pedra, tropeçou na volta do trabalho para casa. Era uma noite miserável de novembro, úmida e escura, alguns meses depois do casamento de Pamela, e simplesmente não viu a beira da calçada cujo meio-fio tinha sido ligeiramente levantado por uma raiz de árvore. Suas mãos estavam cheias — livros da biblioteca e compras de supermercado, tudo adquirido às pressas na hora do almoço —, e seu instinto foi salvar mantimentos e livros, em vez de a si mesma. O resultado foi que seu rosto bateu na calçada, todo o choque assimilado pelo nariz.

A dor a atordoou, nunca sentira nada parecido. Ajoelhou-se no chão e se abraçou, compras e livros agora abandonados na calçada molhada. Podia se ouvir gemendo — lamentando-se —, e nada podia fazer para parar aquele som.

— Minha nossa! — disse uma voz de homem — Que coisa horrível aconteceu com a senhorita. Deixe-me ajudá-la. Sua linda echarpe cor de pêssego está toda manchada de sangue. É essa a cor, ou é salmão?

— Pêssego — Ursula murmurou, educada apesar da dor. Nunca dera muita atenção ao cachecol de lã de cabra em volta do pescoço. Parecia haver uma enormidade de sangue. Sentia todo o rosto inchando e sentia o cheiro do sangue, grosso e enferrujado, no nariz, mas a dor baixara um ou dois graus.

O homem tinha uma figura bastante agradável, não era muito alto, mas tinha cabelos ruivos e olhos azuis e uma pele limpa e brilhante, esticada sobre bons malares. Ele a ajudou a se levantar. Sua mão era firme e seca.

— Meu nome é Derek, Derek Oliphant — falou.

— *Elefante?*

— Oliphant.

Três meses depois estavam casados.

As origens de Derek eram de Barnet, e tão desinteressantes para Sylvie como haviam sido as de Harold. Isso representou, é claro, a essência de seu atrativo para Ursula. Ele ensinava história em Blackwood, uma escola pública secundária para meninos (— Filhos de aspirantes a comerciantes — Sylvie disse com desdém), e cortejou Ursula com concertos no Wigmore Hall e caminhadas em Primrose Hill. Davam longos passeios de bicicleta que terminavam em bares agradáveis em subúrbios distantes, com meio litro de cerveja suave para ele, uma limonada para ela.

O nariz estava quebrado. (— Ai, coitada de você — escreveu Pamela. — E você tem um nariz tão bonito.) Antes de acompanhá-la a um hospital, Derek levou-a a um bar nas vizinhanças, para se limpar um pouco.

— Deixe-me oferecer-lhe um brandy — ele disse quando ela se sentou. E ela respondeu: — Não, não, eu estou bem, vou tomar um copo d'água. Não sou muito de beber — embora na noite anterior tivesse desmaiado no chão do quarto em Bayswater, cortesia de uma garrafa de gim que roubara da casa de Izzie. Não tinha escrúpulo algum em roubar de Izzie, que tirara tanto dela. Belgravia, e assim por diante.

Ursula parou de beber quase tão de repente quanto havia começado. Imaginava ter dentro dela um buraco, escavado em Belgravia. Tentara enchê-lo com álcool, mas ele agora estava sendo preenchido pelos seus sentimentos por Derek. Que sentimentos eram aqueles? Em grande parte alívio por ter alguém que quisesse cuidar dela, alguém que nada sabia de seu passado vergonhoso.

"Estou apaixonada", escreveu para Pamela, meio delirante.

"Viva!", Pamela escreveu de volta.

— Às vezes — disse Sylvie —, pode-se confundir gratidão com amor.

A mãe de Derek ainda vivia em Barnet, mas o pai havia morrido, e também a irmã caçula.

— Um acidente horroroso — contou Derek. — Ela caiu na lareira quando tinha quatro anos.

Sylvie sempre fora muito cuidadosa com as grades dos guarda-fogos. O próprio Derek quase se afogara quando era menino, revelou ele depois que Ursula narrou seu próprio acidente na Cornualha. Aquela era uma das poucas aventuras de sua vida na qual achava ter tido um papel quase inteiramente inocente. E Derek? Uma onda violenta, um barco a remo virado, um nado heroico até a praia. Nenhum sr. Winton necessário. — Salvei-me sozinho — disse ele.

— Então, ele não é *totalmente* banal — disse Hilda, oferecendo um cigarro a Ursula.

Hesitou, mas recusou, nada disposta a ter outro vício. Estava no meio do empacotamento de suas coisas e pertences. Mal podia esperar para deixar Bayswater para trás. Derek morava de aluguel em Holborn, e estava finalizando a compra de uma casa para eles.

— Escrevi para o senhorio, aliás — disse Hilda. — Informei-o de que estamos ambas nos mudando. A mulher de Ernie concordou com o divórcio, já contei? — Ela bocejou. — Ele já pediu a minha mão. Achei que devia aceitar. Seremos duas respeitáveis mulheres casadas. Poderei ir visitá-la em... onde é mesmo?

— Wealdstone.

O casamento, num cartório, foi, conforme o desejo de Derek, restrita à mãe dele, Hugh e Sylvie. Pamela ficou desconcertada por não ter sido convidada.

— Não queríamos esperar — disse Ursula. — E Derek não queria estardalhaço.

— E *você* não queria estardalhaço? — Pamela perguntou. — Não é essa a intenção de uma festa de casamento?

Não, não queria estardalhaço. Iria pertencer a alguém, enfim a salvo, era tudo o que contava. Ser uma noiva nada significava, ser uma esposa era tudo.

— Quisemos que tudo fosse simples — afirmou, resoluta.

(— E barato, ao que parece — observou Izzie. Outro conjunto de prosaicos garfos de prata para bolos foi despachado.)

— Ele parece um camarada bem agradável — disse Hugh naquele encontro que fez as vezes de recepção, um almoço de três pratos num restaurante perto do cartório.

— Ele é — Ursula concordou. — Muito agradável.

— Mesmo assim, um pouco estranho, ursinha — argumentou Hugh. — Diferente do casamento de Pammy, não é? Metade de Old Kent Road parecia estar lá. E o coitado do Teddy ficou muito confuso por não ter sido convidado hoje. Mas, contanto que você esteja feliz — acrescentou, encorajando-a —, é o que importa.

Ursula usou um conjunto cinza-claro na cerimônia. Sylvie providenciara arranjos de flores para os trajes de todos, feitos com rosas da estufa de uma florista.

— Não são minhas rosas, infelizmente — ela explicou à sra. Oliphant. — "Gloire des Mousseux", caso tenha interesse.

— Muito bonitas — disse a sra. Oliphant, num tom que não soou exatamente como um elogio.

— Casamento apressado, arrependimento tranquilo — Sylvie murmurou para ninguém em especial antes de um contido brinde com xerez à noiva e ao noivo.

— E *você*? — Hugh perguntou baixo. — Arrependida?

Sylvie fingiu não ouvir. Estava num humor particularmente antipático.

— Mudança de vida, acredito — sussurrou para Ursula um Hugh mortificado.

— Eu também — ela sussurrou de volta. Hugh apertou-lhe a mão e disse: — Esta é a minha menina.

— Derek sabe que você não está intacta? — Sylvie perguntou quando estava a sós com Ursula no banheiro feminino. Sentaram-se em pequenos bancos acolchoados, retocando o batom no espelho. A sra. Oliphant permaneceu à mesa, sem batom para retocar.

— Intacta? — Ursula repetiu, encarando Sylvie no espelho. O que aquilo queria dizer, que ela estava com defeito? Ou quebrada?

— Virgindade — disse Sylvie. — Defloramento — acrescentou impaciente ao ver a expressão vazia de Ursula. — Para alguém longe de ser inocente, você parece incrivelmente ingênua.

Sylvie costumava me amar, Ursula pensou. E agora não.

— Intacta — Ursula voltou a repetir. Nunca sequer pensara no assunto. — Como ele saberá?

— O sangue, é claro — falou Sylvie, um tanto irritada.

Ursula pensou no papel de parede de glicínias. O defloramento. Não sabia que havia uma conexão. Achou que o sangue era de um ferimento, não da violação do arco.

— Ele talvez não perceba — Sylvie suspirou. — Tenho certeza de que ele não será o primeiro marido a ser enganado na noite de núpcias.

— Pintura de guerra refeita? — disse Hugh com desenvoltura quando as duas voltaram à mesa. Ted herdara o sorriso de Hugh. Derek e a sra. Oliphant compartilhavam o mesmo cenho franzido. Ursula se perguntou como teria sido o sr. Oliphant. Raramente era mencionado.

— Vaidade, teu nome é mulher — disse Derek com o que pareceu uma jovialidade forçada. Ele não ficava tão confortável, Ursula percebeu, em situações sociais como ela havia imaginado. Sorriu para ele, sentindo um novo vínculo. Estava se casando com um estranho, concluiu. (— Todos se casam com estranhos — disse Hugh.)

— A palavra é fragilidade — disse Sylvie, alegre. — *Fragilidade, teu nome é mulher*. Hamlet. Muita gente se engana ao citar, por alguma razão.

Uma sombra passou pelo rosto de Derek, mas ele a afastou rindo.

— Tiro o chapéu para sua alta erudição, sra. Todd.

Sua nova casa em Wealdstone tinha sido escolhida pela localização, relativamente próxima da escola onde Derek dava aulas. Ele tinha uma herança, "uma quantia muito pequena" dos investimentos de seu raramente mencionado pai. Era uma "sólida" construção em Masons Avenue, semirrevestida em estilo Tudor, com vitrais e um painel de vidro colorido na porta da frente, representando um galeão de velas enfunadas, embora Wealdstone parecesse bem distante de qualquer oceano. A casa tinha todas as comodidades modernas, bem como lojas próximas, um médico, um dentista e um parque para as crianças brincarem. De fato, tudo o que uma jovem mulher (e mãe, "num dia muito em breve", segundo Derek) poderia querer.

Ursula podia se ver tomando café da manhã com Derek antes de acenar em despedida quando ele saísse para o trabalho, podia se ver empurrando seus filhos em carrinhos de bebê, depois em cadeirinhas e depois em balanços, dando-lhes banho no final da tarde e lendo para eles histórias na hora de dormir em seu lindo quarto. Ela e Derek se sentariam em silêncio no sofá, à noitinha, ouvindo rádio. Ele trabalharia no livro que estava escrevendo, um livro didático — *Dos Plantagenetas aos Tudor*. (— Nossa! — disse Hilda. — Parece emocionante.) Um longo caminho de Belgravia a Wealdstone. Graças aos céus.

Os cômodos nos quais seria vivida aquela vida de casada continuaram em sua imaginação até depois da lua de mel, já que Derek comprara e mobiliara a casa sem que ela a visse.

— É um pouco estranho, você não acha? — perguntou Pamela.

— Não — disse Ursula. — É como um presente-surpresa. O presente de núpcias dele para mim.

Quando enfim Derek, desajeitado, atravessou com ela no colo a soleira de Wealdstone (um pórtico de ladrilhos vermelhos que nem Sylvie nem William Morris teriam aprovado), Ursula não conseguiu evitar uma pontada de decepção. A casa revelou-se um pouco mais antiquada do que a existente em sua imaginação, e havia uma monotonia que ela imaginou derivar do fato de não haver um toque feminino na decoração, e ficou surpresa quando Derek disse "Mamãe me ajudou". Mas havia, é claro, um tipo semelhante de oclusão em Barnet, onde certo desleixo aderira à viúva sra. Oliphant.

Sylvie passara a lua de mel em Deauville, Pamela foi em viagem de férias à Suíça, mas Ursula começou seu próprio casamento com uma semana um tanto úmida em Worthing.

Casou-se com um homem ("um camarada bem agradável") e acordou com outro, tão previsível e rigoroso quanto o carrilhãozinho portátil de Sylvie.

Ele mudou quase no mesmo instante, como se a própria lua de mel fosse uma transição, um rito de passagem antecipado, de pretendente solícito a marido desencantado. Ursula culpou o clima, que estava péssimo. A proprietária da pensão na qual se hospedaram esperava que os dois esvaziassem o local entre o café da manhã e o jantar às dezoito horas, então passavam longos dias abrigando-se em bares, galeria de arte ou museu, ou lutando contra o vento no cais. As noites eram gastas jogando uíste com outros (menos desanimados) hóspedes, antes de se retirarem para o quarto gelado. Derek era um mau jogador de cartas, em mais de um sentido, e perdiam praticamente todas as rodadas. Ele parecia, quase que de propósito, interpretar errado todas as tentativas de Ursula para lhe dar pistas da mão que tinha.

— Por que você descartou os trunfos? — ela perguntou mais tarde, genuinamente curiosa, quando, com decoro, tiravam as roupas no quarto.

— Você acha importante aquela bobagem? — ele respondeu com uma expressão de tão profundo desprezo que ela pensou ser melhor evitar qualquer tipo de jogo com Derek no futuro.

Na primeira noite, o sangue, ou a falta dele, passou despercebido, descobriu Ursula com alívio.

— Imagino que você deva saber que eu não sou inexperiente — disse Derek um tanto pomposo quando se deitaram juntos pela primeira vez. — Acredito ser dever de um marido conhecer alguma coisa do mundo. De que outro modo poderia proteger a pureza de sua esposa?

Aquilo soou para Ursula como um argumento duvidoso, mas ela não estava exatamente em condições de discutir.

❄

Derek se levantava cedo todas as manhãs e fazia uma inexorável série de flexões — como se estivesse num quartel do exército, e não em lua de mel.

— *Mens sana in corpora sana* — dizia.

Melhor não corrigi-lo, ela pensou. Ele se orgulhava de seu latim, tanto quanto de seus conhecimentos de grego antigo. Sua mãe economizara e poupara para que ele tivesse uma boa instrução, "nada lhe tinha sido dado de bandeja, como a alguns". Ursula tinha sido bastante boa em latim, e também em grego, mas achou que era melhor não alardear. Aquela era outra Ursula, é claro. Uma Ursula diferente, sem marcas de Belgravia.

O método de Derek ter relações conjugais era muito similar a seu método de se exercitar, até na mesma expressão de dor e esforço em seu rosto. Ursula poderia ser parte do colchão que ele não se importaria. Mas com o que ela poderia compará-lo? Howie? Gostaria de ter interrogado Hilda quanto ao que acontecia em seu "palácio do prazer" em Ealing. Pensou no exuberante flerte de Izzie e no terno afeto entre Pamela e Harold. Tudo parecia indicar diversão, se não uma inequívoca felicidade. "De que vale a vida se não nos divertimos um pouco?", costumava dizer Izzie. Ursula desconfiava que haveria uma escassez de diversão em Wealdstone.

Por mais monótono que tivesse sido seu emprego, não era nada comparado com o trabalho escravo de cuidar da casa, entrava dia, saía dia. Tudo precisava ser continuamente lavado, escovado, desempoeirado, polido e varrido, sem falar em passar, dobrar, pendurar, alisar. Os *ajustes*. Derek era homem de ângulos retos e linhas paralelas. Toalhas, panos de prato, cortinas, tapetes, tudo requeria constante alinhamento e realinhamento. (Assim como Ursula, ao que parecia.) Mas aquele era o seu trabalho, aquele era o arranjo e o realinhamento do próprio casamento, não era? Embora Ursula não conseguisse se livrar da sensação de estar numa espécie de provação permanente.

Era mais fácil sucumbir à inquestionável crença de Derek na arrumação doméstica do que lutar contra ela. ("Um lugar para cada coisa e cada coisa em seu lugar.") Cerâmicas deviam ser desengorduradas e suas manchas removidas, talheres deviam ser polidos e arrumados em gavetas — facas enfileiradas como soldados em parada, colheres perfeitamente encaixadas umas às outras. Uma dona de casa deve ser a mais atenta adoradora do altar de Lares e Penates, dizia ele. Deveria ser "lar", e não "altar", pensava ela, em todo o tempo que passava varrendo grelhas e chacoalhando o clínquer para fora da caldeira.

Derek era rigoroso em matéria de arrumação. Não conseguia pensar, dizia, se as coisas estivessem tortas ou fora do lugar. — Casa arrumada, mente arrumada —, dizia. Ele era, Ursula aprendia, um tanto amante de aforismos. Não poderia trabalhar em *Dos Plantagenetas aos Tudor* durante a espécie de confusão que Ursula parecia criar somente por entrar numa sala. Eles precisavam da renda daquele livro didático — o primeiro dele — que William Collins deveria publicar, e com esse objetivo ele confiscou a desconfortável sala de jantar (mesa, aparador e tudo) nos fundos da casa como seu "gabinete", e Ursula foi banida da companhia de Derek na maioria das noites, a fim de que ele pudesse escrever. Dois deveriam viver com tanta parcimônia quanto um, dizia ele, e ainda assim mal eram capazes de pagar as contas devido à falta de economia doméstica por parte dela, então ela poderia ao menos dar a ele alguma paz para tentar ganhar algumas migalhas extras. E não, obrigado, ele não queria a ajuda dela para datilografar seu manuscrito.

As velhas rotinas caseiras de Ursula pareciam agora espantosamente desleixadas, até aos seus próprios olhos. Em Bayswater, a cama ficava muitas vezes desfeita e as panelas por lavar. Pão e manteiga faziam um bom café da manhã, e não havia nada de errado, até onde ela podia ver, com um ovo cozido para o lanche. A vida de casada era mais exigente. Acompanhamentos para o café da manhã deviam ser cozidos e estar sobre a mesa na hora exata, pela manhã. Derek não podia se atrasar para a escola, e considerava sua primeira refeição, uma litania de mingau, ovos e torrada, uma solene (e solitária) comunhão. Os ovos eram preparados sucessivamente ao longo da semana, mexidos, fritos, quentes, pochés, e, às sextas-feiras, havia a emoção de um arenque. Nos fins de semana, Derek gostava de bacon, linguiça e chouriço com os ovos. Os ovos não vinham de uma loja, mas de uma pequena propriedade a cinco quilômetros de distância, até onde Ursula precisava ir a pé todas as semanas, porque Derek vendera as bicicletas quando se mudaram para Wealdstone, "para economizar dinheiro".

A hora do lanche era outra espécie de pesadelo, porque ela precisava pensar todo o tempo em coisas novas para preparar. A vida era uma incessante sucessão de costeletas e bifes e tortas e ensopados e assados, para não falar no pudim que era esperado todos os dias e em grande variedade. *Sou uma escrava dos livros de receitas!*, ela escreveu com falsa jovialidade para Sylvie, ainda que jovial estivesse longe de como se sentia todos os dias, debruçada sobre suas páginas implacáveis. Desenvolveu uma nova relação com a sra. Glover. É claro, a sra. Glover se beneficiava de uma cozinha grande, um orçamento substancial e uma *batterie de cuisine* completa, enquanto a cozinha em Wealdstone era equipada de forma um tanto mesquinha, e o subsídio de Ursula para os gastos domésticos nunca pareciam se estender ao longo da semana, de modo que ela era continuamente punida por gastar demais.

Nunca se preocupara muito com dinheiro em Bayswater; se era pouco, comia menos, e andava em vez de pegar o metrô. Se realmente precisava de um complemento, sempre houve Hugh ou Izzie a quem recorrer, mas não havia muito como ir correndo até eles em busca de dinheiro, agora que tinha um marido. Derek ficaria mortificado com aquela mancha em sua masculinidade.

Depois de vários meses sob a coação de tarefas intermináveis, Ursula achou que enlouqueceria se não conseguisse encontrar algum tipo de passatempo para aliviar os longos dias. Havia um clube de tênis diante do qual passava todos os dias a caminho das lojas. Tudo o que podia ver era a rede alta que se elevava atrás de uma cerca de madeira e uma porta verde num muro de seixos brancos dando para a rua, mas podia ouvir o familiar e convidativo som estival de *tec* e *toc*, e um dia se viu batendo à porta verde e perguntando se poderia se associar.

— Entrei para o clube de tênis local — disse a Derek quando ele chegou em casa naquela noite.

— Você não me perguntou — disse Derek.

— Não imaginei que você jogasse tênis.

— Não jogo. Eu quis dizer que você não me perguntou se você podia se associar.

— Eu não sabia que precisava perguntar.

Alguma coisa passou sobre o rosto dele, a mesma nuvem que ela vira rapidamente em seu dia de núpcias quando Sylvie corrigira seu Shakespeare. Desta vez, levou mais tempo para se dissipar e pareceu transformá-lo de maneira indefinível, como se parte dele murchasse por dentro.

— Bem, posso? — perguntou, pensando que seria melhor ser dócil e manter a paz. Teria Pammy feito uma pergunta daquelas a Harold? Teria Harold sequer esperado uma pergunta daquelas? Ursula não tinha certeza. Percebia que nada sabia a respeito de casamento. E, é claro, a aliança entre Sylvie e Hugh continuava a ser um enigma permanente.

Perguntou-se que argumentos poderia ter Derek contra ela jogar tênis. Ele parecia se debater com a mesma dúvida e, por fim, disse relutante: — Imagino que sim. Desde que você ainda tenha tempo para fazer tudo em casa.

No meio do lanche — costeletas de carneiro ensopadas e purê de batatas —, ele se levantou de repente da mesa, pegou o prato e jogou-o do outro lado da sala, e depois saiu de casa sem dizer uma palavra. Não voltou até Ursula estar se arrumando para dormir. Ainda tinha no rosto a mesma expressão carrancuda de quando saíra e, quando se deitaram, deu-lhe um rápido "boa noite", que quase o sufocou.

No meio da noite, ela foi acordada por ele subindo em cima dela e se enfiando dentro dela em silêncio. Glicínias lhe vieram à mente.

A expressão carrancuda ("aquela cara" era como ela pensava naquilo) fazia agora aparições regulares, e Ursula se surpreendeu consigo por até onde poderia ir para apaziguá-la. Mas era em vão. Quando ele estava naquele estado de espírito, ela lhe dava nos nervos, não importava o que fizesse ou dissesse, na verdade suas tentativas de acalmá-lo pareciam tornar a situação ainda pior.

Foi programada uma visita à sra. Oliphant em Barnet, a primeira desde o casamento. Tinham passado rapidamente por lá — chá e um pãozinho dormido — para anunciar o noivado, mas não haviam voltado desde então.

Desta vez, a sra. Oliphant lhes serviu uma anêmica salada de presunto e um pouco de conversa trivial. Tinha vários consertos "guardados" para Derek e ele desapareceu, ferramentas na mão, deixando as mulheres para tirar a mesa.

Quando a louça estava lavada, Ursula perguntou: — Posso fazer um chá? — E a sra. Oliphant respondeu: — Se quiser —, sem grande encorajamento.

Sentaram-se pouco à vontade na sala de estar, bebericando o chá. Havia uma fotografia emoldurada pendurada na parede, um retrato feito em estúdio da sra. Oliphant e seu marido no dia do casamento, puritanos em seus trajes de casamento da virada do século.

— Muito bonito — disse Ursula. A senhora tem fotos de Derek quando era pequeno? Ou da irmã dele? — acrescentou porque não parecia correto excluir a menina da história da família só porque estava morta.

— Irmã? — a sra. Oliphant franziu a testa. — Que irmã?

— A irmã dele que morreu — disse Ursula.

— Morreu?

A sra. Oliphant parecia perplexa.

— Sua filha — explicou Ursula. — Ela caiu na lareira — acrescentou, sentindo-se idiota. Aquele era um detalhe meio impossível de esquecer. Cogitou que talvez a sra. Oliphant fosse um pouco simplória.

A própria sra. Oliphant parecia confusa, como se tentasse se lembrar daquela filha esquecida.

— Eu só tive Derek — concluiu ela, com firmeza.

— Bem, não importa — disse Ursula, como se aquele fosse um assunto trivial a ser displicentemente posto de lado. — A senhora precisa ir nos visitar em Wealdstone. Agora que estamos instalados. Somos muito gratos, a senhora sabe, pelo dinheiro deixado pelo sr. Oliphant.

— Deixado? Ele deixou dinheiro?

— Algumas ações, eu acho, no testamento — disse Ursula. Talvez a sra. Oliphant não tivesse sido incluída no inventário.

— Testamento? Ele não deixou nada além de dívidas quando se foi. Ele não morreu — continuou, como se a simplória fosse Ursula. — Ele mora em Margate.

Que outras mentiras e meias-verdades haveria ali, perguntou-se Ursula. Teria Derek realmente quase se afogado quando era pequeno?

— Afogado?

— Caiu de um barco a remo e nadou até a praia?

— De onde você tirou essa ideia?

— E, então — disse Derek, aparecendo à porta e fazendo ambas darem um pulo —, sobre o que as duas estão fofocando?

— Você emagreceu — disse Pamela.

— É, acho que sim. Tenho jogado tênis.

Aquilo fazia sua vida parecer normal. Frequentava obsessivamente o clube de tênis, era seu único alívio para a claustrofobia da vida em Masons Avenue, embora precisasse enfrentar um constante interrogatório sobre o assunto. Todas as noites ao chegar em casa, Derek perguntava se ela jogara tênis naquele dia, ainda que ela só jogasse duas tardes por semana. Era sempre interrogada a respeito de sua parceira, a mulher de um dentista chamada Phyllis. Derek parecia desprezar Phyllis, embora nunca a tivesse visto.

Pamela viajara até lá desde Finchley.

— Obviamente, era a única maneira de conseguir ver você. Você deve gostar da vida de casada. Ou de Wealdstone — ela riu. — Mamãe disse que você a deixou de lado.

Ursula deixara todos de lado desde o casamento, rejeitando as ofertas de Hugh de "uma passadinha" para uma xícara de chá e as indiretas de Sylvie de que talvez devessem ser convidados para o almoço num domingo. Jimmy estudava fora e Teddy cursava o primeiro ano em Oxford, mas escrevia longas e carinhosas cartas para ela. E Maurice, é claro, não tinha inclinação para visitar alguém da família.

— Tenho certeza de que ela não faz muita questão de me visitar. Wealdstone e todo o resto. De jeito nenhum é seu prato preferido.

As duas riram. Ursula quase se esquecera de como era rir. Sentiu lágrimas subirem aos olhos e precisou virar de costas e se ocupar com as coisas do lanche.

— É tão bom ver você, Pammy.

— Você sabe que é bem-vinda em Finchley sempre que quiser. Você deveria arrumar um telefone, assim poderíamos conversar o tempo todo.

Derek considerava um telefone um luxo dispendioso, mas Ursula suspeitava de que ele só não a queria falando com ninguém. Não poderia comentar tal suspeita (e com quem? Phyllis? O leiteiro?), pois os outros pensariam que ela não estava bem da cabeça. Ursula tinha esperado a visita de Pamela como as pessoas esperam pelas férias. Na segunda-feira, disse a Derek: — Pamela chega quarta à tarde — e ele disse — É? — Pareceu indiferente, e ela ficou aliviada quando a cara amarrada não apareceu.

Assim que terminaram o chá, Ursula tirou depressa a mesa, lavou e secou a louça e pôs tudo de volta em seus lugares.

— Nossa! — exclamou Pamela. — Quando foi que você se tornou uma *Hausfrau*[27] tão eficiente?

— Casa arrumada, mente arrumada — respondeu Ursula.

— A arrumação está exagerada — disse Pamela. — Está acontecendo alguma coisa? Você parece terrivelmente deprimida.

— Aqueles dias — disse Ursula.

— Ai, que falta de sorte! Vou ficar livre desse problema por alguns meses. Adivinhe por quê!

— Você vai ter um bebê? Ah, que notícia maravilhosa!

— Não é? Mamãe vai ser avó outra vez. (Maurice já dera início à nova geração dos Todd.)

— Você acha que ela vai gostar da ideia?

— Quem sabe? Ela anda um tanto imprevisível ultimamente.

— Foi agradável a visita de sua irmã? — Derek perguntou ao chegar em casa naquela noite.

— Maravilhosa. Ela vai ter um bebê.

— É?

❄

Na manhã seguinte, seus ovos pochés não estavam "no ponto certo". Até Ursula foi obrigada a admitir que o ovo que ela serviu a Derek no café da manhã tinha uma aparência triste, uma água-viva doente posta sobre uma

[27] Dona de casa. (N. T.)

torrada para morrer. Um sorriso sonso surgiu no rosto dele, uma expressão que parecia indicar algum prazer em encontrar erros. Uma nova expressão. Pior do que a antiga.

— Você espera que eu coma isto? — ele perguntou.

Diversas respostas àquela pergunta passaram pela cabeça de Ursula, mas ela rejeitou todas como provocativas. Em vez disso, disse: — Posso fazer outro.

— Você sabe — disse ele —, eu preciso trabalhar em horário integral num emprego que desprezo, só para mantê-la. Você não precisa ocupar esses seus miolos idiotinhas com coisa alguma, não é? Você não faz nada o dia inteiro... ah, não, me desculpe — continuou, sarcástico —, eu já ia me esquecendo de que você joga tênis... e não consegue sequer me fazer um ovo.

Ursula não percebera que ele desprezava o emprego. Ele se queixava bastante do comportamento dos alunos do terceiro ano e falava sem parar da falta de apreciação do diretor pelo seu trabalho estafante, mas ela não imaginara que ele *odiasse* dar aulas. Ele parecia prestes a chorar, e ela, de repente e inesperadamente, sentiu pena dele e disse: — Vou fazer outro.

— Não se incomode.

Ela previu que o ovo seria jogado na parede, Derek era dado a atirar comida longe desde que ela entrara para o clube de tênis, mas em vez disso ele deu um violento tapa com a mão aberta em sua têmpora, que a jogou rolando em cima do fogão e depois no chão, onde ela ficou de joelhos como se estivesse rezando. A dor, mais do que o gesto, a tinha pegado de surpresa.

Derek atravessou a cozinha e ficou em pé em cima dela com o prato contendo o ovo insultuoso. Por um instante, ela pensou que ele o arrebentaria em cima dela, mas em vez disso ele deixou o ovo escorregar do prato e cair em cima de sua cabeça. E, então, ele saiu da cozinha, e ela ouviu a porta da frente bater um minuto depois. O ovo escorregou pelo cabelo, pelo rosto, e para o chão, onde se abriu numa silenciosa explosão amarela. Ela se levantou com esforço e pegou um pano.

Aquela manhã pareceu abrir alguma coisa dentro dele. Ela quebrava regras que não sabia existirem — carvão demais na lareira, papel higiênico usado demais, uma lâmpada esquecida acesa por acidente. Recibos e contas eram escrutinados por ele, era preciso prestar contas de cada centavo, e ela jamais ficava com qualquer trocado.

Ele se revelou capaz de enormes escarcéus por conta das coisas mais ínfimas, e quando começava parecia nunca mais parar. Estava todo o tempo zangado. *Ela* o deixava zangado todo o tempo. Todas as noites, agora, ele exigia um relatório acurado do dia. Quantos livros ela trocara na biblioteca, o que o açougueiro lhe havia dito, alguém fora até sua casa? Ela desistiu do tênis. Era mais fácil.

Ele não bateu nela outra vez, mas a violência parecia em constante fervura sob a superfície, um vulcão adormecido que Ursula involuntariamente trouxera de volta à vida. Ela era todo o tempo apanhada de surpresa por jogadas baixas dele, de modo que nunca parecia ter um instante para destrinchar a perplexidade em seu cérebro. Sua mera existência parecia ser maçante para ele. Deveria a vida ser vivida como uma ininterrupta punição? (Por que não, não era o que ela merecia?)

Começou a viver uma estranha espécie de mal-estar, como se sua cabeça estivesse cheia de neblina. Fizera a cama, pensava, e agora era preciso se deitar. Talvez aquilo fosse outra versão do *amor fati* do dr. Kellet. O que diria ele de sua situação atual? Ou melhor, talvez, o que diria ele sobre o peculiar temperamento de Derek?

DEVIA COMPARECER AO DIA dos esportes. Era um grande acontecimento no calendário de Blackwood, e esperava-se o comparecimento das esposas dos professores. Derek lhe dera dinheiro para um chapéu novo e dissera: "Tente parecer elegante". Ela foi a uma loja local que vendia roupas para mulheres e crianças, chamada A La Mode (ainda que não fosse). Era onde comprava meias e roupas íntimas. Não tinha vestidos novos desde o dia do casamento. Não se preocupava com sua aparência a ponto de aborrecer Derek por causa de dinheiro.

Era uma loja sem brilho numa sucessão de outras lojas sem brilho — um salão de cabeleireiro, uma peixaria, um verdureiro, um posto dos correios. Não tinha vontade ou disposição (ou orçamento) para se preocupar em ir até a cidade em busca de uma elegante loja de departamentos londrina (e o que diria

Derek de tal excursão?). Quando trabalhava em Londres, antes do divisor de águas do casamento, passava muito tempo na Selfridges e na Peter Robinson. Agora, aqueles lugares pareciam tão distantes quanto países estrangeiros.

O conteúdo da vitrine da loja estava protegido do sol por uma tela amarelo-alaranjada, uma espécie de celofane grosso que a fez pensar numa garrafa da bebida energética Lucozade, e tornava tudo na vitrine absolutamente indesejável.

NÃO ERA O CHAPÉU mais bonito, mas ela achou que serviria. Examinou de má vontade seu reflexo no espelho tripartido, que ia do chão ao teto da loja. Em tríptico, ela parecia três vezes pior do que no espelho do banheiro (o único da casa que não podia evitar). Não se reconhecia mais, pensou. Escolhera o caminho errado, abrira a porta errada, e não era capaz de encontrar o caminho de volta.

De repente, de um jeito horrível, assustou-se com seu choro, o som do desânimo absoluto. A dona da loja saiu correndo de trás do balcão e disse: — Ah, querida, não se desespere. Aqueles dias, não é?

Ela a fez sentar e tomar uma xícara de chá e um biscoito, e Ursula não sabia como expressar sua gratidão por aquela simples gentileza.

A ESCOLA FICAVA A uma parada de trem e uma pequena caminhada por uma rua tranquila. Ursula se juntou ao fluxo de pais entrando pelos portões da Blackwood. Era excitante — e um pouco aterrorizante — ver-se, de repente, no meio da multidão. Estava casada havia menos de seis meses, mas se esquecera de como era estar numa aglomeração.

Ursula nunca estivera na escola e surpreendeu-se com seus prosaicos tijolos vermelhos e suas ruas de pedestres com sebes verdes, tudo bem diferente da antiga escola frequentada pelos homens da família Todd. Teddy e depois Jimmy seguiram os passos de Maurice até a velha escola de Hugh, um adorável prédio de pedra cinzenta, tão lindo quanto uma faculdade em Oxford. (Embora "Feroz no interior", na opinião de Teddy.) Os pátios eram especialmente bonitos, e até Sylvie admirou a profusão de flores nos canteiros. — Cultivo bastante romântico —, observara. Nenhum romantismo na escola de Derek, onde a ênfase estava nas quadras de esportes. Os rapazes de Blackwood não eram muito acadêmicos, pelo menos segundo Derek, e eram mantidos ocupados por intermináveis rodadas de rúgbi e críquete. Mais mentes saudáveis em corpos saudáveis. Teria Derek uma mente saudável?

Era tarde demais para perguntar a ele a respeito da irmã e do pai, o Krakatoa entraria em erupção, suspeitava Ursula. Por que alguém inventaria uma coisa daquelas? O dr. Kellet saberia.

Mesas sobre cavaletes, apoiando refrescos para pais e funcionários, estavam armadas num canto do campo de atletismo. Havia chá, sanduíches e fatias finas de bolo Dundee ressecado. Ursula demorou-se junto ao bule de chá, procurando Derek. Ele dissera que não poderia falar muito com ela, porque era necessário para "ajudar", e, quando ela afinal o avistou do outro lado do campo, ele estava diligentemente carregando uma braçada de grandes aros, cuja finalidade pareceu misteriosa a Ursula.

Todos aqueles que se agrupavam em torno das mesas pareciam se conhecer, sobretudo as esposas dos professores, e Ursula ficou chocada com o pensamento de que deveria haver muito mais eventos sociais em Blackwood do que Derek jamais mencionara.

Dois professores veteranos, com roupas de morcegos, aproximaram-se da mesa de chá e ela ouviu o nome "Oliphant". Com a maior discrição possível, Ursula se aproximou um pouco mais, simulando um profundo fascínio pela pasta de caranguejo no sanduíche em seu prato.

— Eu soube que o jovem Oliphant está outra vez em apuros.

— É mesmo?

— Bateu num menino, acredito.

— Nada de errado em bater em meninos. Bato neles o tempo todo.

— Mas foi feio desta vez, ao que parece. Pais ameaçaram ir à polícia.

— Ele nunca consegue controlar uma classe. Além de ser péssimo professor, é claro.

Os pratos estavam agora abarrotados de bolo, os dois homens começaram a se afastar, e Ursula deslizou atrás deles.

— Endividado até as orelhas, você sabe.

— Talvez ele faça algum dinheiro com o livro.

Os dois riram a valer, como se uma grande piada tivesse sido dita.

— A mulher está aqui hoje, eu soube.

— É mesmo? Melhor tomarmos cuidado. Ouvi dizer que ela é muito instável.

Outra vez uma grande piada, aparentemente.

Um repentino tiro de pistola assinalando o início de uma corrida de obstáculos fez Ursula dar um pulo. Deixou os professores seguir em frente. Perdera o apetite pela espionagem. Avistou Derek caminhando em sua direção, aros agora substituídos por uma carga pesada de dardos. Ele gritou para dois garotos pedindo ajuda e eles trotaram, obedientes. Ao passarem por Ursula, um deles dava risadinhas disfarçadas: "Pois não, sr. Elefante, já vamos, sr. Elefante".

Derek derrubou os dardos na grama com grande estrondo e disse aos rapazes: — Carreguem para o final do campo, vamos logo, mexam-se.

Aproximou-se de Ursula e beijou-a de leve no rosto, dizendo: — Olá, querida. — Ela soltou uma gargalhada, não conseguiu evitar. Era a coisa mais gentil que ele lhe dizia em semanas e foi dita não para ela, mas para os ouvidos das duas esposas de professores que estavam por perto.

— Alguma coisa engraçada? — ele perguntou, estudando seu rosto por um tempo um pouco longo demais para ser confortável. Poderia dizer que ele estava fervilhando. Sacudiu a cabeça em resposta. Estava preocupada em talvez gritar alto, podia sentir seu próprio vulcão borbulhando, prestes a explodir. Supôs que estava histérica. *Instável.*

— Preciso cuidar do salto em altura da Escola Superior — disse Derek, olhando-a desaprovador. — Encontro você em breve.

Ele se afastou, ainda de cara fechada, e ela começou a rir outra vez.

— Sra. Oliphant? É a sra. Oliphant, não é?

As duas esposas de professores pularam sobre ela, leoas farejando a presa ferida.

Fez também sozinha a viagem de volta, pois Derek precisava supervisionar aulas noturnas e comeria na escola, conforme disse. Preparou para ela mesma um lanche de sobras de arenque frito e batatas frias e sentiu uma repentina vontade de uma garrafa de bom vinho tinto. Na verdade, de uma garrafa atrás da outra até que tivesse bebido até a morte. Jogou na lata de lixo os restos do arenque. *Tudo deve cessar à noite, sem dor alguma.* Qualquer coisa era melhor do que aquela vida absurda.

Derek era uma piada, para os rapazes, para os colegas. *Sr. Elefante.* Ela bem podia imaginar os incontroláveis alunos do terceiro ano deixando-o louco de raiva. E seu livro, o que havia com o livro?

Ursula nunca pensara muito no conteúdo do "estudo" de Derek. Também nunca tivera qualquer interesse especial nos Plantagenetas ou nos Tudor, aliás. Tinha severas instruções para não tirar do lugar nenhum de seus papéis ou livros ao tirar o pó ou limpar a sala de jantar (como ela ainda gostava de pensar no cômodo), mas não se importava, mal olhava para o progresso do grande volume.

Ele andava trabalhando febrilmente nos últimos dias, a mesa estava coberta por um emaranhado de notas e pedaços de papel. Eram frases e pensamentos desconexos — *até divertido um tanto crença primitiva — planta genista, a vassoura comum nos dá o nome de Angevin — vêm do diabo, e ao diabo retornarão.* Havia poucos sinais de um manuscrito real, apenas correções e mais correções, o mesmo parágrafo escrito repetidamente com ínfimas mudanças a cada vez, um interminável rascunho, escrito em cadernos pautados com o símbolo e o mote de Blackwood (*A posse ad esse* — da possibilidade à realidade) na capa. Não era de admirar que ele não quisesse sua ajuda para datilografar o manuscrito. Casara-se com um Casaubon[28], concluiu.

Toda a vida de Derek era uma invenção. Desde as primeiras palavras que lhe dirigiu (*Que coisa horrível aconteceu com a senhorita. Deixe-me ajudá-la.*), ele não tinha sido genuíno. O que queria dela? Alguém mais fraco do que ele? Ou uma esposa, uma mãe para seus filhos, alguém para arrumar a casa, todas as armadilhas da *vie quotidienne*[29], mas sem vestígios do caos subjacente. Ela se casara com ele para se salvar daquele caos. Ele se casara com ela, percebia agora, pelo mesmo motivo. Os dois eram as duas últimas pessoas na Terra que poderiam salvar alguém de alguma coisa.

[28] Edward Casaubon, personagem pedante do romance *Middlemarch*, de George Eliot, que, sem competência intelectual para fazê-lo, passa a vida escrevendo um livro interminável. (N. T.)
[29] Vida cotidiana. (N. T.)

Ursula vasculhou as gavetas do aparador e encontrou um maço de cartas, a de cima com o timbre de William Collins & Sons, Co. Ltd., "lamentando" rejeitar sua ideia para um livro, num "setor já superabundante de livros de história". Havia cartas semelhantes de outras editoras de livros didáticos e, pior, havia contas por pagar e ameaçadoras notificações. Uma carta particularmente dura exigia o imediato reembolso do empréstimo contraído, aparentemente para pagar a casa. Era o tipo de carta áspera que ela digitava a partir de ditados em sua escola de secretariado, *Prezado senhor, foi trazido aos meus cuidados...*

Ouviu a porta da frente se abrir e seu coração deu um pulo. Derek surgiu à porta da sala de jantar, um intruso gótico no palco. — O que você está fazendo?

Ergueu a carta de William Collins e disse: — Você é um mentiroso, em tudo e por tudo. Por que você se casou comigo? Por que nos tornar, aos dois, tão infelizes?

A expressão em seu rosto. Aquela cara. Ela estava pedindo para ser morta, mas assim não era mais fácil do que fazê-lo sozinha? Não se importava mais, não tinha mais disposição para lutar.

Ursula esperava o primeiro golpe, mas ainda assim pegou-a de surpresa, o punho dele caindo com violência no meio de seu rosto como se quisesse destruí-lo.

❄

DORMIU, OU TALVEZ TENHA desmaiado, no chão da cozinha e acordou em algum momento depois das seis. Estava enjoada e tonta, e cada centímetro dela estava machucado e doendo, o corpo inteiro feito de chumbo. Estava desesperada por um gole d'água, mas não ousou abrir a torneira por medo de acordar Derek. Usando primeiro uma cadeira, depois a mesa, içou-se até ficar em pé. Encontrou os sapatos e se arrastou pelo corredor, onde tirou do gancho de madeira seu casaco e um lenço. A carteira de Derek estava no bolso do paletó e ela pegou uma nota de dez xelins, mais do que o suficiente para uma viagem de trem e depois um táxi. Sentiu-se exausta só de pensar naquela viagem desgastante — nem sequer tinha certeza de poder chegar a pé até a estação de Harrow e Wealdstone.

Vestiu o casaco e puxou o lenço sobre o rosto, evitando o espelho acima do console. Seria uma visão medonha demais. Deixou a porta da frente ligeiramente entreaberta, para evitar que o barulho de fechá-la o acordasse. Pensou em Nora, de Ibsen, batendo a porta ao sair. Nora não faria gestos teatrais se estivesse tentando fugir de Derek Oliphant.

Foi a caminhada mais longa de sua vida. O coração estava tão acelerado que ela achou que desistiria. Por todo o caminho, esperou ouvir os passos dele correndo atrás dela e a voz dele gritando seu nome. No guichê de passagens, foi obrigada a murmurar "Euston" com a boca cheia de dentes ensanguentados e quebrados. O funcionário da estação olhou-a e desviou depressa o olhar ao ver o estado em que estava. Ursula supôs que ele não tinha experiência em lidar com viajantes mulheres parecendo saídas de um ringue de luta livre.

Precisou esperar o primeiro trem do dia por mais dez desesperadores minutos no banheiro feminino, mas pelo menos conseguiu tomar um copo d'água e remover um pouco do sangue seco do rosto. No vagão, sentou-se de cabeça baixa, uma das mãos protegendo o rosto. Os homens de terno e chapéu-coco tiveram o cuidado de ignorá-la. Enquanto aguardava a partida do trem, arriscou um olhar para a plataforma e sentiu um extremo alívio por não haver ainda sinal de Derek. Com alguma sorte, ele ainda não dera pela sua falta e estava fazendo suas flexões no chão do quarto, deduzindo que ela estava na cozinha preparando-lhe o café da manhã. Sexta-feira, dia de arenque. O arenque ainda jazia na prateleira da copa, embrulhado em jornal. Ele ficaria furioso.

Quando desceu do trem em Euston, suas pernas quase vergaram. As pessoas abriram espaço, e ela temeu que o motorista do táxi lhe recusasse a corrida, mas ele aceitou quando ela mostrou o dinheiro. Rodaram em silêncio por Londres, lavada pela chuva da noite, e agora as pedras dos edifícios reluziam aos primeiros raios de sol e o amanhecer levemente nublado tinha reflexos opalescentes em azul e rosa. Esquecera-se de quanto gostava de Londres. Seu coração renasceu. Decidira viver e agora queria muito viver.

O motorista do táxi ajudou-a no final da viagem.

— Tem certeza de que é aqui, moça, tem mesmo? — perguntou, olhando com ar de dúvida para a grande casa de tijolos vermelhos em Melbury Road.

Fez que sim com a cabeça, em silêncio.

Era um endereço inevitável.

Tocou a campainha, e a porta da frente se abriu. A mão de Izzie voou para a boca com o horror da visão de seu rosto.

— Ai, meu Deus, o que aconteceu com você?

— Meu marido tentou me matar.

— Então, é melhor você entrar — disse Izzie.

Os machucados sararam, bem devagar.

— Cicatrizes de batalha — disse Izzie.

O dentista de Izzie consertou os dentes de Ursula, e ela precisou ficar com o braço direito na tipoia, por algum tempo. Seu nariz tinha sido fraturado outra vez, e os molares e a mandíbula estavam partidos. Estava quebrada, não era mais *intacta*. Sentia-se como se tivesse sido passada a limpo. O passado não tinha mais tanto peso sobre o presente. Mandou um recado para a Toca da Raposa dizendo que tinha viajado durante o verão, "férias turísticas nas Highlands com Derek". Tinha certeza de que Derek não entraria em contato com a Toca da Raposa. Iria lamber as feridas em outro lugar. Barnet, talvez. Ele não fazia ideia de onde Izzie morava, graças aos céus.

Izzie foi surpreendentemente compreensiva.

— Fique quanto quiser — ela disse. — Vai ser diferente de ficar por aqui me batendo sozinha. E, só Deus sabe, tenho dinheiro mais do que suficiente para manter você. Vá com calma — acrescentou. — Sem pressa. E você só tem vinte e três anos, pelo amor de Deus.

Ursula não sabia o que era mais surpreendente, a genuína hospitalidade de Izzie ou o fato de ela saber a sua idade. Talvez Izzie também tivesse sido mudada por Belgravia.

Ursula estava sozinha quando, numa tarde, Teddy surgiu à porta.

— Você é difícil de achar — ele exclamou, dando-lhe um enorme abraço.

O coração de Ursula deu um pulo de prazer. Teddy sempre parecera mais real do que qualquer outra pessoa. Estava bronzeado e forte depois das longas férias de verão trabalhando na Fazenda Municipal. Anunciara havia pouco tempo que queria ser fazendeiro.

— Vou querer de volta o dinheiro que gastei com seus estudos — disse Sylvie, mas sorrindo, porque Teddy era seu favorito.

— Eu achava que fosse o *meu* dinheiro — retrucou Hugh. (Teria Hugh um favorito? — Você, eu acho —, dissera Pamela.)

— O que aconteceu com o seu rosto? — Teddy perguntou.

— Um acidente, você deveria ter visto antes — ela riu.

— Você não está nas Highlands — disse Teddy.

— Parece que não, não é?

— Então, você o deixou?

— Deixei.

— Bom — Teddy, como Hugh, não era dado a longas narrativas. — Por onde anda a tia desmiolada?

— Desmiolando por aí. No Embassy Club, acredito.

Os dois tomaram um pouco do champanhe de Izzie, para comemorar a liberdade de Ursula.

— Você cairá em desgraça aos olhos de mamãe, imagino — disse Teddy.

— Não se preocupe. Acho que já caí.

PREPARARAM JUNTOS UMA OMELETE e uma salada de tomates e comeram com os pratos no colo, ouvindo Ambrose e sua orquestra no rádio.

Quando terminaram a refeição, Teddy acendeu um cigarro.

— Você anda tão crescido ultimamente — brincou Ursula.

— Tenho músculos — ele disse, mostrando os bíceps como o homem forte do circo.

Ele estudava inglês em Oxford e disse que era um alívio parar de pensar e "trabalhar na terra". E também escrevia poesia, contou. Sobre a terra, não sobre "sentimentos".

O coração de Teddy tinha sido partido pela morte de Nancy, e quando uma coisa quebra, explicou, nunca mais fica perfeita. — Bem Henry James, não é? — ele constatou, com tristeza. (Ursula pensou em si mesma.)

Um Teddy desesperançado carregava suas feridas por dentro, uma cicatriz no coração de onde a pequena Nancy Shawcross fora arrancada.

— É como se — ele disse a Ursula — você entrasse numa sala e sua vida terminasse, mas você continua a viver.

— Eu acho que entendo. Entendo, sim — afirmou Ursula.

❄

Ursula cochilou com a cabeça no ombro de Teddy. Ainda estava imensamente cansada. (— Dormir é um grande remédio — dizia Izzie, levando-lhe o café na cama todas as manhãs.)

Depois de algum tempo, Teddy bocejou, espreguiçou-se e disse: — Desconfio que devo voltar para a Toca da Raposa. Que história eu conto? Digo que estive com você? Ou você ainda está em Brigadoon?

Ele levou os pratos para a cozinha.

— Vou cuidar da louça enquanto você pensa na resposta.

Quando a campainha da porta soou, Ursula deduziu que fosse Izzie. Com Ursula morando em Melbury Road, ela descuidava cada vez mais das chaves da porta.

— Mas você está sempre aqui, querida — dizia, quando Ursula precisava engatinhar para fora da cama às três da manhã para deixá-la entrar.

Não era Izzie, era Derek. Ficou tão surpresa que não conseguiu falar. Deixara-o para trás com tanta firmeza que pensava nele como alguém que não mais existia. Ele não pertencia a Holland Park, e sim a algum ponto obscuro da imaginação.

Derek torceu o braço dela para trás e a foi empurrando pelo vestíbulo até a sala de estar. Deu uma olhada na mesinha de café, um pesado objeto de madeira esculpido em estilo oriental. Vendo as taças vazias de champanhe ainda sobre a mesinha e o grande cinzeiro de ônix contendo as pontas de cigarro de Teddy, sibilou: — Quem estava aqui com você?

Estava incandescente de raiva. — Com quem você estava fornicando?

— Fornicando? — reagiu Ursula, surpreendida pela palavra. Tão bíblica. Teddy entrou na sala, um pano de prato jogado sobre o ombro.

— O que é isso? — exclamou. E depois: — Tire as mãos de cima dela.

— É esse aí? — Derek perguntou a Ursula. — É esse o homem com quem você anda se prostituindo em Londres?

E sem esperar resposta esmagou a cabeça de Ursula na mesinha do café, e ela escorregou para o chão. A dor na cabeça era terrível e piorava em vez de diminuir, como se ela estivesse num torno sendo apertado sem parar. Derek apanhou o pesado cinzeiro de ônix e levantou-o tão alto quanto se fosse um cálice, pouco se importando com as pontas de cigarro que choveram no tapete. Ursula soube que seu cérebro não estava funcionando direito, porque ela deveria ter se encolhido de pavor, mas tudo o que conseguia pensar era que aquilo tudo correspondia ao incidente com o ovo. E como a vida era idiota. Teddy gritou alguma coisa para Derek, e Derek jogou o cinzeiro em cima dele em vez de usá-lo para abrir o cérebro de Ursula. Ela não podia ver se o cinzeiro tinha ou não atingido Teddy, porque Derek agarrou-a pelos cabelos, levantou sua cabeça e quebrou-a outra vez na mesinha de café. Um raio brilhou diante de seus olhos, mas a dor começou a ceder.

Escorregou para o carpete, incapaz de se mover. Havia tanto sangue em seus olhos que mal conseguia enxergar. Da segunda vez que sua cabeça atingiu a mesa, ela sentiu alguma coisa se partir, o instinto de vida, talvez. Soube, pelos grunhidos e pela medonha dança emaranhada no tapete à sua volta, que Derek e Teddy estavam lutando. Pelo menos Teddy estava em pé e não caído inconsciente, mas ela não queria que ele lutasse, queria que ele fugisse para longe do perigo. Não se importava em morrer, realmente não, desde que Teddy estivesse a salvo. Tentou dizer alguma coisa, mas o que saiu foi um disparate gutural. Sentia muito frio e muito cansaço. Lembrou-se de ter se sentido assim no hospital, depois de Belgravia. Hugh estava lá, ele segurou sua mão e a manteve nesta vida.

Ambrose ainda estava no rádio, Sam Browne cantava "The sun has got his hat on". Era uma música alegre para deixar a vida. Não era como se esperava.

O morcego negro chegava para buscá-la. Não queria ir. O negrume cresceu em torno dela. *Morte calma.* Fazia tanto frio. Vai nevar esta noite, pensou, mesmo que ainda não seja inverno. Já estava nevando, flocos frios se dissolvendo em sua pele como sabão. Ursula esticou a mão para que Teddy a segurasse, mas desta vez nada havia para impedi-la de cair na noite escura.

11 DE FEVEREIRO DE 1926

— Ei! O QUE foi isso? — gritou Howie, esfregando o rosto onde Ursula o tinha socado de um jeito nada próprio de uma dama. — Você tem um baita de um cruzado de direita para uma garotinha — disse ele, quase de um jeito elogioso.

Fez outra tentativa para agarrá-la, que ela evitou com tanta habilidade quanto um gato. Ao fazê-lo, avistou a bola de Teddy, escondida nas profundezas de um arbusto. Um chute certeiro atingiu a canela de Howie e lhe deu tempo suficiente para resgatar a bola das garras da arvorezinha relutante.

— Eu só queria um beijo — disse Howie, soando absurdamente magoado. — Não é como se eu estivesse tentando *estuprar* você ou coisa parecida.

A palavra brutal pairou no ar gelado. Ursula poderia ter enrubescido, deveria ter enrubescido diante da palavra, mas sentiu ter alguma posse dela. Intuiu ser o que rapazes como Howie faziam a garotas como Ursula. Todas as garotas, sobretudo as que celebravam seu aniversário de dezesseis anos, precisavam ser cautelosas quando andavam pelos bosques escuros e selvagens. Ou, no caso, pelas moitas de arbustos no final do jardim da Toca da Raposa. Howie recompensou-a parecendo um pouco envergonhado.

— Howie! — ouviram Maurice gritar. — Saindo sem você, camarada!

— É melhor você ir — aconselhou Ursula. Um pequeno triunfo para sua nova condição de mulher.

— Encontrei sua bola — ela disse a Teddy.

— Maravilha! — falou Teddy. — Obrigado. Vamos comer mais um pedaço do seu bolo de aniversário?

Agosto de 1926

Il se tenait devant un miroir long, appliqué au mur entre les deux fenêtres, et contemplait son image de très beau et très jeune homme, ni grand ni petit, le cheveu bleuté comme un plumage de merle.[30]

Ursula mal conseguia manter os olhos abertos para ler. O calor era magnífico, e o tempo escoava dia a dia sem nada para fazer além de ler livros e dar longos passeios — sobretudo na vã esperança de esbarrar com Benjamin Cole, ou com qualquer um dos irmãos Cole, que se tinham transformado todos em jovens sombriamente belos. — Poderiam passar por italianos — dizia Sylvie.

Mas por que haveriam eles de querer passar por algo que não fossem eles mesmos?

— Você sabe — disse Sylvie, descobrindo-a deitada debaixo das macieiras, *Chéri* abandonado cheio de sono na grama quente: — nunca mais haverá dias longos e preguiçosos como estes em sua vida. Você acha que sim, mas não acontecerá.

— A não ser que eu me torne incrivelmente rica — disse Ursula. — Então, poderei ficar à toa o dia inteiro.

[30] Ele estava em pé diante de um espelho comprido, colado à parede entre duas janelas, e contemplava sua imagem de homem muito belo e muito jovem, nem alto nem baixo, os cabelos azulados como a plumagem de um melro. — do romance *Chéri*, de Colette. (N. T.)

— Talvez — disse Sylvie, sem querer renunciar ao seu recém-adquirido comportamento depressivo. — Mas o verão continuará a chegar ao fim um dia.

Sentou-se na grama ao lado de Ursula. Sua pele tinha sardas por trabalhar no jardim. Sylvie sempre se levantava com o sol. Ursula ficaria feliz se dormisse o dia inteiro. Sylvie folheou Colette, distraída, e disse: — Você deveria se dedicar mais ao francês.

— Eu poderia viver em Paris.

— Talvez *isso* não — retrucou Sylvie.

— Acha que eu devo me candidatar à faculdade quando terminar a escola?

— Ora, francamente, querida, para quê? Eles não vão ensiná-la a ser esposa e mãe.

— E se eu não quiser ser esposa e mãe?

Sylvie riu. — Agora você está dizendo bobagens para me provocar.

Acariciou o rosto de Ursula. — Você sempre foi uma coisinha engraçada. Temos lanche no gramado — acrescentou, levantando-se de má vontade. — E, infelizmente, Izzie.

— Querida — exclamou Izzie ao ver Ursula atravessar o gramado em sua direção. — Você cresceu bastante desde a última vez que a vi. Está uma mulher, e tão bonita!

— Nem tanto — disse Sylvie. — Estávamos mesmo falando do futuro dela.

— Estávamos? — perguntou Ursula. — Pensei que estivéssemos falando do meu francês. Preciso de mais erudição — disse a Izzie.

— Que assunto sério! — disse Izzie. — Aos dezesseis anos você deveria estar de pernas para o ar, apaixonada por algum rapaz indesejável.

E estou apaixonada, pensou Ursula, por Benjamin Cole. Supunha que ele fosse indesejável. (Um judeu?, imaginou Sylvie dizendo. Ou um católico, ou um mineiro de carvão — ou qualquer estrangeiro —, um ajudante de loja, um funcionário público, um cavalariço, um maquinista, um professor. Machos inadequados eram uma multidão.)

— *Você* estava? — Ursula perguntou a Izzie.

— Eu estava o quê? — surpreendeu-se Izzie.

— Apaixonada quando tinha dezesseis anos?

— Ah! Imensamente!

— E você? — Ursula perguntou a Sylvie.

— Pelos céus, não — disse Sylvie.

— Mas aos *dezessete* você deve ter se apaixonado — Izzie disse a Sylvie.

— Devo?

— Quando conheceu Hugh, é claro.

— É claro.

Izzie se inclinou para Ursula e baixou a voz a um sussurro de conspiração. — Eu fugi para me casar quando tinha a sua idade.

— Bobagem! — Sylvie disse a Ursula. — Ela não fez isso. Ah, aí vem Bridget com a bandeja de chá.

Sylvie virou-se para Izzie. — Há uma razão especial para a sua visita, ou você só veio incomodar?

— Estava passando de carro, pensei em dar um pulo aqui. Há uma coisa que quero perguntar.

— Ai, céus! — exclamou Sylvie, enfastiada.

— Estive pensando — continuou Izzie.

— Ai, céus!

— Você *pode* parar de dizer isso, Sylvie?

Ursula serviu o chá e partiu o bolo. Pressentia uma batalha. Izzie foi temporariamente silenciada por um pedaço de bolo. Não era um dos pães de ló aerados da sra. Glover.

— Como eu dizia — ela engoliu com dificuldade —, eu andei pensando... e não diga nada, Sylvie. *As aventuras de Augusto* ainda fazem um sucesso *estrondoso*, estou escrevendo um novo livro a cada seis meses. É bem louco. Tenho a casa em Holland Park, e tenho dinheiro, mas, é claro, nenhum marido. Nem tenho filhos.

— É mesmo? — disse Sylvie. — Tem certeza?

Izzie ignorou-a.

— Ninguém com quem dividir a minha fortuna. Então, andei pensando, por que não adotar Jimmy?

— Como é?

— Ela é inacreditável — sibilou Sylvie para Hugh.

Izzie ainda estava no gramado, entretendo Jimmy com a leitura de um manuscrito inacabado que tinha na bolsa enorme. *Augusto vai ao litoral.*

— Por que ela não quer me adotar? — perguntou Teddy. — Afinal, sou eu quem deveria ser Augusto.

— Você quer ser adotado por Izzie? — surpreendeu-se Hugh.

— Meu Deus, não! — disse Teddy.

— Ninguém vai ser adotado — disse Sylvie, furiosa. — Vá lá e tenha uma conversa com ela, Hugh.

Na cozinha, Ursula foi em busca de uma maçã e encontrou a sra. Glover socando fatias de carne de vitela com um amaciador de bifes.

— Faço de conta que são as cabeças dos "boches" — disse ela.

— É mesmo?

— Aqueles que soltaram o gás que acabou com os pulmões do coitado do George.

— O que temos para o jantar? Estou morta de fome.

Ursula se tornara quase insensível em relação aos pulmões de George Glover, ouvira tanto falar deles que pareciam ter vida própria, como os pulmões da mãe de Sylvie, órgãos que pareciam ter mais personalidade do que seus donos.

— Costeletas de vitela *à la russe* — disse a sra. Glover virando a carne e socando-a de novo. — Os russos são tão maus quanto os outros, imagine só.

Ursula se perguntou se a sra. Glover jamais conhecera alguém de outro país.

— Há um monte de judeus em Manchester — disse a sra. Glover.

— A senhora conheceu algum?

— Conhecer? Por que eu os conheceria?

— Mas os judeus não são necessariamente estrangeiros, são? Nossos vizinhos Cole são judeus.

— Não seja boba — disse a sra. Glover. — Eles são tão ingleses quanto você e eu.

A sra. Glover tinha um certo carinho pelos rapazes Cole, por causa de sua excelente educação. Ursula se perguntou se valia a pena discutir. Pegou outra maçã, e a sra. Glover voltou a bater a carne.

Ursula comeu a maçã sentada no banco num canto isolado do jardim, um dos esconderijos preferidos de Sylvie. As palavras "costeletas de vitela *à la russe*" giravam sonolentas em sua cabeça. E, de repente, estava em pé, o coração batendo forte no peito, um súbito e familiar, mas havia muito esquecido, terror desencadeado... por quê? Era tão fora de propósito diante do jardim tranquilo, do calor de fim de tarde em seu rosto, de Hattie, a gata, limpando-se preguiçosamente no chão ensolarado.

Não havia terríveis presságios de desgraça, nada que sugerisse que nem tudo ia bem no mundo, mas ainda assim Ursula jogou o miolo da maçã dentro dos arbustos e saiu voando do jardim, atravessando o portão e a alameda, os velhos demônios tentando lhe morder os calcanhares. Hattie fez uma pausa em sua limpeza e olhou com desdém para o portão que ia e vinha.

Talvez fosse um acidente de trem, talvez ela precisasse arrancar suas anáguas como as meninas em *Os meninos e o trem de ferro* para avisar o maquinista, mas não, quando ela chegou à estação o trem das 17h30 para Londres deslizava em silêncio ao lado da plataforma, a salvo sob os cuidados de Fred Smith e seu maquinista.

— Srta. Todd? — disse ele, tocando a aba de seu quepe de ferroviário. — A senhorita está bem? Parece preocupada.

— Estou bem, Fred, obrigada por perguntar.

Só num estado de pavor mortal, nada com que se preocupar. Fred Smith não parecia ter jamais passado por um momento de pavor mortal.

Caminhou de volta pela alameda, ainda coberta pelo medo inominável. No meio do caminho, encontrou Nancy Shawcross e disse: — Olá, o que está fazendo, e Nancy respondeu: — Ah, só procurando coisas para meu livro da natureza. Consegui algumas folhas de carvalho e umas bolotinhas.

O medo começou a escorrer do corpo de Ursula e ela disse: — Então vamos, vou voltar para casa com você.

Ao se aproximarem do pasto do gado leiteiro, um homem pulou o portão de cinco barras e aterrissou pesadamente sobre o cerefólio. Tirou o boné para Ursula e murmurou: "Tarde, moça", antes de seguir em direção à estação. Tinha uma perna mais curta que a outra, o que tornava seu andar um tanto cômico, como Charlie Chaplin. Outro veterano de guerra, talvez, pensou Ursula.

— Quem era?

— Não tenho a menor ideia — disse Ursula. — Ah, veja, ali no chão, um besouro diabo morto. Serve para você?

Um lindo dia amanhã

2 DE SETEMBRO DE 1939

— MAURICE DIZ QUE tudo acabará em alguns meses.

Pamela descansou o prato sobre o belo monte que continha seu próximo bebê. Esperava que fosse uma menina.

— Você vai continuar para sempre, até produzir uma, não vai? — disse Ursula.

— Até o fim dos tempos — Pamela concordou, alegre. — Então, fomos convidados, para minha *grande* surpresa. Almoço de domingo em Surrey, com serviço completo. Seus filhos são um tanto estranhos, Philip e Hazel...

— Acho que só os vi duas vezes.

— Você os viu mais do que isso, só não reparou neles. Maurice disse que nos convidou porque os "primos deveriam se conhecer melhor", mas os meninos não gostam nem um pouco deles. Philip e Hazel não têm a menor ideia do que seja *brincar*. E a mãe dos dois é uma mártir do rosbife e da torta de maçã. Edwina é também uma mártir de Maurice. O martírio lhe cairia bem, é claro, ela é *ferozmente* cristã, considerando que é da igreja da Inglaterra.

— Eu odiaria estar casada com Maurice, não sei como ela aguenta.

— Ela é grata a ele, eu acho. Ele lhe deu Surrey. Uma quadra de tênis, amigos no Gabinete, montanhas de rosbife. Eles *recebem* muito... a alta roda. Algumas mulheres sofreriam por isso. Até aguentariam Maurice.

— Espero que ele seja um grande teste para ela, em termos de tolerância cristã.

— Um grande teste para as crenças de Harold em geral. Ele teve um bate-boca com Maurice a respeito de bem-estar, outro com Edwina sobre predestinação.

— Ela acredita nisso? Achei que fosse anglicana.

— Eu sei. Mas ela não tem noção de lógica. É absurdamente idiota, imagino que tenha sido por isso que ele se casou com ela. Por que você acha que Maurice diz que a guerra só dura mais alguns meses? É só arrogância acadêmica? Acreditamos em tudo o que ele diz? Acreditamos em *alguma coisa* do que ele diz?

— Bem, de modo geral, não — disse Ursula. — Mas ele é um chefão no Ministério do Interior, então se presume que *deva* saber. Segurança Nacional, um novo ministério a partir desta semana.

— Você também? — perguntou Pamela.

— É, eu também. O Departamento de Defesa Antiaérea é agora um ministério, ainda estamos nos acostumando com a ideia de sermos adultos.

Quando Ursula terminou os estudos aos dezoito anos, não foi para Paris, nem, apesar das exortações de alguns professores, se candidatou a Oxbridge e fez uma licenciatura em qualquer outra língua, viva ou morta. Não fora além de High Wycombe e uma pequena escola de secretariado. Estava ansiosa para *ir à luta* e ganhar sua independência, mais do que ficar enclausurada em outra instituição. — *Carruagem alada do tempo*, e tudo mais —, explicou aos pais.

— Nós todos *vamos à luta* — disse Sylvie —, de um jeito ou de outro. E, no fim, chegamos todos ao mesmo lugar. Quase não vejo a importância de como chegamos lá.

Parecia a Ursula que *como* se chega lá era tudo o que importava, mas não se ganhava coisa alguma argumentando com Sylvie nos dias em que ela estava embrenhada nas trevas.

— Serei capaz de conseguir um emprego interessante — Ursula afirmou, afastando as objeções dos pais. Imaginou uma atmosfera boêmia, homens de paletó de *tweed* e cachecol, mulheres fumando em poses sofisticadas, sentadas diante de suas Royals.

— De qualquer maneira, sorte sua — Izzie disse a Ursula, num chá da tarde um tanto requintado em Dorchester, para o qual havia convidado tanto Ursula quanto Pamela. (— Ela deve estar querendo alguma coisa — comentou Pamela.)

— E quem quer ser uma velha sabichona chata? — disse Izzie.

— Eu — afirmou Pamela.

Descobriu-se que Izzie realmente tinha um motivo oculto. *Augusto* fazia tanto sucesso que o editor de Izzie lhe pedira para criar "algo parecido" para meninas. — Mas não livros baseados numa garota *safada* — ela explicou. — Isso parece não servir. Eles querem um tipo esfuziante, uma espécie de capitã de jogo de hóquei. Muito sal e pimenta, mas sempre dentro da linha, nada que assuste os cavalos.

Ela se virou para Pamela e disse, docemente: — Então, pensei em você, querida.

A escola era dirigida por um homem chamado sr. Carver, um homem que era um grande discípulo tanto de Pitman quanto de esperanto, e que tentava fazer suas "meninas" usar vendas enquanto praticavam datilografia. Ursula, suspeitando de que havia naquilo algo além do monitoramento de suas habilidades, comandou uma revolta das "meninas" do sr. Carver. — Você é tão rebelde — disse uma delas, Mônica, com admiração. — Bem, nem tanto — retrucou Ursula. — Só estou sendo sensata, você sabe.

Ela era. Tornara-se sensata.

Na escola do sr. Carver, Ursula provou ter uma surpreendente aptidão para datilografia e taquigrafia, embora os homens que a entrevistaram para o emprego no Ministério do Interior, homens que ela nunca mais veria, acreditassem claramente que sua proficiência nos clássicos a manteria numa posição melhor quando abrisse e fechasse gavetas de arquivos e fizesse infindáveis pesquisas num mar de pastas cor de camurça. Não era bem o "emprego interessante" que imaginara, mas prendia sua atenção, e nos dez anos seguintes ela foi escalando devagar os níveis, moderadamente, como acontecia com as mulheres. (— Um dia, uma mulher será primeira-ministra

— afirmava Pamela. — Talvez ainda até estejamos vivas.) Agora, Ursula tinha seus próprios subalternos para correr atrás das pastas para ela. Supunha que fosse um progresso. Desde 1936, trabalhava no Departamento de Defesa Antiaérea.

— Então, *você* não ouviu boatos? — perguntou Pamela.

— Eu sou arraia-miúda, tudo o que ouço são boatos.

— Maurice não pode contar o que faz — resmungou Pamela. — Nem pensar em falar do que acontece dentro das "muralhas sagradas". Ele usou mesmo essa expressão, muralhas sagradas. Dá para pensar que ele assinou o Ato dos Segredos de Estado com sangue e deu a alma como garantia.

— Ora, nós todos precisamos fazer isso — disse Ursula, servindo-se de bolo. — *De rigueur*, você não imagina. Pessoalmente, desconfio que Maurice só ande por aí se dando ares de importante.

— E se sentindo muito bem consigo mesmo. Ele vai adorar a guerra, por ter muito poder e nenhum risco pessoal.

— *Muitas* coisas importantes.

As duas riram. Ursula se surpreendeu por parecerem muito alegres para pessoas à beira de um terrível conflito. Estavam no jardim da casa de Pamela em Finchley, numa tarde de sábado com o lanche arrumado numa frágil mesa de bambu. Comiam bolo de amêndoas com lascas de chocolate, uma velha receita da sra. Glover anotada num pedaço de papel que estava coberto de impressões digitais engorduradas. Em alguns pontos, o papel estava tão transparente quanto uma vidraça suja.

— Aproveite quanto puder — disse Pamela —, não haverá mais bolo, imagino. Deu um pedaço a Heidi, uma vira-lata sem graça resgatada de Battersea. — Você sabia que as pessoas estão abandonando seus animais de estimação, milhares deles?

— É horrível.

— Como se eles não fossem parte da *família* — continuou Pamela, afagando o alto da cabeça de Heidi. — Ela é muito mais gentil que os meninos. Mais bem-comportada também.

— Como foram as evacuações?

— Negligentes.

Apesar de seu estado, Pamela passara a maior parte da manhã organizando evacuações em Ealing Broadway enquanto Olive, sua sogra, cuidava dos meninos.

— Você seria muito mais útil para o esforço de guerra do que alguém como Maurice — disse Ursula. — Se dependesse de mim, eu a nomearia primeira-ministra. Você faria um trabalho muito melhor que Chamberlain.

— Isso é verdade — Pamela deixou de lado a bandeja de chá e pegou o tricô, alguma coisa cor-de-rosa e rendada. — Se for menino, vou simplesmente *fingir* que é menina.

— E *vocês*, não vão partir? — Ursula perguntou. — Você não vai ficar com os meninos em Londres, vai? Você deveria ficar na Toca da Raposa, não acredito que os alemães se darão ao trabalho de bombardear o fim do mundo.

— E ficar com mamãe? Céus, não! Tenho uma colega de faculdade, Jeanette, filha de um vigário — não que isso seja relevante —, cujo chalé pertenceu à avó dela. Fica em Yorkshire, Hutton-le-Hole, um pontinho no mapa.

Pamela dera à luz em rápida sucessão Nigel, Andrew e Christopher. Aderira à maternidade com gosto.

— Heidi também vai adorar. Parece absolutamente primitivo, sem eletricidade, sem água corrente. Maravilhoso para os meninos, podem correr por lá como selvagens. É difícil ser selvagem em Finchley.

— Acredito que alguns consigam — disse Ursula.

— Como vai "o homem"? — Pamela perguntou. — "O homem do Almirantado".

— Você *pode* dizer o nome — disse Ursula, sacudindo os farelos de bolo da saia. — Os dentes-de-leão não têm ouvidos.

— Nunca se sabe, hoje em dia. *Ele* disse alguma coisa?

Ursula estava envolvida com Crighton — "o homem do Almirantado" — havia um ano (marcara a data a partir de Munique). Conheceram-se numa reunião interministerial. Ele era quinze anos mais velho que Ursula, bastante vistoso e com ar vagamente conquistador, que foi praticamente ofuscado por seu casamento com uma esposa diligente (Moira) e sua ninhada de três meninas, todas numa escola particular. — Eu não as deixarei, de modo algum —, ele afirmou depois que fizeram amor pela primeira vez nos aposentos um tanto básicos de seu "abrigo de emergência".

— Mas eu não quero que faça isso — retrucou Ursula, embora, como declaração de intenções, achasse que teria sido melhor se ele a tivesse feito preceder o ato em vez de deixá-la para o epílogo.

O "abrigo" (ela suspeitava não ser a primeira mulher a conhecer seu interior a convite de Crighton) era um apartamento fornecido pelo Almirantado para as noites em que Crighton ficasse na capital em vez de fazer toda a "marcha" de volta até Moira e as meninas em Wargrave. O abrigo não era exclusivamente dele, e, quando não estava disponível, "migrava" para o apartamento de Ursula em Argyll Road, onde passavam longas tardes em sua cama de solteira (ele encarava pequenos espaços com a atitude prática de um marinheiro) ou no sofá, em busca das "delícias da carne" como ele dizia, antes de "enfrentar a jornada" de volta a Berkshire. Qualquer deslocamento em terra, mesmo duas estações de metrô, tinha para Crighton uma qualidade expedicionária. Era um homem naval até a medula, supunha Ursula, e teria ficado mais feliz velejando num esquife para os condados do interior do que fazendo a viagem por terra. Chegaram a pegar um barquinho para Monkey Island e fizeram um piquenique às margens do rio. — Como um casal normal — disse ele em tom de desculpas.

— E de que se trata, se não é amor?

— Eu *gosto* dele.

— Eu gosto do homem que me entrega as compras — disse Pamela. — Mas não divido minha cama com ele.

— Posso garantir que ele significa bem mais para mim que um entregador.

Estavam quase discutindo.

— E ele não é um fedelho — continuou, defendendo-se. — É uma pessoa correta, ele vem inteiro, todo... pronto, você entende?

— Pronto com uma família — disse Pamela, um tanto rabugenta, agora. Parecia intrigada e perguntou: — Mas o seu coração não bate um pouquinho mais rápido ao vê-lo?

— Talvez um pouquinho mais rápido — concedeu Ursula, generosa, evitando a discussão, suspeitando de que nunca seria capaz de explicar a Pamela as leis do adultério. — Quem poderia imaginar que, de todos em nossa família, você se revelaria a romântica?

— Ah, não, acho que é Teddy — disse Pamela. — Eu só gosto de acreditar que há amarras que mantêm nossa sociedade unida, sobretudo agora, e que o casamento é parte delas.

— Não há qualquer romantismo em amarras.

— Eu a admiro, de verdade — afirmou Pamela. Viver por sua própria conta. Não seguir o rebanho. Só não quero que você se machuque.

— Acredite em mim, eu também não. Paz?

— Paz — Pamela concordou depressa. Rindo, continuou: — Minha vida seria tão idiota sem os seus lascivos relatórios da linha de frente. A quantidade de excitação libidinosa que extraio de sua vida amorosa... ou seja lá como você quiser chamá-la.

Não houvera qualquer libidinagem em sua ida a Monkey Island, eles se sentaram castamente sobre uma manta escocesa, comeram frango frio e beberam vinho tinto morno. *Hippocrene enrubescida*, citou Ursula, e Crighton riu e disse: — Desconfio que isso me cheira a literatura. Não há poesia em mim. Você deveria saber.

— Eu sei.

A coisa em Crighton é que sempre parecia haver mais dele do que ele revelava. Ela entreouvira alguém no escritório se referir a ele como "a esfinge", e ele realmente adotava um ar reticente que insinuava profundezas inexploradas e segredos ocultos... algum trauma de infância, alguma obsessão superlativa. Seu eu enigmático, pensou, descascando um ovo cozido e mergulhando-o num pequeno pacotinho que continha sal. Quem teria embalado aquele piquenique? Não havia sido Crighton. Nem Moira, permitam os céus.

Ele desenvolvera algum remorso pela natureza clandestina de seu relacionamento. Ela trouxera um pouco de estímulo para o que havia se tornado uma vida um tanto tediosa, afirmou. Ele estivera em Jutland com Jellicoe, havia "visto muito", e agora era "pouco mais que um burocrata". Estava ansioso, afirmou.

— Ou você está prestes a declarar seu amor por mim — disse Ursula —, ou a me dizer que está tudo acabado.

Havia frutas, pêssegos, em ninhos de papel de seda.

— É um equilíbrio precário — ele disse, com um sorriso pesaroso. — Estou oscilando.

Ursula riu, a palavra não combinava com ele.

Ele embarcou numa história sobre Moira, alguma coisa a ver com a vida dela na aldeia e sua necessidade de um trabalho em grupo, e Ursula se deixou levar pela corrente, mais interessada na descoberta de uma torta de Bakewell que aparentemente surgira por mágica de uma cozinha oculta em algum lugar do Almirantado. (— Somos bem tratados — ele disse. Como Maurice, ela pensou. Os privilégios dos homens no poder, indisponíveis para os que viviam à deriva no mar de camurça.)

Se as colegas mais velhas de Ursula ficassem a par do caso, haveria uma debandada em busca de sais de cheiro, ainda mais se soubessem exatamente com quem no Almirantado ela andava se divertindo (Crighton era um tanto mais velho). Ursula era boa, muito boa, em guardar segredos.

— Sua reputação de discreta a precede, srta. Todd — havia dito Crighton ao lhe ser apresentado.

— Céus — retrucara Ursula —, isso me faz parecer tão insípida.

— Intrigante, eu diria. Creio que daria uma boa espiã.

— E COMO *ESTAVA* Maurice? De bem consigo mesmo? — Ursula perguntou.

— Maurice fica muito bem "consigo mesmo", considerando que *é* ele mesmo e nunca mudará.

— Convites para o almoço de domingo em Surrey nunca *me* são feitos.

— Agradeça à sorte.

— Quase nunca o vejo. Você não diria que trabalhamos no mesmo ministério. Ele caminha pelos arejados corredores do poder...

— As muralhas sagradas.

— As muralhas sagradas. E eu corro de um lado para o outro num abrigo subterrâneo.

— É mesmo? Você fica no subsolo?

— É acima do solo. Em South Ken, você sabe, em frente ao Museu de Geologia. Maurice não, ele prefere seu escritório em Whitehall à nossa Sala de Guerra.

Quando se candidatou a um emprego no Ministério do Interior, Ursula imaginou que Maurice lhe daria boas referências, mas em vez disso ele vociferara a respeito de nepotismo e de precisar ser visto acima de qualquer suspeita de favoritismo — a mulher de César e assim por diante —, dissera ele.

— E eu imagino que Maurice seja César nessa concepção, muito mais que a mulher de César — disse Pamela.

— Ai, não ponha essa imagem na minha cabeça — zombou Ursula. — Maurice, uma mulher, imagine.

— Ah, mas uma mulher *romana*. Isso lhe cairia melhor. Como se chamava a mãe de Coriolano?

— Volumnia.

— Ah, e já sei o que eu queria contar: Maurice convidou um amigo para o almoço — disse Pamela. — Dos seus tempos de Oxford, aquele americano altão. Você se lembra?

— Lembro! — Ursula fez um esforço para dizer o nome. — Ah, droga, como ele se chamava... alguma coisa americana. Ele tentou me beijar no meu aniversário.

— O porco! — riu Pamela. — Você nunca me contou.

— Nada do que se quer como primeiro beijo. Foi mais para um golpe de rúgbi. Ele era meio grosseirão — Ursula riu. — Acho que feri seu orgulho... ou talvez mais do que o orgulho.

— Howie — disse Pamela. — Só que agora é Howard... Howard S. Landsdowne III, para lhe dar o que parece ser o título inteiro.

— Howie — refletiu Ursula. — Eu tinha esquecido. O que ele faz agora?

— Alguma coisa diplomática. Ele é ainda mais cheio de segredos que Maurice. Na embaixada, Kennedy é um deus para ele. Desconfio que Howie admire bastante o velho Adolf.

— Maurice também, se ele não fosse tão *estrangeiro*. Eu o vi uma vez numa reunião dos Camisas Negras.

— Maurice? Nunca! Talvez estivesse espiando. Posso imaginá-lo como um *agent provocateur*. O que *você* estava fazendo lá?

— Ah, você sabe, espionagem, como Maurice. Não, realmente, só puro acaso.

— Tantas revelações surpreendentes para um bule de chá. Há outras a caminho? Devo preparar outro bule?

Ursula riu. — Não, acho que é tudo.

Pamela suspirou. — É uma maldição, não é?

— O quê? É sobre Harold?

— Coitado, imagino que ele precisará ficar aqui. Eles não podem convocar médicos de hospitais, podem? Vão precisar deles se formos bombardeados e envenenados com gases. Nós *vamos* ser bombardeados e envenenados com gases, você sabe disso, não sabe?

— Sei, é claro — disse Ursula, tão prontamente quanto se estivessem falando do clima.

— Que pensamento horroroso.

Pamela suspirou outra vez, abandonando as agulhas e esticando os braços acima da cabeça. — Está um dia tão glorioso. É difícil acreditar que este talvez seja o último dia normal que teremos por muito tempo.

Ursula deveria começar suas férias anuais na segunda-feira. Planejara uma semana de pequenas viagens de lazer — Eastbourne e Hastings, ou talvez mais longe, como Bath ou Winchester —, mas com a guerra prestes a ser declarada parecia impossível pensar em ir a algum lugar. Sentia-se, de repente, desanimada com o pensamento do que poderia haver à espera. Passara a manhã em Kensington High Street, fazendo estoques — baterias para a lanterna, uma nova garrafa térmica, velas, fósforos, quantidades sem fim de papel preto, e mais latas de feijão cozido, batata, café embalado a vácuo. Comprara roupas também, um bom vestido de lã por oito libras, uma jaqueta de veludo verde por seis, meias e um par de belas botinas de couro que pareciam feitas para durar. Ficou contente consigo por ter resistido a um vestido amarelo de *crêpe de Chine*, estampado de andorinhas negras.

— O meu casaco de inverno só tem dois anos — comentou com Pamela. — Ele vai assistir ao fim da guerra, não vai?

— Ai, céus, espero que sim!

— É tudo tão medonho.

— Eu sei — disse Pamela, cortando mais bolo. É desprezível. Me deixa tão *enfurecida*. Ir para a guerra é uma loucura. Coma mais bolo, por que não? Aproveite, enquanto os meninos ainda estão em Olive. Eles vão chegar e andar por aqui como gafanhotos. Só Deus sabe como vamos lidar com o racionamento.

— Vocês estarão no campo... podem plantar coisas. Ter galinhas. Um porco. Vocês ficarão bem.

Ursula se sentiu péssima com o pensamento da partida de Pamela.

— Você deveria vir conosco.

— Receio que eu precise ficar.

— Ah, que bom, aí está Harold — exclamou Pamela quando Harold apareceu, carregando um grande buquê de dálias embrulhado em jornal molhado. Ergueu o corpo para cumprimentá-lo, e ele a beijou no rosto e disse: — Não se levante.

Beijou Ursula e entregou as dálias a Pamela.

— Uma menina as estava vendendo na esquina, em Whitechapel — contou. — Muito *Pigmalião*. Ela disse que vinham do jardim do avô.

Crighton dera uma vez rosas a Ursula, mas elas logo se curvaram e murcharam. Ela quase invejou as robustas flores do jardim de Pamela.

— Então, enfim — disse Harold depois de se servir de uma xícara de chá morno do bule —, já estamos evacuando os pacientes que estão bem o bastante para serem removidos. Eles vão mesmo declarar a guerra, amanhã. Pela manhã. Isso é provavelmente cronometrado para que toda a nação possa se ajoelhar ao mesmo tempo nas igrejas e rezar pela liberdade.

— Ah, claro, a guerra é sempre tão *cristã*, não é? — disse Pamela, sarcástica. — Ainda mais quando se é inglês. Tenho muitos amigos na Alemanha — ela disse a Ursula. — Gente boa.

— Eu sei.

— E eles agora são o inimigo?

— Não fique nervosa, Pammy — interveio Harold. — Por que está tudo tão calmo, o que você fez com os meninos?

— Vendi — respondeu Pamela, controlando-se. — Três pelo preço de dois.

— Você deveria passar a noite aqui, Ursula — Harold convidou, com gentileza. — Não deve ficar sozinha amanhã. Vai ser um daqueles dias medonhos. Ordens médicas.

— Obrigada — Ursula agradeceu. — Mas tenho outros planos.

— Que bom! — disse Pamela, retomando o tricô. — Não devemos nos comportar como se o mundo estivesse chegando ao fim.

— Mesmo que esteja? — perguntou Ursula. Agora gostaria de ter comprado o *crêpe de Chine* amarelo.

Novembro de 1940

Estava de costas, deitada numa poça d'água rasa, fato que a princípio não a preocupou muito. O pior era o cheiro horrível. Uma combinação de diversas coisas, nenhuma delas boa, e Ursula tentava identificar os componentes. O fedor de gás (residencial) de um lado e, de outro, uma fetidez de esgoto, repugnante e repulsivo, que lhe dava náuseas. Somado a isso, havia um complexo coquetel de umidade, gesso velho e pó de tijolos, tudo misturado a vestígios de habitação humana — papel de parede, roupas, livros, comida e o odor intruso e ardido de explosivo. Em resumo, a essência de uma casa morta.

Era como se estivesse deitada nas profundezas de um enorme poço. Através de um véu nebuloso de poeira, como neblina, podia entrever um pedaço de céu negro e uma ínfima fatia de lua, que se lembrou de ter visto no início da noite, quando olhou pela janela. Parecia ter sido havia muito tempo.

A janela em si, ou pelo menos a esquadria, ainda estava lá, muito, muito acima dela, de modo algum onde deveria estar. Era sem dúvida a sua janela, reconhecia as cortinas, agora trapos carbonizados, oscilando com a brisa. Eram — tinham sido — de um jacquard brocado grosso de John Lewis's, que Sylvie ajudara a escolher. O apartamento em Argyll Road havia sido alugado com a mobília, mas Sylvie declarara as cortinas e tapetes "absolutamente pobres" e fez Ursula substituí-los por novos ao se mudar.

Naquela época, Millie havia sugerido que Ursula fosse morar com ela em Phillimore Gardens. Millie ainda fazia papéis de mocinhas ingênuas e disse esperar passar de Julieta a Ama sem nada entre elas.

— Pode ser divertido — disse Millie — dividir espaços.

Mas Ursula não tinha muita certeza de que a ideia de diversão de Millie coincidisse com a sua. Sentia-se, muitas vezes, um tanto apagada e circunspecta ao lado do brilho de Millie. Uma andorinha fazendo companhia a um martim-pescador. E, às vezes, o ardor de Millie refulgia um pouco demais.

Isso foi logo antes de Munique, Ursula já começara seu caso com Crighton, e pareceu mais prático morar sozinha. Olhando para trás, percebia que se acomodara às necessidades de Crighton muito mais que ele às dela, como se Moira e as meninas suplantassem sua própria existência.

Pense em Millie — disse a si mesma, pense nas cortinas, pense em Crighton se for preciso. Tudo menos na situação atual. Sobretudo no gás. Parecia especialmente importante tentar manter os pensamentos longe do gás.

Depois das compras de panos macios, Sylvie e Ursula tomaram o chá da tarde no restaurante da John Lewis, servido por uma garçonete implacavelmente hábil.

— Fico sempre tão contente — Sylvie murmurou — quando não preciso fazer o papel de outra pessoa.

— Você faz muito bem o seu próprio papel — respondeu Ursula, ciente de que aquilo não soava exatamente como um elogio.

— Tive anos de prática.

Era um bom chá da tarde, do tipo que não se encontrava mais em lojas de departamentos. E, de repente, a própria John Lewis estava destruída, nada além da caveira negra e desdentada de um prédio. ("Que coisa horrível", escrevera Sylvie, comovida de um modo que não parecera ter ficado por ocasião dos terríveis ataques em East End.) Tudo estava em pé e funcionando em questão de dias, "esforço de guerra", diziam todos, mas qual seria a alternativa?

Sylvie estava de bom humor naquele dia, e as duas concordaram quanto ao assunto das cortinas e da idiotice de as pessoas acharem que o tolo pedacinho de papel de Chamberlain pudesse ter algum significado.

Estava tudo muito quieto, e Ursula se perguntou se seus tímpanos haviam sido destruídos. Como chegara ali? Lembrava-se de ter olhado pela janela em Argyll Road — a janela que agora estava tão longe — e visto uma fatia de lua. E antes estava sentada no sofá, costurando um pouco, virando o colarinho de uma blusa, com o rádio sintonizado numa estação alemã de ondas curtas. Tinha aulas de alemão à noite (*conheça o inimigo*), mas estava achando difícil decifrar alguma coisa na transmissão, exceto violentos substantivos ocasionais (*Luftangriffe*, *Verluste*). Desanimada com sua falta de competência, desligou o rádio e pôs Ma Rainey no gramofone. Antes de partir para a América, Izzie legara a Ursula sua coleção de discos, um arquivo impressionante de cantoras de blues norte-americano. — Não ouço mais essas coisas — disse Izzie. — É muito *passé*. O futuro está em coisas um pouco mais *soignées*. A casa de Izzie em Holland Park estava fechada agora, tudo coberto por lençóis. Ela se casara com um famoso dramaturgo, e ambos haviam fugido para a Califórnia no verão.

(— Covardes, os dois — disse Sylvie. — Ah, não sei — opinou Hugh —, tenho certeza de que eu iria, se pudesse assistir à guerra sentado em Hollywood.)

— É interessante essa música que eu escuto você ouvir — disse a sra. Appleyard a Ursula num dia em que cruzaram na escada. A parede entre os apartamentos era fina como papel e Ursula disse — Me desculpe, não queria incomodá-la —, embora pudesse ter acrescentado que ouvia o bebê da sra. Appleyard berrando dia e noite a plenos pulmões e que aquilo era *muito* incômodo. O bebê de quatro meses era grande para a idade, gordo e corado, como se tivesse sugado toda a vida da sra. Appleyard.

A sra. Appleyard — o peso morto do bebê adormecido nos braços, a cabeça em seu ombro — fez um gesto de desdém com a mão e afirmou: — Não se preocupe, não me incomoda.

Era melancolicamente leste-europeia, algum tipo de refugiada, supunha Ursula, embora seu inglês fosse perfeito. O sr. Appleyard desaparecera havia alguns meses, talvez para servir, mas Ursula não perguntara, porque o casamento era claramente (e audivelmente) infeliz. A sra. Appleyard estava grávida quando o marido partiu e, até onde Ursula podia dizer (ou ouvir), nunca voltara para conhecer sua cria barulhenta.

A senhora Appleyard devia ter sido bonita, mas dia após dia ficava mais fina e mais triste, até parecer que apenas a carga (muito) pesada do bebê e suas necessidades a mantinham ligada à vida cotidiana.

No banheiro que compartilhavam no primeiro andar havia sempre um balde esmaltado em que as fraldas fedorentas do bebê ficavam de molho antes de serem fervidas numa panela no fogão de duas bocas da sra. Appleyard. Na boca ao lado era comum haver uma panela de repolho, e, talvez como resultado da dupla fervura, ela sempre trazia no corpo um leve perfume de verduras velhas e roupa úmida. Ursula o reconhecia, era o cheiro da pobreza.

As irmãs Nesbit, aninhadas no andar de cima, queixavam-se bastante da sra. Appleyard e do bebê, como tendem a fazer as virgens velhas. As duas Nesbit, Lavínia e Ruth, frágeis solteironas, viviam nos quartos do sótão (— No beiral, como andorinhas —, chilreavam). Poderiam muito bem ser gêmeas, pela pouca diferença que havia entre ambas, e Ursula precisava fazer um esforço enorme para se lembrar de qual era qual.

Estavam aposentadas havia muito tempo — tinham sido ambas telefonistas na Harrods — e eram uma dupla frugal, sua única indulgência era uma impressionante coleção de joias de fantasia, compradas de preferência na Woolworths em suas horas de almoço, durante os "anos de trabalho". Seu apartamento cheirava bem diferente do da sra. Appleyard, água de lavanda e o polonês Mansion House —, o cheiro das velhas senhoras. Às vezes, Ursula fazia compras, tanto para as duas Nesbit quanto para a sra. Appleyard. A sra. Appleyard estava sempre a postos na porta com a quantia exata que devia (ela sabia o preço de tudo) e um educado "obrigada", mas as Nesbit sempre tentavam atrair Ursula para dentro, com chá fraco e biscoitos velhos.

Abaixo delas, no segundo andar, havia o sr. Bentley ("um excêntrico", todas concordavam), cujo apartamento cheirava (apropriadamente) ao hadoque defumado que ele cozinhava em leite para a ceia, e, na porta ao lado, a arredia srta. Hartnell (cujo apartamento não tinha cheiro algum), que era governanta no Hyde Park Hotel e um tanto severa, como se nada jamais pudesse chegar aos seus padrões. Fazia Ursula se sentir indubitavelmente inferior.

— Frustrada no amor, acredito — sussurrou Ruth Nesbit para consolo de Ursula, apertando a mão de ossos de pássaros sobre o peito, como se seu próprio coração frágil pudesse estar prestes a abandonar o navio e se juntar a alguém inadequado. Ambas as irmãs Nesbit eram profundamente sentimentais em relação ao amor, nunca tendo sofrido seus rigores. A srta. Hartnell parecia mais capaz de provocar frustrações do que de sofrê-las.

— Também tenho alguns discos — disse a sra. Appleyard com a seriedade de um conspirador. — Mas, infelizmente, nenhum gramofone. — O "infelizmente" da sra. Appleyard parecia carregado de toda a tragédia de um continente destruído. Mal podia suportar o peso que lhe cabia transportar.

— Sinta-se à vontade para tocá-los no meu — ofereceu Ursula, esperando que a oprimida sra. Appleyard não aceitasse o convite. Perguntou-se que tipo de música teria a sra. Appleyard. Parecia impossível ser alguma coisa muito alegre.

— Brahms — disse a sra. Appleyard, respondendo à pergunta não feita. — E Mahler.

O bebê moveu-se inquieto, como se perturbado pela ideia de Mahler. Sempre que Ursula encontrava a sra. Appleyard nas escadas ou no andar, o bebê estava dormindo. Era como se houvesse dois bebês, um dentro do apartamento que nunca parava de chorar e o do lado de fora, que nunca começava.

— Importa-se de segurar Emil um instante enquanto encontro minha chave? — pediu a sra. Appleyard, entregando-lhe a pesada criança sem esperar pela resposta.

— Emil — murmurou Ursula. Não pensara no bebê como tendo um nome. Emil estava, como sempre, vestido para alguma espécie de inverno ártico, abarrotado de fraldas, calcinhas de borracha, macacões e todo tipo de roupa tricotada e rendada. Ursula não tinha dificuldade com bebês, tanto ela quanto Pamela bancaram mães para Teddy e Jimmy com o mesmo entusiasmo que dedicaram a bonecas, gatos e coelhos, e ela era a própria imagem de uma tia coruja no que dizia respeito aos meninos de Pamela, mas o bebê da sra. Appleyard era um tipo menos atraente. Os bebês Todd tinham o cheiro doce de leite e talco e do ar livre em que suas roupas eram secas, enquanto o de Emil lembrava carne de caça.

A sra. Appleyard, em busca das chaves, vasculhava sua grande e maltratada bolsa, um item que parecia, também, ter atravessado a Europa desde um país longínquo (do qual Ursula, era óbvio, nada sabia). Com um grande suspiro, a sra. Appleyard encontrou, afinal, as chaves no fundo da bolsa. O bebê, talvez intuindo a proximidade da entrada, contorceu-se nos braços de Ursula como que se preparando para a transição. Abriu os olhos e pareceu um tanto zangado.

— Obrigada, srta. Todd — disse a sra. Appleyard, recuperando o bebê. — Foi bom conversar com você.

— Ursula — disse Ursula. — Por favor, me chame de Ursula.

A sra. Appleyard hesitou antes de dizer, quase envergonhada: — Eryka. E-r-y-k-a.

Viviam na porta ao lado já havia um ano, mas aquilo era o máximo de intimidade a que haviam chegado.

Quase no mesmo instante em que a porta se fechou, o bebê começou a habitual choradeira.

— Será que ela enfia alfinetes nele? —, escreveu Pamela, que produzia bebês plácidos. — Não costumam virar feras antes dos dois anos —, dizia. Dera à luz outro menino, Gerald, pouco antes do último Natal.

— Melhor sorte da próxima vez — disse Ursula quando a viu. Pegara um trem para o norte para visitar o recém-nascido, uma viagem longa e desafiadora, a maior parte feita no bagageiro, num trem lotado com soldados a caminho de um campo de treinamento. Fora submetida a uma avalanche de insinuações sexuais que começara divertida e acabara entediante. — Não exatamente perfeitos e gentis cavalheiros — comentou com Pamela ao finalmente chegar, a última parte da viagem feita numa charrete puxada por um burro, como se o tempo tivesse escorregado para outro século, até mesmo para outro país.

A pobre Pammy estava cansada daquela guerra de mentira e de estar trancada com tantos garotinhos, "como a diretora de um colégio de meninos". Sem falar de Jeanette, que se revelara "um bocado preguiçosa" (sem mencionar que reclamava e roncava). "Espera-se mais da filha de um vigário", escreveu Pamela, "embora só os céus saibam por quê". Ela fugira de volta para

Finchley na primavera, mas depois que começaram os bombardeios noturnos recuara com a ninhada para a Toca da Raposa "enquanto durar", apesar das apreensões anteriores quanto a viver com Sylvie. Harold, agora no St Thomas, trabalhava na linha de frente. O alojamento das enfermeiras fora bombardeado havia algumas semanas, e cinco enfermeiras morreram. — Toda noite é um inferno — relatou Harold. Era o mesmo relatório que Ralph fazia das áreas bombardeadas.

Ralph! É claro, Ralph. Ursula quase o esquecera. Ele também estava em Argyll Road. Estaria lá quando a bomba explodiu? Ursula fez um esforço para virar a cabeça e olhar em volta, como se pudesse encontrá-lo em meio às ruínas. Não havia ninguém, estava sozinha. Sozinha e encurralada numa gaiola de traves de madeira esmagadas e caibros pontudos, a poeira assentando ao seu redor, em sua boca, suas narinas, seus olhos. Ralph já havia saído quando soaram as sirenes.

Ursula não se deitava mais com seu homem do Almirantado. A declaração de guerra provocara um súbito jorro de culpa em seu amante. Precisavam terminar o caso, dissera Crighton. As tentações da carne eram aparentemente secundárias diante dos deveres maritais — como se ela fosse Cleópatra a ponto de destruir por amor o Marco Antônio que havia nele. Havia agora excitação suficiente na guerra, ao que parecia, sem os riscos adicionais de "manter uma amante". — "Eu" sou uma amante? —, perguntou Ursula. Nunca pensara em si mesma como ostentando uma letra escarlate, chancela que pertencia a uma mulher mais apimentada.

O equilíbrio se alterara. Crighton oscilara. E aparentemente vacilara.

— Muito bem — disse ela, imperturbável. — Se é o que você quer.

Começara a suspeitar que não havia, de fato, um outro Crighton, mais intrigante, oculto debaixo da superfície enigmática. Ele não era assim tão inescrutável, afinal. Crighton era Crighton — Moira, as meninas, Jutland, embora não necessariamente nessa ordem.

Apesar de o término do caso ter sido iniciativa dele, ele ficou arrasado. Ela não? — Você é muito fria — ele disse.

Mas nunca estivera "apaixonada" por ele, explicou. — E espero que ainda possamos ser amigos.

— Receio não acreditar que possamos — retrucou Crighton, já melancólico em relação ao que agora era história.

Ela, entretanto, passara o dia seguinte chorando docilmente sua perda. Seu *gostar* dele não havia sido exatamente a emoção indiferente que Pamela parecera imaginar. Então, secou as lágrimas, lavou os cabelos e foi para a cama com uma bandeja de torradas com massa de carne Bovril e uma garrafa de Château Haut-Brion de 1929, que surrupiara da excelente adega de Izzie, informalmente deixada para trás em Melbury Road. Ursula tinha as chaves da casa de Izzie. — Fique à vontade para se servir do que encontrar — dissera Izzie. Ela assim o fez.

Era um pensamento quase vergonhoso, refletiu Ursula, que não tivesse mais encontros amorosos com Crighton. A guerra tornava mais fáceis as indiscrições. Os blecautes eram a tela perfeita para ligações ilícitas, e o tumulto dos bombardeios — quando afinal começaram — lhe teria dado inúmeras desculpas para não estar em Wargrave com Moira e as meninas.

Em vez disso, Ursula estava tendo um relacionamento absolutamente às claras com um colega de seu curso de alemão. Depois da aula inicial (*Guten Tag. Mein Name ist Ralph. Ich bin dreizig Jahre alt*[31]), os dois tinham se refugiado no Kardomah, em Southampton Row, quase invisível naqueles dias, atrás de uma parede de sacos de areia. Descobriram, nos mapas de destruição por bombas, que ele trabalhava no mesmo prédio que ela. Foi só quando saíram da aula — num quarto abafado de um terceiro andar em Bloomsbury — que Ursula percebeu que Ralph mancava. Havia sido ferido em Dunquerque — ele explicou, antes que ela perguntasse. Um tiro na perna, enquanto esperava na água para entrar num dos barquinhos que iam e vinham entre a costa e os barcos maiores. Fora içado a bordo por um pescador de Folkestone, baleado no pescoço minutos depois.

— Pronto — ele disse a Ursula —, agora não precisamos mais falar disso.

— Não, acho que não — respondeu Ursula. — Mas que coisa horrível.

Assistira aos noticiários, é claro. — Jogamos uma péssima cartada — havia dito Crighton. Ursula esbarrara com ele em Whitehall não muito tempo

[31] Boa tarde. Meu nome é Ralph. Tenho trinta anos de idade. (N. T.)

depois da evacuação das tropas. Sentia falta dela, ele afirmou. (Ele estava oscilando outra vez, ela pensou.) Ursula se mostrou propositadamente impassível — disse ter relatórios a levar ao Gabinete de Guerra, apertando as pastas cor de camurça junto ao peito como uma couraça. Também sentira falta dele. Parecia importante não deixá-lo perceber.

— Você está ligada ao Gabinete de Guerra? — perguntou Crighton, um tanto impressionado.

— Só como assistente de um subsecretário. Na verdade, nem mesmo ao assistente, só a outra "garota" como eu.

A conversa já durara demais, decidiu. Ele a olhava de um jeito que a fazia querer sentir os braços dele em volta de seu corpo.

— Preciso desatracar — disse, brincalhona. — Há uma guerra acontecendo, você sabe.

Ralph era de Bexhill, levemente sarcástico, de esquerda, utópico. (— E não são todos os socialistas utópicos? — perguntou Pamela.) Ralph em nada se parecia com Crighton, que, em retrospecto, parecia um tanto poderoso demais.

— Sendo cortejada por um "vermelho"? — perguntou Maurice, vindo ao encontro dela dentro das muralhas sagradas. Ela se sentiu investigada por ele. — Pode não ficar bem para você se alguém souber.

— Ele está longe de ser um comunista de carteirinha — ela retrucou.

— Bem — disse Maurice —, pelo menos ele não vai revelar posições de batalha naval em conversas de travesseiro.

O que era aquilo? Maurice sabia de Crighton?

— Sua vida pessoal não é pessoal, não enquanto houver uma guerra — disse ele com expressão de repugnância. — E, aliás, por que você está estudando alemão? Está à espera da invasão? Preparando-se para saudar o inimigo?

— Pensei que você estivesse me acusando de ser comunista, não fascista — rebateu Ursula, ríspida.

(— Que imbecil — disse Pamela. — Ele só está apavorado de que alguma coisa possa repercutir mal para ele. Não que eu o esteja defendendo. Deus me livre!)

❄

De sua posição no fundo do poço, Ursula podia ver que a maior parte da frágil parede entre seu apartamento e o da sra. Appleyard havia desaparecido. Ao olhar para cima através das tábuas rachadas e vigas quebradas, podia ver um vestido pendurado molemente num cabide, enganchado num trilho de quadros. Era o trilho de quadros da sala dos Miller no térreo, Ursula reconheceu o papel de parede de rosas pálidas e exageradas. Vira Lavínia Nesbit na escada naquela mesma tarde usando o vestido, que tinha a mesma cor de uma sopa de ervilha (e era igualmente mole). Agora, tinha um tom cinzento de pó de bomba e descera um andar. A poucos metros de sua cabeça, podia ver seu próprio bule de chá, uma coisa grande e marrom, exagerada devido às exigências da Toca da Raposa. Reconheceu-o pelo barbante grosso enrolado em torno da alça, num dia muito distante, pela sra. Glover. Tudo estava fora do lugar, inclusive ela mesma.

Ralph tinha estado em Argyll Road. Tinham comido — pão e queijo, acompanhados por uma garrafa de cerveja. Depois, ela fizera palavras cruzadas no *Telegraph* do dia anterior. Havia pouco tempo, Ursula fora obrigada a comprar óculos para perto, um objeto bastante feio. Só depois de tê-los levado para casa percebeu que eram quase idênticos aos usados por uma das irmãs Nesbit. Seria aquele também o seu destino?, pensou, contemplando seu reflexo de óculos no espelho acima da lareira. Terminaria ela como uma velha solteirona? *O esporte adequado para meninos e meninas*. E era possível ser uma velha solteirona já tendo usado a letra escarlate? Na véspera, um envelope aparecera misteriosamente em sua mesa de trabalho enquanto ela almoçava um sanduíche em St James Park. Viu seu nome na letra de Crighton (ele tinha uma linda e surpreendente caligrafia itálica) e rasgou tudo em pedacinhos que jogou na lata de lixo sem ler. Mais tarde, quando todas as assistentes administrativas se amontoavam como pombos em torno do carrinho de chá, resgatou os pedaços e juntou-os.

Perdi minha cigarreira de ouro. Você sabe qual é — meu pai me deu depois de Jutland. Você não teria por acaso deparado com ela, teria?
Seu, C.

Mas ele nunca fora dela, não é? Ao contrário, ele pertencia a Moira. (Ou talvez ao Almirantado.) Jogou os pedaços de papel de volta no lixo. A cigarreira estava em sua bolsa. Encontrara-a debaixo da cama poucos dias depois de ele a ter deixado.

— Um tostão pelos pensamentos? — disse Ralph.

— Não valem tanto, acredite.

Ralph estava esticado junto dela, a cabeça descansando no braço do sofá, os pés calçados com meias em seu colo. Embora parecesse adormecido, dava uma resposta murmurada sempre que ela lançava uma pista em sua direção. — *Um Roland para um Oliver*. Que tal "paladino"? — ela perguntou. — O que você acha?

Uma coisa estranha acontecera na véspera. Estava no metrô, não gostava do metrô, antes dos bombardeios andava de bicicleta por toda parte, mas agora era difícil com tanto vidro e entulho pelo chão. Estava resolvendo as palavras cruzadas do *Telegraph*, fazendo de conta que não estava debaixo da terra. A maioria das pessoas se sentia mais segura debaixo da terra, mas Ursula não gostava da ideia de confinamento. Acontecera um acidente apenas dois dias antes, uma bomba havia caído numa entrada de metrô, a explosão viajara para baixo e para dentro dos túneis, e o resultado tinha sido horrível. Não tinha certeza de que a notícia chegara aos jornais, coisas assim eram tão ruins para o moral.

No metrô, um homem sentado ao seu lado se inclinou, de repente, sobre ela — ela se encolheu — e, indicando o jogo resolvido pela metade, disse: — Você é muito boa nisso. Posso lhe dar meu cartão? Apareça no meu escritório, se quiser. Estou recrutando moças espertas.

Aposto que sim, pensou. O homem desceu em Green Park, tocando a aba do chapéu num cumprimento. O cartão tinha um endereço em Whitehall, mas ela o jogou fora.

Ralph tirou dois cigarros de um maço e acendeu ambos. Passou um para ela e disse: — Você é uma coisinha esperta, não é?

— Bastante — ela respondeu. — É por isso que eu estou no Departamento de Inteligência e você na Sala de Mapas.

— Ha, ha, esperta e engraçada.

Havia entre eles uma agradável camaradagem, mais de companheiros do que de amantes. Respeitavam a individualidade um do outro e faziam poucas exigências. Ajudava o fato de ambos trabalharem no Setor de Guerra. Havia um sem-número de coisas que nunca precisavam explicar.

Ele tocou o dorso da mão dela e perguntou: — Como vai você? —, e ela respondeu: — Muito bem, obrigada. — As mãos dele ainda eram as do arquiteto que ele era antes da guerra, intocadas pelas batalhas. Ele ficara a salvo longe dos combates, um supervisor na Engenharia Real, debruçado sobre mapas e fotografias e afins, e não havia esperado se tornar um combatente, chapinhar em mares imundos, oleosos e sangrentos, recebendo tiros por todos os lados. (Pois ele acabara, afinal, falando um pouco mais a respeito disso.) Embora o bombardeio fosse medonho, ele disse, podia-se ver que algo de bom resultaria daquilo. Ele tinha esperanças em relação ao futuro (ao contrário de Hugh ou Crighton). — Todos aqueles barracos — dizia. Woolwich, Silvertown, Lambeth e Limehouse estavam sendo destruídos, e depois da guerra precisariam ser reconstruídos. Era uma oportunidade, considerava ele, para construir lares limpos e modernos com todas as comodidades... uma comunidade de vidro, aço e ar no céu em vez de favelas vitorianas. — Uma espécie de San Gimignano do futuro.

Ursula não estava convencida daquela visão de torres modernistas. Se dependesse dela, reconstruiria o futuro como cidades-jardim, casinhas confortáveis com jardins campestres. — Que velha Tory você é — ele dizia, com carinho.

Mas ele também amava a velha Londres (— Que arquiteto não amaria?) — as igrejas de Wren, as grandes casas e os elegantes prédios públicos. — As pedras de Londres —, ele dizia. Uma ou duas noites por semana, ele participava da vigília noturna da St Paul, homens que se prontificavam a escalar cumeeiras "se preciso for" para manter a grande igreja livre de incendiários. O lugar era uma arapuca sem defesa contra incêndios, ele explicava — madeiramento velho, fios por toda parte, telhados planos, uma infinidade de escadarias e cantos escuros e esquecidos. Ele respondera a um anúncio no jornal do Instituto Real de Arquitetos Britânicos, requisitando arquitetos que se voluntariassem como inspetores de incêndios porque "compreenderiam as plantas, e assim por diante". — Podemos precisar ser bem ágeis —, ele disse, e Ursula se perguntou como ele se sairia com a perna manca. Tinha visões dele sendo sitiado pelas chamas em todas aquelas escadarias e cantos escuros esquecidos. Parecia um tipo de vigilância muito amistosa — jogavam xadrez e tinham longas conversas sobre filosofia e religião. Ela achava que aquilo combinava muito bem com Ralph.

Fazia apenas algumas semanas os dois haviam assistido juntos, fascinados de horror, ao incêndio de Holland House. Tinham estado em Melbury Road, pilhando a adega. — Por que não ficar na minha casa? — dissera Izzie sem cerimônia antes de embarcar para a América. — Você pode ser a minha caseira. Estará segura lá. Não acredito que os alemães possam querer bombardear Holland Park.

Ursula achou que Izzie estava exagerando — acreditar na precisão da Luftwaffe com bombas. E, se era tão seguro, por que Izzie estava dando meia-volta e correndo?

— Não, obrigada — disse. A casa era grande e vazia demais. Mas ficara com a chave e às vezes vasculhava a casa em busca de coisas úteis. Ainda havia alguma comida enlatada nos armários que Ursula guardava para alguma emergência de última hora, e, é claro, toda a adega.

Estavam examinando as prateleiras de vinhos com lanternas — a eletricidade tinha sido desligada quando Izzie partiu —, e Ursula acabava de puxar do escaninho uma garrafa de Petrus de excelente aparência e dizia a Ralph — Você acha que isto iria bem com escalopes de batata e presuntada? —, quando houve uma terrível explosão e, pensando que a casa havia sido atingida, os dois se jogaram no chão de pedra da adega com as mãos sobre as cabeças. Aquilo tinha sido conselho de Hugh, incutido em Ursula numa recente visita à Toca da Raposa. "Sempre proteja sua cabeça." Ele tinha estado numa guerra. Ela, às vezes, esquecia isso. Todas as garrafas de vinho haviam sido sacudidas e tinham tremido em seus escaninhos, e, em retrospecto, Ursula se apavorou ao pensar no estrago que teriam feito aquelas garrafas de Château Latour e Château d'Yquem se tivessem chovido em cima deles, e o vidro fosse reduzido a estilhaços.

Correram para fora e assistiram Holland House ser transformada em fogueira, as chamas lambendo tudo, e Ursula pensou: não me deixe morrer num incêndio. Que seja rápido, por favor, Deus.

Afeiçoara-se tremendamente a Ralph. Não com mania de amor como ficavam algumas mulheres. Com Crighton, havia sido infinitamente provocada pela ideia de se apaixonar, mas com Ralph era mais simples. Ainda uma vez não se tratava de amor, era mais como o sentimento que se teria por um cão favorito (e, não, ela nunca diria uma coisa dessas a ele. Algumas pessoas, muitas pessoas, não entenderiam quanto era possível alguém se afeiçoar a um cão).

Ralph acendeu outro cigarro, e Ursula disse: — Harold afirma que fumar faz muito mal às pessoas. Diz que viu pulmões em mesas de operação com a aparência de chaminés sujas.

— É claro que não faz bem a ninguém — concordou Ralph, acendendo um para Ursula também. — Mas ser bombardeado e baleado pelos alemães também não faz bem a ninguém.

— Você às vezes não se pergunta... — disse Ursula. — Se apenas uma pequena coisa tivesse sido mudada, no passado, eu quero dizer. Se Hitler tivesse morrido ao nascer, ou se alguém o tivesse sequestrado quando era bebê e o criado em... não sei... digamos, uma família quacre... as coisas seriam diferentes.

— Você acha que quacres sequestrariam um bebê? — Ralph perguntou com doçura.

— Se soubessem o que iria acontecer, poderiam.

— Mas ninguém sabe o que vai acontecer. E, de qualquer maneira, ele poderia ser do mesmo jeito, com quacres ou sem quacres. Você teria de matá-lo em vez de sequestrá-lo. Você seria capaz disso? Seria capaz de matar um bebê? Com uma arma? Ou, se você não tivesse uma arma, que tal com as próprias mãos? A sangue-frio.

Se eu achasse que isso salvaria Teddy, Ursula pensou. Não apenas Teddy, é claro, o resto do mundo também. Teddy se alistara na Força Aérea Real um dia depois da declaração de guerra. Estava trabalhando numa pequena fazenda em Suffolk. Depois de Oxford, ele cursara um ano numa escola agrícola e então trabalhara em várias fazendas e pequenas propriedades por todo o país. Queria saber tudo, dizia, antes de ter seu próprio lugar. (— Um fazendeiro? —, Sylvie ainda dizia.) Ele não queria ser um daqueles sujeitos idealistas de volta à terra que acabavam atolados em metros de lama com vacas doentes e cordeiros mortos, com colheitas que não valiam a pena. (Tinha trabalhado num desses lugares, ao que parecia.)

Teddy ainda escrevia poesia, e Hugh disse: — Um agricultor poeta, hein? Como Virgílio. Vamos esperar novas Geórgicas de você.

Ursula se perguntava como Nancy se sentiria como esposa de um fazendeiro. Ela era tremendamente inteligente, fazia pesquisas na Universidade de Cambridge sobre algum aspecto misterioso e desconcertante de matemática. (— É tudo sânscrito para mim — dissera Teddy.) E agora o sonho de infância de se tornar um piloto estava repentina e inesperadamente ao seu alcance. No momento, ele estava a salvo no Canadá, numa Escola de Treinamento do Império, aprendendo a voar, escrevendo cartas para casa sobre a quantidade de comida que havia, como era ótimo o clima, deixando Ursula verde de inveja. Desejou que ele pudesse ficar lá para sempre, longe do caminho do mal.

— Como acabamos falando sobre assassinar bebês a sangue-frio? — Ursula perguntou a Ralph. — Imagine só.

Inclinou a cabeça em direção à parede e à ascensão e queda da sirene do choro de Emil.

Ralph riu. — Ele não está tão mal esta noite. Imagine só, eu enlouqueceria se meus filhos fizessem uma barulheira dessas.

Ursula achou que era interessante o fato de ele dizer "meus filhos", e não "nossos filhos". Estranho pensar em ter filhos numa época em que a própria existência do futuro era duvidosa. Levantou-se com alguma brusquidão e disse: — Os ataques vão começar logo.

No começo da blitz, teriam dito: — Eles não podem vir todas as noites. — Agora sabiam que podiam. ("Será isso a nossa vida, para sempre?", ela escreveu a Teddy, "Seremos atormentados sem cessar pelas bombas?") Cinquenta e seis noites seguidas, de modo que começava ser possível que não houvesse um fim para aquilo.

— Você parece um cachorro — disse Ralph. — Você tem um sexto sentido para ataques.

— Então, é melhor você acreditar em mim e ir embora. Ou vai ter de descer ao buraco negro de Calcutá, e você sabe que não vai gostar disso.

A espaçosa família Miller (Ursula contara pelo menos quatro gerações) vivia no térreo e no subsolo da casa em Argyll Road. Tinha também acesso a um nível ainda mais baixo, um porão subterrâneo que os moradores da casa usavam como abrigo antiaéreo. Era um labirinto, um lugar mofado e desagradável, cheio de aranhas e besouros, e parecia terrivelmente superlotado quando estavam todos lá, mais ainda naquela vez que o cachorro dos Miller, um tapete disforme de pelos chamado Billy, havia sido relutantemente arrastado escada abaixo para se juntar a eles. E precisavam também, é claro, aguentar as lágrimas e os lamentos de Emil, que era passado de mão em mão pelos ocupantes do porão como um embrulho indesejado, numa inútil tentativa de acalmá-lo.

O sr. Miller, num esforço para dar ao porão um aspecto de "caseiro" (algo que nunca seria), prendera algumas reproduções da "grande arte inglesa", como ele as chamava, nas paredes forradas com sacos de areia. Aquelas lâminas de cor — o *Havaiano*, o *Sr. e Sra. Andrews*, de Gainsborough (como pareciam janotas) e *Bolhas* (o pior quadro de Millais, na opinião de Ursula) — pareciam suspeitas, como se tivessem sido roubadas de caros livros de arte.

— Cultura — afirmou o sr. Miller, circunspecto e balançando a cabeça. Ursula se perguntou o que teria escolhido para representar "a grande arte inglesa". Talvez Turner, com o conteúdo borrado e fugidio de seus últimos trabalhos. Mas não era do gosto dos Miller, desconfiava.

❄

COSTUROU A GOLA NA blusa. Girou o botão do rádio, tirando "Sturm und Drang" para ouvir Ma Rainey cantando "Yonder come the blues", um antídoto para todo o sentimentalismo fácil que começava a ser destilado pelo rádio. Comeu pão e queijo com Ralph, tentou fazer palavras cruzadas, e depois o fez sair às pressas pela porta com um beijo. Então, apagou a luz e afastou a cortina blecaute para dar uma olhada nele descendo a Argyll Road. Apesar de mancar (ou talvez por isso), ele tinha um jeito de andar animado, como se esperasse que algo interessante cruzasse seu caminho. Aquilo a fazia pensar em Teddy.

Ele sabia que ela o observava, mas não olhou para trás, apenas ergueu um braço em silenciosa saudação e foi tragado pela escuridão. Mas havia um pouco de luz, uma fatia brilhante de lua crescente e uma poeira das estrelas mais fracas, como se alguém tivesse arremessado um punhado de pó de diamante na escuridão. A *rainha lua*, cercada de *todas as suas fadas estreladas*, embora suspeitasse que Keats tivesse se referido a uma lua cheia, e a lua acima de Argyll Road mais parecesse uma lua auxiliar. Estava numa (bastante pobre) veia poética. Era a enormidade da guerra, pensou, ela nos faz criar mil maneiras de pensar no assunto.

Bridget sempre disse que dava má sorte olhar para a lua através de um vidro, e Ursula deixou o blecaute cair de volta em seu lugar e fechou bem as cortinas.

Ralph era descuidado com sua segurança. Depois de Dunquerque, dizia, sentia-se à prova de morte súbita e violenta. Parecia a Ursula que, em tempos de guerra, quando se estava cercado por uma imensa quantidade de morte súbita e violenta, as possibilidades haviam mudado bastante, e era impossível alguém estar a salvo de alguma coisa.

Como sabia que aconteceria, a gritaria começou, logo seguida pelos disparos em Hyde Park e pelo barulho das primeiras bombas, mais uma vez ao longo das docas. Foi sacudida para a ação, tirando a lanterna do gancho ao lado da porta da frente, onde era mantida como uma relíquia sagrada, e pegando o livro também mantido ao lado da porta. Era o seu "livro de abrigo" — *Du côté de chez Swann*[32]. Agora que a guerra dava sinais de que poderia durar para sempre, Ursula decidira que também poderia embarcar em Proust.

Os aviões gemiam lá em cima, e ela ouviu o apavorante *farfalhar* de uma bomba caindo e depois um imenso *bum!*, ao aterrissar em algum lugar nas redondezas. Às vezes, uma explosão parecia soar muito mais perto do que realmente havia sido. (Como era rápida a aprendizagem de um dado novo nos mais improváveis assuntos.) Procurou seu traje de segurança. Estava com um vestido bastante leve, considerando a estação, e o porão era terrivelmente frio e úmido. O traje de segurança tinha sido comprado por Sylvie na cidade, não

[32] *No caminho de Swann*, primeiro livro de *Em busca do tempo perdido*, de Marcel Proust. (N. T.)

muito antes do início dos bombardeios. As duas tinham ido dar uma volta em Piccadilly, e Sylvie viu um anúncio na janela da Simpson de "trajes de segurança sob medida". Insistiu para que entrassem e experimentassem. Ursula não podia imaginar sua mãe num abrigo, muito menos num traje de segurança, mas tratava-se claramente de uma peça de roupa, quase um uniforme, que agradava Sylvie. — Vai ser muito bom para limpar a sujeira das galinhas — disse ela, e comprou um para cada uma.

O enorme estrondo seguinte trouxe o sentimento de urgência, e Ursula abandonou sua busca pela roupa medonha e, em seu lugar, pegou o cobertor de quadrados de lã tricotado por Bridget. ("Eu ia embrulhar e mandar para a Cruz Vermelha", escrevera Bridget em sua caligrafia de menina de escola, "mas então pensei que você pode precisar mais dele". "Veja você, mesmo em minha própria família eu tenho o status de refugiada", Ursula escreveu a Pamela.)

Cruzou com as irmãs Nesbit na escada. — Ih, má sorte, srta. Todd! — Lavínia deu uma risadinha. — Cruzar na escada, sabe...

Ursula descia, as irmãs subiam. — Vocês estão indo para o lado errado — explicou, em vão.

— Esqueci o meu tricô — disse Lavínia. Ela usava um broche de esmalte no formato de um gato preto. Uma pedrinha brilhante piscava no lugar do olho.

— Calças compridas de tricô para o bebê da sra. Appleyard — disse Ruth. — O apartamento dela é tão gelado.

Ursula se perguntou quantas roupas de tricô ainda poderiam ser acrescentadas à pobre criança antes que ela se parecesse com uma ovelha. Não um cordeiro. Nada se pareceria com cordeiro no bebê Appleyard. Emil, lembrou a si mesma.

— Bom, apressem-se, está bem? — recomendou.

— Salve, salve, a gangue está toda aqui! — disse o sr. Miller enquanto marchavam, um a um, para o porão. Uma variedade confusa de cadeiras e camas temporárias enchia o espaço úmido. Havia duas velhas camas de campanha do exército que o sr. Miller desencavara de algum lugar e nas quais as Nesbit eram persuadidas a descansar os ossos idosos. Na ausência das irmãs, Billy, o cão se instalara numa delas. Havia também um pequeno braseiro a álcool e um fogareiro Aladdin a querosene, ambos parecendo a Ursula itens extremamente perigosos para ter tão perto quando as pessoas estavam jogando bombas em cima de você. (Os Miller eram, sem esforço algum, otimistas diante do perigo.)

A chamada nominal estava quase completa — a sra. Appleyard e Emil, o excêntrico sr. Bentley, a srta. Hartnell e toda a tripulação dos Miller. A sra. Miller expressou preocupação com o paradeiro das Nesbit, e o sr. Miller se ofereceu para ir apressá-las ("um tricô vermelho e tudo mais"), mas naquele instante um tremendo estrondo abalou o porão. Ursula sentiu as fundações tremerem quando a explosão atravessou a terra sob seus pés. Obediente ao conselho de Hugh, jogou-se no chão, mãos sobre a cabeça, agarrando o mais próximo dos meninos Miller (— Ei, tire as mãos de mim!) ao cair. Agachou-se desajeitadamente em cima dele, mas ele se esquivou para longe dela.

Tudo ficou em silêncio.

— Não foi na nossa casa — disse o garoto com desdém, vangloriando-se um pouco para restaurar sua dignidade de macho ferido.

A sra. Appleyard também se jogara no chão, o bebê protegido debaixo do corpo. A sra. Miller não agarrara alguém de sua prole, e sim a velha lata de balas Harrogate do Farrah, que continha suas economias e apólices de seguro.

O sr. Bentley, a voz emitindo um tremor maior do que o habitual, perguntou: — Isso *fomos* nós?

Não, pensou Ursula, estaríamos mortos se fosse. Sentou-se de novo numa das frágeis cadeiras de madeira retorcida fornecidas pelo sr. Miller. Podia sentir seu coração, absurdamente disparado. Começou a tremer e se envolveu no crochê de Bridget.

— Ora, o menino tem razão — disse o sr. Miller, deve ter sido em Essex Villas.

O sr. Miller sempre declarou saber onde as bombas caíam. Surpreendentemente, acertava com frequência. Todos os Miller eram versados em linguagem e espírito de guerra. Todos aguentavam o tranco. ("E nós também podemos dar o tranco, não é?", escreveu Pamela. "Até parece que *nós* não temos sangue nas veias.")

— A espinha dorsal da Inglaterra, sem dúvida — Sylvie disse a Ursula num primeiro (e último) encontro com eles. A sra. Miller convidara Sylvie à sua cozinha para uma xícara de chá, mas Sylvie ainda estava zangada com o estado das cortinas e dos tapetes de Ursula, pelo que culpava a sra. Miller, deduzindo ser ela a proprietária, e não apenas outra inquilina. (Era surda às explicações de Ursula.) Sylvie se comportou como uma duquesa visitando o chalé de um de seus locatários rústicos. Ursula imaginava a sra. Miller dizendo depois ao sr. Miller: — Metida a importante, aquela lá.

O desvario de um bombardeio constante se desenrolava sobre suas cabeças, e eles podiam ouvir o estrondo das grandes bombas, o assobio dos obuses e o trovejar de uma unidade de artilharia móvel nas proximidades. De vez em quando, as fundações do porão estremeciam com um *cabrum* e *crash* e *boing* à medida que os obuses martelavam a cidade. Emil uivou, Billy, o cão uivou, dois pequenos Miller uivaram. Tudo em dissonância um com o outro, um indesejável contraponto para o *Donner und Blitzen* da Luftwaffe. Uma terrível, interminável, tempestade. *Desespero oculto, e morte antes*[33].

— Caramba, o velho Fritz está tentando nos apavorar esta noite — disse o sr. Miller, calmamente ajustando um lampião para todos, como se estivessem num acampamento. Era o responsável pelos ânimos no porão. Como Hugh, ele tinha vivido no meio das trincheiras e alegava ser imune às ameaças de Jerry. Havia um clube completo deles, Crighton, Ralph, o sr. Miller, e até Hugh, que haviam sido submetidos a provas de fogo, lama e água e tinham presumido que essa havia sido uma experiência única na vida.

— O que o velho Fritz está fazendo, hein? — disse ele com doçura a uma das crianças mais assustadas. — Tentando me impedir de dormir meu sono de beleza?

Os alemães sempre vinham no singular para o sr. Miller, encarnado em Fritz ou Jerry, Otto, Hermann, Hans. Às vezes, o próprio Adolf estava a quatro mil metros de altura derrubando seus explosivos.

A sra. Miller (Dolly), uma personificação do triunfo da experiência sobre a esperança (ao contrário do marido), distribuía "lanchinhos" com chá, chocolate, biscoitos, pão e margarina. Os Miller, uma família de hábitos generosos, nunca deixavam de ter rações graças a Renee, a filha mais velha, que tinha

[33] Parte de um verso de *Sonetos sagrados*, de John Donne. (N. T.)

"conexões". Renee estava com dezoito anos, era completamente formada em todos os sentidos e parecia ser uma moça de virtude condescendente. A srta. Hartnell deixou claro que achava Renee muito abaixo da crítica, embora não fosse avessa à participação nas provisões que ela trazia para casa. Ursula tinha a impressão de que um dos pequenos Miller era de Renee, e não da sra. Miller, e de forma pragmática havia sido simplesmente absorvido pela família.

As "conexões" de Renee eram ambíguas, mas havia algumas semanas Ursula a tinha visto no salão de café do primeiro andar do Charing Cross Hotel sorvendo delicadamente um gim na companhia de um homem de aparência elegante e bastante próspera, exalando a ideia "contrabandista".

— Ali está um cavalheiro desprezível, se é que já cruzei com algum — zombou Jimmy. Jimmy, o bebê produzido para celebrar a paz após a guerra que acabaria com todas as guerras, estava prestes a lutar em outra. Ele tinha alguns dias de licença de seu treinamento no exército, e os dois se refugiaram no Charing Cross Hotel, enquanto uma bomba que não explodira na Strand estava sendo desmontada. Podiam ouvir os canhões navais estacionados em carrinhos entre Vauxhall e Waterloo — *bum-bum-bum* —, mas os bombardeiros estavam em busca de outros alvos e pareciam ter seguido em frente. — Isso não para nunca? — perguntou Jimmy.

— Parece que não.

— É mais seguro no exército — brincou ele. Alistara-se como civil, mesmo tendo o exército lhe oferecido uma patente. Queria ser um dos camaradas, disse. (— Mas alguém precisa ser um oficial, não é? — perguntou Hugh intrigado. — E é melhor se for alguém com um pouco de inteligência.)

Ele queria a experiência. Queria ser escritor, afirmou, e o que poderia ser melhor do que uma guerra para lhe revelar as alturas e profundezas da condição humana? — *Escritor*? — exclamou Sylvie. — Temo que a mão da fada má lhe tenha embalado o berço. (Referia-se a Izzie, supôs Ursula.)

Tinha sido adorável passar algum tempo com Jimmy. Ele estava lindo de uniforme e tinha entrada livre aonde quer que fossem — lugares ousados em Dean Street e Archer Street, o *Boeuf sur le Toit* em Orange Street, que era muito ousado (se não francamente arriscado), lugares que fizeram Ursula se preocupar com Jimmy. — Tudo em busca da condição humana —, disse ele.

Ficaram muito bêbados e um pouco bobos, e era um alívio depois de se encolher no porão dos Miller.

— Prometa que não vai morrer — ela pediu a Jimmy enquanto os dois andavam às tontas como um casal de cegos pelo Haymarket, ouvindo alguma outra parte de Londres ser apagada da existência.

— Vou me esforçar — disse Jimmy.

❄

Estava com frio. A água em que estava deitada deixava-a ainda mais gelada. Precisava se mexer. Podia se mover? Parecia que não. Há quanto tempo estava deitada ali? Dez minutos? Dez anos? O tempo tinha parado. Tudo parecia ter parado. Só a terrível mistura de cheiros continuava. Estava no porão. Sabia disso porque podia ver *Bolhas*, ainda milagrosamente colado a um saco de areia perto de sua cabeça.

Morreria olhando para aquela banalidade? Então, a banalidade pareceu de repente bem-vinda quando uma visão horripilante surgiu a seu lado. Um fantasma terrível, olhos negros num rosto cinza e cabelo desgrenhado a agarrava. — Você viu o meu bebê? — perguntou o fantasma. Ursula levou alguns instantes para perceber que não era um fantasma. Era a sra. Appleyard, o rosto coberto de sujeira e pó de bomba e listras de sangue e lágrimas. — Você viu o meu bebê? — ela repetiu.

— Não — Ursula sussurrou, a boca ressecada por alguma sujeira que caía. Fechou os olhos e quando os reabriu a sra. Appleyard havia desaparecido. Podia ter imaginado aquilo, talvez estivesse delirando. Ou talvez tivesse sido realmente o fantasma da sra. Appleyard e as duas estivessem presas em algum limbo desolado.

Sua atenção foi novamente atraída pelo vestido de Lavínia Nesbit pendurado no trilho de quadros dos Miller. Mas não era o vestido de Lavínia Nesbit. Um vestido não tinha braços. Não eram mangas, e sim *braços*. Com *mãos*. Alguma coisa no vestido piscou para Ursula, um olhinho de gato apanhado pela lua crescente. O corpo sem cabeça e sem pernas de Lavínia Nesbit pendia do trilho de quadros dos Miller. Era tão absurdo que uma gargalhada começou a ferver dentro de Ursula. A gargalhada nunca explodiu porque algo se moveu — uma trave, ou um pedaço de parede —, e ela foi polvilhada com uma chuva de pó parecendo talco. Seu coração batia descontrolado no peito. Doía, era uma bomba de efeito retardado à espera da detonação.

Pela primeira vez, sentiu pânico. Ninguém iria socorrê-la. Obviamente não o fantasma enlouquecido da sra. Appleyard. Morreria sozinha no porão de Argyll Road, sem outra companhia além de *Bolhas* e de Lavínia Nesbit sem cabeça. Se Hugh estivesse ali, ou Teddy, ou Jimmy, ou até Pamela, estariam lutando para tirá-la de lá, para salvá-la. Eles se importariam. Mas não havia ninguém ali para se importar. Ouviu-se choramingar como um gato ferido. Quanta pena sentia de si, como se fosse outra pessoa.

❄

A SRA. MILLER HAVIA dito: — Acho que todos nós poderíamos tomar uma boa xícara de chocolate, vocês não acham? O sr. Miller estava outra vez preocupado com as Nesbit, e Ursula, absolutamente farta da claustrofobia do porão, disse: — Vou procurá-las. E se levantou da frágil cadeira de jantar quando o *chiado* e o *assobio* anunciaram a chegada de uma bomba altamente explosiva.

Houve um trovão gigantesco, um enorme barulho de rachadura quando a parede do inferno de repente se abriu e libertou todos os demônios, e logo depois sentiu a tremenda sucção e compressão, como se suas entranhas, seus pulmões, seu coração, seu estômago, e até mesmo seus olhos, estivessem sendo sugados de seu corpo. *Saudai o último e eterno dia.* Aí está, pensou. É assim que eu morro.

UMA VOZ QUEBROU O silêncio, quase ao lado de seu ouvido, uma voz de homem dizendo: — Vamos, moça, vejamos se podemos tirá-la daqui, tudo bem?

Ursula podia ver o rosto dele, sujo e suado como se tivesse atravessado túneis para chegar até ela. (Supôs que sim.) Surpreendeu-se ao reconhecê-lo. Era um de seus novos inspetores locais da Brigada de Precauções contra Ataques Aéreos.

— Como é o seu nome, moça? Consegue me dizer?

Ursula murmurou seu nome, mas sabia que não tinha saído direito. — Urry? — ele perguntou. — Como é? Mary? Susie?

Não queria morrer como Susie. Mas será que isso importava?

— Bebê — murmurou para o inspetor.

— Bebê? — ele reagiu bruscamente. — Você tem um bebê?

Ele se afastou um pouco e gritou alguma coisa para alguém invisível. Ela ouviu outras vozes e compreendeu que agora havia um monte de gente. Como se para confirmar, o inspetor disse: — Estamos todos aqui para tirá-la daí. Os meninos do gás cortaram o gás, e nós vamos mover você num instante. Não se preocupe. Agora me fale de seu bebê, Susie. Você estava com ele no colo? Ele é pequenino? Ursula pensou em Emil, pesado como uma bomba (quem tinha sido atingido com ele no colo quando a música parou e a casa explodiu?), e tentou falar, mas se viu choramingando outra vez.

Alguma coisa rangia e gemia lá em cima, e o inspetor agarrou a mão dela e disse: — Está tudo bem, eu estou aqui. E ela se sentia imensamente grata a ele, e a todas as pessoas que lutavam para tirá-la de lá. E ela pensou em quanto Hugh também ficaria grato. A lembrança do pai a fez começar a chorar, e o inspetor disse: — Não, não, Susie, está tudo bem, já vamos tirar você daqui, como um molusco da concha. E lhe dar uma boa xícara de chá, hein? Que tal? Boa ideia, não é? Também vou querer uma.

A neve parecia estar caindo, pequenas agulhas geladas em sua pele. — Tão frio — ela murmurou.

— Não se preocupe, vamos tirar você daí em duas piscadas de olho, você vai ver — disse o inspetor. Ele se esforçou para tirar o casaco que usava e cobriu-a com ele. Não havia espaço para uma manobra tão generosa e ele bateu em alguma coisa, provocando a queda de uma chuva de detritos em cima dos dois.

— Ai — ela disse ao inspetor porque, de repente, se sentiu violentamente enjoada, mas passou e ela se acalmou. Folhas caíam agora, misturadas a poeira, cinza e flocos de mortos, e logo estava acolchoada por pilhas de finíssimas folhas de faia. Cheiravam a cogumelos e fogueiras e a algo doce. O pão de mel da sra. Glover. Muito melhor que esgoto e gás.

— Vamos, menina — disse o inspetor. — Vamos lá, Susie, não vá dormir agora.

Ele apertou a mão dela com mais força, mas Ursula estava olhando para algo que brilhava e girava à luz do sol. Um coelho? Não, uma lebre. Uma lebre prateada, revoluteando devagar diante de seus olhos. Era fascinante. Era a coisa mais bonita que já tinha visto.

Saía voando de um telhado em direção à noite. Estava num campo de milho com o sol batendo. Escolhendo framboesas na alameda. Brincando de esconde-esconde com Teddy. *Ela é uma coisinha engraçada*, alguém disse. Não foi o inspetor, certamente. E logo depois a neve começou a cair. O céu noturno não estava mais lá no alto, estava em volta dela, como um mar sombrio e morno.

Flutuava nas trevas. Tentou dizer alguma coisa para o inspetor. *Obrigada*. Mas não importava mais. Nada importava.

Caíra a escuridão.

Um lindo dia amanhã

2 DE SETEMBRO DE 1939

— NÃO FIQUE NERVOSA, Pammy — interveio Harold. — Por que está tudo tão calmo, o que você fez com os meninos?

— Vendi — respondeu Pamela, controlando-se. — Três pelo preço de dois.

— Você deveria passar a noite aqui, Ursula — Harold convidou, com gentileza. — Não deve ficar sozinha amanhã. Vai ser um daqueles dias medonhos. Ordens médicas.

— Obrigada — Ursula agradeceu. — Mas tenho outros planos.

EXPERIMENTOU O VESTIDO AMARELO de *crêpe de Chine*, que comprara mais cedo naquele dia numa farra de gastos de véspera de guerra em Kensington High Street. O *crêpe de Chine* era estampado — pequenas andorinhas negras em voo.

Pelas paredes finas de Argyll Road, Ursula podia ouvir a sra. Appleyard discutindo, em inglês, com um homem — o misterioso sr. Appleyard, presumivelmente —, cujas idas e vindas a qualquer hora do dia ou da noite não obedeciam a horários definidos. Ursula só o vira uma vez, de passagem, na escada, quando ele lhe deu um olhar melancólico e apertou o passo, sem um cumprimento. Era um homem alto, corado e com um rosto levemente porcino. Ursula podia imaginá-lo em pé atrás de um balcão de açougue ou carregando sacos de cervejaria, embora segundo as Nesbit ele fosse um vendedor de seguros.

A sra. Appleyard, em contraste, era magra e pálida e, quando o marido não estava no apartamento, Ursula podia ouvi-la cantando tristemente para si mesma num idioma que não conseguia identificar. Algo do Leste Europeu, pelo som. Como seria útil o esperanto do sr. Carver, pensou. (Só se todos o falassem, é claro.) E mais ainda hoje em dia, com tantos refugiados inundando Londres. (— Ela é tcheca — informaram, afinal, as Nesbit. — Não costumávamos saber onde ficava a Tchecoslováquia, não é? Eu gostaria que ainda não soubéssemos.) Ursula deduzira que a sra. Appleyard também fosse algum tipo de refugiada, que, buscando um porto seguro nos braços de um cavalheiro inglês, encontrara em vez disso o beligerante sr. Appleyard. Ursula achava que, se realmente ouvisse o sr. Appleyard bater na esposa, precisaria bater à porta deles e dar um fim àquilo, ainda que não tivesse ideia de como fazer isso.

A discussão ao lado chegou ao limite e, então, a porta da frente dos Appleyard bateu com força e tudo ficou em silêncio. O sr. Appleyard, um mestre em saídas e entradas ruidosas, podia ser ouvido socando as escadas com os pés, deixando um rastro de palavrões relativos a mulheres e estrangeiros, dois atributos nos quais se encaixava a oprimida sra. Appleyard.

A amarga aura de insatisfação que se infiltrava pelas paredes, junto do cheiro ainda menos apetitoso de repolho cozido, era muito deprimente. Ursula gostaria que seus refugiados fossem emotivos e românticos — fugir para salvar a vida cultural —, e não esposas maltratadas de vendedores de seguros. O que era ridiculamente injusto da parte dela.

Desceu da cama e fez uma pequena pirueta para o espelho.

O vestido lhe caía bem, decidiu, ainda estava em forma, mesmo com quase trinta anos. Chegaria em algum momento às medidas matronais de Sylvie? Começava a parecer improvável, agora que não teria seus próprios filhos. Lembrou-se de carregar os bebês de Pamela — lembrou-se de Teddy e Jimmy também —, de como eram avassaladores os sentimentos de amor e terror, o desesperado desejo de protegê-los. Quão mais intensos seriam aqueles sentimentos se fosse seu próprio filho? Talvez intensos demais para suportar.

Durante o chá da tarde na John Lewis, Sylvie havia perguntado: — Você nunca quis uma ninhada?

— Como as suas galinhas?

— Uma mulher de carreira — disse Sylvie, como se as duas palavras não coubessem na mesma frase. — Uma solteirona — acrescentou, avaliando a expressão.

Ursula se perguntou por que a mãe se esforçava tanto para irritá-la.

— Talvez você nunca se case — afirmou Sylvie, como se concluísse, como se a vida de Ursula estivesse acabada.

— Seria tão ruim assim? "A filha solteira"— disse Ursula, atacando um sorvete. — Foi bom para Jane Austen.

Tirou o vestido pela cabeça e, de anágua e meia soquete, atravessou a pequena copa e encheu um copo de água da torneira antes de caçar uma bolacha. Dieta de prisão, pensou, uma boa prática para o que estava por vir. Tudo o que comera desde a torrada no café da manhã fora o bolo de Pamela. Esperava ganhar, no mínimo, um bom jantar de Crighton naquela noite. Ele lhe pedira para encontrá-lo no Savoy, raramente se encontravam em público, e ela se perguntou se haveria cenas dramáticas, ou se a sombra da guerra já era dramática o bastante e ele queria conversar a respeito.

Sabia que a guerra deveria ser declarada no dia seguinte, mesmo que tivesse bancado um pouco a idiota com Pammy. Crighton lhe contava todo tipo de coisas que não deveria, com base no fato de "terem ambos assinado o Ato Oficial dos Segredos de Estado". (Ela, ao contrário, não lhe dizia quase nada.) Ele andara oscilando outra vez nos últimos tempos, e Ursula não fazia ideia do lado em que ele cairia, não fazia ideia de que lado queria que ele caísse.

Ele lhe dissera para encontrá-lo para um drinque, um pedido transmitido num memorando do Almirantado que chegara misteriosamente num instante em que estava fora do escritório. Não pela primeira vez, Ursula se perguntou quem levava aqueles bilhetes que pareciam surgir em sua mesa como se entregues por elfos.

Acho que seu departamento pode ser submetido a uma auditoria, estava escrito. Crighton gostava de códigos.

Ursula esperava que as criptografias da Marinha não fossem tão rudimentares quanto as de Crighton.

A srta. Fawcett, uma de suas assistentes, viu a nota em cima da mesa e lhe lançou um olhar de pânico. — Caramba! — exclamou ela. — Podemos? Ser submetidas a uma auditoria? — Piada de mau gosto de alguém — respondeu Ursula, consternada por perceber que enrubescia. Havia alguma coisa que não combinava com Crighton naquelas mensagens lascivas (se não de todo obscenas), mas aparentemente inocentes. *Acredito que haja uma escassez de lápis*. Ou *Seus níveis de tinta estão suficientemente abastecidos?* Ursula gostaria de que ele aprendesse Pitman, ou a ter mais prudência. Ou, ainda melhor, parasse com aquilo.

Quando entrou no Savoy escoltada por um porteiro, Crighton a esperava no amplo saguão, e em vez de acompanhá-la até o *american bar*, guiou-a pelas escadas até uma suíte no segundo andar. A cama parecia dominar o cômodo, enorme e cheia de travesseiros. Ah, então é para isso que estamos aqui, ela pensou.

O *crêpe de Chine* fora considerado inadequado para a ocasião, e ela vestira seu cetim azul-real — um de seus três bons vestidos de noite —, uma decisão da qual agora se arrependia, já que Crighton, ao que tudo indicava, logo a estaria desvestindo, e não lhe oferecendo uma refeição de primeira.

Ele gostava de despi-la, gostava de olhar para ela. "Como um Renoir", comparou, embora pouco soubesse de arte. Melhor um Renoir do que um Rubens, ela pensou. Ou, no caso, do que um Picasso. Ele a presenteara com a grande dádiva de se ver nua com pouco, ou nenhum, espírito crítico. Moira, ao que parecia, era uma mulher de camisolas de flanela compridas até o chão e luzes apagadas.

Às vezes, Ursula se perguntava se Crighton não exagerava as qualidades robustas de sua esposa. Uma ou duas vezes passara pela sua cabeça ir até Wargrave para dar uma olhada na esposa enganada e descobrir se ela era mesmo uma mulher desenxabida. O problema, é claro, com a Moira de carne e osso (Rubens, não Renoir, ela imaginava) seria que Ursula acharia difícil trair uma pessoa real, e não uma incógnita.

(— Mas ela *é* uma pessoa real — surpreendeu-se Pamela. — Esse argumento é hipócrita.

— É, eu *sei* disso.

Foi uma conversa no sexagésimo aniversário de Hugh, depois de um caso bastante tumultuado na primavera.)

A suíte tinha uma vista magnífica do rio, da ponte de Waterloo ao Parlamento e ao Big Ben, tudo sombrio agora, no crepúsculo que avançava. ("A hora violeta.") Ela mal conseguia distinguir a Agulha de Cleópatra, um dedo negro cutucando o céu. Nenhum vestígio do habitual resplendor e brilho das luzes de Londres. O blecaute já começara.

— O abrigo de emergência não estava disponível? Estamos ao relento? — perguntou Ursula enquanto Crighton abria uma garrafa de champanhe que os aguardava num balde de prata com pedras de gelo. — Estamos comemorando?

— Dizendo adeus — explicou Crighton, juntando-se a ela na janela e lhe entregando um copo.

— Adeus? — ecoou Ursula, confusa. — Você me trouxe para um bom hotel e me oferece champanhe para acabar tudo entre nós?

— Adeus à paz — disse Crighton. — Estamos dizendo adeus ao mundo como o conhecemos.

Ele ergueu o copo na direção da janela, para Londres, em sua glória sombria. — Ao começo do fim — brindou, soturno. — Eu deixei Moira — acrescentou, como se fosse um adendo, um nada. Ursula foi pega de surpresa.

— E as meninas? (Só checando, ela pensou.)

— Todas elas. A vida é por demais preciosa para ser infeliz.

Ursula se perguntou quantas pessoas em Londres estariam dizendo a mesma coisa naquela noite. Talvez num ambiente menos salubre. E haveria outros que estariam dizendo as mesmas palavras para se manterem fiéis ao que já tinham, não para descartar tudo num capricho.

De repente, e inesperadamente em pânico, Ursula disse: — Eu não quero me casar com você. — Não havia percebido quanto sentia aquilo até que as palavras saíram de sua boca.

— Eu também não quero me casar com você — retrucou Crighton, e, perversamente, ela ficou desapontada.

— Aluguei um apartamento em Egerton Gardens — ele disse. — Eu pensei que você talvez pudesse se juntar a mim.

— Para coabitar? Para viver em pecado em Knightsbridge?

— Se você quiser.

— Nossa! Você é ousado — disse ela. — E quanto à sua carreira?

Ele fez um som de desdém. Então seria ela, e não a guerra, a nova Jutland dele.

— Você vai dizer sim? Ursula?

Ursula olhou para o Tâmisa pela janela. O rio estava quase invisível.

— Deveríamos fazer um brinde — ela falou. — Como dizem na Marinha? “Namoradas e esposas — que nunca se encontrem!”

Ela bateu seu copo no de Crighton e disse: — Estou morta de fome, nós vamos comer, não vamos?

Abril de 1940

Uma buzina de automóvel na rua lá embaixo quebrou o silêncio da manhã de domingo em Knightsbridge. Ursula sentia falta do som de sinos de igreja. Havia tantas coisas simples às quais não dera importância antes da guerra. Desejou que pudesse voltar e apreciá-las adequadamente.

— Por que a buzina — perguntou Crighton —, quando temos uma campainha funcionando perfeitamente?

Olhou pela janela. — Aí está ele — informou —, ele é um jovem num terno de três peças, pimpão como um tordo de Natal.

— Isso se parece com ele.

Embora Ursula não pensasse em Maurice como "jovem", nunca pensara nele como jovem, imaginou que, para Crighton, talvez o fosse.

Era o aniversário de sessenta anos de Hugh, e Maurice, de má vontade, lhe oferecera uma carona para a Toca da Raposa, para a festa. Seria uma novidade, e não necessariamente boa, passar algum tempo enclausurada num carro com Maurice. Raramente ficavam a sós.

— Ele tem gasolina? — Crighton perguntara, erguendo uma sobrancelha, mas era mais uma afirmação do que uma pergunta.

— Ele tem um *motorista* — disse Ursula. — Eu sabia que Maurice tiraria o máximo proveito da guerra.

— Que guerra? —, teria dito Pamela. Ela fora "largada" em Yorkshire com apenas seis meninos pequenos como companhia e Jeanette, que acabara se revelando não apenas uma reclamona, mas "uma bela de uma *fainéante*[34]".

— Eu esperava mais da filha de um vigário. Ela é tão preguiçosa, eu corro o dia inteiro atrás dos filhos dela, tanto quanto dos meus. Para mim já chega dessa bagunça de evacuação, acho que vamos voltar logo para casa.

— Imagino que ele não poderia aparecer lá em casa num carro *sem* ter me dado uma carona — disse Ursula. — Maurice não iria querer ser visto como alguém que se comporta mal, nem mesmo pela própria família. Tem uma *reputação* a zelar. Além disso, a mulher e os filhos dele estão hospedados lá, e ele vai trazê-los de volta a Londres hoje à noite.

Maurice mandara Edwina e as crianças passar os feriados de Páscoa na Toca da Raposa. Ursula se perguntou se ele sabia alguma coisa a respeito da guerra que o público não sabia — seria a Páscoa uma época especialmente perigosa? Devia haver muitas coisas que Maurice sabia e os outros não, mas a Páscoa transcorreu sem incidentes, e ela supôs que tivesse sido apenas um caso de netos visitando os avós. Philip e Hazel eram crianças muito pouco criativas, e Ursula imaginava como estariam lidando com os indisciplinados expatriados de Sylvie. — Vai estar horrivelmente cheio na volta, com Edwina e as crianças. Sem falar no *motorista*. Mas... a necessidade ensina, e assim por diante.

A buzina soou outra vez. Ursula ignorou-a por uma questão de princípios. Como seria perversamente satisfatório, pensou, ter Crighton a reboque, em uniforme naval completo (todas aquelas medalhas, toda aquela trança dourada), superando Maurice de tantas maneiras. — Você sabe que poderia ir comigo — dissera a ele. — Só não mencionaríamos Moira. Ou as meninas.

— É a sua casa?

— Como?

— Você disse, "ele não poderia aparecer lá em casa". É o que é? A sua casa? — insistiu Crighton.

[34] Indolente. (N. T.)

— É, claro — respondeu Ursula. Maurice andava impaciente de um lado para outro na calçada, e ela bateu no vidro da janela para chamar sua atenção e levantou o dedo indicador, murmurando "um minuto" para ele. Ele fechou a cara. — É uma figura de linguagem — ela disse, virando-se outra vez para Crighton. — Todos sempre se referem à casa dos pais como "lá em casa".

— Todos? Eu não.

Não, pensou Ursula, você não. Wargrave era "a casa" de Crighton, mesmo que apenas em seus pensamentos. E ele tinha razão, ela não considerava o apartamento em Egerton Gardens a sua casa. Era um ponto no tempo, um lugar de parada temporária em mais uma jornada que a guerra havia interrompido. — Podemos discutir o assunto, se você quiser — disse com gentileza. — Mas, você sabe... Maurice marchava de um lado para o outro lá fora, como um pequeno soldadinho de chumbo.

Crighton riu. Ele nunca procurava discussões.

— Eu gostaria de acompanhá-la e conhecer sua família — disse —, mas estou indo para a Cidadela.

O Almirantado estava construindo uma fortaleza subterrânea, a Cidadela, em Horse Guards Parade, e Crighton estava em pleno processo de mudança de seu escritório.

— Nos vemos mais tarde, então — disse Ursula. — Minha carruagem está à espera e Maurice está arranhando o chão.

— A aliança — lembrou Crighton, e Ursula respondeu: — Ah, sim, claro, quase esqueço.

Ela começara a usar uma aliança de casamento quando não estava no trabalho, para o bem das aparências. "Vendedores, e assim por diante." O garoto que entregava o leite, a mulher que fazia a limpeza duas vezes por semana, ela não queria que pensassem que estava num relacionamento ilícito. (Ela mesma se surpreendera com aquela timidez.) — Você pode imaginar quantas perguntas haveria se eles vissem *isto* — comentou, tirando a aliança e deixando-a sobre a mesa do vestíbulo.

Crighton beijou-a de leve no rosto e disse: — Divirta-se.

— Nenhuma garantia.

— Você ainda não arranjou um homem? — Izzie perguntou a Ursula. — É claro — continuou, virando-se animada para Sylvie — você tem... quantos netos agora, sete, oito?

— Seis. Talvez *você* seja avó, Izzie.

— O quê? Como ela poderia?

— Enfim — emendou Izzie, etérea —, isso tira a pressão para que Ursula produza um.

— Produza? — disse Ursula, uma garfada de galantina de salmão suspensa a caminho de sua boca.

— Parece que você foi deixada na prateleira — disse Maurice.

— Como é? — O garfo voltou para o prato.

— A eterna dama de honra...

— Uma vez — retrucou Ursula. — Eu fui uma dama de honra uma vez só, para Pamela.

— Vou ficar com isso, se você não comer — disse Jimmy, surrupiando o salmão.

— Eu ia...

— Pior ainda, então — continuou Maurice. — Ninguém quer você nem como dama de honra, a não ser sua irmã — zombou, mais ginasiano do que homem. Ele estava, irritantemente, sentado longe demais dela para que ela o chutasse por baixo da mesa.

— Modos, Maurice — murmurou Edwina.

Quantas vezes por dia ele a decepcionaria, se estivesse casada com ele, Ursula se perguntou. Parecia-lhe que na busca de argumentos contra o casamento, a existência de Maurice lhe apresentava o melhor de todos. Claro, o nariz de Edwina estava ainda mais empinado por conta do *motorista*, que acabou se revelando uma garota bastante atraente em uniforme de ATS, o Serviço Auxiliar Terrestre. Sylvie, para vergonha da moça (o nome dela era Penny, mas todos esqueceram no mesmo instante), insistiu para que ela se juntasse a eles na mesa quando ela teria claramente ficado mais à vontade no carro, ou na cozinha com Bridget. A garota ficou presa na ponta da mesa, apertada entre os expatriados, e foi objeto de um constante e gelado escrutínio por parte de Edwina. Maurice ignorou-a solenemente. Ursula tentou ler naquilo algum significado. Desejou que Pamela estivesse lá, ela era muito boa em decifrar as pessoas, embora talvez não tanto quanto Izzie. (— Então Maurice tem sido um menino levado. Olhe só, ela é um pedaço de mulher. Mulheres de uniforme, qual homem resiste?)

Philip e Hazel, passivos, sentavam-se entre os pais. Sylvie nunca fora muito encantada pelos filhos de Maurice, enquanto parecia se deliciar com os expatriados, Barry e Bobby ("minhas duas abelhas operárias"), no momento rastejando debaixo da mesa de jantar Regency Revival, rindo de um jeito um tanto maníaco. — Cheios de travessuras — dizia Sylvie, indulgente.

Os expatriados, como todos os outros se referiam a eles, como se os dois fossem inteiramente definidos pela sua condição, haviam sido esfregados e lustrados até uma aparente inocência por Bridget e Sylvie, mas nada era capaz de disfarçar sua natureza endiabrada. (— Que pequenos terrores! — disse Izzie, com um estremecimento.) Ursula gostava deles, lembravam-lhe os meninos Miller. Se fossem cães, suas caudas estariam sempre abanando.

Sylvie tinha agora dois cachorrinhos de verdade, excitáveis labradores pretos, também irmãos. Foram chamados de Hector e Hamish, mas, ao que tudo indicava, eram conhecidos coletiva e indiferenciadamente como "os cães". Os cães e os expatriados pareciam ter contribuído para uma nova aparência de descuido na Toca da Raposa. A própria Sylvie parecia mais resignada com a guerra do que havia estado com a anterior. Hugh, menos.

Ele fora "empurrado" para o treinamento da Guarda Nacional e naquela mesma manhã, depois do culto dominical, estivera instruindo as "senhoras" da igreja local para o uso de extintores.

— Isso é adequado para o Sabbath? — perguntou Edwina. — Tenho certeza de que Deus está do nosso lado, mas... — e desistiu, incapaz de sustentar uma posição teológica, apesar de ser "uma cristã devota", o que, segundo Pamela, significava que ela esbofeteava os filhos sem piedade e os fazia comer no café da manhã o que tinham deixado sobrar no lanche.

— É claro que é apropriado — disse Maurice. — Na minha função de organizar a defesa civil...

— Eu não me considero "na prateleira" como você colocou de modo tão encantador — Ursula interrompeu, irritada. Mais uma vez sentiu o desejo fugaz da presença condecorada e cheia de tranças de Crighton. Como Edwina se horrorizaria ao saber de Egerton Gardens. (— E como vai o almirante? — perguntou Izzie mais tarde no jardim, *sotto voce*[35], como uma conspiradora, porque é claro que sabia. Izzie sabia de tudo e, se não sabia, arrancava com facilidade. Como Ursula, era dotada para a espionagem. — Ele não é almirante — disse Ursula. Mas vai bem, obrigada.)

— Você está muito bem sozinha — Teddy disse a Ursula. — *Confinada a teus próprios olhos brilhantes*, e por aí afora.

Teddy tinha fé na poesia, como se apenas citar Shakespeare fosse apaziguar uma situação. Ursula achava que o soneto que ele estava citando falava em ser egoísta, mas não disse, porque a intenção de Teddy era gentil. Ao contrário de todos os outros, ao que tudo indicava, todos os que pareciam bastante fixados em seu status de solteira.

— Ela só tem trinta anos, pelo amor de Deus! — disse Izzie, metendo de novo a colher no assunto. (Se pelo menos eles se calassem, Ursula pensou.) — Afinal — insistiu Izzie —, eu tinha mais de quarenta quando me casei.

— E onde *está* o seu marido? — perguntou Sylvie, olhando em torno da Regency Revival, as duas folhas da mesa abertas para acomodar todos. Fingiu perplexidade (o que não combinava com ela). — Não me parece vê-lo aqui.

Izzie escolhera a ocasião para aparecer (— Sem ser convidada, como de costume — disse Sylvie) e dar os parabéns a Hugh pelas seis décadas. (— Um marco.) As outras irmãs de Hugh haviam considerado a viagem até a Toca da Raposa "muito complicada".

— Um bando de megeras! — disse Izzie a Ursula, mais tarde. Izzie podia ser a caçula, mas nunca foi a preferida. — Hugh sempre foi tão bom para elas.

— Ele sempre foi bom para todo mundo — constatou Ursula, surpresa, alarmada mesmo, ao perceber as lágrimas brotarem com a menção ao bom caráter do pai.

— Ah, não! — exclamou Izzie, entregando-lhe uma espuma de rendas que, aparentemente, fazia o papel de lenço. — Você vai me fazer chorar também. — Parecia improvável, nunca tinha acontecido antes.

[35] Em voz baixa. (N. T.)

Izzie também escolhera a ocasião para anunciar sua partida iminente para a Califórnia. Seu marido, o famoso dramaturgo, recebera uma oferta de emprego para escrever roteiros em Hollywood. Todos os europeus estão indo para lá — disse ela.

— Você é europeia agora, é? — perguntou Hugh.

— Não somos todos?

A FAMÍLIA ESTAVA TODA reunida, com exceção de Pamela, para quem a viagem era realmente muito complicada. Jimmy dera um jeito de conseguir uns dias de licença e Teddy levara Nancy com ele. Na chegada, ela deu um grande abraço em Hugh e disse: — Feliz aniversário, sr. Todd, antes de lhe entregar um pacote, lindamente embrulhado num velho papel de parede desencavado da casa dos Shawcross. Era um exemplar de *The warden*.

— É uma primeira edição — disse Nancy. Ted disse que o senhor gostava de Trollope. (Fato do qual ninguém mais na família parecia ter conhecimento.)

— O bom e velho Ted! — disse Hugh, beijando-a na bochecha. E, para Teddy: — Que beleza de namorada você tem. Quando vai fazer o pedido?

— Ah! — disse Nancy, corando e rindo. — Há muito tempo para isso.

— Espero que sim — disse uma Sylvie sombria.

Teddy estava agora formado pela Escola de Treinamento Inicial (— Ele tem asas! — disse Nancy. — Como um anjo!) e à espera de zarpar para o Canadá, para se especializar como piloto. Quando estivesse qualificado, voltaria à Inglaterra e ocuparia um posto numa Unidade de Treinamento Operacional.

Era mais provável que fosse morto numa UTO, dizia ele, — do que num bombardeio real. — Era verdade. Ursula conhecia uma moça do Ministério da Aeronáutica. (Ela conhecia moças de todos os lugares, todo mundo conhecia.) Comiam seus sanduíches juntas em St James Park e, melancólicas, compartilhavam estatísticas, apesar da letra morta do Ato dos Segredos de Estado.

— Bem, isso me consola muito — disse Sylvie.

— Ai! — gritou um dos expatriados debaixo da mesa. — Algum animal me chutou.

Todos olharam instintivamente para Maurice. Alguma coisa fria e úmida levantou a saia de Ursula com o nariz. Ela desejou com intensidade que fosse o nariz de um dos cães e não de um dos expatriados. Jimmy beliscou (quase com força) o braço da irmã, e disse: — Eles não sossegam, não é?

A coitada da garota ATS — definida por seu status, como os expatriados e os cães — parecia prestes a chorar.

— Escute, você está bem? — perguntou-lhe a sempre solícita Nancy.

— Ela é filha única — disse Maurice, frio. — Eles não entendem as alegrias da vida familiar.

Aquele conhecimento da vida da garota ATS pareceu enfurecer ainda mais Edwina, que apertava a faca de manteiga como se planejasse atacar alguém — Maurice ou a garota ATS, ou qualquer um em seu raio de esfaqueamento. Ursula se perguntou quanto dano poderia causar uma faca de manteiga. Bastante, supunha.

Nancy deu um pulo da mesa e disse à garota ATS: — Venha, vamos dar uma volta, o dia está tão bonito. As campânulas estão em flor no bosque, se você gostar de uma caminhada. — Enganchou o braço no dela e quase a puxou para fora da sala. Ursula pensou em correr atrás delas.

— *A corte está para o casamento como um prólogo muito espirituoso para uma peça muito maçante* — Izzie disse como se nada os tivesse interrompido. — Alguém disse isso.

— Congreve — disse Sylvie. — Mas o que isso tem a ver com alguma coisa?

— Só estou citando — disse Izzie.

— É claro... você é *casada* com um dramaturgo, não é? — observou Sylvie. — Aquele que nunca vemos.

— A jornada é diferente para cada um — comentou Izzie.

— Ora, por favor! — exclamou Sylvie. Poupe-nos de sua filosofia de taberna.

— Para mim, casamento é liberdade — disse Izzie. — Para você, sempre foram os dissabores do confinamento.

— Mas do que você está falando? — retrucou Sylvie. (Uma perplexidade partilhada pelo restante da mesa.) — Você só diz disparates.

— E que vida você teria levado se não fosse assim? — Izzie continuou, exultante (ou implacável, dependendo do ponto de vista). — Eu lembro que você tinha dezessete anos e estava na miséria, a filha de um artista morto e falido. Só Deus sabe o que teria acontecido com você se Hugh não tivesse aparecido para salvá-la.

— Você não se lembra de nada, você ainda estava na creche naquela época.

— Quase. E eu, é claro...

— Ah, calem a boca! — disse Hugh, cansado.

Bridget quebrou a tensão (era, muitas vezes, seu papel principal na Toca da Raposa agora que a sra. Glover se fora), ao entrar na sala de jantar sustentando no ar um pato assado.

— Pato *à la surprise* — disse Jimmy, porque, naturalmente, estavam todos esperando um frango.

Nancy e a garota ATS (— Penny —, Nancy lembrou a todos) voltaram a tempo de receber pratos aquecidos. — Você tem sorte de ainda ter sobrado pato — disse Teddy a Nancy, ao lhe entregar um prato. — A pobre ave foi devorada até os ossos.

— Há tão pouco para comer num pato — disse Izzie, acendendo um cigarro. — Mal dá para duas pessoas, não consigo imaginar o que você tinha na cabeça.

— Eu tinha na cabeça que há uma guerra acontecendo — contrapôs Sylvie.

— Se eu soubesse que você planejaria um *pato* — reinvestiu Izzie —, teria providenciado alguma coisa um pouco mais generosa. Eu conheço um homem capaz de conseguir qualquer coisa.

— Aposto que sim — disse Sylvie.

Jimmy ofereceu a Ursula o ossinho da sorte, e ambos desejaram em voz alta e clara um bom aniversário para Hugh.

Uma trégua foi provocada pelo advento do bolo, uma confecção engenhosa que, naturalmente, se baseava sobretudo em ovos. Bridget o trouxe para a mesa. Não tinha talento para criar um evento do nada e soltou-o na frente de Hugh, sem cerimônia. Foi coagida por ele a ocupar um lugar à mesa.

— Eu não faria isso se fosse você — Ursula ouviu a garota ATS murmurar baixinho.

— Você é da família, Bridget — disse Hugh.

Ninguém mais na família, Ursula pensou, se escravizava de manhã à noite como Bridget. A sra. Glover se aposentara e fora morar com uma de suas irmãs, atitude desencadeada pela morte súbita, mas não inesperada, de George.

Bem no momento em que Hugh enchia os pulmões, de um jeito um tanto teatral, porque havia apenas uma vela a ser soprada, houve um grande alarido no corredor. Um dos expatriados saiu para investigar e correu de volta com a notícia de que era — uma mulher e um monte de malditas crianças!

❄

— Como foi? — perguntou Crighton, quando ela, enfim, chegou em casa.

— Pammy voltou... de vez, eu acho — disse ela, decidindo-se sobre o mais importante. — Ela parecia arrasada. Foi de trem, três meninos pequenos, mais um bebê de colo, você pode imaginar? Levou *horas* para chegar.

— Um pesadelo — disse Crighton, com ternura.

(— Pammy! exclamou Hugh. Parecia extremamente satisfeito.

— Feliz aniversário, papaizinho — disse Pamela. — Sem presentes, sinto muito, só nós.

— Mais do que o suficiente — respondeu Hugh, exultante.)

— *E mais* as malas, e o cachorro. Ela é tão forte. A *minha* viagem de volta, em compensação, foi outro tipo de pesadelo. Maurice, Edwina, sua prole desinteressante e o *motorista*. Que afinal era uma moça, uma ATS bastante encantadora.

— Santo Deus! — exclamou Crighton. — Como ele consegue? Eu venho tentando pôr as mãos numa Wren[36] há meses.

Ela riu e perambulou pela cozinha enquanto ele preparava chocolate quente para ambos. Enquanto bebiam, na cama, regalou-o com histórias do dia, um pouco embelezadas (achava ser seu dever entretê-lo). O que havia,

[36] As mulheres que serviam no quadro feminino da Marinha inglesa, o Women's Royal Naval Service (WRNS), eram oficial e popularmente conhecidas como Wrens. (N. T.)

afinal, pensou, que os diferenciasse de qualquer outro casamento? Talvez a guerra. Talvez não.

— Acho que vou ter de me alistar, ou coisa parecida — falou. Pensou na garota ATS. — "Fazer a minha parte", como eles dizem. Sujar as mãos. Leio todos os dias relatórios sobre pessoas fazendo coisas corajosas e as minhas mãos continuam muito limpas.

— Você já está fazendo a sua parte — disse ele.

— Como? Apoiando a Marinha?

Ele riu e se virou, e puxou-a para seus braços. Acariciou-lhe o pescoço e, ali deitada, ela de repente pensou que era bem possível que fosse feliz. Ou pelo menos, refletiu, moderando o pensamento, tão feliz quanto era possível nesta vida.

"Casa", ocorreu-lhe na torturante volta a Londres, não era Egerton Gardens, não era sequer a Toca da Raposa. "Casa" era uma ideia e, como Arcádia, estava perdida no passado.

Já etiquetara o dia, em suas lembranças, como o sexagésimo aniversário de Hugh, mais um na lista de chamada de eventos familiares. Mais tarde, quando compreendeu que aquela tinha sido a última vez em que estiveram todos juntos, desejou ter prestado mais atenção.

❄

Foi acordada pela manhã por Crighton lhe trazendo uma bandeja de chá com torradas. Devia ao Senior Service mais agradecimentos pelas atitudes dele na vida doméstica do que a Wargrave.

— Obrigada — agradeceu, fazendo um esforço para se sentar, ainda exausta da véspera.

— Receio ter más notícias — ele disse, abrindo as cortinas.

Ela pensou em Teddy e Jimmy, embora soubesse que, pelo menos naquela manhã, os dois estavam enfiados em suas camas na Toca da Raposa, compartilhando seu quarto de infância, que já fora de Maurice.

— Más notícias? — perguntou.

— A Noruega caiu.

— Pobre Noruega — disse, e tomou um gole de chá quente.

Novembro de 1940

Pamela mandou um pacote de roupas de bebê que já não serviam em Gerald, e Ursula pensou na sra. Appleyard. Poderia não ter pensado na sra. Appleyard, porque deixara de ter contato com os moradores de Argyll Road desde que se mudara para Egerton Gardens, coisa que lamentava, porque gostava bastante das irmãs Nesbit e muitas vezes se perguntou como estariam se saindo debaixo do bombardeio implacável. Mas então, algumas semanas antes, encontrou-se por acaso com Renee Miller.

Ursula tinha ido "à cidade", como ele dizia, com Jimmy, que tinha alguns dias de licença na capital. Ficaram presos no Charing Cross Hotel, graças a uma BND — ela, às vezes, achava que bombas não detonadas eram mais inconvenientes do que as que explodiam —, e se refugiaram no salão de café do primeiro andar.

— Há uma garota um tanto vulgar ali, toda batom e sorrisos, que parece conhecer você — mostrou Jimmy.

— Ó deuses, Renee Miller! — exclamou Ursula ao ver Renee acenando ansiosamente para ela. — E o que é aquele homem com ela? Parece um gângster.

Renee foi efusiva, como se tivesse sido a melhor amiga de Ursula em alguma vida passada (— Ela é uma garota animada — brincou Jimmy, depois que escaparam), e insistiu para que os dois se juntassem a ela e

Nicky para uma bebida. O próprio Nicky não pareceu lá muito entusiasmado com a ideia, mas de qualquer maneira apertou as mãos e fez um sinal para o garçom.

Renee inundou Ursula com "as novidades" de Argyll Road, embora muito pouco parecesse ter mudado desde que ela se mudara, havia um ano, para Egerton Gardens, exceto que o exército agora levara o sr. Appleyard e que sua esposa tinha um bebê. — Um menino — disse Renee. Uma coisinha feia. — Jimmy deu uma gargalhada e disse: — Eu gosto de garotas que sabem dar nome às coisas.

Nicky estava bastante incomodado com a presença marcante de Jimmy, ainda mais porque, depois de derrubar mais um copo de gim aguado, Renee tinha começado a flertar (quase profissionalmente, parecia) com ele.

Ursula ouviu alguém dizer que a bomba não detonada havia sido desmontada, e quando Renee disse — Nos dê mais uma rodada, Nicky — e Nicky começou a fechar a cara, Ursula achou que seria boa política sair de perto. Nicky se recusou a deixá-los pagar, como se fosse uma questão de princípios.

Ursula não tinha certeza de querer dever favores a alguém daquele calibre. Renee abraçou-a e beijou-a e disse — Vá visitar as velhas queridas, elas vão adorar —, e Ursula prometeu ir.

— Santo Deus, achei que ela fosse me comer! — comentou Jimmy, enquanto manobravam em meio aos escombros em Henrietta Street.

Cumpriu a promessa feita a Renee, motivada pelo embrulho de roupas velhas de Gerald. Chegou a Argyll Road não muito depois das seis, saindo mais cedo do trabalho pelo menos uma vez. Ainda não usava nenhum tipo de uniforme, porque mal parecia haver tempo suficiente para comer e respirar entre o trabalho e as bombas. — Seu trabalho é trabalho de guerra, ressaltara Crighton. — Eu diria que você já tem sua cota suficiente. Como anda o Ministério da Obscuridade nos últimos dias?

— Ah, você sabe, trabalhoso.

Havia muita informação a ser registrada. Cada acidente individual — que tipo de bomba, o dano causado, quantos mortos ou feridos (a contagem subia terrivelmente) — passava por suas mesas.

De vez em quando, abria uma pasta cor de camurça e encontrava o que em seus pensamentos chamava de "matéria-prima" — relatórios datilografados da Brigada de Precauções contra Ataques Aéreos ou mesmo relatórios manuscritos em que se baseavam —, e se perguntava como seria no calor da batalha, porque era isso o que eram os ataques aéreos, certo? Às vezes, via mapas de destruição por bomba, e uma vez encontrou um que havia sido desenhado por Ralph. Ele assinara no verso, a lápis, e era uma assinatura tênue, quase indecifrável. Eram amigos, ela o conhecera nas aulas de alemão, apesar de ele ter deixado claro que gostaria que tivessem algo mais em comum. "Seu outro homem", Crighton o chamava, brincalhão.

— Quanta gentileza! — disse a sra. Appleyard quando Ursula apareceu à sua porta com o pacote de roupas. — Por favor, entre.

Ursula cruzou a soleira com relutância. O antigo cheiro de repolho cozido se misturava agora aos cheiros menos apetitosos que poderiam acompanhar uma criança. Infelizmente, o julgamento de Renee quanto à formosura do bebê da sra. Appleyard, ou à falta de, se revelou verdadeiro — a criança era "uma coisinha feia".

— Emil — disse a sra. Appleyard, entregando-o a Ursula para segurar. Ela sentiu a umidade nele através da calcinha plástica. Quase o devolveu no mesmo instante. — Emil? — falou com ele, fazendo uma careta e lhe dando um sorriso de alegria forçada. Ele a olhou de volta, um tanto truculento: não havia dúvida quanto à paternidade.

A sra. Appleyard ofereceu chá, e Ursula se desculpou e disparou pelas escadas até o ninho das Nesbit.

Eram as mesmas boazinhas de sempre. Deve ser bem agradável morar com uma irmã, Ursula pensou. Não se importaria de viver com Pamela.

Ruth agarrou um de seus dedos com as mãozinhas ossudas. — Você está casada! Que maravilha!

— Ai, droga, pensou Ursula, tinha se esquecido de tirar a aliança. Hesitou: — Bem... — E então, percebendo a complexidade, disse modestamente: — É, acho que sim.

As duas lhe deram efusivos parabéns, como se ela tivesse realizado alguma coisa espetacular.

— Uma pena você não ter um anel de noivado — disse Lavínia.

Ursula se esquecera do gosto das duas por bijuterias e desejou ter levado alguma coisa. Tinha uma pequena caixa de fivelas e fechos de diamantes, presentes de Izzie que ela sabia que as duas teriam apreciado.

Lavínia estava usando um broche de esmalte no formato de um gato preto. Uma pedrinha brilhante piscava no lugar do olho. Ruth tinha um pesado carbúnculo de topázio preso ao seu peito de pardal. O topázio parecia capaz de derrubar seu corpo insubstancial.

— Nós somos como gralhas — caçoou Ruth. — Adoramos todas as coisinhas brilhantes.

Estavam com a chaleira no fogo e se agitavam felizes em busca do que lhe dar de comer — torrada com Marmite ou torrada com geleia — quando a sirene começou seu gorjeio infernal. Ursula olhou pela janela. Ainda nenhum sinal de ataque, embora um holofote já varresse o céu negro.

A bela lua nova estampara um crescente de luz na escuridão. — Venha conosco, querida, para o porão dos Miller — disse Lavínia, surpreendentemente alegre.

— Toda noite é uma aventura — Ruth acrescentou, enquanto juntavam uma grande quantidade de coisas — xales e xícaras, livros e roupas para cerzir.

— Lanterna, lanterna, não se esqueça da lanterna! — disse Lavínia, jovial.

Quando chegaram ao térreo, uma bomba explodiu a algumas ruas de distância. — Ah, não! — disse Lavínia. — Esqueci o meu tricô.

— Vamos voltar, querida — disse Ruth, e Ursula disse: — Não, vocês devem se abrigar.

— Estou tricotando meias para o bebê da sra. Appleyard — disse Lavínia, como se aquilo fosse uma boa razão para arriscar a vida.

— Não se preocupe conosco, querida — disse Ruth —, estaremos de volta antes que você dê pela nossa falta.

— Pelo amor de Deus, se a senhora precisa dele, então eu vou — disse Ursula, mas as duas já rangiam os velhos ossos escada acima, e o sr. Miller a apressava para descer ao porão.

— Renee, Dolly, todo mundo, vejam quem veio se juntar aos velhos amigos — anunciou aos ocupantes, como se Ursula fosse uma atração teatral.

Ela se esquecera de quantos Miller havia, e de como a srta. Hartnell podia ser arrogante e o sr. Bentley estranho. Quanto a Renee, parecia ter esquecido por completo a efusão do encontro anterior, dizendo apenas: — Ai não, mais um corpo gastando o ar deste buraco dos infernos.

Renee embalava — com relutância — um Emil rebelde. E tinha razão, era um buraco dos infernos. Em Egerton Gardens, eles tinham um porão bastante salutar no qual se refugiavam, embora Ursula (e Crighton também, se estivesse lá) muitas vezes se arriscasse e ficasse na cama.

Ursula se lembrou da aliança de casamento e pensou como Hugh e Sylvie ficariam confusos se a vissem em sua mão, caso ela morresse num bombardeio. Será que Crighton iria ao seu funeral e explicaria a aliança? Foi impedida de tirá-la do dedo por Renee, que jogou, de repente, Emil em seus braços, minutos antes de uma enorme explosão sacudir o prédio.

— Caramba, o velho Fritz está tentando nos apavorar esta noite — disse o sr. Miller, animado.

Seu nome era Susie, ao que parecia. Não fazia ideia, não conseguia se lembrar de coisa alguma. Um homem insistia em chamá-la para fora da escuridão.

— Vamos lá, Susie, não vá dormir agora. E que tal tomarmos uma boa xícara de chá quando sairmos daqui, hein?

Sufocava no meio de cinzas e pó. Sentia alguma coisa dentro dela irremediavelmente rasgada.

Rachada. Era uma tigela dourada. "Bem Henry James, não é?", ouviu Teddy dizer. (Ele tinha dito aquilo?) Era uma grande árvore (que estranho!). Estava com muito frio. O homem segurava sua mão, apertando-a. — Vamos lá, Susie, fique acordada agora!

Mas não conseguia, as trevas macias lhe acenavam com a promessa de sono, sono infinito, e a neve começou a cair suavemente até ela estar toda coberta e tudo ficar escuro.

Um lindo dia amanhã

Setembro de 1940

Sentia falta de Crighton, mais do que deixara transparecer para ele ou Pamela. Ele alugara um quarto no Savoy na noite anterior à declaração da guerra, e ela se vestira com o belo cetim azul-real só para ouvi-lo dizer que deveriam terminar tudo ("para dizer adeus"). — Será terrivelmente cruel — disse ele, mas ela não teve certeza de que ele se referia à guerra ou ao caso dos dois.

Apesar ou talvez por causa do adeus, foram para a cama juntos, e ele passou muito tempo dizendo quanto sentiria falta "deste corpo", de "suas curvas", "deste rosto lindo", e assim por diante, até que ela se cansou um pouco daquilo e disse: — É *você* quem quer sair, não eu.

Perguntou-se se ele fazia amor com Moira daquela mesma maneira — desprendimento e paixão, partes iguais —, mas era uma daquelas perguntas que não se faz se o outro deve dizer a verdade. Que importância tinha, era Moira quem ficava com ele. Mercadoria de segunda, talvez, mas dela de qualquer maneira.

Na manhã seguinte, tomaram o café da manhã no quarto e ouviram o discurso de Chamberlain. Havia um rádio na suíte. Não muito tempo depois, uma sirene soou, mas estranhamente nenhum dos dois entrou em pânico. Tudo parecia muito irreal. — Espero que seja um teste — disse Crighton. Ursula pensou que dali em diante era provável que tudo fosse um teste.

Deixaram o hotel e caminharam pelo Embankment até a ponte de Westminster, onde inspetores das brigadas antiaéreas sopravam seus apitos e gritavam que o perigo passara. Outros andavam de bicicleta exibindo cartazes de *Bombardeio Encerrado*, e Crighton disse: — Santo Deus, eu temo por nós, se isso é o melhor que podemos fazer num ataque.

Sacos de areia estavam sendo empilhados ao longo da ponte, por toda parte, e Ursula pensou que era muito bom que houvesse tanta areia no mundo. Tentou se lembrar dos versos de "A morsa e o carpinteiro". *Se sete criadas com sete esfregões* —, mas haviam chegado a Whitehall, e Crighton interrompeu seus pensamentos, segurando-lhe as duas mãos na dele e dizendo: — Preciso ir agora, querida —, e por um momento ele soou como um artista de cinema vulgar e sentimental.

Decidiu que viveria a guerra como uma freira. Muito mais fácil.

Observou-o caminhar ao longo de Whitehall e, de repente, se sentiu terrivelmente sozinha. Poderia, afinal, voltar para Finchley.

Novembro de 1940

Pela parede, podia ouvir os lamentos de Emil e os protestos tranquilizadores da sra. Appleyard. Ela começou a cantar uma canção de ninar em sua própria língua, a língua materna, pensou Ursula. Era uma canção extraordinariamente triste, e Ursula jurou que, se algum dia tivesse um filho (difícil quando se decidiu viver como freira), só cantaria para ele musiquinhas e cantigas alegres.

Sentia-se só. Teria apreciado um corpo quente para confortá-la, um cachorro seria melhor do que ficar sozinha em noites como aquela. Uma presença viva, que respirasse.

Puxou para o lado a cortina de blecaute. Ainda nenhum sinal de bombardeiros, só o dedo comprido de um holofote solitário cutucando a escuridão. Uma nova lua pairava no céu. *Pálida de cansaço*, segundo Shelley, mas *Rainha e caçadora, casta e justa* para Ben Jonson. Para Ursula, revelava uma indiferença que a fez estremecer.

Faltava um segundo para a sirene quando ela percebeu um som ainda inédito. Era como um eco, ou melhor, o oposto de um eco. Um eco vinha depois, mas haveria uma palavra para o que vinha antes?

Ouviu o gemido de um de avião lá em cima e o *bum-bum-bumbum-bum* das primeiras bombas caindo, e estava prestes a soltar o blecaute e correr para o porão quando percebeu um cachorro assustado num portão do outro lado da rua — quase como se ela tivesse desejado que ele se materializasse.

Mesmo de onde estava, podia sentir seu terror. Hesitou por um segundo e depois pensou "mas que droga", e desabalou escada abaixo.

Cruzou com as irmãs Nesbit na escada. — Ih, má sorte, srta. Todd! — Lavínia deu uma risadinha. — Cruzar na escada, sabe...

Ursula descia, as irmãs subiam. — Vocês estão indo para o lado errado — explicou, em vão.

— Esqueci o meu tricô — disse Lavínia. Ela usava um broche de esmalte no formato de um gato preto. Uma pedrinha brilhante piscava no lugar do olho.

— Ela está tricotando calças compridas para o bebê da sra. Appleyard — disse Ruth. — O apartamento dela é tão gelado.

O BARULHO NA RUA era incrível. Ela ouvia bombas incendiárias caindo com estrondo sobre um telhado próximo, soando como um balde de carvão gigante sendo esvaziado. O céu estava em chamas. Um lustre de labaredas descia, gracioso como fogos de artifício, iluminando tudo lá embaixo.

Uma sucessão de bombardeiros rugia lá em cima quando ela atravessou a rua até o cachorro. Era um terrier indefinível, gemendo e tremendo. No instante em que o agarrou, ouviu um *zumbido* apavorante e soube que o alvo era ela, que o alvo eram os dois. A um ruído gutural colossal seguiu-se o estrondo mais alto que ela já ouvira durante os ataques aéreos.

Pronto, pensou, é assim que vou morrer.

Recebeu um golpe na testa, um tijolo ou algo parecido, mas não perdeu a consciência. Uma rajada de ar, como um furacão, arrancou-a do chão. Havia uma dor medonha em seus ouvidos e tudo o que conseguia escutar era um som constante e estridente, como um assobio, e soube que não tinha mais tímpanos. Detritos choviam em cima dela, cortando-a e entrando em seu corpo. A explosão parecia vir em ondas sucessivas, e ela podia sentir uma vibração roncar e ranger no chão sob seus pés.

De longe, uma explosão parecia acabar quase no mesmo instante, mas, quando se estava no meio, aquilo parecia continuar para sempre, ter uma característica que se transformava e se desenvolvia enquanto prosseguia, de modo que era impossível ter ideia de como acabaria, de como *você* acabaria. Estava meio sentada, meio deitada no chão e tentava se segurar em alguma coisa, mas não podia soltar o cachorro (o pensamento que por alguma razão ocupava o primeiro lugar em sua cabeça) e se viu sendo soprada devagar pelo chão.

A pressão começou a diminuir um pouco, mas ainda chovia sujeira e poeira, e dentro delas a explosão ainda vivia. Então, alguma coisa a atingiu na cabeça e tudo ficou escuro.

❄

Foi acordada pelo cachorro lambendo seu rosto. Foi muito difícil entender o que tinha acontecido, mas depois de algum tempo percebeu que o portão no qual havia agarrado o cão não existia mais.

O portão tinha sido soprado para dentro, e com ele os dois, e agora estavam deitados entre escombros, no corredor de uma casa. A escadaria da casa atrás deles, obstruída por tijolos quebrados e lascas de madeira, levava agora a lugar nenhum, pois os andares superiores não existiam mais.

Ainda atordoada, fez um esforço para se sentar. Sentia a cabeça confusa e idiotizada, mas nada parecia estar quebrado e não descobriu qualquer sangramento, embora imaginasse que deveria estar coberta de cortes e contusões. O cachorro também, embora muito quieto, parecia ileso.

— Seu nome deve ser Sortudo — falou com ele, mas sua voz mal saiu, havia muita poeira sufocante no ar. Com cuidado, levantou-se e atravessou o corredor até a rua.

Sua casa também desaparecera, para onde quer que olhasse havia grandes pilhas de escombros fumacentos e paredes esqueléticas. A minúscula fatia de lua era brilhante o bastante, mesmo através do véu de poeira, para iluminar o horror. Se não tivesse corrido para salvar o cachorro seria agora um monte de cinzas no porão dos Miller. Estavam todos mortos? As Nesbit, a sra. Appleyard e Emil? O sr. Bentley? Toda a família Miller?

Tropeçou na rua, onde dois bombeiros desenrolavam uma mangueira. Enquanto a prendiam ao hidrante, um deles a viu e gritou: — Está tudo bem, moça?

Era engraçado, ele era igualzinho a Fred Smith.

E depois o outro bombeiro gritou: — Cuidado, a fachada está caindo!

Estava. Devagar, incrivelmente devagar, como se fosse num sonho, toda a fachada se inclinava num eixo invisível e sem que um único tijolo se soltasse ia para cima deles, como se desenhasse um gracioso arco, e caiu inteira, trazendo com ela a escuridão.

Agosto de 1926

Als er das Zimmer verlassen hatte wusst, was sie aus dieser Erscheinung machen solle...[37]

As abelhas zumbiam sua canção de ninar nas tardes de verão, e Ursula, cheia de sono à sombra das macieiras, abandonou *A marquesa de O*. Pelos olhos entreabertos, observava um coelhinho, a poucos metros, mordiscando contente a grama. Ou não tinha consciência da presença dela ou era muito ousado. Maurice teria atirado na mesma hora. Ele estava em casa depois da formatura, esperando para começar seu estágio no fórum, e passara as férias inteiras completa e ruidosamente entediado. (— Ele bem poderia ter arrumado um emprego de verão — disse Hugh. — Não é nenhum absurdo que rapazes vigorosos trabalhem.)

Maurice estava, de fato, tão entediado que concordara em ensinar Ursula a atirar e chegara até a concordar em ter como alvos velhas garrafas e latas em lugar das inúmeras criaturas selvagens nas quais estava sempre atirando — coelhos, raposas, texugos, pombos, faisões e até certa vez em um pequeno cabrito montês, pelo qual nem Pamela nem Ursula jamais o perdoariam. Desde que fossem inanimadas, Ursula gostava de atirar nas coisas.

[37] Depois que ele deixou a sala, a família não sabia o que fazer com aquela aparição... — trecho do romance *A marquesa de O*, de Heinrich von Kleist. (N. T.)

Usava a velha espingarda Wildfowler de Hugh, mas Maurice tinha uma esplêndida Purdey, presente da avó em seu vigésimo primeiro aniversário. Adelaide ameaçava morrer já havia alguns anos, mas "nunca cumpria suas promessas", nas palavras de Sylvie. Deixava-se ficar em Hampstead, "como uma aranha gigante", segundo Izzie, estremecendo diante das costeletas de vitela *à la russe*, embora as próprias costeletas pudessem ter lhe provocado aquela reação. Não era um dos melhores pratos do repertório da sra. Glover.

Uma das poucas coisas, talvez a única, que Sylvie e Izzie tinham em comum era a antipatia pela mãe de Hugh. — Sua mãe também — Hugh lembrou Izzie — e Izzie disse: — Ah, não, ela me achou na beira da estrada. Ela repetiu isso para mim muitas vezes. Eu era tão irritante que nem os ciganos me queriam.

Hugh foi observar Maurice e Ursula atirarem e disse: — Ora, ursinha, você é uma verdadeira Annie Oakley.

— Você sabe — disse Sylvie, aparecendo de repente e surpreendendo Ursula em plena vigília —, nunca mais haverá dias longos e preguiçosos como estes em sua vida. Você acha que sim, mas não acontecerá.

— A não ser que eu me torne incrivelmente rica — disse Ursula. — Então, poderei ficar à toa o dia inteiro.

Talvez — disse Sylvie —, mas o verão continuará a chegar ao fim um dia.

Sentou-se na grama ao lado de Ursula e pegou o Kleist. — Um romântico suicida — disse com desdém. — Você vai mesmo fazer línguas modernas? Seu pai diz que latim pode ser mais útil.

— Como pode ser mais útil? Ninguém mais fala latim — argumentou Ursula, sensata.

Aquela era uma polêmica que se arrastava por todo o verão.

Esticou os braços acima da cabeça.

— Vou morar um ano em Paris e só falar francês. Isso será bastante útil por lá.

— Ora, Paris — Sylvie deu de ombros. — Há muito exagero em relação a Paris.

— Berlim, então.

— A Alemanha está uma bagunça.

— Viena.

— Enfadonha.

— Bruxelas — disse Ursula. Ninguém pode se opor a Bruxelas.

Era verdade, Sylvie não conseguiu pensar no que dizer contra Bruxelas, e sua grande turnê pela Europa chegou a um fim abrupto.

— Depois da universidade de qualquer maneira — disse Ursula. Mas tudo ainda está a *anos* de distância, pode parar de se preocupar.

— A universidade não vai ensiná-la a ser esposa e mãe — disse Sylvie.

— E se eu não quiser ser esposa e mãe?

Sylvie riu. — Agora você está dizendo bobagens para me provocar. Temos lanche no gramado — acrescentou, levantando-se de má vontade. — E bolo. E, infelizmente, Izzie.

❄

Ursula saiu para dar uma volta pela alameda antes da ceia, Jock feliz trotando à sua frente. (Era um cão maravilhosamente alegre, difícil acreditar que Izzie pudesse ter escolhido tão bem.) Aquele era o tipo de noite de verão que fazia Ursula querer ficar sozinha. — Ah — tinha dito Izzie —, você está numa idade em que uma garota é simplesmente *consumida* pelo sublime.

Ursula não sabia bem o que ela queria dizer (— Ninguém nunca sabe o que ela quer dizer — dizia Sylvie), mas achava que entendia um pouco. Havia uma estranheza no ar cintilante, uma sensação de *iminência* que fazia o peito de Ursula se sentir cheio, como se o coração estivesse crescendo. Era uma espécie de alta santidade — não conseguia pensar em outra maneira de descrever essa sensação. Talvez fosse o futuro, pensou, se aproximando o tempo todo.

Estava com dezesseis anos, no limiar de tudo. Tinha até sido beijada, no dia do aniversário, pelo amigo americano um tanto assustador de Maurice. — Só um beijo — dissera a ele antes de empurrá-lo quando se mostrou muito ousado. Infelizmente, ele tropeçou em seus pés enormes e caiu para trás em cima de um arbusto, o que pareceu um tanto desconfortável e indigno. Ela contou a Millie, que se acabou de rir. Ainda assim, como disse Millie, um beijo era um beijo.

Seus passos a levaram até a estação, onde disse olá para Fred Smith, que tirou o quepe de ferroviário, como se ela já fosse uma adulta.

A iminência continuou iminente, chegou mesmo a recuar, enquanto ela observava o trem chiar *shh-shh-shh* rumo a Londres. Ao voltar para casa, encontrou Nancy em busca de coisas para sua coleção de peças da natureza, e as duas caminharam, contentes, antes de serem ultrapassadas por Benjamin Cole em sua bicicleta. Ele parou, desmontou e disse: — Devo escoltá-las até sua casa, senhoritas? — bem do jeito que Hugh faria, e Nancy deu um risinho.

Ursula ficou feliz pelo calor da tarde já ter colorido suas bochechas, porque podia se sentir enrubescendo. Pegou um pouco de cerefólio da sebe e abanou-se (inutilmente) com ele. Não tinha, afinal, se enganado tanto em relação à iminência.

Benjamin (— Ah, me chame de Ben — ele pediu. — Só os meus pais me chamam de Benjamin.) andou com elas até o portão dos Shawcross, onde disse: — Então até mais — e subiu de volta na bicicleta para o curto percurso até sua casa.

— Ah — sussurrou Nancy, decepcionada por ela —, pensei que talvez fosse levar você em casa, só vocês dois.

— Eu sou tão óbvia? — perguntou Ursula, desanimada.

— É, sim. Não ligue. — Nancy afagou-lhe o braço, como se fosse quatro anos mais velha que Ursula, e não o contrário. E continuou: — Acho que estou atrasada, não quero perder o jantar.

E, apertando seu tesouro recolhido, saiu pulando até a porta de casa, cantarolando *trá-lá-lá*. Nancy era uma garota que realmente cantarolava *trá-lá-lá*. Ursula desejou ser aquele tipo de garota. Virou-se para continuar seu caminho, porque também devia estar atrasada para o jantar, mas então ouviu o toque de uma enlouquecida campainha de bicicleta anunciando Benjamin (Ben!) voando em sua direção.

— Esqueci de dizer — ele falou —, vamos dar uma festa na semana que vem, sábado à tarde, e mamãe disse para eu convidar você. É aniversário do Dan, ela quer algumas meninas para diluir os garotos, eu acho que foi isso o que ela disse. Ela pensou em, talvez, você e Millie. Nancy é meio pequena, não é?

— É, é sim — Ursula concordou depressa. — Mas eu adoraria ir. Millie também, tenho certeza. Obrigada.

A iminência voltara ao mundo.

Observou-o sair pedalando, assobiando enquanto se afastava. Quando se virou, quase esbarrou num homem que parecia ter surgido do nada e estava ali parado, à espera dela. Ele tirou o boné e murmurou: — Boa noite, moça.

Era um homem de aparência rude, e Ursula deu um passo atrás.

— Pode me dizer o caminho para a estação, moça? — ele pediu, e ela apontou para a alameda e disse:

— É por ali.

— Pode me mostrar o caminho, moça? — ele perguntou, aproximando-se outra vez.

— Não — ela disse —, não, sinto muito.

Então, a mão dele disparou de repente e ele a agarrou pelo braço. Conseguiu puxar o braço e saiu correndo, sem se atrever a olhar para trás, até chegar à porta de casa.

— Tudo bem, ursinha? — Hugh perguntou quando ela se jogou na varanda. — Você está ofegante.

— Não, eu estou bem, de verdade — afirmou.

Falar do homem só serviria para deixar Hugh preocupado.

— Costeletas de vitela *à la russe* — disse a sra. Glover enquanto colocava uma grande travessa de porcelana branca sobre a mesa. — Só estou informando, porque da última vez que fiz este prato alguém disse que não podia nem imaginar o que era.

— Os Cole vão dar uma festa — Ursula disse a Sylvie. — Millie e eu fomos convidadas.

— Lindo — disse Sylvie, distraída com o conteúdo da tigela de porcelana branca, grande parte do qual seria mais tarde servido a um menos perspicaz (ou, nas palavras da sra. Glover, "menos exigente") west highland terrier.

A festa foi uma decepção. Uma coisa bastante desanimadora, com intermináveis seções de mímica (Millie estava em seu elemento, nem era preciso dizer) e jogos de adivinhação dos quais Ursula sabia a maioria das respostas, mas não chegou a participar, superada pela velocidade ferozmente competitiva dos irmãos Cole e seus amigos. Ursula se sentiu invisível e a única intimidade que partilhou com Benjamin (ele já não parecia Ben) foi quando ele perguntou se ela gostaria de uma salada de frutas e depois se esqueceu de trazê-la.

Não houve dança, mas havia pilhas de comida, e Ursula se consolou escolhendo e provando uma impressionante coleção de sobremesas. A sra. Cole, patrulhando a mesa, lhe disse: — Meu Deus, você é um fiapo de gente, onde você bota toda essa comida?

Um fiapo de gente tão pequeno, Ursula pensou, andando desanimada de volta para casa, que ninguém nem ao menos parecia ver.

— Trouxe bolo? — Teddy perguntou, ansioso, quando ela chegou à porta.

— Montes — disse ela.

Sentaram-se na varanda e dividiram a grande fatia de bolo de aniversário entregue na saída pela sra. Cole, e Jock recebeu seu quinhão. Quando um grande macho de raposa trotou no gramado sombreado pelo crepúsculo, Ursula jogou um pedaço em sua direção, mas o animal olhou para o bolo com o desdém de um carnívoro.

A terra do começar de novo

Agosto de 1933

— *Er kommt! Er kommt!* — gritou uma das meninas.

— Ele está vindo? Finalmente? — perguntou Ursula, olhando para Klara.

— Parece que sim. Graças a Deus. Antes que nós morramos de fome e de tédio — respondeu a outra.

Ambas estavam igualmente aturdidas e entretidas com as palhaçadas das meninas menores, adoradoras de heróis. Haviam passado a maior parte de uma tarde quente de tocaia à margem da estrada, sem nada para comer ou beber, exceto um balde de leite que duas das meninas conseguiram numa fazenda nas redondezas. Algumas garotas ouviram um boato de que o Führer estaria chegando naquele dia ao seu retiro nas montanhas, e durante horas haviam esperado com paciência. Várias delas fizeram a sesta à beira do gramado, mas nenhuma tinha qualquer intenção de desistir sem um vislumbre do Führer.

Houve vivas mais abaixo na estrada sinuosa e íngreme que levava a Berchtesgaden e todas ficaram em pé num pulo. Um grande automóvel preto passou por elas, e algumas das meninas gritaram de emoção, mas "ele" não estava no carro. Então, um segundo automóvel, um magnífico Mercedes conversível, se fez visível, um galhardete com a suástica tremulando sobre o capô. Rodava mais devagar do que o veículo anterior e, de fato, trazia o novo chanceler do Reich.

O Führer fez uma versão abreviada de sua saudação, um aceno meio engraçado com a mão um pouco dobrada para trás, o que fazia parecer que ele a estava colocando na orelha para ouvir melhor o que gritavam. Ao vê-lo, Hilde, em pé ao lado de Ursula, exclamou apenas "Oh!", revestindo de êxtase religioso aquela sílaba única. E então, tão depressa quanto começou, tudo acabou. Hanne cruzou as mãos sobre o peito, meio que parecendo uma santa com prisão de ventre. — Minha vida está completa — brincou.

— Ele fica melhor nas fotos — murmurou Klara.

As meninas estavam de excelente humor, como tinha sido o dia todo, e sob as ordens de sua *Gruppenführerin*[38] (Adelheid, uma amazona loura, incrivelmente competente aos dezoito anos) logo se enfileiraram em esquadrão e, contentes, empreenderam a longa marcha de volta ao albergue da juventude, cantando como na ida. ("Elas cantam o tempo *todo*", Ursula escreveu a Millie. "É tudo um pouco *lustig*[39] demais para o meu gosto. Eu me sinto como se estivesse no coro de uma ópera popular excepcionalmente animada.")

O repertório era variado — canções folclóricas, típicas canções de amor e hinos patrióticos estimulantes e quase selvagens, sobre bandeiras banhadas de sangue, bem como as obrigatórias cantilenas ao redor da fogueira. Gostavam, acima de tudo, de *Schunkeln* — dar os braços e balançar no ritmo da música. Quando Ursula foi chamada a interpretar uma canção, deu-lhes "Auld Lang Syne", perfeita para *Schunkeln*.

Hilde e Hanne eram as irmãs mais novas de Klara, membros entusiastas da BDM, a Bund Deutscher Mädel[40] — o equivalente feminino da Hitler-Jugend[41] (— *Ha Jot*, é como a chamamos — disse Hilde, e ela e Hanne deram risinhos ao pensar em belos rapazes de uniforme).

Ursula nunca ouvira falar na Hitler-Jugend, nem na BDM, antes de chegar à casa dos Brenner, mas, nas duas semanas em que lá estava, pouca coisa mais ouviu de Hilde e Hanne. — É um passatempo saudável — disse a mãe, Frau Brenner. — Promove a paz e o entendimento entre as jovens. Chega de

[38] Monitora. (N. T.)
[39] Engraçado. (N. T.)
[40] Liga das moças alemãs. (N. T.)
[41] Juventude hitlerista. (N. T.)

guerras. E as mantém longe dos garotos. Klara, recém-formada como Ursula — estudara arte na *Akademie* —, era indiferente à obsessão das irmãs, mas se oferecera para dama de companhia das duas na *Bergwanderung*, a viagem de acampamento de verão, com trilhas de um *Jugendherberge* para o outro nas montanhas da Baviera. — Você vai, não vai? — Klara perguntou a Ursula. — Tenho certeza de que você vai se divertir, e vai ver um pouco da zona rural. E, se não for, vai ficar presa na cidade com Mutti e Vati.

"Acho que é como as bandeirantes", Ursula escreveu a Pamela.

"Não exatamente", Pamela escreveu de volta.

Ursula não pretendia ficar muito tempo em Munique. A Alemanha não passava de um desvio em sua vida, parte de seu ano de aventuras na Europa. — Vai ser a minha grande turnê — disse a Millie —, embora eu tenha medo de que seja um pouco de segunda, uma turnê não tão grande assim. O plano era ir a Bolonha em vez de Roma ou Florença, a Munique e não a Berlim, e a Nancy no lugar de Paris (Nancy Shawcross divertiu-se com essa escolha) — cidades nas quais seus tutores da universidade conheciam boas casas em que ela poderia se hospedar. Para se manter, daria algumas aulas, embora Hugh tivesse providenciado para que uma remessa de fundos, modesta mas regular, lhe fosse entregue. Hugh ficara aliviado com o fato de ela passar aquela temporada em cidades do interior, onde as pessoas são, em geral, mais comportadas. (— Ele quer dizer mais aborrecidas — disse Ursula a Millie.) Hugh vetara completamente Paris, tinha uma aversão toda especial pela cidade, e se interessava muito pouco por Nancy, que era, inquestionavelmente, *francesa*. (— Porque fica na França — observou Ursula.) Já vira o suficiente do continente durante a Grande Guerra, afirmou ele, não podia entender o porquê de tanto alvoroço.

Ursula, apesar das reservas de Sylvie, completara sua licenciatura em línguas modernas — francês e alemão e um pouco de italiano (muito pouco). Recém-formada e incapaz de pensar em qualquer outra coisa, se candidatara e conseguira uma vaga num curso de formação de professores. Adiara por um ano, dizendo querer ter uma oportunidade para ver um pouco do mundo antes de se instalar para o resto da vida diante do quadro-negro. Pelo menos essa foi sua justificativa, a que apresentou ao escrutínio paterno, enquanto sua verdadeira esperança fosse de que algo acontecesse enquanto estivesse fora, o que significaria que nunca teria de ocupar aquela vaga. O que seria esse algo, não fazia ideia (— Amor, talvez — disse Millie, melancólica). Qualquer coisa que fizesse com que ela não acabasse como uma solteirona amargurada na escola de moças, a vida sendo embobinada em conjugações de verbos estrangeiros, pó de giz caindo das roupas como caspa. (Baseava esse retrato em suas próprias professoras.) E também não era uma profissão que despertasse muito entusiasmo entre as pessoas mais próximas.

— Você quer ser *professora*? — perguntou Sylvie.

— Sinceramente, se as sobrancelhas dela tivessem subido um pouco mais, teriam deixado a atmosfera — Ursula disse a Millie.

— Mas você quer mesmo dar aulas? — Millie perguntou.

— Por que todas as pessoas que eu conheço me fazem essa pergunta no mesmo tom de voz? — questionou Ursula, um tanto melindrada. — Eu sou tão obviamente inadequada para a profissão?

— É.

Millie tinha feito um curso numa academia de teatro em Londres e agora interpretava peças de repertório em Windsor, melodramas e peças populares de segunda categoria. — À espera de ser descoberta —, dizia ela, fazendo uma pose teatral. Todo mundo parecia estar à espera de alguma coisa, Ursula pensava. — Melhor não esperar —, dizia Izzie. — Melhor *fazer*. — Fácil falar, para ela.

Millie e Ursula estavam sentadas nas cadeiras de vime no gramado da Toca da Raposa, na esperança de que as raposas fossem brincar na grama. Uma raposa e sua ninhada andavam visitando o jardim. Sylvie espalhava restos de comida, e a raposa-mãe já estava quase domesticada e se sentava muito corajosa no meio do gramado, como um cão à espera do jantar, enquanto os filhotes — umas coisinhas já esguias e de pernas compridas em junho — brincavam e saltavam ao seu redor.

— O que vou fazer, então? — perguntou Ursula impotente (e desesperada). Bridget apareceu com uma bandeja de chá e bolo e colocou-a sobre a mesa entre as duas. — Aprender taquigrafia e datilografia e trabalhar como funcionária pública. Isso também me parece desalentador. Ou seja, o que mais há para uma mulher *fazer*, se não quiser passar da casa dos pais para a vida de casada sem alguma coisa no meio.

— Para uma mulher culta — emendou Millie.

— Para uma mulher culta — concordou Ursula.

Bridget murmurou alguma coisa incompreensível, e Ursula disse: — Obrigada, Bridget.

(— *Você* conheceu a Europa — ela disse, bastante acusadora, a Sylvie. — Quando era moça.

— Eu não estava sozinha, estava acompanhada pelo meu pai — disse Sylvie.

Mas, surpreendentemente, aquele argumento pareceu surtir algum efeito, e, no final, foi Sylvie quem defendeu a viagem contra as objeções de Hugh.)

Antes da ida para a Alemanha, Izzie levou-a para comprar echarpes e roupas íntimas de seda, belos lenços debruados de renda, um par de sapatos realmente bom, dois chapéus e uma bolsa nova. — Não conte à sua mãe — disse ela.

Em Munique, Ursula deveria se hospedar com a família Brenner — pai, mãe, três filhas (Klara, Hildegard e Hannelore) e um filho, Helmut (que estava fora, na faculdade), num apartamento na Elisabethstrasse. Hugh já trocara uma extensa correspondência com Herr Brenner para avaliar suas habilitações como hospedeiro. — Eu serei uma terrível decepção — ela disse a Millie —, parece que Herr Brenner está esperando a chegada do Messias pelas precauções que precisaram ser tomadas.

Herr Brenner era professor da Deutsche Akademie e conseguira que Ursula desse algumas aulas de inglês para principiantes, além de providenciar diversas apresentações a pessoas em busca de aulas particulares. Contou-lhe tudo isso ao conhecê-la, à descida do vagão. Ela ficou bem desanimada, ainda não se decidira quanto à ideia de começar a trabalhar logo, e estava exausta depois de uma viagem de trem longa e cansativa.

O *Schnellzug*, a partir da Gare de l'Est, em Paris, tinha sido tudo menos *schnell*[42], e ela dividira o compartimento com, entre outros, um homem que,

[42] Rápido. (N. T.)

por toda a viagem, alternava entre fumar um charuto e comer um salame inteiro, dois comportamentos que a fizeram se sentir muito pouco à vontade. ("E tudo o que vi de Paris foi uma plataforma de estação", escreveu a Millie.) O homem que comia salame seguiu-a pelo corredor, quando ela saiu em busca do banheiro feminino. Ela achou que ele estivesse indo para o vagão--restaurante, mas quando chegou ao compartimento do banheiro, ele tentou, para seu sobressalto, entrar atrás dela. Ele disse algo que ela não entendeu, embora o significado parecesse lascivo (o charuto e o salame eram como estranhos prelúdios). — *Lass mich in Ruhe* — deixe-me em paz, ela exclamou, decidida, mas ele continuou a empurrá-la para dentro, e ela continuou a empurrá-lo para trás. Desconfiava que sua luta, cortês já que oposta à violência, poderia parecer bastante cômica a um observador.

Ursula desejou que houvesse alguém no corredor a quem pudesse apelar. Não queria imaginar o que o homem faria com ela se conseguisse confiná--la no minúsculo compartimento do lavatório. (Mais tarde, perguntou-se por que não tinha simplesmente gritado. Como era idiota!) Foi salva por dois oficiais, vistosos em seus uniformes pretos e insígnias de prata, que se materializaram do nada e seguraram o homem com mão firme. Passaram-lhe uma severa descompostura, embora ela não conseguisse reconhecer metade do vocabulário, e depois, muito galantes, conduziram-na até outro vagão, onde só havia mulheres, cuja existência ela desconhecia. Depois que os oficiais se foram, suas companheiras de viagem não conseguiam parar de comentar como eram bonitos os oficiais da SS. (— *Schutzstaffel*[43] — murmurou uma das mulheres em tom de admiração. — Não são como aqueles arruaceiros de marrom.) O trem chegou com atraso à estação de Munique. — Houve algum tipo de acidente — informou Herr Brenner —, um homem caíra do trem.

— Que coisa horrível — disse Ursula.

Apesar de ser verão, fazia frio e chovia muito. A atmosfera sombria não melhorou com sua chegada ao enorme apartamento dos Brenner, onde nenhuma lâmpada havia sido acesa ao cair da tarde e onde a chuva batia de encontro às janelas com cortinas de renda como se estivesse determinada a quebrá-las.

[43] Em tradução literal, *Schutzstaffel* (SS) significa Tropa de Proteção. (N. T.)

Ursula e Herr Brenner arrastaram, sozinhos, seu pesado baú escada acima, numa manobra um tanto ridícula. Certamente havia alguém capaz de ajudá-los, Ursula pensou irritada. Hugh teria contratado "um homem" — ou dois — e não esperaria que ela própria desse conta daquilo. Pensou nos oficiais da SS no trem, na maneira eficiente e cortês com que teriam lidado com o baú.

As mulheres da família Brenner não estavam em casa. — Ah, ainda não voltaram — comentou Herr Brenner, despreocupado. — Foram fazer compras, acho.

O apartamento estava cheio de móveis pesados, tapetes surrados e plantas frondosas que davam a impressão de uma selva. Ela estremeceu, tudo parecia inóspito e frio para aquela época do ano.

Conduziram o baú até o quarto que seria dela. — Este era o quarto da minha mãe — disse Herr Brenner. — Estes móveis são dela. Infelizmente, ela morreu no ano passado.

O modo como ele olhou para a cama — uma coisa grande e gótica que parecia ter sido construída especificamente para induzir pesadelos em seu ocupante — insinuou claramente que o desenlace da idosa Frau Brenner se dera dentro de suas cobertas de plumas. A cama parecia dominar o cômodo, e Ursula, de repente, se viu ansiosa. A experiência no trem com o homem que comia salame ainda era embaraçosamente vívida, e agora ali estava ela, outra vez, sozinha num país estrangeiro com um completo estranho. As histórias escabrosas de Bridget sobre o comércio de escravas brancas lhe vieram à cabeça.

Para seu alívio, ambos ouviram a porta da frente se abrir e uma grande algazarra acontecendo no corredor.

— Ah — disse Herr Brenner radiante de alegria —, elas voltaram!

As meninas se atiraram para dentro do apartamento, todas molhadas da chuva, rindo e carregando pacotes. — Vejam quem chegou — avisou Herr Brenner —, provocando muita emoção nas duas meninas menores. (Hilde e Hanne viriam a ser as garotas mais excitáveis que Ursula jamais conhecera.)

— Você está aqui! — disse Klara, segurando suas duas mãos nas dela, frias e úmidas —, *Herzlich willkommen in Deutschland*[44].

[44] Seja muito bem-vinda à Alemanha. (N. T.)

Enquanto as meninas menores falavam pelos cotovelos, Klara se moveu depressa pelo apartamento, acendendo as luzes, e o local se transformou num relance — os tapetes estavam gastos, mas tinham lindas estampas, os móveis antigos brilhavam de tão polidos, a inóspita selva de plantas revelou-se um belo caramanchão de samambaias. Herr Brenner acendeu um grande *Kachelofen* de porcelana na sala de estar ("era como ter um grande animal quente na sala", ela escreveu a Pamela) e lhe garantiu que, no dia seguinte, o tempo estaria de volta ao normal, quente e ensolarado.

A mesa foi rapidamente arrumada com uma toalha bordada e uma refeição foi servida — uma bandeja com queijo, salame, salsicha fatiada, salada e um pão escuro que cheirava ao bolo de sementes da sra. Glover, bem como uma deliciosa espécie de sopa de frutas que confirmou que ela estava num país estrangeiro. ("Sopa de fruta gelada!", ela escreveu a Pamela. "O que a sra. Glover tem a dizer sobre isso?") Até mesmo o quarto da falecida mãe de Herr Brenner parecia agora mais confortável. A cama era macia e convidativa, os lençóis debruados com renda feita à mão e o abajur da mesinha de cabeceira tinha uma bonita cúpula de vidro cor-de-rosa que lançava um brilho quente. Alguém — Klara, imaginou Ursula — colocara um ramalhete de margaridas num pequeno vaso em cima da penteadeira. Ursula estava caindo de cansaço quando subiu na cama (era tão alta que exigia uma escadinha) e caiu com gratidão num sono profundo e sem sonhos, nem um pouco importunado pelo fantasma da ocupante anterior.

— Mas é claro que você vai ter algum tempo de férias — disse Frau Brenner no café da manhã do dia seguinte (uma refeição estranhamente semelhante ao jantar da noite anterior).

Klara estava "um pouco perdida". Terminara o curso de arte e não sabia o que fazer a seguir. Estava impaciente para sair de casa e "ser uma artista", mas "não há muito dinheiro na Alemanha para investir em arte", resmungou. Klara guardava alguns de seus trabalhos em seu quarto, grandes telas abstratas e grosseiras que pareciam em desacordo com sua natureza gentil e moderada. Ursula não podia imaginar como ela ganharia a vida com aquilo. — Talvez eu seja obrigada a dar aulas — disse ela, desolada.

— Um destino pior que a morte — Ursula concordou.

Klara fazia, de vez em quando, algumas molduras para um estúdio fotográfico na Schellingstrasse. A filha de uns amigos de Frau Brenner trabalhava lá e a recomendara. Klara e a filha, Eva, tinham frequentado juntas o jardim de infância. — Mas fazer molduras não chega a ser arte, não é? — disse Klara. — O fotógrafo, Hoffmann, era o fotógrafo pessoal do novo chanceler, por isso estou intimamente familiarizada com seus traços — disse ela.

Os Brenner também não tinham muito dinheiro (Ursula supôs ser essa a razão pela qual alugavam um quarto a ela) e todos os conhecidos de Klara eram pobres, mas, em 1933, todos em toda parte eram pobres.

Apesar da falta de fundos, Klara estava determinada a fazer com que aproveitassem ao máximo o final do verão. Elas iam ao Carlton Teehaus ou ao Café Heck, no Hofgarten, onde comiam *Pfannkuchen* e tomavam *Schokolade* até enjoar. Caminhavam durante horas no Englischer Garten e depois tomavam sorvete ou bebiam cerveja, com os rostos rosados pelo sol. Também passavam o tempo em passeios de barco ou nadando com os amigos de Helmut, o irmão de Klara — um carrossel de Walters, Werners, Kurts, Heinzes e Gerhards. Helmut estava em Potsdam, era um cadete, um *Jungmann*, num novo tipo de escola militar fundada pelo Führer. — Ele ficou muito entusiasmado com o partido — disse Klara, em inglês. Seu inglês era bastante bom e ela gostava de treiná-lo com Ursula.

— Com a partida — Ursula corrigiu. — Nós dizemos "ele ficou muito entusiasmado com *a* partida".

Klara riu e sacudiu a cabeça: — Não, não, *o* partido, os nazistas. Você não sabe que desde o mês passado é o único ao qual podemos nos filiar?

"Quando Hitler chegou ao poder", Pamela lhe escrevera, didática, "promulgou a lei Habilitante, que na Alemanha é chamada de *Gesetz zur Behebung der Not von Volk und Reich*, e se traduz mais ou menos por 'Lei de solução para as necessidades das pessoas e do Reich'. Um apelido pomposo para a derrubada da democracia."

Ursula escreveu alegremente de volta: "Mas a democracia vai se endireitar, como sempre aconteceu. Isso também passará."

"Não sem ajuda", Pamela respondeu.

Pamela tinha muita má vontade com a Alemanha, e era fácil ignorá-la quando se podia passar longas tardes quentes em banhos de sol com Walters, Werners, Kurts, Heinzes e Gerhards, indolente e refastelada na piscina municipal ou no rio. Ursula foi pega de surpresa pela maneira como aqueles rapazes estavam suficientemente perto dela quase nus, com seus shorts curtos e seus desconcertantemente reduzidos calções de banho. Os alemães em geral, ela descobriu, não eram avessos a se despir na frente dos outros.

Klara conhecia também um grupo diferente, mais cerebral — seus companheiros da escola de arte. Esses tendiam a preferir o interior sombrio e enfumaçado dos cafés ou seus próprios apartamentos desarrumados. Bebiam e fumavam muito e falavam bastante sobre arte e política. ("Com isso", ela escreveu a Millie, "entre esses dois grupos de pessoas estou recebendo uma educação completa!") Os colegas da escola de arte de Klara formavam um grupo dissidente e maltrapilho em que todos pareciam não gostar de Munique, aparentemente a sede do provincianismo pequeno-burguês, e falavam todo o tempo em se mudar para Berlim. Eles falavam muito em fazer coisas, ela percebeu, mas faziam muito pouco.

Klara estava sob o domínio de um tipo diferente de inércia. Sua vida tinha estacionado, ela era secretamente apaixonada por um de seus professores da escola de arte, um escultor, mas ele estava longe, na Floresta Negra, em férias com a família. (Relutante, admitiu que "família" queria dizer uma esposa e dois filhos.) Esperava que a vida se resolvesse por si mesma, dizia. Mais prevaricação, Ursula pensou. Embora não fosse a pessoa indicada para dizer algo.

Ursula ainda era virgem, intacta, como Sylvie teria colocado.

Não por qualquer razão moral, apenas porque ainda não encontrara alguém de quem gostasse o suficiente. — Você não precisa *gostar* deles — Klara riu.

— Eu sei, mas eu quero.

Em vez disso, parecia ser um ímã para tipos desagradáveis — o homem no trem, o homem na alameda — e se perguntava se eles podiam ver nela alguma coisa que ela mesma não era capaz de ver. Sentia-se um tanto rígida e inglesa em comparação a Klara e seus colegas artistas ou aos amigos do ausente Helmut (que eram terrivelmente bem-comportados).

Hanne e Hilde tinham persuadido Klara e Ursula a acompanhá-las num evento no ginásio de esportes local. Ursula, equivocada, imaginou tratar-se de um concerto, mas era um desfile da Hitler-Jugend. Apesar do otimismo de Frau Brenner, a BDM nada fizera para conter o interesse de Hilde e Hanne pelos garotos.

Para Ursula, aquelas fileiras de meninos vigorosos e saudáveis pareciam todas iguais, mas Hilde e Hanne passaram muito tempo apontando, animadas, os amigos de Helmut, aqueles mesmo Walters, Werners, Kurts, Heinzes e Gerhards que perambulavam à beira da piscina quase sem roupa. Agora, espremidos em seus uniformes imaculados (mais shorts curtos), pareciam escoteiros muito orgulhosos e honrados.

Houve uma infinidade de marchas e cantorias com banda de música e vários oradores que tentavam imitar o estilo declamatório do Führer (e falhavam), e, então, todos ficaram em pé e cantaram "*Deutschland über alles*". Como Ursula não sabia a letra, cantarolou baixinho "Gloriosas coisas de ti são ditas" com a linda melodia de Haydn, um hino que muitas vezes cantavam nas festas escolares. Quando a cantoria terminou, todos gritaram — *Sieg Heil!*[45] — e saudaram o Führer, e Ursula quase se surpreendeu ao se ver fazendo o mesmo. Klara se retorcia de rir com a cena, mas Ursula observou que ela também estava com o braço erguido. — Espera-se que eu tenha a mesma opinião — disse ela, imperturbável. — Não quero ser atacada na volta para casa.

NÃO, OBRIGADA, URSULA NÃO queria ficar em casa com Vati e Mutti Brenner naquela Munique quente e empoeirada, portanto Klara vasculhou seu armário e encontrou uma saia azul-marinho e uma blusa branca que obedeciam aos regulamentos, e a líder do grupo, Adelheid, providenciou mais uma jaqueta cáqui do uniforme. Um lenço de três pontas passado através de um nó cabeça de turco de couro trançado completava o traje. Ursula se achou bem elegante. Descobriu-se arrependida por nunca ter sido bandeirante, embora desconfiasse que isso significaria mais do que só o uniforme.

[45] Saudação alemã usada durante os anos de nazismo que significa "Viva a vitória!". (N. T.)

O limite máximo de idade para a BDM era dezoito anos, por isso nem Ursula nem Klara estavam qualificadas para participar, eram "velhas senhoras", *alte Damen*, segundo Hanne. Ursula não achava que a tropa realmente precisasse ser escoltada por elas, pois Adelheid era eficiente como um cão pastor com suas meninas. Com seu corpo escultural e nórdicas tranças louras, ela poderia passar por uma jovem Freya vinda de Folkvang. Era a propaganda perfeita. Aos dezoito anos, logo estaria velha demais para a BDM, e o que faria depois? — Ora, vou entrar para a Liga Nacional Socialista da Mulher, é claro — disse ela. Já usava uma pequena suástica de prata presa ao peito bem torneado, o símbolo rúnico de adesão.

Embarcaram num trem, mochilas arrumadas nos porta-bagagens, e à noite chegaram a uma pequena aldeia alpina, perto da fronteira com a Áustria. Da estação, marcharam em formação (cantando, é claro) até seu *Jugendherberge*. As pessoas paravam para vê-las e algumas as aplaudiam.

O dormitório para o qual foram destinadas estava cheio de beliches, a maioria já ocupada por outras meninas, e elas precisaram se espremer, como sardinhas. Klara e Ursula escolheram compartilhar um colchão no chão.

Receberam uma refeição na sala de jantar, sentadas em longas mesas feitas de cavalete, e foram servidas com o que se revelou ser a ração-padrão de sopa e *Knäckebrot* com queijo. Pela manhã, comeram pão preto, queijo e geleia, com chá ou café. O ar puro das montanhas as deixara famintas, e elas devoraram tudo o que tinha à vista.

A aldeia e seus arredores eram idílicos, havia até um pequeno castelo que foram autorizadas a visitar. Era frio e úmido, cheio de armaduras, bandeiras e escudos heráldicos. Parecia um lugar bem desconfortável para viver.

Davam longos passeios às margens do lago ou pela floresta e depois pegavam carona de volta ao albergue da juventude em caminhões agrícolas e carroças de feno. Um dia, percorreram a pé toda a extensão ao longo do lago até uma magnífica cachoeira. Klara levara seu bloco de desenhos e seus pequenos esboços a carvão, rápidos e vivos. Eram muito mais atraentes que suas pinturas. — Ai — disse ela —, são *gemütlich*. Esbocinhos delicados. Meus colegas ririam deles.

A aldeia em si era um lugarzinho sonolento onde as casas tinham janelas cheias de gerânios. Havia uma hospedaria perto do rio onde tomaram cerveja e comeram carne de vitela e talharim até acharem que iam estourar. Ursula nunca mencionou a cerveja em suas cartas para Sylvie, ela não entenderia quanto aquilo era banal no país. E, mesmo que entendesse, não aprovaria.

Deveriam seguir em frente no dia seguinte, iriam viver "em tendas" por alguns dias, um grande acampamento de meninas, e Ursula lamentou precisar deixar a aldeia.

Havia uma feira sendo realizada em sua última noite lá, uma combinação de exibição agrícola e festival da colheita, a maior parte incompreensível para Ursula. (— Para mim também — disse Klara. — Eu sou uma garota da cidade, lembre-se.) Todas as mulheres usavam trajes típicos, e animais rurais com diversos tipos de guirlandas desfilavam em torno de um campo e eram depois premiados. Bandeiras, outra vez com suásticas, decoravam o campo. Havia muita cerveja e uma banda de música. Um grande estrado de madeira havia sido montado no meio do campo e, acompanhados por um acordeão, alguns meninos usando *Lederhosen*[46] deram uma demonstração de *Schuhplattler*[47], batendo palmas, batendo os pés, batendo nas coxas e nos calcanhares no ritmo da música.

Klara zombou deles, mas Ursula considerou aquilo bastante inteligente. Ursula pensou que gostaria muito de viver numa aldeia alpina ("Como Heidi", escreveu para Pamela. Escrevia menos para Pamela, já que a irmã estava tão exasperada com a nova Alemanha. Pamela, mesmo à distância, era a voz de sua consciência, mas era muito fácil ter uma consciência distante).

O acordeonista ocupou seu lugar na banda e as pessoas começaram a dançar. Ursula foi levada para o estrado por uma sucessão de meninos rurais terrivelmente tímidos que tinham um estranho jeito caipira de se mover na pista de dança, que ela reconheceu como o ritmo três por quatro, um tanto curioso, do *Schuhplattler*. Entre a cerveja e as danças, começou a se sentir um pouco tonta, de modo que estava meio confusa quando Klara apareceu,

[46] Jardineiras de couro, parte do traje típico masculino do Tirol e das regiões alpinas. (N. T.)
[47] Sapateado de origem celta, dança típica do Tirol. (N. T.)

arrastando pela mão um homem muito atraente que evidentemente não era do lugar, dizendo: — Veja quem eu achei!

— Quem? — perguntou Ursula.

— Ninguém menos que o primo um pouquinho distante de um primo que se mudou — disse Klara, contente. Ou algo nessa direção. Permita-me apresentar Jürgen Fuchs.

— Só um primo em segundo grau — disse ele, sorrindo.

— Encantada em conhecê-lo — ela respondeu.

Ele bateu os calcanhares e beijou-lhe a mão, e ela se lembrou do Príncipe Encantado em *Cinderela*.

— É o prussiano em mim — ele explicou e riu, e as Brenner também riram.

— Não temos nem uma gota de sangue prussiano — esclareceu Klara.

Ele tinha um sorriso encantador, ao mesmo tempo divertido e atencioso, e olhos extraordinariamente azuis. Era, sem dúvida, bonito, um pouco como Benjamin Cole, mas Benjamin era seu polo oposto escuro, o negativo de Jürgen Fuchs em positivo.

Uma Todd e um Fuchs — duas raposas. Estaria o destino intervindo em sua vida? O dr. Kellet teria apreciado a coincidência.

"Ele é tão bonito", ela escreveu a Millie depois daquele encontro. Todas aquelas expressões medonhas usadas em romances de segunda linha lhe vinham à mente — *de parar o coração, de tirar o fôlego*. Em tardes chuvosas e ociosas, Ursula lera os romances de Bridget em número suficiente para conhecê-las.

"Amor à primeira vista", escreveu levianamente para Millie. Mas é claro que aqueles sentimentos não eram o "verdadeiro" amor (algo que ela, um dia, sentiria por um filho), apenas a falsa grandeza da loucura. "*Folie à deux*[48]", escreveu Millie de volta. "Que delícia!"

"Sorte sua", escreveu Pamela.

"O casamento se baseia num tipo mais duradouro de amor", advertiu Sylvie.

"Estou pensando em você, ursinha", Hugh escreveu, "tão longe daqui."

[48] Loucura a dois. (N. T.)

QUANDO ESCURECEU, HOUVE UMA procissão de tochas pela aldeia e, depois, fogos de artifício lançados das muralhas do pequeno castelo. Foi emocionante.

— *Wunderschön, nicht wahr?* — disse Adelheid, o rosto radiante à luz das tochas.

— É — concordou Ursula, é lindo.

Agosto de 1939

— *Der Zauberberg*. A montanha mágica.

— *Aaw. Sie ist so niedlich.* — *Clique, clique, clique.* Eva adorava sua Rolleiflex.

Eva adorava Frieda. Ela é tão *gracinha*, dizia. Estavam no enorme terraço do Berghof, brilhante sob o sol dos Alpes, esperando que o almoço fosse levado para fora. Era muito mais agradável comer ali fora, ao ar livre, em vez de na grande e sombria sala de jantar, a enorme janela cheia de nada além das montanhas. Ditadores gostavam que tudo estivesse em grande escala, até mesmo o cenário. *Bitte lächeln!* Um grande sorriso. Frieda obedecia. Era uma criança obediente.

Eva persuadira Frieda a tirar o prático macacão inglês (Bourne & Hollingsworth, comprado por Sylvie e enviado para o aniversário de Frieda) e a vestira com o traje bávaro — jardineira, avental, meias brancas até o joelho. Aos olhos ingleses de Ursula (mais ingleses a cada dia, ela observava), a roupa ainda parecia pertencer a uma caixa de fantasias, ou talvez a uma peça escolar. Uma vez, em sua própria escola (como parecia distante no tempo e no espaço!), eles a tinham colocado numa apresentação de *O flautista de Hamelin* e Ursula fizera o papel de uma menina da aldeia, fantasiada com uma roupa muito parecida com a que Frieda usava agora.

Millie tinha encarnado o Rei Rato, num desempenho brilhante, e Sylvie dissera: — Essas meninas Shawcross florescem ao receber atenção, não é mesmo?

Havia algo de Millie em Eva — uma alegria inquieta e vazia que precisava de alimentação contínua. Mas Eva também era uma atriz, representando o maior papel de sua vida. Na verdade, a sua vida *era* o seu papel, não havia diferença.

Frieda, a adorável pequena Frieda, com apenas cinco anos de idade, tinha olhos azuis e trancinhas louras. A pele de Frieda, tão pálida e abatida quando chegara, agora exibia tons de rosa e ouro de toda a luz do sol dos Alpes.

Quando o Führer viu Frieda, Ursula percebeu o brilho fanático nos olhos dele, também azuis e tão frios quanto o Königsee lá em baixo, e soube que ele estava vendo o futuro do *Tausendjähriges Reich* se desenrolando diante dele, *Mädchen*[49] após *Mädchen*. (— Ela não puxou a você, não é? — disse Eva, sem maldade, porque ela não tinha malícia.)

Quando era pequena — uma época de sua vida à qual parecia se ver voltar, quase compulsivamente, nos últimos tempos —, Ursula lia contos de fadas de princesas iludidas que se salvavam de pais lascivos e madrastas ciumentas manchando seus rostos claros com suco de noz e esfregando cinzas nos cabelos para se disfarçarem — como os ciganos, os estrangeiros, os fugitivos. Ursula se perguntava como alguém conseguia suco de noz, não parecia o tipo de coisa que se poderia simplesmente entrar numa loja e comprar. E não era mais seguro ser um estrangeiro de pele acastanhada, ainda mais se quisesse sobreviver e ficar ali, em Obersalzberg — *Der Zauberberg* —, no reino do faz de conta, o Berg, como eles o chamavam com a intimidade dos eleitos.

O que estava fazendo ali, Ursula se perguntou, e quando poderia ir embora? Frieda estava bem o suficiente agora, a convalescença chegando ao fim. Ursula se determinou a falar com Eva ainda naquele dia. Afinal, não eram prisioneiras, poderiam sair a qualquer momento que quisessem.

Eva acendeu um cigarro. O Führer não estava, e o camundongo estava sendo impertinente. Ele não gostava que ela fumasse ou bebesse, ou usasse maquiagem. Ursula admirava os pequenos atos de rebeldia de Eva. O Führer tinha ido e vindo duas vezes desde que Ursula chegara ao Berghof com Frieda, há duas semanas, sendo que suas chegadas e partidas eram momen-

[49] Menina. (N. T.)

tos de intensa dramaticidade para Eva, para todos. O Reich, Ursula concluíra havia muito tempo, era todo pantomima e espetáculo, "*uma história contada por um idiota, cheia de som e fúria*", ela escreveu a Pamela. "Mas, infelizmente, não significava *nada*."

Frieda, instigada por Eva, fez uma pirueta e riu. Ela era o núcleo derretido no centro do coração de Ursula, a melhor parte de tudo o que fazia ou pensava. Ursula estaria disposta a andar sobre brasas pelo resto da vida se isso protegesse Frieda. Arder no fogo do inferno para salvá-la. Afogar-se nas águas mais profundas se isso a mantivesse à tona. (Explorara muitas situações extremas. Melhor estar preparada.) Não fazia ideia (Sylvie dera poucos indícios) de que o amor materno pudesse ser fonte de tanta ansiedade, ser tão *dolorosamente* físico.

— Ah, claro, — disse Pamela, como se fosse a coisa mais banal do mundo — ele nos transforma em perfeitas lobas.

Ursula não pensava em si mesma como uma loba, ela era, afinal, uma ursa.

Havia lobas reais rondando por toda parte no Berg — Magda, Emmy, Margarete, Gerda —, as férteis esposas dos altos membros do partido, todas brigando por um pouco de poder próprio, produzindo bebês intermináveis de seus lombos fecundos, para o Reich, para o Führer. Aquelas lobas eram animais perigosos e predadores, e odiavam Eva, a "vaca idiota" — *die blöde Kuh* — que, de um jeito ou de outro, conseguira sobrepujar a todas.

Elas, sem dúvida, teriam dado qualquer coisa para ser a companheira do glorioso líder em vez da insignificante Eva. Não era um homem daquela estatura digno de uma Brünnhilde — ou, no mínimo, de uma Magda ou de uma Leni? Ou talvez da própria Valquíria, "a mulher Mitford", *das Fräulein Mitford*, como Eva se referia a ela. O Führer admirava a Inglaterra, sobretudo a Inglaterra aristocrática e imperial, embora Ursula duvidasse que sua admiração fosse impedi-lo de tentar destruí-la se chegasse a hora.

Eva não gostava de todas as Valquírias que poderiam ser rivais das atenções do Führer, suas mais intensas emoções eram concebidas no medo. Sua maior antipatia se destinava a Bormann, a *éminence grise*[50] do Berg. Era ele

[50] Eminência parda. (N. T.)

quem controlava as despesas, quem comprava os presentes do Führer para Eva e quem fornecia o dinheiro para todos aqueles casacos de pele e sapatos Ferragamo, lembrando-a, de maneira sutil, de que ela era apenas uma cortesã. Ursula se perguntava de onde viriam os casacos de pele, já que a maioria das peleterias que vira em Berlim pertencia a judeus.

Deveria ficar atravessado na garganta das lobas o fato de que a consorte do Führer era uma balconista. Assim que o conheceu, Eva contou a Ursula, quando trabalhava na *Photohaus*, de Hoffmann, dirigiu-se a ele como Herr Wolf. Adolf significa lobo nobre em alemão, ela explicou. Como ele deve gostar disso, Ursula pensou. Ela nunca ouvira alguém chamá-lo de Adolf. (Será que Eva o chamava de *mein Führer* até na cama? Parecia perfeitamente possível). — E você sabe que a canção favorita dele — Eva riu — é "Quem tem medo do lobo mau"?

— Do filme da Disney, *Os três porquinhos*? — reagiu Ursula, incrédula.

— É!

Ah, pensou Ursula, não posso esperar para contar *isso* a Pamela.

— E AGORA UMA com Mutti — disse Eva. — Pegue-a no colo. *Sehr schön*. Sorriam.

Ursula vira Eva perseguir feliz o Führer com a câmera, tentando conseguir uma fotografia em que ele não se desviasse da lente ou puxasse comicamente a aba do chapéu para baixo, como um espião num disfarce pobre. Ele não gostava de ser fotografado por ela, preferindo a iluminação lisonjeira de um estúdio ou uma pose mais heroica do que os instantâneos de que Eva gostava. Eva, em compensação, adorava ser fotografada. Ela não queria estar só nas fotos, queria estar num filme. *Ein* filme. Ela ia para Hollywood ("um dia"), representar o papel dela mesma, "a história da minha vida", dizia. (A câmera, de alguma forma, tornava tudo real para Eva.) O Führer prometera, aparentemente. É claro, o Führer prometia um monte de coisas. Era isso que o havia colocado onde estava agora.

Eva acertou o foco da Rolleiflex. Ursula estava contente por não ter levado sua velha Kodak, que mal suportaria a comparação. — Vou mandar fazer cópias para você — disse Eva. — Você pode mandá-las para a Inglaterra, para seus pais. Fica muito bonito com as montanhas ao fundo. Agora me dê um belo sorriso. *Jetzt lach doch mal richtig!*

A paisagem das montanhas era o pano de fundo para todas as fotos tiradas ali, o pano de fundo para tudo. No começo, Ursula achara bonito, agora começava a ver sua magnificência como opressiva. Os grandes penhascos de gelo e a precipitação das cachoeiras, os infindáveis pinheiros — natureza e mito fundidos para formar a sublimada alma germânica. O romantismo alemão, considerava Ursula, era grandioso e místico, os lagos ingleses pareciam insípidos em comparação. E a alma inglesa, se morava em algum lugar, era em algum quintal nada heroico — um pequeno gramado, um canteiro de rosas, uma fileira de ervilhas.

Deveria ir para casa. Não para Berlim, para a Savignyplatz, mas para a Inglaterra. Para a Toca da Raposa.

Eva empoleirou Frieda no parapeito e Ursula prontamente a tirou dali.

— Ela não se dá bem com altura — explicou.

Eva vivia se debruçando precariamente naquele mesmo parapeito, ou fazendo cães ou crianças pequenas desfilarem por ali. A queda era vertiginosa, passando por Berchtesgaden até o Königsee. Ursula sentia falta de Berchtesgaden com seus inocentes canteiros de gerânios coloridos nas janelas, suas pradarias descendo até o lago. Parecia muito tempo atrás desde que estivera lá com Klara, em 1933. O professor de Klara se divorciara da esposa, e Klara estava agora casada com ele e tinha dois filhos.

— Os *Nibelungen* vivem lá em cima — Eva disse a Frieda, apontando para os picos à volta delas — com demônios, bruxas e cães malvados.

— Cães malvados? — Frieda ecoou, em dúvida. Ela já se assustara com os cansativos Negus e Stasi, irritantes terriers escoceses de Eva, sem precisar ouvir sobre anões e demônios.

E *eu* ouvia dizer — pensou Ursula — que era Carlos Magno quem se escondia no Untersberg, dormindo numa caverna, à espera de ser despertado para a batalha final entre o bem e o mal. Perguntou-se quando seria. Logo, talvez.

— E MAIS UMA — disse Eva. Um grande sorriso!

A Rolleiflex faiscava ao sol, incansável. Eva tinha também uma filmadora, um presente caro de seu próprio sr. Lobo, e Ursula supôs que deveria se alegrar por não estarem sendo registradas para a posteridade em cores e em movimento. Ursula imaginou, no futuro, alguém folheando os (muitos) álbuns de Eva e se perguntando quem era Ursula, tomando-a, talvez, por Gretl, a irmã de Eva, ou sua amiga Herta, notas de rodapé para a história.

Um dia, tudo aquilo seria parte dessa mesma história, até as montanhas — areia, afinal, era o futuro das pedras. A maioria das pessoas se emaranhava nos acontecimentos e só em retrospecto percebia seu significado. O Führer era diferente, ele estava conscientemente *fazendo* história para o futuro. Só um verdadeiro narcisista poderia fazê-lo. E Speer projetava edifícios para Berlim para que parecessem em bom estado quando estivessem em ruínas dali a mil anos, seu presente para o Führer. (Pensar em tal escala! Ursula vivia hora a hora, outra consequência da maternidade, porque o futuro era tão misterioso quanto o passado.)

Speer era a única pessoa gentil com Eva e, por isso, Ursula lhe concedeu, em sua avaliação, um mérito do qual ele talvez não fosse digno. Era também o único daqueles pretensos cavaleiros teutônicos que tinha boa aparência, não era troncho ou lembrava um sapo atarracado ou um porco obeso, ou — ainda pior — parecia um burocrata de baixo nível. ("E estão todos de uniforme!", ela escreveu a Pammy. "Mas é tudo fingimento. É como viver nas páginas de *O prisioneiro de Zenda*. Eles são muito bons em baboseiras." Como gostaria que Pammy estivesse a seu lado, como teria se divertido dissecando os personagens do Führer e seus capangas. Concluiria que eram todos impostores, esguichando hipocrisia.)

Em particular, Jürgen alegou considerar todos "tremendamente" falhos, mas em público se comportava como qualquer bom servidor do Reich. *Lippenbekenntnis*, explicou. Para manter as aparências. (A necessidade ensina, teria dito Sylvie.) Era assim que se vencia na vida, ele dizia. Ursula acreditava que, nesse ponto, ele era um pouco como Maurice, que dizia que era preciso trabalhar com idiotas e burros para progredir na carreira. Maurice também era advogado, claro. Ocupava uma posição bastante importante no Ministério do Interior nessa ocasião. Se fossem para a guerra, isso seria um problema? Seria a armadura da cidadania alemã — vestida com tanta relutância — suficiente para protegê-la? (Se fossem para a guerra, seria ela capaz de tolerar que estivesse daquele lado do Canal da Mancha?)

Jürgen era advogado. Se quisesse exercer a advocacia, era obrigado a pertencer ao partido, não tinha escolha. *Lippenbekenntnis*. Trabalhava para o Ministério da Justiça em Berlim. Quando fez o pedido ("namoro um pouco acelerado", ela escrevera a Sylvie), mal deixara de ser comunista.

Agora, Jürgen abandonara sua política de esquerda e se mantinha firme na defesa do que tinha sido alcançado — o país funcionava outra vez —, desemprego zero, alimentação, saúde, autovalorização. Novos empregos, novas estradas, novas fábricas, uma nova esperança — de que outra maneira poderiam conseguir tudo aquilo?, ele dizia. Mas aquilo viera com uma falsa religião exaltada e um falso messias colérico. — Tudo tem um preço — disse Jürgen. Talvez não tão alto quanto aquele. (Como eles *tinham* feito aquilo, Ursula se perguntou muitas vezes. Medo e cenografia, mais do que tudo. Mas de onde *tinha* vindo todo o dinheiro e empregos? Talvez apenas da fabricação de bandeiras e uniformes, suficiente para resgatar a maioria das economias. "A economia está se recuperando, seja como for", escreveu Pamela, "é uma feliz coincidência para os nazistas o fato de poderem reivindicar essa recuperação.") É verdade, dizia ele, houve violência, no início, mas foi um espasmo, uma onda, a demonstração de força do *Sturmabteilung*[51]. Tudo, todos estavam mais racionais agora.

Em abril, assistiram à parada do quinquagésimo aniversário do Führer em Berlim. Jürgen recebera convites para a tribuna de honra. — Um privilégio, suponho — ele disse. O que ele tinha feito, ela se perguntou, para merecer o "privilégio"? (Ele parecia feliz com isso? Às vezes era difícil dizer.) Ele não conseguira ingressos para os Jogos Olímpicos em 1936, mas ali estavam eles agora, ombro a ombro com os VIPs do Reich. Ele estava sempre ocupado, naqueles dias. — Advogados nunca dormem — afirmou. (No entanto, até onde Ursula podia ver, eram preparados para dormir durante os mil anos.)

[51] Militar nazista. (N. T.)

A parada durara uma eternidade, até então a maior expressão da eficiência de Goebbels como empresário de espetáculos. Uma grande quantidade de música marcial e depois a abertura proporcionada pela Luftwaffe — um impressionante e barulhento passeio aéreo ao longo do eixo leste-oeste e sobre o Portão de Brandemburgo por esquadrões de aeronaves em formação, onda após onda. Mais som e fúria.

— Heinkels e Messerschmitts — explicou Jürgen. (Como ele sabia?) — Todos os meninos conhecem seus aviões — ele disse.

Seguiu-se a parada dos regimentos, uma sucessão aparentemente inesgotável de soldados marchando em passo de ganso. Lembravam a Ursula as Tiller Girls dançando cancã.

— *Stechschritt* — comentou Ursula — quem teria tido aquela ideia?

— Os prussianos — caçoou Jürgen —, é claro.

Ela pegou uma barra de chocolate, quebrou um pedaço e ofereceu-o a Jürgen. Ele franziu a testa e balançou a cabeça como se ela demonstrasse falta de respeito com o poderio militar montado. Ela comeu outro pedaço. Pequenos atos de rebeldia.

Ele se inclinou para mais perto a fim de que ela pudesse ouvi-lo — a multidão fazia uma algazarra abominável. — Você precisa ao menos admirar a precisão deles — disse. Ela admirava, admirava mesmo. *Era* extraordinário. Robótico em sua perfeição, como se cada membro de cada regimento fosse idêntico ao seguinte, como se tivessem sido produzidos em série. Não era muito *humano*, mas não era função dos exércitos parecerem humanos, não? ("Era tudo tão *masculino*", relatou a Pamela.) Seria o exército britânico capaz de, naquela escala, chegar a uma disciplina militar tão mecânica? Os soviéticos talvez, mas os britânicos eram, de certa forma, menos *comprometidos*.

Frieda, em seu colo, já estava dormindo e aquilo mal havia começado.

Durante toda a parada, Hitler manteve a posição de saudação, o braço esticado à sua frente o tempo todo (conseguia vê-lo de onde estavam sentados, só o braço, como um atiçador de lareira). O poder obviamente proporcionava um tipo peculiar de resistência. Se fosse o meu quinquagésimo aniversário, Ursula pensou, eu gostaria de passá-lo às margens do Tâmisa, de Bray ou Henley, ou por aí, com um piquenique, um piquenique muito inglês — uma garrafa térmica de chá, enroladinhos de salsicha, sanduíches de agrião e ovo, bolos e pãezinhos. Sua família era tudo o que havia naquela imagem, mas faria Jürgen parte do idílio? Ele se encaixaria muito bem, recostado na grama de calças de flanela, falando de críquete com Hugh. Os dois se conheceram e se deram bem. Tinham ido à Inglaterra, à Toca da Raposa, em 1935, para uma visita. — Ele parece um bom sujeito — disse Hugh, embora não tivesse ficado muito entusiasmado quando soube que ela adotara a cidadania alemã. Fora um erro terrível, ela sabia agora.

— A percepção posterior é uma coisa maravilhosa — disse Klara. Se todos nós a tivéssemos, não haveria história para escrever a respeito.

Deveria ter ficado na Inglaterra. Deveria ter ficado na Toca da Raposa com o prado, o bosque e o riacho que corria por entre os arbustos de jacinto selvagem.

A maquinaria de guerra começou a passar.

— Aí vêm os tanques — disse Jürgen em inglês, ao surgirem os primeiros *Panzer* na parte de trás dos caminhões. O inglês dele era bom, ele passara um ano em Oxford (por isso seu conhecimento de críquete). Depois vieram os *Panzer* já no chão, motocicletas com carrinhos laterais, carros blindados, a cavalaria trotando com elegância (um prazer especial para a multidão — Ursula acordou Frieda para ver os cavalos), e depois a artilharia, desde pequenos canhões de campanha a enormes armas de fogo antiaéreas e veículos gigantescos.

— São K-3 — disse Jürgen em tom de elogio, como se aquilo tivesse algum significado para ela.

A parada revelava um amor à ordem e à geometria, que era incompreensível para Ursula. Sob esse aspecto, não era diferente de todos os outros desfiles e comícios — todo aquele teatro —, mas parecia especialmente belicoso. Tanto armamento era surpreendente — o país estava armado até os dentes! Ursula não imaginava. Não admirava que houvesse emprego para todos. "Se quisermos salvar a economia, precisamos de uma guerra, disse Maurice", escreveu Pamela. E para que se precisa de armamento se não para a guerra?

Reequipar as Forças Armadas ajudou a resgatar nosso moral — disse Jürgen —, devolvendo-nos o orgulho pelo nosso país. Quando os generais se renderam em 1918... — ela parou de ouvir, era um argumento que já ouvira demais. "Eles começaram a última guerra", escreveu, irritada, para Pamela. "E, honestamente, você poderia achar que eles foram os únicos a ter problemas depois, e que nenhum outro povo estava pobre, faminto ou enlutado." Frieda acordou de novo e estava impaciente. Ursula lhe deu chocolate. Ursula também estava impaciente. As duas acabaram com a barra.

O final foi mesmo emocionante. As bandeiras dos regimentos reunidos formaram uma grande ala com várias fileiras de profundidade diante do pódio de Hitler — uma formação tão precisa que seus limites poderiam ter sido traçados a navalha — e, então, todos fincaram as bandeiras no chão em homenagem a ele. A multidão foi à loucura.

— O que você achou? — Jürgen perguntou enquanto deixavam a tribuna. Levava Frieda nos ombros.

— Magnífico — disse Ursula. — Foi magnífico.

Podia sentir o começo de uma dor de cabeça abrindo caminho em sua têmpora.

A DOENÇA DE FRIEDA começara um dia pela manhã, várias semanas antes, com uma temperatura elevada.

— Estou me sentindo mal — disse Frieda.

Quando Ursula pôs a mão em sua testa, sentiu-a úmida e disse: — Você não precisa ir para a escola, você pode ficar em casa comigo hoje.

— Um resfriado de verão — disse Jürgen ao chegar.

Ela sempre foi uma criança com problemas pulmonares (— Herdou da minha mãe — disse Sylvie, melancólica), e eles estavam acostumados a narizes escorrendo e dores de garganta, mas o resfriado piorou muito depressa, e Frieda ficou ainda mais febril e apática. Sua pele parecia prestes a pegar fogo.

— Mantenha-a fresca — disse o médico, e Ursula colocou panos molhados frios em sua testa e leu histórias para ela, mas Frieda, por mais que a mãe fizesse, não conseguia se interessar por coisa alguma. Então, começou a delirar, e o médico ouviu o chiado dos pulmões e disse: — Bronquite, vocês precisam esperar que passe.

Tarde da noite, Frieda piorou de repente, terrivelmente, e eles envolveram seu corpinho quase inanimado num cobertor e correram de táxi para o hospital mais próximo, um católico. O diagnóstico foi pneumonia.

— Esta menina está muito doente — disse o médico, como se a culpa fosse deles.

Ursula não deixou a cabeceira de Frieda por dois dias e duas noites, segurando-lhe a mãozinha para mantê-la neste mundo.

— Se eu pudesse ter isso no lugar dela — Jürgen sussurrou através dos lençóis brancos engomados, que também ajudavam a prender Frieda a este mundo.

Freiras flutuavam pela enfermaria como galeões, com suas golas enormes e complicadas. Ursula se perguntou, num momento de ausência em que toda a sua atenção não estava focada em Frieda, quanto tempo será que elas levam para colocar essas engenhocas pela manhã? Ursula tinha certeza de que jamais conseguiria se vestir daquele modo sem fazer uma grande confusão. A touca, por si só, já parecia razão suficiente para não ser freira.

Eles quiseram que Frieda vivesse, e ela viveu. *Triumph des Willens*[52]. A crise passou e ela começou o longo caminho para a recuperação. Pálida e fraca, precisaria convalescer, e uma noite, quando Ursula voltava do hospital para casa, encontrou sob a porta um envelope, deixado pessoalmente por alguém.

— De Eva — disse a Jürgen, mostrando-lhe a carta, quando ele voltou do trabalho.

— Quem é Eva? — ele perguntou.

— Sorria! — *Clique, clique, clique.* Faria qualquer coisa para ajudar a divertir Eva, ela pensava. Não se importava. Eva tinha sido muito gentil ao convidá-las para que Frieda pudesse respirar o bom ar da montanha e comer

[52] *O triunfo da vontade.* Referência ao filme de propaganda nazista da cineasta Leni Riefenstahl, cuja estreia foi em 1935. (N. T.)

legumes e ovos frescos, e tomar leite, do Gutshof, a fazenda-modelo nas encostas abaixo do Berghof.

— É uma ordem real? — perguntou Jürgen. — Você pode recusar? Você quer recusar? Espero que não. E isso também vai melhorar suas dores de cabeça.

Ursula percebera havia algum tempo que, quanto mais ele subia nos escalões no ministério, mais unilateral se tornavam suas conversas. Ele fazia colocações, levantava questões, respondia às perguntas e tirava conclusões sem ao menos precisar envolvê-la. (À maneira de um advogado, talvez.) Nem sequer parecia se dar conta do que fazia.

— Então, quer dizer que o bode velho tem uma mulher? Quem poderia imaginar? Você sabia? Não, você me teria dito. E pensar que você a conhece. Isso só pode ser bom para nós, não é mesmo? Estar tão perto do trono. Para a minha carreira, que é a mesma coisa que nós. *Liebling*[53] — acrescentou, um tanto perfunctório.

Ursula achava que perto de um trono era um lugar bastante perigoso para ficar. — Eu não conheço Eva — explicou. — Nunca a vi. É Frau Brenner quem a conhece, conhece a mãe dela, Frau Braun. Klara trabalhava às vezes no estúdio de Hoffmann com Eva. As duas frequentaram o mesmo jardim de infância.

— Impressionante — disse Jürgen. — De *Kaffeeklatsch*[54] para a sede do poder em três lances fáceis. Será que Fräulein Eva Braun sabe que sua velha amiga de infância, Klara, é casada com um judeu?

Foi a maneira como ele pronunciou a palavra que a surpreendeu. *Ju-deu*. Nunca o ouvira dizê-la naquele tom — sarcasmo e desdém. Aquilo cravou um prego em seu coração.

— Não tenho ideia — respondeu. — Não faço parte da *Kaffeeklatsch*, como vocês dizem.

O Führer ocupava tanto espaço na vida de Eva que, quando ele não estava por perto, ela era uma jarra vazia. Eva mantinha vigílias noturnas ao lado do telefone

[53] Querida. (N. T.)
[54] Turma do cafezinho. (N. T.)

quando o amante estava ausente, e era como um cão, durante toda a noite de orelha em pé e impaciente, atenta à chamada que lhe traria a voz do dono.

E havia tão pouco a *fazer* ali em cima. Depois de algum tempo, perambular pelos atalhos da floresta e nadar no (glacial) Königsee tornava-se enervante em vez de revigorante. Havia tantas flores silvestres a colher, tantos banhos de sol em espreguiçadeiras a tomar no terraço antes de quase enlouquecer. Havia batalhões de amas e babás no Berg, todas ansiosas para estar com Frieda, e Ursula se viu com tanto tempo livre quanto Eva. Levara, estupidamente, apenas um livro, pelo menos era grande, *Der Zauberberg*, de Mann. Não percebera que estava na lista proibida. Um oficial da Wehrmacht a viu lendo e disse: — A senhora é muito ousada, a senhora sabe que este é um dos livros proibidos por eles.

Supôs que o tom em que ele disse "eles" implicava que ele não era um "deles". O que *eles* poderiam fazer de pior? Tirar o livro dela e jogá-lo no fogão da cozinha? Era gentil, aquele oficial da Wehrmacht. Sua avó era escocesa, ele disse, e ele passara muitas férias felizes nas Highlands.

Im Grunde hat es eine merkwürdige Bewandtnis mit diesem Sicheinleben an fremdem Orte, dieser — sei es auch — mühseligen Anpassung und Umgewöhnung, ela leu e traduziu laboriosamente e bastante mal — "Há algo de estranho em conseguir se acomodar num novo lugar, a trabalhosa adaptação e familiarização...". Como é verdade, pensou. Mann era dureza. Teria preferido um caixote dos romances góticos de Bridget. Tinha certeza de que não seriam *verboten*[55].

O AR DA MONTANHA não trouxera qualquer alívio às suas dores de cabeça (nem Thomas Mann). Ao contrário, estavam piores. *Kopfschmerzen*, a própria palavra fazia a cabeça doer.

— Não consigo encontrar nada errado em você — disse-lhe o médico, no hospital. — Devem ser os nervos — e lhe deu uma receita de barbitúrico.

Eva não tinha uma vida intelectual que a sustentasse, mas o Berg não era exatamente a corte de uma *intelligentsia*. A única pessoa que se poderia

[55] Proibidos. (N. T.)

chamar de pensador era Speer. Não que Eva levasse uma vida vazia, longe disso, suspeitava Ursula. Podia-se sentir a depressão e as neuroses ocultas sob toda aquela *Lebenslust*, mas ansiedade não era o que um homem procurava numa amante.

Ursula supunha que para ser uma amante bem-sucedida (embora ela própria nunca tivesse sido uma, bem ou mal-sucedida), uma mulher deveria ser um conforto e um alívio, um travesseiro de paz para a cabeça exaurida. *Gemütlichkeit*. Eva era amável, tagarelava sobre coisas inconsequentes e não fazia qualquer tentativa de ser inteligente ou astuciosa. Homens poderosos precisavam que suas mulheres não fossem competitivas, o lar não devia ser uma arena para o debate intelectual. "Meu próprio marido me disse isso, portanto deve ser verdade!", ela escreveu a Pamela. Ele não falara em proveito próprio, não era um homem poderoso. — Pelo menos ainda não — brincou Jürgen.

O mundo político só era motivo de preocupação na medida em que levava o objeto da devoção de Eva para longe dela. Ela foi rudemente afastada do olhar do público, não lhe foi concedida qualquer situação oficial, não lhe foi concedida qualquer situação. Era tão leal quanto um cão, mas recebia menos reconhecimento do que um cão. Blondi era hierarquicamente superior a Eva. Seu maior desapontamento, confessou Eva, foi não ter tido permissão para conhecer a duquesa quando os Windsor visitaram o Berghof.

Ursula franziu a testa ao ouvir aquilo. — Mas ela é nazista, você sabe — falou, sem pensar. ("Acho que eu deveria tomar mais cuidado com o que digo!", escreveu a Pamela.)

Eva apenas respondeu: — É, claro que é! — como se fosse a coisa mais natural do mundo a consorte do uma vez e nunca mais rei da Inglaterra ser hitlerista.

O Führer devia ser visto trilhando o caminho nobre e solitário da castidade, não podia se casar porque estava casado com a Alemanha. Ele se sacrificara pelo destino de seu país. — Assim era, pelo menos, a essência. Ursula achou que talvez tivesse cochilado discretamente naquela parte. (Era um dos intermináveis monólogos dele depois do jantar.) Como a nossa rainha virgem, ela pensou, mas não disse, pois imaginava que o Führer não gostaria de ser comparado a uma mulher, mesmo uma inglesa aristocrática com coração e cabeça de rei. Na escola, Ursula tinha tido um professor de história que gostava especialmente de citar Elizabeth I. *Não revele segredos àqueles cuja fé e silêncio ainda não tenha testado.*

Eva teria sido mais feliz se estivesse de volta a Munique, na pequena casa burguesa que o Führer comprara para ela, onde poderia levar uma vida social normal. Ali, em sua gaiola dourada, precisava se divertir folheando revistas, discutindo os últimos penteados e a vida amorosa das estrelas de cinema (como se Ursula soubesse alguma coisa a respeito), e desfilar uma roupa atrás da outra, como uma artista versada em mudanças rápidas de figurino. Ursula esteve várias vezes no quarto de Eva, uma bela alcova feminina bem diferente da decoração de mão pesada do resto do Berghof, estragada apenas pelo retrato do Führer, que recebera um lugar de destaque na parede. Seu herói. O Führer não pendurara um retrato recíproco da amante em seus aposentos. Em vez do rosto de Eva lhe sorrindo da parede, era desafiado pelos traços austeros de seu próprio herói amado, Frederico, o Grande. *Friedrich der Grosse.*

"Eu sempre ouço errado, 'grosseiro' em vez de 'grande'", ela escreveu a Pamela.

Homens grosseiros não eram, como regra geral, belicistas e conquistadores. Como teria sido a iniciação do Führer em grandeza?

Eva deu de ombros, não sabia. — Ele sempre foi político. Nasceu político.

Não, Ursula pensou, ele nasceu bebê, como todo mundo. E aquilo era o que ele havia escolhido se tornar.

O quarto do Führer, adjacente ao banheiro de Eva, era terreno proibido. Mas Ursula já o vira dormindo, não naquele quarto sacrossanto, e sim sob o sol quente depois do almoço no terraço do Berghof, a boca do grande guerreiro flacidamente aberta em *lèse-majesté*[56]. Parecia vulnerável, mas não havia assassinos no Berg. Uma infinidade de armas, pensou Ursula, um tanto fácil se apossar de uma Luger e matá-lo com um tiro no coração ou na cabeça. Mas o que aconteceria com ela? Pior, o que aconteceria com Frieda?

[56] Lesa-majestade. (N. T.)

Eva se sentava perto dele, olhando-o com o carinho que sentiria por uma criança. Adormecido, ele não pertencia a ninguém além dela.

Ela era apenas uma mulher jovem e bonita, nada mais. Não se pode, necessariamente, julgar uma mulher pelo homem com quem dorme. (Ou sim?)

Eva era dona de uma maravilhosa estrutura atlética, que Ursula muito invejava. Era uma moça saudável e esportista — nadadora, esquiadora, patinadora, dançarina, ginasta — que amava o ar livre, que amava o *movimento*. E ainda assim se ligara como uma lesma a um homem indolente de meia-idade, uma criatura da noite, literalmente, que não se levantava da cama antes do meio-dia (e ainda podia tirar um cochilo à tarde), que não fumava nem bebia ou dançava ou se excedia — espartano em seus hábitos, mas não em vigor. Um homem que nunca fora visto com menos roupa do que seu *Lederhosen* (comicamente pouco atraente para o olho não bávaro), cuja halitose repeliu Ursula no primeiro encontro, e que engolia comprimidos como balas para seu "problema de gases" (— Ouvi dizer que ele peida — disse Jürgen — tome cuidado. Devem ser todas aquelas verduras.). Ele se preocupava com sua dignidade, mas não era exatamente vaidoso. "Só megalomaníaco", ela escreveu a Pamela.

Um carro e um motorista foram mandados para buscá-las e, ao chegarem ao Berghof, foram cumprimentadas pelo Führer — nos grandes degraus, onde ele recebia dignitários, onde recebera Chamberlain no ano anterior. Quando Chamberlain retornou à Grã-Bretanha disse que "agora sabia o que havia na mente de Herr Hitler". Ursula duvidava de que alguém soubesse, mesmo Eva. Sobretudo não Eva.

— É muito bem-vinda aqui, *gnädiges Frau* — disse ele. Deve ficar até que a *liebe Kleine* esteja melhor.

"Ele gosta de mulheres, crianças, cachorros, o que se pode criticar?", escreveu Pamela. "Pena que seja um ditador sem qualquer respeito pela lei ou pela humanidade." Pamela tinha alguns amigos na Alemanha, dos seus dias de universidade, muitos deles judeus. Tinha uma casa cheia (bem, eram três que valiam por mais) de meninos barulhentos (a pequena e tranquila Frieda ficaria um tanto atordoada em Finchley) e agora escrevera que estava grávida de novo, "dedos cruzados por uma menina". Ursula sentia falta de Pammy.

Pamela não se daria bem naquele regime. Seu senso de ultraje moral seria grande demais para que ficasse em silêncio. Não seria capaz de morder a língua como fazia Ursula (o freio da culpa). *Também servem aqueles que apenas esperam.* Será que isso se aplica à ética de alguém? É esta a minha defesa? — perguntava-se Ursula. Talvez fosse melhor distorcer as palavras de Edmund Burke em vez de Milton. *Tudo o que é preciso para que as forças do mal triunfem no mundo é que as mulheres de bem nada façam.*

Um dia depois de sua chegada, houve uma festa infantil para o aniversário de alguém, um pequeno Goebbels ou Bormann, Ursula não tinha certeza — havia tantas crianças e eram tão parecidas. Fizeram-na se lembrar das fileiras de militares na parada do aniversário do Führer. Esfregadas e polidas, cada uma recebia uma palavra especial do tio Lobo antes de serem autorizadas a se deliciar com o bolo exibido sobre uma grande mesa. A pobre Frieda, gulosa (sem dúvida, puxara à mãe nesse quesito), estava abatida demais pelo cansaço para comer alguma coisa. Sempre havia doces no Berghof, *Streusel* com sementes de papoula e *Tortes* com canela e ameixa, massas folhadas com creme, bolo de chocolate — grandes cúpulas de *Schwarzwälder Kirschtorte* —, e Ursula se perguntava quem comia todos aqueles doces. Ela fazia o possível.

Se um dia com Eva podia ser entediante, nada se comparava a uma noite em que o Führer estava presente. Intermináveis horas depois do jantar eram passadas no salão — um cômodo amplo e feio onde ouviam gramofone ou assistiam a filmes (ou, muitas vezes, as duas coisas). O Führer, é claro, ditava as escolhas. Em música, "Die Fledermaus" e "Die lustige Witwe"[57] eram as favoritas. Na primeira noite, Ursula achou que seria difícil esquecer a visão de Bormann, Himmler, Goebbels (e suas selvagens consortes), todos usando seus sorrisos de cobra de lábios finos (mais *Lippenbekenntnis*, talvez) ao ouvir "Die lustige Witwe". Ursula assistira a uma montagem escolar de "A viúva alegre" quando estava na faculdade. Fizera amizade com a moça que interpretou Hanna, a protagonista. Nunca poderia imaginar, então, que da próxima

[57] "O morcego", de Johann Strauss, e "A viúva alegre", de Franz Lehár, respectivamente. (N. T.)

vez que ouviria "Vilja, ó Vilja! a bruxa do bosque" seria em alemão e numa companhia tão estranha. Aquela montagem tivera lugar em 1931. Ela não antevira o que seu próprio futuro lhe reservava, menos ainda o da Europa.

Havia exibições de filmes quase todas as noites no salão. O projecionista chegava e a grande tapeçaria Gobelin numa das paredes era mecanicamente enrolada, como uma cortina de blecaute, para revelar uma tela. Então, eram todos obrigados a assistir a algum água com açúcar terrivelmente romântico, ou a uma aventura americana, ou, pior, a filmes de montanha. Com isso, Ursula viu *King Kong*, *Lanceiros da Índia* e *Der Berg ruft*. Na primeira noite, foi *Der heilige Berg* (mais montanhas, mais Leni). O filme favorito do Führer, confidenciou Eva, era *Branca de Neve*. E com que personagem ele se identificaria, perguntou-se Ursula — a bruxa má, os anões? Não com a Branca de Neve, certamente. Deve ser com o Príncipe, concluiu (ele tem um nome? Algum deles tem, ou bastava apenas *ser* o personagem?). O príncipe que despertou a moça adormecida, assim como o Führer acordara a Alemanha. Mas não com um beijo.

Quando Frieda nasceu, Klara lhe deu uma bela edição de *Schneewittchen und die sieben Zwerge*, *Branca de Neve e os sete anões*, ilustrada por Franz Jüttner. O professor de Klara tinha sido havia muito tempo impedido de lecionar na escola de arte. Eles planejaram partir em 1935 e outra vez em 1936. Depois da *Kristallnacht*, Pamela escrevera diretamente para Klara, embora nunca a tivesse conhecido, oferecendo-lhe um lar em Finchley. Mas aquela inércia, aquela maldita tendência que todos pareciam ter de *esperar*... e então seu professor foi preso num grupo de suspeitos e transportado para o Leste — para trabalhar numa fábrica, segundo as autoridades. Suas belas mãos de escultor — disse Klara, triste.

("Não são realmente fábricas, você sabe", escreveu Pamela.)

Ursula se lembrava de ter sido ávida leitora de contos de fadas quando criança. Tinha posto muita fé não tanto no final feliz, como na restauração da justiça no mundo. Desconfiava de ter sido enganada pelos *Brüder* Grimm. *Spieglein, Spieglein, an der Wand / Wer ist die Schönste im ganzen Land?*[58] Não

[58] Espelho, espelho meu, há na Terra alguém mais bela do que eu? (N. T.)

nesse grupo, com certeza, Ursula pensou, passando os olhos pelo salão em sua primeira noite cansativa no Berg.

O Führer era um homem que preferia operetas a óperas, desenhos animados a cultura intelectual. Ao vê-lo segurando a mão de Eva enquanto cantarolava com Lehar, Ursula se surpreendeu com quanto ele era *medíocre* (bobo, mesmo), mais para Mickey Mouse do que para Siegfried. Sylvie teria acabado com ele bem depressa. Izzie o teria engolido e cuspido. A sra. Glover... o que teria feito a sra. Glover?, perguntou-se Ursula. Aquela era sua nova diversão favorita, decidir como as pessoas que ela conhecia teriam lidado com os oligarcas nazistas. A sra. Glover, concluiu, socaria todos com seu martelo de carne. (O que faria Bridget? Ignorá-lo por completo, era provável.)

Ao final do filme, o Führer se acomodava para discorrer (durante horas) para seus súditos de estimação — a arte e arquitetura alemãs (ele se via como um arquiteto frustrado), *Blut und Boden* (a terra, sempre a terra), sua nobre e solitária caminhada (outra vez o lobo). Ele era o salvador da Alemanha, e a pobre Alemanha, sua *Schneewittchen*, seria salva por ele, quisesse ou não. Ele arengava sobre a saudável arte e música alemã, sobre Wagner, *Die Meistersinger*, sua frase favorita do libreto — *Wacht auf, es nahet gen den Tag* — "Desperta, aí vem a manhã" (o que aconteceria se ele continuasse por muito tempo, pensou).

De volta ao destino — o dele. Como estava entrelaçado com o destino do *Volk. Heimat, boden*, vitória ou ruína (Que vitória?, perguntava-se Ursula. Contra quem?). Então, alguma coisa sobre Frederico, o Grande, que ela não compreendeu, alguma coisa sobre a arquitetura romana, e então a terra paterna. (Para os russos, era a mãe terra, havia ali algo a considerar, refletiu Ursula. Como era para os ingleses? Apenas "Inglaterra", supunha. A "Jerusalém" de Blake, se preciso fosse.)

E de volta ao destino, e aos *tausendjähriges*. E por aí afora, de modo que a enxaqueca que começara antes do jantar como uma dor vaga era agora uma coroa de espinhos. Imaginou Hugh dizendo: "Ora, cale a boca, Herr Hitler", e de repente sentiu tanta saudade de casa que achou que fosse chorar.

Queria ir para casa. Queria ir para a Toca da Raposa.

Tal como acontece com os reis e seus cortesãos, ninguém podia sair até ser dispensado até que o próprio monarca decidisse se retirar para seus aposentos. A certa altura, Ursula pegou Eva bocejando teatralmente para ele, como se dissesse "Já chega agora, Lobinho" (sua imaginação estava se tornando um tanto lúgubre, ela sabia, o que era perdoável, dadas as circunstâncias). E então, finalmente, graças a Deus, ele fez um gesto e a plateia exausta arrastou os pés.

As MULHERES, EM PARTICULAR, pareciam adorar o Führer. Escreviam-lhe cartas aos milhares, faziam bolos para ele, bordavam suásticas em almofadas e travesseiros, e, como o pelotão de bandeirantes de Hilde e Hanne, postavam-se às margens do íngreme caminho que levava ao Obersalzberg para conseguir um delirante vislumbre dele no grande Mercedes preto. Muitas mulheres gritavam-lhe que queriam ter um filho dele.

— Mas o que elas veem nele? — perguntou Sylvie, perplexa.

Ursula a levara para assistir a uma parada em Berlim com seus intermináveis desfiles de bandeiras e cartazes, porque ela queria "descobrir o que é todo esse estardalhaço". (Muito britânico da parte de Sylvie reduzir o Terceiro Reich a um "estardalhaço".) A rua era uma floresta em vermelho, preto e branco.

— As cores são muito duras — disse Sylvie, como se pensasse em pedir aos nacional-socialistas para decorar sua sala de estar.

À chegada do Führer, a emoção da multidão atingira um frenesi fanático de *Sieg Heil* e *Heil Hitler*.

— Eu sou a única a não me emocionar? — perguntou Sylvie. — O que você imagina ser isso? Algum tipo de histeria coletiva?

— Eu sei — disse Ursula —, é como a roupa nova do imperador. Nós somos as únicas capazes de ver o homem nu.

— Ele é um palhaço — disse Sylvie com desdém.

— *Psiu!* — fez Ursula. A palavra palhaço em inglês era igual à alemã e ela não queria atrair a hostilidade das pessoas à sua volta. — Você precisa levantar o braço — explicou.

— Eu? — reagiu a indignada flor da feminilidade britânica.

— É, você.

Relutante, Sylvie ergueu o braço. Ursula achou que até o dia de sua morte se lembraria da visão de sua mãe fazendo a saudação nazista. Claro, Ursula disse depois a si mesma, aquilo foi em 1934, quando as consciências ainda não haviam sido reduzidas e desorientadas pelo medo, quando ela estava cega diante do que de fato acontecia. Cega pelo amor, talvez, ou apenas por pura estupidez. (Pamela tinha visto, sem antolhos de qualquer espécie.)

Sylvie fizera aquela viagem à Alemanha para poder inspecionar o inesperado marido de Ursula. Ursula se perguntou o que ela teria planejado fazer se não tivesse considerado Jürgen adequado — drogá-la, sequestrá-la e levá-la para o *Schnellzug*? Ainda viviam em Munique nessa época, Jürgen ainda não começara a trabalhar para o Ministério da Justiça em Berlim, não tinham se mudado para a Savignyplatz ou se tornado pais de Frieda, embora a gravidez de Ursula já estivesse adiantada.

— É inacreditável você se tornar mãe — disse Sylvie, como se fosse algo que nunca tivesse esperado. — De um alemão — acrescentou, pensativa.

— De um bebê — disse Ursula.

— É BOM FUGIR — disse Sylvie. De quê?, perguntou-se Ursula.

Klara encontrou-se um dia com elas para almoçar e depois disse: — Sua mãe é muito chique.

Ursula nunca havia pensado em Sylvie como sendo elegante, mas imaginou que em comparação com a mãe de Klara, Frau Brenner, macia e pastosa como um pedaço de *Kartoffelbrot*, Sylvie era uma ilustração de revista de moda.

Na volta do almoço, Sylvie disse que queria ir à *Oberpollingers* comprar um presente para Hugh. Ao chegar à loja de departamentos, encontraram as vitrines rabiscadas com slogans antissemitas, e Sylvie disse: — Oh, céus, que sujeira!

A loja estava aberta, mas dois arruaceiros em uniformes da SA e dentes à mostra passeavam em frente às portas, fazendo as pessoas desistir de entrar. Não Sylvie, que passou direto pelos camisas-negras enquanto Ursula relutantemente avançava atrás dela loja adentro até a escadaria coberta por um tapete espesso. Diante dos uniformes, Ursula erguera os ombros num arremedo de desamparo e murmurara um tanto envergonhada: — Ela é inglesa. — Achou que Sylvie não compreendia como era viver na Alemanha, mas, em retrospecto, considerou que talvez Sylvie tivesse compreendido muito bem.

— Ah, aqui está o almoço — disse Eva, largando a câmera e pegando a mão de Frieda. Levou-a para a mesa e acomodou-a sobre uma almofada extra antes de encher seu prato de comida. Frango, batatas assadas e uma salada, todos do Gutshof. Como se comia bem ali. *Milchreis* de sobremesa para Frieda, leite fresco tirado naquela manhã das vacas do Gutshof. (Um *Käsekuchen* menos infantil para Ursula, um cigarro para Eva). Ursula se lembrou do pudim de arroz da sra. Glover, um creme amarelo e viscoso debaixo da película tostada. Podia sentir o cheiro da noz-moscada, embora soubesse que não havia nenhuma no prato de Frieda. Não conseguia se lembrar da palavra em alemão para noz-moscada e achou complicado demais explicar a Eva. A comida era a única coisa do Berghof da qual sentiria falta, e já que era assim podia perfeitamente aproveitar enquanto fosse possível, pensou, e comeu mais uma fatia de *Käsekuchen*.

O almoço era servido por um pequeno contingente do exército de funcionários que atendiam o Berghof. O Berg era uma curiosa combinação de casa de campo alpina e campo de treinamento militar. Uma pequena cidade, de fato, com uma escola, uma agência dos correios, um teatro, uma grande caserna da SS, um campo de tiro, uma pista de boliche, um hospital da Wehrmacht e muito mais, tudo menos uma igreja. Havia também muitos jovens e belos oficiais da Wehrmacht, que teriam dado melhores pretendentes para Eva.

Depois do almoço, caminharam até a *Teehaus* no Mooslahner Kopf, com os cachorros barulhentos e ferozes de Eva correndo a seu lado. (Se pelo menos um deles caísse do parapeito ou do mirante.) Ursula sentia o começo de uma dor de cabeça e afundou com gratidão numa das poltronas estofadas em linho com flores verdes que achava particularmente ofensivas aos olhos. Chá, e bolo, é claro, foram trazidos da cozinha para as três. Ursula engoliu dois comprimidos de codeína com o chá e disse: — Acho que Frieda já está bem para voltar para casa.

❄

Ursula foi para a cama o mais cedo que pôde, deslizando por entre os lençóis brancos e frescos da cama no quarto de hóspedes que compartilhava com Frieda. Cansada demais para dormir, estava ainda acordada às duas da manhã, de modo que acendeu o abajur da mesa de cabeceira — Frieda dormia o sono profundo das crianças, apenas a doença era capaz de acordá-la — e apanhou papel e caneta para escrever a Pamela.

É claro, nenhuma daquelas cartas para Pamela foi jamais despachada. Ela não podia ter absoluta certeza de que não seria lida por alguém. Simplesmente não *sabia*, isso era terrível (e ainda mais terrível para os outros). Agora, desejava que os dias não fossem de calor intenso, quando o *Kachelofen* no quarto de hóspedes ficava frio e apagado, porque teria sido mais seguro queimar a correspondência. Mais seguro seria nunca ter escrito. Já não se podia mais expressar os verdadeiros pensamentos. *A verdade é a verdade até o fim do acerto de contas.* De onde era aquilo? *Medida por medida*[59]? Mas talvez a verdade estivesse dormindo até o final do acerto de contas. Haveria uma espantosa *fartura* de acertos de contas, quando a hora chegasse.

Queria ir para casa. Queria ir para a Toca da Raposa. Planejara ir em maio, mas Frieda ficara doente. Tinha tudo planejado, as malas estavam prontas, guardadas debaixo da cama, onde eram mantidas em geral vazias, de modo que Jürgen não teria razão alguma para olhar dentro delas. Tinha as passagens de trem, as subsequentes passagens de navio e trem, não contara a ninguém, nem mesmo a Klara. Não quis tirar os passaportes — o de Frieda, felizmente, ainda estava válido da sua viagem à Inglaterra em 1935 — da grande caixa de espinhos de ouriço em que ficavam guardados todos os documentos. Quase todos os dias, conferia se continuavam lá, mas então, um dia antes do que planejara partir, examinou a caixa de espinhos de ouriço e não havia sinal deles. Achou que estivesse enganada, folheou certidões de nascimento, óbito e casamento, apólices de seguros e avais, o testamento de Jürgen (ele era advogado, afinal de contas), todos os tipos de documentos,

[59] *Medida por medida* é uma peça em cinco atos escrita por William Shakespeare. (N. T.)

menos o que importava. Em pânico cada vez maior, esvaziou a caixa em cima do tapete e repassou tudo, papel por papel, uma e outra vez. Nenhum passaporte, só o de Jürgen. Em desespero, vasculhou todas as gavetas da casa, procurou dentro de cada caixa de sapatos e de cada armário, debaixo das almofadas do sofá e dos colchões. Nada.

Jantaram como sempre. Ela mal conseguia engolir.

— Você está se sentindo mal? — Jürgen perguntou, solícito.

— Não — ela respondeu. Sua voz estava estridente. O que poderia dizer? Ele sabia, claro que sabia.

— Achei que poderíamos tirar umas férias — ele falou. — Em Sylt.

— Sylt?

— Sylt. Não precisaremos de passaportes para ir até lá — disse ele. Será que ele sorriu? Sorriu?

E então Frieda adoeceu e nada mais teve importância.

— *Er kommt!* — disse Eva, feliz, no café da manhã do dia seguinte. O Führer ia chegar.

— Quando? Agora?

— Não, hoje à tarde.

— Que pena, já teremos saído — disse Ursula. Graças a Deus, pensou. — Agradeça a ele, por favor.

Foram levadas para casa num dos velozes Mercedes pretos da garagem de *Platterhof*, dirigido pelo mesmo motorista que as conduzira ao Berghof.

No dia seguinte, a Alemanha invadiu a Polônia.

Abril de 1945

Viveram meses a fio no porão, como ratos. Quando os britânicos bombardeavam durante o dia e os americanos à noite, não havia o que fazer. O porão sob o prédio de apartamentos na Savignyplatz era úmido e nojento, tinha um pequeno lampião a querosene para iluminar e um balde como banheiro, mas o porão era melhor que um dos abrigos na cidade. Ela tinha sido surpreendida com Frieda, perto do jardim zoológico, num ataque aéreo diurno e se abrigara na torre de artilharia antiaérea do Zoo — milhares de pessoas amontoadas lá dentro, o suprimento de ar avaliado por uma vela (como se fossem canários). Se a vela apagasse, alguém explicou, seriam todos obrigados a sair, ir para o ar livre, mesmo em pleno ataque. Perto de onde eram espremidas contra uma parede, um casal se abraçava (um termo educado para o que faziam), e quando saíram precisaram passar por cima de um velho que morrera durante o bombardeio. O pior, ainda pior do que isso, foi que, além de ser um abrigo, a enorme fortaleza de concreto era uma gigantesca bateria antiaérea, vários canhões enormes abriam fogo no telhado o tempo todo, de modo que o abrigo balançava a cada tiro. Foi o mais próximo do inferno a que Ursula imaginou poder chegar.

Uma enorme explosão havia sacudido a estrutura, uma bomba caíra perto do zoológico. Ela sentiu a onda de pressão sugando e empurrando seu corpo e se apavorou com medo que os pulmões de Frieda pudessem explodir.

Passou. Muitas pessoas vomitaram, embora, infelizmente, não houvesse lugar para vomitar, a não ser nos próprios pés, ou talvez pior, nos pés de outras pessoas. Ursula jurou nunca mais entrar numa torre de artilharia antiaérea. Preferia, pensou, morrer na rua, rapidamente, com Frieda. Era nisso que pensava muito agora. Uma morte rápida, limpa, com Frieda enroscada em seu colo.

Talvez fosse Teddy lá em cima, lançando bombas sobre eles. Esperava que sim, isso significaria que ele estava vivo. Houve uma batida na porta um dia — quando ainda tinham uma porta, antes que britânicos começassem seu implacável bombardeio em novembro de 1943. Quando Ursula abriu a porta, viu um jovem magro ali parado, quinze ou dezesseis anos de idade talvez. Tinha um ar desesperado, e Ursula se perguntou se ele estaria procurando um lugar para se esconder, mas ele enfiou um envelope na mão dela e saiu correndo antes que ela pudesse dizer uma palavra.

O envelope estava amassado e imundo. Seu nome e endereço eram visíveis, e ela começou a chorar ao ver a letra de Pamela. Folhas finas de papel azul, datadas de várias semanas antes, detalhando todas as idas e vindas de sua família: Jimmy no exército, Sylvie lutando o bom combate na frente da batalha doméstica (uma nova arma: galinhas). Pamela estava bem e morando na Toca da Raposa, dizia, quatro meninos agora. Teddy na RAF, líder de esquadrão com uma medalha por bravura. Uma longa e adorável carta e mais uma página que era quase um pós-escrito: "Guardei a notícia triste para o final". Hugh estava morto. "No outono de 1940, em paz, um ataque cardíaco." Ursula desejou não ter recebido a carta, queria poder pensar em Hugh ainda vivo, em Teddy e Jimmy em papéis de não combatentes, vivendo a guerra numa mina de carvão ou na defesa civil.

"Penso em você o tempo todo", dizia Pamela. Nenhuma recriminação, nenhum "Eu avisei", nenhum "Por que você não veio para casa enquanto podia?". Ela tentou, tarde demais, é claro. Um dia depois de a Alemanha ter declarado guerra à Polônia ela foi à cidade, obedientemente fazendo tudo o que pensou que se devia fazer quando a guerra era iminente. Fez estoques de pilhas, lanternas e velas, comprou comida enlatada e material para apagões, comprou roupas para Frieda na loja de departamentos Wertheim, um e dois tamanhos maiores para o caso de a guerra durar muito tempo. Não comprou nada para ela mesma, ignorando todos aqueles casacos quentes e botas, meias e roupas decentes, algo de que agora se arrependia amargamente.

Ouviu Chamberlain na BBC, aquelas palavras fatídicas, *Estamos em guerra com a Alemanha*, e por várias horas se sentiu estranhamente dormente. Tentou telefonar para Pamela, mas todas as linhas estavam ocupadas. Então, à tardinha (Jürgen passara o dia inteiro no ministério), voltou de repente à vida, Branca de Neve desperta. Precisava partir, precisava voltar para a Inglaterra, com ou sem passaporte. Arrumou às pressas uma mala e correu com Frieda para pegar um bonde até a estação. Se conseguisse dar um jeito de entrar num trem, tudo ficaria bem.

— Não há trens — disse-lhe um funcionário da estação. As fronteiras tinham sido fechadas. — Estamos em guerra, a senhora não sabia?

Correu para a Embaixada Britânica em Wilhelmstrasse, arrastando a pobre Frieda pela mão. Eram cidadãs alemãs, mas ela se entregaria nas mãos do pessoal da embaixada, eles poderiam fazer alguma coisa, ela ainda era uma mulher inglesa, afinal de contas. Já escurecia e as portas estavam trancadas e não havia luzes acesas no prédio.

— Foram embora — disse-lhe um transeunte —, vocês chegaram tarde.

— Embora?

— Para a Grã-Bretanha.

Precisou dar um tapa na boca para calar o gemido que brotou de dentro dela. Como podia ter sido tão estúpida? Por que não tinha visto o que estava por vir? *Um tolo tarde demais se acautela quando todo o perigo é passado.* Outra frase dita por Elizabeth I.

Chorou dois dias sem parar depois de receber a carta de Pamela. Jürgen foi compreensivo, chegou em casa com um pouco de café de verdade para ela e ela não perguntou onde ele conseguira aquilo. Uma boa xícara de café (milagroso como era) dificilmente amenizaria sua dor pelo pai, por Frieda, por si mesma. Por todos. Jürgen morreu num ataque americano em 1944. Ursula se envergonhava do quanto se sentiu aliviada ao receber a notícia, sobretudo porque Frieda tinha ficado muito triste. Ela amava o pai e ele a amava, o que era uma migalha de graça a ser salvaguardada de todo o lamentável engano de seu casamento.

Frieda estava doente. Tinha a mesma aparência macilenta e a palidez doentia da maioria das pessoas vistas nas ruas naqueles dias, mas seus pulmões estavam cheios de muco e ela tinha crises tremendas de tosse que pareciam intermináveis. Quando Ursula ouvia seu peito, era como ouvir um galeão no mar, arfando e rangendo em meio às ondas. Se ao menos pudesse sentá-la junto a uma grande lareira aquecida, dar-lhe chocolate quente para beber, um ensopado de carne, bolinhos, cenouras. Ainda comeriam bem no Berg?, perguntou-se. Ainda haveria alguém no Berg? Acima de suas cabeças, o prédio de apartamentos ainda estava em pé, embora a maior parte da fachada da frente tivesse sido destruída por uma bomba. As duas ainda iam até lá em busca de alguma coisa útil. Tinham sido salvas das pilhagens pela dificuldade quase intransponível de subir a escada coberta de entulho. Ela e Frieda amarravam, com trapos, pedaços de almofadas nos joelhos e calçavam grossas luvas de couro que pertenceram a Jürgen e assim escalavam pedras e tijolos, como macacos desajeitados.

A única coisa que não havia no apartamento era a única coisa na qual estavam interessadas: comida. Na véspera, tinham enfrentado uma fila de três horas por um pedaço de pão. Quando comeram, parecia não ter farinha, embora fosse difícil dizer o que tinha — cimento e gesso? Era do que tinha gosto. Ursula pensava nos Rogerson, os padeiros da aldeia perto de casa, em como o cheiro do pão assando flutuava pela rua e como a vitrine da padaria ficava cheia de adoráveis e macios pães brancos envernizados por uma pegajosa e brilhante camada cor de bronze. Ou na cozinha da Toca da Raposa nos dias de a sra. Glover usar o forno — os grandes e saudáveis pães pretos de que Sylvie fazia questão, mas também os pães de ló, as tortas e os pães doces. Imaginou-se comendo uma fatia de pão preto quente, com uma camada grossa de manteiga, com a geleia feita com framboesas e groselhas da Toca da Raposa. (Atormentava-se o tempo todo com lembranças de comida.) Não haveria mais leite, alguém lhe disse na fila do pão.

Naquela manhã, Fräulein Farber e sua irmã Frau Meyer, que antes moravam juntas no sótão, mas agora raramente deixavam o porão, lhe deram duas batatas e um pedaço de salsicha cozida para Frieda, *Aus Anstand*, segundo elas, por uma questão de decência. Herr Richter, também morador do porão, disse a Ursula que as irmãs haviam decidido parar de comer. (Coisa fácil de fazer quando não há comida, pensou Ursula.) — Não aguentam mais — disse ele. — Não podem enfrentar o que vai acontecer quando os russos chegarem.

Ouviram um boato de que, no leste, as pessoas estavam reduzidas a comer grama. Sorte delas, Ursula pensou, não havia grama em Berlim, apenas os restos mortais, esqueléticos e negros de uma cidade orgulhosa e bela. Londres também estaria assim? Parecia improvável, embora possível. Speer tinha suas nobres ruínas, mil anos mais cedo.

O pão incomível da véspera, as duas batatas meio cruas de um dia antes, era tudo o que Ursula tinha no estômago. Todo o resto — por menos que fosse — dera a Frieda. Mas que bem aquilo faria a Frieda se Ursula estivesse morta? Não podia deixá-la sozinha naquele mundo terrível.

Depois do bombardeio britânico no jardim zoológico, tinham ido ver se havia ali algum animal que poderiam comer, mas muita gente chegara lá antes delas. (Uma coisa *daquelas* poderia acontecer em seu país? Londrinos procurando comida no zoo do Regent's Park? Por que não?) Chegaram a ver um ou outro pássaro, evidentemente não nativo de Berlim, sobrevivendo contra todas as probabilidades e, numa ocasião, uma acuada criatura sarnenta que tomaram por um cão antes de perceberem que era um lobo. Frieda tentou de todas as maneiras levá-lo para o porão e fazer dele seu animal de estimação. Ursula não conseguia sequer imaginar como reagiriam suas vizinhas, as idosas irmãs Jaeger.

Seu próprio apartamento era como uma casa de bonecas, aberto para o mundo, expostos todos os detalhes íntimos de sua vida doméstica — camas e sofás, os quadros nas paredes, até mesmo um ou dois bibelôs que por milagre sobreviveram à explosão. Tudo o que era realmente útil fora bombardeado, mas ainda havia algumas roupas e alguns livros, e na véspera ela descobrira um esconderijo de velas debaixo de uma pilha de louça quebrada. Ursula esperava trocá-las por remédios para Frieda. Havia ainda um vaso sanitário no banheiro, e às vezes, não se sabia como, havia água. Uma delas ficaria em pé e seguraria um lençol velho para proteger o pudor da outra. Será que seu pudor ainda importava tanto?

Ursula tomara a decisão de voltar para lá. Fazia frio no apartamento, mas o ar não era fétido, e ela achou que, afinal, seria melhor para Frieda. Ainda tinham cobertores e colchas nos quais podiam se enrolar e compartilhavam um colchão no chão, atrás de uma barricada formada pelas cadeiras e pela mesa de jantar. Os pensamentos de Ursula se desviavam com frequência para as refeições que haviam comido naquela mesa, seus sonhos cheios de comida, carne de porco e vaca, fatias grossas grelhadas, assadas e fritas.

O apartamento tinha dois andares e isso, combinado com a escada parcialmente bloqueada, poderia ser o bastante para afastar os russos. Mas elas seriam bonecas em exposição na casa de bonecas, uma mulher e uma menina prontas para a colheita. Frieda logo faria onze anos, e, ainda que só um décimo dos boatos vindos do leste fosse verdade, sua idade não a salvaria dos russos. Frau Jaeger nunca parava de falar nervosamente sobre como os soviéticos estupravam e assassinavam a caminho de Berlim. Não havia mais rádio, apenas boatos e um eventual e frágil pedaço de jornal. Nemmersdorf[60] era uma palavra raramente esquecida pelos lábios de Frau Jaeger (Um massacre!). — Ora, cale a boca! — Ursula disse a ela um dia. Em inglês, que ela não entendeu, é claro, embora deva ter ouvido o tom hostil. Frau Jaeger ficou visivelmente surpresa ao ser abordada na língua do inimigo e Ursula sentiu pena, era só uma velha senhora assustada, disse a si mesma.

O leste se aproximava dia a dia. O interesse na frente ocidental já não existia havia muito tempo, só a oriental era preocupante. O trovejar distante dos canhões agora era substituído por um rugido constante. Não havia ninguém para salvá-los. Oitenta mil soldados alemães para defendê-los de um milhão e meio de soviéticos, e a maioria daquelas tropas alemãs parecia formada por crianças ou velhos. Talvez a pobre coitada da Frau Jaeger fosse chamada para repelir o inimigo com um cabo de vassoura. Só podia ser uma questão de dias, horas mesmo, antes de verem o primeiro russo.

[60] O chamado Massacre de Nemmersdorf (21 e 22 de outubro de 1944) tornou-se o símbolo do horror das atrocidades cometidas pelos integrantes das Forças Armadas Soviéticas contra a população da Alemanha Oriental. (N. T.)

Havia boatos de que Hitler estava morto. — Já era tempo — disse Herr Richter. Ursula se lembrou da visão dele dormindo em sua espreguiçadeira no terraço do Berg. Ele se pavoneou e se agitou enquanto esteve no palco. Para quê? Uma espécie de Armagedon. A morte da Europa.

Era a própria vida, isso sim, ela se corrigiu, que Shakespeare pavoneara e agitara. *A vida não passa de uma sombra ambulante, um pobre ator que se pavoneia e se agita enquanto está no palco.* Eram todos sombras ambulantes em Berlim. A vida já valera tanto e agora era o que havia de mais barato em oferta. Poupou Eva de reflexões frívolas, ela que sempre fora indiferente em relação à ideia de suicídio, teria acompanhado seu líder ao inferno?

Frieda estava tão mal agora, com calafrios e febre, e reclamava quase todo o tempo de dor de cabeça. Se ela não estivesse doente, poderiam ter se juntado ao êxodo de pessoas para o lado oriental, longe dos russos, mas não havia como a menina pudesse sobreviver a tal viagem.

— Eu não aguento mais, mamãe — ela sussurrou, um terrível eco das irmãs do sótão.

Ursula deixou-a sozinha enquanto corria até a farmácia, escalando os escombros que enchiam as ruas, às vezes até um cadáver — não sentia mais nada em relação aos mortos. Agachava-se em soleiras de portas quando o tiroteio parecia muito perto e depois corria até a esquina seguinte. A farmácia estava aberta, mas não havia remédios, o farmacêutico nem ao menos quis suas preciosas velas ou seu dinheiro. Voltou derrotada.

Durante todo o tempo em que esteve longe de Frieda foi grande a sua angústia com o pensamento de que algo poderia lhe acontecer em sua ausência, e ela prometeu a si mesma nunca mais a deixar sozinha. Vira um tanque russo a duas ruas de distância. Se ela ficara aterrorizada com a visão, quanto mais apavorada ficaria Frieda? O barulho da artilharia era constante. Foi tomada pela ideia de que o mundo estava acabando. Se fosse verdade, Frieda deveria morrer em seus braços, e não sozinha. Mas nos braços de quem morreria ela? Ansiou pela segurança do pai e a lembrança de Hugh deu início às lágrimas.

Quando escalou a escada em escombros estava exausta, deprimida até os ossos. Encontrou Frieda entrando e saindo do delírio e deitou-se a seu lado no colchão no chão. Acariciando seu cabelo úmido, falou baixinho com ela, de coisas de outro mundo. Falou das campânulas na primavera no bosque perto da Toca da Raposa, das flores que cresciam no prado atrás do bosque — linho e esporinhas, botões de ouro, papoulas do campo, candelárias vermelhas e margaridinhas. Falou do cheiro da relva recém-aparada num gramado de verão inglês, do perfume das rosas de Sylvie, do sabor agridoce das maçãs no pomar. Falou dos carvalhos na alameda, dos teixos no cemitério e da faia no jardim da Toca da Raposa. Falou das raposas, dos coelhos, dos faisões, das lebres, das vacas e dos grandes cavalos de tiro. Do sol lançando raios gentis sobre os milharais e os campos verdes. Do canto animado do melro, da lírica cotovia, do arrulhar suave dos pombos na mata, do pio da coruja no escuro.

— Engula isto — ela disse, colocando uma pílula na boca de Frieda. — Consegui com o farmacêutico, vai ajudar você a dormir.

Disse a Frieda como andaria sobre brasas para protegê-la, arderia no fogo do inferno para salvá-la, se afogaria nas águas mais profundas se isso a mantivesse à tona e como faria aquela última coisa por ela, a coisa mais difícil de todas.

Passou os braços em volta da filha e beijou-a, e murmurou em seu ouvido, falando de Teddy quando era criança, de sua festa surpresa de aniversário, de como Pamela era inteligente e de como Maurice era irritante, de como Jimmy tinha sido engraçado quando bem pequeno. Como o relógio tiquetaqueava no corredor e o vento chocalhava os canos das chaminés, e como na véspera de Natal acendiam uma grande tora de madeira na lareira e penduravam suas meias no console. E como no dia seguinte comiam ganso assado e pudim de ameixa, e como aquilo seria o que todos eles fariam no próximo Natal, todos eles juntos.

— Tudo vai ficar bem agora — garantiu Ursula.

Quando teve certeza de que Frieda estava dormindo, pegou a pequena cápsula de vidro que o farmacêutico lhe dera e colocou-a carinhosamente na boca de Frieda e apertou seus delicados maxilares. A cápsula se partiu com um leve ruído de trituração. Um verso de um dos *Sonetos sacros*, de Donne, lhe veio à mente quando ela mordeu seu próprio pequeno frasco de vidro. *Corro para a morte, e a morte vem veloz ao meu encontro, e todos os meus prazeres são como ontem.* Abraçou Frieda com força e logo estavam ambas envoltas pelas asas de veludo do morcego negro, e esta vida já era irreal e não mais existia.

Jamais preferira a morte à vida e, enquanto a deixava, soube que algo havia rachado e quebrado, e que a ordem das coisas havia mudado. E, então, a escuridão obliterou quaisquer pensamentos.

Uma guerra longa e árdua

Setembro de 1940

— *Vê onde o sangue de Cristo escorre pelo firmamento*[61] — disse uma voz bem próxima.

No firmamento — Ursula pensou — não *pelo*. O brilho vermelho de um falso amanhecer indicava um grande incêndio no leste. A barragem em Hyde Park estourou e ardeu, e os canhões antiaéreos mais perto da casa faziam um bom trabalho ao manter sua própria cacofonia, obuses assoviando pelo ar como fogos de artifício e *rach-rach-rachando* ao explodir lá em cima. E, abafado por tudo aquilo, havia o latejante e pavoroso zumbido dos motores não sincronizados dos bombardeiros, um som que sempre fazia seu estômago se encolher de medo.

Uma mina descia flutuando graciosamente num paraquedas e uma cesta de bombas incendiárias teve seu conteúdo atirado no que restava da estrada e explodiu em flores de fogo. Um inspetor, Ursula não conseguia ver o rosto, correu atrás das bombas incendiárias com um extintor. Se não houvesse barulho, tudo poderia parecer uma bela paisagem noturna, mas *havia* barulho, uma brutal dissonância que soava como se alguém tivesse escancarado as portas do inferno e deixado escapar o uivo dos condenados.

— *Porque isto é o inferno, e fora dele não estou* — a voz voltou a falar, como se lesse seus pensamentos.

[61] De *A história trágica do doutor Fausto*, peça de teatro de Christopher Marlowe. (N. T.)

Estava tão escuro que ela mal conseguia distinguir o dono da voz, embora soubesse, sem nenhuma dúvida, que ela pertencia ao sr. Durkin, um dos inspetores de seu posto. Ele era um professor de inglês aposentado, muito inclinado a fazer citações. E a citar errado. A voz — ou o sr. Durkin — disse mais alguma coisa, talvez ainda fosse *Fausto*, mas as palavras desapareceram no enorme *bum* de uma bomba caindo a algumas ruas de distância.

O chão tremeu e outra voz, a de alguém que trabalha no monturo, gritou: — Cuidado!

Ela ouviu alguma coisa se movendo e um ruído como de pedras deslocadas chacoalhando e rolando montanha abaixo, o prenúncio de uma avalanche. Escombros, não pedras. E caindo de um monturo, não de uma montanha. Os escombros que compunham o monturo eram tudo o que sobrara de uma casa, ou melhor, várias casas, todas agora no chão e misturadas umas às outras. Os escombros eram lares meia hora atrás, agora aqueles mesmos lares eram apenas um infernal amontoado de tijolos, vigas e pisos quebrados, móveis, quadros, tapetes, roupas de cama, livros, louças, linóleo, vidro. Gente. Fragmentos esmagados de vidas, nunca mais inteiras.

O estrondo se reduziu a quase nada e, enfim, parou, a avalanche foi evitada, e a mesma voz gritou: — Tudo bem! Continuem!

Era uma noite sem lua, a única luz vinha das lanternas camufladas do esquadrão de resgate pesado, fantasmagóricos fogos-fátuos movendo-se sobre o monturo. A outra razão para a imensa e traiçoeira escuridão era a espessa nuvem de fumaça e poeira que pairava no ar como uma infame cortina de gaze. O fedor, como de costume, era horrível. Não era apenas o cheiro de gás de carvão e explosivo de alto impacto, era o odor anômalo produzido quando um prédio foi reduzido a pedacinhos. Aquele cheiro não a deixaria. Ela amarrara um lenço velho de seda em volta da boca e do nariz, como um bandido, mas aquilo pouco fazia para impedir que a poeira e a pestilência entrassem em seus pulmões. A morte e a decadência estavam em sua pele, em seu cabelo, em suas narinas, em seus pulmões, debaixo das unhas, o tempo todo. Tinham se tornado parte dela.

Só há pouco tempo tinham recebido macacões, azul-marinho e nada atraentes. Até agora, Ursula usara seu traje de segurança, comprado quase como uma novidade por Sylvie na Simpson's logo depois de a guerra ter sido declarada. Acrescentara um velho cinto de couro de Hugh no qual amarrava seus "acessórios" — uma lanterna, máscara de gás, um estojo de primeiros socorros e um bloco de recados. Num dos bolsos levava um canivete e um lenço e no outro um par de luvas grossas de couro e um batom.

— Ah, que boa ideia! — disse a srta. Woolf ao ver o canivete.

Vamos admitir que, pensou Ursula, apesar de um monte de regulamentos, estavam se saindo bem no que faziam.

O sr. Durkin, era ele mesmo, resolveu emergir da escuridão e da fumaça nebulosa. Apontou a lanterna para o seu bloco, a luz fraca mal iluminando o papel.

— Inúmeras pessoas vivem nesta rua — disse ele, examinando a lista de nomes e números de casas que já não tinham qualquer relação com o caos reinante. — Os Wilson estão no número um — informou, como se iniciar pelo começo ajudasse de alguma maneira.

— Não existe mais número um — disse Ursula. — Não existem mais números.

A rua estava irreconhecível, todas as coisas corriqueiras destruídas. Mesmo em plena luz do dia tudo seria irreconhecível. Não era mais uma rua, era apenas "o monturo".

Seis metros de altura, talvez mais, com tábuas e escadas encostadas dos lados para permitir que o esquadrão de resgate pesado se arrastasse e subisse. Havia algo primitivo na corrente humana que se formara, passando detritos em cestas de mão em mão, do topo do monturo até o chão. Poderiam ter sido escravos construindo as pirâmides — ou, no caso, escavando-as. Ursula pensou, de repente, nas formigas-cortadeiras que costumavam viver no jardim zoológico do Regent's Park, cada uma delas, zelosa, transportando seu pequeno fardo. Teriam as formigas sido evacuadas com os outros animais ou simplesmente deixadas livres no parque? Eram insetos tropicais, então talvez não fossem capazes de sobreviver aos rigores do clima do Regent's Park. Tinha visto Millie representar ali, numa montagem ao ar livre de *Sonho de uma noite de verão*, no verão de 1938.

— Srta. Todd?

— Sim, me desculpe, sr. Durkin, eu estava longe.

Acontecia muito naqueles dias — estava no meio daquele cenário pavoroso e descobria que se deixara levar para momentos agradáveis no passado. Pequenas lascas de luz na escuridão.

Atentos, abriram caminho em direção ao monturo. O sr. Durkin passou-lhe a lista dos moradores da rua e começou a dar uma ajuda à corrente de cestas. Ninguém estava realmente pesquisando o monte, e sim limpando os escombros com as mãos, como arqueólogos cuidadosos.

— Situação meio delicada lá em cima — disse-lhe alguém do esquadrão de resgate na parte inferior da corrente.

Um poço havia sido aberto, chegando à metade do monturo (um vulcão, então, mais do que um monte, Ursula pensou). Muitos homens do esquadrão de resgate pesado eram da construção civil — pedreiros, operários e assim por diante —, e Ursula se perguntava se achariam estranho escalar aqueles edifícios desmantelados, como se o tempo de alguma forma tivesse dado marcha a ré. Mas eram homens pragmáticos e engenhosos, não muito dados àquele tipo de pensamento fantástico.

De vez em quando, uma voz pedia silêncio — impossível quando o bombardeio ainda acontecia lá em cima —, mas mesmo assim tudo parava enquanto os homens no topo do monte apuravam os ouvidos em busca de sinais de vida ali dentro. Parecia não haver esperança, mas se havia algo que os ataques lhes ensinaram era que as pessoas viviam (e morriam) nas mais improváveis circunstâncias.

Ursula procurou no escuro as tênues luzes azuis que demarcavam a posição do supervisor do acidente e, em vez disso, avistou a srta. Woolf, aos tropeços sobre tijolos quebrados, mas avançando determinada em sua direção.

— Está difícil! — exclamou sem rodeios quando chegou perto de Ursula. — Eles precisam de alguém leve.

— Leve? — Ursula perguntou. A palavra, por alguma razão, estava desprovida de significado.

Juntara-se à Brigada de Precauções contra Ataques Aéreos como inspetora depois da invasão da Tchecoslováquia em março de 1939, quando de repente lhe pareceu terrivelmente claro que a Europa estava condenada.

(— Que Cassandra sombria você é! — dissera Sylvie, mas Ursula trabalhava no Departamento de Precauções contra Ataques Aéreos do Ministério do Interior e podia prever o futuro.) Durante o estranho crepúsculo da guerra de mentira, os inspetores tinham sido uma espécie de piada, mas agora eram "a espinha dorsal das defesas de Londres" — dito por Maurice.

Seus colegas inspetores formavam um grupo variado. A srta. Woolf, uma enfermeira-chefe hospitalar aposentada, era a supervisora. Magra e espigada como um atiçador de lareira, o cabelo grisalho preso num coque impecável, ela chegou com autoridade natural. Depois vinha seu preposto, o referido sr. Durkin, o sr. Simms, que trabalhava para o Ministério do Abastecimento, e o sr. Palmer, um gerente de banco. Os dois últimos haviam lutado na última guerra e eram velhos demais para essa em andamento (o sr. Durkin recebera "dispensa médica", dizia ele, na defensiva).

Havia ainda o sr. Armitage, que era cantor de ópera e, como não havia mais óperas nas quais cantar, entretinha os companheiros com suas interpretações de "La donna è mobile" e "Largo al factotum".

— Só as árias populares — ele confidenciou a Ursula. — A maioria das pessoas não gosta de coisas desafiadoras.

— Cante o velho Al Bowlly um dia desses — disse o sr. Bullock.

O apropriadamente chamado sr. Bullock (John) era, nas palavras da srta. Woolf, "um pouco questionável". Era uma figura grande e sólida — ele levantava pesos e participava de lutas corpo a corpo numa academia de ginástica local, além de ser frequentador assíduo de inúmeras casas noturnas menos salutares. Tinha entre suas amizades alguns "bailarinos" bem sedutores. Um ou dois apareceram para "visitá-lo" no abrigo e foram enxotados como galinhas pela srta. Woolf. (— Bailarinos uma ova! — disse ela.)

Por fim, mas não sem importância, havia Herr Zimmerman (— Gabi, por favor — pediu ele, mas ninguém obedeceu), um violinista de orquestra vindo de Berlim, "nosso refugiado", como se referiam a ele (Sylvie tinha expatriados, igualmente identificados por sua situação). Ele "pulara do barco" em 1935 durante uma turnê com sua orquestra. A srta. Woolf, que o conhecera no Comitê dos Refugiados, fizera todo o possível para garantir que Herr Zimmerman e seu violino não fossem internados, ou pior, embarcados nas águas letais do Atlântico. Todos seguiam o exemplo da srta. Woolf e nunca se dirigiam a ele como senhor, sempre como *Herr*. Ursula sabia que a srta. Woolf o chamava assim para fazê-lo se sentir em casa, mas aquilo só conseguia torná-lo ainda mais estrangeiro.

A srta. Woolf conhecera Herr Zimmerman em seu trabalho para o Fundo Central Britânico para Judeus Alemães (— Preocupa-me o fato de serem tantos.). Ursula nunca soube ao certo se a srta. Woolf era uma mulher influente ou se apenas se recusava a aceitar um não como resposta. As duas coisas, talvez.

— Somos um grupo refinado, não é? — disse o sr. Bullock, sarcástico. — Por que não produzimos espetáculos em vez de combater uma guerra. (— O sr. Bullock é um homem de emoções fortes — disse a srta. Woolf a Ursula. E de bebidas fortes também, Ursula pensou. Tudo forte, na verdade.)

Um pequeno salão pertencente aos metodistas havia sido requisitado pela srta. Woolf (ela própria metodista) para ser o seu posto, e eles o tinham mobiliado com duas camas de campanha, um pequeno fogão com apetrechos para preparar o chá e uma variedade de cadeiras, duras e macias. Comparado a alguns postos, comparado a muitos, era luxuoso.

O sr. Bullock apareceu uma noite com uma mesa de feltro verde e a srta. Woolf declarou-se bastante apreciadora de bridge. O sr. Bullock, na calmaria entre a queda da França e os primeiros ataques aéreos no começo de setembro, ensinara todos a jogar pôquer.

— Um belo trapaceiro — disse o sr. Simms. Tanto ele quanto o sr. Palmer perderam vários xelins para o sr. Bullock. A srta. Woolf, em compensação, ganhava duas libras quando começaram os bombardeios. Um sr. Bullock brincalhão expressou surpresa com o fato de que os metodistas tivessem permissão para jogar. Seus ganhos compraram um alvo de dardos, portanto o sr. Bullock nada tinha a reclamar, afirmou ela. Um dia, ao removerem um amontoado de caixas do canto do salão, descobriram que um piano estivera escondido lá o tempo todo, e a srta. Woolf — que se revelava uma mulher de muitos talentos — era uma pianista bastante boa. Embora seu gosto pessoal tendesse para Chopin e Liszt, ela não se furtava a "batucar algumas canções" — palavras do sr. Bullock — para que todos cantassem juntos.

Eles haviam reforçado o posto com sacos de areia, embora ninguém acreditasse que teriam alguma serventia caso fossem atingidos. Com exceção de Ursula, que pensava que tomar precauções parecia uma ideia altamente sensata, todos tendiam a concordar com o sr. Bullock que "se ela vier com o seu nome, ela vem com o seu nome", uma espécie de desapego budista que o dr. Kellet teria apreciado. Havia tido um obituário no *The Times* durante o verão. Ursula ficou bem contente com a ideia de que o dr. Kellet não presenciara outra guerra. Isso o teria feito considerar a inutilidade de Guy ter perdido tudo em Arras.

Eram todos voluntários em tempo parcial, a não ser a srta. Woolf, que era paga, trabalhava em horário integral e levava seus deveres muito a sério. Ela os submetia a treinamentos rigorosos e se certificava de que cumprissem as tarefas — em procedimentos contra gases, na extinção de bombas incendiárias, como entrar em prédios em chamas, carregar macas, fazer talas, aplicar bandagens. Interrogava-os sobre o conteúdo dos manuais que os fazia ler e era muito exigente quanto a aprenderem como identificar corpos, vivos e mortos, a fim de que pudessem ser mandados, como encomendas, ao hospital ou ao necrotério, com todas as informações corretas anexadas. Fizeram vários exercícios a céu aberto, onde encenaram um ataque simulado. (— Faz de conta — zombou o sr. Bullock, não conseguindo entrar no espírito da coisa.) Ursula fez duas vezes o papel de vítima, numa delas teve de fingir uma perna quebrada e na outra total inconsciência. Em outra ocasião, esteve "do outro lado", e como inspetora precisou lidar com o sr. Armitage simulando alguém em choque histérico. Supôs que fosse a experiência de palco que o habilitava a ter um desempenho tão irritantemente autêntico. Foi bem difícil convencê-lo a sair do personagem no fim do exercício.

Precisavam conhecer os ocupantes de cada edifício em seu setor, saber se tinham abrigo próprio ou iam para um público, ou se também eram fatalistas e não se preocupavam com coisa alguma. Precisavam saber se alguém tinha viajado ou se mudado, casado, tido um bebê, morrido. Precisavam saber onde ficavam hidrantes, becos sem saída, ruelas estreitas, porões, centros de apoio.

"Patrulhar e observar", era o lema da srta. Woolf. Eles tendiam a patrulhar as ruas em duplas até meia-noite, quando em geral havia uma calmaria, e, se não houvesse bombas em seu setor, haveria uma discussão cortês a respeito de quem ocuparia as camas de campanha. É claro, se houvesse um ataque em "suas ruas", então eram "todas as mãos às bombas", nas palavras da srta. Woolf. Às vezes, faziam a "observação" a partir do apartamento dela, dois andares acima, com uma excelente vista de uma grande janela em um dos cantos.

A srta. Woolf fazia também exercícios extras de primeiros socorros com eles. Além de ter sido enfermeira-chefe, dirigira um hospital de campanha na última guerra e explicou-lhes (— Como bem sabem os senhores que estiveram na ativa naquele terrível conflito...) que vítimas de guerra eram muito diferentes dos acidentados de rotina vistos em tempos de paz.

— Muito piores — disse ela. — Precisamos estar preparados para visões angustiantes.

Sem dúvida, nem mesmo a srta. Woolf teria imaginado quanto seriam angustiantes tais visões quando envolviam civis, e não soldados no campo de batalha, quando envolviam desenterrar com pás pedaços de carne não identificáveis ou recolher dos escombros os membros dolorosamente pequenos de uma criança.

— Não podemos virar o rosto — disse-lhe a srta. Woolf —, precisamos continuar o nosso trabalho e precisamos dar nosso testemunho.

O que aquilo queria dizer?, Ursula se perguntou.

— Isso quer dizer — disse a srta. Woolf — que devemos nos lembrar dessas pessoas quando estivermos a salvo no futuro.

— E se *nós* formos mortos?

— Então, outros deverão se lembrar de *nós*.

O primeiro acidente grave do qual se encarregaram foi numa grande casa no meio de uma plataforma que recebera um tiro certeiro. O resto da plataforma estava intacto, como se a Luftwaffe tivesse visado pessoalmente os moradores — duas famílias, incluindo avós, várias crianças, dois bebês. Todos haviam sobrevivido à explosão, abrigados no porão, mas tanto a tubulação de suprimento de água quanto um grande cano de esgoto tinham rachado e, antes que qualquer um dos dois pudesse ser isolado, todos no porão se afogaram naquela lama apavorante.

Uma das mulheres conseguira se agarrar a uma das paredes do porão e escalá-la, eles podiam vê-la por uma abertura, e a srta. Woolf e o sr. Armitage a seguraram pelo cinto de couro de Hugh enquanto Ursula se debruçava sobre a beirada do que restara do porão. Ela estendeu a mão para a mulher, pensou por um instante que seria capaz de agarrá-la, mas então a mulher simplesmente desapareceu debaixo da água fétida que subia para encher o porão.

Quando os bombeiros chegaram para bombear o lugar, recuperaram quinze corpos, sete de crianças, e os estenderam na frente da casa, como se para secar. A srta. Woolf ordenou que os cobrissem o mais depressa possível e os colocassem atrás de um muro enquanto aguardavam a chegada da carroça funerária.

— Não faz bem algum aos ânimos estarmos expostos a visões como esta — disse ela.

Bem antes, Ursula já vomitara o jantar. Vomitava depois de quase todos os acidentes. O sr. Armitage e o sr. Palmer também, o sr. Simms antes. Só a srta. Woolf e o sr. Bullock pareciam ter estômagos fortes perante a morte.

Mais tarde, Ursula tentou não pensar nos bebês ou na expressão de terror no rosto daquela pobre mulher enquanto tentava em vão agarrar a mão de Ursula (e mais alguma coisa, talvez descrença de que aquilo pudesse estar acontecendo).

— Pensem neles como estando em paz agora — aconselhou depois a srta. Woolf, decidida, dispensando o chá açucarado e escaldante. — Eles estão livres de tudo isto, só saíram um pouco mais cedo.

E o sr. Durkin disse: — *Saíram todos para o mundo da luz.*

E Ursula pensou: *foram-se todos para o mundo da luz.*

Ursula não estava convencida de que os mortos fossem para algum lugar, exceto para um vazio, negro e infinito.

— Só espero que *eu* não morra coberto de merda — disse o sr. Bullock, mais prosaico.

Ela achou que jamais superaria aquele primeiro acidente terrível, mas aquela lembrança já havia sido sobreposta por muitas outras e agora mal pensava naquilo.

— ESTÁ DIFÍCIL! — exclamou a srta. Woolf sem rodeios. — Eles precisam de alguém leve.

— Leve? — Ursula ecoou.

— Magro — repetiu a srta. Woolf, paciente.

— Para entrar ali? — perguntou Ursula, olhando com horror para o topo do vulcão. Não tinha certeza de que teria coragem de descer até a garganta do inferno.

— Não, não, não é ali — disse a srta. Woolf. — Venha comigo.

Começava a chover, bem forte, e Ursula seguiu com dificuldade a srta. Woolf pelo terreno irregular e quebrado, coberto de todo tipo de obstáculos. Sua lanterna era quase inútil. Prendeu o pé numa roda de bicicleta e se perguntou se alguém a estaria pedalando quando a bomba caiu.

— Aqui — disse a srta. Woolf.

Era outro monturo, tão grande quanto o anterior. Era outra rua, ou a mesma rua? Ursula perdera qualquer noção de direção. Quantos montes havia? Um cenário de pesadelo lhe atravessou a mente — toda Londres reduzida a um gigantesco monturo.

O novo monte não era um vulcão, o esquadrão de resgate abria caminho por uma fenda horizontal num dos lados. Mais enérgicos, cortavam os escombros com pás e picaretas.

— Há uma espécie de buraco ali — mostrou a srta. Woolf, segurando com firmeza a mão de Ursula, como se fosse uma criança relutante, e levando-a adiante. Ursula não via sinal de buraco. — É seguro, eu acho, você só precisa ir se contorcendo.

— Um túnel?

— Não, é só um buraco. Há um pouco de declive do outro lado, nós achamos que há alguém lá em baixo. Não é uma descida grande — acrescentou, encorajadora. — Não é um túnel — repetiu. — Entre de frente.

O esquadrão de resgate parou de cavar o entulho e, um tanto impaciente, aguardava Ursula.

Precisou tirar o capacete para poder se contorcer no buraco, segurando sem jeito a lanterna à sua frente. Apesar das palavras da srta. Woolf, esperava um túnel, mas foi imediatamente confrontada com um espaço cavernoso. Deveria ter estudado espeleologia. Ficou aliviada ao sentir dois pares de mãos invisíveis se agarrarem ao velho cinto de couro de Hugh. Moveu a lanterna tentando ver alguma coisa, qualquer coisa. — Olá? — gritou enquanto girava a lanterna para baixo. A luz exibiu uma treliça aleatória de tubos de gás retorcidos e madeira, lascada como palitos de fósforo. Concentrou-se numa brecha naquele emaranhado caótico, tentando vislumbrar alguma coisa na escuridão abaixo dela. Um rosto virado para cima, de homem, pálido e fantasmagórico, pareceu emergir da escuridão como uma visão, um prisioneiro numa masmorra. Poderia haver um corpo ligado ao rosto, ela não tinha como saber.

— Olá? — ela repetiu, como se o homem pudesse responder, embora agora pudesse ver que faltava parte da cabeça.

— Alguém? — perguntou a srta. Woolf esperançosa quando ela se arrastou para fora do buraco.

— Um morto.

— Fácil de recuperar?

— Não.

A CHUVA TORNAVA TUDO ainda mais imundo, se isso fosse possível, transformando o pó de tijolo molhado numa espécie de areia viscosa. Algumas horas de trabalho naquelas condições e estavam todos cobertos daquilo, da cabeça aos pés. Nojento demais só de pensar.

Havia falta de ambulâncias, o tráfego estava interrompido devido a um acidente na Cromwell Road, nele estavam presos o médico e a enfermeira que já deveriam ter chegado, e os exercícios extras de primeiros socorros da srta. Woolf foram bem aproveitados. Ursula botou uma tala num braço quebrado, enfaixou uma cabeça ferida, remendou um olho e imobilizou o tornozelo do sr. Simms — ele o torcera no chão irregular. Etiquetou dois sobreviventes inconscientes (lesões na cabeça, fêmur quebrado, clavícula quebrada, costelas quebradas, o que era provavelmente uma pélvis esmagada) e vários mortos (que eram mais fáceis, eram simplesmente mortos), e então revisou tudo para o caso de ter etiquetado errado e remetido os mortos para o hospital e os vivos para o necrotério. Encaminhou também diversos sobreviventes para o centro de apoio e os feridos que podiam andar para o posto de primeiros socorros tripulado pela srta. Woolf.

— Encontre Anthony, se puder. Você pode? — disse ela ao ver Ursula. — Para que traga uma cantina móvel.

Ursula despachou Tony com a missão. Só a srta. Woolf o chamava de Anthony. Ele tinha treze anos, era escoteiro e seu mensageiro de defesa civil, e voava de bicicleta pelas ruas polvilhadas de vidro e cascalho. Se Tony fosse seu filho, pensou Ursula, ela o teria mandado para bem longe do pesadelo em vez de mergulhá-lo ainda mais fundo nele. Inútil dizer que ele adorava aquilo tudo.

Depois de falar com Tony, Ursula voltou a se esgueirar pelo buraco, porque alguém achou ter ouvido um som, mas o homem pálido e morto estava tão silencioso quanto antes. — Olá de novo — ela o cumprimentou. Achou que poderia ser o sr. McColl da rua ao lado. Talvez estivesse visitando alguém. Falta de sorte. Estava exausta, era quase possível invejar os mortos em seu descanso eterno.

Quando voltou a emergir do buraco, a cantina móvel já havia chegado. Enxaguou a boca com chá e cuspiu pó de tijolo.

— Aposto que você era uma verdadeira dama — o sr. Palmer riu.

— Estou ofendida — Ursula retrucou e riu. — Eu acho que cuspo com muita elegância.

O resgate no monturo continuava, sem qualquer sinal de resultado, mas a pausa da noite se aproximava, e a srta. Woolf lhe disse para voltar ao abrigo e descansar. No alto do monte foi pedida uma corda, para descer alguém, Ursula supôs, ou puxar alguém, ou ambos. (— Uma mulher, eles acham — disse o sr. Durkin.)

Estava acabada, mal conseguia botar um pé na frente do outro. Evitando os destroços o melhor que podia, tinha avançado apenas dez metros ou quase, quando alguém a agarrou pelo braço e puxou-a para trás com tanta força que ela teria caído se a mesma pessoa não a segurasse e a mantivesse em pé.

— Cuidado, srta. Todd — uma voz rosnou.

— Sr. Bullock?

Nos limites do posto, o sr. Bullock a alarmava um pouco, ele parecia tão inexpugnável, mas, curiosamente, ali naquele lugar primitivo era inofensivo.

— O que é isso? — ela exclamou. — Estou muito cansada.

Ele iluminou o caminho à frente deles. — Está vendo? — perguntou.

— Não consigo ver nada.

— Porque não há nada.

Ela olhou com mais atenção. Uma cratera — enorme — um poço sem fundo. — Seis, no máximo nove metros — disse o sr. Bullock. — E você quase caiu nele.

Ele a acompanhou de volta ao posto. — Você está cansada demais — observou. Segurou o braço dela por todo o caminho, ela podia sentir a força de seus músculos por trás da pressão.

No posto, ela desabou em cima de uma cama de campanha e apagou mais do que adormeceu. Despertou quando o *bombardeio encerrado* soou às seis em ponto. Sentia como se tivesse dormido dias a fio, mas tinham sido apenas três horas.

O sr. Palmer também estava lá, demorando-se para fazer chá. Ela podia imaginá-lo em casa, de chinelos e cachimbo, lendo jornal. Parecia absurdo que estivesse ali.

— Aqui está — ele disse, entregando-lhe uma caneca. — Você deveria ir para casa, meu bem — continuou —, a chuva parou. Como se fosse a chuva que tivesse estragado a noite, e não a Luftwaffe.

Em vez de ir direto para casa, voltou ao monturo para ver como estava o prosseguimento do resgate. Parecia diferente à luz do dia, o aspecto era estranhamente familiar. Lembrava alguma coisa, mas por mais que se esforçasse não conseguia saber o quê.

Era um cenário de devastação, quase toda a rua se fora, mas o monte, o monturo original, ainda vivia sua pequena colmeia particular de atividade.

Isso daria um bom tema para um artista de guerra, pensou. *Os escavadores do monturo* seria um bom título. Bea Shawcross frequentara a escola de arte, tendo se formado bem no começo da guerra. Ursula se perguntou se ela havia sido levada a retratar a guerra ou se tentava transcendê-la.

Com muito cuidado, começou a escalada. Alguém do esquadrão de resgate estendeu a mão para ajudá-la. Uma nova equipe havia chegado, mas, ao que tudo indicava, o antigo esquadrão de resgate era o que ainda trabalhava. Ursula compreendia. Era difícil abandonar o local de um acidente quando havia a sensação de "ser dono" dele.

Houve um súbito zum-zum de excitação em torno da cratera do vulcão, quando os frutos do delicado e penoso trabalho noturno enfim se revelaram. Uma mulher, com uma corda amarrada sob as axilas (nada era delicado naquela cena), estava salva pelo simples fato de ser puxada para fora da estreita abertura. Foi passada de mão em mão até a base do monturo.

Ursula podia ver que ela estava quase negra de sujeira e entrando e saindo do estado de consciência. Fraca mas viva, pelo menos. Foi embarcada numa ambulância pacientemente à espera ali embaixo.

Ursula chegou até lá. No chão, um corpo coberto aguardava uma carroça funerária. Ursula descobriu o rosto e encontrou o homem pálido da noite anterior. À luz do dia, podia ver que se tratava definitivamente do sr. McColl do número 10. — Oi, você aí — ela disse. Ele logo seria um velho amigo. A srta. Woolf lhe teria dito para etiquetá-lo, mas, quando procurou seu bloco de recados, descobriu que o perdera e não tinha onde escrever. Procurando num bolso, encontrou seu batom. *A necessidade ensina*, ouviu a voz de Sylvie dizer.

Pensou em escrever na testa do sr. McColl, mas aquilo pareceu indigno (mais indigno que a morte?, perguntou-se). Então, em vez disso, descobriu-lhe o braço e depois cuspiu num lenço e esfregou-o na pele para limpar um pouco da sujeira, como se ele fosse um menino. Escreveu o nome e o endereço dele no braço com o batom. Vermelho-sangue, que pareceu realmente adequado.

— Bem, adeus — disse ela. — Não acredito que voltemos a nos encontrar.

❄

Contornando a cratera traiçoeira da noite anterior, Ursula descobriu a srta. Woolf sentada atrás de uma mesa de jantar resgatada dos destroços, como se estivesse num escritório, dizendo às pessoas o que fazer em seguida — aonde ir em busca de alimento e abrigo, como obter roupas e cartões de racionamento e assim por diante. A srta. Woolf ainda estava alegre, embora só Deus soubesse quando ela dormira pela última vez. A mulher tinha ferro na alma, não havia sombra de dúvida. Ursula gostava cada vez mais da srta. Woolf, respeitava-a quase mais que a qualquer outra pessoa que conhecia, exceto Hugh, talvez.

A fila era formada por ocupantes de um grande abrigo, muitos dos quais ainda estavam emergindo, piscando com a luz do dia como animais noturnos, e descobrindo que não tinham mais casas para onde ir. O abrigo estava no lugar errado, na rua errada, pensou Ursula. Levou alguns momentos para reorientar o cérebro e perceber que a noite inteira se acreditara numa rua diferente.

— Tiraram aquela mulher — ela disse à srta. Woolf.

— Viva?

— Mais ou menos.

QUANDO FINALMENTE VOLTOU PARA Phillimore Gardens, encontrou Millie acordada e vestida.

— *Correu bem o dia?* — ela perguntou. — Ainda tem um pouco de chá — acrescentou, servindo-o e entregando uma xícara a Ursula.

— Ah, você sabe... — respondeu Ursula, segurando a xícara. O chá estava morno. Ela deu de ombros. — Bem medonho. Já está na hora? Preciso ir para o trabalho.

NO DIA SEGUINTE, SURPREENDEU-SE ao encontrar uma das entradas de registro da srta. Woolf, escrita em sua caligrafia clara de enfermeira-chefe. Às vezes, uma pasta cor de camurça se revelava uma misteriosa barafunda e Ursula nunca sabia ao certo como algumas daquelas coisas apareciam em sua mesa. *5h Relatório provisório de acidente. Relatório de ocorrência. Vítimas:* 55 *para o hospital, 30 mortos, 3 desaparecidos. Sete casas completamente arrasadas, por volta de 120 desabrigados. 2 equipes de* NFS, *2* AMB, *2* HRPS, *2* LRP, *um cão ainda operando. O trabalho continua.*

Ursula não vira cão algum. Aquele era apenas um dos muitos acidentes em Londres naquela noite, e ela pegou um maço deles e disse: — Srta. Fawcett, pode dar entrada nestes.

Mal podia esperar pelo carrinho de chá com o lanche das onze.

❄

Almoçaram na varanda. Salada de ovo e batatas, rabanetes, alface, tomates e até mesmo um pepino.

— Tudo cultivado pelas belas mãos de nossa mãe — disse Pamela.

Era a refeição mais agradável que Ursula comia havia muito tempo.

— E depois temos uma *charlotte* de maçã, eu acho — continuou Pamela.

Estavam sozinhas à mesa. Sylvie tinha ido atender à campainha da porta e Hugh não voltara da missão de examinar uma bomba não detonada que, constava, caíra num campo do outro lado da aldeia.

Os meninos também comiam *al fresco* — estatelados no gramado, devorando ensopado de búfalo e salada de milho verde com favas (ou, no mundo real, sanduíches de carne enlatada e ovos cozidos). Eles haviam montado uma velha e bolorenta tenda indígena desencavada no galpão e se envolvido num jogo sem lei de caubóis e índios até a chegada da carroça (ou Bridget, carregando uma bandeja).

Os meninos de Pamela eram os caubóis e os expatriados estavam mais do que felizes por serem apaches.

— Acho que se adapta melhor à natureza deles — disse Pamela.

Ela fizera faixas de papelão para a cabeça com penas de galinha coladas para eles. Os caubóis tiveram de se contentar com lenços de Hugh amarrados no pescoço. Os dois labradores corriam de um lado para o outro, em estado de frenesi canino com toda aquela agitação, enquanto Gerald, ainda com apenas dez meses, dormia esquecido do mundo numa manta ao lado da cadela de Pamela, Heidi, tranquila demais para aquelas palhaçadas.

— Parece que ele é uma espécie de símbolo dos peles-vermelhas — disse Pamela. — Pelo menos isso os mantém sossegados. É um milagre. Combina bastante bem com o veranico que estamos tendo.

— Seis meninos numa casa, continuou Pamela. Graças a Deus começou o período escolar. Os meninos nunca param, precisamos mantê-los ocupados o tempo todo. Imagino que esta seja uma visita de médico?

— É, sim.

Um sábado precioso para ela, que sacrificara o dia para visitar Pammy e os meninos. Encontrou Pamela exausta, enquanto Sylvie parecia animada pela guerra. Ela se tornara uma ferrenha defensora do Serviço Voluntário Feminino.

— Estou surpresa. Ela não gosta muito de outras mulheres — disse Pamela.

Sylvie tinha agora uma grande criação de galinhas e incrementara a produção de ovos até os níveis da guerra.

— As pobrezinhas são obrigadas a pôr ovos dia e noite — disse Pamela, — parece até que mamãe está dirigindo uma fábrica de armamentos.

Ursula não entendia muito bem como alguém poderia obrigar uma galinha a fazer horas extras.

— Ela lhes dá ordens para produzir — Pamela riu. — Uma verdadeira chefe de galinheiro.

Ursula não mencionou que tinha sido chamada para um acidente, uma casa que fora atingida, onde os ocupantes criavam galinhas num galinheiro improvisado no quintal, e que, ao chegarem, os voluntários encontraram as galinhas, quase todas vivas, mas com as penas arrancadas. — Depenagem rápida — zombara o sr. Bullock, insensível. Ursula vira pessoas com as roupas arrancadas e árvores em pleno verão despojadas de todas as folhas, mas também não mencionou essas coisas. Não mencionou ter chapinhado em dejetos de canos rompidos, não mencionou afogamentos nos mesmos dejetos. Nem mencionou a pavorosa sensação de encostar a mão no peito de um homem e descobrir que sua mão havia, sabe-se lá como, caído *dentro* daquele peito. (Morto — algo que se deve agradecer, supunha.)

Harold contava a Pamela as coisas que via? Ursula não perguntou, até porque abordar o assunto parecia errado num dia tão agradável. Pensou em todos os soldados da última guerra que voltaram para casa e nunca mais falaram a respeito do que haviam testemunhado nas trincheiras. O sr. Simms, o sr. Palmer, seu próprio pai também, é claro.

A produção de ovos de Sylvie parecia estar no centro de uma espécie de mercado negro rural. Ninguém na aldeia sentia realmente falta de alguma coisa. — Há uma economia de escambo por aqui — disse Pamela. — E eles fazem escambo, acredite. É o que ela está fazendo agora, lá na porta da frente.

— Pelo menos vocês estão a salvo aqui — disse Ursula.

Estavam? Pensou na bomba não detonada que Hugh tinha ido examinar. Ou na semana anterior, quando um artefato caíra num campo pertencente à Fazenda Municipal e fizera as vacas em pedaços.

— Muita gente andou comendo carne discretamente por aqui — disse Pamela. — Nós inclusive, fico feliz em dizer.

Sylvie parecia achar que aquele terrível episódio os pusera em pé de igualdade com o sofrimento de Londres. Estava de volta e acendeu um cigarro em vez de terminar de comer. Ursula comeu o que ela havia deixado no prato enquanto Pamela pegava um dos cigarros de Sylvie do maço e o acendia.

Bridget apareceu e começou a tirar os pratos, e Ursula se levantou e disse: — Ah, não, sou eu quem vai fazer isso.

Pamela e Sylvie continuaram à mesa, fumando em silêncio, observando a defesa da tenda indígena de um ataque dos expatriados. Ursula se sentia bem pouco à vontade. Tanto Sylvie quanto Pamela falavam como se passassem dificuldades enquanto ela trabalhava o dia inteiro, saía em patrulha na maioria das noites, enfrentando as visões mais aterradoras. No dia anterior, tinham estado num acidente em que lutaram para libertar uma pessoa enquanto pingava sangue sobre suas cabeças, escorrendo de um corpo preso num quarto ao qual não conseguiam chegar, porque a escada estava atolada nos cacos de vidro de uma enorme claraboia.

— Estou pensando em voltar para a Irlanda — disse Bridget enquanto lavavam a louça. — Eu nunca me senti em casa neste lugar.

— Nem eu — disse Ursula.

A *charlotte* de maçã acabou sendo apenas simples maçãs assadas, pois Sylvie se recusou a usar seu precioso pão dormido num bolo quando ele poderia ser mais útil alimentando as galinhas. Nada se desperdiçava na Toca da Raposa. Os restos iam para as galinhas (— Ela está pensando em arrumar um porco — disse Hugh, em desespero). Quando os ossos chegavam a uma quantidade suficiente, eram enviados para reaproveitamento, como também toda e qualquer lata e recipiente de vidro que não estavam sendo usados para estocar geleia, picles, feijão ou tomates. Todos os livros da casa haviam sido empacotados e levados aos correios para serem enviados para as Forças

Armadas. — Nós já os lemos — disse Sylvie —, então qual a razão para ficarmos com eles?

Hugh chegou, e Bridget voltou ao jardim resmungando, com um prato para ele.

— Ora — Sylvie dirigiu-se a ele educamente. — Você mora aqui? Ouça, por que não se junta a nós?

— Francamente, Sylvie — reagiu Hugh, mais áspero que de costume. — Você às vezes é tão infantil.

— Se sou, foi o casamento que me fez assim — retrucou Sylvie.

— Eu me lembro de você ter dito uma vez não haver vocação maior para uma mulher do que o casamento — disse Hugh.

— Eu disse? Deve ter sido em nossos verdes anos.

Pamela ergueu as sobrancelhas para Ursula, que se perguntou quando seus pais haviam começado a discutir tão abertamente. Ursula ia interrogá-lo quanto à bomba, mas, então: — Como vai Millie? — quis saber Pamela, animada, para mudar de assunto.

— Vai bem — Ursula respondeu. — Ela é uma pessoa muito fácil de conviver. Embora eu quase nunca a veja em Phillimore Gardens. Ela se filiou à Associação do Serviço Nacional de Entretenimento. Faz parte de algum tipo de trupe que visita fábricas, entretendo trabalhadores na hora de almoço.

— Pobres coitados! — riu Hugh.

— Com Shakespeare? — Sylvie perguntou, intrigada.

— Acho que qualquer dia desses ela muda de rumo. Um pouco de canto, comédia, vocês sabem.

Sylvie não pareceu saber.

— Eu tenho um namorado — Ursula deixou escapar, pegando todos de surpresa, inclusive ela mesma. Tinha sido mais para amenizar a conversa que qualquer outra coisa. Na verdade, deveria ter pensado melhor.

Ele se chamava Ralph. Morava em Holborn e era um amigo recente, um "colega", que ela conhecera nas aulas de alemão. Era arquiteto antes da guerra e Ursula acreditava que seria arquiteto quando a guerra acabasse. Se alguém ainda estivesse vivo, é claro. (Londres poderia ser extinta, como

Cnossos ou Pompeia? Os cretenses e os romanos talvez tivessem afirmado "podemos lidar com isso", em pleno desastre.) Ralph estava cheio de ideias para a reconstrução dos bairros miseráveis como torres modernas. — Uma cidade para o povo —, dizia ele — que renasceria das cinzas da antiga como uma fênix, modernista em sua essência.

— Parecem palavras de um iconoclasta — disse Pamela.

— Ele não é nostálgico como nós.

— Nós somos? Nostálgicos?

— Somos, sim — disse Ursula. — A nostalgia se baseia em algo que nunca existiu. Imaginamos uma Arcádia no passado, Ralph a vê no futuro. Ambas igualmente irreais, é claro.

— Palácios que chegam às nuvens?

— Algo assim.

— E você gosta de Ralph?

— Gosto.

— Vocês já...? Você sabe...

— Como? Que espécie de pergunta é essa? — Ursula riu. (Sylvie estava outra vez na porta, Hugh estava sentado de pernas cruzadas no gramado fingindo ser o Grande Chefe Touro Veloz.)

— Uma pergunta muito boa — disse Pamela.

Não tinham, por acaso. Talvez se Ralph fosse mais ardente. Ela pensou em Crighton.

— De qualquer maneira, há tão pouco tempo para...

— Sexo? — completou Pamela.

— Ia dizer namoro, mas é, sexo.

Sylvie voltara e estava tentando separar as facções em conflito no gramado. Os expatriados, os inimigos, eram muito maus perdedores. Hugh havia sido amarrado com uma velha corda de secar roupas. — Socorro! — ele murmurou para Ursula, mas sorria como um menino. Era bom vê-lo feliz.

Antes da guerra, o cortejar de Ralph (ou talvez o dela) poderia ser feito por meio de dança, cinema, jantares íntimos *à deux*, mas agora, com mais frequência do que em outros lugares, eles se encontravam em locais destruídos por bombas, como se fossem turistas visitando ruínas antigas. A vista do andar de cima do ônibus número 11 era especialmente favorável, haviam descoberto.

Talvez isso se devesse mais a uma excentricidade de suas respectivas personalidades do que à própria guerra. Afinal, outros casais conseguiam manter os rituais.

Tinham "visitado" a Galeria Duveen no Museu Britânico, Hammonds ao lado da National Gallery e a enorme cratera no Banco da Inglaterra, tão grande que foi preciso construir uma ponte provisória em toda a sua extensão. Na John Lewis, ainda fumegando quando chegaram, os manequins enegrecidos das vitrines estavam espalhados pelo chão, e as roupas haviam sido saqueadas.

— Você acha que nós somos uma espécie de necrófilos? — perguntou Ralph, e Ursula respondeu: — Não, nós somos testemunhas.

Acreditava que acabaria indo para a cama com ele. Não havia grandes argumentos contra isso.

Bridget apareceu com chá e bolo e Pamela disse: — Acho melhor eu desamarrar papai.

— Beba alguma coisa — disse Hugh, servindo-lhe uma dose de malte da garrafa de cristal lapidado que guardava em seu gabinete. — Tenho passado cada vez mais tempo aqui — disse ele. — É o único lugar em que consigo ter paz. É expressamente proibida a entrada de cães e expatriados. Eu me preocupo com você, você sabe — acrescentou.

— Eu também me preocupo comigo.

— É sangrenta?

— Terrivelmente. Mas eu acredito que seja a coisa certa. Acho que estamos fazendo a coisa certa.

— É uma guerra justa? Você sabe que os Cole ainda têm grande parte da família na Europa. O sr. Cole me contou algumas coisas terríveis, coisas que estão acontecendo com os judeus. Eu não acho que alguém aqui queira realmente saber. De qualquer maneira... — disse ele, erguendo o copo e se esforçando para assumir um tom alegre — Saúde! Brindemos ao fim.

Estava escuro quando ela saiu e Hugh a acompanhou pela alameda até a estação.

— Receio que não haja gasolina — ele disse. — Você deveria ter saído mais cedo — acrescentou, lamentando. Ele tinha uma lanterna forte e não havia ninguém para gritar com ele para apagar a luz. — Não acredito que eu vá dirigir um Heinkel — afirmou.

Ursula contou-lhe como a maioria dos esquadrões de resgate tinha um horror quase supersticioso de luzes, mesmo quando estavam no meio de um bombardeio, cercados por prédios em chamas, bombas incendiárias e labaredas. Como se um pequeno feixe de luz fosse fazer alguma diferença.

— Conheci um fulano nas trincheiras — disse Hugh. — Acendeu um fósforo e acabou-se o que era doce, um franco-atirador alemão arrancou sua cabeça com uma rajada. Bom rapaz — acrescentou, reflexivo —, o nome era Rogerson, o mesmo dos padeiros da aldeia. Nenhum parentesco.

— Você nunca falou disso — disse Ursula.

— Estou falando agora — disse Hugh. — Que sirva de lição para você, mantenha a cabeça protegida e sua luz bem escondida.

— Eu sei que você não quer dizer isso. Não a sério.

— Quero, sim. Eu prefiro você covarde a morta, ursinha. Teddy e Jimmy também.

— Você também não quer dizer isso.

— Quero. Aqui estamos nós, está tão escuro que poderíamos passar direto pela estação e não vê-la. Duvido que o trem esteja no horário, se é que há trens. Ah, veja, aqui está o Fred. Boa noite, Fred.

— Sr. Todd, srta. Todd. Como sabem, este é o último trem desta noite — disse Fred Smith. Fred havia muito tempo fora promovido de foguista a maquinista.

— Mas isto não é realmente um trem — disse Ursula, confusa. Havia locomotiva, mas não havia vagões.

Fred olhou para trás na plataforma, para onde deveriam estar os vagões, como se tivesse esquecido sua ausência.

— Ah, é... — ele disse — da última vez que foram vistos estavam pendurados na ponte de Waterloo. É uma longa história — acrescentou, claramente não disposto a explicar.

Ursula estava intrigada quanto à locomotiva estar ali *sans* vagões, mas Fred parecia um tanto soturno.

— Então, não vou chegar em casa hoje à noite — concluiu Ursula.

— Bem — disse Fred —, tenho de levar esta locomotiva de volta para a cidade, tenho pressão suficiente e tenho um foguista, o velho Willie. Se quiser pular para a cabine, srta. Todd, acho que podemos levá-la para casa.

— Jura? — disse Ursula.

— Não vai ser tão limpo quanto viajar nas almofadas, mas se a senhorita tiver coragem...

— Tenho, é claro.

A locomotiva estava impaciente para partir, então ela abraçou Hugh e disse até logo, e subiu os degraus da cabine, onde se empoleirou no banco do foguista.

— Você vai tomar cuidado, ursinha, não vai? — disse Hugh. — Em Londres? — Ele precisou levantar a voz acima do assobio do vapor. — Promete?

— Prometo — ela gritou. — Até breve!

Girou o corpo, tentando vê-lo na plataforma escura enquanto o trem partia resfolegando. Sentiu uma pontada de culpa, tinha entrado numa barulhenta brincadeira de esconde-esconde com os meninos depois do jantar. Deveria, como disse Hugh, ter saído enquanto ainda havia luz. Agora, Hugh teria de atravessar toda a alameda andando sozinho no escuro. (Lembrou-se, de repente, da pobre Angela, há tantos anos.) Hugh logo desapareceu na fumaça e na escuridão.

— Isto *é* emocionante — disse a Fred. Não lhe passou pela cabeça que nunca mais veria o pai.

EMOCIONANTE, SEM DÚVIDA, MAS também um pouco apavorante. A locomotiva era um grande animal de metal rugindo através da escuridão, o poder bruto da máquina criando vida. Tudo tremia e balançava como se tentasse expeli-la de suas entranhas. Ursula nunca havia pensado no que acontecia na cabine de uma locomotiva. Imaginara, se é que imaginara, um lugar relativamente tranquilo — o maquinista atento aos trilhos à sua frente, o foguista alegre despejando pás de carvão. Mas, em vez disso, havia uma atividade incessante, uma contínua verificação, pelo foguista e pelo maquinista, dos gradientes e da pressão, havia também o abastecimento frenético ou a interrupção repentina, a barulheira permanente, o calor quase insuportável da fornalha, a fuligem imunda dos túneis que não parecia ser desviada pelas placas de metal que haviam sido colocadas para evitar que a luz escapasse da cabine. Era tão quente!

— Mais quente que o inferno — disse Fred.

Apesar das restrições de velocidade em tempos de guerra, pareciam viajar pelo menos duas vezes mais rápido que quando ela viajava num vagão ("nas almofadas", pensou, precisava se lembrar de contar a Teddy, que, apesar de ser agora um piloto, ainda acalentava seu desejo infantil de ser maquinista de trem).

Ao se aproximarem de Londres, podiam ver incêndios a leste e ouvir o estrondo distante de canhões, mas, ao chegaram ao pátio de manobras e ao galpão de locomotivas, tudo se tornou quase lugubremente silencioso. Desaceleraram para parar e de repente, felizmente, houve paz.

Fred ajudou-a a descer da cabine.

— Pronto, patroa! — ele disse. — Lar, doce lar. Receio que talvez nem tanto — ele pareceu em dúvida. — Eu a acompanharia até sua casa, mas preciso colocar esta locomotiva na cama. A senhorita vai ficar bem a partir daqui? (Pareciam estar no meio de lugar nenhum, só trilhos e pontos e vultos sombrios das locomotivas.) — Há uma bomba em Marylebone. Estamos nos fundos da King's Cross — disse Fred, lendo seus pensamentos. — Não é tão ruim quanto pensa —, e ele acendeu a mais fraca das lanternas, que iluminava apenas uns trinta centímetros, se tanto, à sua frente. — É preciso cuidado — continuou —, somos um alvo fácil aqui.

— Vou ficar perfeitamente bem — ela afirmou, num tom de entusiasmo um pouco maior que o real. — Não se preocupe comigo, e obrigada. Boa noite, Fred.

Afastou-se decidida e, no mesmo instante, tropeçou num trilho e deu um pequeno grito de angústia ao bater com força o joelho nas pedras afiadas da ferrovia.

— Olhe, srta. Todd — disse Fred, ajudando-a a se levantar. — A senhorita nunca vai se orientar nesta escuridão. Venha, vou levá-la até os portões.

Pegou-a pelo braço e começou a andar, conduzindo-a com a maior tranquilidade, como se estivessem dando um passeio pelo Embankment num domingo. Ela se lembrou de ter encantos por Fred quando era menina. Seria provavelmente bem fácil se encantar por ele de novo, deduziu.

Chegaram a dois grandes portões de madeira, e ele abriu uma portinhola instalada num deles.

— Acho que eu sei onde estou — ela disse. Não fazia ideia de onde estava, mas não queria incomodar Fred por mais tempo. — Obrigada mais uma vez, talvez eu o veja quando for à Toca da Raposa novamente.

— Não creio — ele respondeu. — Começo amanhã na Brigada Auxiliar de Combate ao Fogo. Montes de velhotes como Willie podem manter os trens em funcionamento.

— Sorte sua — ela disse, embora estivesse pensando em como era perigoso o serviço dos bombeiros.

❄

Era o blecaute mais escuro de todos. Ela andou com uma das mãos na frente do rosto e, depois de algum tempo, esbarrou numa mulher que lhe disse onde estavam. Caminharam juntas por uns oitocentos metros. Depois de alguns minutos por conta própria, ouviu outra vez o som de passos antes dela e disse: — Estou aqui —, e o dono dos pés não a derrubou. Era um homem, não mais que um vulto no escuro, que andou com ela até o Hyde Park. Antes da guerra, você nunca teria sonhado em dar o braço a um completo estranho — ainda mais um homem —, mas agora o perigo dos céus parecia muitíssimo maior que qualquer coisa que pudesse acontecer devido àquela estranha intimidade.

Achou que devia estar quase amanhecendo quando chegou a Phillimore Gardens, mas mal dera meia-noite. Millie, toda arrumada, acabava de voltar de uma saída noturna.

— Ai, meu Deus! — reagiu ao ver Ursula. — O que aconteceu com você? Você foi bombardeada?

Ursula se olhou no espelho e descobriu que estava coberta de fuligem e pó de carvão. — Que horror! — exclamou.

— Você parece um carvoeiro — disse Millie.

— Mais para maquinista de locomotiva — explicou, contando depressa as aventuras da noite.

— Ora — disse Millie. — Fred Smith, o filho do açougueiro. Ele era um belo pedaço de homem.

— Ainda é, imagino. Eu trouxe ovos da Toca da Raposa — disse, tirando da mala a caixa de papelão que Sylvie lhe dera. Os ovos haviam sido aninhados em palha, mas agora estavam rachados e quebrados dos solavancos da linha do trem, ou do tombo no pátio das locomotivas.

No dia seguinte, as duas conseguiram fazer uma omelete com o restante dos ovos salvos.

— Delicioso! — disse Millie. — Você deveria ir mais vezes à sua casa.

Outubro de 1940

— Muita atividade hoje à noite — disse a srta. Woolf. Um glorioso eufemismo.

Havia um ataque em grande escala em andamento, bombardeiros zumbindo lá em cima, reluzindo às vezes, se apanhados por um holofote. Bombas de alto impacto faiscavam e rugiam, e as grandes baterias *martelavam* e *fungavam* e *estalavam* — todo o costumeiro escarcéu. Obuses assobiavam ou uivavam ao subir, um quilômetro e meio por segundo até piscarem e bruxulearem como estrelas antes de se extinguirem. Fragmentos caíam retinindo. (Havia alguns dias, o primo do sr. Simms tinha sido morto por estilhaços das baterias antiaéreas em Hyde Park. — Uma vergonha ser morto pelo seu próprio país — disse o sr. Palmer. — O tipo da coisa inútil.) Um brilho vermelho sobre Holborn indicava uma bomba de óleo. Ralph morava em Holborn, mas Ursula supôs que, numa noite como aquela, ele estaria na St Paul.

— É quase uma pintura, não é? — disse a srta. Woolf.

— Do Apocalipse talvez — disse Ursula.

Contra o pano de fundo da noite negra, os incêndios que haviam sido iniciados queimavam numa enorme variedade de cores — vermelho, dourado e laranja, azul-arroxeado e verde-limão doentio. Às vezes, verdes e azuis intensos brotavam de onde alguma coisa química pegava fogo. Chamas alaranjadas e uma densa fumaça negra subiam de um depósito.

— Isso nos dá uma perspectiva bem diferente, não é mesmo? — refletiu a srta. Woolf.

Dava. Aquilo era grande e terrível se comparado ao ínfimo trabalhinho de cada um deles.

— Isso me dá orgulho — disse o sr. Simms em voz baixa. — Nosso combate ser assim, eu quero dizer. Orgulho de nós mesmos.

— E contra todas as probabilidades — suspirou a srta. Woolf.

Podiam ver toda a extensão do Tâmisa. Balões de barragem pontilhavam o céu como baleias cegas boiando no elemento errado.

Estavam no telhado da Shell-Mex House. O prédio havia sido ocupado pelo Ministério do Abastecimento, onde o sr. Simms trabalhava, e ele convidara Ursula e a srta. Woolf para subir e "ver a vista do alto".

— É espetacular, não é? Devastador e ainda assim estranhamente formidável — disse o sr. Simms, como se estivessem no topo de uma das montanhas de Lakeland e não num edifício na Strand em pleno bombardeio.

— Não tenho muita certeza quanto ao *formidável* — retrucou a srta. Woolf.

— Churchill esteve aqui em cima uma noite dessas — contou o sr. Simms. — Um ponto de observação tão favorável. Ele ficou fascinado.

Mais tarde, quando Ursula e a srta. Woolf estavam sozinhas, a srta. Woolf observou: — Você sabe, eu tinha impressão de que o sr. Simms era um pequeno funcionário do ministério, ele é uma pessoa tão simples, mas ele deve ser muito graduado para ter subido ao telhado com Churchill. (Um dos bombeiros de plantão no telhado havia dito "Boa noite, sr. Simms", com o tipo de respeito que as pessoas se sentiam obrigadas a conceder a Maurice, embora no caso do sr. Simms fosse menos a contragosto.) — Ele é despretensioso — continuou a srta. Woolf. — Eu gosto disso num homem.

Eu prefiro os pretensiosos, Ursula pensou.

— É MESMO UM espetáculo — concordou a srta. Woolf.

— É, não é? — exclamou com entusiasmo o sr. Simms.

Ursula esperava que se dessem conta de como era estranho estarem admirando o "espetáculo" quando estavam todos tão dolorosamente conscientes do que aquilo significava no chão.

— É como se os deuses estivessem dando uma festa especialmente barulhenta — observou o sr. Simms.

— Festa à qual eu preferiria não ser convidada — ressalvou a srta. Woolf.

Um amedrontador e familiar som sibilante fez com que todos corressem para se abrigar, mas as bombas caíram em algum lugar distante, e embora tivessem ouvido as explosões *bum-bum-bum-bum* não puderam ver o que havia sido atingido. Ursula achava muito estranho pensar que acima deles havia bombardeiros alemães sendo pilotados por homens que, essencialmente, eram como Teddy. Não eram maus, estavam apenas fazendo o que lhes havia sido ordenado pelo seu país. A guerra em si era má, não os homens. Embora ela abrisse uma exceção para Hitler.

— Ah, claro — disse a srta. Woolf. — Eu acho que aquele homem é muito, muito louco.

Naquele momento, para surpresa de todos, uma cesta de bombas incendiárias veio descendo e derrubou sua carga barulhenta bem em cima do telhado do ministério. As bombas racharam e soltaram faíscas, e os dois bombeiros de plantão correram até lá com um extintor. A srta. Woolf pegou um balde de areia e apagou-as. ("Rápida como um pássaro velho" era como o sr. Bullock definia a srta. Woolf sob pressão.)

— *E* SE FOSSE *a última noite do mundo?* — disse uma voz familiar.

— Ah, sr. Durkin, o senhor conseguiu se juntar a nós — disse o sr. Simms, afável. — Não teve problemas com o homem na portaria?

— Não, não, ele sabia que eu era esperado — respondeu o sr. Durkin, como que percebendo sua própria importância.

— Ficou *alguém* no posto? — murmurou a srta. Woolf para ninguém em particular.

Ursula se sentiu, de repente, compelida a corrigir o sr. Durkin. — *E se fosse* esta *a última noite do mundo?* — disse ela. A palavra "esta" faz toda a diferença, não acha? Faz parecer que se está no centro do fato, como de fato estamos, ao invés de apenas contemplar um conceito teórico. É como é, o fim é agora, chega de conversa fiada.

— Céus, tanto estardalhaço por causa de uma palavrinha — disse o sr. Durkin, parecendo desconcertado. — Embora eu, é claro, aceite a correção.

Ursula achava que uma palavra podia fazer muita diferença. Se algum poeta era escrupuloso em relação às palavras, esse era Donne. O próprio Donne, que fora reitor da St Paul, havia sido transferido para um ignominioso leito no porão da catedral. Na morte, ele sobrevivera ao Grande Incêndio de Londres, sobreviveria também a este? O túmulo de Wellington era pesado demais para ser movido e fora simplesmente emparedado. Ralph lhe mostrara — era lá que ele fazia a vigília noturna. Ele sabia tudo o que havia para saber a respeito da catedral. Não era exatamente o iconoclasta que Pamela presumira.

Quando saíram para a tarde brilhante, ele disse: — Vamos tentar conseguir uma xícara de chá em algum lugar? Ursula respondeu: — Não, vamos voltar para a sua casa em Holborn e vamos para a cama. Foram, e ela se sentia podre porque não conseguia deixar de pensar em Crighton enquanto Ralph ia com gentileza acomodando seu corpo ao dela. Depois, ele pareceu sem graça, como se já não soubesse como agir com ela. Ela disse: — Eu sou exatamente a mesma pessoa que era antes de fazermos isso. Ele disse: — Eu não tenho certeza de que sou. E ela pensou, ai meu Deus, ele era virgem, mas ele riu e disse não, não, não era isso — ele *não era* —, era só muito muito apaixonado por ela, "e agora eu me sinto, não sei... sublimado".

— Sublimado? — repetiu Millie. — Para mim, isso parece baboseira sentimental. Ele colocou você num pedestal, que os céus o ajudem quando ele descobrir que você tem pés de barro.

— Obrigada.

— Trata-se de uma metáfora mista ou uma imagem um tanto esperta? — Millie, é claro, sempre tinha...

— Srta. Todd?

— Desculpe, eu estava longe.

— Deveríamos voltar para o nosso setor — disse a srta. Woolf. — É estranho, mas nos sentimos um tanto a salvo aqui em cima.

— Tenho certeza de que não estamos — disse Ursula. Tinha razão, pois alguns dias depois a Shell-Mex House foi duramente atingida por uma bomba.

Estava de plantão com a srta. Woolf em seu apartamento. Sentadas junto à grande janela de esquina, tomavam chá e comiam biscoitos e poderiam ser duas mulheres quaisquer que passavam a tarde juntas, não fossem os repetidos estrondos da barragem. Ursula ficou sabendo que o nome da srta. Woolf era Dorcas (nome do qual ela jamais gostara) e que seu noivo (Richard) morrera na Grande Guerra. — Eu ainda a chamo assim — ela explicou, e no entanto a guerra de agora é a maior. Pelo menos, desta vez, a razão está do nosso lado, espero.

A srta. Woolf acreditava na guerra, mas sua fé religiosa começara a "esfarelar" desde o início dos bombardeios. — Embora precisemos nos agarrar ao que é bom e verdadeiro. Mas tudo parece tão aleatório. Acabamos nos questionando quanto ao plano divino e assim por diante.

— Mais caos do que plano — Ursula concordou.

— E os coitados dos alemães, eu duvido que muitos *deles* sejam a favor da guerra. É claro que não se pode dizer isso na frente de pessoas como o sr. Bullock. Mas se *nós* tivéssemos perdido a Grande Guerra e ficado sobrecarregados de dívidas exatamente quando a economia mundial entrou em colapso, talvez tivéssemos sido um barril de pólvora à espera do primeiro fósforo... um Mosley ou qualquer outra pessoa horrorosa. Mais chá, querida?

— Eu sei, mas eles estão tentando nos *matar* — disse Ursula. E, como que para demonstrar esse fato, elas ouviram *fiixxx* e *fiiiii* que anunciava uma bomba vindo em sua direção e colocando-as com incrível rapidez atrás do sofá. Parecia improvável que fosse o suficiente para salvá-las, mas apenas duas noites antes haviam puxado uma mulher, quase ilesa, debaixo de uma poltrona virada numa casa, que estava mais ou menos destruída.

A bomba abalou as vaquinhas Staffordshire na cômoda da srta. Woolf, mas ambas concordaram que aterrissara fora de sua seção. Sua sintonia em relação às bombas tornara-se muito apurada.

As duas haviam ficado terrivelmente deprimidas quando o sr. Palmer, o gerente de banco, morrera quando uma bomba de ação retardada detonara num acidente. A bomba o atirara a certa distância, e elas o encontraram meio enterrado debaixo de uma cama de ferro. Ele perdera os óculos, mas parecia relativamente ileso. — Pode sentir o pulso? — perguntou a srta. Woolf, e Ursula ficou intrigada por ela lhe pedir aquilo, pois a srta. Woolf era muito mais capaz de encontrar um pulso do que ela, mas percebeu que a srta. Woolf estava muito nervosa. — É diferente quando se conhece a pessoa — disse ela, acariciando com carinho a testa do sr. Palmer. — Eu me pergunto onde estão os óculos. Ele não enxerga direito sem eles, não é?

Ursula não conseguia sentir o pulso. — Vamos tirá-lo daqui? — perguntou. Segurou-o pelos ombros e a srta. Woolf levantou os tornozelos e o corpo do sr. Palmer se quebrou como um biscoito de Natal.

— Posso colocar mais água quente no bule — ofereceu a srta. Woolf.

Para animá-la, Ursula contou-lhe histórias de Jimmy e Teddy quando eram pequenos. Nem mencionou Maurice. A srta. Woolf adorava crianças, seu único arrependimento na vida era não ter tido filhos.

— Se Richard tivesse vivido, talvez..., mas não se pode olhar para trás, só para a frente. O que passou, passou para sempre. Como é a frase de Heráclito? Não se pode entrar no mesmo rio duas vezes?

— Mais ou menos. Acho que uma maneira mais precisa de dizer isso seria: "Pode-se voltar a entrar no mesmo rio, mas a água será sempre nova".

— Você é uma moça tão brilhante — afirmou a srta. Woolf. — Não desperdice a sua vida, está bem? Se você for poupada.

Ursula vira Jimmy algumas semanas antes. Ele tinha tido dois dias de licença em Londres e fora dormir no sofá, em Kensington.

— Seu irmãozinho caçula virou um belo homem — disse Millie.

Millie tendia a achar todos os homens bonitos, de um jeito ou de outro. Ela sugeriu uma noite na cidade e Jimmy concordou na mesma hora. Tinha passado muito tempo quieto, ele disse. — Hora da diversão. — Jimmy sempre fora bom para se divertir. A noite mal começava quando anunciaram uma bomba não detonada na Strand, e eles se refugiaram no Charing Cross Hotel.

— Qual é? — Millie perguntou a Ursula quando se sentaram.

— Qual é o quê?

— Você está com aquela expressão engraçada no rosto, a que você tem quando está tentando se lembrar de alguma coisa.

— Ou esquecer alguma coisa — palpitou Jimmy.

— Eu não estava pensando em nada especial — Ursula respondeu. Não era nada importante, só alguma coisa vibrando e trazendo uma lembrança.

Uma coisa boba — sempre era —, um arenque numa prateleira da despensa, um quarto com linóleo verde, um velho aro de empurrar. Instantes vaporosos, impossível se deter neles.

Ursula foi ao banheiro feminino, onde encontrou uma garota chorando alto e bastante confusa. Estava muito maquiada e o rímel escorria pelo rosto. Ursula a tinha visto antes, bebendo com um homem mais velho — com cara de vigarista, tinha sido o veredicto de Millie.

A garota parecia muito mais jovem de perto. Ursula ajudou-a a retocar a maquiagem e secar as lágrimas, mas não queria se intrometer na causa do choro. — É Nicky —, informou a garota sem ser perguntada —, ele é um patife. O *seu* rapaz parece adorável, que tal um quarteto? Eu posso nos levar ao Ritz, dentro do Bar Rivoli, porque conheço um homem na portaria.

— Bem — disse Ursula, em dúvida. — O rapaz é meu irmão, e não acho que...

A garota lhe deu um soco um tanto forte nas costelas e riu. — Brincadeira. Vocês duas se aproveitam dele ao máximo, hã?

Ela ofereceu um cigarro a Ursula, que recusou. A garota tinha uma cigarreira de ouro que parecia valiosa. — Um presente — explicou, vendo que Ursula a olhava. Fechou-a e estendeu-a para inspeção. Havia uma fina gravura de um navio de guerra na frente com uma única palavra embaixo: Jutland. Se a abrisse outra vez, sabia que encontraria as iniciais A e C entrelaçadas no interior da tampa, de Alexander e Crighton. Num impulso instintivo, Ursula esticou a mão para pegá-la, e a menina puxou-a de volta, dizendo: — Enfim, devo estar atrasada. Estou perfeita, agora. Você parece boa gente — acrescentou, como se houvesse dúvidas quanto ao caráter de Ursula. Estendeu a mão. — Aliás, meu nome é Renee, para o caso de toparmos uma com a outra de novo, embora eu duvide que frequentemos os mesmos *endroits*, como eles dizem.

A pronúncia francesa era perfeita, que estranho, pensou Ursula. Apertou a mão estendida — dura e quente como se a garota estivesse com febre — e disse: — Muito prazer, eu sou Ursula.

A garota — Renee — lançou um último olhar de aprovação ao espelho, e disse: — *Au revoir*, então — e saiu.

Quando Ursula voltou para o salão de café, Renee ignorou-a por completo. — Que garota estranha — ela disse a Millie.

— Passou a tarde inteira me olhando — comentou Jimmy.

— Ela está latindo para a rua errada, não é, querido? — disse Millie, batendo os cílios para ele, ridiculamente teatral.

— *Árvore* — disse Ursula. — Latindo para a *árvore* errada.

Continuaram a beber, um trio alegre, em todos os estranhos inferninhos que Jimmy parecia conhecer. Até mesmo Millie, frequentadora experiente dos cenários noturnos, confessou-se surpresa em alguns dos lugares em que foram parar.

— Caramba! — exclamou Millie ao saírem cambaleando de uma boate em Orange Street, a caminho de casa. — Isso foi diferente.

— Um estranho *endroit* — riu Ursula. Estava bem bêbada. Aquela palavra era tão típica de Izzie que tinha sido bizarro ouvi-la daquela garota Renee.

— Prometa que não vai morrer — Ursula disse a Jimmy enquanto andavam às tontas para casa.

— Vou me esforçar — disse Jimmy.

Outubro de 1940

"O homem nascido da mulher tem apenas pouco tempo de vida, e é cheio de sofrimento. Ele nasce e é ceifado como uma flor: ele foge como se fosse uma sombra, e jamais permanece num só pouso."

Caía uma leve garoa. Ursula teve muita vontade de tirar o lenço e limpar a tampa molhada do caixão. Do outro lado da sepultura aberta, Pamela e Bridget eram pilares, amparando Sylvie, que parecia tão consumida pela dor que mal conseguia se manter em pé. Ursula sentia seu próprio coração endurecer e se contrair a cada soluço emitido pelo peito da mãe. Sylvie fora desnecessariamente cruel com Hugh nos últimos meses e agora aquela grande aflição parecia um teatro.

— Você é dura demais — disse Pamela. — Ninguém pode compreender o que acontece num casamento, cada casal é diferente.

Jimmy, embarcado para a África do Norte na semana anterior, não conseguira obter uma licença de luto, mas Teddy aparecera no último minuto. Reluzente e lindo de uniforme, ele voltara do Canadá com suas "asas" (— Como um anjo — disse Bridget) e estava baseado em Lincolnshire. Ele e Nancy passaram a cerimônia abraçados. Nancy foi vaga em relação ao seu trabalho (burocracia, só isso), e Ursula acreditou reconhecer o perfume do Ato dos Segredos de Estado.

A igreja estava lotada, a maioria da aldeia foi homenagear Hugh, e ainda assim havia algo de estranho no funeral, como se o convidado de honra não tivesse conseguido chegar. Coisa que ele não fizera, é claro. Hugh não ia querer estardalhaço. Ele lhe tinha dito uma vez: — Ah, vocês podem me colocar na lata de lixo, eu não vou me importar.

O serviço tinha sido do tipo habitual — reminiscências e lugares-comuns —, temperado com uma boa dose de doutrina anglicana, embora Ursula se surpreendesse com quanto o vigário parecia estar familiarizado com Hugh. O major Shawcross leu um trecho de *As beatitudes*, bastante emocionado, e Nancy leu "um dos poemas favoritos do sr. Todd", o que surpreendeu todas as mulheres da família, que não sabiam que Hugh tivesse qualquer inclinação para a poesia. Nancy tinha uma bela voz (melhor que a de Millie, teatral em excesso). — Robert Louis Stevenson — disse Nancy. — Talvez apropriado para estes tempos de provação:

Desalojados pela tempestade e afligidos pela dor,
contaminados pelo pecado e oprimidos pelo cuidado,
Vinde a mim, vós os que labutam,
vinde e vos darei descanso.
Sem mais temores, corações em dúvida;
sem mais queixumes, olhos lacrimosos!
Eis a voz do vosso redentor;
eis a melodiosa manhã bem perto.

Aqui numa só hora mourejais e combateis,
pecais e sofreis, sangrais e morreis;
Na calma mansão de meu pai,
vosso fardo sem demora abandonais.
Ainda um instante,
peso opressor, mão exausta e olho lacrimoso.
Eis os pés do libertador;
eis aqui da liberdade a hora.[62]

[62] Poema de Robert Louis Stevenson (1850-1894). (N. T.)

(— Bobagens — Pamela sussurrou —, mas bobagens estranhamente reconfortantes.)

Ao lado da sepultura, Izzie murmurou: — Eu me sinto como se estivesse esperando que alguma coisa terrível acontecesse, e me dou conta de que já aconteceu.

Izzie voltara da Califórnia poucos dias antes da morte de Hugh. Ela viera, o que era bem impressionante, num caríssimo voo da Pan Am, de Nova York a Lisboa e de lá com a BOAC até Bristol. — Eu vi dois caças alemães pela janela — contou. — Juro que pensei que eles fossem nos atacar.

Ela havia chegado à conclusão, disse, de que, como inglesa, não estava certo ficar de fora da guerra no meio dos laranjais. Toda aquela indolência não era para ela, afirmou (se bem que Ursula teria dito que era *sob medida* para ela). Esperara, como seu marido, o famoso dramaturgo, ser convidada a escrever roteiros para a indústria cinematográfica, mas só recebera um convite, um drama de época "boboca", abortado antes de sair do papel. Ursula teve a impressão de que o roteiro de Izzie não havia sido considerado oportuno ("espirituoso demais"). Mas ela havia continuado com Augusto — *Augusto vai à guerra*, *Augusto e a caçada selvagem*, e assim por diante. Não ajudou, segundo Izzie, que o famoso dramaturgo tivesse sido cercado por estrelinhas de Hollywood e fosse superficial o bastante para achá-las fascinantes.

— Nós simplesmente começamos a nos cansar um do outro — disse ela. — Acontece a todos os casais com o tempo, é inevitável.

Foi Izzie quem encontrou Hugh. — Ele estava numa espreguiçadeira no gramado. — Os móveis de vime havia muito tinham apodrecido e sido substituídos por espreguiçadeiras mais banais. Hugh ficara desconcertado com a chegada de madeira dobrável e lona. Teria preferido a *chaise-longue* de vime como esquife. Os pensamentos de Ursula estavam cheios de inconsequências desse tipo. Mais fáceis de lidar, achou, que o simples fato de Hugh estar morto.

— Pensei que ele estivesse dormindo lá fora — disse Sylvie. — Então, não o incomodei. Ataque cardíaco, disse o médico.

— Ele parecia em paz — Izzie disse a Ursula. — Como se realmente não se importasse por ir.

Ursula acreditava que ele provavelmente se importava muito, mas isso não seria conforto para ninguém.

Conversou pouco com a mãe. Sylvie parecia estar sempre prestes a sair da sala. — Eu não consigo ficar parada — explicou. Ela vestia um velho casaco de Hugh. — Estou com frio, estou com tanto frio — repetia, como alguém em estado de choque. A srta. Woolf teria sabido o que fazer com Sylvie. Chá doce e quente, talvez, e algumas palavras gentis, mas nem Ursula nem Izzie sentiam vontade de oferecer qualquer dessas coisas. Ursula achou que estavam sendo um pouco vingativas, mas elas tinham seu próprio sofrimento para acalentar.

— Eu vou ficar aqui com ela por algum tempo — disse Izzie. Ursula pensou que aquilo era uma péssima ideia, e se perguntou se Izzie não estaria apenas evitando as bombas.

— Então, é melhor arranjar uma caderneta de racionamento — disse Bridget. — Porque tá acabando com tudo o que nós temos.

Bridget ficou muito abalada com a morte de Hugh. Ursula encontrou-a chorando na despensa e disse: — Lamento demais — como se a perda fosse de Bridget, e não dela. Bridget secou as lágrimas com força no avental e disse: — Preciso cuidar do chá.

Ursula só ficou mais dois dias e passou a maior parte do tempo ajudando Bridget a arrumar as coisas de Hugh. (— Eu não consigo — disse Sylvie —, eu simplesmente não consigo. — Nem eu — disse Izzie. — Então, é você e eu — disse Bridget a Ursula). As roupas de Hugh eram tão reais que parecia absurdo que o homem que as usara tivesse desaparecido. Ursula tirou um terno do guarda-roupa e segurou-o contra o corpo. Se Bridget não o tivesse tomado dela e dito: — Este é um bom terno, alguém vai ficar grato por ele —, ela poderia ter rastejado para dentro do guarda-roupa e desistido da vida.

Os sentimentos de Bridget estavam agora bem trancafiados, graças aos céus. Havia muito a ser dito a favor da fortaleza perante a tragédia. Seu pai aprovaria, certamente.

Embrulharam as roupas de Hugh com papel pardo e barbante, e o leiteiro colocou-as em sua carroça e levou-as direto para o Serviço Voluntário Feminino.

A dor de Izzie a deixara sem defesas. Ela se arrastava pela casa atrás de Ursula, tentando evocar Hugh com lembranças. Estavam todas fazendo a mesma coisa, supunha Ursula, era tão impossível aceitar a ideia de que ele tivesse desaparecido para sempre que elas começaram a tentar reconstituí-lo do nada, Izzie mais que todas. — Não consigo me lembrar da última coisa que ele me disse — disse Izzie. — Ou do que eu disse a ele, dá na mesma.

— Não vai fazer a menor diferença — disse Ursula, cansada. De quem fora a perda maior, afinal, da filha ou da irmã? Mas então ela pensou em Teddy.

Ursula tentou se lembrar de quais tinham sido suas próprias últimas palavras para o pai. Um despreocupado "Até breve!", concluiu. A ironia final.

— Nós nunca sabemos quando será a última vez — ela disse a Izzie, num lugar-comum até mesmo para seus próprios ouvidos. Já tinha visto uma quantidade tão grande de sofrimento alheio que acabara entorpecida. Exceto por aquele momento em que se agarrou ao terno (pensava naquilo, ridiculamente, como seu "momento armário"), colocara a morte de Hugh em algum lugar tranquilo para ser mais tarde retirada e avaliada. Talvez quando todos os outros tivessem parado de falar.

— E o caso é que... — disse Izzie.

— Por favor — Ursula interrompeu —, estou com uma dor de cabeça medonha.

Ursula recolhia os ovos dos ninhos quando Izzie entrou no galinheiro. As aves cacarejavam sem parar, pareciam sentir falta das atenções de Sylvie, a galinha-mãe.

— O caso é que — disse Izzie — há uma coisa que eu gostaria de contar.

— Sim? — disse Ursula, distraída com uma galinha especialmente choca.

— Eu tive um bebê.

— O quê?

— Sou mãe! — exclamou Izzie, parecendo incapaz de resistir a uma teatralidade.

— Você teve um bebê na Califórnia?

— Não, não — Izzie riu. Há anos. Eu não passava de uma criança. Dezesseis anos. Eu o tive na Alemanha, fui mandada para o exterior, em desgraça, como você pode imaginar. Um menino.

— Alemanha? E ele foi adotado?

— Sim. Quer dizer, mais para doado. Hugh cuidou de tudo, então eu tenho certeza de que encontrou uma família muito boa. Mas isso fez dele um refém do destino, não foi? Coitado do Hugh, era tamanha fortaleza naquela época, mamãe não saberia lidar com aquilo. Mas aí é que está o caso, ele deve ter ficado sabendo o nome, onde viviam etc.

As galinhas faziam uma barulheira infernal, e Ursula disse: — Vamos sair daqui.

— Eu sempre achei — disse Izzie, pegando o braço de Ursula e levando-a até o gramado — que um dia eu falaria com Hugh sobre o que ele fez com o bebê e talvez tentasse encontrá-lo. Meu filho — ela acrescentou, tateando a palavra, como se fosse a primeira vez. As lágrimas começaram a rolar pelo seu rosto. Pela primeira vez, suas emoções pareciam vir do coração. — E agora Hugh se foi e eu nunca vou conseguir encontrar o bebê. Ele não é um bebê, claro, ele tem a sua idade.

— A minha? — disse Ursula, tentando digerir a ideia.

— É. Mas ele é o *inimigo*. Ele pode estar lá em cima no céu — as duas olharam automaticamente para o céu azul de outono, sem amigos ou inimigos —, ou lutando no exército. Ele pode estar morto, ou prestes a morrer se essa maldita guerra continuar. — Izzie soluçava agora, sem controle. — Ele pode ter sido criado como *judeu*, pelo amor de Deus. Hugh não era antissemita, muito ao contrário, tinha grandes amigos judeus; o seu vizinho, como é o nome dele?

— O sr. Cole.

— Você sabe o que está acontecendo com os judeus na Alemanha, não sabe?

— Ai, céus — disse Sylvie, materializando-se de repente como uma fada má. — A troco de que você está fazendo tanto estardalhaço?

— Você deveria voltar para Londres comigo — Ursula disse a Izzie. Seria mais fácil para ela lidar com as bombas da Luftwaffe do que com Sylvie.

Novembro de 1940

A srta. Woolf lhes oferecia um pequeno recital de piano.

— Um pouco de Beethoven — ela disse. — Eu não sou nenhuma Myra Hess, mas achei que seria simpático.

Não se enganava, nos dois casos. O sr. Armitage, o cantor de ópera, perguntou à srta. Woolf se ela poderia acompanhá-lo, se ele cantasse "Non più andrai", de *As bodas de Fígaro,* e a srta. Woolf, especialmente animada naquela noite, disse que daria conta. Foi uma performance empolgante ("inesperadamente *viril*", foi o veredicto da srta. Woolf) e ninguém se opôs quando o sr. Bullock (nenhuma surpresa) e o sr. Simms (uma grande surpresa) se juntaram aos dois com uma versão bastante irreverente.

— Eu conheço esta! — disse Stella, e era verdade quanto à música, mas não quanto às palavras, e cantou com entusiasmo: — Dum-di-dum, dum-di--dum, dum-didum-*dum* —, e assim por diante.

O posto recebera havia pouco tempo dois novos inspetores. O primeiro, o sr. Emslie, era dono de uma mercearia e vinha de outro posto, depois que sua casa, sua loja e seu setor foram bombardeados. Ele, como o sr. Simms e, antes, o sr. Palmer, era um veterano da guerra anterior. A segunda aquisição tinha um histórico mais exótico. Stella era uma das "moças do coro" do sr. Bullock e confessou (prontamente) ser uma "artista de striptease", mas o sr. Armitage, o cantor de ópera, disse: — Somos todos artistas aqui, querida.

— Que pederasta mais espírito de porco é esse homem — murmurou o sr. Bullock —, se o pusessem no exército, dariam um jeito nele.

— Duvido — disse a srta. Woolf. (E isso acabou levantando a questão de por que o grandalhão sr. Bullock não havia sido convocado para o serviço ativo.)

— Então — concluiu o sr. Bullock —, nós temos um judeuzinho, um maricas e uma mundana, parece até piada suja de teatro de revista.

— Foi a intolerância que nos trouxe a este impasse, sr. Bullock —, a srta. Woolf repreendeu, com delicadeza.

Todos estavam decididamente irascíveis — até mesmo a srta. Woolf — desde a morte do sr. Palmer. Fariam melhor poupando seus rancores para os tempos de paz, pensava Ursula. Não era só a morte do sr. Palmer, claro, mas também a falta de sono e os implacáveis bombardeios noturnos. Por quanto tempo os alemães continuariam com aquilo? Para sempre?

— Ah, não sei — disse-lhe a srta. Woolf em voz baixa enquanto preparava o chá —, é só essa sensação geral de *sujeira*, como se nunca fôssemos estar limpos de novo, como se a pobre e velha Londres nunca fosse ser limpa de novo. Tudo está tão horrivelmente *maltrapilho*, sabe?

Foi um alívio, portanto, que seu pequeno concerto improvisado transcorresse em paz, todos aparentemente em melhor estado de espírito do que antes.

O sr. Armitage continuou seu Fígaro com uma versão solo e apaixonada de "O mio babbino caro" (— Como ele é versátil! — comentou a srta. Woolf. — Eu sempre pensei que essa ária fosse feminina), que todos aplaudiram freneticamente. Então, Herr Zimmerman, seu refugiado, disse que ficaria honrado em tocar alguma coisa para eles.

— E depois você vai tirar a roupa, meu bem? — o sr. Bullock perguntou a Stella, que disse: — Se você quiser —, e piscou cúmplice para Ursula.

(— Só eu mesmo para me atolar com um bando de mulheres teimosas — queixava-se o sr. Bullock. Com frequência.)

— Seu violino está aqui? Ele está *seguro* aqui? — a srta. Woolf perguntou a Herr Zimmerman, parecendo preocupada. Ele nunca havia levado o instrumento para o posto. Era muito valioso, ela disse, e não apenas do ponto de vista monetário, pois ele deixara toda a família para trás na Alemanha e o violino era tudo o que tinha de sua antiga vida. A srta. Woolf contou que, tarde da noite, teve uma angustiante conversa com Herr Zimmerman sobre a situação na Alemanha. — As coisas estão terríveis por lá, você sabe.

— Eu sei — disse Ursula.

— Sabe? — reagiu a srta. Woolf, com interesse despertado. — Você tem amigos lá?

— Não — Ursula respondeu. — Ninguém. Às vezes, a gente só *sabe*, não é mesmo?

Herr Zimmerman apresentou o violino e disse: — Vocês vão me desculpar, não sou solista — e depois anunciou, quase se desculpando — Bach. "Sonata em sol menor".

— É engraçado, não é? — a srta. Woolf sussurrou ao ouvido de Ursula — Quanta música alemã nós ouvimos. A grande beleza transcende tudo. Talvez depois da guerra também cure tudo. Pense na "Nona sinfonia" — *Alle Menschen werden Brüder*[63].

Ursula não respondeu, pois Herr Zimmerman levantou o arco, pronto para tocar, e um silêncio profundo caiu sobre todos como se estivessem numa sala de concertos em vez de num posto desmantelado. Parte do silêncio devia-se à qualidade da performance (— Sublime, a srta. Woolf julgou mais tarde. — Realmente bonito — disse Stella), parte, talvez, ao respeito pela situação de refugiado de Herr Zimmerman, mas havia também algo tão etéreo na música que deixava muito espaço para que cada um se envolvesse profundamente com seus pensamentos. Ursula se viu às voltas com a morte de Hugh, mais com a ausência do que com a morte. Fazia quinze dias que ele morrera e ela ainda esperava vê-lo de novo. Eram aqueles os pensamentos que ela guardara para tempos futuros, e agora o futuro de repente estava em cima dela. Ficou aliviada por não ser constrangida por lágrimas, mas em vez disso mergulhou numa terrível melancolia. Como se percebesse suas emoções, a srta. Woolf estendeu a mão e segurou a dela com firmeza. Ursula sentiu que a própria srta. Woolf quase vibrava de emoção.

Quando a música terminou, houve um instante de puro e profundo silêncio, como se o mundo tivesse parado de respirar. Em seguida, em vez de louvor

[63] Todos os homens serão irmãos. (N. T.)

e aplausos, a paz foi quebrada pelo alerta roxo: "Bombardeiros em vinte minutos". Era um tanto estranho pensar que aqueles avisos provinham de sua própria Sala de Guerra da Quinta Região, enviados pelas moças da sala de teletipo.

— Vamos lá, então — disse o sr. Simms, levantando-se e suspirando fundo. — Vamos em frente.

Quando saíram, o alerta já era vermelho. Só doze minutos, se tivessem sorte, para obrigar as pessoas a ir para os abrigos, a sirene em seus calcanhares.

Ursula nunca fazia uso de abrigos públicos, havia alguma coisa nos corpos apinhados, na claustrofobia, que fazia sua pele se arrepiar. Eles haviam atendido um acidente especialmente pavoroso em que um abrigo recebera o impacto direto de uma mina de paraquedas naquele setor. Ursula pensou que preferiria morrer a céu aberto a ser pega como uma raposa encurralada.

Era uma bela noite. A lua crescente e seu grupo de estrelas haviam perfurado o negro pano de fundo da noite. Ela pensou no louvor de Romeu a Julieta — *Parece suspensa ao semblante da noite / qual rara joia à orelha de uma etíope*. Ursula estava num humor poético, diriam alguns, ela mesma incluída entre eles, excessivamente poético como consequência de sua tristeza. Não havia mais o sr. Durkin para fazer citações erradas. Ele sofrera um ataque cardíaco durante um acidente. Estava se recuperando — Graças a Deus —, disse a srta. Woolf. Ela conseguira encontrar tempo para visitá-lo no hospital, e Ursula não se sentia culpada por não ter ido. Hugh estava morto, o sr. Durkin não estava, havia pouco espaço em seu coração para solidariedade. O lugar do sr. Durkin como preposto da srta. Woolf fora ocupado pelo sr. Simms.

Os estridentes ruídos de guerra haviam começado. O estrondo da barragem, os motores dos bombardeiros lá em cima com sua batida monótona e irregular lhe davam náuseas. As descargas dos canhões, os holofotes enfiando os dedos no céu, a silenciosa expectativa do pavor — tudo aquilo logo apagou qualquer ideia de poesia.

Quando chegaram ao acidente, estavam todos lá, o pessoal do gás e da água, o Esquadrão de Desmonte de Bombas, o resgate pesado, o resgate leve, padioleiros, o furgão funerário (um furgão de padaria por dia). A rua estava atapetada por mangueiras emaranhadas de uma unidade da Brigada Auxiliar de Combate ao Fogo, já que de um lado da rua um prédio estava em chamas, cuspindo faíscas e brasas. Ursula achou ter visto Fred Smith, seus traços iluminados de relance pelo fogo, mas concluiu que tinha sido imaginação.

O esquadrão de resgate usava suas lanternas e lampiões com a cautela de sempre, ainda que o fogo ardesse longe, às suas costas. No entanto, sem exceção, todos os homens tinham cigarros pendurados nos cantos da boca, apesar de o pessoal do gás ainda não ter liberado a área, sem falar que a presença do Esquadrão de Desmonte de Bombas indicava uma bomba que poderia explodir a qualquer momento. Cada um lidava com o problema que tinha nas mãos (a necessidade ensina), desdenhosos perante possíveis desastres. Ou talvez algumas pessoas (e Ursula se perguntava se não estaria agora entre elas) simplesmente não se importassem mais.

Tinha a desconfortável sensação, uma premonição talvez, de que as coisas não correriam bem naquela noite. — Culpa de Bach — confortou-a a srta. Woolf —, aquela música trouxe inquietação à alma.

Ao que tudo indicava, a rua se dividira em dois setores, e o oficial encarregado do acidente discutia com dois inspetores, ambos reivindicando seu controle. A srta. Woolf não se juntou àquele pequeno tumulto quando se esclareceu não ser aquele o seu setor, mas, como se tratava de um acidente muito grande, declarou que seu posto ia encarar o trabalho e fazer o que precisava ser feito e ignorar o que qualquer um lhes dissesse.

— Bandidos — disse o sr. Bullock, apoiando-a.

— Dificilmente — disse a srta. Woolf.

A metade da rua que não estava em chamas havia sido duramente atingida e o cheiro forte e ácido de tijolo em pó e pólvora atingiu seus pulmões no mesmo instante. Ursula tentou pensar no prado atrás do bosque na Toca da Raposa. Linho e esporinhas, papoulas do campo, candelárias vermelhas e margaridinhas. Pensou no aroma da grama recém-cortada e no frescor da chuva de verão. Era uma nova tática diversionista para combater os odores brutais de uma explosão. (— E funciona? — perguntou um curioso sr. Emslie. — Não muito — confessou Ursula.) — Eu costumava pensar no perfume da minha mãe — disse a srta. Woolf. — Violetas de abril. Mas, infelizmente, agora, quando eu tento me lembrar da minha mãe, só consigo pensar em bombas.

Ursula ofereceu ao sr. Emslie uma bala de hortelã. — Ajuda um pouco — disse ela.

Quanto mais se aproximavam do acidente, pior ele se revelava (o oposto, na experiência de Ursula, acontecia poucas vezes).

Um quadro terrível foi a primeira coisa a saudá-los — corpos mutilados estavam espalhados, muitos deles não mais do que troncos sem membros, como manequins de alfaiate, as roupas arrancadas. Ursula se lembrou dos manequins que vira com Ralph na Oxford Street, depois da bomba na John Lewis. Um padioleiro, na falta ainda de casos vivos, recolhia membros — braços e pernas espetados nos escombros.

Parecia que ele pretendia remendar os mortos no futuro. Ursula se perguntou se alguém fazia isso. Nos necrotérios — tentar juntar as peças das pessoas como quebra-cabeças macabros? Alguns corpos estavam além da recriação, é claro — dois homens do esquadrão de resgate, com ancinhos e pás, recolhiam pedaços de carne em cestas, outro soltava alguma coisa de uma parede com uma vassoura de quintal.

Ursula se perguntou se conhecia algumas das vítimas. Seu apartamento em Phillimore Gardens ficava a poucas ruas dali. Talvez passasse por elas pela manhã a caminho do trabalho, ou tivesse falado com elas na mercearia ou no açougue.

— Ao que tudo indica, há um monte de pessoas desaparecidas — disse a srta. Woolf. Ela havia conversado com o oficial encarregado, que parecia ter ficado grato por falar com um inspetor de bom-senso.

— Não somos mais bandidos, vocês gostarão de saber.

No andar acima do homem com a vassoura de quintal (embora não houvesse andares), um vestido pendia de um cabide de casacos enganchado num trilho de quadros.

Ursula, muitas vezes, se descobria mais emocionada com aqueles pequenos lembretes da vida doméstica — a chaleira ainda no fogão, a mesa posta para um jantar que nunca seria comido — que pela miséria e destruição maiores que os cercava. Embora, ao olhar para o vestido, percebesse que ainda havia uma mulher dentro dele, a cabeça e as pernas arrancadas, mas não os braços. O capricho dos explosivos nunca deixou de surpreender Ursula. A mulher parecia fundida com a parede. O fogo ardia com tamanha intensidade que ela podia ver um broche ainda preso ao vestido. Um gato preto, um cristal como olho.

Os escombros deslizavam sob seus pés enquanto ela andava até o muro dos fundos daquela mesma casa. Havia uma mulher sentada, apoiada nos escombros, braços e pernas abertos, como uma boneca de pano. Parecia ter sido jogada para o alto e aterrissado de qualquer jeito — o que provavelmente era o caso. Ursula tentou avisar o padioleiro, mas naquela hora um fluxo de bombardeiros passava lá em cima e ninguém conseguiria ouvi-la naquele barulho.

A mulher estava cinzenta da poeira, de modo que era quase impossível calcular sua idade. Em sua mão havia uma queimadura de péssima aparência. Ursula revirou sua mochila de primeiros socorros em busca do tubo de Burnol e espalhou um pouco da pomada sobre aquela mão. Não sabia por quê, parecia tarde demais para aquela mulher ser tratada com Burnol. Desejou ter um pouco de água, era doloroso ver quanto estavam secos os lábios da mulher. Inesperadamente, ela abriu os olhos escuros, os cílios louros espetados de tanta poeira, e tentou dizer alguma coisa, mas sua voz estava tão enrouquecida pelo pó que Ursula não conseguiu entendê-la. Seria estrangeira?

— O que foi? — Ursula perguntou. Tinha a sensação de que a mulher estava muito perto da morte.

— Bebê — arquejou de repente a mulher —, onde está meu bebê?

— Bebê? — Ursula repetiu, olhando em volta. Não via qualquer sinal de um bebê. Poderia estar em qualquer lugar entre os escombros.

— O nome dele — disse a mulher, gutural e quase inaudível (ela estava fazendo um tremendo esforço para se manter lúcida) — é Emil.

— Emil?

A mulher acenou muito de leve com a cabeça, como se já não fosse capaz de falar. Ursula olhou outra vez em volta, à procura de qualquer sinal de um bebê. Virou-se para a mulher para perguntar que tamanho tinha o bebê, mas a cabeça pendia molemente e, quando Ursula buscou o pulso, não o encontrou.

Deixou a mulher ali e foi em busca dos vivos.

— Você pode levar um comprimido de morfina para o sr. Emslie? — pediu a srta. Woolf. Ambas podiam ouvir uma mulher gritando e xingando como um operário, e a srta. Woolf acrescentou: — Para a senhora que está fazendo todo esse barulho.

Uma regra de ouro era que quanto mais barulho alguém estivesse fazendo menor era a probabilidade de que morresse. Aquela vítima em especial soava como se estivesse pronta para abrir caminho aos socos para sair do meio dos destroços da casa e dar a volta correndo em Kensington Gardens.

O sr. Emslie estava no porão da casa, e Ursula precisou ser baixada por dois homens do esquadrão de resgate e depois rastejar por uma barricada de vigas e tijolos. Sabia que uma casa inteira parecia estar precariamente apoiada naquela mesma barricada. Encontrou o sr. Emslie esticado, quase na horizontal, ao lado de uma mulher. Da cintura para baixo, ela estava completamente presa nas ruínas da casa, mas consciente e extremamente lúcida quanto ao drama que vivia.

— Assim que tirarmos você daqui — disse o sr. Emslie —, vou lhe arranjar uma boa xícara de chá, hein? Que tal? Boa ideia, não é? Também vou querer uma. E aqui está a srta. Todd com alguma coisa para a dor — ele continuou a falar com ela, com muita calma. Ursula lhe entregou o pequeno comprimido de morfina. Ele parecia muito bom no que fazia, era difícil imaginá-lo de avental na mercearia pesando açúcar e embrulhando manteiga.

Uma das paredes do porão havia sido protegida por sacos de areia, mas a maior parte da areia fora espalhada pela explosão e, por um alarmante segundo alucinatório, Ursula estava numa praia em algum lugar, não sabia onde, um aro girava a seu lado numa brisa forte, gaivotas gritavam lá em cima, e lá estava ela, de repente, de volta ao porão. Noites em claro, pensou, eram realmente um inferno.

— Até que enfim, porra! — disse a mulher, engolindo voraz o comprimido de morfina. — Até parece que vocês estavam na porra de uma festinha.

Era jovem, Ursula percebeu, e estranhamente familiar. Agarrava a bolsa, grande e preta, como se a estivesse mantendo à tona naquele mar de vigas.

— Vocês têm um cigarro, alguém tem?

Com alguma dificuldade, dado o estranho espaço em que estavam, o sr. Emslie tirou do bolso um pacote amassado de Players e depois, com dificuldade ainda maior, uma caixa de fósforos. Os dedos da jovem bateram com impaciência no couro da bolsa. — Não se preocupe — falou, sarcástica.

— Desculpe — voltou a falar, depois de uma boa tragada no cigarro. — Estar num *endroit* como este dá nos nervos, vocês sabem.

— Renee! — exclamou Ursula, perplexa.

— O que você tem com isso? — perguntou a moça, voltando ao tom de grosseria.

— Nós nos conhecemos no banheiro do Charing Cross Hotel, há algumas semanas.

— Eu acho que você me confundiu com outra pessoa — disse ela, afetada. — As pessoas estão sempre fazendo isso. Eu devo ter um desses rostos. — Deu outra tragada profunda no cigarro e, então, soprou a fumava, devagar e com um prazer extraordinário. — Você tem mais dessas pilulazinhas? — perguntou. — Pagam bem por elas no mercado negro, aposto.

A voz saiu engrolada, era a morfina agindo, supôs Ursula, e o cigarro caiu de seus dedos e os olhos reviraram. Ela começou a convulsionar e o sr. Emslie agarrou firme a mão dela.

Ursula, erguendo os olhos para o sr. Emslie, avistou uma reprodução colorida de *Bolhas*, de Millais, pendurada por um pedaço de fita num saco de areia atrás dela. Era um quadro do qual não gostava, não gostava dos pré-rafaelitas em geral, com suas mulheres lânguidas e com ar de drogadas. Não é bem hora e lugar para críticas de arte, pensou. Ela se tornara quase indiferente à morte. Sua alma suave se cristalizara. (Ainda bem, pensou.) Era uma espada temperada pelo fogo. E mais uma vez estava em outro lugar, uma pequena centelha no tempo. Descia uma escada, glicínias floresciam, ela voava para fora de uma janela.

O sr. Emslie falava, encorajando Renee. — Vamos lá, Susie, não desista de nós agora. Vamos tirar você daí em duas piscadas de olho, você vai ver. Todos os rapazes estão trabalhando nisso. E as garotas também — acrescentou em consideração a Ursula. Renee não convulsionava mais, mas começou a tremer de forma alarmante, e o sr. Emslie, agora com mais urgência, disse: — Vamos lá, Susie, vamos lá, menina, fique acordada, você é uma boa menina.

— O nome dela *é* Renee — informou Ursula —, mesmo que ela negue.

— Eu chamo todas elas de Susie — disse o sr. Emslie com delicadeza. — Eu tive uma filhinha com esse nome. A difteria a levou embora quando ela ainda era só uma garotinha.

Renee teve um último grande tremor e a vida desapareceu de seus olhos entreabertos.

— Foi-se — disse o sr. Emslie, tristonho. — Ferimentos internos, certamente.

Ele escreveu "Argyll Road" numa etiqueta, com sua caligrafia caprichada de dono de mercearia, e amarrou-a ao dedo da moça. Ursula tirou a bolsa das mãos bastante relutantes de Renee e sacudiu-a para tirar o conteúdo.

— A carteira de identidade — informou, erguendo-a para que o sr. Emslie a visse.

— Renee Miller — disse ele —, sem sombra de dúvida.

E acrescentou o nome à etiqueta.

Enquanto o sr. Emslie começava a complexa manobra de dar meia-volta para encontrar o caminho para fora do porão, Ursula pegou a cigarreira de ouro que caíra junto com o pó compacto, o batom, as camisinhas de Vênus e só Deus sabe o que mais que formara o conteúdo da bolsa de Renee. Não era um presente, e sim propriedade roubada, tinha certeza. Era uma tarefa difícil para a imaginação de Ursula colocar Renee e Crighton juntos no mesmo quarto, para não falar na mesma cama. A guerra criava estranhos companheiros de cama. Ele devia tê-la apanhado num hotel em algum lugar, ou talvez num *endroit* menos salubre. Onde ela teria aprendido aquele francês? Era provável que só soubesse algumas palavras. Não com Crighton, porque ele achava que o inglês era mais que suficiente para governar o mundo.

Deslizou a cigarreira e a carteira de identidade para dentro de um bolso.

Os ESCOMBROS SE MOVERAM de um jeito aterrorizante, enquanto eles tentavam sair do porão (tinham desistido de dar meia-volta). Ficaram imóveis, agachados como gatos, mal ousando respirar durante o que pareceu uma eternidade. Quando se sentiram seguros para se mexer outra vez, descobriram que aquele novo arranjo dos destroços tornara a barricada impenetrável, e foram obrigados a encontrar outra saída tortuosa, arrastando-se com as mãos e os joelhos pelas fundações destruídas do edifício.

— Esta farra está acabando com as minhas costas — murmurou o sr. Emslie atrás dela.

— Está acabando com os meus joelhos — disse Ursula. Continuaram, obstinados e exaustos. Ursula se animou com o pensamento de torradas amanteigadas, embora não houvesse manteiga em Phillimore Gardens e, a menos que Millie tivesse saído e enfrentado filas (improvável), não havia pão.

O porão parecia um labirinto sem fim, e Ursula foi aos poucos se dando conta da razão pela qual lá em cima havia pessoas consideradas desaparecidas — estavam todas secretamente escondidas ali embaixo. Não havia dúvida de que os moradores da casa usavam aquela parte do porão como abrigo. Os mortos — homens, mulheres, crianças e até um cachorro pareciam ter sido enterrados onde estavam sentados. Uma espessa camada de poeira recobria todos, que mais pareciam esculturas, ou fósseis. Ela se lembrou de Pompeia e Herculano. Ursula visitara ambas, durante a sua ambiciosamente intitulada "grande turnê" pela Europa. Hospedara-se em Bolonha, onde fez amizade com uma moça americana — Kathy, de tipo animado —, e as duas partiram em excursão — Veneza, Florença, Roma, Nápoles — antes de Ursula seguir para a França e completar a última etapa de seu ano no exterior.

Em Nápoles, uma cidade que as apavorou, contrataram um guia tagarela e passaram o dia mais longo de suas vidas percorrendo a pé, e com dificuldade, as ruínas empoeiradas e secas das cidades perdidas do Império Romano, debaixo de um impiedoso sol mediterrâneo.

— Ai, céus — disse Kathy quando ziguezagueavam por uma Herculano deserta —, eu queria que ninguém nunca se tivesse dado ao trabalho de desenterrá-los.

A amizade das duas brilhou com intensidade por um curto período de tempo e se apagou com a mesma rapidez quando Ursula foi para Nancy.

"Abri as asas e aprendi a voar", ela escreveu a Pamela ao deixar Munique e seus anfitriões, os Brenner. "Já sou uma mulher cosmopolita sofisticada", embora fosse pouco mais que uma principiante. Se aquele ano lhe ensinara algo era que, depois de ter suportado uma série de alunos particulares, a última coisa que queria fazer era ensinar.

Na volta — com um olho no serviço público —, fez um curso intensivo de taquigrafia e datilografia em High Wycombe, dirigido por um tal sr. Carver, que mais tarde foi preso por se expor em público.

(— Um mostrador de pica? — disse Maurice, retorcendo os lábios de nojo, e Hugh gritou-lhe que saísse da sala e nunca mais usasse aquele tipo de linguagem em sua casa.

— Imaturo! — exclamou ele quando Maurice saiu batendo a porta em direção ao jardim. — Ele está mesmo pronto para se casar?

Maurice estava em casa para anunciar seu noivado com uma moça chamada Edwina, a filha mais velha de um bispo.

— Céus! — exclamou Sylvie. — Precisaremos nos ajoelhar ou coisa parecida?

— Não seja ridícula — respondeu Maurice, e Hugh disse: — Como você ousa falar assim com a sua mãe?

Toda aquela visita foi terrivelmente mal-humorada.)

O sr. Carver não tinha sido tão má pessoa assim. Era muito interessado em esperanto, o que na época parecia uma absurda excentricidade, mas agora Ursula acreditava que poderia ser bem útil haver um idioma universal, como já acontecera com o latim.

— Ah, claro — disse a srta. Woolf —, um idioma comum é uma ideia maravilhosa, mas absolutamente utópica. Todas as boas ideias são — ela observou, com tristeza.

Ursula embarcara virgem para a Europa, mas não voltou igual. Agradecia à Itália por isso. (— Se não arrumarmos um amante na Itália, onde mais seria? — disse Millie.) Ele, Gianni, estudava para um doutorado em filologia na Universidade de Bolonha e era mais circunspecto e sério do que Ursula teria esperado de um italiano. (Nos romances de Bridget, os italianos eram sempre arrojados, mas não confiáveis.) Gianni deu à ocasião uma solenidade atenciosa e tornou o rito de passagem menos embaraçoso e desconfortável do que ela temia.

— Nossa! — disse Kathy — Você é corajosa!

Ela lembrava Pamela. Em alguns aspectos, não em outros — não em sua serena negação de Darwin, por exemplo. Kathy, uma batista, estava se guardando para o casamento, mas, poucos meses depois de sua volta para Chicago, sua mãe escreveu a Ursula para informar que Kathy morrera num acidente de barco. Ela deve ter consultado o caderno de endereços da filha e escrito para todas as pessoas, uma a uma. Que tarefa medonha! Para Hugh, tinham apenas publicado uma nota no *The Times*. Pobre Kathy, guardou-se para nada. *O sepulcro é um belo e discreto lugar, mas não creio haver nele alguém para beijar.*[64]

— Srta. Todd?

— Desculpe, sr. Emslie. É como estar numa cripta, não é? Cheia de velhos mortos.

— É, e eu gostaria muito de sair antes de me tornar um deles.

Enquanto ela engatinhava com cuidado para a frente, o joelho de Ursula pressionou alguma coisa macia e flexível e ela recuou, batendo a cabeça numa viga quebrada e fazendo cair uma chuva de poeira.

— Você está bem? — perguntou o sr. Emslie.

— Estou — ela disse.

— Paramos por algum motivo?

— Espere.

Ela já pisara uma vez num corpo, reconhecia a textura mole da carne. Achou que precisava olhar, embora Deus soubesse que não queria. Dirigiu a lanterna para o que parecia ser um monte empoeirado de coisas, restos de materiais — crochê, fitas, lã — parcialmente soterrados. Poderia ser o conteúdo de uma caixa de costura. Mas não era, claro. Puxou uma camada de lã, e depois outra, como se desembrulhasse um pacote mal embalado ou desfolhasse um repolho grande e pesado. Enfim, uma mãozinha quase sem mácula, uma pequena estrela, revelou-se naquela massa compactada. Imaginou que encontrara Emil. Melhor, então, a mãe estar morta e não ficar sabendo, pensou.

— Preste atenção aqui, sr. Emslie — falou por cima do ombro. — Há um bebê, tente evitá-lo.

[64] Trecho de "Para sua recatada amante", poema de Andrew Marwell. (N. T.)

— Tudo bem? — perguntou-lhe a srta. Woolf quando os dois, afinal, emergiram como toupeiras.

O fogo do outro lado da rua estava quase extinto, e a rua estava coberta de escuridão, fuligem, imundície.

— Quantos? — quis saber a srta. Woolf.

— Bem poucos — disse Ursula.

— Fáceis de recuperar?

— Difícil dizer — e entregou a carteira de identidade de Renee. — Há um bebê lá embaixo, e muita confusão.

— Temos chá — disse a srta. Woolf. — Vão tomar um pouco.

Ao se encaminhar, com o sr. Emslie, para a cantina móvel, surpreendeu-se ao avistar, um pouco mais acima na rua, um cachorro encolhido no portão de uma casa.

— Já vou ao seu encontro — disse ao sr. Emslie. — Pegue uma caneca para mim, por favor? Dois torrões de açúcar.

Era um terrier indefinível, gemendo e tremendo. A maior parte da casa atrás do portão desaparecera, e Ursula se perguntou se aquele teria sido o lar do cachorro, que ansiava por algum tipo de segurança ou proteção e não conseguia pensar em outro lugar aonde ir.

Quando ela se aproximou, entretanto, ele fugiu para a rua. Droga de cachorro, pensou, correndo atrás dele. Conseguiu alcançá-lo e agarrá-lo, pegando-o no colo antes que ele tivesse a chance de correr novamente. Ele tremia e ela o embalou, conversando com ele com delicadeza, um pouco como o sr. Emslie fizera com Renee. Comprimiu o rosto de encontro ao pelo (nojento de tão imundo, mas ela também estava). Era tão pequeno e indefeso. "O massacre dos inocentes", dissera a srta. Woolf outro dia, quando souberam que uma escola no East End sofrera um ataque certeiro. Mas não eram todos inocentes? (Ou seriam todos culpados?)

— Aquele bufão do Hitler não é — dissera Hugh na última vez em que se falaram —, é tudo culpa dele, toda essa guerra.

Era mesmo verdade que nunca mais veria o pai? Ela deixou escapar um soluço, e o cão ganiu de medo ou simpatia, difícil dizer. (Não havia um único membro da família Todd — exceto Maurice — que não atribuísse emoções humanas aos cães.)

Naquele instante, houve um barulho tremendo atrás deles, o cachorro tentou fugir outra vez e ela precisou segurá-lo com força. Ao se virar, viu a fachada do edifício antes em chamas cair, quase de uma só vez, os tijolos batendo no chão com brutalidade, atingindo apenas a cantina do Serviço Voluntário Feminino.

Duas mulheres do Serviço Voluntário estavam mortas, assim como o sr. Emslie. E Tony, seu mensageiro que passara pedalando sua bicicleta, infelizmente não pedalando com velocidade suficiente. A srta. Woolf se ajoelhou nos tijolos quebrados e irregulares, alheia à dor, e segurou a mão do menino. Ursula se agachou ao seu lado.

— Ah, Anthony — murmurou a srta. Woolf, incapaz de dizer qualquer outra coisa. Seu cabelo escapava do impecável coque de sempre, fazendo-a parecer um tanto selvagem, uma personagem de tragédia.

Tony estava inconsciente — um terrível ferimento na cabeça, e elas o tinham arrastado de baixo da fachada desmoronada —, e Ursula achou que deveriam dizer algo encorajador e não deixá-lo saber quanto estavam abaladas. Lembrou-se de que ele era escoteiro e começou a falar das alegrias do ar livre, de armar uma barraca num campo, de ouvir um córrego nos arredores, de recolher gravetos para uma fogueira, de observar a subida da névoa da manhã enquanto o café da manhã era preparado ao ar livre. — Como você vai se divertir de novo quando a guerra acabar! — prometeu.

— Sua mãe vai ficar felicíssima ao ver você chegar em casa hoje à noite — disse a srta. Woolf, juntando-se à pantomima. E abafou um soluço com a mão.

Tony não deu qualquer sinal de tê-las ouvido, e elas o observaram enquanto sua pele assumia uma palidez mortal, cor de leite aguado. Ele se fora.

— Ai, Deus — gritou a srta. Woolf. — Eu não consigo aguentar.

— Mas é preciso aguentar — disse Ursula, tirando o muco, as lágrimas e a sujeira do rosto com as costas da mão e pensando em quantas vezes aquele diálogo tinha sido ao contrário.

— Malditas idiotas — disse Fred Smith com raiva —, por que elas tinham de vir e estacionar ali a maldita cantina? Bem ao lado da fachada?

— Elas não sabiam — disse Ursula.

— As malditas deviam ter imaginado.

— Então, algum maldito deveria tê-las avisado — retrucou Ursula, a raiva explodindo de repente. — Como um maldito bombeiro, por exemplo.

Começava a amanhecer e eles ouviram a sirene de *bombardeio encerrado*.

— Eu achei que tivesse visto você mais cedo, e depois concluí que tinha sido a minha imaginação — disse Ursula, fazendo as pazes. Ele estava com raiva porque elas estavam mortas, não porque eram idiotas.

Ela se sentia como se estivesse num sonho, deslizando para fora da realidade. — Eu não sirvo para mais nada — disse. — Preciso dormir antes de enlouquecer. Moro logo depois da esquina — acrescentou. Sorte não ter sido o nosso prédio. Sorte, também, eu ter corrido atrás desse cachorro.

Alguém do esquadrão de resgate lhe dera um pedaço de corda para amarrar no pescoço do cachorro e ela o prendera a um poste carbonizado saindo do chão. Os braços e as pernas que o padioleiro estava recolhendo mais cedo lhe vieram à mente.

— Suponho que as circunstâncias estejam me dizendo como eu devo chamá-lo. Sortudo, mesmo que seja bem clichê. Ele me salvou, você sabe, eu estaria lá tomando chá se não tivesse ido atrás dele.

— Malditas idiotas — ele repetiu. — Devo acompanhá-la até sua casa?

— Seria bom — disse Ursula, mas ela não o guiou até "logo depois da esquina" em Phillimore Gardens. Em vez disso, caminharam, cansados e de mãos dadas, como crianças, o cachorro trotando a seu lado, pela Kensington High Street, quase deserta àquela hora da manhã, só com um ligeiro desvio devido a um caminhão de gasolina que estava em chamas.

Ursula sabia para onde iam, era de certa forma inevitável.

No quarto de Izzie havia um quadro emoldurado na parede em frente à cama. Era uma das ilustrações originais do primeiro *As aventuras de Augusto*, um desenho a bico de pena retratando um menino insolente e seu cão. Beirava a caricatura — o boné de estudante, as bochechas estufadas de chiclete de Augusto e o cachorro com ar de idiota, que não tinha qualquer semelhança com o verdadeiro Jock.

O quadro estava em total desacordo com o que Ursula se lembrava daquele quarto antes de ser desativado — uma alcova feminina, cheia de sedas cor de marfim e cetins claros, caras garrafas de cristal lapidado e escovas esmaltadas. Um belo tapete Aubusson havia sido firmemente enrolado, amarrado com um barbante grosso e apoiado numa parede. Havia um dos impressionistas menores em outra parede, adquirido, Ursula suspeitava, mais pela maneira como se adequava à decoração do que por qualquer grande preferência pelo artista. Ursula se perguntava se Augusto estava lá para lembrar Izzie de seu sucesso. O impressionista fora despachado para algum lugar seguro, mas aquela ilustração parecia ter sido esquecida, ou talvez Izzie não ligasse mais tanto para ela. Fosse qual fosse o motivo, o quadro sofrera uma rachadura na diagonal, de um canto do vidro a outro. Ursula se lembrou de quando ela e Ralph estiveram na adega, a noite em que Holland House foi bombardeada, talvez a rachadura datasse daquela mesma noite.

Izzie optara, com sensatez, por não ficar na Toca da Raposa com "a lastimosa viúva", como se referia a Sylvie, pois iriam "brigar como cão e gato". Em vez disso, escapulira para a Cornualha, para uma casa no topo de um penhasco ("como Manderley, terrivelmente selvagem e romântica, mas sem a sra. Danvers, graças aos céus"), e começara a produzir *As aventuras de Augusto* em quadrinhos para um jornal popular. Seria muito mais interessante, achava Ursula, se ela tivesse permitido que Augusto crescesse, como fizera Teddy.

Um sol ralo e fora de época se esforçava para abrir caminho através das grossas cortinas de veludo. *Por que deste modo vens, / Através de janelas, e através das cortinas, nos convocar?*, pensou. Se pudesse voltar no tempo e ter um amante histórico seria Donne. Não Keats, porque o conhecimento de sua morte prematura daria a tudo um triste colorido. Era esse o problema com viagens no tempo (além da impossibilidade) — seríamos sempre Cassandras, anunciando a desgraça pela própria presciência dos eventos. Era de um tédio implacável, mas a única direção que se podia seguir era adiante.

Podia ouvir o canto de um pássaro do lado de fora da janela, apesar de ser novembro. As aves talvez estivessem tão confusas quanto as pessoas com os bombardeios. O que tantas explosões faziam com elas? Matavam inúmeras, supôs, os pobres coraçõezinhos simplesmente entrando em choque ou os pequenos pulmões se rompendo com as ondas de pressão. Deviam cair do céu como pedras sem gravidade.

— Parece pensativa — disse Fred Smith. Estava deitado, um braço atrás da cabeça, fumando um cigarro.

— E você parece estranhamente à vontade — ela observou.

— Estou — ele falou mostrando os dentes e se inclinou para a frente para passar os braços em torno da cintura dela e beijar-lhe a nuca. Estavam ambos sujos, como se tivessem trabalhado a noite toda numa mina de carvão. Ela se lembrou de como ficaram cobertos de fuligem quando ela viajou na cabine naquela noite. A última vez que vira Hugh vivo.

Não havia água quente em Melbury Road, nenhuma água, nem eletricidade, tudo desligado enquanto houvesse ataques. No escuro, eles rastejaram para baixo do lençol de poeira sobre o colchão nu de Izzie e caíram num sono que imitou a morte. Algumas horas mais tarde, acordaram os dois ao mesmo tempo e fizeram amor. Era o tipo de amor (luxúria, para usar uma palavra honesta) que os sobreviventes de desastres deviam praticar — ou pessoas na expectativa de um desastre —, livre de qualquer restrição, às vezes selvagem e ainda assim estranhamente terno e afetuoso. Um tom de melancolia o transpassava. Como a sonata de Bach de Herr Zimmerman, aquilo perturbara sua alma, desarticulara seu cérebro e corpo. Tentou se lembrar de outro verso de Marvell, estava em "Um diálogo entre a alma e o corpo", alguma coisa sobre *barras de ossos* e grilhões e algemas, mas não conseguiu. Parecia difícil quando havia tanta pele macia e carne naquela cama abandonada (em todos os sentidos).

— Eu estava pensando em Donne — ela explicou. — Você sabe... *Velho sol, intrometido e tolo.*

Não, supôs, era provável que não soubesse.

— Ah — ele disse, indiferente. Pior do que indiferente, na verdade.

Ela foi pega de surpresa pela súbita lembrança dos fantasmas cinzentos no porão e de seus joelhos sobre o bebê. Então, por um segundo, estava em outro lugar, não num porão em Argyll Road, não no quarto de Izzie em Holland Park, mas em algum estranho limbo. Caindo, caindo...

— Cigarro? — ofereceu Fred Smith. Acendeu outro na guimba do primeiro e entregou-o a ela. Ela o segurou e disse: — Eu, na verdade, não fumo.

— Eu, na verdade, não pego mulheres estranhas e fodo com elas em casas chiques.

— Que coisa mais Lawrence... E eu não sou estranha, nós nos conhecemos mais ou menos desde crianças.

— Não deste jeito.

— Espero que não.

Ela já estava começando a não gostar dele. — Não faço ideia das horas — falou. — Mas posso oferecer um excelente vinho como café da manhã. Receio que seja tudo o que temos.

Ele olhou o relógio de pulso e disse: — Perdemos o café da manhã. São três horas da tarde.

O cão empurrou a porta, as patas tamborilando nas tábuas de madeira nuas. Pulou para a cama e encarou Ursula. — Coitadinho — ela disse —, deve estar morto de fome.

— Fred Smith? Como foi? Conte-me!

— Decepcionante.

— Como? Na cama?

— Céus, não, não, nada disso. Eu nunca... assim, você sabe. Eu acho que pensei que seria romântico. Não, não é a palavra certa, essa palavra é boba. "Profundo", talvez.

— Transcendente? — sugeriu Millie.

— É, é isso. Era transcendência que eu buscava.

— Imagino que ela nos encontre, e não o contrário. Tarefa difícil para o pobre coitado do Fred.

— Eu fazia uma *ideia* dele — disse Ursula —, mas a ideia não era ele. Talvez eu quisesse me apaixonar.

— E em vez disso você teve um sexo bom e divertido. Coitadinha!

— Você tem razão, foi injusto da minha parte esperar. Ai, meu Deus, eu desconfio que fui uma esnobe horrorosa. Fiquei citando Donne. Você me acha esnobe?

— Horrorosa. Você está fedendo, sabia? — disse Millie, de bom humor. — Cigarro, sexo, bombas, só Deus sabe o que mais. Quer que eu prepare um banho?

— Ah, quero sim, por favor, seria maravilhoso.

— E já que falamos nisso — continuou Millie —, você pode levar essa porcaria de cachorro para o banho junto com você. Ele fede como o inferno. Mas é bem bonitinho — riu, imitando (mal) o sotaque americano.

Ursula suspirou e se espreguiçou. — Você sabe que eu, de verdade, *de verdade*, já cansei de ser bombardeada.

— Receio que a guerra não acabará tão cedo — disse Millie.

Maio de 1941

Millie tinha razão. A guerra continuou por muito tempo. Entrou por aquele inverno terrivelmente frio adentro, e depois houve o horrível bombardeio da cidade no final do ano. Ralph tinha ajudado a salvar St Paul do fogo. Todas aquelas lindas igrejas de Wren, Ursula pensava. Haviam sido construídas por causa do último Grande Incêndio, agora não existiam mais.

No restante do tempo, faziam as coisas que todos os de sua espécie faziam. Iam ao cinema, iam dançar, assistiam aos concertos na hora do almoço na National Gallery. Comiam e bebiam e faziam amor. Não "fodiam". Não era o estilo de Ralph, de maneira alguma. "Que coisa mais Lawrence", ela dissera friamente a Fred Smith — imaginava que ele não tivesse a menor ideia do que ela estava falando —, mas a grosseria da palavra a chocara terrivelmente. Estava acostumada a ouvi-la nos acidentes, foi um componente vital do vocabulário do esquadrão de resgate pesado, mas não num contexto que a envolvia. Tentou repetir a palavra para o espelho do banheiro, mas lhe pareceu vergonhoso.

— Mas onde foi que você conseguiu isso? — ele perguntou.

Ursula nunca o tinha visto tão atônito. Crighton olhava a cigarreira de ouro na mão. — Pensei que a tivesse perdido para sempre.

— Você quer mesmo saber?

— Quero, claro que quero — disse Crighton. — Por que o mistério?

— O nome Renee Miller significa alguma coisa para você?

Ele franziu a testa, pensativo, e depois balançou a cabeça. — Acho que não. Deveria?

— É provável que a tenha pagado por sexo. Ou lhe oferecido um bom jantar. Ou apenas lhe dado um pouco de diversão.

— Ah, *essa* Renee Miller — ele retrucou, rindo. Depois de um instante de silêncio, continuou: — Não, realmente, esse nome não me diz nada. E, de qualquer maneira, não creio que eu já tenha *pagado* uma mulher por sexo.

— Você esteve na Marinha — ela observou.

— Não por muito, *muito* tempo. Mas, obrigado — ele agradeceu —, você sabe quanto esta cigarreira significava para mim. Meu pai me...

— Deu a você depois de Jutland, eu sei.

— Estou entediando você?

— Não. Vamos a algum lugar? Ao "abrigo"? Vamos *foder*?

Ele caiu na gargalhada. — Se você quiser.

Importava-se menos com "sutilezas" nos últimos tempos, afirmou Crighton. Tais sutilezas pareciam incluir Moira e as meninas, e eles logo retomaram seu caso furtivo, ainda que agora menos furtivo. Ele era tão diferente de Ralph que aquilo não lhe parecia infidelidade. (— Ah, que argumento fascinante! — disse Millie.) De qualquer maneira, pouco via Ralph agora e isso parecia indicar um desinteresse recíproco.

TEDDY LEU A INSCRIÇÃO no cenotáfio. — *Os Gloriosos Mortos*. Você acha que são? Gloriosos? — perguntou.

— Mortos eles, certamente, são — disse Ursula. — Mas imagino que o "glorioso" seja para que *nós* nos sintamos melhor.

— Não acho que os mortos se importem com alguma coisa — afirmou Teddy. — Acho que, quando a gente morre, só morre e pronto. Não acredito que exista alguma coisa depois, e você?

— Posso ter acreditado antes da guerra — respondeu Ursula —, antes de ter visto um monte de cadáveres. Mas eles só parecem um monte de lixo jogado fora. (Ela pensou em Hugh, dizendo, "só me botem na lata de lixo".) Não dão a impressão de que suas almas tenham voado.

— É bem provável que eu morra pela Inglaterra — disse Teddy. E há chances de que você também. Será mesmo por uma boa causa?

— Acho que sim. Papai me disse preferir que fôssemos covardes vivos a heróis mortos. Não acho que ele quisesse dizer aquilo, fugir da responsabilidade não fazia o estilo dele. O que está escrito no memorial de guerra lá na aldeia? *Para o seu amanhã demos o nosso hoje*. É o que a sua geração está fazendo, desistindo de tudo, e isso não parece certo.

Ursula achava que escolheria morrer pela Toca da Raposa, mais que "pela Inglaterra". Pelo prado, pelo bosque e pelo riacho que corria por entre os arbustos de jacinto selvagem. Aquilo *era* a Inglaterra, não era? A terra abençoada.

— Eu sou patriota — afirmou. — Fico surpresa com isso, embora não saiba por quê. O que está escrito na estátua de Edith Cavell, aquela da igreja de St Martin?

— *O patriotismo não é o bastante* — lembrou Teddy.

— Você acredita nisso? — ela perguntou. — Pessoalmente, eu acho que é mais que o bastante.

Ela riu e os dois desceram Whitehall de braços dados. Havia muita destruição causada pelos bombardeios. Ursula mostrou a Teddy o Gabinete de Guerra.

— Eu conheço uma garota que trabalha lá — comentou. — Ela dorme num armário, ou coisa parecida. Eu não gosto de subterrâneos, adegas e porões.

— Eu me preocupo muito com você — disse Teddy.

— Eu me preocupo com *você* — disse ela. — E nenhuma dessas preocupações já nos fez algum bem.

Pareciam palavras da srta. Woolf.

Teddy (o "Oficial Piloto Todd") sobrevivera à sua passagem por uma Unidade de Treinamento Operacional em Lincolnshire, pilotando Whitleys, e dentro de mais ou menos uma semana devia se apresentar numa Unidade de Conversão Pesada em Yorkshire e aprender a pilotar os novos Halifaxes, e começar sua primeira missão de fato.

A garota do Ministério da Aeronáutica disse que só metade de todas as tripulações dos bombardeiros sobrevivia à primeira missão.

(— As chances não são as mesmas a cada vez que eles sobem? — perguntou Ursula. — Não é assim que funcionam as chances?

— Não no caso de tripulações de bombardeiros — disse a garota do Ministério da Aeronáutica.)

Teddy a acompanhara de volta ao escritório depois do almoço, ela se demorara bastante. As coisas não estavam tão frenéticas como antes.

Haviam planejado ir a algum lugar chique, mas acabaram num restaurante britânico e comeram rosbife e torta de ameixa com creme. As ameixas eram enlatadas, claro. Mas os dois gostaram de tudo.

— Todos aqueles nomes — disse Teddy, olhando para o cenotáfio. — Todas aquelas vidas. E agora tudo de novo. Eu acho que há algo errado com a raça humana. Ela mina tudo aquilo em que gostaríamos de acreditar, você não acha?

— Não adianta pensar — ela respondeu, rápida —, você só precisa continuar com a sua vida. (Estava mesmo se transformando na srta. Woolf.) Nós só temos uma, e devemos tentar fazer o melhor que pudermos. Podemos nunca fazer *certo*, mas precisamos *tentar*. (A transformação estava completa.)

— E se tivéssemos a possibilidade de fazer tudo de novo e de novo — disse Teddy —, até afinal fazermos certo? Não seria maravilhoso?

— Acho que seria cansativo. Eu gostaria de citar Nietzsche para você, mas você iria me bater.

— Muito provavelmente — disse ele, com gentileza. — Ele é nazista, não é?

— Não exatamente. Você ainda escreve poesia, Teddy?

— Não consigo mais encontrar as palavras. Tudo o que eu tento parece sublimação. Transformação da guerra em imagens bonitas. Não consigo achar seu coração.

— O maldito coração pulsante e negro?

— Talvez *você* devesse escrever — ele riu.

Não patrulharia enquanto Teddy estivesse lá, a srta. Woolf a tirara da lista. Os ataques eram mais esporádicos agora. Bombardeios sérios haviam acontecido em março e abril e pareciam ainda piores porque havia tido um pouco de trégua das bombas.

— É engraçado — disse a srta. Woolf —, nossos nervos ficam tão tensos quando os bombardeios são implacáveis que tudo quase parece mais fácil de lidar.

Um período de calmaria fora decretado no posto de Ursula.

— Acho que Hitler está mais interessado nos Bálcãs — opinou a srta. Woolf.

— Ele vai atacar a Rússia —, Crighton lhe disse com alguma autoridade.

Millie estava em outra turnê, e tinham o apartamento em Kensington só para eles.

— Mas isso seria loucura.

— O homem *é* louco, o que você quer?

Ele suspirou e disse: — Não vamos falar da guerra.

Estavam tomando uísque do Almirantado e jogando baralho, como um casal de velhos.

Teddy acompanhou-a até o escritório na Exhibition Road e disse: — Achei que a sua "Sala de Guerra" fosse bem mais grandiosa — abóbadas e pilares —, não um subterrâneo.

— É Maurice quem tem as abóbadas.

No instante em que entrou, foi abordada por Ivy Jones, uma das operadoras de teletipo recém-chegada ao serviço, que disse: — A senhorita é uma caixinha de surpresas, srta. Todd, mantendo aquele homem lindo em segredo.

E Ursula pensou: "É nisso que dá ser muito amigável com o pessoal".

— Preciso correr — retrucou —, eu sou uma escrava do Relatório Diário de Ocorrências.

❄

Suas "meninas", a srta. Fawcett e suas colegas, arquivavam, compilavam e lhe entregavam as pastas cor de camurça para que ela pudesse produzir resumos diários, semanais, às vezes a cada hora. Observações diárias, registros de perdas, relatórios de ocorrências, não acabavam nunca. Depois, tudo precisava ser datilografado, colocado em novas pastas cor de camurça e assinado por ela antes que as pastas continuassem seu caminho até outro alguém, alguém como Maurice.

— Nós não passamos de engrenagens de uma máquina, não é mesmo? — disse a srta. Fawcett, e Ursula respondeu: — Mas, lembre-se, sem engrenagens não há máquina.

Teddy levou-a para tomar um drinque. A tarde estava quente e as árvores cheias de flores, então por um momento pareceu que a guerra chegara ao fim.

Ele não quis falar dos voos, não quis falar da guerra, nem ao menos falar de Nancy. Onde ela estava? Aparentemente, fazendo algo a respeito de que não podia falar. Parecia que ninguém mais queria falar de coisa alguma.

— Vamos falar de papai — ele disse, e assim fizeram, e foi como se Hugh estivesse tendo o elogio fúnebre que merecia.

Teddy pegou o trem para a Toca da Raposa na manhã seguinte, dormiria lá algumas noites, e Ursula pediu: — Você pode levar outro expatriado com você? — e lhe entregou Sortudo.

O cãozinho passava o dia inteiro no apartamento, enquanto ela estava no trabalho, mas muitas vezes ela o levava para o posto quando estava de plantão e todos o tratavam como uma espécie de mascote. Até o sr. Bullock, que não parecia gostar de cachorros, chegava com restos e ossos para ele. Houve vezes em que ele parecia comer melhor do que ela.

De qualquer maneira, Londres em tempo de guerra não era lugar para um cachorro, ela disse a Teddy. — Tanto barulho, deve ser muito assustador.

— Eu gosto deste bicho — ele disse, acariciando a cabeça do cão. — Ele é de uma raça muito leal.

Ursula foi a Marylebone vê-los embarcar. Teddy botou o cãozinho debaixo do braço, bateu continência para ela, ao mesmo tempo doce e irônico, e subiu no trem. Ela ficou quase tão triste por ver o cão partir quanto por Teddy.

Tinham sido otimistas demais. Houve um terrível ataque em maio.

O prédio de seu apartamento em Phillimore Gardens foi atingido. Nem Ursula nem Millie estavam lá, graças aos céus, mas o telhado e o andar de cima foram destruídos. Ursula simplesmente voltou para lá e acampou por um tempo. O clima não estava ruim e, de maneira estranha, ela até gostou da experiência.

Ainda havia água, mesmo sem eletricidade, e alguém do trabalho lhe emprestou uma velha barraca, de modo que ela dormia acampada. A última vez em que havia feito isso tinha sido na Baviera, quando acompanhou as irmãs Brenner na expedição da Bund Deutscher Mädel às montanhas e compartilhou uma barraca com Klara, a mais velha. As duas ficaram muito amigas, mas ela não teve mais notícias de Klara depois que a guerra foi declarada.

Crighton ficara animado com seu arranjo *al fresco*, que era "como dormir no convés, sob as estrelas, no Oceano Índico". Ela sentiu uma pontada de inveja, ainda não fora nem a Paris. O eixo Munique-Bolonha-Nancy definira para ela as fronteiras do mundo desconhecido. Planejara, com sua amiga Hilary — a garota que dormia num armário nas Salas de Guerra —, uma viagem de bicicleta pela França, mas a guerra dera fim aos planos. Estavam todos presos na pequena ilha coroada. Pensar demais a respeito poderia criar certa sensação de claustrofobia.

Quando Millie voltou da turnê, declarou que Ursula enlouquecera e insistiu para que encontrassem outro lugar. Mudaram-se, então, para um lugar miserável em Lexham Gardens, de que, ela sabia, nunca aprenderia a gostar.

(— Você e eu poderíamos morar juntos se você quisesse — disse Crighton. — Um apartamentinho em Knightsbridge?

Ela hesitou.)

Isso não foi o pior, claro. Seu posto recebeu um impacto certeiro no mesmo bombardeio, e tanto Herr Zimmerman quanto o sr. Simms foram mortos.

No enterro de Herr Zimmerman, um quarteto de cordas, todos refugiados, interpretou Beethoven. Ao contrário da srta. Woolf, Ursula achava que era preciso mais que as obras do grande compositor para curar suas feridas.

— Eu os vi tocar no Wigmore Hall antes da guerra — sussurrou a srta. Woolf. — Eles são muito bons.

Depois do funeral, Ursula foi procurar Fred Smith em seu batalhão e os dois alugaram um quarto num hotelzinho de má qualidade perto de Paddington.

Mais tarde, depois do sexo, que teve a mesma qualidade excitante de antes, dormiram embalados pelo som dos trens indo e vindo, e ela pensou: "Ele deve sentir falta desse som".

Quando acordaram, ele disse: — Me desculpe, eu fui um completo babaca na última vez que estivemos juntos.

Saiu e conseguiu duas canecas de chá — ela supôs que ele tivesse seduzido alguém do hotel, que não parecia o tipo de lugar que tivesse cozinha, quanto mais serviço de quarto. Ele tinha um encanto natural, como Teddy, aquilo vinha de uma espécie de retidão de caráter dos dois. O encanto de Jimmy era diferente, mais desonesto talvez.

Sentaram-se na cama, tomaram chá e fumaram. Ela estava pensando no poema de Donne, "A relíquia", um de seus favoritos — a *pulseira de pelos brilhantes sobre o osso* —, mas se absteve de fazer citações, considerando quanto fora desagradável da última vez. Como seria engraçado se o hotel fosse atingido e ninguém descobrisse quem eram ou o que faziam ali juntos, unidos numa cama que se tornaria seu túmulo. Tornara-se muito mórbida depois de Argyll Road. Aquilo a afetara de maneira diferente dos outros acidentes. O que gostaria que fosse escrito em sua lápide?, perguntou-se, letárgica. "Ursula Beresford Todd, intrépida até o fim."

— Sabe qual é o seu problema, srta. Todd? — disse Fred Smith, apagando o cigarro. Pegou a mão dela e beijou a palma da mão aberta, e ela pensou "guarde este momento porque é tão doce" e disse: — Não, qual é o meu problema?

E não conseguiu saber por que a sirene soou, e ele disse: — Merda, merda, merda, eu deveria estar de plantão — e enfiou as roupas, deu-lhe um beijo apressado e voou para fora do quarto.

Nunca mais o viu.

Examinava o Diário de Guerra de Segurança Doméstica das terríveis primeiras horas de 11 de maio...

Horário de origem — 0h45. Formulário de origem — Teletipo. Interno ou Externo — Interno. Assunto — Escritório do Estaleiro das Índias Ocidentais, destruído por bombas. E a Abadia de Westminster, o Parlamento, o quartel-general de De Gaulle, a Casa da Moeda, os tribunais. (Tinha visto de perto St Clemente Dane — ardendo como uma monstruosa lareira na Strand.) E todas as pessoas comuns vivendo suas preciosas vidas comuns em Bermondsey,

Islington, Southwark. A lista não tinha fim. Foi interrompida pela srta. Fawcett, que disse: — Mensagem pessoal, srta. Todd — e lhe entregou um pedaço de papel.

Uma garota que ela conhecia, e que conhecia uma garota no corpo de bombeiros, lhe mandara uma cópia de um relatório da Brigada Auxiliar de Combate ao Fogo com um bilhete que dizia: "Ele era seu amigo, não era? Sinto muito...".

Frederick Smith, bombeiro, esmagado pela queda de um muro quando trabalhava num incêndio em Earl's Court.

Maldito idiota, Ursula pensou. Maldito, maldito idiota.

Novembro de 1943

Foi Maurice quem lhe deu a notícia. Sua chegada coincidiu com a do carrinho de chá com o lanche das onze. — Posso falar com você? — ele disse.

— Você quer chá? — ela perguntou, levantando-se da mesa. — Tenho certeza de que posso oferecer um pouco do nosso, ainda que deva ser imensamente inferior ao Orange Pekoe e Darjeeling e outras belezas que há em seus domínios. E imagino que os nossos biscoitos nem cheguem aos pés dos seus.

A mocinha do chá hesitava, desencorajada por aquele diálogo com um intruso das altas esferas.

— Não, sem chá, obrigado — ele respondeu, surpreendentemente educado e solene. Chamava sua atenção o fato de Maurice estar quase sempre borbulhando de fúria reprimida (estranha maneira de levar a vida) e, em alguns aspectos, ele a fazia pensar em Hitler (ouvira dizer que Maurice berrava com as secretárias. — Ah, isso é tão injusto! — disse Pamela — Mas acho bem engraçado).

Maurice nunca sujou as mãos. Nunca esteve num acidente, nunca quebrou um homem como se fosse um biscoito ou se ajoelhou num emaranhado de tecido e carne que antes era um bebê.

O que ele estava fazendo ali? Iria mais uma vez começar a pontificar a respeito de sua vida amorosa? Nunca lhe passou pela cabeça que ele estivesse ali para dizer: — Sinto muito precisar trazer esta notícia (como se fosse um comunicado oficial), mas receio que Ted tenha levado uma.

— O quê? — ela não conseguia desvendar o significado da frase. — Levado o quê? Não sei do que você está falando, Maurice.

— Ted — ele insistiu. — O avião de Ted foi abatido.

Teddy tinha sido salvo. Recebera "dispensa de voo" e era instrutor numa Unidade de Treinamento Operacional. Era líder de um esquadrão, condecorado com a DFC (Ursula, Nancy e Sylvie tinham ido ao palácio, explodindo de orgulho). E, então, ele pedira para voltar à ativa. ("Senti que era meu dever.") A garota que ela conhecia no Ministério da Aeronáutica — Anne — disse que um em cada quarenta tripulantes sobrevivia a um segundo turno de serviço.

— Ursula? — chamou Maurice. Você entende o que eu estou dizendo? Nós o perdemos.

— Então vamos encontrá-lo.

— Não. Ele está oficialmente "desaparecido em ação".

— Então não está *morto* — afirmou Ursula. — Onde?

— Berlim, há algumas noites.

— Ele pulou de paraquedas, e foi feito prisioneiro — disse Ursula, como que constatando um fato.

— Não, receio que não — observou Maurice. — Ele desceu em chamas, ninguém pulou.

— Como você *sabe*?

— Ele foi visto, uma testemunha ocular, um companheiro piloto.

— Quem? Quem foi que o viu?

— Não sei — ele começava a se impacientar.

— Não — ela repetiu. E de novo, não. O coração começou a disparar e a boca secou. As imagens turvaram e ganharam pontinhos negros, uma pintura pontilhista. Ia desmaiar.

— Você está bem?

Ouviu a pergunta de Maurice. Se eu estou bem, pensou, se eu estou bem? Como eu poderia estar bem? A voz de Maurice soava muito distante. Ouviu-o gritar para uma moça. Uma cadeira foi trazida, um copo de água foi buscado. A moça disse: — Por favor, srta. Todd, coloque a cabeça entre os joelhos. A moça era a srta. Fawcett, uma boa moça.

— Obrigada, srta. Fawcett — murmurou.

— Mamãe também reagiu muito mal — observou Maurice, como se desnorteado por tanta dor. Ele nunca se importara com Teddy como todos.

— Bem — ele disse, dando-lhe tapinhas no ombro. (Ela tentou não recuar.) — É melhor eu voltar para o escritório, espero ver você na Toca da Raposa.

O tom era quase casual, como se a pior parte da conversa estivesse acabada e pudessem falar de coisas mais amenas.

— Por quê?

— Por que o quê?

Ela se empertigou. A água no copo tremia de leve. — Por que você vai me ver na Toca da Raposa?

Ela sentiu que a srta. Fawcett ainda esperava, solícita.

— Bem — disse Maurice — a família se reúne em ocasiões como essas. Afinal, não haverá serviço fúnebre.

— Não?

— Não, claro que não. Não há corpo — ele explicou.

Ele deu de ombros? Deu? Ela estava tremendo, ela pensou que fosse mesmo desmaiar. Quis que alguém a abraçasse. Não Maurice. A srta. Fawcett pegou o copo. Maurice disse: — Vou dar uma carona a você, é claro. A voz de mamãe estava terrivelmente entrecortada — acrescentou.

Ele dera a notícia pelo telefone? Que coisa medonha, pensou entorpecida.

Importava muito pouco, refletiu, como se recebia a notícia. Mesmo assim, ouvi-la de Maurice em seu terno e colete de risca de giz, encostado à mesa, agora inspecionando as unhas, esperando que ela dissesse que estava bem e que ele podia ir...

— Eu estou bem. Você pode ir.

A srta. Fawcett lhe ofereceu chá quente e doce, e disse: — Sinto muito, srta. Todd. Gostaria que eu a levasse em casa?

— É muito gentil de sua parte — respondeu Ursula —, mas eu vou ficar bem. Poderia ir buscar meu casaco?

Ele torcia nas mãos o boné do uniforme. Elas o deixavam nervoso pela simples presença. Roy Holt tomava cerveja numa grande caneca de vidro ondeado, grandes goles de cada vez, como se estivesse com muita sede. Era amigo de Teddy, era a testemunha de sua morte. O "companheiro piloto". A última vez em que Ursula tinha estado lá, visitando Teddy, fora no verão de 1942, e eles se sentaram no jardim da cervejaria e comeram sanduíches de presunto e ovos em conserva.

Roy Holt era de Sheffield, onde o ar ainda pertencia a Yorkshire, mas talvez já não fosse tão bom. Sua mãe e sua irmã tinham sido mortas nos terríveis ataques de dezembro de 1940, e ele disse que não descansaria até jogar uma bomba em cima da cabeça de Hitler.

— Boa sorte! — disse Izzie. Ela tinha um jeito peculiar com homens jovens, Ursula percebeu, maternal e sedutora ao mesmo tempo (houve época em que foi apenas sedutora). Era um tanto perturbador de ver.

Mal soube da notícia, Izzie deixou a Cornualha e foi às pressas para Londres, onde conseguiu um carro e um punhado de cupons de gasolina, com "um homem que conhecia" no governo, para levá-las à Toca da Raposa e depois, de lá, fazer a viagem até o aeródromo de Teddy. (— Você nunca vai dar conta sozinha — ela disse —, você vai estar nervosa demais.) "Homens que conhecia" era um eufemismo para ex-amantes. (— O que você fez para conseguir isso? — perguntou um garagista ranzinza quando encheram o tanque em sua bomba de gasolina na estrada para o norte. — Dormi com alguém extremamente importante — Izzie respondeu com doçura.)

Ursula não via Izzie desde o funeral de Hugh, desde a sua surpreendente confissão de ter tido um filho, e Ursula pensou que talvez devesse voltar ao assunto na ida a Yorkshire (dificílima), já que Izzie parecera tão perturbada, e era presumível que não tivesse com quem falar a respeito. Mas, quando Ursula disse — Você quer falar mais de seu bebê? —, Izzie reagiu — Ah, *aquilo* — como se fosse algo trivial. — Esqueça o que eu disse, eu só estava sendo mórbida. Vamos parar para um chá em algum lugar, eu poderia destruir um bolinho, você não?

Sim, eles se reuniram na Toca da Raposa, e não, não havia corpo. Até então, a situação de Teddy e sua tripulação mudara de "desaparecidos em ação" para "desaparecidos, dados como mortos". Não havia esperança, informara Maurice, elas precisavam parar de achar que havia esperança.

— Sempre há esperança — disse Sylvie.

— Não — disse Ursula —, às vezes não há mesmo. Pensava no bebê. Emil. Que aparência teria Teddy? Escurecido e carbonizado e encolhido como um velho pedaço de madeira? Talvez não houvesse mais nada, nenhum "corpo". Pare com isso, pare com isso, pare com isso. Respirou fundo. Pense nele como um menino, brincando com seus aviões e trens — não, isso era pior. Muito pior.

— Não chega a ser surpresa — disse Nancy, zangada. Estavam sentadas fora de casa, na varanda. Haviam bebido um pouco demais do bom malte de Hugh. Era bizarro estar bebendo o uísque dele quando ele não estava mais lá. A bebida era mantida numa garrafa de cristal lapidado em cima da mesa no gabinete, e aquela era a primeira vez que ela a bebia sem que tivesse sido servida pelas mãos dele. ("Que tal um pouco de coisa boa, ursinha?")

— Ele já tinha voado tantas vezes — continuou Nancy —, as probabilidades estavam contra ele.

— Eu sei.

— Ele esperava por isso — disse Nancy. Aceitava, mesmo. Eles precisam aceitar, todos aqueles rapazes precisam. Estou parecendo corajosa, eu sei — prosseguiu em voz baixa —, mas meu coração está partido ao meio. Eu o amava tanto. *Amo* tanto. Não sei por que ponho o verbo no passado. Não é como se o amor morresse com o amado. Eu o amo *mais* agora, porque sinto uma maldita pena dele. Ele nunca vai se casar, nunca terá filhos, nunca terá a vida maravilhosa que era dele por direito. Nem terá tudo isto — acrescentou, fazendo com a mão um gesto que abrangia a Toca da Raposa, a classe média, a Inglaterra em geral — só porque era um homem tão *bom*. Sólido e verdadeiro, como um grande sino, eu acho.

Ela riu — É idiota, eu sei. E sei que você é a única que entende. E eu não consigo chorar, nem ao menos quero chorar. Minhas lágrimas nunca fariam justiça a essa perda.

Nancy não queria falar, Teddy dissera uma vez, e agora ela não queria fazer outra coisa a não ser falar. A própria Ursula mal havia falado, mas chorava sem parar. Quase não se passava uma hora sem que as lágrimas escorressem, ininterruptas. Seus olhos ainda estavam inchados e doloridos. Crighton foi incrivelmente bom, embalando-a e acalentando-a, fazendo intermináveis xícaras de chá, chá surrupiado do Almirantado, ela supunha. Não entoou clichês, não disse que tudo ia ficar bem, que o tempo ia curar, que ele estava num lugar melhor — nenhum lixo desse tipo. A srta. Woolf também foi maravilhosa. Foi vê-la e sentou-se ao lado de Crighton, jamais questionando quem ele poderia ser, e segurou-lhe a mão, acariciou-lhe os cabelos e lhe permitiu ser uma criança inconsolável.

Estava tudo acabado agora, pensou, terminando o uísque. Agora tudo o que havia era o vazio. Uma ampla e indistinta paisagem do vazio até onde a mente alcança. *Desespero oculto, e morte antes.*

— Você faria uma coisa por mim? — perguntou Nancy.

— Claro que sim. Qualquer coisa.

— Você vai descobrir se há um fiapo de esperança de que ele esteja vivo? Há uma possibilidade, ainda que pequena, de que ele tenha sido feito prisioneiro. Achei que você poderia conhecer alguém no Ministério da Aeronáutica...

— Eu conheço uma garota...

— Ou talvez Maurice conheça alguém, alguém que possa ser... definitivo — e ela se levantou de repente, oscilando um pouco por conta do uísque, e disse: — Preciso ir.

— Já nos conhecemos — disse-lhe Roy Holt.

— Já, eu estive aqui no ano passado — disse Ursula. Me hospedei aqui, no White Hart, eles têm quartos, mas você deve saber disso. Este é o "seu" bar, não é? Da tripulação, eu quero dizer.

— Estávamos todos bebendo no bar, eu me lembro — disse Roy Holt.

— É, foi uma noite muito alegre.

Maurice foi inútil, claro, mas Crighton havia tentado. Era sempre a mesma história. Teddy caíra em chamas, ninguém pulara.

— Você foi a última pessoa que o viu — falou Ursula.

— Eu não penso nisso, para dizer a verdade — retrucou Roy Holt. — Ted era um bom sujeito, mas isso acontece o tempo todo. Eles não voltam.

Eles estão aqui na hora do chá e não estão aqui no café da manhã. Lamentamos por um minuto e depois não pensamos mais nisso. Você conhece as estatísticas?

— Conheço sim.

Ele encolheu os ombros e disse: — Talvez, depois da guerra, não sei. Eu não sei o que vocês querem que eu diga.

— Nós só queremos saber — respondeu Izzie, gentil — se ele não saltou de paraquedas. Que ele está morto. Vocês estavam sob ataque, em circunstâncias extremas, você pode não ter visto como toda a triste trama se desenrolou.

— Ele está morto, acredite em mim — afirmou Roy Holt. Toda a tripulação. O avião estava inteiro em chamas. Muitos deles já deviam estar mortos. Eu podia vê-lo, os aviões estavam muito próximos, ainda em formação. Ele se virou e me olhou.

— Olhou para você? — exclamou Ursula.

Teddy em seus últimos instantes de vida, sabendo que ia morrer. No que ele pensou... no prado, no bosque e no riacho que corria por entre os arbustos de jacinto selvagem? Ou nas chamas que o consumiriam... outro mártir para a Inglaterra?

Izzie estendeu a mão e apertou a dela. — Firme — ela disse.

— Eu só estava pensando em me afastar deles. O avião estava fora do controle, eu não queria que aquela coisa batesse em nós. Ele encolheu os ombros. Parecia incrivelmente jovem e incrivelmente velho ao mesmo tempo.

— Vocês deveriam continuar com as suas vidas — aconselhou ele um tanto rude e depois, menos duro, acrescentou: — Eu trouxe o cachorro. Achei que você poderia querer de volta.

Sortudo dormia aos pés de Ursula, ficara delirantemente feliz ao vê-la. Teddy não o deixara na Toca da Raposa, em vez disso levara-o para o norte, para a sua base. "Com um nome e uma reputação como a dele, o que mais eu poderia fazer?", escreveu. Mandou uma fotografia de sua tripulação descansando em velhas poltronas, e Sortudo, orgulhoso e em posição de sentido, no colo de Teddy.

— Mas ele é a sua mascote — protestou Ursula. — Não vai atrair má sorte? Mandá-lo para longe, eu quero dizer.

— Tudo o que nós tivemos foi má sorte, desde que Ted se foi — disse Roy Holt, melancólico. — Ele era o cachorro de Ted — acrescentou, mais gentil — fiel até o fim, como se diz. Mas virou sinal de mau agouro, você deveria levá-lo. Os rapazes não aguentam vê-lo rondando o campo de pouso, esperando Ted voltar. Isso só os faz pensar que a próxima vez pode ser a deles.

— *Eu* NÃO CONSIGO aguentar — ela disse a Izzie enquanto o carro se afastava. Foi o que a srta. Woolf disse quando Tony morreu, lembrou-se. Quanto se esperava que *alguém* aguentasse? O cão estava sentado em seu colo, contente, talvez sentindo nela alguma coisa de Ted. Ou assim ela gostaria que fosse.

— O que mais há para fazer? — perguntou Izzie.

Sempre há o suicídio. E ela poderia ter se matado, mas como poderia abandonar o cachorro?

— Isso é ridículo? — perguntou a Pamela.

— Não, não é ridículo — disse Pamela. — O cachorro é tudo o que resta de Teddy.

— Às vezes eu sinto que ele *é* Teddy.

— Agora *é* ridículo.

Estavam sentadas no gramado da Toca da Raposa, umas duas semanas depois do Dia da Vitória. (— Agora começa a parte mais difícil — disse Pamela.) Não haviam comemorado. Sylvie marcara o dia tomando uma overdose de pílulas para dormir. — Egoísta, mesmo — comentou Pamela. — Afinal, nós também somos filhos dela.

Ela abraçara a verdade à sua própria e inimitável maneira e se deitara na cama de infância de Teddy e engolira um frasco inteiro de comprimidos, regados com o último uísque de Hugh. Era o quarto de Jimmy também, mas ele nunca pareceu ter muita importância para ela. Agora, dois dos meninos de Pamela dormiam naquele quarto e brincavam com o velho trem de ferro de Teddy, montado no sótão, no antigo quarto da sra. Glover.

Viviam na Toca da Raposa, os meninos, Pamela e Harold. Para surpresa de todos, Bridget cumpriu sua ameaça de voltar para a Irlanda. Sylvie, enigmática até o fim, deixou para trás sua própria versão de bomba de ação retardada. Quando seu testamento foi lido, descobriram que havia algum dinheiro

— títulos, ações e coisas assim, Hugh não era banqueiro à toa — que deveria ser dividido em partes iguais, mas Pamela deveria herdar a Toca da Raposa.

— Mas por que eu? — surpreendeu-se Pamela. Eu não era nenhuma favorita.

— Nenhum de nós era favorito — disse Ursula —, só Teddy. Acho que, se ele estivesse vivo, mamãe teria deixado a Toca da Raposa para ele.

— Se ele estivesse vivo, ela não estaria morta.

Maurice ficou furibundo, Jimmy não voltara da guerra, e quando voltou não pareceu se importar muito de qualquer maneira. Ursula não ficou totalmente indiferente à afronta (uma palavra lacônica para uma traição tão grande), mas achou que Pamela era a pessoa perfeita para viver na Toca da Raposa e se alegrou pela casa estar sob seus cuidados.

Pamela queria vender e dividir os lucros, mas Harold, para surpresa de Ursula, convenceu-a do contrário. (E era difícil convencer Pamela de alguma coisa.) Harold jamais gostara de Maurice, pela postura política e pela pessoa que era, e Ursula suspeitou que aquela fosse a maneira de ele punir Maurice por... por ser Maurice. Foi tudo um tanto polêmico e teria sido fácil alimentar ressentimentos, mas Ursula preferiu não fazê-lo.

O conteúdo da casa deveria ser dividido entre eles. Jimmy nada quis, tinha uma passagem reservada para Nova York e um emprego garantido numa agência de publicidade, graças a alguém que conhecera durante a guerra, — um homem que eu conheço —, ele disse, num eco de Izzie. Maurice, tendo decidido não contestar o testamento (— Embora eu fosse ganhar, é claro.), mandou um caminhão de mudanças e praticamente saqueou a casa.

Nenhum dos objetos que estiveram no caminhão chegou a aparecer na casa de Maurice, e então presumiram que ele os tenha vendido, mais por despeito que por qualquer outro motivo.

Pamela implorou pelos belos tapetes e bibelôs de Sylvie, pela mesa de jantar Regency Revival, algumas excelentes cadeiras Queen Anne, o relógio do avô no corredor, "coisas com as quais crescemos", mas isso pareceu apaziguar Maurice e impedir a deflagração de uma guerra absoluta.

Ursula ficou com o carrilhãozinho portátil de Sylvie. — Não quero mais nada — disse ela. — Só ser sempre bem-vinda aqui.

— Sempre será. Você sabe disso.

Fevereiro de 1947

Maravilhoso! Como um pacote da Cruz Vermelha, escreveu, e apoiou o velho postal do Pavilhão de Brighton sobre a lareira, perto do relógio de Sylvie, perto da foto de Teddy. Despacharia o cartão com a correspondência da tarde no dia seguinte. Levaria uma eternidade para chegar à Toca da Raposa, claro.

Um cartão de aniversário para ela acabara chegando. O tempo impedira a comemoração habitual na Toca da Raposa, e, em vez disso, Crighton a levara para jantar no Dorchester, à luz de velas, quando a eletricidade sumiu no meio da refeição.

— Muito romântico — disse ele. — Como nos velhos tempos.

— Não me lembro de sermos especialmente românticos — ela retrucou. O caso dos dois terminara com a guerra, mas ele se lembrou do aniversário, fato que a tocou mais fundo do que ele soube. Como presente, ele lhe deu uma caixa de bombons Milk Tray (— Receio que não seja muito.)

— Suprimentos do Almirantado? — ela perguntou, e os dois riram. Ao chegar em casa, ela comeu a caixa inteira de uma vez.

Cinco da tarde. Levou a louça até a pia, para se juntar a outros pratos por lavar. As cinzas eram agora uma tempestade de neve no céu escuro e ela puxou a frágil cortina de algodão para tentar fazê-la desaparecer. O tecido enganchou desesperadamente no trilho e ela desistiu antes que derrubasse a coisa toda. A janela estava velha e mal encaixada, e deixava passar uma corrente de ar cortante.

A eletricidade caiu e ela vasculhou o console da lareira em busca da vela. Poderia ficar pior? Ursula levou a vela e a garrafa de uísque para a cama, e entrou debaixo das cobertas ainda de casaco. Estava tão cansada. Sentir fome e frio criava uma terrível letargia.

A chama no pequeno aquecedor Radiant tremeu de forma alarmante. Seria muito ruim? *Acabar à meia-noite sem dor.* Havia maneiras piores. Auschwitz, Treblinka. O Halifax de Teddy caindo em chamas. A única maneira de fazer parar as lágrimas era continuar a beber o uísque. Querida Pammy. A chama no Radiant piscou e morreu. A luz do piloto também. Perguntou-se quando voltaria o gás. Se o cheiro a acordaria, se ela se levantaria para reacendê-lo. Não esperava morrer como uma raposa congelada em seu covil. Pammy veria o postal, saberia que ela agradecera. Ursula fechou os olhos. Sentia-se como se estivesse acordada há cem anos ou mais.

Estava mesmo muito, muito cansada.

A escuridão começou a cair.

ACORDOU SOBRESSALTADA. ERA DIA? A luz estava acesa, mas estava escuro. Sonhara que estava presa num porão. Arrastou-se para fora da cama, ainda estava bastante embriagada, e percebeu que fora acordada pelo rádio. A eletricidade estava de volta no horário da previsão do tempo.

Realimentou o aquecedor e o pequeno Radiant voltou a funcionar. Não morrera envenenada pelo gás, afinal.

JUNHO DE 1967

HOJE PELA MANHÃ, OS jordanianos abriram fogo contra Tel Aviv, disse o repórter da BBC, e agora bombardeavam Jerusalém. Ele estava parado numa rua, presumivelmente em Jerusalém, ela não prestara atenção, o barulho do fogo de artilharia em segundo plano, longe demais para representar qualquer perigo para ele, embora o falso uniforme de combate e estilo de reportagem — animado, mas solene — insinuassem um improvável heroísmo por parte dele.

Benjamin Cole era agora membro do parlamento israelense. Lutara na Brigada Judaica no final da guerra e depois se juntara à Gangue Stern, na Palestina, para lutar por uma pátria. Ele fora um menino tão correto que teria sido estranho pensar que poderia ter se tornado terrorista.

Encontraram-se para um drinque durante a guerra, mas foi um encontro estranho. Os impulsos românticos de sua infância havia muito tinham desaparecido, ao passo que a relativa indiferença dele em relação a ela como membro do sexo feminino dera uma guinada total. Ela mal terminava seu (fraco) gim com limão quando ele sugeriu irem a algum lugar.

Ficou indignada. — Eu pareço uma mulher assim tão fácil? — perguntou depois a Millie.

— E por que não? — Millie deu de ombros. — Podemos ser mortas por uma bomba amanhã. *Carpe diem* e tudo mais.

— Essa parece ser a desculpa de todo mundo para o mau comportamento — Ursula resmungou. — Se as pessoas acreditassem na condenação eterna não deveriam aproveitar tanto o dia.

Tinha tido um mau dia no escritório. Uma das funcionárias do arquivo recebeu a notícia de que o navio do namorado fora derrubado e teve uma crise histérica, além de um documento importante ter sido perdido no "mar de camurça", o que causou mais angústia, embora de outra ordem. E, portanto, ela não aproveitara o dia com Benjamin Cole, apesar de ele a ter pressionado bastante. — Eu sempre senti algo entre nós, você não? — ele disse.

— Tarde demais, eu acho — ela respondeu, apanhando sua bolsa e seu casaco. — Fica para a próxima vez.

Pensou no dr. Kellet e em suas teorias de reencarnação e se perguntou como gostaria de voltar. Uma árvore, pensou. Uma bela e grande árvore, dançando ao sabor da brisa.

A BBC VOLTOU A atenção para Downing Street. Alguém havia renunciado. Escutara algum disse me disse no escritório, mas não podia se dar ao trabalho de parar para ouvir.

Estava jantando — uma torrada com queijo derretido — numa bandeja no colo. Em geral, comia assim à noite. Parecia ridículo pôr a mesa e arrumar pratos de legumes, toalhas de mesa e todos os outros apetrechos de jantar só para uma pessoa. E depois? Comer em silêncio ou debruçada sobre um livro? Havia quem considerasse os jantares diante da televisão o começo do fim da civilização. (Sua ardorosa defesa desse comportamento indicaria que talvez fosse da mesma opinião?) Os outros, era óbvio, não viviam sozinhos. E o começo do fim da civilização já acontecera havia muito tempo. Sarajevo talvez, Stalingrado na pior das hipóteses. Havia quem dissesse que o fim começara no princípio, no Jardim.

E o que havia de tão errado em ver televisão, afinal? Não se podia ir ao teatro ou ao cinema (ou a um bar, dava na mesma) todas as noites. E, quando se vivia sozinho, a única conversa dentro da casa era com um gato, o que tendia a ser unilateral. Cachorros eram diferentes, mas ela não teve mais cachorros desde Sortudo. Ele morrera no verão de 1949, de velhice, disse o veterinário. Ursula sempre pensou nele como um cão jovem. Enterraram-no na Toca da Raposa, e Pamela comprou uma roseira, vermelho-escura, e a plantou como lápide. O jardim na Toca da Raposa era um verdadeiro cemitério de cães. Aonde quer que se fosse havia uma roseira com um cão embaixo, embora só Pamela conseguisse se lembrar de quem estava onde.

E, também, qual era a alternativa para a televisão? (Não deixava a discussão morrer, ainda que fosse consigo mesma.) Um quebra-cabeça? É mesmo? Havia os livros, sem dúvida, mas não era sempre que se queria chegar de um dia difícil no trabalho, cheio de mensagens e memorandos e agendas, e cansar ainda mais os olhos com ainda mais palavras. O rádio, os discos, tudo era muito bom, claro, mas sempre *solipsismo* de alguma maneira. (É, estava reclamando demais.) Pelo menos com a televisão não precisava *pensar*. Não era tão ruim.

Jantava mais tarde do que de costume, porque tinha ido à sua própria festa de aposentadoria — não muito diferente do que ir ao próprio funeral, só que se podia ir embora depois. Foi uma coisa modesta, nada além de alguns drinques num bar local, mas agradável, e ela ficou aliviada por ter terminado cedo (o que poderia fazer outros se sentirem mal). Não se aposentaria oficialmente antes da sexta-feira, mas achou que seria mais fácil para a equipe resolver logo tudo aquilo num dia útil. Poderiam não gostar de perder a noite de sexta.

Antes, no escritório, eles a haviam presenteado com um relógio portátil gravado *Para Ursula Todd, em gratidão por seus muitos anos de serviço leal*. Ai, deuses, ela pensou, que epitáfio maçante. Era um tipo tradicional de presente, e ela não teve coragem de dizer que já tinha um, e por acaso muito melhor. Mas também lhe deram dois (bons) ingressos para o concerto anual da BBC, para uma apresentação do Coral de Beethoven, o que foi bem atencioso — imaginou haver ali a mão de Jacqueline Roberts, sua secretária.

— A senhora ajudou a pavimentar o caminho para as mulheres em cargos importantes no serviço público — disse-lhe Jacqueline em voz baixa, entregando-lhe um Dubonnet, sua bebida preferida nessa época. Não *tão* importantes, infelizmente, pensou. Não no *comando*. Isso ainda era para os Maurices deste mundo.

— Saúde! — exclamou, batendo o copo na garrafa de vinho de Jacqueline. Não bebia muito, um Dubonnet de vez em quando, um bom borgonha no fim de semana. Não como Izzie, ainda morando na casa em Melbury Road, vagando por suas muitas salas como uma dipsomaníaca srta. Havisham[65]. Ursula a visitava todos os sábados pela manhã com uma sacola de compras, que em sua maioria pareciam acabar no lixo. Ninguém mais lia *As aventuras de Augusto*. Teddy ficaria aliviado e ainda assim Ursula lamentava, como se outra pequena parte dele tivesse sido esquecida pelo mundo.

— Você sabe que é bem provável que você receba uma medalha — disse Maurice —, agora que se aposentou. De Mui Excelente Ordem do Império Britânico, ou algo parecido.

Ele havia sido condecorado na última rodada de honrarias. (— Deus! — disse Pamela — Para onde vai este país?) Mandara para cada membro da família uma fotografia emoldurada dele mesmo, curvando-se sob a espada da rainha no salão de baile do palácio. — Ai, a arrogância do homem — zombou Harold.

A srta. Woolf teria sido a companhia perfeita para o coral no Albert Hall. A última vez em que Ursula a viu foi lá, no concerto do septuagésimo quinto aniversário de Henry Wood, em 1944. Foi morta poucos meses depois, no bombardeio de foguetes em Aldwych. Anne, a garota do Ministério da Aeronáutica, foi morta no mesmo ataque. Estava com um grupo de amigas do trabalho aproveitando o sol no telhado do ministério, almoçando a comida trazida de casa. Fazia muito tempo. E tinha sido ontem.

Ursula deveria ter ido ao encontro dela no Parque St James, na hora do almoço. A garota do Ministério da Aeronáutica — Anne — lhe dissera ter uma coisa para contar, e Ursula se perguntava se poderia ser alguma informação sobre Teddy. Talvez tivessem encontrado destroços ou um corpo. Há muito tempo aceitara que ele se fora para sempre, àquela altura saberiam se ele tinha sido feito prisioneiro de guerra ou conseguido fugir para a Suécia.

No último minuto, o destino interveio na pessoa do sr. Bullock, que aparecera inesperadamente à sua porta na noite anterior (como ele sabia o

[65] Importante personagem do romance *Grandes esperanças*, de Charles Dickens. (N. T.)

endereço dela?) para perguntar se ela o acompanharia ao tribunal para responder pelo seu bom caráter. Estava sendo julgado por algum tipo de fraude no mercado negro, o que não era nenhuma surpresa. Ela era sua segunda escolha, depois da srta. Woolf, mas a srta. Woolf tinha sido promovida a inspetora de distrito e era responsável pela vida de 250 mil pessoas, todas por ela consideradas superiores ao sr. Bullock. Suas "travessuras" no mercado negro acabaram por colocá-la contra ele. Nenhum dos inspetores que Ursula conhecera em seu posto ainda estava por lá em 1944.

Ficou um pouco assustada ao descobrir que o sr. Bullock se apresentaria no Old Bailey, acreditara que tudo não passaria de uma pequena contravenção a ser julgada no juizado criminal. Esperou, em vão, a manhã toda para ser chamada e, no momento em que a corte entrou em recesso para o almoço, ouviu o ruído surdo de uma explosão, mas não sabia que era o foguete provocando o massacre em Aldwych. O sr. Bullock, desnecessário dizer, foi declarado inocente de todas as acusações.

CRIGHTON FORA COM ELA ao enterro da srta. Woolf. Ele era uma rocha, mas no final ficara em Wargrave. *Seus corpos foram sepultados em paz; mas seus nomes viverão por todos os séculos*, o ministro vociferou como se a congregação não o conseguisse ouvir. (Eclesiástico 44:14.) Ursula não achava que fosse verdade. Quem se lembraria de Emil ou Renee? Ou do pobre Tony, ou de Fred Smith. Da própria srta. Woolf. Ursula já se esquecera dos nomes da maioria dos mortos. E todos aqueles aviadores, todas aquelas jovens vidas perdidas. Quando Teddy morreu, era oficial comandante de seu esquadrão e tinha apenas vinte e nove anos. O oficial comandante mais jovem tinha vinte e dois. O tempo acelerara para aqueles meninos, como para Keats.

Cantaram "Avante, soldados de Cristo". Crighton tinha uma excelente voz de barítono que ela nunca ouvira. Tinha certeza de que a srta. Woolf teria preferido Beethoven aos vigorosos hinos de batalha da igreja.

A srta. Woolf esperava que Beethoven pudesse curar o mundo do pós-guerra, mas os obuses apontados para Jerusalém pareciam ser a derrota final de seu otimismo. Ursula tinha agora a mesma idade da srta. Woolf no início da última guerra. Ursula pensava nela como uma velha.

— E agora *nós* estamos velhas — disse a Pamela.

— Fale só por você. E você ainda nem tem sessenta. Isso não é velhice.

— Mas parece.

Com os filhos crescidos o bastante para já não precisarem de supervisão constante, Pamela se tornara uma daquelas mulheres que faziam boas ações. (Ursula não a criticava, ao contrário.) Tornou-se juíza de paz e, com o tempo, chegou à magistratura, era ativa em obras beneficentes e, no ano anterior, conquistara um posto no conselho local como independente. E havia a casa para cuidar (embora tivesse "uma mulher que ajudava") e o jardim enorme. Em 1948, quando foi criado o Serviço Nacional de Saúde, Harold assumiu a antiga prática do dr. Fellowes. A aldeia crescera ao redor, havia cada vez mais casas. O prado desaparecera, o bosque também, muitos lotes da propriedade rural de Ettringham Hall foram vendidos a um empreendedor. A propriedade em si estava desocupada e bastante negligenciada. (Falava-se num hotel.) A pequena estação ferroviária recebera de Beeching a sentença de morte e fora fechada havia dois meses, apesar de uma heroica campanha para mantê-la em funcionamento, liderada por Pamela.

— Mas ainda é lindo por aqui — ela disse. — Cinco minutos a pé e você está em plena zona rural. E a floresta está intacta. Ainda.

Sarah. Levaria Sarah ao concerto da BBC. A recompensa de Pamela pela paciência — uma filha nascida em 1949. Estava prestes a ir para a Universidade de Cambridge depois do verão — ciências —, e era inteligente, polivalente como a mãe. Ursula era extremamente apaixonada por Sarah. Ser tia ajudara a pôr uma pedra sobre a caverna aberta em seu coração com a perda de Teddy. Costumava agora pensar com frequência — se ao menos tivesse tido um filho... Teve casos ao longo dos anos, embora nada muito emocionante (a culpa, a falta de "comprometimento", sobretudo por parte dela, claro), mas nunca engravidou, nunca foi mãe ou esposa, e só quando percebeu que era tarde demais, que nunca mais poderia acontecer, compreendeu o que havia perdido. A vida de Pamela continuaria depois da morte, seus descendentes se disseminando pelo mundo como as águas de um delta, mas quando Ursula morresse seria apenas o fim. Um riacho que secaria.

Houve flores também, outra obra de Jacqueline, Ursula deduziu.

Sobreviveram à noite no bar, graças aos céus. Lindos lírios cor-de-rosa que agora enfeitavam seu aparador, o cheiro perfumando o ambiente. A sala de estar dava para oeste, que absorvia o sol da tarde. Ainda estava claro lá fora, as árvores nos jardins compartilhados estavam no auge de novos brotos. Era um bom apartamento, perto do Oratório de Brompton, e ela usara todo o dinheiro deixado por Sylvie em sua compra. Havia uma pequena cozinha e um banheiro, ambos modernos, mas ela evitava o moderno em termos de decoração. Depois da guerra, comprara móveis antigos, simples e de bom gosto, quando ninguém queria aquele tipo de coisa. Tapetes de um verde pálido cobriram todo o piso e as cortinas eram do mesmo tecido que cobria os estofados — uma estamparia Morris, uma das mais delicadas. As paredes foram pintadas com um leve tom de limão que fazia o lugar parecer claro e arejado mesmo em dias chuvosos. Havia algumas peças de Meissen e Worcester — compoteiras e um conjunto de vasos de porcelana — compradas a preços mais baixos depois da guerra, e sempre havia flores, Jacqueline sabia disso.

A única nota destituída de beleza era dada por um casal de raposas Staffordshire, criaturas de um tom berrante de laranja, cada uma delas com um coelho morto pendendo das mandíbulas, compradas anos antes em Portobello Road, por quase nada. Faziam-na pensar na Toca da Raposa.

— Eu adoro vir aqui — disse Sarah. — Você tem coisas tão bonitas e está tudo sempre tão limpo e arrumado, tão diferente lá de casa.

— A gente pode se dar ao luxo de ser limpa e arrumada quando se mora sozinha — argumentou Ursula, lisonjeada com o elogio.

Achava que deveria fazer um testamento, deixar seus bens materiais para alguém. Gostaria que Sarah ficasse com o apartamento, mas a lembrança do desastre que se abateu sobre a Toca da Raposa com a morte de Sylvie a fazia hesitar. Deveria alguém demonstrar tão definitivo favoritismo? Talvez não. Seria melhor dividir seus bens entre todos os sete sobrinhos e sobrinhas, mesmo aqueles dos quais não gostava, ou os que nunca vira.

Jimmy, claro, nunca se casou ou teve filhos. Morava agora na Califórnia.

— Ele é homossexual, você sabe disso, não sabe? — disse Pamela. — Ele sempre teve alguma tendência.

Era informação, e não censura, mas ainda havia um leve prurido em suas palavras e algum laivo de presunção, como se ela fosse mais capaz de lidar com liberalidades. Ursula se perguntou se ela saberia de Gerald e as "tendências" *dele*.

— Jimmy é só Jimmy — ela disse.

Na semana anterior, voltou do almoço e encontrou uma cópia do *The Times* em cima de sua mesa. O jornal havia sido dobrado de modo a que apenas os obituários ficassem à mostra. Havia uma fotografia de Crighton fardado, tirada antes de eles terem se conhecido. Esquecera-se de como ele era bonito. Era um artigo bastante extenso, mencionando Jutland, é claro. Soube que a esposa Moira morrera antes dele, que tinha vários netos e era apreciador de golfe. Ele sempre odiara golfe, e ela se perguntou quando teria ocorrido aquela conversão. E quem poderia ter deixado aquele *The Times* em sua mesa? Quem, tantos anos depois, teria pensado em lhe contar? Não fazia ideia e supôs que nunca saberia. Houve uma época, quando tinham um caso, em que ele costumava deixar recados em sua mesa, *billets-doux*[66] um pouco obscenos, que apareciam como por magia. Talvez a mesma mão invisível lhe tivesse deixado o *The Times*, tantos anos depois.

— O homem do Almirantado morreu — ela contou a Pamela. — Claro, todo mundo morre um dia.

— Eis aí uma verdade incontestável — riu Pamela.

— Não, quero dizer, todo mundo que já conhecemos, inclusive nós mesmos, estará morto um dia.

— Ainda uma verdade incontestável.

— *Amor fati* — disse Ursula. Nietzsche escrevia sobre isso o tempo todo. Eu não entendi, achei que fosse "a maior parte". Você se lembra de que eu ia a um psiquiatra? O dr. Kellet? Ele era, no fundo, um filósofo.

— Amor ao destino?

— Significa aceitação. Aconteça o que acontecer com você, aceite, tanto o bom quanto o ruim. A morte é só mais uma coisa a ser aceita, imagino.

[66] Bilhetinhos de amor. (N. T.)

— Isso parece budismo. Eu já contei que Chris está indo para a Índia? Para uma espécie de mosteiro, um retiro, é como ele chama. Ele acha difícil se concentrar em alguma coisa, desde Oxford. É um "hippie", ao que parece.

Ursula pensou que Pamela era muito indulgente com seu terceiro filho. Achava Christopher um tanto sinistro. Tentou encontrar uma palavra mais generosa, mas não conseguiu. Ele era uma daquelas pessoas que encaravam os outros com um sorriso expressivo no rosto, como se de alguma forma fosse intelectual e espiritualmente superior, quando era apenas socialmente inepto.

O cheiro dos lírios, adorável ao serem colocados na água, começava a fazê-la se sentir meio enjoada. A sala estava abafada. Deveria abrir uma janela. Levantou-se, a fim de levar o prato para a cozinha, e foi no mesmo instante atingida por uma dor ofuscante na têmpora direita. Precisou se sentar de novo e esperar que passasse. Estava tendo aquelas dores havia semanas. Uma dor aguda e, depois, peso e zumbido na cabeça. Ou, às vezes, só uma terrível dor latejante. Achou que pudesse ser hipertensão, mas, depois de uma bateria de exames, o veredicto do hospital foi nevralgia, "talvez". Deram-lhe analgésicos fortes e disseram que era evidente que se sentiria melhor agora que se aposentara. — Terá tempo para relaxar, fique calma — disse o médico naquele tom de voz especial, reservado aos idosos.

A dor passou, e ela se levantou com cuidado.

O que *faria* com seu tempo? Cogitou mudar-se para o campo, um pequeno chalé, participar da vida da aldeia, talvez em algum lugar nas vizinhanças de Pamela. Pensou em St Mary Mead, ou na Fairacre de miss Read[67]. Quem sabe *ela* poderia escrever um romance? Preencheria o tempo. E ter um cachorro, já era hora de ter outro cachorro. Pamela tinha golden retrievers, uma série deles, um substituindo o outro e bastante indistinguíveis aos olhos de Ursula.

Lavou as poucas panelas. Pensou que deveria se deitar cedo, fazer um Ovomaltine e levar seu livro para a cama. Estava lendo *Os comediantes,* de Greene. Talvez precisasse mesmo de mais descanso, mas ultimamente come-

[67] Pseudônimo de Dora Jessie Saint (1913-2012), escritora inglesa, conhecida por seus romances ambientados na zona rural da Inglaterra. (N. T.)

çara a ter um pouco de medo de dormir. Tinha sonhos tão vívidos que às vezes era difícil aceitar que não fossem reais. Várias vezes, nos últimos tempos, achava que alguma coisa bizarra tinha acontecido com ela, quando era óbvio, era lógico, que não. E quedas. Estava sempre caindo em seus sonhos, de escadas e de penhascos, era uma sensação muito desagradável. Seria aquilo o primeiro sinal de demência? O começo do fim. O fim do começo.

Da janela do quarto, podia ver uma lua cheia surgindo. A rainha-lua de Keats, pensou. *Suave é a noite*. A dor de cabeça voltou. Ela encheu um copo com água da torneira e engoliu dois analgésicos.

— Mas, se Hitler tivesse sido morto, antes de se tornar chanceler, isso teria acabado com todo o conflito entre árabes e israelenses, não teria?

A Guerra dos Seis Dias, como a chamaram, chegara ao fim, com os israelenses decisivamente vitoriosos.

— Quero dizer, eu entendo por que os judeus queriam criar um estado independente e defendê-lo com fervor — continuou Ursula —, e eu sempre tive simpatia pela causa sionista, mesmo antes da guerra, mas também posso compreender por que os países árabes se sentem tão ultrajados. Se Hitler tivesse sido incapaz de implementar o Holocausto...

— Porque estaria morto?

— É, porque estaria morto. Então o apoio para uma pátria judaica seria no mínimo fraco...

— A história está cheia de "e se" — disse Nigel. O primogênito de Pamela, seu sobrinho preferido, era professor de história em Brasenose, o antigo colégio de Hugh.

Levara-o para almoçar no Fortnum's.

— É bom ter uma conversa inteligente com alguém — disse. — Eu estava de férias no sul da França com minha amiga Millie Shawcross, você a conheceu? Não? Não que ela ainda se chame assim, já passou por vários maridos, cada um mais rico que o anterior.

Millie, uma "noiva da guerra", saíra correndo da América tão logo tinha sido possível, e aquela sua nova família era de "tropeiros", dissera. Voltou a "pisar a ribalta" e teve vários relacionamentos desastrosos antes de dar o golpe do baú na figura de um descendente de uma família de petroleiros em exílio fiscal.

— Ela mora em Mônaco. O país é *incrivelmente* pequeno, eu não fazia ideia. E ela está muito boboca hoje em dia. Eu estou falando demais, não é?

— Nem um pouco. Posso servir mais água?

— Gente que vive sozinha tem tendência a falar demais. Vivemos sem restrições, verbais pelo menos.

Nigel sorriu. Ele usava óculos austeros e tinha o adorável sorriso de Harold. Quando tirou os óculos para limpá-los em seu guardanapo, pareceu muito jovem.

— Você parece tão moço — disse Ursula. — Você *é* moço, claro. Eu estou me comportando como uma tia velha amalucada?

— Por Deus, não! — ele exclamou. — Você é simplesmente a pessoa mais inteligente que eu conheço.

Ela passou manteiga num pãozinho, sentindo-se bastante encantada com o elogio.

— Uma vez alguém me disse que a percepção posterior é uma coisa maravilhosa, que sem ela não haveria história.

— É provável que seja verdade.

— Mas pense como as coisas seriam diferentes — insistiu Ursula. — A Cortina de Ferro talvez não tivesse caído e a Rússia não teria sido capaz de devorar a Europa Oriental.

— Devorar?

— *Foi* ganância pura. E os americanos não se teriam recuperado da Depressão com tanta rapidez sem uma economia de guerra e, em consequência, não teriam exercido tanta influência sobre o mundo pós-guerra...

— Uma quantidade enorme de gente ainda estaria viva.

— Claro, sem dúvida. E toda a face cultural da Europa seria diferente por causa dos judeus. E pense em todas as pessoas desalojadas, se mudando de um país para outro. E a Grã-Bretanha ainda teria um império, ou pelo menos não o teríamos perdido com tanta precipitação... Eu não estou dizendo que um poder imperial seja uma boa coisa, é óbvio. E nós mesmos não teríamos falido e passado por tantas dificuldades nos recuperando, financeira e psicologicamente. E sem o Mercado Comum...

— Que não vai nos abandonar de qualquer maneira.

— Pense em como a Europa seria forte! Mas talvez Goering, ou Himmler, interviessem... E tudo teria acontecido exatamente da mesma maneira.

— Talvez. Mas os nazistas eram um partido marginal quase até eles tomarem o poder. Eram todos psicopatas fanáticos, mas nenhum deles tinha o carisma de Hitler.

— Ah, eu sei — disse Ursula. — Ele era extraordinariamente carismático. As pessoas falam de carisma como se fosse uma coisa boa, mas é uma espécie de encanto; no velho sentido da palavra, um feitiço lançado, entende? Acho que eram os olhos, ele tinha os olhos *mais* convincentes... Se você olhasse dentro deles, sentiria que estava se colocando em posição de correr o risco de acreditar...

— Você o *conheceu*? — Nigel perguntou, espantado.

— Bem — disse Ursula —, não exatamente. Gostaria de uma sobremesa, querido?

Era julho, e estava quente como Hades, enquanto ela voltava a pé do Fortnum's por Piccadilly. Até as cores pareciam quentes. Tudo era brilhante naqueles dias — coisas brilhantes e jovens. Havia meninas em seu escritório cujas saias pareciam bandôs. Os jovens dessa época tinham tanto *entusiasmo* por eles mesmos, como se tivessem inventado o futuro. Eram a geração pela qual a guerra lutara e exibiam levianamente a palavra "paz" por aí, como se fosse um slogan publicitário. Não passaram por uma guerra (— E isso é bom —, ela ouviu de Sylvie, — não importa quão insatisfatórios se tenham tornado.). Tinham recebido, como nas palavras de Churchill, o título de propriedade da liberdade. O que faziam com ele era problema deles, ela supunha. (Que velha ranzinza ela soava, transformara-se na pessoa que sempre acreditou que nunca seria.)

Achou que deveria ir pelo parque e atravessou a rua em direção ao Green Park. Sempre caminhava pelos parques aos domingos, mas estava aposentada, e todos os dias eram domingo, pensou. Continuou em frente, passou pelo palácio e entrou no Hyde Park, comprou um sorvete num quiosque perto da

Galeria Serpentine e decidiu que deveria alugar uma espreguiçadeira. Estava terrivelmente cansada, o almoço parecia ter acabado com ela.

Deve ter cochilado — toda aquela comida. Os barcos estavam na água, as pessoas pedalavam, rindo e brincando. Ai, droga, pensou, podia sentir uma dor de cabeça chegando e não tinha analgésicos na bolsa. Talvez pudesse pegar um táxi em Carriage Drive, jamais conseguiria ir para casa com esse calor, não com dor. Mas, então, a dor diminuiu em vez de aumentar, o que não era a progressão habitual de suas dores de cabeça. Fechou os olhos de novo, o sol ainda estava quente e brilhante. Sentia-se maravilhosamente indolente.

Era estranho dormir rodeada de pessoas. Isso deveria fazê-la se sentir vulnerável, mas, ao contrário, era uma espécie de conforto. Como era a expressão de Tennessee Williams? *A bondade de estranhos*. O canto do cisne de Millie nos palcos, o último suspiro do cisne moribundo, tinha sido fazer Blanche DuBois numa produção de 1955 em Bath.

Permitiu que o zumbido e o burburinho do parque a ninassem. Viver não era tornar-se, não é mesmo? Era ser. O dr. Kellet teria aprovado esse pensamento. E tudo era efêmero, ainda que tudo fosse eterno, pensou, sonolenta. Um cachorro latiu em algum lugar. Uma criança chorou. A criança era dela, podia sentir o peso delicado da criança em seu colo. Era uma sensação maravilhosa. Sonhava. Estava num prado — linho e esporinhas, botões de ouro, papoulas do campo, candelárias vermelhas e margaridinhas... e campânulas extemporâneas. As excentricidades do mundo dos sonhos, pensou, e ouviu o som do carrilhãozinho portátil de Sylvie batendo meia-noite. Alguém cantava, uma criança, uma vozinha esganiçada acompanhando a melodia, *eu tinha uma arvorezinha e não brotava nada. Muskatnuss*, pensou — noz-moscada em alemão. Tentava se lembrar daquela palavra havia anos e, de repente, ela surgia.

Agora estava num jardim. Podia ouvir o delicado tilintar de xícaras sobre pires, os rangidos e estalidos de um cortador de grama, e podia sentir o cheiro do perfume ardido e adocicado de cravos-da-índia. Um homem levantou-a e jogou-a para o ar e cubos de açúcar se espalharam por um gramado. Era outro mundo, mas era este. Permitiu-se um risinho, ainda que sua opinião de pessoas que riam de si mesmas em público fosse de que deviam ser loucas.

Apesar do calor do verão, a neve começou a cair, o que era o tipo de coisa que acontecia em sonhos, afinal. A neve começou a cobrir-lhe o rosto, o ar estava adorável e fresco naquele clima. E então estava caindo, caindo na escuridão, negra e profunda...

Mas ali estava outra vez a neve — branca e acolhedora, a luz como uma espada afiada perfurando as cortinas pesadas, e ela estava sendo erguida, embalada em braços macios.

— Vou chamá-la de Ursula — disse Sylvie. — O que você acha?

— Eu gosto — disse Hugh. — O rosto dele flutuou, uma visão. O bigode aparado e as costeletas, os amáveis olhos verdes. — Seja bem-vinda, ursinha — ele disse.

O fim do começo

— Seja bem-vinda, ursinha.

Seu pai. Ela tinha os olhos dele.

Hugh andava de um lado para o outro, como era tradição, no corredor forrado com papel de parede Voysey no andar de cima, impedido de entrar no santuário. Não tinha certeza dos detalhes dos acontecimentos atrás da porta, era apenas muito grato por não esperarem que estivesse familiarizado com a mecânica do parto. Os gritos de Sylvie sugeriam tortura, se não absoluta carnificina. As mulheres eram extraordinariamente corajosas, pensava Hugh. Fumava uma série de cigarros para afugentar quaisquer melindres pouco másculos.

Os tons graves e imparciais do dr. Fellowes lhe proporcionavam algum conforto, contraposto, infelizmente, por uma espécie de histérico murmúrio celta da copeira. Onde estava a sra. Glover? Uma cozinheira podia às vezes ser de grande ajuda em situações como aquela. A cozinheira de sua infância na casa em Hampstead era imperturbável numa crise.

Uma considerável comoção se fez ouvir num dado momento, indicando grande vitória ou grande derrota na batalha travada do outro lado da porta do quarto. Hugh absteve-se de entrar sem ser convidado, e não o foi. Depois de algum tempo, o dr. Fellowes abriu a porta da sala de parto e anunciou: — Você tem uma meninazinha linda e saudável. Ela quase morreu — acrescentou como complemento.

Graças aos céus, Hugh pensou, conseguira chegar à Toca da Raposa antes que a neve fechasse as estradas. Arrastara de volta a irmã na travessia do canal, ela que parecia um gato depois de uma longa noite nos telhados. Exibia uma marca de mordida bastante dolorida na mão e se perguntava onde a irmã adquirira aqueles rompantes de selvageria. Não no quarto das crianças de Hampstead com a babá Mills.

Izzie ainda usava a falsa aliança de casamento, legado de sua vergonhosa semana num hotel parisiense com o amante, embora Hugh duvidasse que os franceses, um bando de imorais, se preocupassem com tais sutilezas.

Ela partira para o continente de saia curta e um pequeno chapéu de palha (sua mãe lhe dera uma descrição detalhada, como se Izzie fosse uma criminosa), mas voltou num vestido de Worth (como lhe repetiu muitas vezes, como se aquilo o impressionasse). Ficou também claro que o canalha estivera se aproveitando dela por algum tempo antes da fuga, pois as costuras do vestido, Worth ou não, se retesavam.

Ele arrancara sua fugitiva irmã do Hôtel d'Alsace, em Saint Germain, um *endroit* degenerado, na opinião de Hugh, o cenário da morte de Oscar Wilde, que era tudo o que se precisava saber a respeito do lugar.

Uma indecorosa discussão tivera lugar não apenas com Izzie, mas também com o patife de cujos braços Hugh a arrancou antes de puxá-la, chutando e gritando, para o belo táxi Renault de duas portas que alugara a fim de que os esperasse do lado de fora do hotel. Hugh pensou que seria uma ótima ideia ter um automóvel. Poderia comprar um com o seu salário? Conseguiria aprender a dirigir? Seria muito difícil?

Comeram um cordeiro francês rosado e bastante decente no navio e Izzie exigiu champanhe, com o que ele concordou, pois já estava exaurido demais por toda aquela história de fuga para se aborrecer com mais uma briga. Era tentador jogá-la por cima da amurada nas águas cinza-chumbo do canal.

Telegrafou para a mãe, Adelaide, de Calais, informando-a do infortúnio de Izzie, pois achou que poderia ser melhor se ela estivesse preparada antes de pôr os olhos na filha caçula, cujo estado era evidente para quem quer que a visse.

Seus companheiros de mesa no navio presumiram que os dois fossem um casal, e muitos elogios simpáticos à iminente maternidade foram feitos a

Izzie. Hugh considerou que seria melhor deixá-los pensar assim, por mais chocante que fosse, do que permitir que aqueles completos estranhos descobrissem a verdade. Assim, viu-se participando de uma absurda farsa por toda a travessia, durante a qual foi obrigado a negar a existência de sua verdadeira mulher e filhos e fazer de conta que Izzie era sua noiva criança. Tornou-se, para todos os efeitos, o rematado vilão que seduzira uma menina mal saída das fraldas (esquecendo-se, talvez, de que sua própria esposa tinha apenas dezessete anos quando ele a pedira em casamento).

Izzie, é claro, atirou-se àquela zombaria com alegria, vingando-se de Hugh ao deixá-lo tão sem graça quanto possível, dirigindo-se a ele como *mon cher mari*[68] e outras lisonjas extremamente irritantes.

— Que jovem esposa encantadora o senhor tem — gargalhou um homem, um belga, enquanto Hugh tomava ar no convés e se entregava a um cigarro pós-refeição. — Mal saída do berço e prestes a ser mãe. É a melhor maneira, tê-las bem jovens, assim se pode moldá-las da maneira como se quer que sejam.

— Seu inglês é excelente, senhor — disse Hugh, jogando a guimba do cigarro no mar e se retirando.

Um homem menor teria recorrido aos socos. Ele poderia, se pressionado, lutar pela honra de seu país, mas seria execrável se lutasse pela honra maculada de sua irresponsável irmã. (Embora fosse um pensamento inegavelmente agradável poder moldar uma mulher às nossas exatas necessidades, como os ternos sob medida de seu alfaiate em Jermyn Street.)

Fora difícil encontrar o texto certo para o telegrama à mãe, e ele enfim se resolvera por ESTAREI EM HAMPSTEAD AO MEIO-DIA PONTO ISOBEL ESTÁ COMIGO PONTO ELA ESTÁ GRÁVIDA PONTO. Era uma mensagem bastante crua, e ele talvez devesse ter gastado o dinheiro extra em alguns advérbios atenuantes. "Infelizmente" poderia ter sido um.

O telegrama (infelizmente) surtiu o oposto do efeito desejado e quando desembarcaram em Dover a resposta estava à sua espera. NÃO A TRAGA PARA MINHA CASA EM HIPÓTESE ALGUMA PONTO, o ponto final impregnado de uma

[68] Meu querido marido. (N. T.)

soturna carga de certeza que não admitia desafios. Que deixou Hugh perdido quanto ao que exatamente *deveria* fazer com Izzie. Ela era, apesar das aparências, ainda uma criança, de apenas dezesseis anos, e ele não poderia abandoná-la no meio da rua.

Ansioso por voltar o mais depressa possível à Toca da Raposa, viu-se levando a irmã com ele.

Quando afinal chegaram, congelados como bonecos de neve, foi uma Bridget alvoroçada quem lhe abriu a porta à meia-noite e disse: — Ah, não... Eu esperava que o senhor fosse o doutor, esperava mesmo.

Seu terceiro filho, ao que tudo indicava, estava a caminho.

Sua *filha*, pensou com carinho, olhando o rostinho amassado. Hugh gostava de bebês.

— Mas o que nós vamos *fazer* com ela? — irritou-se Sylvie. — Ela não vai dar à luz debaixo do meu teto.

— Nosso teto.

— Ela vai ter de dá-lo para adoção.

— A criança é parte de nossa família — disse Hugh. — O mesmo sangue corre em suas veias e nas dos meus filhos.

— *Nossos* filhos.

— Vamos dizer que a criança é adotada — resolveu Hugh. — Órfã de um parente. As pessoas não questionarão, por que o fariam?

No fim, o bebê *nasceu* sob o teto da Toca da Raposa, um menino, e quando Sylvie o viu não foi capaz de descartá-lo com tanta facilidade.

— Ele é uma coisinha realmente deliciosa — afirmou. Sylvie achava todos os bebês deliciosos.

Izzie não teve permissão para ir além do jardim enquanto durou a gravidez. Era mantida prisioneira, dizia, "como o conde de Monte Cristo". Entregou o bebê tão logo nasceu e não demonstrou mais interesse por ele, como se tudo aquilo — a gravidez, o confinamento — tivesse sido uma tarefa irritante a que a haviam coagido, e agora tivesse realizado sua parte no negócio e estivesse livre para partir. Depois de uma quinzena de cama, atendida por uma Bridget descontente, foi posta num trem de volta a

Hampstead, de onde foi despachada para uma escola de aperfeiçoamento para moças em Lausanne.

Hugh tinha razão, ninguém questionou o súbito aparecimento daquela criança excedente. A sra. Glover e Bridget juraram segredo, um juramento adoçado, sem que Sylvie soubesse, com dinheiro. Hugh conhecia o valor do dinheiro, não era banqueiro à toa. Quanto ao dr. Fellowes, esperavam poder confiar em sua discrição profissional.

— Roland — disse Sylvie. — Eu sempre gostei desse nome. *A canção de Roland*; ele era um cavaleiro francês.

— Morto em batalha, imagino — disse Hugh.

— Como a maioria dos cavaleiros, não é?

A LEBRE DE PRATA girou, brilhou e cintilou diante de seus olhos. As folhas da faia dançaram, o jardim brotou, floresceu, deu frutos, sem qualquer ajuda por parte dela. — *Dorme nenê* — Sylvie cantarolou — *lá no galho da árvore. O nenê vai cair, e o berço também.* Ursula não sucumbiu àquela ameaça e continuou em sua pequena mas destemida jornada, ao lado de seu companheiro, Roland.

Ele era uma criança de boa índole e levou algum tempo para que Sylvie percebesse que não era "exatamente a melhor coisa do mundo", como ela mesma disse a Hugh uma noite, quando ele voltou de um dia difícil no banco. Ele sabia que não havia qualquer chance de compartilhar aqueles problemas fiscais com Sylvie, mas às vezes gostava de se imaginar voltando do trabalho para o convívio com uma esposa fascinada por livros e balanços, o aumento do preço do chá, o mercado instável da lã. Uma esposa "moldada" às suas necessidades em vez da bela, inteligente e um tanto caprichosa com quem estava casado.

Isolara-se no gabinete, sentado à sua mesa com um grande uísque e um pequeno charuto, esperando ser deixado em paz. Em vão. Sylvie apareceu e se sentou à sua frente, como um cliente no banco em busca de empréstimo, e disse: — Eu acho que o filho de Izzie pode ser apalermado.

Até então ele fora Roland. Agora, aparentemente defeituoso, era outra vez de Izzie.

Hugh rejeitou aquela opinião, mas não havia como negar que, com o passar do tempo, Roland não progredia como os outros. Era lento para aprender e não parecia ter a curiosidade natural das crianças em relação ao mundo. Podia ser posto sentado num tapete defronte à lareira com um livro de pano ou tijolinhos de madeira e meia hora depois ainda estaria lá, olhando contente para o fogo (bem resguardado contra crianças) ou para Queenie, a gata, sentada a seu lado cuidando de sua limpeza (menos resguardada e muito propensa à malevolência). Qualquer tarefa simples podia ser dada a Roland e ele passava boa parte do tempo carregando de boa vontade coisas para as meninas ou Bridget, e nem mesmo a sra. Glover se furtava a enviá-lo em missões simples, como apanhar um pacote de açúcar na despensa, ou uma colher de pau num pote. Parecia improvável que ele fosse um dia para a velha escola de Hugh, ou cursasse a antiga faculdade de Hugh, e Hugh, por isso, afeiçoou-se ainda mais ao menino.

— Talvez devêssemos lhe dar um cachorro — sugeriu. — Um cão sempre faz brotar o que há de melhor num menino.

E Bosun chegou, um grande animal amigável, inclinado a cuidar e proteger, que no mesmo instante percebeu ter sido encarregado de algo importante.

Pelo menos o menino era tranquilo, pensava Hugh, ao contrário de sua mãe infernal, ou de seus dois filhos mais velhos que brigavam sem parar. Ursula, sem dúvida alguma, era diferente de todos. Era atenta, como se tentasse sorver o mundo inteiro com aqueles olhinhos verdes que eram dele e dela. Era um tanto desconcertante.

❄

O CAVALETE DO SR. Winton estava armado de frente para o mar. Ele estava bem satisfeito com o que tinha até o momento, os azuis, verdes e brancos — e os marrons escuros — do litoral da Cornualha. Várias pessoas faziam uma pausa em seus passeios pela areia para observar a pintura em andamento. Ele esperava, em vão, os elogios.

Uma pequena frota de iates brancos deslizava pelo horizonte, algum tipo de corrida, presumiu o sr. Winton. Espalhou um pouco de branco da

China em seu próprio horizonte pintado e recuou para admirar o resultado. O sr. Winton viu iates, outros podem ter visto borrões de tinta branca. Fariam um belo contraste, pensou ele, com algumas figuras na beira d'água. As duas meninas tão empenhadas em construir um castelo de areia seriam perfeitas. Mordeu a ponta do pincel enquanto olhava a tela. Como melhorá-la?, perguntou-se.

O CASTELO DE AREIA foi sugestão de Ursula. As duas deveriam construir, ela disse a Pamela, o melhor castelo de areia do mundo. Fez uma descrição tão vívida da cidadela de areia — fossos, torres e ameias — que Pamela quase podia ver as damas medievais em suas toucas acenando para os cavaleiros que trotavam em seus cavalos sobre a ponte levadiça (um pedaço de madeira precisava ser encontrado para aquela finalidade).

Dedicavam-se à tarefa com compenetrada energia, embora estivessem ainda no estágio de infraestrutura, cavando um fosso duplo que, com a mudança da maré, receberia a água do mar e protegeria aquelas damas com toucas de violentos assédios (vindos de alguém como Maurice, inevitavelmente). Roland, seu sempre prestativo lacaio, foi despachado para vasculhar a praia à procura de pedras decorativas e da importantíssima ponte levadiça.

Estavam um pouco adiante de onde se sentavam Sylvie e Bridget, imersas em seus livros, enquanto o novo bebê, Edward — Teddy —, dormia sobre uma manta colocada sobre a areia, protegido por um guarda-sol. Maurice dragava as piscinas naturais nas rochas, na extremidade da praia. Fizera novos companheiros, rudes meninos locais com quem foi nadar e escalar as falésias. Meninos, para Maurice, eram só meninos. Ele ainda não aprendera a avaliá-los pelo sotaque e pela posição social.

Maurice tinha uma compleição indestrutível e ninguém parecia se preocupar com ele, menos ainda a mãe.

Bosun, infelizmente, fora deixado para trás com os Cole.

À moda tradicional, a areia do fosso foi empilhada num monte central, material de construção para a pretendida fortaleza. As duas meninas, encaloradas e pegajosas de tanto esforço, pararam um pouco para dar alguns passos para trás e contemplar aquela montanha disforme. Pamela estava um pouco em dúvida quanto a torres e ameias. Damas com toucas pareciam ainda mais improváveis. O monte lembrava alguma coisa a Ursula, mas o quê? Algo familiar, ainda nebuloso e indefinível, não mais que um contorno em seu cérebro. Ela era propensa àquele tipo de sensações, como se uma lembrança estivesse sendo relutantemente arrancada de seu esconderijo. Acreditava que fosse assim com todo mundo.

Então aquela sensação foi substituída pelo medo, também a sombra de uma emoção, do tipo que traz uma tempestade, ou uma névoa marítima rastejando em direção à costa. O perigo podia estar em qualquer lugar, nas nuvens, nas ondas, nos pequenos iates no horizonte, no homem pintando em seu cavalete. Ela partiu num trote deliberado para entregar seus medos a Sylvie e vê-los tranquilizados.

Ursula era uma criança peculiar, cheia de ideias problemáticas, na opinião de Sylvie. Ela estava sempre respondendo às perguntas ansiosas de Ursula — *O que faríamos se a casa pegasse fogo? Se o nosso trem batesse? Se o rio transbordasse?* Conselhos práticos, Sylvie descobrira, eram a melhor maneira de aliviar tais temores em vez de descartá-los como improváveis. (*Então, querida, nós juntaríamos nossas coisas e subiríamos no telhado até que as águas baixassem*).

Pamela voltou, estoica, a cavar o fosso. O sr. Winton estava inteiramente absorto nas precisas pinceladas necessárias ao chapeuzinho de Pamela. Que feliz coincidência aquelas duas meninas terem escolhido construir seu castelo de areia no meio de sua composição. Pensou que poderia batizar o quadro de *As escavadoras*. Ou *As escavadoras de areia*.

Sylvie cochilava sobre *O agente secreto* e não gostou muito de ser acordada.

— O que houve? — indagou. Passou os olhos pela praia e viu Pamela escavando com afinco. Gritos e algazarras selvagens sugeriam Maurice.

— Onde está Roland? — perguntou.

— Roland? — ecoou Ursula, olhando em volta à procura de seu escravo voluntário, sem conseguir vê-lo. — Ele está procurando uma ponte levadiça.

Sylvie estava em pé ansiosa, esquadrinhando a praia.

— Uma o quê?

— Uma ponte levadiça — Ursula repetiu.

Deduziram que ele devia ter visto um pedaço de madeira no mar e, obediente, nadado para apanhá-lo. Ele não tinha qualquer noção real de perigo e não sabia nadar, claro. Se Bosun estivesse de guarda na praia teria pulado nas ondas, sem se importar com risco algum e arrastado Roland de volta. Em sua ausência, *Archibald Winton, um aquarelista amador de Birmingham*, como o jornal local se referiu a ele, tentou resgatar a criança (*Roland Todd, quatro anos, em férias com a família*). Ele largara o pincel, jogara-se no mar, e tirara o menino da água, *mas, infelizmente, sem sucesso*. Aquela notícia foi cuidadosamente recortada e guardada para apreciação em Birmingham. Em oito centímetros de coluna, o sr. Winton se tornara tanto herói quanto artista. Ele se imaginou dizendo, modesto, "mas não foi nada", e, claro, não *tinha sido* nada, porque ninguém foi salvo.

Ursula observou o sr. Winton chapinhar de volta pelas ondas, trazendo nos braços o corpinho inerte de Roland. Pamela e Ursula acharam que a maré estivesse baixando, mas ela estava subindo, já enchendo o fosso e lambendo o monte de areia que logo desapareceria para sempre. Um aro sem dono passou rolando, impulsionado pela brisa. Ursula olhou fixo para o mar, enquanto atrás dela na praia um sem-número de estranhos tentava reviver Roland. Pamela chegou e se juntou a ela e se deram as mãos. As ondas começaram a rolar, cobrindo seus pés. Se ao menos não estivessem tão concentradas no castelo de areia, Ursula pensou. E tinha parecido tão *boa* ideia.

❄

— Meus sentimentos pelo seu menino, sra. Todd, patroa — murmurou George Glover. E tocou um boné invisível na cabeça.

Sylvie organizara uma expedição para observarem a safra ser colhida. Precisavam reagir àquela tristeza apática — ela dissera. Depois do afogamento de Roland, o verão perdera qualquer interesse. Roland parecia maior em sua ausência do que fora quando presente.

— *Seu* menino? — Izzie murmurou depois que deixaram George Glover entregue a seus trabalhos. Ela chegara a tempo para o funeral de Roland num elegante vestido preto de luto e chorara — Meu menino, meu menino — sobre o pequeno caixão de Roland.

— Ele era o *meu* menino — reagiu Sylvie com veemência —, e não se atreva a dizer que era seu — embora soubesse, com alguma culpa, que havia chorado menos por Roland do que teria feito por um de seus próprios filhos. Mas era natural, não era? Todo mundo parecia querer a sua posse, agora que ele se fora. (Mesmo a sra. Glover e Bridget teriam reivindicado uma pequena parte dele, se alguém as ouvisse.) Hugh ficou muito abalado com a perda do "camaradinha", mas sabia que, para o bem de sua família, precisava continuar a ser o mesmo de sempre.

Izzie se demorou por lá, para irritação de Sylvie. Estava com vinte anos, "amarrada" em casa, à espera de um ainda desconhecido futuro marido que a livrasse das "garras" de Adelaide. O nome de Roland havia sido proibido em Hampstead, e agora Adelaide declarara sua morte uma bênção. Hugh sentia pena da irmã, enquanto Sylvie passava seu tempo vasculhando a zona rural em busca de um proprietário tolo e paciente o bastante para aguentar Izzie.

NUM CALOR OPRESSIVO MARCHARAM pelos campos, escalaram degraus de pedras, chapinharam em córregos. Sylvie amarrara o bebê ao seu corpo com um xale. O bebê era um fardo pesado, embora talvez não tão pesado quanto a cesta de piquenique que Bridget carregava. Bosun caminhava obediente ao lado deles, não era um cachorro que corresse na frente, era mais inclinado a ficar atrás. Ainda estava intrigado com o desaparecimento de Roland e fazia questão de não perder mais ninguém. Izzie ficava para trás, já que qualquer entusiasmo original pelo passeio pastoral havia muito tempo se esvanecera. Bosun fazia o possível para escoltá-la.

Foi uma expedição mal-humorada, e o piquenique no final não ajudou muito quando se descobriu que Bridget se esquecera de levar os sanduíches. — Como você me faz uma coisa dessas? — disse Sylvie irritada. Em consequência, precisaram comer a torta de carne de porco que a sra. Glover mandara para George. (— Pelo amor de Deus, não contem a ela — recomendou Sylvie.) Pamela se arranhara num arbusto de sarças, Ursula caíra num canteiro de urtiga. Mesmo o habitualmente feliz Teddy estava superaquecido e inquieto.

❄

George trouxe dois minúsculos filhotinhos de coelho para verem e perguntou: — Gostariam de levá-los para casa?

E Sylvie no mesmo instante retrucou: — Não, obrigada, George. Eles vão morrer ou se multiplicar, e nada disso seria um final feliz.

Pamela ficou desolada e foi preciso lhe prometer um gatinho.

(Para surpresa de Pamela, a promessa foi cumprida e um gatinho foi devidamente adquirido na Fazenda Municipal. Uma semana depois, teve um ataque e morreu. Um funeral completo foi realizado.

— Estou amaldiçoada — declarou Pamela, num tom de melodrama que não lhe era característico.)

— É muito atraente aquele lavrador, não é? — Izzie comentou, e Sylvie reagiu: — Não! Não, sob quaisquer circunstâncias. Não!

E Izzie disse: — Não faço a menor ideia do que você está falando.

A tarde não refrescou e, depois de algum tempo, não tiveram escolha a não ser refazer o caminho de volta para casa debaixo do mesmo calor que enfrentaram na ida. Pamela, já infeliz por causa dos coelhos, pisou num espinho, Ursula teve o rosto atingido por um ramo. Teddy gritava, Izzie xingava, Sylvie cuspia fogo e Bridget disse que se não fosse pecado mortal se afogaria no primeiro córrego.

—Vejam só vocês — sorriu Hugh quando chegaram cambaleando. — Todos dourados pelo sol.

— Ora, por favor — disse Sylvie, repelindo-o. — Vou me deitar lá em cima.

— Acredito que tenhamos trovoadas hoje à noite — disse Hugh.

E tiveram. Ursula, de sono leve, foi acordada. Saiu da cama e correu à janela do sótão, subindo numa cadeira para ver lá fora.

Os trovões ecoavam como tiros à distância. O céu, purpúreo e carregado de presságios, foi de repente cortado pela forquilha de um relâmpago. Uma raposa, espreitando alguma pequena presa no gramado, foi brevemente iluminada, capturada como que pelo flash de um fotógrafo.

Ursula se esqueceu de contar, e um estrondo explosivo, quase ali em cima, pegou-a de surpresa.

Era assim o som da guerra, pensou.

❄

URSULA FOI DIRETO AO ponto. Bridget, picando cebolas na mesa da cozinha, já se preparara para as lágrimas. Ursula se sentou ao lado dela e disse: — Eu estive na aldeia.

— Ah — fez Bridget, nem um pouco interessada naquela informação.

— Eu estava comprando balas — contou Ursula. — Na loja de balas.

— É mesmo? — fez Bridget. — Balas numa loja de balas? Quem poderia imaginar?

A loja vendia muitas outras coisas além de balas, mas nenhuma daquelas outras coisas tinha qualquer interesse para as crianças da Toca da Raposa.

— Clarence estava lá.

— Clarence? — confirmou Bridget. Interrompeu o que fazia à menção do amado.

— Comprando balas — afirmou Ursula. — Balas de menta — acrescentou, em nome da credibilidade, e então: — Você conhece Molly Lester?

— Conheço — disse Bridget com cautela —, ela trabalha na loja.

— Clarence a estava beijando.

Bridget se levantou da cadeira, a faca ainda na mão.

— Beijando? Por que Clarence estaria beijando Molly Lester?

— Foi o que Molly Lester disse! Ela disse: "Por que você está me beijando, Clarence Dodds, quando todo mundo sabe que você está prestes a se casar com aquela empregada que trabalha na Toca da Raposa?".

Bridget estava acostumada a melodramas e folhetins. Esperou a revelação que, como sabia, viria a seguir.

Ursula forneceu-a.

— E Clarence disse: "Ah, você está falando de Bridget. Ela não representa nada para mim. É uma garota muito feia. Eu só a estou fazendo de boba".

Ursula, já leitora precoce, também lera os romances de Bridget e aprendera o desenrolar da trama.

A faca foi atirada ao chão com um uivo do demônio da morte. Pragas irlandesas foram lançadas com liberalidade.

— O maldito! — disse Bridget.

— Um pusilânime patife — concordou Ursula.

O anel de noivado, o pequeno anel cigano ("uma bugiganga"), foi devolvido por Bridget a Sylvie. Os protestos de inocência de Clarence não foram considerados.

— Você pode ir a Londres com a sra. Glover — Sylvie disse a Bridget. — Para as comemorações do armistício, você sabe. Acredito que haja trens noturnos.

A sra. Glover declarou que não chegaria nem perto da capital por conta da gripe e Bridget disse que esperava muito que Clarence fosse, de preferência com Molly Lester, e que os dois contraíssem a gripe espanhola e morressem.

Molly Lester, que jamais trocara quaisquer palavras com Clarence além de um inocente "Bom dia, senhor, em que posso ajudar?", compareceu a uma pequena festa de rua na aldeia, mas Clarence, de fato, foi para Londres com dois amigos e, de fato, morreu.

— Mas pelo menos ninguém foi empurrado escada abaixo — disse Ursula.

— Do que você está falando? — estranhou Sylvie.

— Não sei — disse Ursula.

Realmente não sabia.

A pertubação vinha dela mesma. Sonhava o tempo todo em voar e cair. Às vezes, em pé numa cadeira para espiar pela janela do quarto, sentia muita vontade de escalar a janela e se jogar lá embaixo. Não cairia no chão com um baque e se despedaçaria como uma maçã madura, tinha certeza de que, em vez disso, seria recolhida. (Mas pelo quê?, perguntava-se.) Absteve-se de testar essa teoria, ao contrário da pobre dama de crinolina de Pamela, lançada pela mesma janela do quarto por um malignamente entediado Maurice numa hora do lanche no inverno.

Ao ouvi-lo chegar pelo corredor — anunciado em alto e bom som por gritos de guerra indígenas —, Ursula colocara depressa sua própria favorita, a rainha Solange, a boneca de tricô, debaixo do travesseiro, onde ela permaneceu a salvo em seu refúgio enquanto a pobre dama de crinolina era defenestrada e feita em pedaços na ardósia.

— Eu só queria ver o que aconteceria — choramingou Maurice depois para Sylvie.

— Agora você sabe — foi a resposta de Sylvie, que achou histérica a reação de Pamela àquele incidente que não passara de uma experienciazinha. "Estamos no meio de uma guerra", pensou consigo mesma. "Estão acontecendo coisas bem piores que um bibelô quebrado." Não para Pamela.

Se Ursula tivesse dado a Maurice acesso à bonequinha de tricô, feita de madeira inquebrável, a dama de crinolina teria sido salva.

Bosun, que logo morreria de cinomose, farejou seu caminho até o quarto naquela noite e colocou uma pata pesada sobre as cobertas de Pamela, em sinal de simpatia, antes de cair gemendo no sono em cima do tapete de pano entre as camas das duas.

No dia seguinte, Sylvie, censurando-se por sua crueldade para com as filhas, comprou outro gatinho na Fazenda Municipal.

Havia uma permanente abundância de gatinhos na fazenda, até circulava nas vizinhanças uma espécie de moeda-gatinho, e eles eram trocados pelos pais por todo tipo de perda emocional ou mérito — uma boneca perdida, um exame bem-feito.

Apesar dos melhores esforços de Bosun para manter um olho guardião no gatinho, só o tinham havia uma semana quando Maurice pisou nele, durante uma vigorosa brincadeira de soldados com os meninos Cole. Sylvie pegou depressa o corpinho e entregou-o a Bridget para que ela o levasse para outro lugar e a morte acontecesse fora do palco.

— Foi um acidente! — Maurice gritou. — Eu não sabia que aquela coisa estúpida estava lá!

Sylvie lhe deu um tapa no rosto e ele começou a chorar. Foi horrível vê-lo tão perturbado, tinha sido realmente um acidente, e Ursula tentou confortá-lo, o que só o deixou furioso, e Pamela, é claro, perdera qualquer noção de civilização e tentava arrancar os cabelos de Maurice. Os meninos Cole há muito haviam voltado para sua própria casa, onde a calma emocional era a habitual ordem do dia.

Às vezes, era mais difícil mudar o passado do que o futuro.

❄

— Dores de cabeça — disse Sylvie.

— Eu sou psiquiatra — disse o dr. Kellet a Sylvie. — Não sou neurologista.

— E sonhos e pesadelos — tentou Sylvie.

Havia algo reconfortante no fato de estar naquela sala, pensou Ursula. Os painéis de carvalho, a lareira e seus ruídos, o tapete grosso estampado em vermelho e azul, as cadeiras de couro, até mesmo a exótica chaleira — tudo parecia familiar.

— Sonhos? — reagiu o dr. Kellet, devidamente tentado.

— Sim — disse Sylvie. — E sonambulismo.

— Eu? — perguntou Ursula, perplexa.

— E ela tem uma espécie de *déjà-vu* o tempo todo — continuou Sylvie, articulando as palavras com algum desgosto.

— É mesmo? — disse o dr. Kellet, apanhando um cachimbo esculpido em sepiolita e batendo as cinzas na lareira.

O fornilho tinha o formato de cabeça turca e parecia tão familiar quanto um velho animal de estimação.

— Ah! — disse Ursula. — Eu já estive aqui antes!

— Está vendo? — exclamou Sylvie, triunfante.

— Huumm — fez o dr. Kellet pensativo. Virou-se para Ursula e se dirigiu diretamente a ela. — Você já ouviu falar em reencarnação?

— Ah, já, sem dúvida — respondeu Ursula com entusiasmo.

— Tenho certeza de que não — aparteou Sylvie. — Isso é doutrina católica? O que *é* aquilo? — perguntou, distraída pela exótica chaleira.

— É um samovar, da Rússia — disse o dr. Kellet —, embora eu não seja russo, longe disso, sou de Maidstone, visitei São Petersburgo antes da revolução. Para Ursula, ele disse: — Gostaria de me desenhar alguma coisa? — e empurrou lápis e papel para ela. — Gostaria de um chá? — perguntou a Sylvie, que ainda fitava o samovar.

Ela recusou, desconfiada de qualquer bebida que não saísse de um bule de porcelana.

Ursula terminou o desenho e entregou-o para avaliação.

— O que é isto? — quis saber Sylvie, espiando por cima do ombro de Ursula. — Algum tipo de anel, ou diadema? Uma coroa?

— Não — disse o dr. Kellet. — É uma serpente com a cauda na boca. — Fez um gesto de aprovação com a cabeça e explicou a Sylvie: — É um símbolo que representa a circularidade do Universo. O tempo é um constructo, na realidade tudo flui, sem passado ou presente, apenas o agora.

— Que pensamento gnômico — comentou Sylvie, rígida.

O dr. Kellet juntou as mãos e apoiou nelas o queixo. — Sabe? — disse a Ursula — Acho que vamos nos dar muito bem. Você gostaria de um biscoito?

Uma coisa a intrigava. Faltava a fotografia de *Guy, perdido em Arras* em seu traje branco de jogador de críquete na mesinha lateral. Sem segundas intenções (era uma pergunta que levantava tantas outras perguntas), dirigiu-se ao dr. Kellet: — Onde está a fotografia de Guy? — e o dr. Kellet respondeu: — Quem é Guy?

Parecia que nem mesmo na instabilidade do tempo se podia confiar.

❄

— É só um Austin — explicou Izzie. — Um sedã conversível, se bem que de quatro portas, mas de modo algum tão caro quanto um *Bentley*. Céus, é definitivamente um carro para a ralé, comparado ao *seu* capricho, Hugh.

— A crédito, sem dúvida — disse Hugh.

— De jeito nenhum, totalmente pago, *em espécie*. Eu tenho um *editor*, eu tenho *dinheiro*, Hugh. Você não precisa mais se preocupar comigo.

Enquanto todos admiravam o automóvel vermelho-cereja brilhante, Millie disse: — Preciso ir, tenho uma apresentação de dança hoje à noite. Muito obrigada pelo lanche adorável, sra. Todd.

— Vamos, vou acompanhá-la — disse Ursula.

Na volta para casa, evitou o velho atalho no final dos jardins e tomou o caminho mais longo, desviando-se de Izzie que saía acelerando o carro. Izzie lhe deu um adeusinho descuidado.

— Quem era? — perguntou Benjamin Cole, jogando a bicicleta em cima de uma sebe para evitar ser morto pelo Austin. O coração de Ursula falhou, acelerou e pulou com aquela aparição. O próprio objeto de sua afeição! A razão pela qual tomara o caminho mais longo fora a improvável chance de provocar um encontro "acidental" com Benjamin Cole. E ali estava ele! Que sorte!

— Eles perderam a minha bola — disse Teddy desconsolado quando ela voltou à sala de jantar.

— Eu sei — disse Ursula. — Nós podemos procurá-la depois.

— Ei, você está toda vermelha e corada — ele observou. — Aconteceu alguma coisa?

Aconteceu alguma coisa?, ela pensou. *Se aconteceu* alguma coisa? Só o menino mais bonito do mundo inteiro me beijou *e* no dia do meu aniversário de dezesseis anos.

Ele a acompanhara, empurrando a bicicleta, e em algum momento suas mãos se esbarraram, eles ruborizaram (era poesia) e ele disse: — Você sabe que eu gosto de você, Ursula — e então, bem ali, no portão da frente (onde qualquer um poderia vê-los), ele apoiou a bicicleta na parede e puxou-a para ele. E então aconteceu o beijo! Doce e demorado, e muito mais bonito do que ela esperava, embora a tivesse deixado se sentindo... é... ruborizada. Benjamin também ficou, e se afastaram um do outro, um pouco chocados.

— Meu Deus! — ele exclamou. — Eu nunca beijei uma garota antes, não tinha noção de que pudesse ser tão... emocionante — e sacudiu a cabeça como um cachorro, como se perplexo com sua própria falta de vocabulário.

Aquele, pensou Ursula, seria para sempre o melhor momento de sua vida, não importa o que lhe acontecesse. Teriam se beijado mais, acreditava, mas naquele momento a carroça do trapeiro surgiu na curva da alameda e o quase incompreensível e monótono lamento de *trapeeeeeeiro* se intrometeu em seu romance florescente.

— Não, não aconteceu nada — respondeu a Teddy. — Eu estava me despedindo de Izzie. Você não viu o carro dela. Você teria gostado.

Teddy deu de ombros e empurrou *As aventuras de Augusto* da mesa para o chão. — Que monte de besteira! — exclamou.

Ursula pegou uma taça de champanhe meio cheia, cuja borda tinha uma marca de batom vermelho, e derramou a metade num copo de geleia que ofereceu a Teddy.

— Saúde — ela disse.

Os dois brindaram e beberam até a última gota.

— Feliz aniversário — disse Teddy.

❄

Que esplêndida vida a minha!
Maçãs maduras vêm até mim;
Os luxuriantes cachos da vinha
em meus lábios vertem seu carmim...[69]

— O que você está lendo? — perguntou Sylvie, desconfiada.

— Marvell.

Sylvie pegou o livro e examinou os versos. — Um tanto lascivo — concluiu.

— Lascivo... como essa palavra pode ser uma crítica? — Ursula riu e mordeu uma maçã.

— Tente não ser precoce — Sylvie suspirou. — Isso não é agradável numa menina. O que você vai fazer quando voltar para a escola depois das férias? Latim? Grego? Por que não literatura inglesa? Eu não entendo.

— Não entende por que não quero estudar literatura inglesa? Eu não entendo por que deva ser *estudada*. Não basta que seja *lida*?

Ela suspirou outra vez. Nenhuma de suas filhas tinha qualquer semelhança com ela. Por alguns instantes, Sylvie estava de volta ao passado, sob um brilhante céu londrino, e sentia o perfume das flores da primavera recém-refrescada pela chuva, ouvia as leves e reconfortantes batidas dos cascos de Tiffin.

— Talvez eu faça línguas modernas. Não sei. Não tenho certeza, ainda não elaborei um plano.

— Um plano?

[69] Primeira estrofe de "O jardim" de Andrew Marvell, poeta inglês (1621-1678). (N. T.)

❄

Ficaram em silêncio. A raposa entrou no silêncio, despreocupada. Maurice vivia tentando derrubá-la. Ou ele não era tão bom atirador quanto gostava de imaginar ou a raposa era mais inteligente que ele. Ursula e Sylvie preferiam o último motivo.

— Ela é tão linda — disse Sylvie. — E tem uma cauda magnífica.

A raposa se sentou, um cão à espera do jantar, os olhos nunca deixando Sylvie.

— Não tenho nada — disse Sylvie, mostrando as mãos vazias para provar o que afirmava.

Ursula esticou o braço e rolou o resto de sua maçã, devagar, para não alarmar a criatura, e a raposa trotou até a fruta, abocanhou-a desajeitada e logo lhes deu as costas e desapareceu.

— Engole qualquer coisa — disse Sylvie. — Como Jimmy.

Maurice apareceu, sobressaltando a ambas. Trazia nos braços sua nova Purdey engatilhada e perguntou, animado: — Era aquela maldita raposa?

— Veja como fala, Maurice — repreendeu Sylvie.

Ele estava em casa depois da formatura, esperando para começar seu estágio em direito e irritantemente entediado. Poderia trabalhar na Fazenda Municipal, sugeriu Sylvie, eles estavam sempre em busca de trabalhadores sazonais.

— Como lavrador nos campos? — perguntou Maurice. — Foi para isso que vocês me deram uma educação cara?

(— E por que nós *demos* a ele uma educação cara? — questionou Hugh.)

— Ensine-me a atirar, então — disse Ursula, dando um pulo e sacudindo a saia. — Vamos, eu posso usar a velha espingarda de papai.

Maurice deu de ombros e disse: — Que seja, mas meninas não sabem atirar, é fato sabido.

— Meninas são absolutamente inúteis — Ursula concordou. — Não sabem fazer *nada*.

— Você está sendo sarcástica?

— Eu?

— Muito bom para uma novata — disse Maurice com relutância.

Atiravam em garrafas em cima de um muro, perto do bosque, e Ursula acertou o alvo muito mais vezes do que Maurice.

— Você tem certeza de que nunca fez isso antes?

— O que posso dizer? — respondeu ela. — Eu aprendo depressa.

Maurice desviou, de repente, o cano de sua arma do muro para os limites do bosque e, antes que Ursula conseguisse ver o que ele estava mirando, ele já apertara o gatilho, tirando a vida de alguma coisa com uma explosão.

— Peguei a maldita praguinha, finalmente! — afirmou ele, triunfante.

Ursula partiu em disparada, mas muito antes de chegar viu o montinho de pelos ruivos. A ponta branca da bela cauda estremeceu de leve, e a raposa de Sylvie não existia mais.

Encontrou Sylvie na varanda, folheando uma revista.

— Maurice matou a raposa — contou.

Sylvie descansou a cabeça na espreguiçadeira de vime e fechou os olhos, resignada.

— Ia acabar acontecendo — ela disse. Abriu os olhos. Brilhavam, cheios de lágrimas. Ursula nunca tinha visto a mãe chorar. — Vou deserdá-lo um dia — disse Sylvie, a ideia da vingança fria já lhe secando as lágrimas.

Pamela apareceu na varanda e ergueu uma sobrancelha interrogativa para Ursula, que explicou: — Maurice matou a raposa.

— Eu espero que você tenha atirado *nele* — disse Pamela. Também falava sério.

— Acho que vou buscar papai no trem — disse Ursula quando Pamela voltou para dentro.

Não ia ao encontro de Hugh. Desde o dia do aniversário, ela se encontrava com Benjamin Cole em segredo. Ben, era como o chamava agora. No prado, no bosque, na alameda.

(Em qualquer lugar ao ar livre, parecia.

— Muito bom o clima estar ajudando o seu chamego — disse Millie, com muitos sorrisos de palhaço e subidas e descidas de sobrancelhas.)

Ursula descobriu que era ótima mentirosa. (Mas não soube sempre?) *Querem alguma coisa da loja?* ou *Só estou indo colher framboesas na alameda.* Seria tão terrível se as pessoas soubessem?

— Acho que a sua mãe me mataria — disse Ben.

(— Um judeu?! —, ela imaginou Sylvie exclamando.)

— E os meus pais também — continuou ele. — Somos jovens demais.

— Como Romeu e Julieta — disse Ursula. Um amor escrito nas estrelas e assim por diante.

— Só que não vamos morrer por amor — ponderou Ben.

— Seria um mau motivo para morrer? — avaliou Ursula.

— Seria.

As coisas começaram a esquentar entre eles, um monte de dedos desastrados e gemidos (por parte dele). Não achava que pudesse "reprimir" por muito mais tempo, ele afirmava, mas ela não sabia ao certo o que exatamente ele precisava reprimir. Amar não significava que não deviam reprimir nada? Ela esperava que fossem se casar. Precisaria se converter? Tornar-se uma "judia"?

Andaram até o prado onde se deitaram nos braços um do outro. Era muito romântico, Ursula pensou, a não ser a grama que fazia cócegas e as margaridinhas que a faziam espirrar. Sem falar no jeito como Ben de repente se mexeu até ficar em cima dela, e então ela se sentiu como se estivesse num caixão cheio de terra. Ele entrou numa espécie de espasmo que ela pensou que poderia ser um prelúdio de morte por apoplexia, e ela acariciou o cabelo dele como se ele fosse um inválido e perguntou preocupada: — Você está bem?

— Desculpe — ele disse. — Eu não queria fazer isso. (Mas o que ele tinha feito?)

— Eu já deveria estar de volta — lembrou Ursula. Levantaram-se e tiraram pedaços de grama e flores das roupas um do outro antes da volta para casa.

Ursula se perguntou se teria perdido o trem de Hugh. Ben olhou para o relógio e disse: — Ai, eles já devem estar em casa há séculos.

(Hugh e o sr. Cole viajavam no mesmo trem de Londres.)

Saíram do prado e subiram os degraus até o pasto do gado leiteiro que margeava a alameda. As vacas ainda não tinham voltado da ordenha.

Ele lhe deu a mão nos degraus e beijaram-se de novo. Quando se soltaram, perceberam um homem caminhando pelo outro lado do pasto, que dava para o bosque. Ia em direção à alameda — uma criatura maltrapilha, um vagabundo talvez — mancando o mais rápido que podia. Ele olhou em volta e, quando os viu, mancou ainda mais depressa. Tropeçou num tufo de grama, mas não demorou a se recuperar e logo estava outra vez em pé, trotando em direção ao portão.

— Que sujeito de aparência mais suspeita — caçoou Ben. — Eu me pergunto o que ele andou fazendo.

— O JANTAR ESTÁ servido, você está muito atrasada — disse Sylvie. — Onde estava? A sra. Glover fez de novo aquela pavorosa vitela *à la russe*.

— MAURICE MATOU A raposa? — perguntou Teddy, seu rosto era a imagem da decepção.

E assim foi dali em diante, uma discussão mal-humorada entre todos à mesa do jantar só por causa de uma raposa morta, pensou Hugh. "São pragas", teve vontade de dizer, mas não quis alimentar o frenesi de emoções que se desencadeara. Em vez disso, pediu: — Por favor, não vamos falar disso durante o jantar, já é bem difícil tentar digerir esta coisa.

Mas falariam. Tentou ignorá-los, continuando sua lida com as costeletas de vitela (Será que a sra. Glover alguma vez provou isto?, perguntou-se). Ficou aliviado por serem interrompidos por uma batida à porta.

— Ah, major Shawcross — exclamou Hugh —, por favor entre.

— Ah, por Deus, eu não quero interrompê-lo à mesa — disse o major Shawcross, parecendo estranho. — Eu só queria saber se o seu Teddy teria visto a nossa Nancy.

— Nancy? — repetiu Teddy.

— É — disse o major Shawcross. — Não conseguimos encontrá-la em lugar algum.

NÃO SE ENCONTRARAM MAIS no bosque, na alameda ou no prado. Hugh impôs um rigoroso toque de recolher depois que o corpo de Nancy foi descoberto, e tanto Ursula quanto Ben foram atingidos por uma culpa apavorante. Se tivessem chegado em casa quando deveriam, se tivessem cruzado aquele pasto ao menos cinco minutos antes em vez de se atrasarem, poderiam tê-la salvado. Mas, enquanto serpenteavam despreocupados de volta, Nancy já estava morta, jogada num velho cocho de gado na parte alta do pasto.

De fato, assim como Romeu e Julieta, tudo terminara em morte. Nancy foi sacrificada pelo amor deles.

— Foi uma coisa terrível — disse-lhe Pamela. — Mas a responsabilidade não é sua, por que está se comportando como se fosse?

Porque era. Sabia disso agora.

Alguma coisa estava dilacerada, quebrada, a forquilha de um relâmpago cortando um céu carregado.

Em meados de outubro, foi passar alguns dias com Izzie.

Estavam sentadas no Salão de Chá Russo em South Kensington.

— A clientela daqui é terrivelmente retrógrada — disse Izzie —, mas eles fazem as panquecas mais maravilhosas do mundo.

Havia um samovar. (Foi o samovar que a transtornou, com seus ares de dr. Kellet? Pareceria absurdo se fosse.) Tinham terminado o chá e Izzie disse:
— Espere só um segundo, vou retocar a maquiagem. Peça a conta, está bem?

Ursula esperava, paciente, que ela voltasse quando, de repente, o terror baixou, veloz como um falcão predador. Um pavor antecipatório de algo desconhecido, mas extremamente ameaçador. Vinha à procura dela, ali, em meio ao educado tilintar da colher de chá no pires. Levantou-se, derrubando a cadeira. Sentiu uma vertigem e havia um véu de neblina diante de seu rosto. Como bomba de poeira, pensou, embora jamais tivesse sido bombardeada.

Abriu caminho através do véu, saindo do Salão de Chá Russo para a Harrington Road. Começou a correr e continuou correndo em direção à Brompton Road e depois, às cegas, à Egerton Gardens.

Já estivera ali. Nunca estivera ali.

Havia sempre algo logo depois do campo de visão, logo depois da esquina, algo que ela nunca poderia perseguir — algo que *a* estava perseguindo. Ela era tanto o caçador quanto a caça. Como a raposa. Continuou e tropeçou em alguma coisa, caindo em cima do nariz. A dor era absurda. Sangue por toda parte. Sentou-se na calçada e chorou por causa de toda aquela agonia. Não percebera que havia alguém na rua, mas então, por trás dela, uma voz de homem disse: — Minha nossa! Que coisa horrível aconteceu com a senhorita. Deixe-me ajudá-la. Sua linda echarpe turquesa está toda manchada de sangue. É essa a cor, ou é água-marinha? Meu nome é Derek, Derek Oliphant.

Conhecia aquela voz. Não conhecia aquela voz. O passado parecia *vazar* para o presente, como se houvesse uma fenda em algum lugar. Ou seria o futuro transbordando para dentro do passado? De qualquer maneira era um pesadelo, como se sua obscura paisagem interior se tornasse visível. O interior tornado exterior. O tempo estava fora do lugar, isso era certo.

Cambaleou ao ficar em pé, mas não se atreveu a olhar em volta. Ignorando a dor pavorosa, continuou a correr. Estava em Belgravia, antes de perder totalmente as forças. Aqui também, pensou. Já estivera ali. Nunca estivera ali. Desisto, pensou. Seja o que for, pode me dominar. Caiu de joelhos no chão duro e se encolheu como uma bola. Uma raposa sem toca.

Deve ter desmaiado, porque quando abriu os olhos estava numa cama, num quarto pintado de branco. Havia uma grande janela e, do outro lado da janela, uma castanheira que ainda não perdera as folhas. Virou a cabeça e viu o dr. Kellet.

— Você quebrou o nariz — disse o dr. Kellet. Achamos que deve ter sido atacada por alguém.

— Não — disse ela. Eu caí.

— Um vigário a encontrou. Ele a levou de táxi para o St George's Hospital.

— Mas o que *o senhor* está fazendo aqui?

— Seu pai entrou em contato comigo — explicou o dr. Kellet. — Ele não sabia a quem mais pedir ajuda.

— Eu não entendo.

— Quando chegou ao St George, você não parava de gritar. Eles acharam que alguma coisa terrível deveria ter acontecido com você.

— Aqui não é o St George, é?

— Não — ele respondeu com delicadeza. — Esta é uma clínica particular. Descanso, boa comida e assim por diante. Eles têm belos jardins. Eu sempre acho que um belo jardim ajuda, você não acha?

— O tempo não é circular — ela disse ao dr. Kellet. É como um... palimpsesto.

— Ah, querida — ele retrucou —, isso parece muito perturbador.

— E as lembranças estão muitas vezes no futuro.

— Você é uma alma antiga — disse ele. — Não deve ser fácil. Mas a sua vida ainda está à sua frente. Precisa ser vivida.

Ele não era o seu médico, estava aposentado, explicou, era "só uma visita".

O sanatório a fazia se sentir como se tivesse um caso brando de tuberculose. Sentava-se na varanda ensolarada durante o dia e lia inúmeros livros, e serventes lhe traziam comida e bebida. Perambulava pelos jardins, tinha conversas amenas com médicos e psiquiatras, falava com os outros pacientes (do seu andar, pelo menos. Os loucos de verdade estavam no sótão, como a sra. Rochester[70]). Havia até mesmo flores frescas em seu quarto e uma tigela de maçãs. Devia estar custando uma fortuna mantê-la ali, imaginava.

— Isto deve ser muito caro — disse a Hugh quando ele a visitou, o que fazia com frequência.

— Izzie está pagando — ele explicou. — Ela fez questão.

O DR. KELLET ACENDEU o cachimbo, pensativo. Estavam sentados no terraço. Ursula achava que ficaria muito feliz em passar o resto de sua vida ali. Era tão gloriosamente sem desafios.

— *E ainda que eu tenha o dom da profecia, e conheça todos os mistérios e toda a ciência...* — citou o dr. Kellet.

— *E ainda que eu tenha toda a fé, a ponto de poder remover montanhas, e não tenha caridade, nada sou...* — completou Ursula.

— *Caritas*, claro, é amor. Mas você saberá.

— Eu não sou desprovida de caridade — disse Ursula. Por que estamos citando os Coríntios? Achei que o senhor fosse budista.

[70] Personagem de *Jane Eyre*, romance de Charlotte Brontë. (N. T.)

— Ah, eu não sou nada — disse o dr. Kellet. E sou tudo também, é claro — acrescentou, um tanto elíptico, na opinião de Ursula. — A questão é — continuou ele, já é o bastante, para você?

— Bastante de quê?

A conversa fugira ao seu alcance, mas o dr. Kellet estava ocupado com as exigências do cachimbo de sepiolita e não respondeu. O lanche os interrompeu.

— Fazem um excelente bolo de chocolate aqui — observou o dr. Kellet.

❄

— Sentindo-se melhor, ursinha? — perguntou Hugh, gentil, ao ajudá-la a entrar no carro. Levara o Bentley para apanhá-la.

— Estou — disse ela. — Completamente.

— Ótimo. Vamos embora. A casa não é a mesma sem você.

❄

Perdera tanto tempo precioso, mas tinha um plano agora, pensou, acordada no escuro, deitada em sua própria cama na Toca da Raposa. O plano envolveria neve, sem dúvida. A lebre de prata, a dança das folhas verdes. E assim por diante. Alemão, e não os clássicos, depois um curso de taquigrafia e datilografia, e, talvez, estudar também esperanto, só para o caso de se realizar a utopia. Associar-se a um clube de tiro local e candidatar-se a um emprego de escritório em algum lugar, trabalhar por um tempo, economizar algum dinheiro — nada inconveniente. Não queria chamar a atenção sobre si mesma, seguiria o conselho do pai, embora ele ainda não o tivesse dado, mas manteria a cabeça protegida e sua luz bem escondida. E, quando estivesse pronta, teria o suficiente para viver enquanto se introduziria em pleno coração da besta, de onde arrancaria o tumor negro que se avolumava, e se tornava maior a cada dia.

Um dia, estaria descendo a Amalienstrasse e se deteria diante da Photo Hoffmann, passaria os olhos pelas Kodaks e Leicas e Voigtländers nas vitrines, abriria a porta da loja e ouviria o retinir do sininho anunciando sua chegada para a moça atrás do balcão, que provavelmente dirá *Guten Tag, gnädiges Fräulein*, ou talvez diga *Grüss Gott*, porque estão em 1930, quando as pessoas ainda podem se dirigir umas às outras com *Grüss Gott* e *Tschüss* em vez de intermináveis *Heil Hitler* e absurdas saudações marciais.

Ursula lhe mostrará a sua velha câmera Brownie e dirá — Acho que eu não consigo rebobinar o filme, e a alegre Eva Braun de dezessete anos dirá — Deixe-me dar uma olhada.

SEU CORAÇÃO INFLOU COM a intensa santidade de tudo aquilo. Havia iminência por toda parte. Ela era ao mesmo tempo guerreira e lança brilhante. Era uma espada faiscando nas profundezas da noite, uma lança de luz penetrando a escuridão. Não haveria erros dessa vez.

Quando todos dormiam e a casa estava em silêncio, Ursula saiu da cama e subiu na cadeira junto à janela aberta do pequeno quarto do sótão.

Está na hora, pensou. Um relógio bateu em algum lugar, conivente. Pensou em Teddy e na srta. Woolf, em Roland e na pequena Angela, em Nancy e Sylvie. Pensou no dr. Kellet e em Píndaro. *Torne-se o que você é, tendo aprendido como é.* Sabia agora o que era. Era Ursula Beresford Todd e era uma testemunha.

Abriu os braços para o morcego negro e voaram um em direção ao outro, abraçando-se no ar como almas havia muito perdidas. Isto é amor, pensou Ursula. E sua prática o torna perfeito.

Seja um homem valoroso

Dezembro de 1930

Ursula sabia tudo a respeito de Eva. Sabia quanto gostava de moda, maquiagem e fofocas. Sabia que patinava e esquiava, e adorava dançar. E assim Ursula se demorou escolhendo com ela os vestidos caros na Oberpollinger antes de irem à confeitaria tomar um café com bolo, ou um sorvete no Englischer Garten, onde se sentariam e observariam as crianças no carrossel. Foi à pista de patinação com Eva e sua irmã Gretl. Foi convidada para jantar na casa dos Braun.

— Sua amiga inglesa é muito simpática — disse Frau Braun a Eva.

Disse-lhes que estava aperfeiçoando seu alemão antes de se instalar em casa para dar aulas. Eva suspirou de tédio diante da ideia.

Eva adorava ser fotografada e Ursula tirava muitas, muitas fotos dela com sua câmera Brownie, e as duas passavam tardes inteiras prendendo-as em álbuns e admirando as diferentes poses de Eva. — Você deveria estar no cinema — Ursula disse a Eva, que ficou ridiculamente lisonjeada. Ursula estudara a fundo as celebridades, não só de Hollywood como também as britânicas e alemãs, e as últimas músicas e danças. Era uma mulher mais velha, interessada numa principiante. Colocou Eva debaixo da asa, e Eva se encantou por sua nova e sofisticada amiga.

Ursula conhecia também a atração de Eva por seu "homem mais velho", para quem lançava olhares lânguidos, atrás de quem se arrastava, sentada em restaurantes e cafés, esquecida num canto enquanto ele mantinha intermináveis conversas sobre política. Eva começou a levá-la naqueles encontros — Ursula era sua melhor amiga, afinal de contas. Tudo o que Eva queria era ficar perto de Hitler. E isso era tudo o que Ursula também queria.

E Ursula sabia do Berg e do subterrâneo. E estava prestando àquela menina frívola um grande favor ao se inserir em sua vida.

E assim, como haviam se acostumado a ter Eva por perto, habituaram-se também a ver sua amiguinha inglesa. Ursula era agradável, era uma menina, era ninguém. Tornou-se tão familiar que ninguém se surpreendia quando ela aparecia sozinha e dava afetados sorrisos de admiração para o suposto grande homem. Ele aceitava a adoração com naturalidade. Deve ser mesmo incrível ter tão pouca insegurança, ela pensava.

Mas, ó deuses, era entediante. Tanta bazófia pairando no ar acima das mesas no Café Heck ou na Osteria Bavaria, como fumaça saindo de fornos. Era difícil acreditar, daquela perspectiva, que Hitler devastaria o mundo em poucos anos.

Fazia mais frio que o normal para aquela época do ano. Na noite anterior, uma poeira de neve, como o açúcar de confeiteiro nas tortinhas da sra. Glover, fora peneirada sobre Munique. Havia uma grande árvore de Natal na Marienplatz, e o adorável perfume de agulhas de pinheiro e castanhas assadas circulava por toda parte. A elegância festiva tornava Munique mais parecida com contos de fadas do que a Inglaterra jamais poderia almejar.

O ar gelado era revigorante e ela caminhava em direção ao café com maravilhosa determinação, ansiosa por uma xícara de *Schokolade*, quente e grosso com creme.

No interior, o café estava enfumaçado e bastante desagradável depois do frio cintilante das ruas. As mulheres usavam peles e Ursula desejou ter levado o vison de Sylvie. Sua mãe nunca o usava, e o casaco estava agora abandonado no guarda-roupa, embalado com naftalina.

Ele estava numa mesa no outro extremo da sala, rodeado pelos discípulos habituais. Eram um grupo feio, ela pensou, e riu consigo mesma.

— *Ah. Unsere Englische Freundin* — ele exclamou ao vê-la. — *Guten Tag, gnädiges Fräulein.*

Com um leve estalar de dedos, expulsou um acólito de aspecto imaturo da cadeira em frente e ela se sentou. Ele parecia irritado.

— *Es schneit* — disse ela. — Está nevando.

Ele deu uma olhada para a janela, como se não tivesse percebido o clima. Comia *Palatschinken*. Pareciam boas, mas, quando o garçom alvoroçado se aproximou, ela pediu *Schwarzwälder Kirschtorte* para acompanhar o chocolate quente. Estava delicioso.

— *Entschuldigung* — murmurou, inclinando-se para alcançar a bolsa em busca de um lenço. Cantos de renda, monograma com suas iniciais, UBT, presente de aniversário de Pammy. Retirou delicadamente as migalhas dos lábios, e voltou a se inclinar para colocar o lenço de volta na bolsa e pegar o objeto pesado ali aninhado. O velho revólver de seu pai, da Primeira Guerra, uma Webley Mark V. Controlou seu coração de heroína.

— *Wacht auf* — disse Ursula em voz baixa. As palavras atraíram a atenção do Führer e ela continuou: — *Es nahet gen dem Tag.*

Um movimento ensaiado uma centena de vezes. Um tiro. Rapidez era essencial, embora tenha havido um instante, uma bolha suspensa no tempo depois de erguer a arma e nivelá-la com o coração dele, em que tudo pareceu parar.

— *Führer* — ela disse, quebrando o encanto. — *Für Sie.*

Ao redor da mesa, armas foram puxadas dos coldres e apontadas para ela. Uma respiração. Um tiro.

Ursula puxou o gatilho.

Caiu a escuridão.

Neve

11 DE FEVEREIRO DE 1910

Toc, toc, toc. As batidas na porta do quarto de Bridget entrelaçaram-se em seu sonho. No sonho, estava em casa, no condado de Kilkenny, e as batidas na porta eram o fantasma de seu pobre pai morto, tentando voltar para a família. *Toc, toc, toc!* Acordou com lágrimas nos olhos. *Toc, toc, toc!* Havia mesmo alguém à porta.

— Bridget, Bridget? — sussurrou urgente a sra. Todd do outro lado da porta.

Bridget se benzeu, novidades na escuridão da noite eram sempre ruins. Será que o sr. Todd sofreu algum acidente em Paris? Ou Maurice ou Pamela ficaram doentes? Arrastou-se para fora da cama, no frio congelante do pequeno quarto do sótão. Sentiu cheiro de neve no ar. Abrindo a porta do quarto, encontrou Sylvie dobrada quase ao meio, madura como uma semente de fruta prestes a romper.

— O bebê está chegando mais cedo — ela disse. — Você pode me ajudar?

— Eu? — guinchou Bridget.

Bridget tinha apenas quatorze anos e sabia muito sobre bebês, mas nem tudo o que sabia era bom. Vira sua mãe morrer no parto, embora nunca tenha contado isso à sra. Todd. E agora não era hora de falar daquilo. Ajudou Sylvie a descer as escadas de volta a seu próprio quarto.

— Não vale a pena tentar mandar um recado ao dr. Fellowes — disse Sylvie. — Ele nunca vai conseguir passar por essa neve.

— Maria, mãe de Deus! — gritou Bridget quando Sylvie caiu de quatro, como um animal, e grunhiu.

— O bebê está vindo agora, eu estou com medo — disse Sylvie. — Está na hora.

Bridget convenceu-a a voltar para a cama, e teve início o seu longo trabalho noturno e solitário.

❄

— Ai, patroa — Bridget gritou de repente. — Ela tá toda azul, tá sim.

— Uma menina?

— O cordão tá enrolado no pescoço. Ai, Jesus Cristo e todos os santos, ela foi estrangulada, a pobre coitadinha, foi estrangulada pelo cordão.

— Nós precisamos fazer alguma coisa, Bridget. O que nós podemos fazer?

— Ai, sra. Todd, patroa, ela se foi. Morta antes de ter uma chance de viver.

— Não, não pode ser — disse Sylvie.

Içou o corpo até conseguir se sentar no campo de batalha de lençóis ensanguentados, vermelho e branco, o bebê ainda preso pelo cordão vital. Enquanto Bridget fazia ruídos tristes, Sylvie abriu a gaveta da mesa de cabeceira e revirou furiosamente o conteúdo.

— Ai, sra. Todd — gemeu Bridget — deita! Não dá pra fazer nada. Eu queria que o sr. Todd estivesse aqui, queria sim.

— *Psiu!* — fez Sylvie e levantou seu troféu: uma tesoura cirúrgica que brilhou à luz do lampião. — É preciso estar preparada — murmurou. — Segure o bebê perto da lâmpada para que eu possa ver. Rápido, Bridget. Não há tempo a perder.

Zip, zip.

A prática leva à perfeição.

Grandes planaltos ensolarados

Maio de 1945

Estavam numa mesa de canto num bar em Glasshouse Street. Tinham sido deixados em Piccadilly pelo sargento do exército americano que lhes deu carona ao vê-los no acostamento da estrada depois de Dover. Tinham-se enfiado num navio de transporte de tropas americanas em Le Havre em vez de esperarem dois dias por um voo. Era possível que, tecnicamente, fossem considerados desertores, mas nenhum dos dois dava a mínima.

Era o terceiro bar desde Piccadilly, e ambos concordavam que estavam muito bêbados, mas conseguiriam ficar ainda muito mais bêbados. Era sábado à noite e o lugar estava lotado. De uniforme, não tinham pagado por uma única bebida a noite toda.

O alívio, senão a euforia, da vitória ainda estava no ar.

— Bem — disse Vic, erguendo o copo — um brinde por estar de volta.

— Saúde — disse Teddy. — Um brinde ao futuro.

Ele havia sido derrubado em novembro de 1943 e levado para Stalag Luft VI, no leste. Não foi ruim, na medida em que poderia ter sido pior, ele poderia ser russo — os russos foram tratados como animais. Mas então, no começo de fevereiro, foram despertados em seus beliches por um familiar *Raus! Raus!*[71] no meio da noite e obrigados a marchar para oeste, afastando-se

[71] Fora! Fora! (N. T.)

dos russos que avançavam. Mais um ou dois dias e foram libertados, parecia um capricho especialmente cruel do destino. Seguiram-se semanas de marcha com rações de fome, no frio enregelante, menos vinte graus na maior parte do tempo.

Vic era um sargento-aviador um tanto arrogante, piloto de um Lancaster abatido sobre a região do Ruhr. A guerra criou estranhos companheiros. Os dois se ajudaram a continuar em pé. Foi uma camaradagem que quase lhes salvou a vida, como também os muito ocasionais pacotes da Cruz Vermelha.

Teddy foi abatido perto de Berlim, e só conseguiu sair da cabine no último instante. Tentou até o fim manter o avião nivelado para dar à sua equipe uma chance de saltar. Um capitão não abandonava o navio até que todos a bordo tivessem saído. A mesma regra tácita se aplicava a um bombardeiro.

O Halifax pegou fogo de ponta a ponta e ele aceitou o fato de que, para ele, estava tudo acabado. Começou, de alguma maneira, a se sentir mais leve, de coração tranquilo, e de repente soube que ficaria bem, que a morte ao chegar cuidaria dele. Mas a morte não chegou porque seu operador de rádio australiano se arrastou até a cabine e prendeu o paraquedas de Teddy em suas costas e disse: — Saia daqui, seu filho da mãe desgraçado!

Nunca mais o viu, nunca mais viu nenhum de seus tripulantes, não sabia se estavam vivos ou mortos. Pulou no último instante, o paraquedas mal se abrira quando bateu no chão e ele teve a sorte de fraturar apenas um tornozelo e um pulso. Foi levado para um hospital, e a Gestapo local veio e prendeu-o na enfermaria com as imortais palavras "Para você a guerra acabou", a saudação que quase todos os aviadores ouviam ao serem feitos prisioneiros.

Preencheu devidamente seu cartão de captura e esperou por uma carta de casa, mas nada chegou. Por dois anos, perguntou-se se a Cruz Vermelha o tinha em sua lista de prisioneiros, se alguém em casa sabia que ele estava vivo.

Estavam na estrada, em algum lugar perto de Hamburgo, quando a guerra terminou. Vic dizia aos guardas, com o maior prazer — *Ach so, mein Freund, für sie der Krieg ist zu ende*[72].

[72] Então, meu amigo, para você a guerra acabou. (N. T.)

— E AÍ, TED, conseguiu falar com a sua garota? — perguntou Vic quando Teddy voltou depois de passar uma cantada na dona do bar para que o deixasse usar o telefone.

— Consegui — ele riu. — Parece que eu fui dado como morto. Acho que ela não acreditou que fosse eu.

Meia hora e dois drinques depois, Vic disse: — Aí, Ted. Pelo sorriso no rosto dela, eu diria que a mulher que acabou de passar pela porta só pode pertencer a você.

— Nancy — Teddy exclamou consigo mesmo.

— Eu te amo — Nancy fez em silêncio com os lábios em meio à algazarra geral.

— Ah, e ela trouxe uma amiguinha para mim, que gentileza — disse Vic e Teddy riu e avisou: — Cuidado, é da minha irmã que você está falando.

NANCY APERTAVA SUA MÃO com tanta força que doía, mas a dor não tinha a menor importância. Ele estava lá, ele estava mesmo lá, sentado numa mesa num bar de Londres, bebendo meio litro de cerveja inglesa, grande como a vida. Nancy fez um som engraçado de asfixia e Ursula se impediu de gritar. Eram como as duas Marias, mudas diante da ressurreição.

Teddy as viu, e um sorriso se abriu em seu rosto. Ele deu um pulo, quase derrubando os copos de cima da mesa. Nancy abriu caminho através da multidão e jogou os braços em volta dele, mas Ursula ficou onde estava, de repente com medo de que, se fizesse algum movimento, tudo desaparecesse, toda a cena feliz se fizesse em pedaços diante de seus olhos. Mas pensou, não, aquilo era real, aquilo era verdade, e ela riu com despreocupada alegria enquanto Teddy tirava os olhos de Nancy o tempo suficiente para prestar atenção e dar a Ursula um grande aceno.

Ele gritou alguma coisa para ela através do bar, mas suas palavras se perderam no burburinho. Achou que fosse "Obrigado", mas poderia estar enganada.

Neve

11 DE FEVEREIRO DE 1910

A SRA. HADDOCK BEBERICAVA um copo de rum quente do modo que esperava fosse próprio de uma dama. Era o terceiro, e ela começava a brilhar de dentro para fora. Estava a caminho de ajudar um bebê a nascer quando a neve a obrigou a buscar refúgio no reservado do Leão Azul, perto de Chalfont St Peter. Não era o tipo de lugar em que jamais pensaria em entrar, salvo em caso de necessidade, mas havia uma lareira crepitante no reservado, e a companhia se revelava surpreendentemente agradável. Adornos de arreios em latão e jarras de cobre refulgiam e cintilavam. O balcão público, onde a bebida parecia fluir com total liberdade, era um lugar definitivamente agitado. Uma cantoria se fazia ouvir por lá, e a sra. Haddock se surpreendeu ao descobrir que seu pé marcava o compasso.

— Vocês precisam ver a neve — disse o proprietário, inclinando-se sobre a grande profundidade polida do balcão de bronze. — Podemos ficar todos presos aqui por dias.

— Dias?

— Você também deveria tomar mais uma dose de rum. Não vai chegar depressa a lugar nenhum hoje à noite.

Agradecimentos

Eu gostaria de agradecer a:

Andrew Janes (Arquivo Nacional em Kew)
Dra. Julieta Gardiner
Tenente-coronel M. Keech, medalha do Império Britânico, Royal Signals
Dr. Pertti Ahonen (Departamento de História, Universidade de Edimburgo)
Frederike Arnold
Annette Weber

E também ao meu agente, Peter Straus, e a Larry Finlay, Marianne Velmans, Alison Barrow e a todos da Transworld Publishers, bem como a Camilla Ferrier e a todos da Agência Marsh.

Para saber mais sobre o processo de escrita deste livro (incluindo a bibliografia), por favor visite o meu site, www.kateatkinson.co.uk.

Este livro, composto na fonte Fairfield,
foi impresso em papel Pólen Soft 70 g/m², na Imprensa da Fé.
São Paulo, agosto de 2014.